Die 5. Passion

OLIVER BUSLAU

Die 5. Passion

KRIMI

benno

Oliver Buslau

Oliver Buslau schreibt seit Ende der 1990er-Jahre Kriminalromane und Krimikurzgeschichten, vor allem rund um das Thema Musik. Als Musikwissenschaftler verfasst er außerdem musikalische Fachbeiträge und Sachbücher. Seit einigen Jahren ist Oliver Buslau, der früher gelegentlich Sendungen im WDR und im Deutschlandfunk moderierte, als Klassikmoderator auf dem Internet-Radiosender Secondradio zu hören.

Es ist vollbracht!
O Trost für die gekränkten Seelen!
Die Trauernacht
Lässt nun die letzte Stunde zählen.

Johann Sebastian Bach: *Johannespassion*

PROLOG

Der schwere Wagen kam vor der Garage zum Stehen, und die Scheinwerfer beleuchteten das Tor mit grellen Kegeln. Fischer stellte den Motor noch nicht ab. Die CD im Player erreichte gerade die letzten Takte von Bachs h-Moll-Messe.

Dona Nobis Pacem.

Herr, gib uns Frieden.

Die gewaltige Schlusssteigerung der Fuge wirkte, als hätte der Komponist alle Energie, die ihn durch das gewaltige Werk geführt hatte, noch einmal in höchster Konzentration zusammenbringen wollen. Fischer schloss die Augen und versuchte, etwas von der Kraft festzuhalten, die das Klanggebäude ausstrahlte. Aber die Töne rannen davon wie die Körner in einer Sanduhr. Als wollten sie in die gewaltige Leere fliehen, die der Musik unweigerlich folgen würde.

Alles erinnerte ihn daran, dass die Zeit ablief.

Unerbittlich stürzen wir ungebremst durch Minuten und Sekunden, dachte er. Aber nicht in alle Ewigkeit.

Der Schlussakkord. Die Musik verklang. Fischer drehte den Autoschlüssel herum und schaltete das Licht aus. Die Stille, die er erwartet hatte, trat nicht ein. Das leise Trommeln des Regens erfüllte die Fahrerkabine.

Der Professor stieg aus, stand eine Weile unschlüssig inmitten der rauschenden Regentropfen und drückte auf den Knopf für die Zentralverriegelung.

Warum schließe ich eigentlich noch den Wagen ab, fragte er sich. Warum gehe ich überhaupt noch in mein Haus?

Reine Gewohnheit. Außerdem hatte er noch etwas zu erledigen. Eine einzige Sache nur. Dann war er mit sich, der

Welt und mit allem, was da noch kommen würde, im Reinen.
Im Haus angekommen, zog er den Mantel aus und lenkte seine Schritte auf die alte Holztreppe, die hinauf zu seinem Arbeitszimmer im ersten Stock führte. Dort ließ er sich in den großen ledernen Sessel sinken und knipste die Schreibtischlampe an.
Es hatte Zeiten gegeben, da hatte er an diesem Ort so etwas wie Geborgenheit empfunden. Jetzt, wo er fast alles erledigt hatte, was nötig war, wurde ihm klar, dass ihm an den Dingen hier nichts mehr lag.
Er ließ den Blick über die aufgeschlagenen Partituren, über die Tafel mit den mit Kreide geschriebenen Analysen schweifen. Als er auf dem kleinen Sekretär an der anderen Wand das Foto seiner Tochter entdeckte, spürte er einen Stich der Schuld in der Brust.
Es stimmt nicht, dass mir an den Dingen nichts mehr liegt, dachte er. Es gibt eine Ausnahme. Gwen.
Was sie im Moment wohl tat?
Wahrscheinlich stand sie auf irgendeiner Bühne. Fischer dachte nach. Nein, jetzt hatte sie wohl Proben. Am Sonntag sang sie eine Operngala in Köln, und danach kam eine Uraufführung.
Er riss sich los. Er würde sich um Gwen kümmern. Bald. Es würde vielleicht nicht mehr so werden wie früher, aber die Zeit der eisigen Kälte würde wohl der Vergangenheit angehören. Endlich.
Auf der Arbeitsfläche lagen einige karierte Blätter verstreut, die über und über mit Zahlen bedeckt waren. Mitten in dem Durcheinander befand sich ein aufgeschlagenes dickes Buch. Fischers Bibel.
Der Professor blätterte in den zerlesenen Seiten. Er hielt inne, als er auf die Passage stieß, die ihn Jahre seines Lebens gekostet hatte. Die er manchmal wie ein Mantra vor

sich hin murmelte. Über die er philosophiert, diskutiert, nachgedacht und geschrieben hatte. Die ihn bis in seine Träume verfolgte. Und die er erst heute annähernd zu verstehen glaubte.

Der Himmel und die Erde werden vergehen, meine Worte aber werden nicht vergehen. Jenen Tag aber oder die Stunde kennt niemand, auch nicht die Engel im Himmel, auch nicht der Sohn, sondern nur der Vater.

Nur wenige Wörter. Aber so viele Geheimnisse.

Zwischen den nebeneinandergestopften Büchern klemmte ein alter Blumentopf. Fischer zog den irdenen Untersetzer heraus und stellte ihn auf den Schreibtisch. Sorgfältig riss er die Blätter mit den Berechnungen in kleine Fetzen und legte sie hinein.

In der Schublade fand er ein Feuerzeug. Kurz darauf hielt er die Flamme an das Papier und beobachtete, wie langsam kräuselnd der Rauch aufstieg, während sich auf den Blättern Schwärze ausbreitete und sie zu Asche zerfielen.

Denn gekommen ist der große Tag seines Zornes; und wer kann da bestehen …

Fischer hustete, als ihm Rauch in die Lungen drang, aber er ließ sich nicht beirren. Ein Blatt nach dem anderen. Die Schwärze fraß die Zahlen.

Und der erste Engel stieß in die Posaune. Und es entstand Hagel und Feuer, mit Blut gemischt, und es wurde auf die Erde geworfen, und der dritte Teil der Erde verbrannte …

Die Flammen leckten an den Blättern. Als wäre das Feuer ein lebendiges Wesen, begierig nach Zerstörung.

Und der zweite stieß in die Posaune. Und etwas wie ein großer, feuerglühender Berg wurde ins Meer geworfen, und der dritte Teil des Meeres wurde zu Blut, und der dritte Teil der Lebewesen im Meer starb …

Fischer verzog den Mund zu einem Lächeln. Wie hatte er nur so blind sein können? Es war doch im Grunde so einfach! Da diskutierten die Menschen Jahrhunderte um Jahrhunderte und erkannten die einfachsten Zeichen nicht!

Und der vierte Engel stieß in die Posaune. Und es fiel vom Himmel ein großer Stern, brennend wie eine Fackel …

Und der fünfte Engel stieß in die Posaune. Und ich sah einen Stern; der war vom Himmel auf die Erde herabgefallen …

Und der sechste Engel stieß in die Posaune …

Schließlich brannte das letzte Blatt. Fischer lehnte sich in seinen Ledersessel zurück und sah ruhig zu, wie das letzte Dokument seiner Notizen zu Asche wurde.

Erleichterung erfasste ihn.

Ein paar Zahlen. Jahrelang hatte er gearbeitet, und geblieben waren ein paar Zahlen. O Gott, dachte er, du bist nicht nur der Schöpfer des Universums, du bist auch der Erfinder der Ironie.

Das Feuer verlosch, und der Rauch verflüchtigte sich langsam.

Fischers Lebenswerk war vernichtet, aber er spürte tiefste Zufriedenheit.

Und der siebte Engel stieß in die Posaune … Und es tat sich der Tempel Gottes im Himmel auf … und es entstanden Blitze und Stimmen und Donnerschläge und Erdbeben und gewaltiger Hagel …

Jetzt bin ich wirklich bereit, dachte er.

Und es erschien am Himmel ein großes Zeichen …

Fischer atmete tief durch, doch der Rauch in seinem Zimmer ließ ihn wieder husten. Er stand auf und öffnete ein Fenster. Die abendliche Luft roch frisch. Der Regen hatte nachgelassen.

Was sollte er jetzt tun?

Warten. Nichts anderes. Warten, bis die letzten Sandkörner durch das Stundenglas der Zeiten geronnen waren …

Und Gwen anrufen.

Wieder dieser Stich.

Er stand da, bis ihn fror und er das Fenster wieder schließen musste.
Irgendwoher kam ein Knacken.
Fischer lauschte angestrengt. Wieder drang ein Geräusch an sein Ohr. Es kam von irgendwo aus dem Haus.
Jemand näherte sich über die Treppe. Holz knarrte, dann wurden die Schritte von dem Teppich im vorderen Teil des Durchgangs gedämpft.
Eine heiße Welle der Angst stieg in Fischer auf. Er bemühte sich, ruhig zu bleiben.
Du hast deinen Frieden, redete er sich ein. Dir kann nichts geschehen. Du bist in Gottes Hand.
Die Schritte kamen näher. Jetzt musste der Besucher an der Tür stehen.
Wie zur Kontrolle überblickte Fischer noch einmal das Werk seiner Zerstörung. Es war nichts als Asche in dem Untersetzer. Er hatte es wiedergutgemacht. Er war frei von Sünde. Egal, was jetzt geschah.
Die Tür schwang auf.
Eine kompakte schwarze Figur stand im diffusen Licht des Arbeitszimmers und sah Fischer an. Der Professor brauchte ein paar Sekunden, bis er den Mann erkannte.
»Sie?« Fischer schnappte nach Luft. »Wie sind Sie hier hereingekommen?«
»Sie wissen, dass es für mich wenige Hürden gibt«, sagte der Mann.
»Was wollen Sie?«, ächzte Fischer. Der Raum schien zu schwanken, als befände sich der Professor auf einem Boot.
»Können Sie sich das nicht denken? Man wird Ihre Weigerung nicht einfach so hinnehmen.«
»Es ist zu spät«, rief Fischer, und seine Stimme brach vor Angst. »Es ist zu spät. Schauen Sie hier auf den Tisch. Es ist alles verbrannt.«

Der Mann kam einen Schritt auf Fischer zu. Die Enge in seiner Brust explodierte in einem schneidenden Schmerz. Und in diesem Moment wurde dem Professor klar, dass er seinen Frieden noch nicht so bald finden würde.

1

Gwendolyn Fischer steigerte sich in die letzten Takte des großen Duetts hinein.
Nur der Bruchteil einer Sekunde blieb ihr, um Kraft für die hohen Töne am Schluss zu sammeln – dem Höhepunkt des ganzen Stückes. Gemeinsam mit ihr übernahm der dicke norwegische Tenor Ole, dessen Nachnamen sie sich einfach nicht merken konnte, die Melodie. Für einen Moment fürchtete Gwen, ihre Stimme sei nicht stark genug, um mit Oles Heldenorgan mithalten zu können und das riesige Halbrund des Konzertsaals zu füllen, doch dann sah sie, wie der Dirigent Christopher Leonard sie anlächelte. Es war, als würde er den Norweger nicht im Geringsten beachten. Er sah nur sie, und allein sein Blick ging Gwen durch und durch. Ein Schauer lief durch ihren Körper, als sie sich dem Schluss des Duetts näherten, angetrieben vom Orchester und den Dirigierbewegungen. Der feuchte Glanz auf Christophers Haut hatte etwas ungemein Erotisches. Ein Schub heißer Emotionen durchströmte sie, während sie sich im Dreivierteltakt treiben ließ.
Natürlich wusste sie, dass sie den Norweger schon nach der dritten Nummer der Operngala an die Wand gesungen hatte. Ein, zwei Soloarien, und ihr Auftritt war die Sensation des Abends geworden. Dazu hatte nicht nur ihr Gesang, sondern auch ihr Äußeres beigetragen. Ihr grünes Taftkleid, das einen perfekten Kontrast zu ihrem kastanienroten Haar bildete, sorgte für einen exotischen Farbfleck auf der Bühne. Ein paar Verdi-Arien, ein paar Duette. Jetzt noch das großartige Trinklied aus *La Traviata*, und alle waren endgültig hingerissen.

Gwen durchschoss ein Glücksgefühl, als der letzte Ton verklang und noch in den Schlussakkord hinein Bravorufe brachen. Wie eine gigantische Meereswelle gegen einen Felsen brandet, traf der Applaus die Bühne.
Sie atmete erschöpft durch und setzte automatisch ihr Bühnenlächeln auf, das ihr ihre Agentin Maria an einem langen Nachmittag beigebracht hatte und das sie vor dem Spiegel wochenlang hatte üben müssen. Gemeinsam mit dem Tenor verbeugte sie sich mehrmals, wandte den Kopf in die Mitte, dann auch in die Ecken des Auditoriums. Das hatte sie ebenfalls von Maria gelernt. Die Fans saßen schließlich überall im Saal.
»Was für ein Abend«, rief Christopher, als sie die Bühne verlassen hatten und im Seitengang standen. Ein Gefühl wie ein leichter elektrischer Schlag durchzuckte Gwen, als er sie kurz, viel zu kurz an der Schulter berührte. Ihr war klar, dass er an ihr nicht nur die Künstlerin schätzte. Schon bei der ersten Probe für diesen Abend waren sie sich nähergekommen, und der Kuss, den Christopher ihr zwei Minuten vor dem Konzert in der Garderobe gegeben hatte, hatte etwas zwischen ihnen besiegelt, was in Gwen mehr als Euphorie auslöste. Man hätte ihn als freundschaftliche Zärtlichkeit nehmen können, wie sie befreundete Kollegen vor einem schwierigen Auftritt austauschten, aber sie hatte genau gespürt, dass da noch mehr war.
Christophers Brust hob und senkte sich unter dem weißen Frackhemd. »Großartig!«, rief er. »Du warst einfach großartig.« Er rollte das »r« auf englische Art, und Gwen konnte am Gesichtsausdruck des Tenors erkennen, dass er das Lob auf sich bezog. So ein Dummkopf, dachte sie.
Sie war der Star des Abends, nicht er. In Marias Büro lagen eine ganze Reihe Anfragen der größten Opernbühnen. Zwei Produktionen in Berlin und Mailand waren be-

reits perfekt. Noch immer rauschte der Applaus im Saal. So klingt Erfolg, dachte sie. Sie sah zu Christopher, der ihr zuzwinkerte und sich dann mit einem weißen Taschentuch Schweiß von der Stirn wischte. Und so fühlt sich der Erfolg an.

Gwen fragte sich, ob Christopher vielleicht schon heute Abend mit in ihre kleine Kölner Wohnung kommen würde. Oder sollte sie sich erst zu einem Drink an der Bar seines Hotels einladen lassen? Oder würde er sie irgendwohin entführen?

Dreimal kehrten sie alle drei zurück auf die Bühne, badeten im Beifall, verbeugten sich, empfingen Blumensträuße von der Konzerthausleitung. Dann gingen die Mitwirkenden einzeln hinaus. Als Gwen an der Reihe war, steigerte sich der Applaus deutlich, und ganze Kaskaden von Bravorufen versuchten das Klatschen zu übertönen. Reihenweise erhoben sich die Zuschauer von den Plätzen und jubelten ihr zu.

Zurück im Seitengang, sah Christopher Gwen auffordernd an. »Bereit für die Zugabe?«

Sie hätte gerne eine ihrer großen Soloarien wiederholt, da sie genau wusste, dass sie dem Publikum damit die größte Freude gemacht hätte. Aber das ging natürlich nicht. Bei einer Gala mussten bei einer Zugabe alle dabei sein. Und so sangen sie gemeinsam noch einmal das letzte Stück, das »Brindisi« aus Verdis *La Traviata* – ein Trinklied, in dem es um die Macht der Liebe und des Weins ging.

Gwen liebte dieses Stück. Schon mit sieben oder acht Jahren hatte sie es im Radio gehört und spontan mitgeträllert – freilich ohne eine Ahnung davon zu haben, was die Worte bedeuteten. Oder gar wovon die Oper handelte. Sie hatte damals nicht gewusst, dass Violetta, die man auch »die Traviata« nannte, eine Kurtisane war, und sie hatte auch

von deren tragischem Ende nichts geahnt. Heute fand sie es erregend, in die Rolle einer Halbweltdame des 19. Jahrhunderts zu schlüpfen. Nicht nur hier in dieser Gala, sondern bald an den bedeutendsten Opernhäusern der Welt.
Der Jubel wollte auch nach diesem fulminanten Schluss kein Ende nehmen, und Gwen hätte sich noch ewig dem Beifall hingeben können.
Doch dann war es vorbei.
Mit gelben Rosen in der Hand ließ sie das Tosen des Saals hinter sich und eilte durch den schmalen, von Teppichboden gedämpften Flur zur Garderobe. Schließlich umgab sie nur noch das Rascheln ihres Kleids, und als sie die Tür hinter sich geschlossen hatte, befand sie sich in einem kleinen, fensterlosen, nur von Neon beleuchteten Raum in völliger Stille. In ihren Ohren rauschte es noch, und sie zwang sich, zur Ruhe zu kommen.
Sie legte die Blumen auf die Schminkkonsole vor dem Spiegel, wo bereits weitere Sträuße angekommen waren. Von Fans, Freunden, Kritikern. Leuten von Plattenfirmen, die sie nach dem Konzert treffen musste. Wahrscheinlich hatte der Veranstalter mit Maria zusammen etwas organisiert. Ein Zusammensein in einem schicken Restaurant in der Kölner Altstadt …
Solche Essen wirkten nach außen hin wie der fröhliche Ausklang eines Konzertabends, doch hinter der Fassade waren sie entscheidender Bestandteil des Geschäfts. Das heutige Konzert war die letzte Bewährung vor Gwens ganz großem Durchbruch. Eine letzte Hürde vor den Engagements, die vor ihr lagen. Schon in wenigen Monaten würde sie die Violetta in einer Neuinszenierung an der Mailänder Scala singen. Und vorher stand noch ein ganz besonderes Projekt an: eine Uraufführung. Wieder mit Christopher. Er war nicht nur Dirigent, sondern auch Komponist.

Erfolg, Erfolg, Erfolg, hämmerte es in Gwens Kopf, und fast unbewusst flüsterte sie die beiden Silben in schnellem Stakkato vor sich hin, um die seltsame Stille zu füllen, die sie nach all dem Glanz in diesem kleinen, hässlichen Raum umgab. Doch es half alles nichts. Wie nach jedem Konzert welkte die Euphorie, die noch wenige Minuten zuvor durch ihre Adern geströmt war, dahin. Es war fast wie ein kleiner Anfall von Klaustrophobie oder eine Ahnung von Trauer, ein Wolkenschatten, der sich auf alles legte. Gwen wusste aus Erfahrung, dass sie sich gegen diese Momente der plötzlichen Depression nach dem Hochgefühl der Aufführung nur wehren konnte, indem sie wenig nachdachte und stattdessen einfach tat, was getan werden musste. Abschminken. Umziehen. Frisch machen. Die Niedergeschlagenheit verflog nach wenigen Minuten wieder.
Hinter der Garderobentür entstand Gemurmel. Die Fans warteten. Die Autogrammjäger. Einigen gelang es immer wieder, in die hinteren Räume der Philharmonie zu gelangen. Andere standen sicher bereits am Künstlerausgang.
Natürlich konnte sie ihre Bewunderer nicht warten lassen. Man durfte es dabei aber nicht übertreiben. Es war eine Kunst, genau die richtige Mischung aus Freundlichkeit und Unnahbarkeit zu treffen. Einerseits sollte man nach einem Konzert erst auftauchen, wenn sich genug Fans angesammelt hatten. Damit man auch demonstrieren konnte, wie begehrt man war. Andererseits durfte man nicht riskieren, sie so lange auf die Folter zu spannen, dass sie enttäuscht nach Hause gingen.
Gwen schlüpfte rasch aus dem grünen Taftkleid, hängte es auf einem Bügel an die Schranktür und zog ihre Alltagskleidung an, die auf dem Stuhl bereitlag: eine blaue Jeans, ein heller Pullover. In dem großen Spiegel, der die gesamte Längsseite der Wand bedeckte, prüfte sie ihr Aus-

sehen. Sie war noch stark geschminkt, viel zu auffallend, um sich auf der Straße sehen zu lassen. Das würde sie schnell ändern.
Die Menschen, die sie gleich traf, würden zweimal hinsehen müssen, um sie zu erkennen. Dieser Effekt war wichtig. Das Publikum musste nach der Begegnung den Eindruck haben, dass sie eine ganz normale junge Frau war.
Eine wie du und ich.
Kaum zu glauben, dass in diesem sympathischen Mädchen eine solche Stimme steckt. Und sie hat so gar keine Starallüren …
Gwen hantierte schon eine Weile mit ihren Schminkutensilien, als es klopfte und sich fast gleichzeitig die Tür öffnete. Es war Maria, die sich hereinquetschte und die Tür sofort wieder schloss.
»Gwen, du warst so was von großartig«, rief sie mit dunkler Stimme, stürzte auf die Sängerin zu und fiel ihr ohne Umschweife um den Hals. »Wie fühlst du dich?« Maria ließ von ihr ab und hielt sie an den Unterarmen fest. »Meine Güte. Ganz heiß. Hat es dich sehr angestrengt?«
Wie immer hatte Maria ihre etwas ausladende Figur in ein ockerfarbenes Kostüm gezwängt; die braunen Haare umspielten ihr kreisrundes Gesicht, und in der Hand hielt sie ihre berühmte Handtasche aus glänzendem bräunlichem Leder, die so unermesslich viele nützliche Dinge enthielt, dass es an ein Wunder grenzte: den Kalender mit allen Details für jeden Auftritt, Vertragsentwürfe, Kopfschmerztabletten, Hustenmittel, CDs, Papiertaschentücher, Programmhefte, Telefonnummern und vieles mehr. Marias Wundertasche war in der Branche legendär.
Gwen wandte sich wieder dem Spiegel zu und wischte sich mit einem Papiertuch über das Gesicht. »So gut ist es mir noch nie gegangen. Und den Norweger habe ich an die Wand gesungen.«

Maria lachte. »Du wirst noch ganz andere in Grund und Boden singen.«
»Wo gehen wir essen? Wer wird dabei sein?«
»Christopher auf jeden Fall«, sagte Maria und warf Gwen einen eindeutigen Blick zu. »Und auch sonst noch ein paar wichtige Leute. Presse. Veranstalter. Intendanten. Es ist alles organisiert.« Sie musterte die Blumensträuße und nickte anerkennend. »Das hier sind … eins, zwei, drei, vier … acht Stück. Wenn du an einem Abend mal dreihundert kriegst, hast du Maria Callas eingeholt.«
Gwen wollte etwas erwidern, doch da geschah etwas Unerwartetes.
Ein lautes Klingeln erfüllte den Raum.
»Ist das dein Handy?«, fragte Gwen.
Maria sah sich irritiert um. »Nein.«
Auf der kleinen Ablage zwischen dem schmalen Sofa und der Wand stand ein schmutzig grauer Festnetzapparat.
»Wer kann das sein?«, fragte Gwen.
»Vielleicht jemand vom Haus. Ich kläre das.«
Maria griff nach dem Hörer. »Ja?«, sagte sie in einem Ton, der nicht gerade freundlich klang.
Gwen hörte, dass auf der anderen Seite gesprochen wurde. Sie konnte jedoch kein Wort verstehen.
»Ja, sicher«, sagte Maria etwas sanfter und runzelte die Stirn. »Wenn es sein muss. Einen Moment.« Sie hielt Gwen den Hörer hin. »Für dich.«

In einer anderen Stadt viele Hundert Kilometer entfernt lief ein Mann ziellos durch nächtliche Straßen. Der Regen peitschte ihm ins Gesicht, und seine Kleidung war längst durchnässt, aber er spürte es nicht.
Ab und zu wich er Passanten aus, die mit ihren gro ßen Regenschirmen die Gehsteige bevölkerten. Schließlich blieb er stehen und drückte sich in eine dunkle Toreinfahrt.

Es hat keinen Zweck, sagte er sich. Du musst dazu stehen, was geschehen ist. Der Weg ins Himmelreich ist ein für alle Mal verstellt. Es ist vorbei. Mach dir nichts vor. Alles, was du noch zu erwarten hast, ist die Gnade des Herrn.
Zwei Tage hatte er sich im Zimmer seiner kleinen Absteige verkrochen und von Gewissensbissen geplagt die Zeit verstreichen lassen. Dann hatte er es in der engen Kammer nicht mehr ausgehalten. Er war hinaus in die Stadt gerannt, durch die Dunkelheit, weiter und weiter – über den Asphalt und durch Parks, durch Wohngebiete und an nächtlichen Einkaufszentren vorbei. Einmal war er an einer Kirche vorbeigekommen, hatte sich hineingesetzt und versucht zu beten. Aber er war nicht zur Ruhe gekommen. Es hatte ihn wieder ins Freie getrieben.
Er wühlte in den Taschen seines Anzugs. Seine Finger betasteten die Perlen des Rosenkranzes, den er stets bei sich trug, doch dann fand er sein Handy. Er schaltete es ein und betrachtete die erleuchteten Zahlen des Tastenfelds, bevor er den vierstelligen Code eingab, um es anzuschalten.
Doch der Mann zögerte immer noch.
Schließlich gab er sich einen Ruck und drückte entschlossen die Wahlwiederholung. Quälend lange Sekunden verstrichen, während das Mobiltelefon eine Verbindung aufbaute.
Es klingelte nur ein einziges Mal, bevor sich eine Männerstimme meldete.

2

Gwendolyn fiel es schwer, sich auf den Mann zu konzentrieren, der auf sie einredete. Sie war ungeduldig. Draußen wartete die Presse, warteten die Fans, warteten wichtige Leute. Und dieser Mann sprach von ihrem Vater.

»Johansen. Ich bin Rechtsanwalt und Notar hier in Leipzig. Frau Fischer, es tut mir leid, aber Ihr Vater ist verstorben. Mein herzliches Beileid.«

»Wie ist das passiert?«, fragte sie mechanisch, dabei wusste sie, dass ihr Vater ziemlich alt gewesen war, weit über siebzig.

»Unsere Kanzlei regelt den Letzten Willen Ihres Vaters«, sagte der Notar, und Gwen wurde vage bewusst, dass das keine Antwort auf ihre Frage war.

»Danke, dass Sie es mir gesagt haben, Herr Johansen. Entschuldigen Sie, aber ich kann gerade nicht so gut telefonieren.«

»Es ist einiges testamentarisch zu klären, Frau Fischer.«

Maria stand an der Tür und deutete auf ihre Armbanduhr. Gwen musste den Mann abwimmeln. Sie hatte nun wirklich keine Zeit.

»Das kann ich mir vorstellen. Wann kann ich Sie anrufen?«

»Wir müssen uns persönlich treffen, Frau Fischer. Und zwar sehr bald.«

»Meine Agentur meldet sich bei Ihnen, Herr Johansen. Es ist jetzt wirklich sehr ungünstig. Auf Wiederhören.«

»Warten Sie. Nur eine Minute, Frau Fischer.« Jemand klopfte an die Tür. Maria öffnete sie einen Spalt, sah Gwen an und deutete nach draußen. Dann verließ sie die Garderobe.

»Müssen wir das gerade jetzt besprechen, Herr Johansen? Ich habe gerade eine schwere Aufführung hinter mir.«
»Es tut mir sehr leid, ich habe versucht, Sie schon vor Tagen zu erreichen, aber es ist mir nicht gelungen. Auch nicht bei Ihrer Agentur.«
Kein Wunder. Gwen war nicht nur mit der Operngala beschäftigt gewesen, sondern sie hatte auch Leonards neues Stück lernen müssen. Maria war ununterbrochen bei den Proben dabei gewesen und hatte mit allen möglichen wichtigen Leuten gesprochen, die sich wegen der Operngala gerade in Köln aufhielten. Und jetzt am Wochenende war Marias Büro nicht besetzt.
»Es ist leider erforderlich, dass Sie schon morgen früh in Leipzig sind«, fuhr Johansen fort.
Gwen glaubte sich verhört zu haben. Hatte der Mann überhaupt eine Ahnung, was er von ihr verlangte?
»Morgen früh? Wie stellen Sie sich das vor? Und warum überhaupt?«
»Frau Fischer, ich weiß, dass Sie im Moment viel für Ihre Karriere zu tun haben. Aber es war der Letzte Wille Ihres Vaters, dass die Beerdigung und die Testamentseröffnung am selben Tag stattfinden und dass Sie bei der Beerdigung dabei sind. Genau drei Tage nach seinem Tod wollte Ihr Vater beerdigt werden. Ich habe alles organisiert und mich exakt daran gehalten, und ich möchte Ihnen nur empfehlen, es auch zu tun. Selbstverständlich kann ich Sie zu nichts zwingen.«
Jetzt steckte Maria wieder den Kopf durch den Türspalt.
»Es tut mir leid«, sagte Gwen kühl. »Ich muss mich um meine beruflichen Belange kümmern. Nächste Woche kann ich es vielleicht irgendwann einrichten. Lassen Sie uns das Testament dann eröffnen. Ich bin sicher, dass die Beerdigung auch ohne mich stattfindet. Sollten irgend-

welche Kosten entstehen, schicken Sie mir bitte die Rechnung.«

Gwen erschrak beinahe darüber, wie berechnend ihre Worte klangen. Sie wirkte auf Johansen sicher furchtbar pietätlos.

»Frau Fischer, lassen Sie mich noch etwas sagen. Sie lagen Ihrem Vater immer sehr am Herzen, das hat er mir selbst erzählt.«

Ich lag ihm sehr am Herzen, dachte Gwen. Das ist wohl ein Scherz. Wie lange hatte sie ihn nicht gesehen? Es mussten Jahre sein.

»… aber wenn das Ihr letztes Wort ist, kann ich das nur akzeptieren. Ich muss Ihnen allerdings mitteilen, dass in diesem Fall das Testament ungeöffnet vernichtet wird und Sie bis auf den Pflichtteil von dem Erbe ausgeschlossen werden.«

»Was?«

»So hat es Ihr Vater verfügt.«

»Aber warum ist es so wichtig, dass ich auf der Beerdigung erscheine?«

»Ich denke, er hatte seine Gründe. Und ich denke, Sie werden es erfahren, wenn Sie das erhalten, was ich Ihnen bei der Testamentseröffnung übergeben soll.«

Gwen schluckte. Was sollte das nun wieder bedeuten? Sie sah zur Tür. Maria war wieder verschwunden.

»Wenn Sie jetzt mit Ihrem Vater brechen, brechen Sie für alle Zeiten mit ihm«, sagte Johansen langsam. »Sie sollten das in Betracht ziehen.«

Gwen überdachte ihre Termine. Was stand als Nächstes an? Das Konzert in Berlin. Mit Christophers Komposition. Leipzig lag praktisch auf dem Weg.

»Bedenken Sie, was Ihr Vater Ihnen hinterlässt, Frau Fischer. Es geht ja nicht nur um Geld. Es geht um wissenschaftliche Forschungen. Um wertvolle Noten. Um den Nachlass eines Gelehrten.«

Ja, dachte Gwen, und vor ihrem inneren Auge entstand das Bild eines mit Büchern und Manuskripten vollgestopften Arbeitszimmers, in dem es nach Staub und schlechter Luft roch. Ein Nachlass, mit dem ich mich herumschlagen muss …

»Aber morgen früh in Leipzig sein … Wie soll das gehen?«

»Ich habe alles geregelt«, sagte der Notar. »Ich habe für morgen früh einen Flug von Köln/Bonn aus gebucht. Sie werden sehr früh da sein. Schon gegen sieben Uhr. Ich kann Ihnen zum Aufenthalt bis zur Beerdigung um zehn ein Hotelzimmer besorgen, in dem Sie sich ausruhen können, wenn Sie möchten. Ihr Flugticket liegt am Flughafen für Sie bereit.«

Die Tür öffnete sich abermals, und Maria kam herein. Kurz war von draußen wieder Lärm zu vernehmen. Er war jetzt viel lauter. Jemand lachte. Offenbar herrschte auf dem Gang beste Stimmung. Die Agentin deutete wieder auf ihre Armbanduhr.

»Ich bin sicher, Ihr Vater hat Sie geliebt. Auch wenn Sie damals im Streit auseinandergegangen sind. Im Tode sollte man sich versöhnen, Frau Fischer.«

Sie starrte einen Moment Maria an, die sich gerade umdrehte und mit jemandem sprach, der auf dem Gang stand.

»Geben Sie mir die Uhrzeit und die Flugnummer«, sagte sie. »Und den Namen des Hotels. Ich werde kommen.«

»Volpone«, kam es aus dem Hörer. Es klang nicht wie eine Frage, sondern wie eine Feststellung. Die Stimme des Padre schnitt in Volpones Seele wie ein eiskalter Dolch.

»Ja, Padre. Ich bin es.«

»Endlich. Was hast du erreicht? Hast du das Dokument erhalten?«
Volpones Herz raste. Wie ein Tier, das verzweifelt versucht, einem Käfig zu entrinnen.
»Ich fürchte, nein, Padre …«
»Noch immer nicht? Warum?«
»Es ist etwas geschehen.«
»Was heißt das?«
Volpones Körper überzog eine Schicht aus Kälte, und er wusste nicht, ob es an seinen durchweichten Kleidern lag oder daran, dass er gleich voll und ganz dem Zorn des Padre ausgeliefert sein würde.
»Was ist geschehen?«
Volpone berichtete, was es zu berichten gab. Der Padre unterbrach ihn kein einziges Mal. Als Volpone fertig war, lag nichts als Stille in der Leitung. Unheilvolle Stille.
»Padre?«, rief Volpone. »Padre? Sind Sie noch da?«
Ein Schnaufen drang aus dem Hörer.
»Welch furchtbare Entwicklung.«
Volpone spürte ein Gefühl von Hitze hinter seinen Augen, und plötzlich rannen ihm Tränen über die Wangen.
»Ich weiß, Padre. Ich habe versagt.«
»Habe ich es dir nicht immer wieder gepredigt? Nur in der Geduld liegt die Kraft. Besser ist ein Langmütiger als ein Kriegsheld, und wer sich selbst beherrscht, als wer eine Stadt erobert.«
Das Buch der Sprüche, dachte Volpone automatisch. So oft hatte der Padre ihm Bibelzitate eingeimpft, dass sein Verstand wie selbstverständlich alle Worte der Heiligen Schrift zuordnete.
»Mein Gott, welche Schuld hast du auf dich geladen …«, sagte der Padre, und jetzt war seine Stimme voller Ekel.

Volpone versuchte, etwas zu sagen, aber ihm entfuhr nur ein Wimmern. Wie konnte er sich verteidigen angesichts der Katastrophe, die geschehen war?
»Hast du denn danach gesucht?«
Volpone wusste, dass die Rüge des Padre bei Weitem nicht das Schlimmste war, das ihm drohte. Der Boden schien unter ihm zu schwanken. Am liebsten wäre er hier, mitten auf der Straße, auf die Knie gesunken – vor Demut und Zerknirschung.
»Was kann ich tun, Padre? Ich bereue, was geschehen ist. Ich bereue es zutiefst. Ich bin in Ihrer Hand. Voll und ganz. Ich … ich werfe mich in Ihre Arme und bitte Sie nur um eines: Sagen Sie mir, wie ich es wiedergutmachen kann.«
»Du bereust?«
»Ich bereue.«
»Von ganzem Herzen?«
»Von ganzem Herzen.«
»Ego te absolvo, mein Sohn.«
Ein weiterer heißer Schwall von Tränen. Dankbarkeit erfüllte Volpone. Der Padre hatte ihn mein Sohn genannt …
»Ich weiß jedoch nicht, ob Gott dir vergeben wird. Angesichts dieses Ausmaßes …«
Volpone nagte an seiner Unterlippe. »So danke ich wenigstens Ihnen, Padre. Ich werde nun zu Ihnen zurückkehren. Alles ist vorbei.«
»Du bleibst, wo du bist. Wir müssen das Dokument unbedingt finden. Irgendwo muss es sein. Und unaufhörlich verrinnt die Zeit.«
Ein paar Sekunden kam aus dem Hörer nichts als Stille. Volpone beobachtete, wie der Regen in langen Schleiern durch den Lichtkegel einer Straßenlaterne fiel.

»Es wird jemanden geben, der das Versteck kennt«, sagte der Padre.
»Sie meinen, jemand anders?«
»Es ist eine Möglichkeit.«
»Was meinen Sie damit?«
»Jemand wird nach Leipzig kommen.«
»Wer ist es?«
»Hör mir genau zu.«
Volpone lauschte ein paar Minuten den strengen Instruktionen. Dann war das Gespräch beendet. Volpone drückte den roten Knopf auf seinem Handy. Er spürte, wie die Last der vergangenen Tage wich und einem Gefühl von neu erlangter Kraft Platz machte.
Zum ersten Mal ging er wieder langsam und bedächtig. Ohne sich um den Regen zu kümmern, lenkte er seine Schritte in Richtung seiner Unterkunft, wobei er immer wieder die Anweisungen des Padre im Geiste rekapitulierte.
Er, Volpone, war ein Werkzeug.
Ein Werkzeug in den Händen des Herrn.
Der Regen wusch seine Tränen weg. Und Volpone wurde stärker und stärker. Er nahm sich vor, jetzt keinen Fehler mehr zu machen. Sich in Geduld zu üben. Zu warten, wenn es angebracht war.
Und im richtigen Moment zuzuschlagen.

3

Christopher saß neben Gwen am Tisch des Restaurants, das sie nach dem Konzert besuchten, und sah sie stumm an. Ein Journalist, der ihr gegenübersaß, schien nicht zu spüren, dass ihr gar nicht danach war, irgendwelche Fragen zu beantworten, doch er redete immer weiter auf sie ein. Gwen hörte gar nicht zu und betrachtete Christophers männlich-kantiges Gesicht, dem sie sich langsam näherte. Es war wie in einer Szene in einem alten romantischen Film. Gleich würde sich das Paar küssen und seine Liebe besiegeln – und auch ein kurzer Abstecher nach Leipzig würde an dieser Liebe nicht das Geringste ändern.
Und dann brach der Alarm los.
Gwen war sich jedenfalls sicher, dass es ein Alarm war, denn was sollte sonst in einem abendlichen Restaurant voller Gäste plötzlich schrill losklingeln?
Gwen lag auf einmal auf dem Bauch. Was war geschehen? War sie ohnmächtig gewesen?
Sie hob den Kopf. Es war dunkel. Sie sah nichts als die Digitalanzeige des Radioweckers, die ihr entgegenleuchtete. Leise Musik erklang.
Es war vier Uhr dreißig.
Das Taxi!
Gwen hatte verschlafen.
Sie mühte sich aus dem Bett und tastete sich in der Dunkelheit zur Wohnungstür. Erst hier machte sie Licht. Sie musste in der plötzlichen Helligkeit blinzeln.
»Ich bin in fünf Minuten unten«, rief sie mit belegter Stimme.
Sie eilte ins Bad. Ihr Spiegelbild hatte nichts mehr mit der glamourösen, gut aussehenden Gwen des vorigen Abends

gemeinsam. Ihre Augen waren rot, ihre Haut wirkte gelblich. Geradezu abstoßend.
Egal, sie hatte keine Zeit.
Sie wusch sich flüchtig und zog sich an. Ihr Haar band sie mit einem Gummi zum Pferdeschwanz. Ihr Gepäck hatte sie noch am Abend zurechtgestellt, sodass sie nur den Koffer mit den Rollen und ihre Handtasche zu nehmen brauchte.
Kurz darauf verließ sie die Wohnung und stieg in das Taxi, das mit eingeschalteter Warnblinkanlage in der engen Straße auf sie wartete.
Eine gute Stunde später saß sie im Flugzeug und blickte auf das nächtliche Rollfeld hinaus. Blaue und weiße Lichter spiegelten sich im nassen Asphalt, und feine Regentropfen schlugen gegen die kleine Scheibe. Die Maschine stand noch. Offenbar wartete der Pilot auf das Zeichen zum Start.
Sie schloss die Augen und dachte wieder an Christopher. Wie er auf die Nachricht reagiert hatte. Seine sanfte Stimme.
»Dein Vater – tot? Oh, wie schlimm muss das für dich sein. Ich wünsche dir Kraft.«
Maria hatte da etwas nüchterner reagiert. Sie hatte zwar Gwen formell ihr Beileid ausgesprochen, war dann jedoch sofort zur Terminplanung übergegangen. Gwen konnte sie beruhigen: Durch die Beerdigung hatte sich nichts geändert. Leipzig lag auf dem Weg, bis zur Uraufführung waren es noch vier Tage. Gwen hatte ihre Rolle fast perfekt gelernt, und Christopher versprach ihr, die Orchesterproben vorzuziehen, damit alle gut vorbereitet waren, wenn sie dazukam.
Im Flugzeug herrschte die eigenartige, künstliche Atmosphäre aus Lüftungsrauschen und den gedämpften Ge-

sprächen der anderen Passagiere. Daneben dudelte leise Musik – zu leise, als dass Gwen herausfinden konnte, um was es sich handelte.
Sie blickte hinaus in den Regen und versuchte, in sich hineinzuhorchen. Was fühlte sie? Was ging in ihr vor?
Dein Vater ist tot, sagte sie sich. Du musst um ihn trauern. Das bist du ihm schuldig. Du hast ja gehört, dass er dich nicht vergessen hat …
Der Gedanke löste in ihr jedoch keine Empfindungen aus. Alles schien an einem harten Korsett abzuprallen …
Wie hatte sie ihn in Erinnerung?
Als alten, schlecht rasierten Mann mit schütterem Haar, der Rücken krumm vom vielen Herunterbeugen auf Manuskripte und Bücher.
Ihr Vater war die Art Gelehrter gewesen, wie sie tausendfach in Komödien karikiert wurden: Er war imstande gewesen, einen Vormittag lang seine Brille zu suchen, die er auf der Nase trug, und oft vergrub er sich so sehr in seine Forschungen, dass er ganz normale Termine vergaß – Vorlesungen, Verabredungen oder einfach das Essen.
Und seine Kleidung! Gwen hatte ihn nie anders erlebt, als mit ausgebeulten Cordhosen und groß karierten Flanellhemden bekleidet. Sie erinnerte sich daran, wie er zu ihren ersten Konzerten gekommen war, ohne es für nötig zu erachten, sich für diesen Anlass umzuziehen. Geschweige denn zu duschen.
Das Konzertleben war nicht die Welt ihres Vaters gewesen. Er hatte sich stets lieber im stillen Kämmerlein aufgehalten und versucht, den Partituren durch komplizierte Analysen Erkenntnisse zu entlocken. Erkenntnisse, die Gwen entweder nicht verstand oder für völlig nebensächlich hielt angesichts der emotionalen Kraft, die sie bei klingender Musik empfand.

Vor allem die Musik von Johann Sebastian Bach war das große Thema ihres Vaters gewesen. Eine Musik, die Gwen immer eher mit Gefühlen wie Strenge, Ernst und Kälte verband, von der ihr Vater jedoch stets behauptete, sie sei mehr als einfach nur Musik, sie sei so etwas wie tönende Philosophie, ein klingendes Ebenbild der Welt.
Jede Melodie, jede kleine Phrase deutete er tiefgründig und entwickelte Theorien darüber, wie die Noten mit den altertümlichen Kantatentexten in Zusammenhang zu bringen waren und mit welcher Kompliziertheit sich die einzelnen Stimmen ineinander verschränkten.
Gwen hatte das nie verstanden und die Ausführungen nur mit einem bleiernen Gefühl der Müdigkeit ertragen.
Auch andere Komponisten bezog ihr Vater in seine Ausführungen mit ein – von Monteverdi bis Wagner, von Mozart bis Puccini. Eine Wand seines Arbeitszimmers hatte eine große Tafel mit Notenlinien bedeckt. Wie in der Schule im Musiksaal. Dort schrieb er, der Bilderbuchprofessor, mit quietschender Kreide einzelne Fetzen der Musik, die Gwen in der Hochschule gerade einstudierte, in Noten untereinander, sodass das Tafelbild aussah wie eine gewaltige Addition. Und wie bei einer Berechnung suchte er nach einem gemeinsamen Nenner für die Art und Weise, wie sich diese Melodien entwickelten. Wie ein Mathematiker setzte er einen großen Querstrich unter seine Tabelle, unter den er dann irgendwelche Kürzel schrieb. Und am Ende wies er Gwen immer wieder nach, dass sich alle Musik, egal von wem, schon in Bachs Werken fand.
Anfangs hatte Gwen noch zu glauben versucht, dass diese Vorträge etwas Wichtiges, etwas geradezu Elementares enthielten, was sie unbedingt wissen musste, um eine gute Sängerin zu werden. Sie hatte sich selbst für dumm gehalten, weil sie die Analysen nicht verstand, die ihr Vater

vor ihr ausbreitete. Und weil sie beim besten Willen nicht begriff, warum das alles so wichtig sein sollte.
Doch eines Tages wurde ihr klar, dass all dies nichts mit dem zu tun hatte, was sie selbst an der Musik liebte. Es waren einfach zwei verschiedene Dinge, Musik rational zu verstehen oder sich voll und ganz in die elektrisierende Kraft einer Opernarie zu stürzen – einfach zu singen und dabei die ganze Leidenschaft, die Komponisten wie Verdi oder Puccini hineingelegt hatten, zum Ausdruck zu bringen. Nur wenn sie sang, hatte Gwen das Gefühl, ein ganzer Mensch zu sein. Wie ein Fisch im Wasser. So einfach war das. Die Noten und Zahlen an der staubigen Wandtafel, diese Reduzierung von Musik auf Mathematik, lähmte sie nur. Eine Welt der Zahlen konnte keine Welt der Musik sein. Zahlen hatten kein Gefühl. Und in einer Welt ohne Gefühl konnte sich Gwen nicht aufhalten. Sie starb darin. Schon deshalb konnte sie die Begeisterung ihres Vaters nicht teilen.
Und aus einem anderen Grund, der ihr größtes Geheimnis war.
Gwendolyn Fischer, die umjubelte Opernsängerin, die gerade vor dem Start in ihre Weltkarriere stand, hatte nie richtig Notenlesen gelernt.
Kein Journalist wusste es, kein Kollege, und auch in ihren Gesprächen mit Maria hatte sie das Thema nur einmal kurz gestreift. Ihre Kollegen oder viele Menschen aus der Musikwelt und der Öffentlichkeit hätten dies als Schwäche ausgelegt. Eine professionelle, demnächst hoch bezahlte Musikerin, die nichts mit Noten und mit Partituren anfangen konnte? Lächerlich!
Doch für Gwen war das kein Problem. Sie brauchte das Notenlesen nicht, denn sie hatte dafür eine andere Begabung. Sie verfügte über ein phänomenales Gedächtnis.

Musste sie eine Opernpartie lernen, hörte sie sich eine CD mit dem betreffenden Stück genau drei Mal an. Beim ersten Hören kannte sie das Werk in groben Zügen bereits auswendig. Beim zweiten Mal ließ sie ihre Stimme mitsummen, um bestimmte schwierige Stellen aufzuspüren, die ihr vielleicht technische Probleme bereiten konnten. Das dritte Hören war nur zur Überprüfung nötig. Danach saß die Rolle gewöhnlich perfekt – auch wenn die Oper drei Stunden dauerte und sie eine Titelpartie übernahm.

Die Öffentlichkeit ahnte nichts davon, und auch ihr Vater hatte nichts davon gewusst. Kein Wunder, dass er zornig geworden war, wenn sie verständnislos vor seinen Berechnungen saß …

Wann hatte sie zum letzten Mal von ihm gehört? Sie musste sich eine Weile besinnen, und nach und nach wurde ihr klar, dass es mehr als fünf, sechs Jahre her war.

Im Jahr 2000, lange nachdem sie sich vom Einfluss ihres Vaters losgesagt hatte, war ihr ein Zeitungsartikel in die Hände gefallen. Dieses Jahr war nicht nur der Beginn des Millenniums und das Heilige Jahr der katholischen Kirche, sondern auch ein sogenanntes Bach-Jahr: Der Komponist war genau 250 Jahre zuvor gestorben. Die Musikbranche zelebrierte das Ereignis mit einer Flut von CD-Veröffentlichungen, mit Konzerten und Artikeln in Zeitungen und Magazinen. Auch mit Beiträgen über Menschen, die sich mit Bachs Musik auskannten. Gwen hatte ihren Vater auf dem Bild in einer Zeitung sofort erkannt: kariertes Flanellhemd und Cordhose.

Sie blickte erneut auf die verregnete Startbahn hinaus. Das Flugzeug setzte sich in Bewegung und begann zu rollen. Die weißen und blauen Lichter wanderten langsam vorbei.

Kopf hoch, sagte sich Gwen. Das Ganze ist nur eine Formalität. Du besuchst die Beerdigung, regelst mit dem Anwalt den Nachlass, und dann geht es nach Berlin. Dort triffst du Christopher und probst mit ihm für das Konzert. Christopher …

Wie fast jedem Dirigenten, mit dem sie zusammenarbeitete, hatte sie auch ihm irgendwann beichten müssen, dass sie mit Noten nichts anfangen konnte. Und selten hatte jemand so schnell Verständnis dafür gezeigt wie er. Und das war umso außergewöhnlicher, da es sich ja um eine Uraufführung handelte. Es gab für Gwen keine CD zum Üben. Christopher selbst würde ihr das Werk Note für Note vorspielen müssen – immerhin ein fast einstündiger Zyklus von orchesterbegleiteten Liedern nach Texten von Rilke.

Gwen hatte die Partitur erhalten, einen Blick hineingeworfen und ein paar Textzeilen gelesen, bevor sie die Mappe wieder weglegte. Ihr Gedächtnis hatte die Texte sofort gespeichert, und jetzt kam ihr der Anfang des ersten Liedes wieder in Erinnerung.

Leise hört ich dich rufen / in jedem Flüstern und Wehn. Auf lauter weißen Stufen, die meine Wünsche sich schufen, hör ich dein Zu-mir-Gehn.

Das Flugzeug gewann an Tempo. Die Lichter draußen wanderten nicht mehr, sie rasten. Auch der Regen, der an die Scheibe schlug, schien stärker zu werden. Die Wassertropfen zogen, getrieben vom Fahrtwind, in feinen Bahnen nach hinten.

Und während Gwen von der Beschleunigung der Maschine in den Sitz gedrückt wurde, schloss sie die Augen und dachte an das Gedicht.

Christopher.

In jedem Flüstern und Wehn …

4

Hauptkommissar Tobias Brandt schlich in seinem silbernen BMW-Z3-Cabrio die schnurgerade Straße entlang, die in die Leipziger Innenstadt führte. Vor ihm kroch eine Straßenbahn, die in regelmäßigen Abständen stehen blieb, um Fahrgäste aus- und einsteigen zu lassen, und dabei jedes Mal die Straße blockierte. Brandt bremste, zog an seiner selbst gedrehten Zigarette und atmete dichten Qualm aus. Das schwarze Cabriodach war jetzt, im November, geschlossen.
Die Digitalanzeige unter dem Tacho zeigte acht Uhr fünfundfünfzig. Vor etwa anderthalb Stunden hätte Brandt seinen Dienst anzutreten gehabt. Er würde unweigerlich den Unwillen des Dezernatsleiters auf sich ziehen.
Die Straßenbahn hielt schon wieder. Brandt zwang sich, ruhig zu bleiben. Als sie sich langsam in Gang setzte, nutzte er die Gelegenheit zu einem beherzten Überholmanöver.
Um sieben Minuten nach neun erreichte der Aufzug die Etage des K 11, des Kommissariats für Straftaten gegen das Leben und die Gesundheit, wo Brandt seit zwei Jahren arbeitete.
Die Dienststelle befand sich in der Polizeidirektion in der Dimitroffstraße; unter den Mitarbeitern hieß die Behörde nur »der Barockpalast«. Die zwischen Simsen, wuchtigen Säulen und Bogen hinausschauenden Fenster starrten in drei Richtungen gleichzeitig – wie ein lauerndes Tier, das seine Umgebung fest im Blick hält.
Gelegentlich bekam Brandt von Kollegen zu hören, dass er als Kettenraucher seit Jahren Straftaten gegen das Le-

ben und die Gesundheit beging. Ihm war klar, dass die Bemerkung nicht unbedingt als Witz gemeint war.
Der Büromief löste eine Welle der Unlust in ihm aus. Am Tag zuvor, an seinem letzten Urlaubstag, war er noch durch die Leipziger Kneipen gezogen und hatte versucht, den zwei Wochen Freizeit die passende Krönung zu verleihen. Leider war es ihm nicht gelungen, die Zwanzigjährige mit dem Push-up-BH, mit der er an der Bar gesessen hatte, mit nach Hause zu nehmen. Sie hatte ihn nur angelächelt, und in ihrem Blick hatte ein Ausdruck gelegen, den Brandt nur allzu gut kannte und der leider immer öfter in den Augen der Mädchen lag, die er zu verführen versuchte: Was willst du denn, du alter Sack? Du glaubst doch nicht im Ernst, dass ich mich mit dir einlasse? Aber zuzusehen, wie du dich abmühst, ist echt cool. Bis was Besseres passiert, kann ich mir das ja mal ansehen.
Und dabei hatte sie genüsslich ihre zartrosa Lippen um den Strohhalm des Cocktails gelegt, den er dann bezahlt hatte.
Brandt wurde schmerzlich bewusst, dass er in zwei Jahren fünfzig wurde.
Gegen halb eins hatte er es aufgegeben. Zu einer Zeit, zu der es früher eigentlich erst losgegangen war.
Er betrat das verwaiste Büro, setzte sich an seinen Schreibtisch und griff automatisch in seine ausgewaschene Jeans, um den Tabaksbeutel herauszukramen. Rauchen war im Büro natürlich verboten.
»Na, Herr Kollege? Wieder im Dienst?«
Er drehte sich um und blickte direkt in Nagels glatt rasiertes Gesicht. Eine Wolke Aftershave umgab den Dezernatsleiter. Seine Kleidung strahlte Sauberkeit und Frische aus. Es war im Polizeipräsidium ein offenes Geheimnis, dass Nagel offen danach trachtete, im Geschmack seiner

Kleidung und seines Duftes Staatsanwalt Dr. Schneider zu kopieren. Wie er trug Nagel einen hellgrauen Armani-Anzug, weißes Hemd und Krawatten mit verwirrenden Mustern, in denen neben verschiedenen Grautönen irgendwo ein Stich Blau auftauchte. Nicht nur die Kleidung, auch die goldene Uhr hätte Nagel mit Dr. Schneider ohne Weiteres tauschen können, genau wie die schwarz geränderte Brille. Im Präsidium ging das Gerücht, dass Nagels Nasenfahrrad aus Fensterglas bestand. Er trug es nur, um Dr. Schneider äußerlich noch ähnlicher zu sein.
»Danke der Nachfrage. Der Urlaub war erholsam.«
»Haben Sie mal auf die Uhr geschaut?«
Brandt sah Nagel nicht ins Gesicht, sondern zupfte an den Akten herum, die auf dem Schreibtisch lagen. Er las einen mit dickem Filzstift geschriebenen Namen: Adrian Fischer.
»Ich habe Sie was gefragt.«
»Ich habe es gehört. Wir haben zehn nach neun. Aber haben Sie nicht selbst eine Uhr?«
»Das ist eine Unverschämtheit«, wetterte Nagel los. »Wie lange sind Sie schon hier?«
Als wäre er schon seit Stunden im Dienst, schlug Brandt die Mappe auf. Mit geübtem Blick ging er durch die Felder auf den Formularen und entnahm ihnen die Information, dass es sich um einen Selbstmord handelte. Ein gewisser Adrian Fischer war in Naunhof von einer Autobahnbrücke gesprungen. Konnten sich die Selbstmörder nicht wenigstens eine Todesart aussuchen, bei der sie niemand anderen gefährdeten?
»Ich habe nicht genau darauf geachtet«, sagte Brandt.
»Bei der Morgenandacht waren Sie jedenfalls nicht dabei.«
Brandt musste lächeln. Es stand dem gelackten Nagel überhaupt nicht, die umgangssprachlichen Bezeichnun-

gen für die Dienstabläufe, die dienstlichen Gegenstände und Räumlichkeiten zu verwenden. Der Mann war völlig unfähig zu Ironie, und wenn er »Barockpalast« sagte oder wie jetzt die Morgenbesprechung »Morgenandacht« nannte, war man immer einen Moment irritiert.

Brandt blätterte weiter.

»Ich bin kurz danach gekommen.« Jetzt sah er Nagel zum ersten Mal an und tippte auf das Blatt. »Eine seltsame Sache, finden Sie nicht? Wer stürzt sich von einer Autobahnbrücke, um sich umzubringen? Diese Brücken sind ja keine zehn Meter hoch.«

Nagel hatte Brandts dickem Fell nichts mehr entgegenzusetzen. Nervös nahm er die Brille ab, zog ein Taschentuch hervor und begann, sie zu putzen. »Wenn Sie heute Morgen da gewesen wären, wüssten Sie, dass der Fall erledigt ist. Jemand von den Kollegen hat die Akte hier liegen gelassen. Selbstmord mit Abschiedsbrief. Der Mann war unheilbar krank. Wahrscheinlich eine Verzweiflungstat. Die Leiche ist freigegeben. Heute wird der Mann beerdigt.«

Nagel nahm Brandt die Unterlagen aus der Hand, schloss sie und legte sie in den Ausgangskorb.

»Sie kümmern sich um andere Dinge. Gestern Abend: Raubüberfall auf ein Lebensmittelgeschäft im Nordosten. Versuchte Vergewaltigung am Elsterflutbett. Setzen Sie sich mit dem Team in Verbindung. Frau Stauer sammelt die Informationen.«

Nagel rauschte hinaus, nur seine süßliche Duftmarke blieb zurück.

Brandt drehte sich eine Zigarette, zündete sie an und beobachtete den dünnen Rauchfaden, der zur Decke wanderte.

Raubüberfall auf ein Lebensmittelgeschäft am Sonntag? Na ja, seine Kollegen würden es ihm erklären.

Nachdenklich holte er wieder die Akte aus dem Korb, in der es um den toten Professor ging. Er blätterte durch Schriftstücke, die penibel einen schrecklichen Tod dokumentierten, und dahinter kamen die Fotos, die das Ganze geradezu absurd real werden ließen: ein verdrehtes, blutiges Bündel Mensch auf dem Asphalt neben einem riesigen Lkw-Reifen.
Brandt schlug ein paar Seiten zurück. Fischer hatte bei seinem Tod den Brief seines Hausarztes dabeigehabt, der Leukämie konstatiert hatte. Aber was trieb einen Menschen dazu, gerade auf diese Art Selbstmord zu begehen? Wie hoch war so eine Brücke? Keine zehn Meter. Es war nur eine Straßenüberquerung, keine Brücke über ein Tal. Routiniert filterte der Hauptkommissar bestimmte Details heraus.
Fischer war dreiundsiebzig Jahre alt gewesen. Professor. Er hatte in Leutzsch ein Haus. Hatte alleine gelebt. Sein Wagen hatte in der Einfahrt gestanden.
Wie war er zu der Brücke über die A 14 gekommen? Sie lag auf der anderen Seite der Stadt.
Dreiundsiebzig Jahre …
Die Kollegen hatten auch den Hausarzt befragt. Er hatte die Leukämie noch einmal bestätigt. Fischer hätte höchstens noch ein halbes Jahr vor sich gehabt. Nach Aussage des Arztes hatte er unter Ängsten gelitten.
Brandt schloss die Akte. Es war besser, sich jetzt um den Dienst zu kümmern, sonst machte Nagel richtig Ärger. Er sah nicht nur wie einer der hohen Herren aus, angeblich waren seine Beziehungen in die Chefetagen der Behörde wirklich exzellent.
Brandt stand auf, öffnete einen Fensterflügel, drückte die Zigarette auf dem äußeren Fensterbrett aus und warf die Kippe auf den darunterliegenden Hof, wo die Dienstfahr-

zeuge parkten. Er wollte gerade zum Telefon greifen, da kam ein uniformierter junger Polizist hereingestürmt.
»Ah, Herr Brandt«, rief er. »Gut, dass ich Sie treffe. Ich dachte, hier wäre keiner mehr.«
»Ich bin auch gleich weg.«
Er hielt dem Hauptkommissar einen Zettel hin. »Das hier ist gerade reingekommen. Da hat jemand was an der Autobahn gesehen.«
»An der Autobahn?«
»Die Sache mit dem Selbstmord. Da waren Sie noch im Urlaub.«
»Der Fall Fischer?«
»Ja, so hieß der Tote.«
Brandt nahm das Blatt und bedankte sich bei dem Kollegen, der den Raum sofort wieder verließ. Der Hauptkommissar lehnte sich in seinem Stuhl zurück und las, was auf der Meldung stand.
Er durchforstete noch einmal die Akte, wobei er die Fotos schnell überschlug. Schließlich griff er zum Telefon und wählte.

5

»Zum Südfriedhof bitte«, sagte Gwen und zog die Tür des Taxis zu. Der Fahrer gab Gas, und der Wagen spiegelte sich einen Moment im Glas der breiten Eingangstür des Hotels. Dann ging es an heruntergekommenen Fassaden entlang – mit Graffitis, vernagelten Fenstern und Unkraut, das aus den Mauersockeln wuchs. Die Reifen des Taxis ratterten über Kopfsteinpflaster.

Gwen lehnte sich zurück. Im selben Moment erfüllte Gesang den Innenraum des Wagens. Eine dramatische Stelle aus der Arie der Königin der Nacht aus Mozarts *Zauberflöte*. »Der Hölle Rache kocht in meinem Herzen«, und es war die Stimme von Gwen. Eine Aufnahme aus ihrer Studienzeit. Der Tonmeister hatte ihr aus dem kurzen Ausschnitt einen Klingelton fürs Handy gebastelt und ihn ihr zum Geburtstag geschenkt.

Gwen holte das Telefon aus der Tasche. Das Display zeigte die Buchstaben CL. Es war Christopher.

»Guten Morgen«, ertönte seine weiche Stimme. »Hast du trotz allem eine gute Nacht gehabt?«

Ich habe von dir geträumt, hätte sie am liebsten gesagt.

»Leider zu kurz. Aber ich bin okay.«

»Du Arme. Bald hast du es überstanden. Ich habe gerade mit Berlin telefoniert. Sie haben die Orchesterproben auf heute Abend angesetzt. Willst du dabei sein?«

»Natürlich!«

»Es könnte sein, dass ich mich fürchterlich blamiere.«

»Was? Warum?«

»Ich bin mit der Instrumentierung noch unsicher. Vielleicht stellt sich heraus, dass ich noch etwas überarbeiten muss.«

»Ich bin mir sicher, dass alles ganz toll klingt.«
»Wenn ich nur solche Kollegen hätte wie dich, wäre vieles leichter.«
»Ich werde dich unterstützen, so gut ich kann.«
»Danke. Wo bist du gerade?«
»Ich fahre zur Beerdigung. Danach ist der Notartermin, und am Nachmittag werde ich sicher aufbrechen können. Ich melde mich dann. Bist du schon in Berlin?«
»Nein, ich stehe am Flughafen ... Pass auf dich auf. Ich denke an dich.«
»Danke. Ich auch an dich.«
Die letzten Worte hatte sie nur noch in den Hörer gehaucht, und als sie das Handy wegpackte, spürte sie, dass ihr warm geworden war.
Nachdenklich blickte sie auf die Häuser und Straßen, die hinter den Scheiben des Taxis vorbeiglitten. Dann holte sie einen kleinen Spiegel aus ihrer Handtasche und überprüfte noch einmal ihr Aussehen. Sicher würden viele Menschen zu der Beerdigung kommen. Vielleicht sogar die Presse. Darauf musste man immer vorbereitet sein.
Ein Glück, dass der Notar das Tageszimmer gebucht hatte. So hatte sie sich nach dem überstürzten Aufbruch in Köln frisch machen und umziehen können. Gwen trug einen schlichten schwarzen Pullover und eine schwarze Hose, dazu ihren dunklen Mantel. Die Perlenkette, die sie von ihrer Mutter geerbt hatte, sorgte für einen hellen Kontrast.
Das Taxi folgte einer langen, schnurgeraden Straße.
Weit am Horizont ragte hinter den Dächern der Häuser etwas Riesiges, Dunkles auf. Es sah aus wie die Silhouette eines gewaltigen Turms. Oder eines kantigen Bergs.
»Was ist das da hinten?«, fragte Gwen.
»Das Völkerschlachtdenkmal. Es steht gleich neben dem Friedhof.«

Gwen hatte davon gehört, hätte aber nie gedacht, dass das Denkmal so riesig war. Eine lange Mauer säumte die Straße.

»Wollen Sie direkt auf den Friedhof fahren?«, fragte der Fahrer.

»Ja bitte, wenn das möglich ist …«

»Bei Beerdigungen geht das.«

Der Fahrer bremste und bog in eine Einfahrt ab. Ein breiter geteerter Weg führte über den Friedhof – geradewegs auf eine Kapelle zu. Links und rechts säumten hohe Bäume und Sträucher die Straße, weiter hinten waren vereinzelt Grabsteine zu sehen. Zwischen den Gräbern zweigten Gehwege ab. Das Gelände musste ziemlich groß sein. Plötzlich erschien zwischen den Bäumen hinter einem Drahtzaun auf einer kleinen Anhöhe das wuchtige Denkmal – eine gewaltige Ansammlung von dunklem Stein. So dicht, wie sie hier an dem Bauwerk waren, konnte Gwen gar nicht den gesamten Turm sehen, sondern nur den unteren Teil.

»Da wären wir«, sagte der Fahrer und hielt. Gwen bezahlte, stieg aus und stand nun neben der Kapelle auf einem Parkplatz.

Das Taxi rollte auf der geraden Straße davon, und Gwen wurde plötzlich klar, dass hier etwas nicht stimmte.

Kein Mensch war zu sehen.

Sie sah auf die Uhr. Kurz vor zehn. Wie verabredet.

Warum war hier niemand?

»Frau Fischer?«

Sie wandte sich um, und da stand plötzlich ein kleiner, korpulenter Mann mit Glatzkopf vor ihr. Der Mann, der trotz des kühlen Wetters zu schwitzen schien, wischte sich mit einem Taschentuch über die Stirn und streckte ihr dann seine fleischige Hand entgegen.

»Mein Name ist Johansen. Mein herzliches Beileid.«
Gwendolyn begrüßte den Notar, der sie durch ein dickes schwarzes Brillengestell ansah. Sein dunkler Anzug schien ihm zu eng zu sein. Sie fragte sich, ob der Mann es überhaupt fertigbrachte, die Jacke zuzuknöpfen.
»Ich freue mich, dass Sie sich doch entscheiden konnten. Ich weiß, dass Sie viel zu tun haben. Sie stehen doch unmittelbar vor der Uraufführung dieses neuen Werkes von Christopher Leonard.«
»Das wissen Sie?«
»Ich habe einiges über Sie von Ihrem Vater erfahren. Außerdem hat es in einer Musikzeitung gestanden, der Sie ein Interview gegeben haben.« Er lächelte sie an. »Wissen Sie, ich bin auch ein großer Freund klassischer Musik. Ich habe sehr viele CDs und auch alle, die Sie aufgenommen haben. Ich lese viel darüber. Ich bin sogar schon einmal in einer Aufführung gewesen, in der Sie mitgesungen haben. *La Traviata* in Halle. Vor drei Jahren.«
Gwen versuchte, einen wohlwollenden Eindruck zu machen. Ihr war nicht nach einem Gespräch von Künstler zu Fan zumute. Zum Glück ging Johansen auch nicht weiter darauf ein.
»Kommen Sie.« Er wies auf den Eingang der Kapelle. »Wir sind gerade pünktlich.«
In diesem Moment begannen die Glocken zu läuten. Das Geräusch kam so plötzlich, dass Gwen erschrak. Der Klang schien alles zu übertönen. Rasch folgte sie Johansen. Aber kaum war sie in dem Innenraum angekommen, blieb sie stehen und schüttelte ungläubig den Kopf.
Was sie sah, konnte einfach nicht wahr sein. Gwen hatte geglaubt, auf der Beerdigung eines bekannten Wissenschaftlers zu sein. Einer Kapazität der Bach-Forschung. Eines Gelehrten, an dessen Tod man öffentlich Anteil

nahm. Sie hatte erwartet, dass viele Menschen ihrem Vater die letzte Ehre erweisen würden. Dementsprechend hätte der Innenraum der Kapelle voll, wenn nicht sogar überfüllt sein müssen.

Aber er war leer. Niemand saß in den Bänken. Verwirrt ließ sich Gwen neben Johansen in einer der hinteren Reihen nieder, und schließlich fiel ihr Blick auf den schlichten, hellen Sarg, der quer vorn vor dem Altar stand. Darin lag er nun.

»Sind Sie sicher, dass wir nicht viel zu früh hier sind?«, fragte sie leise. Am liebsten hätte sie hinzugefügt: Sind wir nicht vielleicht sogar auf der falschen Beerdigung?

»Es ist alles, wie es sein soll«, gab Johansen zurück. Er wirkte sehr sicher.

In diesem Moment erschien ein junger Priester, und die Zeremonie begann. Gwen war einmal auf der Beerdigung einer Tante gewesen und erinnerte sich, wie der Pfarrer auf das Leben der Verstorbenen eingegangen war, wie er vieles gewürdigt hatte, was an der Tante liebenswert gewesen war. So etwas fehlte hier völlig. Der Priester erging sich in einer lateinischen Liturgie, aus der Gwen das Wort »Requiem« heraushörte. Sie wohnte gar keiner Beerdigung bei, sondern einem richtigen Gottesdienst.

Immer wieder schweiften ihre Gedanken ab. Warum hatte sie den Kontakt zu ihrem Vater so vehement abgebrochen?

Weil sie sich auf ihre Karriere konzentrieren musste. Nach ihrem Examen und nach den ersten erfolgreichen Engagements war nichts wichtiger in ihrem Leben.

Und sie hatte sich wild in die Arbeit gestürzt. Hatte geübt, Partien studiert, ihre Technik und ihr Repertoire verbessert. Alte Studienkollegen, die sich hin und wieder meldeten, hatten ihr erklärt, dass sie sich nicht so verschanzen durfte, dass sie auch leben musste.

Sie hatten nicht begriffen, dass für Gwen nur das Singen Leben bedeutete. Es gab Momente, in denen sie sang, und es gab Momente, die dazwischenlagen. In denen sie sich nach dem Singen sehnte. Wie jetzt …
Aber wäre es denn so schwer gewesen, ihren Vater wenigstens einmal anzurufen oder ihm zu schreiben? Nun war er tot, und plötzlich fiel Gwen ein, dass sie immer noch nicht erfahren hatte, woran er eigentlich gestorben war.
Und dann dieses seltsame Testament. Dieser Letzte Wille, dass sie an der Beerdigung teilnehmen sollte. Was nützte das denn nun noch? Für eine letzte Aussprache, für eine Versöhnung war es unwiderruflich zu spät.
Oder sollte das so etwas wie ein Zeichen sein? Eine Botschaft über den Tod hinaus, dass er sich mit ihr versöhnen wollte? Oder ging es darum, ihr Schuldgefühle einzuimpfen?
Wie auch immer – das war ihm jedenfalls gelungen.
Gwen erwachte aus ihren Grübeleien, als der Priester seine Hände hob, eine letzte Gebetsformel sprach und die Trauerfeier mit schlichter, langsamer Orgelmusik zu Ende ging.
Sie standen auf und gingen nach draußen. Gwen und Johansen hielten sich abseits auf dem großen Platz neben der Kapelle, aus deren Tür weiterhin die Musik ertonte. Schließlich wurde der Sarg herausgerollt. Der Priester kam auf sie zu, nickte kurz, und die winzige Trauergemeinde aus drei Personen setzte sich in Bewegung. Der kleine Zug bog vom Hauptweg ab und schritt jetzt unter hohen Bäumen hindurch – über knirschenden Kies, vorbei an alten und neueren Gräbern. Manche Steine waren mit Moos überwachsen. Andere wirkten wie gerade erst aufgestellt. Gwen versuchte sich abzulenken, indem sie die Aufschriften auf den Grabsteinen las. Die Sterbedaten reichten von 1954 bis 2003.

Sie kamen zu der Grabstelle, die für ihren Vater vorgesehen war. Ein rechteckiges Loch, daneben lehmiggelbe, aufgehäufte Erde.
Während der junge Priester wieder das Wort ergriff, beobachtete sie ganz in der Nähe auf einer Kiefer ein Eichhörnchen, das wie erstarrt herüberblickte. Plötzlich schreckte es auf und flüchtete ins Gebüsch. Gwen folgte seinem Weg – und wäre fast vor Schreck zusammengezuckt.
Dort neben einem Baum stand reglos ein Mann und sah sie an. Sein dichtes Haar lag wie das Gefieder eines Raben kohlschwarz und glänzend um seinen Kopf, und seine dunklen Augen starrten Gwen unverwandt an. Er lächelte ein wenig, und seine Miene wirkte fast anzüglich – als würde der Mann Gwen kennen, aber sie war sich absolut sicher, ihn nie zuvor gesehen zu haben.
Er kann nicht mich meinen, dachte sie. Vielleicht sieht er eine andere Person an, die hinter mir steht.
Sie drehte sich um, doch da war niemand.
Kaum wagte sie es, ihren Kopf wieder in die Richtung des Baums zu drehen. Der Blick des Fremden hatte etwas Bohrendes. Aber als sie es schließlich wagte, stand der Mann immer noch da, und nun fand Gwen keine Kraft mehr, den Blick abzuwenden.
Sein Gesicht mit dem dunklen Teint hob sich von seiner dunklen Kleidung und den schwarzen Haaren ab, und sein Blick schien deutlich zu sagen: Ja, ich meine dich. Dich und niemand anderen.
Was soll das bedeuten, dachte Gwen. Was will er von mir?
Der Mann verzog den Mund ein wenig mehr, so als würde er sich freuen, mit ihr Kontakt aufgenommen zu haben, als hätte er genau gespürt, was sie gerade gedacht hatte.

Das wirst du noch erfahren, schien er ihr zu signalisieren, und Gwen war sicher, dass er ihre Gedanken gelesen hatte – oder sie intuitiv erahnen konnte.
Ein Verrückter, dachte sie. Ein Friedhof zieht Verrückte an. Kümmere dich nicht darum.
Kaum hatte sie sich mit diesem Gedanken zur Ordnung gerufen, starrte sie wieder in die Grube, in der gerade der Sarg mit der Leiche ihres Vaters verschwunden war.
Als sie kurz darauf noch einmal in die Richtung des Baums blickte, war der Mann verschwunden.

6

Der Notar wies auf einen der Besucherstühle vor seinem ausladenden Schreibtisch, und Gwen setzte sich. »Kann ich Ihnen etwas anbieten?«, fragte er. »Einen Kaffee vielleicht? Oder etwas Kaltes? Entschuldigen Sie, Sie sehen etwas blass aus. Fühlen Sie sich unwohl?«

Gwen fröstelte. Der Raum war nüchtern und ungemütlich. Grauer Teppichboden. Hohe Regale, angefüllt mit Reihen von Aktenordnern, bedeckten die Wand hinter Johansens Arbeitsplatz. Kein Bild an den weißen Wänden. Keine Blumen, kein Schmuck.

»Wenn Sie vielleicht ein Wasser hätten …«, sagte Gwen. Du hast es fast geschafft, redete sie sich ein. Nur noch ein paar Minuten.

Die Worte hatte sie wie eine Gebetsformel auf der Fahrt hierher innerlich ständig vor sich hin gesagt. Die Testamentseröffnung ist nur noch eine Formalität. Höchstens eine halbe Stunde noch, dann kannst du Johansen bitten, dass er dir eine Zugfahrt nach Berlin bucht. Du holst dein Gepäck aus dem Hotel. Heute Abend bist du in Christophers Probe, und alles ist vergessen.

Während der Notar über eine Gegensprechanlage seine Vorzimmerdame instruierte, wanderte ihr Blick zu den beiden großen Fenstern. Dahinter lagen die Dächer der Stadt. In der Ferne war ein Kirchturm zu sehen. Sie kannte die typische Form von Bildern. Das musste die Thomaskirche sein. Der Arbeitsplatz von Johann Sebastian Bach.

Johansen setzte sich, schlug einen dunkelblauen Aktenordner auf und begann zu blättern.

»Ich denke, es ist auch in Ihrem Interesse, dass wir die Sache rasch hinter uns bringen«, sagte Johansen. Er entnahm der Akte einen großen braunen Umschlag, öffnete ihn sorgfältig mit einem langen Brieföffner, ließ den Inhalt jedoch unberührt.

»Vorher noch etwas anderes. Ich muss Sie bitten, sich auszuweisen. Eine Formalität. Wir wissen beide, dass Sie Herrn Professor Fischers Tochter Gwendolyn sind. Es ist jedoch Vorschrift.«

Gwen holte aus der Handtasche ein Mäppchen mit Kreditkarten und Ausweisen hervor. Sie schob Johansen ihren Personalausweis zu. Der Notar inspizierte das Dokument und schrieb etwas auf einen Zettel. Offenbar notierte er die Nummer des Ausweises.

Johansens Mitarbeiterin kam herein, stellte ein Glas Wasser vor Gwen auf die Tischplatte und zog sich wieder zurück.

Gwen nahm einen Schluck.

Johansen schob den Personalausweis zurück, griff in das große Kuvert und hielt nun ein beschriebenes weißes Blatt in den Händen. Ohne zu zögern begann er zu lesen.

»Letzter Wille … Ich, Adrian Fischer, geboren am 24. September 1932, erkläre hiermit meine Tochter Gwendolyn Fischer zu meiner Alleinerbin. Ich überschreibe ihr mit Wirkung vom Zeitpunkt meines Todes an mein Haus, meine Konten, mein Archiv …«

Die Stimme des Notars wirkte unbeteiligt wie bei einer Litanei. Gwen hörte den juristischen Formeln kaum zu, wartete einfach nur, bis es vorbei war.

Am Ende legte Johansen das Blatt hin und sagte: »Ich weiß, dass Ihr Vater keine Schulden hatte und auch sonst keine Verbindlichkeiten mit dem Erbe verbunden sind. Und ich muss Sie jetzt fragen: Nehmen Sie das Erbe an?«

»Natürlich«, murmelte sie und nickte. Johansen schob ihr ein vorbereitetes Formular hin. Dort, wo sie unterschreiben musste, hatte er bereits ein Kreuz gemacht. Gwen setzte ihre Unterschrift hin.

Geschafft, dachte sie. Sie fühlte sich erleichtert.

Johansen griff erneut in den Umschlag und beförderte einen länglichen Gegenstand heraus. Es war ein ledernes Mäppchen.

»Dies ist der Schlüssel für die Villa Ihres Vaters in Leutzsch. Die Adresse steht auf dem kleinen Schild.«

Gwen inspizierte es und las »Rathenaustraße«.

»In der Villa müssten sich alle Unterlagen befinden, die Ihnen die Konten Ihres Vaters öffnen: Kreditkarten und so weiter. Sie erhalten von mir eine Bestätigung, dass Sie jetzt die rechtmäßige Inhaberin der Konten sind. Weitere Unterlagen wie die Urkunden zur Überschreibung der Immobilie sende ich Ihnen an Ihre Kölner Adresse.«

»In Ordnung. Vielen Dank.«

Sie verstaute den Schlüsselbund in ihrer Handtasche und stand auf. »Ich muss heute Abend in Berlin sein. Wäre es möglich, von Ihrem Büro aus einen Zug zu reservieren? Und dann hätte ich gerne noch ein Taxi.«

Johansen nickte, doch auf seinem Gesicht zeigte sich ein verwirrter Ausdruck. »Ja, sicher …«, sagte er. »Aber bitte setzen Sie sich doch wieder. Wir sind noch nicht fertig.«

Gwen ließ sich wieder nieder. »Warum? Was gibt es denn noch?«

Johansen griff ein weiteres Mal in den Umschlag. Wieder kam etwas zum Vorschein. Ein kleines weißes Kuvert. Der Notar legte es auf den Tisch und drehte es, sodass sie die Schrift auf der Vorderseite lesen konnte. Nur ein Wort stand darauf: »Gwendolyn«. Handgeschrieben. Mit blauer Tinte und mit breiter Feder. Es war die Handschrift ihres Vaters.

»Was ist das?«, fragte Gwen.
»Ich weiß nur, dass Ihr Vater wünschte, dass Sie das, was darin ist, erhalten. Ihr Vater hat alles mit mir durchgeplant – den Ablauf der Beerdigung, die Benachrichtigung an Sie, die Testamentseröffnung. Die Übergabe dieses Kuverts sollte ganz am Ende stehen.«
Gwen starrte auf die Schrift. Johansen machte eine Bewegung. Als sie wieder aufblickte, hielt er ihr den Brieföffner hin.
»Vielleicht ist es auch ein Abschiedsbrief.«
Gwen runzelte die Stirn. »Was meinen Sie damit?«
»Nun ja, Ihr Vater wollte Ihnen vor seinem Tode vielleicht etwas mitteilen.«
»Wusste er denn, dass er sterben würde?«
Die Todesursache, schoss es Gwen durch den Kopf. In der Kapelle hatte sie noch daran gedacht, doch dann war sie abgelenkt gewesen und hatte es vergessen.
»Sie wussten es gar nicht?«, fragte Johansen. »Frau Fischer, das tut mir leid … Ich dachte, weil Sie gar nicht nachfragen, wäre es Ihnen bekannt.«
»Was soll mir bekannt sein?«
Johansen räusperte sich. »Ihr Vater hat sich umgebracht.«
Gwen umgab plötzlich ein Mantel aus Kälte.
»Selbstmord? Aber warum?«
»Er war unheilbar krank. Er hatte Leukämie. Als er es tat, hatte er den Brief des Arztes und einen Zettel bei sich.«
»Was stand auf dem Zettel?«
»Ich weiß es nicht genau. Die Polizei hat sich darum gekümmert. Wahrscheinlich wird man sich deswegen noch mit Ihnen in Verbindung setzen.«
»Wie hat er es getan?«
»Er ist von einer Brücke gesprungen. An der Autobahn.«

Hauptkommissar Brandt stieg über die Leitplanke und stand nun vor dem roten Geländer der Autobahnbrücke. Er überwand das leichte Schwindelgefühl und blickte nach unten. Unter ihm schossen Fahrzeuge hervor. Manche bogen gleich hinter der Brücke auf das neue Autobahndreieck Parthenaue ab, andere blieben auf der A 14, um in den Leipziger Norden oder Richtung Halle zu gelangen. Das waren keine zehn Meter. Eher fünf.
Wenig für einen ordentlichen Selbstmord. Wenn er funktionieren sollte.
Wenn man aus dieser Höhe auf die Autobahn sprang, tötete einen das nicht unbedingt. Wenn man natürlich gerade vor einem Laster landete wie Fischer, war das schon etwas anderes.
Sicher hatte der Professor hier gewartet, bis ein Laster kam. Und das nachts gegen drei Uhr. Wo der Verkehr zwar immer noch stark war, aber wesentlich weniger Lkws unterwegs waren als tagsüber …
Brandt winkte Rudolf Binz, der ein Stück weit entfernt neben dem Wagen des Hauptkommissars stand und sich frierend die Arme um den Oberkörper hielt. Dabei hatte er schon eine Lederjacke über seine weiße Bäckerkluft gezogen. Aber wenn man die Backstube gewohnt war, in der wahrscheinlich permanent an die dreißig Grad herrschten, fror man hier leicht.
»Kommen Sie bitte mal her«, schrie Brandt gegen den Lärm der Fahrzeuge an. Binz hatte kurze Beine und musste eine kleine Klettertour hinlegen, um über die Leitplanke zu gelangen. Endlich hatte er es geschafft und kam auf dem schmalen Gang zwischen Leitplanke und Geländer auf den Hauptkommissar zu.
»Es dauert nicht lange«, rief Brandt. »Ich möchte nur, dass Sie mir ganz genau zeigen, wo Sie den Wagen gesehen haben.«

Rudolf Binz arbeitete in einer Bäckerei am Bahnhof von Borsdorf, ein Stück nördlich von hier. Er hatte ausgesagt, in Naundorf zu wohnen – einem Ort etwas weiter im Süden.
»Nur damit es keine Missverständnisse gibt. Fangen wir noch mal von vorn an.« Brandt war ganz nah an den Mann herangegangen, damit er nicht schreien musste. »Warum sind Sie an diesem Morgen so früh hier vorbeigekommen?«
»Ich bin zur Arbeit gefahren.«
»Welche Strecke nehmen Sie da?«
»Von Naundorf rauf nach Albrechtshain und dann hier über die Autobahn.«
»Wie viele Kilometer sind das?«
»Keine Ahnung.«
»Fahren Sie mit dem Wagen?«
»Nein, ich hab ein Mofa.«
»Wie lange brauchen Sie, bis Sie bei der Arbeit sind?«
»Knappe halbe Stunde.«
Brandt rechnete. Wenn das Mofa etwa fünfundzwanzig Stundenkilometer fuhr, betrug die Gesamtstrecke etwa zwölf Kilometer.
»Wann sind Sie in der Nacht hier vorbeigekommen?«
»Ich musste um drei bei der Arbeit sein.«
»Dann sind Sie also um halb drei losgefahren?«
Binz nickte. Der Wind verschob eine lange graubraune Strähne seines schütteren Haars.
Brandt sah über das Geländer. Sie standen genau über der rechten Spur, die in Richtung Leipzig ging. Ein Lkw folgte dem anderen. Die rechteckigen Planen über den Ladeflächen wirkten von hier oben wie riesige wandernde Bauklötze. Dieselgestank und das Aroma von Abgasen waberten Brandt entgegen.
Nach Naundorf waren es nicht mehr als fünf Kilometer. Acht bis zehn Minuten nach seinem Aufbruch musste Binz hier vorbeigekommen sein. Ziemlich genau um zehn vor

drei war Fischer vor den Kühler eines Lkw gefallen. Niemand in der Öffentlichkeit kannte diese Uhrzeit. Die Presse nicht und Binz erst recht nicht.
»Was ist passiert, als Sie mit dem Mofa hier ankamen?«
»Ich habe den Wagen gesehen. Er stand an der Leitplanke.«
»Dort, wo wir uns jetzt befinden?«
»Nein, mehr auf der anderen Seite. Wo der Verkehr einem vom Dreieck entgegenkommt.«
Die ermittelnden Beamten hatten sich Gedanken darüber gemacht, wie der Professor hierhergekommen war. Mit dem eigenen Wagen nicht, so viel war sicher. Denn der stand bei Fischer vor der Garage.
»Was für ein Wagen war es?«
»Keine Ahnung.« Binz versuchte, die Jacke noch fester um seinen Oberkörper zu ziehen. »Es war ja dunkel.« Er überlegte. »Irgendetwas Helles«, sagte er schließlich. »Ich glaube, silbermetallic.«
Adrian Fischer hatte einen schwarzen BMW gefahren.
Brandt zog den Zettel mit der Telefonnotiz aus der Tasche. »Sie haben dann noch angegeben, eine Person gesehen zu haben.«
Binz nickte eifrig. »Genau. Es war ein Mann. Ich hatte ihn ganz im Scheinwerferlicht.«
»Wo stand er?«
»Hinter dem Wagen. Am Kofferraum.«
»Wie sah er aus?«
»Ich hab ihn kaum gesehen.«
»Wie groß?«
»Nicht größer als ich.«
Fischer war hager, schlank und groß gewesen. Eins neunundachtzig stand in seinem Personalausweis. Binz war mindestens einen Kopf kleiner.

»Und es war keine zweite Person dabei?«
»Ich habe keine gesehen.«
»Haben Sie angehalten?«
»Hätte ich das müssen?«
»Was haben Sie sich gedacht, als Sie den Wagen und den Mann sahen?«
»Nichts. Aber als ich dann die Sache von dem Sturz in der Zeitung las…«
»Von dem Selbstmord.«
»Genau. Ich habe am Wochenende meiner Freundin erzählt, dass ich da was gesehen habe. Und die hat gesagt: Geh doch zur Polizei. Vielleicht ist das wichtig.«
Brandt musterte Binz, dessen Haarschopf immer noch im Wind flatterte. So ein Waldschrat hatte eine Freundin?
»Habe ich was falsch gemacht?«
Brandt schüttelte den Kopf. »Im Gegenteil. Ich danke Ihnen. Ich fahre Sie zurück zu Ihrer Arbeit.«

7

Gwen kam es vor, als würde der Brief in ihrer Tasche Hitze ausstrahlen oder als ginge ein unsichtbares Kraftfeld von ihm aus.

Sie hatte nicht gewagt, ihn im Beisein des Notars zu öffnen. Das Schuldgefühl, das sich in ihr regte, seit sie das erste Mal mit Johansen telefoniert hatte, war schmerzhafter als je zuvor. Nachdem der Notar sich noch einmal wegen des Missverständnisses entschuldigt und sich von ihr verabschiedet hatte, war sie wie betäubt die Treppe hinuntergelaufen und fand sich jetzt an der frischen Luft wieder. Sie musste den Brief lesen. Aber sie fürchtete sich davor, was darin stehen könnte.

Gleich werde ich einer Flut von Anklagen meines toten Vaters gegenübersitzen, die ich ein Leben lang mit mir herumtragen muss, dachte sie. Und es wird keine Chance geben wiedergutzumachen, was Vater mir vorwirft.

Er hat sich nicht wegen der Leukämie umgebracht, hämmerte es in ihrem Kopf. Wenn er eine treue Tochter gehabt hätte, dann wäre er nicht so verzweifelt gewesen, so etwas zu tun. Er hätte noch eine ganze Weile Freude am Leben haben können.

Aber seine Tochter hat sich egoistisch um ihre Karriere gekümmert. Und den alten Vater alleingelassen.

Gwen fühlte sich, als wäre sie die Angeklagte in einem imaginären Prozess, und eine andere Stimme in ihr versuchte verzweifelt, sie zu rechtfertigen.

Immerhin hatte ihr Vater nicht den geringsten Vorstoß unternommen, um mit ihr Kontakt aufzunehmen. Das hätte er doch sicher getan, bevor er sich wegen seiner Tochter umbrachte?

Gwen war nachdenklich weitergelaufen, und nun gelangte sie an eine breite Straße, die sie von einem schmalen, hohen Bauwerk trennte. Da war sie wieder: die Thomaskirche.

Ihr Vater hatte ihr von dieser Kirche erzählt. Sie war ein wahres Mekka der Musikwelt. Hier hatte Johann Sebastian Bach regelmäßig seine Werke aufgeführt. Woche für Woche eine Sonntagskantate. Hier hatte er Orgel gespielt. Hier waren seine Passionen erklungen …

Die Präsenz des Briefs in ihrer Tasche wurde unerträglich. Sie musste einen Platz finden, um ihn zu lesen. Gwen lenkte ihre Schritte auf die Kirche zu, in deren Schatten sich ein kleiner Platz befand. Eine Gruppe von Touristen umstand ein Denkmal aus dunklem Metall, das Bach in Überlebensgröße zeigte. Es war ein selbstbewusster, streng dreinblickender Mann, der da zu sehen war. Grimmig umfasste seine rechte Hand eine Notenrolle, als sei das, was darin stand, das Wichtigste auf der Welt. Und als wolle der Komponist all den Menschen entgegenschleudern, dass sie nur zu schwach oder zu unwissend waren, um das zu begreifen.

Genau wie dieser Gesichtsausdruck war Gwen Bachs Musik selbst immer vorgekommen: streng, unnahbar, unerbittlich, schwer. Wie eine komplizierte Mathematikaufgabe. Und ein bisschen ähnelte der Ausdruck in seinem Gesicht sogar dem von Gwens Vater.

Hinter dem kleinen Platz, der sich an die Längsseite der Thomaskirche schmiegte, begann die moderne Fußgängerzone mit den austauschbaren Geschäften, Reklamen und Fassaden. Es war, als sei dieser Ort hier ein letztes Relikt aus der Bach-Zeit, dem es gelungen war, sich gegen die moderne Welt abzuschotten. Gwen bewunderte die alten Häuserfassaden, die hier noch lückenlos als geschlossene Zeile vorhanden waren. In einem davon war ein Bach-

Museum untergebracht – mit einem kleinen Geschäft im Erdgeschoss.

Zwei Häuser weiter entdeckte sie ein altmodisches Café. Ein guter Ort, den Brief zu lesen. Sie drängte sich durch die Touristen, betrat den dämmrigen, von dunklem Holz dominierten Innenraum und suchte sich einen Platz, der etwas vom Eingang und der Kuchentheke entfernt lag. Die Kellnerin kam, und Gwen bestellte einen Kaffee.

Sie atmete tief durch. Nun musste es sein. Und es war sicher auch genau der richtige Ort. Sie holte den Umschlag hervor und bereitete sich innerlich darauf vor, mit den schlimmsten Vorwürfen konfrontiert zu werden.

Sie riss das Kuvert auf, zog vorsichtig das Schriftstück heraus und faltete es auseinander. Ihr Vater hatte auf dickes Briefpapier geschrieben. Oben in der Mitte war in grauer Schrift der Name des Absenders aufgedruckt: Prof. Dr. Adrian Fischer.

Der Brief bestand aus einem einzigen Blatt. Es war auf beiden Seiten mit der engen, gleichmäßigen Schrift beschrieben, die Gwen noch aus ihrer Kindheit kannte. Und sobald sie zu lesen begonnen hatte, ertönte sofort seine Stimme in ihrem Kopf – die leicht keuchende, sich immer wieder durch Räuspern unterbrechende Stimme, die so gerne in langen, ausgefeilten Sätzen sprach.

Meine liebe Gwendolyn, ich weiß nicht, wo und wann Du diesen Brief lesen wirst, und mir ist noch nicht einmal bekannt, ob Du ihn jemals zu Gesicht bekommst. Und jetzt, nachdem ich alles für den Fall meines Todes geregelt habe, kommen mir Zweifel, ob Du ihn überhaupt lesen willst.

Ihr Vater hatte das Wort »willst« doppelt unterstrichen.

Aber ich versuche mir vorzustellen, wie Du jetzt irgendwo vor diesem Schreiben sitzt und meine letzten Worte vernimmst. Dieser Gedanke, dass es zumindest eine Möglichkeit gibt, dass dieses Ereignis jemals stattfindet, stimmt mich jetzt schon ein wenig froh.

Ich habe verfolgt, dass Du Karriere machst. Ich habe in den Zeitungen und in den Fachzeitschriften gelesen, dass in diesem Moment, in dem ich dies schreibe, große Projekte vor Dir liegen und dass Du es wahrscheinlich an die Weltspitze der großen Sängerinnen schaffen wirst. Vielleicht hast du es ja schon geschafft, wenn Du diese Zeilen liest. Ein Kritiker hat geschrieben, Du seist die Callas des 21. Jahrhunderts. Oder Du könntest es zumindest werden. Du weißt, dass ich solchen platten Vergleichen schon immer sehr skeptisch gegenüberstand, aber mir ist klar, dass Du bei Deinem Publikum allergrößten Erfolg hast, und das gönne ich Dir von Herzen.

Gwen erinnerte sich an den Vergleich noch sehr genau. Ein Kritiker in der *Süddeutschen Zeitung* hatte ihn gezogen, nachdem Gwen ihr Debüt an der Münchner Staatsoper gegeben hatte.

Maria hatte nur darüber gelacht, denn der Kritiker verriet damit deutlich sein Unwissen. Gwen sang ganz andere Rollen als die berühmte Primadonna, und sie besaß auch einen ganz anderen Gesangsstil. Trotzdem hatte Maria die Kopie der Kritik ganz oben in die Mappe geheftet, die dann an ein großes Opernhaus gegangen war – und zu Gwens erstem Vertrag geführt hatte.

Ich weiß, dass ich als Vater versagt habe. Ich weiß, dass ich Dich in Deiner künstlerischen Arbeit nie so unterstützt habe, wie Du es gebraucht und verdient hättest. Wenn es eine Entschuldigung dafür gibt, dann diese: Für mich bedeutete Musik immer etwas ganz anderes als für Dich.

Gerade in den letzten Monaten habe ich das so deutlich erkannt, dass ich dutzende Male am liebsten zum Telefon gegriffen hätte, um es Dir noch einmal, nach all den Jahren, zu erklären und Dich um Verzeihung zu bitten. Aber dann erkannte ich, dass ich Dir diese Dinge unmöglich am Telefon sagen kann. Und persönlich auf Dich zuzugehen – dazu fehlt mir auch jetzt noch der Mut. Es fällt mir leichter, zu Tinte und Papier zu greifen, wie ich es in meinem ganzen Leben getan habe, um meinen Gedanken Ausdruck zu verleihen, und diese

Erklärungen auf die Zeit nach meinem Tod zu verschieben. Das mag feige sein, aber ich kann nicht anders.
Nun möchte ich Dir noch einmal meine Gedanken mitteilen, denn ich glaube, dass sie für Dich als Künstlerin eine wichtige Bereicherung sein können. Du hast meine Analysen und Berechnungen musikalischer Werke immer abgelehnt, und daher möchte ich jetzt jenseits von alldem schreiben, was Du verstehen musst.
Ich weiß, dass es für Dich etwas befremdlich erscheinen mag, aber die Musik, dieses seltsame Universum, das alle Menschen auf ihre Art lieben, dessen Wesen aber so schwer zu ergründen ist, die Musik ist weit mehr als nur ein Spiel mit Emotionen, mehr als nur ein Transportmittel für Gefühle. Ich will Dich nicht wieder mit Gelehrsamkeiten langweilen, die Du so verabscheust, aber wenn Du nun, nach meinem Tod, vielleicht willens wärest, Dich mit meiner Sicht der Dinge zu befassen, dann lasse mich Dir die grundlegende Erkenntnis verraten, deren Beweis ich schon lange gefunden habe, der ich mein Leben lang nachgegangen bin und die ich Dir mit auf den Weg geben möchte: Musik ist das, was die Welt im Innersten zusammenhält.
Sie ist ein Abbild der Harmonie des Universums, und wie im Universum selbst sind in ihr Geheimnisse verborgen, die wir Menschen nur mit viel Mühe zu erkennen vermögen. Genau wie geheimnisvolle Kräfte hinter der für uns wahrnehmbaren Natur wirken, so gibt es auch hinter der Musik eine verborgene Macht.
Und wie wir mit den Erkenntnissen der Naturwissenschaft große Gefahren über die Menschheit gebracht haben und noch immer bringen, so stecken auch hinter den geistigen Grundlagen des Universums Gefahren für uns alle.
Schuld. Das ist eine große Gefahr.
Sünde. Das ist eine noch größere.
Ich habe dies erst in den letzten Monaten erkannt, und das leider auf eine Weise, die mich selbst in die größte Sünde stürzte. Wenn Du dies liest, weißt Du sicher auch, welche Krankheit mich befallen hat, aber was Du nicht weißt: Die Krankheit ist eine Strafe für diese Sünde. Nicht wissen, sondern glauben soll man.

Gwen: Glaube!

Wieder hatte ihr Vater ein Wort zweimal unterstrichen. Diesmal das Wort »glauben«.

Ich habe bestimmte Entscheidungen getroffen. Und im Glauben daran, dass alles einem vorherbestimmten Ende entgegengeht, glaube ich auch, dass es ein Wiedersehen gibt.

Ich weiß es, Gwen. Aber es wissen zu wollen, es beweisen zu wollen, ist Sünde. Mein Gott, ich hätte weniger nach Wissen als nach Glauben trachten sollen. Aber jetzt, wo ich dies schreibe, fühle ich mich frei von Sünde. Ich habe getan, was ich tun musste. Das ist das Wichtigste bei dem, was uns bevorsteht. Denn deswegen heißt es im Johannes-Evangelium: »Denn also hat Gott die Welt geliebt, dass er seinen eingeborenen Sohn gab, damit alle, die an ihn glauben, nicht verloren werden, sondern das ewige Leben haben.«

Das ewige Leben.

Glaubst du daran, Gwen?

Ich sage Dir noch einmal: Glaube!

Versöhnung nach dem Tod. Glaubst Du auch daran?

Ich sage Dir: Indem Du bei meiner Beerdigung erschienen bist und Herr Johansen diesen Brief nicht vernichtet, sondern Dir übergeben hat, haben wir uns versöhnt. Und nicht ich, sondern Du hast letztlich den ersten Schritt getan.

Ich weiß, dass Du Dich auch hättest anders entscheiden können.

Ich danke Dir dafür.

So werden wir uns, wenn es so weit ist, in die Arme schließen und unseren Frieden haben

Oh, mein Lieb, besieg den Tod!
Wenn einst mein Leib im Grabe liegt
Und Todesschauer mich erschrecken,
Wird Jesus mich am letzten Tage wecken.
Sein Trost in Ewig nicht versiegt!
Dein Vater

Tränen standen in Gwens Augen.
In den Zeilen war viel von der Liebe ihres Vaters zu spüren – eine Liebe, von der sie kaum etwas geahnt hatte.
Nichts hatte ahnen wollen, wie ein kleines Teufelchen irgendwo in ihrem Bewusstsein hämisch rief.
Aber was sie noch viel schmerzhafter traf: Ihr Vater schien über seiner Einsamkeit noch mehr zu einem Sonderling geworden zu sein. Sein Verstand musste sich vernebelt haben.
Sie versuchte, das Schreiben rational zu betrachten. Am Anfang wirkte der Brief, als sei er eine Entschuldigung dafür, dass ihr Vater sich so lange nicht um sie gekümmert hatte, dann zog er sie nach und nach in seine seltsamen Ideen über die Macht der Musik hinein, um ihr schließlich wie ein religiöser Eiferer seltsame Regeln über Glauben und Sünde mit auf den Weg zu geben.
Über diese Themen hatte sie ihren Vater nie reden hören. Religion hatte in ihrer Kindheit kaum eine Rolle gespielt. Offenbar war er im Laufe seines Lebens seltsam geworden. Ein Kauz. Ein einsamer Kauz.
Und dann zitierte er auch noch ein seltsames Gedicht. Dem Duktus nach war es wahrscheinlich der Text aus irgendeiner Bach-Kantate.
Nun war klar, warum so wenige Menschen bei der Beerdigung gewesen waren. Gwen hatte immer die Vorstellung gehabt, ihr Vater sei ein Hochschulprofessor gewesen – umgeben von Studenten, eingespannt in Seminare und Vorlesungen. Aber natürlich endete diese Laufbahn üblicherweise mit dem fünfundsechzigsten Lebensjahr, und danach zogen sich viele Hochschullehrer als Pensionäre in ein privates Leben zurück. Eventuell schrieben sie Bücher, hielten Vorträge …
Ihr Vater war vielleicht froh gewesen, die Last der Universität los zu sein, und hatte sich nur noch in seinen Studien

vergraben. Und dabei schien er zu einer gewissen Form der Religiosität gefunden zu haben, die Gwen an ihm früher noch nie wahrgenommen hatte.
Sie brauchte eine Weile, bis ihr auffiel, dass darin ein Widerspruch lag.
Der Selbstmord …
Der Brief schnitt dieses Thema nicht im Geringsten an.
Oder war mit den erwähnten Entscheidungen etwa der Plan gemeint, sich umzubringen?
Das passte nicht zusammen. Gwen war nicht besonders religiös, aber sie wusste genau, dass wirklich gläubige Menschen keinen Selbstmord verübten.
Oder sie hatten kurz vor ihrer Entscheidung ihren Glauben verloren.
War das mit ihrem Vater geschehen?
Sie blickte nachdenklich auf das Blatt, und dann sah sie in der oberen rechten Ecke des Briefs ein Datum. Es war ihr beim ersten Lesen nicht aufgefallen, weil sie sich ganz und gar auf den Text konzentriert hatte.
Ihr Vater hatte diesen Brief Anfang November geschrieben. Vor nicht einmal einer Woche. Genau drei Tage vor seinem Tod.
Er musste gewusst haben, dass er sich umbringen würde, als er diesen Brief schrieb. Oder war es eine so spontane Entscheidung gewesen? Hatte irgendetwas in dieser kurzen Zeit seinen Glauben zerstört?
Ihr Inneres krampfte sich zusammen und wurde zu einer Quelle dumpfen Schmerzes. Das Korsett, an dem noch heute früh alle Empfindungen abgeprallt waren, hatte sich aufgelöst. Sie war ihren Schuldgefühlen schutzlos ausgeliefert.
Warum hast du mir nicht die Chance gegeben, mich von dir zu verabschieden, dachte sie. Wäre das nicht fair gewesen? War ich so abweisend, dass du es nicht gewagt hast?

Sie faltete das Blatt zusammen und steckte es wieder in den Umschlag. Als sie den Brief in ihrer Tasche verstauen wollte, fiel ihr Blick auf das lederne Mäppchen.
Die Schlüssel zum Haus ihres Vaters. Zum Haus, das juristisch jetzt ihr gehörte. In dem aber der Geist ihres Vaters noch zu Hause war.
Ich werde Abschied nehmen, dachte sie. Ich muss es einfach.
Aber auf meine Weise.
Sie winkte die Kellnerin heran, zahlte und verließ das Café.

8

Brandt stoppte den Wagen vor dem weißen Block mit Eigentumswohnungen, der in dem alten Villenviertel wie ein Fremdkörper wirkte. Keinen Steinwurf weiter lag Fischers Villa, deren verwilderter Garten direkt an das Grundstück des modernen Kastens grenzte.
Der Hauptkommissar folgte dem schmalen Weg, der an einer kugelförmigen Lampe vorbei zum Eingang führte, sah noch einmal auf den Zettel, auf dem er sich den Namen notiert hatte, und drückte auf den obersten Klingelknopf. Im selben Moment vibrierte sein Handy. Das Display zeigte die Nummer des Büros.
»Brandt.«
»Kannst du mir mal sagen, was du treibst?«
Es war Marlene Stauer, Brandts Kollegin.
»Was meinst du damit?«
Der Öffner summte. Brandt drückte die Tür auf und betrat einen hell gefliesten Flur. Das Handy am Ohr, erklomm er die Treppe. Es ging an einer Wand aus Glasbausteinen entlang.
»Angeblich bist du heute aus dem Urlaub zurück, aber kein Mensch kriegt dich zu sehen. Nagel hat gesagt, du seist heute Morgen zu spät gekommen, wolltest dann aber zu uns stoßen. Das ist Stunden her, und es kam nicht die geringste Nachricht von dir. Und da fragst du, was ich damit meine?«
»Ich ermittle.«
»Das kannst du dann Nagel selbst erklären. Der ist deine Alleingänge ja schon gewöhnt. Mach dich auf was gefasst. Und falls es dich interessiert, du solltest …«

Er drückte Marlene weg und steckte das Handy ein. Noch eine Treppenbiegung, und eine Frau stand vor ihm. Enge Jeans und T-Shirt. Atemberaubende Figur. Rotes, schulterlanges Haar. Die Frau war barfuß.
»Frau Tribukeit?«
Der Duft von Duschgel umfing den Hauptkommissar.
»Sie sind der Mann von der Kripo«, sagte sie.
Gewohnheitsgemäß zog Brandt seinen Ausweis und nickte.
»Kommen Sie bitte rein.«
Eine saubere, fast sterile Wohnung. Weiße Wände mit Gemälden und Zeichnungen an der Wand. Während die Frau Brandt ins geflieste Wohnzimmer führte und ihn bat, auf einem roten Ledersofa Platz zu nehmen, bemerkte er in einem der anderen Räume eine Staffelei. In einem anderen lag ein aufgeklappter Koffer auf einem Bett – umgeben von verstreuten Kleidungsstücken. Im Vorübergehen glaubte Brandt, schwarze Dessous zu erblicken.
»Kann ich Ihnen etwas anbieten?«
»Nein, danke.«
Brandt beobachtete, wie sich die Frau in einen ebenfalls roten Sessel setzte. Die Jeans spannte sich über ihren muskulösen Oberschenkeln. Wie alt mochte sie sein? Knapp über dreißig, schätzte Brandt.
»Worum geht es?«, fragte sie. »Am Telefon sagten Sie, es habe etwas mit meinem Nachbarn zu tun.«
Brandt nickte. Die letzten anderthalb Stunden hatte er systematisch alle Haushalte abgeklappert, die Sichtmöglichkeit auf Fischers Haus hatten. Erst telefonisch, dann persönlich. Nach dem fünften vergeblichen Anruf hätte er am liebsten aufgegeben. Binz' Aussage alleine war schon brisant genug. Aber wenn er Nagel und den Staatsanwalt überzeugen wollte, brauchte er so viel Material wie möglich. Schließlich hatte er mit Frau Tribukeit einen Treffer gelandet.

Brandt bemerkte zehn blutrote Tropfen an ihren Zehen. Das Bild nahm ihn für einen Moment gefangen. Dann riss er sich los und fasste die offizielle Version des Selbstmords zusammen. »Wir möchten trotzdem mehr Klarheit haben, wie die Stunden vor seinem Tod verlaufen sind. Und wie Sie mir am Telefon sagten, haben Sie etwas beobachtet. Kannten Sie Herrn Fischer?«
Die Frau beugte sich lässig nach vorn und stützte die Unterarme auf die Knie.
»Nein. Überhaupt nicht. Ich wohne auch erst zwei Monate hier, und ich bin viel geschäftlich unterwegs. Erst gestern bin ich wieder von einer Dienstreise zurückgekommen.«
»Was machen Sie beruflich?«
»Ich arbeite im Außendienst für eine Kosmetikfirma. Da besuche ich oft Geschäftskunden im Ausland.«
»So wie in den letzten Tagen?«
»Ich war in China und gestern auf dem Rückweg noch in der Türkei.«
Interessantes Leben, dachte Brandt. Aber wenn man dann noch nicht mal seine direkten Nachbarn kannte?
»Wann sind Sie aufgebrochen?«
Sie dachte kurz nach. »Am 6.«, sagte sie schließlich.
»Das heißt, Sie waren in Fischers letzter Nacht hier.«
»Genau. Ich bin spät schlafen gegangen, weil ich noch etwas für die Reise am nächsten Tag vorbereiten musste.«
»Wie lange waren Sie wach?«
»So bis halb zwei. Dann bin ich um sechs wieder aufgestanden, um zum Flughafen zu fahren.«
»Was haben Sie beobachtet?«
Sie stand mit einer geschmeidigen Bewegung auf. »Kommen Sie.«
Sie verließ den Raum, und Brandt folgte ihr in das Schlafzimmer mit dem aufgeklappten Koffer. Er hatte richtig

gesehen. Zwischen T-Shirts, Hosen und einem Rock lagen ein schwarzer Schlüpfer und schwarze Strümpfe.
»Hier habe ich gestanden, bevor ich schlafen ging«, sagte sie und deutete zum Fenster. »Drüben brannte Licht. Ich wollte gerade die Gardine zuziehen, da sah ich drüben eine Bewegung. Hinter dem Fenster stand ein Mann.«
»Der Professor?«
»Wahrscheinlich nicht. Sie sagten doch, er sei Anfang siebzig gewesen.«
Brandt beschrieb Fischer nach den Angaben aus den Akten.
»Dann war er es nicht. Ich konnte kurz das Gesicht sehen. Es war eher ein junger Mann. Es war ganz seltsam.«
»Warum?«
»Erst stand er mit dem Rücken zu mir da. Dann hatte ich plötzlich das Gefühl, er hätte gespürt, dass ich ihn sehen konnte. Und in diesem Moment drehte er sich um.«
»Konnte er vielleicht das Licht sehen, das Sie eingeschaltet haben?«
»Nein, ich mache immer erst das Licht an, wenn die Vorhänge zu sind.«
»Können Sie den Mann genauer beschreiben?«
»Er hatte jedenfalls dunkles Haar.«
»Wie sah das Gesicht aus?«
»Ich weiß nicht …«
»Würden Sie den Mann wiedererkennen?«
»Bestimmt.«
»Wir müssen ein Phantombild anfertigen lassen.«
»Glauben Sie, dass Herr Fischer ermordet wurde?«
»Wir wissen es nicht. Wir gehen jedenfalls davon aus, dass er in der Nacht seines Todes nicht allein war.«
»Hören Sie, ich habe wenig Zeit. Ich muss in einer halben Stunde wieder zum Flughafen.«

»Aber das Phantombild wäre wirklich sehr wichtig für die Ermittlungen. Können Sie Ihre Reise nicht verschieben?«

»Ausgeschlossen. Ich treffe schon am Flughafen erste Geschäftspartner, und wir haben in der VIP-Lounge das erste Meeting.«

»Wohin reisen Sie diesmal?«

»Nur nach Ägypten.«

Nur, dachte Brandt.

»Sind Sie schon mal in Ägypten gewesen?«

Brandt schüttelte den Kopf.

»Schauen Sie, hier die Bilder. Die habe ich selbst gemalt. Eindrücke von einer Reise nach Marokko.« Sie deutete auf ein großes Gemälde an der Wand, das Brandt für ein Aquarell hielt. Ein alter Mann in Beduinenkleidung sah Brandt an. Hinter ihm erkannte man ein paar Gebäude, die nur mit wenigen Strichen angedeutet waren. Die Fläche über dem Porträt war rötlich eingefärbt. Offenbar ging in der Szenerie gerade die Sonne unter.

»Das ist von Ihnen?«, fragte Brandt. »Alle Achtung.« Er verstand nichts von Kunst, aber das Bild gefiel ihm sehr gut.

»Es soll darstellen, wie die Nomadenkultur Nordafrikas untergeht. Daher der Sonnenuntergang, verstehen Sie?«

In ihrer Stimme schwang Stolz mit.

»Sind Sie professionelle Malerin?«

»Ich hatte mal solche Ambitionen. Aber für die Akademie hat es nicht gereicht. Dann habe ich angefangen, Kunstgeschichte zu studieren. In den Ferien habe ich dann ein Praktikum in der Firma gemacht, in der ich heute arbeite. Den Rest können Sie sich denken. Manche Träume muss man wahrscheinlich aufgeben. Und malen kann ich ja immer noch. Und ich kann es mir leisten, in die Länder zu reisen, die mich inspirieren.«

»Wie dem auch sei, Frau Tribukeit, wir brauchen das Bild. Sie werden Ihr Meeting verschieben müssen.«
Sie nickte nachdenklich und verzog dabei den Mund. »Sie können mich zwingen, habe ich recht?«
»Ich fürchte, ja.«
»Vielleicht gibt es eine andere Möglichkeit, Ihnen zu helfen.«
Sie bat Brandt erneut, ihm zu folgen, und kurz darauf standen sie in dem Zimmer, in dem sich die Staffelei befand. Dort nahm sie Skizzenblock und Stift zur Hand und brachte mit wenigen Bewegungen ein Porträt auf das Papier. Mit einem lauten Ratsch riss sie den Bogen ab und reichte ihn Brandt.
»Na, wie finden Sie das?«

Eine gute Stunde später saß Brandt in seinem Wagen am Bayerischen Platz und behielt das italienische Lokal Da Luigi im Auge.
Dr. Schneiders Sekretärin hatte ihm nichts anderes sagen können, als dass der Staatsanwalt am Vormittag auswärts Termine hatte und danach »zu Tisch« sei. Brandt wusste genau, was das hieß: Er besuchte in der Mittagspause einen seiner Lieblingsitaliener.
Daraufhin hatte der Hauptkommissar alle infrage kommenden Lokale telefonisch abgeklappert und sich erkundigt, ob für Dr. Schneider ein Tisch reserviert war. Im Da Luigi war er endlich fündig geworden. Schneider hatte für insgesamt drei Personen reserviert, er war also nicht alleine beim Essen. Das konnte die Sache leichter, aber auch schwerer machen.
Brandt ließ die Seitenscheibe herunter und warf einen Zigarettenstummel auf die Straße. Mechanisch tastete er nach seinem Tabaksbeutel.

Drüben tat sich etwas. Aus der Nürnberger Straße kam der schwarz glänzende BMW des Staatsanwalts herangefahren. Das Kennzeichen war eindeutig. Wer am Steuer saß, war nicht zu erkennen. Der Wagen stoppte kurz vor dem Restaurant, rollte dann aber gemächlich weiter. Offensichtlich war der Fahrer auf der Suche nach einem Parkplatz.

Brandt stieg aus, und als er den Platz überquert hatte und an dem Lokal angekommen war, bog gerade Dr. Schneider um die Ecke – neben sich eine kleine, langhaarige Blondine mit hohen Hacken und jugendlicher Figur. Höchstens fünfundzwanzig Jahre alt, schätzte

Brandt. Das ganze Präsidium wusste, dass der Staatsanwalt in Scheidung lebte und keine Tochter hatte. Nur einen Sohn, der angeblich in Amerika studierte.

Eine zweite Person kam um die Ecke. Der Staatsanwalt in abgespeckter Version. Nagel. In etwa zehn Schritten Abstand.

Brandt sprach den Staatsanwalt an.

»Eine wichtige Sache. Kann ich Sie bitte kurz sprechen?«

Dr. Schneider wirkte zuerst so, als hätte ihn ein Obdachloser angebettelt, doch dann erkannte er den Hauptkommissar.

Nagel war herangekommen. »Brandt, was machen Sie hier?«, zischte der Dezernatsleiter.

»Ich bin zum Essen verabredet, Herr Brandt«, sagte Dr. Schneider. »Kommen Sie in zwei Stunden in mein Büro, wenn Sie etwas auf dem Herzen haben.«

Der Staatsanwalt betrat das Lokal, das Mädchen folgte artig.

Nagels Augen funkelten wütend hinter den Fensterglasscheiben seiner Brille. »Was soll das? Warum sind Sie nicht bei Ihren dienstlichen Pflichten?«

»Ich habe Mittagspause. Genau wie Sie«, sagte Brandt und betrat das Lokal. Drinnen herrschte gedämpftes Licht. Aus unsichtbaren Lautsprechern drang leise Musik. Geigen schmachteten. Wahrscheinlich Klassik. Mitten im Eingangsbereich wuchs eine weiße Säule aus dem Boden, umgeben von grünem Efeugewächs. Beides bestand aus Kunststoff.

»Ich erwarte eine Erklärung«, kam Nagels Stimme von hinten. »Was haben Sie hier zu suchen?«

»Ich besuche in meiner Mittagspause ein Lokal«, sagte Brandt, ohne sich zu Nagel umzudrehen. »Genau wie Sie.«

Ein Kellner kam auf das Grüppchen zu und half dem Mädchen aus der Jacke. Nackte, rosige Schultern wurden sichtbar.

»Ich mache es kurz«, sagte Brandt zu Dr. Schneider, der sich gerade das Jackett richtete.

»Das will ich hoffen. Herr … Brandt. Richtig?«

Neben dem Garderobenbereich befand sich ein schmaler Spiegel. Dr. Schneider zog einen kleinen Kamm aus der Tasche und fuhr sich durchs dichte graue Haar.

»Es geht um den Fall Fischer.«

»Ich dachte, die Sache sei vom Tisch? Herr Nagel?«

Brandts Chef kam heran. »Brandt, was erzählen Sie da? Hauen Sie ab, und in einer halben Stunde sehen wir uns in meinem Büro. Sie können sich auf was gefasst machen. Abmarsch.«

»Lassen Sie mal den Feldwebelton, Herr Nagel«, sagte der Staatsanwalt. Der Kellner erschien und stellte sich neben dem Grüppchen auf. Brandt fragte sich, was er wollte, dann dämmerte es ihm: Er würde die drei zu ihrem Tisch bringen. In dieser Kategorie von Lokalen ging man nicht einfach hinein und setzte sich irgendwohin.

»Möchtest du dich schon an den Tisch führen lassen?«, fragte der Staatsanwalt die Blonde. Sie schüttelte nur den Kopf und ging an dem Spiegel vorbei. Dahinter führte eine Treppe hinunter zu den Toiletten.
Dr. Schneider signalisierte dem Kellner, dass es noch einen Moment dauern würde. »Sie haben eine Minute«, sagte er dann zu Brandt. »Ich frage mich, was so wichtig ist, dass Sie mir hier auflauern und mir ein Gespräch aufzwingen.«
»Es ist Gefahr im Verzug«, sagte der Hauptkommissar. »Ich hatte keine Zeit, den normalen Dienstweg einzuhalten. Und Herr Nagel war nicht zu erreichen.«
Nagel schwieg. Brandt tastete wieder nervös nach seinem Tabaksbeutel.
»Fischer war auf der Brücke kurz vor seinem Tod nicht alleine. Es gibt einen Zeugen, der einen Mann mit einem Wagen gesehen hat. Kurz vor dem Sprung. Der Mann war auf keinen Fall Fischer. Und das ist noch nicht alles.«
Er fasste die Aussage von Binz zusammen und berichtete von der Zeugin Tribukeit. »Sie konnte sogar eine Zeichnung des Mannes anfertigen.« Brandt zeigte das Blatt.
»Hätten Sie sie nicht in die Direktion mitnehmen können, damit wir ein richtiges Phantombild bekommen?«, rief Nagel und faltete das Blatt auseinander.
»Die Frau brach gerade zu einer wichtigen Geschäftsreise auf. Außerdem ist sie künstlerisch begabt.«
Dr. Schneider inspizierte das Blatt. »Nicht schlecht«, sagte er, und Brandt war nicht klar, ob er die künstlerische Qualität oder den Wert der Zeichnung als Fahndungsbild meinte.
»Ich höre ja wenig Gutes über Sie, Brandt. Ihre Alleingänge sind berühmt. Aber ich sehe, Sie haben durchaus Ihre Qualitäten.«

Die Blonde stöckelte heran und zog alle Blicke auf sich. Sie lächelte in die Männerrunde.
»Wir haben es gleich, Liebes«, sagte Schneider. Er sah Brandt an. »Was schließen Sie aus Ihren Ermittlungen?«
»Es ist alles offen. Jemand kann Fischer über die Brüstung geworfen haben. Vielleicht wurde er vorher ermordet.«
»Es gab keine Hinweise auf Fremdverschulden an der Leiche«, warf Nagel ein.
»Helfen Sie mir auf die Sprünge«, sagte Dr. Schneider und blickte von Nagel zu Brandt und wieder zurück. »Was hat die Obduktion ergeben?«
Nagel schluckte schwer und blickte die Blonde an, die blass geworden war. »Ein Lkw hat ihn überrollt.«
»Das ist keine Antwort auf meine Frage!«
»Keine Drogen, kein Alkohol im Blut. Keine Medikamente«, fügte Nagel hinzu. »Der Mann war schwerk krank. In seinem Jackett befand sich der Brief seines Arztes. Darin ist von einer Diagnose die Rede, die jeden in den Selbstmord treiben kann. Leukämie. Wir haben mit dem Arzt gesprochen.«
»Wo ist die Leiche jetzt?«
»Freigegeben«, sagte Brandt, und Nagel sagte: »Sie haben die Freigabe selbst unterschrieben.«
»Herrgott, das meine ich nicht.«
»Heute Morgen war die Beisetzung«, sagte Brandt.
Es entstand eine Pause, die mit den weichen Streicherakkorden ausgefüllt war, die aus den versteckten Lautsprechern drangen. Der Staatsanwalt legte die Stirn in Falten.
»Brandt, Sie ermitteln weiter. Gehen Sie den Kontakten dieses Mannes auf den Grund. Hatte Fischer Verwandte?«
»Eine Tochter«, sagte Nagel. »Sie lebt nicht in Leipzig. Sie ist Opernsängerin.«

»Suchen Sie sie. Reden Sie mit ihr. Und dann will ich die wirkliche Todesursache wissen. Einen Moment noch.« Er sah auf die Uhr, zog sein Handy hervor und wählte eine Nummer. »Dr. Schneider hier. Herrn Werth, bitte.«
Der Staatsanwalt dämpfte die Stimme, als er Werth über den Fall informierte. Brandt kannte den Namen. Werth war Richter.
»Es bleibt nur eine Möglichkeit«, sagte Dr. Schneider »Und den Antrag stellen wir natürlich sofort … Ja, richtig. Ich lasse noch die Protokolle erstellen. Wann? … Nein, so früh wie möglich. Heute Abend. Spätestens morgen früh … genau.«
Dr. Schneider verabschiedete sich, drückte auf einen Knopf des Mobiltelefons und verstaute es sorgfältig in der Innentasche seines Sakkos.
»Brandt, Sie schreiben innerhalb der nächsten Stunde einen Bericht. Die Leiche wird noch einmal untersucht.«
Nagel schüttelte den Kopf. »Aber sie ist bereits beerdigt.«
»Da gibt es nur eine Möglichkeit«, sagte der Staatsanwalt.
»Sie meinen …?«, begann Nagel.
»Genau. Exhumierung.«

9

Volpone hielt die Augen gerade so weit offen, dass er den Eingang von Fischers Villa beobachten konnte. Er saß entspannt im Wagen, seine rechte Hand hielt den Rosenkranz, den er, seit er auf seinem Beobachtungsposten war, sicher zwanzigmal gebetet hatte.

Der Padre hatte ihm befohlen, geduldig zu sein. Und Volpone gelang es nur im Gebet, diese Geduld aufzubringen. Mit aller Kraft wünschte er sich, dass endlich das eintreffen würde, was der Padre vorausgesagt hatte. Und er betete darum.

Volpone schlug das Kreuzzeichen und murmelte die lateinischen Worte dazu.

In nomine Patris, et Filii, et Spiritus Sancti. Amen.

Seine Hand tastete nach dem Holzkreuz, das am Ende der kurzen Kette hing.

Credo in unum Deum, Patrem omnipotentem, creatorem coeli et terrae …

Volpone hatte die lateinischen Worte, die ihn der Padre gelehrt hatte, vollkommen verinnerlicht.

Et in Iesum Christum, Filium eius unicum, Dominum nostrum, qui conceptus est de Spiritu Sancto, natus ex Maria Virgine,
passus sub Pontio Pilato, crucifixus, mortuus, et sepultus,
descendit ad inferos, tertia die resurrexit a mortuis, ascendit ad coelos, sedet ad dexteram Dei Patris omnipotentis, inde venturus est iudicare vivos et mortuos …

Vor zwei Stunden hatte er einen Mann beobachtet, von dem er stark vermutete, dass es ein Polizist war. Er hatte sich ziemlich auffällig in der Nachbarschaft umgesehen. Volpone war wie ein unauffälliger Besucher dieses Viertels

ausgestiegen und hatte sich ein wenig die Beine vertreten. Der Mann war in einem der angrenzenden Häuser verschwunden, nach etwa zwanzig Minuten wieder aufgetaucht und mit einem BMW-Cabrio davongefahren. Volpone hatte überlegt, ob er sich vielleicht getäuscht hatte. Fuhren die Kripo-Leute in Deutschland solche Wagen?
Credo in Spiritum Sanctum, sanctam Ecclesiam catholicam, sanctorum communionem, remissionem peccatorum, carnis resurrectionem, et vitam aeternam. Amen.
Wie oft hatte er in den letzten Stunden den Impuls unterdrücken müssen, den Wagen zu verlassen und in das Haus hinüberzugehen, einzudringen und noch einmal alles von oben bis unten auf den Kopf zu stellen, bis er das gefunden hatte, was der Padre suchte.
Aber er wusste letztlich genau, dass es keinen Sinn hatte. So leicht hatte es ihnen der Professor nicht gemacht.
Volpone musste tun, was der Padre ihm befohlen hatte.
Abwarten.
Seine Finger ließen das Kreuz los und tasteten nach der ersten Perle der Kette.
Pater noster, qui es in coelis, sanctificetur nomen tuum. Adveniat regnum tuum. Fiat voluntas tua, sicut in coelo et in terra …
Er hatte in seinem Leben schon oft Geduld beweisen müssen. Zum Beispiel als Kind in Mailand, wo ihn seine Eltern schon als Sechsjährigen einfach tagelang in der heruntergekommenen Wohnung gelassen hatten, ohne sich um ihn zu kümmern. Die Erinnerung an diese Tage waren nur noch vage, aber Volpone hatte im Laufe seines Lebens so oft erzählt bekommen, was damals geschah, dass er es genau wusste. Seine Mutter, an die er sich kaum noch erinnerte, war meistens betrunken. Der Vater, mit dem er kein einziges Bild verband, entweder im Gefängnis oder bei einer anderen Frau.

Später hatte Volpone auf andere Weise zeigen müssen, dass er den richtigen Moment abzuwarten verstand. Eines Tages war er als Halbwüchsiger einfach von zu Hause fortgelaufen, mit ein paar Kumpels nach Rom gefahren, und dort hatte er einen Arbeitsplatz gefunden, bei dem Geduld eine der wichtigsten Tugenden darstellte.

An dem Ort, an dem die meisten Straftaten der Welt begangen wurden.

Der Petersplatz in Rom.

Millionen von Touristen besuchten ihn Jahr für Jahr, und ganze Banden von Taschendieben machten sich den Leichtsinn der von religiöser Euphorie berauschten Vatikanbesucher zunutze.

In kürzester Zeit stieg Volpone zu einem der erfolgreichsten unter ihnen auf. Bereits im ersten Jahr verdiente er umgerechnet dreißig Millionen Lire, das waren nach heutigem Geld fünfzehntausend Euro. Im zweiten mehr als das Doppelte.

Als er volljährig wurde, hatte er ein kleines Barvermögen beiseitegeschafft und das Geld sorgfältig auf einem Stück Brachland in der Vorstadt versteckt. Ein Notgroschen für schlechte Zeiten.

Mit neunzehn stieg er in einen neuen Geschäftszweig ein: Waffenhandel. Die politischen Veränderungen in Osteuropa spülten eine Menge an ausrangiertem oder gestohlenem militärischem Material in den Westen, mit dem sich hervorragend Geld verdienen ließ. Und Volpone war so schlau, seine alten Geschäfte trotzdem nicht zu vernachlässigen. Auf zwei Beinen stand man besser als auf einem. Außerdem brach das Jahr 2000 an, das heilige Jahr, das eine Rekordzahl von Pilgern und Touristen nach Rom lockte.

Der Papst hatte die heiligen Pforten der vier Papstkirchen öffnen lassen, und viele glaubten, was das Oberhaupt der

katholischen Kirche im heiligen Jahr 1400 verkündet hatte: dass demjenigen, der dreimal durch eine heilige Pforte schritt, Schuld und Sündenstrafen erlassen würden.
Volpone fand sein Heil auf andere Weise. Er beschäftigte mittlerweile eine ganze Kompanie von Taschendieben, die er strategisch nicht nur auf den Petersplatz, sondern auch auf die wichtigsten Pilgerorte verteilte.
Wenn Volpone heute an diese Episode seines Lebens dachte, trieben ihm allein die Gedanken an diese Zeit die Schamesröte ins Gesicht.
Wie lange hatte er in Sünde gelebt!
Panem nostrum quotidianum da nobis hodie, et dimitte nobis debita nostra, sicut et nos dimittimus debitoribus nostris. Et ne nos inducas in tentationem, sed libera nos a malo …
Im Jahr darauf war er in das Geschäft mit gestohlenen Fahrzeugen eingestiegen. Sie raubten die Autos von den Parkplätzen der Händler oder aus Parkhäusern. Sie stahlen sie direkt von Supermarktparkplätzen fast unter den Augen der Besitzer. Während Vater, Mutter und Bambini einkaufen waren.
Volpone badete im Erfolg. Im Glück. Oder in dem, was er dafür hielt.
Er fuhr im Porsche vor den angesagtesten Klubs vor.
Er trug jeden Designeranzug nur ein einziges Mal, bevor er ihn an irgendwen aus seiner Firma verschenkte.
Er wechselte die Frauen wie andere die Unterwäsche.
Er zündete sich seine Zigarren mit 500-Euro-Scheinen an – wie er es als Kind einmal in einem Film gesehen hatte.
Und er wurde unvorsichtig.
Er war fünfundzwanzig Jahre alt, doch wer ihn sah, konnte ihn ohne weiteres für vierzig halten. Auch innerlich fühlte er sich alt, und ihn traf die Erkenntnis, dass es Zeit sei, die Freuden der Jugend nachzuholen.

Es hatte mit einer kleinen Frotzelei in einem Klub angefangen. Und es endete an einem Herbsttag, an dem er beweisen wollte, wie jung und mutig er war. Es war eine *corsa*, ein abendliches Autorennen auf den Schnellstraßen am Stadtrand. Mit gestohlenen Wagen rasten Jugendliche mitten im öffentlichen Verkehr um die Wette. Es war eine Mutprobe, ein Spiel – oder alles zusammen.
Und Volpone war so dumm mitzumachen. In einem gestohlenen Porsche.
Die einzige Erinnerung, die ihm heute davon geblieben war, bestand in dem Gefühl der Euphorie, als er irgendwo in der Vorstadt den Motor aufheulen ließ und mit einem festen Tritt auf das Gaspedal die 250 PS ihre Kraft freisetzten. Der Rest waren einzelne, rasende Bilder wie sekundenlange Ausschnitte aus einem Film.
Reihen von Straßenlaternen und Werbeschildern, die so schnell an ihm vorbeifegten, dass sie zu einer bunten Masse verschmolzen.
Ausweichmanöver vor Lkws und Personenwagen – so träge, als seien sie auf der Straße festgefroren. Ampeln, die auf Rot sprangen.
Das Quietschen von Reifen bei schnellen Ausweichmanövern. Gehupe.
Und schließlich der Moment einer ungeheuren Gewalt, die alles zu verschlucken schien, der sich dehnte und dehnte wie eine Ewigkeit der Qual. Es war eine Gewalt, die Volpone schutzlos einem gewaltigen Schmerz auslieferte – so furchtbar, als habe sich der ganze Schrecken seiner Kindheit in einem einzigen Moment konzentriert.
Die Lichter versanken in einer finsteren Welle, und zum ersten Mal in seinem Leben empfand Volpone Todesangst. Irgendetwas schien seinen Hals zuzuquetschen, und diese Empfindung blieb über eine Zeitspanne, die ihm wie eine

Ewigkeit vorkam. Vergeblich versuchte er, seine Arme zu bewegen und sich aus der entsetzlichen Enge herauszukämpfen, aber er war wie gelähmt.
Als er im Gefängniskrankenhaus erwachte, teilte man ihm mit, dass er nur fünf Stunden bewusstlos gewesen war. Drei Stunden davon hatte eine Operation verbraucht. Erst Wochen später war er in der Lage, dem Richter vorgeführt zu werden. Er erfuhr, dass er den Wagen eines Priesters gerammt hatte, der nun ebenfalls mit schweren Verletzungen im Krankenhaus lag.
Der Richter verurteilte Volpone zu einer dreijährigen Gefängnisstrafe. Zwei Monate, bevor Volpone entlassen werden sollte, kam einer der Wärter und teilte ihm mit, dass Besuch auf ihn wartete. Ein schwarz gekleideter Mann saß im Besucherzimmer.
Sein Opfer aus dem illegalen Rennen.
Der Padre.
Noch heute konnte er spüren, welch schmerzliche Empfindung das war, zum ersten Mal einem Opfer seiner Straftaten gegenüberzusitzen – aber einem Opfer, das ihn nicht verurteilte, sondern ihm von vornherein verzieh und stattdessen Fragen stellte, die ihm in seinem ganzen Leben noch nie gestellt worden waren.
Was ist der Sinn deines Lebens?
Und was ist der Sinn deiner Verbrechen?
Glaubst du wirklich, du hast dein Leben allein in der Hand?
Wer hat dich geschaffen?
Wer erschafft dein Schicksal, dem du dich, sosehr du es auch versuchst, nicht entziehen kannst?
Der Padre besuchte ihn täglich. Er brachte ihm Schriften mit, die Volpone anfangs befremdet durchblätterte, dann immer neugieriger las.

Volpone erzählte ihm von der furchtbaren Angst, die ihn während seiner Ohnmacht gepackt hatte, und der Padre zeigte zum ersten Mal ein Lächeln auf seinem hellen, leicht rosigen glatten Gesicht.
Wenn dir diese kurze Zeit schon so grausam vorkam, was glaubst du, wird dich in der ewigen Verdammnis erwarten?
Als Volpone das Gefängnis verließ und an der Haltestelle gegenüber der Vollzugsanstalt auf den Bus wartete, inmitten der Realität des Lebens, das ihm nun wieder offenstand, kam ihm die Begegnung mit dem Geistlichen wie ein Traum vor.
Was der Padre gesagt hatte, waren interessante Ideen, gewiss. Aber hatte so etwas Bestand in der Wirklichkeit? Konnte man tatsächlich danach leben? Was verstand ein Geistlicher schon davon?
Volpone schüttelte die Begegnungen mit dem Padre ab wie eine Last. Er hatte seine Strafe verbüßt, jetzt konnte es wieder aufwärtsgehen. Was hatte schon Gott damit zu tun? Man hatte Pech oder Glück, sonst nichts. Und auf ihn, Volpone, wartete das Glück. Verborgen am Stadtrand. Zum Glück war im Jahr des illegalen Rennens der Euro eingeführt worden, und Volpone hatte sein Vermögen eingetauscht.
Eine Dreiviertelstunde Busfahrt, und Volpone stieg in der Nähe seines Verstecks aus.
Er war so verblüfft, dass er erst glaubte, sich in der Haltestelle geirrt zu haben. Die Gegend hatte sich vollkommen verändert. Auf dem Gelände, wo er seine Beute versteckt hatte, erhob sich ein gigantisches Bürohaus aus Glas und Beton. Vor dem Eingang sprudelte ein Springbrunnen in einem runden Becken. Geschäftsleute im Anzug und mit Köfferchen in der Hand liefen geschäftig über die Gehsteige. Volpone, in ausgewaschenen Jeans und T-Shirt, erntete

abschätzige Blicke. Fast kam es ihm vor, als würden sie seine Gedanken lesen und ihn verspotten.
Das Geld war verloren. Zweihunderttausend Euro dahin. Wahrscheinlich hatte es vor Jahren schon irgendein Bauarbeiter gefunden.
Volpone biss die Zähne zusammen, fuhr zurück in die Innenstadt und versuchte, an die alten Zeiten anzuknüpfen. Vergeblich. Drei Jahre waren vergangen, aber es war, als seien es hundert gewesen.
Gott straft doch, kam es ihm in den Sinn, als er die vielen Menschen auf dem Petersplatz sah, die längst von anderen Taschendieben, von anderen Banden bestohlen wurden.
Volpone versuchte sein Glück ein einziges Mal. Er ergatterte die Handtasche einer Touristin, doch er kam gar nicht dazu, seine Beute auch nur genauer zu untersuchen. Auf dem Weg in die Gassen der Altstadt umringten sie ihn und drängten ihn an eine abgelegene Stelle am Tiberufer. Zehn Minuten später lag er zerschunden und mit gebrochenem Nasenbein im Wasser. Unter seinen Angreifern hatte er ein bekanntes Gesicht erkannt. Einer von der *corsa*. Der Typ aus dem Klub, der ihn damals aufgestachelt hatte mitzumachen.
Aber Gott belohnte auch.
Als Volpone seine Kleider trocknen wollte, fand er in seiner Tasche eine von den Broschüren, die ihm der Padre gegeben hatte. Eine Telefonnummer.
Und als Volpone in einer Telefonzelle stand und diese Nummer wählen wollte, da kam es ihm vor, als hätte jemand eine Wand vor ihm weggezogen – eine Wand, die ihm bisher die Sicht verwehrt hatte. Und dahinter kam etwas zum Vorschein, das viel verheißungsvoller war als die Welt, die Volpone bisher kennengelernt hatte. Eine Welt, in der er wirklich einen Sinn des Lebens fand.

Es ging ja nicht nur darum, dass der Padre ihm, Volpone, helfen wollte. Auch der Geistliche brauchte Hilfe.
Volpone dachte daran, wie der Mann immer wieder mühsam den Besuchsraum aufgesucht hatte, um Volpone zu treffen. Das war ihm nicht leichtgefallen. Und doch hatte er es getan.
Volpone war in der Schuld des Padre.
All das hätte dich Geduld lehren sollen, dachte Volpone immer wieder, als er nun in dem kleinen Wagen saß und die Villa beobachtete.
Seine Finger hatten den Kreis des Rosenkranzes abgetastet, jede einzelne Perle berührt, und nun war er am Ende angekommen und betete das letzte der fünfzig Ave-Maria.
Salve, Regina, mater misericordiae, vita, dulcedo et spes nostra, salve. Ad te clamamus, exsules filii Evae …
Er beobachtete durch seine Augenschlitze vorübereilende Passanten, vorbeifahrende Wagen und die Straßenbahn, die in regelmäßigen Abständen die Straße entlangratterte. Dahinter lag unberührt das eiserne Eingangstor zu Fischers Haus. Nach wie vor ungeöffnet. Wie ein erstarrtes Monstrum im Getriebe der Zeit.
Ad te suspiramus, gementes et flentes, in hac lacrimarum valle. Eia ergo, advocata nostra, illos tuos misericordes oculos ad nos converte. Et Iesum, benedictum fructum ventris tui, nobis post hoc exilium ostende. O clemens, o pia, o dulcis Virgo Maria …
Ein Taxi kam herangefahren und verstellte die Sicht auf das Tor. Ein paar Sekunden vergingen, und eine junge Frau stieg aus. Sie blieb auf dem Gehsteig stehen und betrachtete nachdenklich die Villa, während das Taxi davonfuhr. Als müsse sie sich erst überwinden, schritt sie zögernd auf das Tor zu und öffnete es.
Volpone nahm den Rosenkranz und steckte ihn sorgfältig in seine Tasche.

Als er nun das Kreuzzeichen schlug, war es nicht der Beginn eines neuen Gebets, sondern Ausdruck der Dankbarkeit.
Gott hatte ihn erhört.

10

Das Motorengeräusch des Taxis verebbte langsam in der Ferne, und Gwen blieb allein zurück. Wie sie schon aus dem Fenster des Wagens gesehen hatte, befand sie sich in einer Straße, in der sich Grundstücke mit kleinen Villen aneinanderreihten. Manche der Häuser waren alt, besaßen verwitterte Fassaden und blinde Fenster, andere hatten gerade eine Verjüngungskur hinter sich und erstrahlten in blendendem Weiß oder hellem Gelb.
Das Haus ihres Vaters gehörte eher zur ersten Kategorie. Schon der schmiedeeiserne Zaun, der das Grundstück begrenzte, war sicher seit Jahrzehnten nicht gestrichen worden. Rötlicher Rost überzog die schlanken, gebogenen Stäbe wie Mehltau.
Die Fassade des Hauses wirkte wie alte Haut – runzlig und krank.
Gwen öffnete das Tor, das sofort ein feines Quietschen von sich gab. Zwischen den Steinplatten auf dem Gehweg quoll das Moos, und sie musste aufpassen, bei der Nässe nicht auszurutschen. Der Vorgarten bestand aus einem dichten Gestrüpp von kniehohen, bräunlichen Gräsern.
Gwen hatte gerade die Stufen betreten, die zur Eingangstür führten, da ertönte Mozarts Rachearie aus ihrer Handtasche. Ihr Handy. Es war Maria.
»Wo bist du? Ist alles in Ordnung? Ist die Beerdigung vorbei?«
»Ja. Ich hab's überstanden.«
»Wann fährst du nach Berlin? Bist du schon am Bahnhof?«
»Ich regle noch ein paar Dinge. Ich muss noch kurz nach dem Haus meines Vaters sehen. Es dauert sicher nicht lange.«

»Du fährst aber heute noch weiter?«
»Sicher. Ich habe schon mit Christopher telefoniert. Er ist in Berlin und bereitet gerade die Orchesterprobe vor. Ich werde so schnell wie möglich nachkommen.«
»Das hoffe ich.«
»Ich tue alles für meine Weltkarriere, das weißt du doch.«
Gwen stellte sich vor, wie sie mit dem Wort »Weltkarriere« Maria zum Lächeln brachte. Es war ein geflügeltes Wort zwischen ihnen geworden, seit Maria vor einigen Jahren begonnen hatte, für sie zu arbeiten. In allen Kritiken aufstrebender Künstler kam irgendwann das Wort »Weltkarriere« vor, das sich offenbar im Zettelkasten der Journalisten ganz vorn befand.
»Wenn dieses Wort fällt, weißt du, dass du in den Startlöchern stehst«, hatte Maria gesagt und zu einer Zeitung gegriffen, um die neueste Kritik herauszusuchen. Und da stand es schon in der Überschrift: »Gwendolyn Fischer kurz vor der Weltkarriere«.
»Gut so«, sagte Maria. »Ich will ja nur nicht, dass du unter die Räder kommst. Wir sehen uns dann bei der Uraufführung. Ich freu mich.«
Sie verabschiedeten sich.
Gwen atmete tief durch und blickte auf die große braune Holztür. Sie öffnete ihre Handtasche, fand den Schlüssel und schloss auf.

Hundert Meter entfernt drückte Volpone auf den Knopf der Wahlwiederholung. Der Padre meldete sich sofort.
»Padre, sie ist gerade angekommen. Sie hatten recht.«
»Bist du sicher, dass sie es ist?«
»Sie ist ungefähr ein Meter siebzig groß. Glattes rotblondes Haar. Heller Mantel.«
»Diese Details interessieren mich nicht, Volpone!«
»Aber so haben Sie sie mir doch beschrieben.«

»Hast du ihr Gesicht gesehen?«
»Sie ist aus dem Taxi gestiegen und zum Haus gegangen, ohne sich umzudrehen. Ist das wichtig?«
»Wenn du ihr Gesicht siehst, siehst du das Gesicht der heiligen Maria. Verstehst du? Das Mädchen ist eine Madonna. Sie besitzt ein reines Gesicht, ein Gesicht, das von ihrer Berufung kündet ...«
Volpone kannte die Schwärmerei des Padre für die heilige Maria. Der Padre steigerte sich geradezu in diese Schwärmerei hinein.
»Nach der Beschreibung muss sie es sein«, sagte Volpone. »Aber was soll ich nun tun? Soll ich in das Haus gehen und mit ihr sprechen?«
»Du bleibst, wo du bist.«
»Aber warum? Sie haben selbst gesagt, dass sie durch das Erbe in den Besitz wichtiger Informationen kommen wird.«
»Hör mir zu, Volpone.«
Der Padre erklärte in wenigen Worten, was er vorhatte.
»Wie Sie wünschen«, murmelte Volpone und drückte den roten Knopf. Dann blickte er wieder zur Villa hinüber – bereit, sich in Geduld zu üben. Seine rechte Hand tastete nach dem Rosenkranz.

Gwen stand in einem geräumigen Flur mit schwarz-weißen Fliesen. Fünf Schritte vor ihr gab eine halb geöffnete Tür den Blick in ein großes Zimmer frei. Rechts führte eine breite, geschwungene Treppe ins obere Stockwerk. Die linke Seite lag im Dunkeln.
Sie war nie in diesem Haus gewesen, aber Gwen hätte mit geschlossenen Augen und ohne dass ihr jemand etwas erklärt hätte erkannt, dass dies das Zuhause ihres Vaters war. Dieser muffige Geruch! Er hatte immer in den Räumen geherrscht, in denen ihr Vater seinen Studien nachgegan-

gen war. Eine schwer zu trennende Mischung aus altem Papier, Staub und Leder, nach alten Teppichen, verbunden mit einer winzigen Note ungewaschener Kleidung. Ihr Vater hatte immer etwas verschwitzt gerochen. Er hatte sich entschieden lieber bei seiner Arbeit als im Badezimmer aufgehalten.
Als sie die Tür zu dem großen Raum vor ihr aufdrückte, wurde als Erstes der Konzertflügel sichtbar, den Gwen schon seit ihrer Kindheit kannte. Für kurze Zeit, als sie Klavierunterricht erhielt, hatte sie sogar selbst darauf gespielt. Doch es waren nur ein, zwei Jahre gewesen, dann hatte sie den Gesang für sich entdeckt und sich nie mehr mit etwas anderem beschäftigt. Sie erkannte die leicht abgewetzte Oberfläche des Hockers. Darauf hatte sie gesessen und ihr erstes richtiges Stück geübt. Ein Menuett von Mozart. Sie wusste es noch genau.
Gwen klappte den Deckel auf, und die schwarz-weiße Tastatur wurde sichtbar. Als Kind hatte sie einmal einen seltsamen Traum gehabt. Die Tasten waren darin die Zähne eines Ungeheuers. Wenn jemand seine Hand darauflegte, schnappte es zu, und der arme Mensch war verloren.
Seltsam, dass ihr das jetzt einfiel. Und seltsam, dass sie plötzlich eine Beklemmung erfasste, als ginge von dem Konzertflügel tatsächlich eine Bedrohung aus. Das Möbel war groß und schwarz. Es stand wie ein gewaltiger Schatten im Raum.
Aber musste man sich vor ihm fürchten?
Gwen war, als setze sich all der Staub und der Mief des Hauses in ihrer Kehle fest. Rasch durchschritt sie den Raum und öffnete ein Fenster. Der Blick in den ungepflegten herbstlichen Garten trug nicht gerade dazu bei, ihre Stimmung zu heben. Immerhin atmete sie frische Luft.
Die Wände des Raums waren mit Büchern bedeckt. In der Mitte stand neben einer Stehlampe ein großer Ohren-

sessel. Es gab keine Sofas. Keine Sitzgarnitur. Nur einen viereckigen, niedrigen Couchtisch, auf dem sich Zeitschriften stapelten. Daneben ein Telefon.
Ihr Vater hatte wohl selten Besuch empfangen. Wenn doch, hatte er ihm keine Sitzgelegenheit anbieten können.
Das ist jetzt dein Haus, dachte Gwen. Was willst du damit machen? Hier leben? Wohl kaum. Vielleicht konnte man es vermieten.
Sie atmete noch einmal tief durch, schloss das Fenster und kehrte zum Eingangsbereich zurück. Eine weitere Tür in dem Bereich gegenüber der Treppe führte in eine Küche. Gwen warf nur einen Blick hinein. Dann nahm sie sich das obere Stockwerk vor.
Kaum hatte sie die Treppe hinter sich gebracht, verstärkte sich der Geruch, der ihren Vater immer umgeben hatte und der ihr jetzt sagte, dass sich dort oben sein Allerheiligstes befinden musste.
Vom oberen Absatz der Treppe ging es in einen schmalen Flur. Gwen probierte ein paar Türen, sie fand ein Schlafzimmer und ein Bad, doch eine Tür am Ende des kleinen Gangs führte in ein großes Zimmer. Sofort wusste sie, dass sie nun im eigentlichen Refugium ihres Vaters angekommen war.
Vor jede Wand schob sich eine dicke zweite Mauer aus Regalen – vollgestopft mit Büchern, Ordnern, Papieren aller Art. Die einzige Aussparung war ein Fenster auf der gegenüberliegenden Seite. Zwischen Stapeln von Büchern führte ein schmaler Pfad über einen abgewetzten Teppich zu einem Schreibtisch, auf dem gerade einmal so viel Platz blieb, um ein Blatt zum Schreiben darauf unterzubringen. Die enge Fläche war umgeben von Büchern und einer aufgeschlagenen großformatigen

Partitur. Davor stand ein blank gewetzter Chefsessel aus schwarzem Leder.
Wahrscheinlich hatte ihr Vater noch kurz vor seinem Tod hier gearbeitet. Als wäre er einfach aufgestanden, um zu der Autobahnbrücke zu fahren.
Gwen folgte dem schmalen Weg zwischen den Stapeln hindurch und bemerkte, dass etliche Abschnitte in den Regalen leer waren. Das Szenario wirkte, als habe ihr Vater etliches ausgeräumt und auf dem Boden gestapelt. Einige der Stapel waren sogar umgekippt, und all die Bücher waren so unordentlich auf dem Boden verteilt, wie Gwen es noch nie bei ihrem Vater erlebt hatte. Er mochte kauzig und ein wenig seltsam gewesen sein. Doch er war, was seine Arbeit anging, immer penibel ordentlich gewesen. Er musste sich wirklich verändert haben.
Die gegenüberliegende Längswand bedeckte ein Arbeitsutensil, das ihr Vater, schon seit sie denken konnte, für seine Analysen benutzte. Eine große, mit Notenlinien versehene Tafel. Eine lange, akkurat geschriebene Kette von Noten war darauf zu sehen.
Notenzeichen waren für Gwen zwar etwas Abstraktes, das sie nur schwer mit klingender Musik in Verbindung bringen konnte, aber sie hatte durchaus Sinn für die ästhetische Wirkung der runden Köpfe und Fahnen, die langen Balken, unter denen sich die Noten reihten. Mehr konnte sie jedoch damit nicht anfangen.
Sie wandte sich von der Tafel ab und entdeckte weitere Dinge, die sie schon seit ihrer Kindheit kannte. Ein altertümliches Stehpult, das frei im Raum stand und durch weitere schmale Pfade mit dem Schreibtisch und der Tafel verbunden war. Sie erinnerte sich, wie ihr Vater ständig nachdenklich zwischen Tafel, Pult und Tisch hin- und hergewandert war, wobei er immer wieder nervös die Brille zurechtrückte.

Jetzt wandte sie sich dem Schreibtisch zu. An der Wand dahinter hing auf der schmalen Fläche zwischen Tischplatte und unterstem Regal ein gerahmtes Bild.
Es gab ihr einen kleinen Stich, als sie sich selbst erkannte. Sie war darauf vier oder fünf Jahre alt. Ihre Mutter stand hinter ihr und bückte sich, um über ihrem kleinen Kopf in die Kamera zu blicken. Das Bild musste kurz vor der Trennung ihrer Eltern entstanden sein. Als Gwen in die Schule kam, war ihre Mutter, eine berühmte Pianistin, wieder in ihre Heimat USA zurückgekehrt, wo sie nur ein Jahr später an Krebs starb. Gwen konnte sich an sie nur vage erinnern. Dieses Foto hatte sie noch nie gesehen.
Ihr Vater hatte manchmal erzählt, wie ähnlich sie ihrer Mutter sehe. Es stimmte. Ihre Mutter war zwar auf dem Bild einige Jahre älter als Gwen jetzt, aber das ovale Gesicht, die ausdrucksvollen Augen hatte Gwen auf jeden Fall von ihrer Mutter geerbt.
Leider gab es keine weiteren Bilder mehr an der Wand, dafür ein gerahmtes Notenblatt. Wahrscheinlich die Reproduktion einer Handschrift. Gwen konnte damit nichts anfangen. Sie ließ den Blick über das Chaos auf der Tischplatte schweifen, das für ihren Vater wahrscheinlich eine große universale Ordnung gewesen war, und ihr Blick blieb an einem Aschenbecher hängen, in dem schwarze Reste zu erkennen waren.
Hatte ihr Vater geraucht? Sie konnte sich nicht erinnern. Der Napf, der eher an einen Untersetzer für einen Blumentopf erinnerte, war mit Asche gefüllt. Aber es war keine Zigarren- oder Zigarettenasche. Es sah so aus, als hätte jemand Papier darin verbrannt.
Was hatte ihr Vater da getan?
Gwen riss sich los und versuchte, sich darauf zu besinnen, was sie als Nächstes tun sollte. Sie würde jemanden

brauchen, der ihr half, diese Unordnung zu lichten. Jemand, der sich mit Musik auskannte.
Christopher vielleicht?
Er besaß in England selbst eine große Musikbibliothek und sammelte alte Partituren.
Christopher würde ihr sicher helfen. Vielleicht schon nach der Berliner Uraufführung. Und wenn es bis dahin nicht endlich richtig zwischen ihnen gefunkt hatte, bot die Beschäftigung mit dem Nachlass ihres Vaters eine willkommene Gelegenheit, ein paar weitere Tage mit ihm zusammen zu sein.
Von Gwen schien eine Last abzufallen. Der Gedanke an Christopher hatte ihr die nötige Kraft geschenkt, um die Düsternis, die auf diesem Haus zu lasten schien, wenigstens zu ertragen.
Sie untersuchte die Schubladen des Schreibtischs, auch in dem Stehpult gab es einige Fächer. Sie hoffte, irgendein Adressbuch oder eine Notiz zu finden, um vielleicht doch noch Freunden oder wenigstens Bekannten auf die Spur zu kommen, mit denen sie über ihren Vater sprechen konnte.
Stück für Stück arbeitete sie sich durch den Papierkram, der wohl typisch für einen Gelehrten war. Sie fand Quittungen von Buchhandlungen, Prospekte von Verlagen. Neben dem Schreibtisch reihten sich auf einem Sideboard angestoßene Aktenordner mit vergilbten Etiketten. Darin waren weitere Abrechnungen abgeheftet. Es ging um Honorare für Artikel in irgendeiner Musikzeitschrift, um ein Buchmanuskript. Als Gwen den Titel las, stellten sich ihr die Nackenhaare auf. »Theorie der barocken Harmonik unter Berücksichtigung der authentischen Verwendung der Tasteninstrumente«.
Sie schlug den Ordner zu. Es hatte keinen Sinn, sich weiter damit zu beschäftigen. Etwas in ihr sperrte sich, in diese staubtrockene graue Welt ihres Vaters einzudringen.

In diesem Moment sah sie die Visitenkarte.
Sie steckte unter der aufgeschlagenen Partitur auf dem Schreibtisch. Gwen las einen Namen: Dr. med. Werner Glawitz. Darunter war eine Leipziger Adresse zu lesen, natürlich auch eine Telefonnummer.
Kurz entschlossen nahm Gwen ihr Handy und wählte. Es tutete zweimal, dann meldete sich mit routinierter Stimme eine Sprechstundenhilfe.
»Praxis Dr. Glawitz, was kann ich für Sie tun?« Gwen sagte ihren Namen und erklärte, dass Sie den Arzt sprechen wollte.
»Wir können Ihnen leider erst nächste Woche wieder einen Termin geben«, sagte die Frau. »Waren Sie schon mal bei uns?«
»Es geht nicht um mich. Ich muss Herrn Dr. Glawitz sozusagen persönlich sprechen.« Gwen wusste nicht genau, wie sie sich ausdrücken sollte. Persönlich war sicher auch das falsche Wort.
»Das ist leider nicht möglich, Frau Fischer …«
»Es geht um meinen Vater. Adrian Fischer. Er ist tot, und ich wollte fragen, ob Herr Dr. Glawitz sein Hausarzt war.«
In der Leitung war für einige Sekunden Stille. »Ja, er war bei uns, Frau Fischer. Es tut mir leid wegen Ihres Vaters. Herr Dr. Glawitz war sein Hausarzt.«
»Ich habe erfahren, dass mein Vater Leukämie hatte, und dass er es … es wahrscheinlich deswegen tat. Wäre es möglich, dass ich heute noch mit Herrn Dr. Glawitz sprechen könnte? Ich bin nur heute in der Stadt.«
»Bitte warten Sie einen Moment.«
Gwen fand sich in der Warteschleife wieder. Ein seelenloses elektronisches Uhrwerk klimperte »Für Elise« von Beethoven. Fünfmal musste sich Gwen die akustische Verschandelung anhören, dann war die Sprechstundenhilfe wieder dran.
»Können Sie in einer Stunde hier sein?«

»Das geht, danke. Die Adresse habe ich.« Sie warf noch einen Blick in die Runde, dann entschied sie sich zu gehen. Sie hatte das Bedürfnis nach frischer Luft.
Sie folgte dem kleinen Pfad zurück zur Tür und hatte noch nicht den Flur erreicht, als ein schriller Ton sie zusammenzucken ließ.
Irgendwo klingelte ein Telefon.

Ein Frösteln überfiel sie wie ein Hagelschauer. Es war, als würde sich die ganze Spannung, die sie hier bisher empfunden hatte, in einem einzigen Moment entladen.
Ganz ruhig, mahnte sie sich. Es ist nur ein Telefon.
Sie suchte den Apparat und fand ihn schließlich am Rand des Schreibtischs, gleich neben dem Computerbildschirm, der aussah, als habe er auch schon ein paar Jahre auf dem Buckel. Es war keines der modernen flachen Modelle, sondern ein grauer würfelförmiger Kasten. Das Telefon war von Papierstapeln in die Ecke dahinter verdrängt worden. Offenbar hatte ihr Vater nicht oft telefoniert.
Das Klingeln nahm kein Ende.
Sollte sie überhaupt drangehen?
Wer konnte das überhaupt sein? Wollte vielleicht der Notar noch etwas von ihr? Sie hatte ihm ihre Handynummer gegeben. Oder der Arzt rief zurück …
Ja, das war es wohl.
Gwen nahm den Hörer ab.
»Fischer«, sagte sie leise.
Zunächst war auf der anderen Seite gar nichts zu hören, doch dann schob sich etwas wie ein Atmen vor die Stille in der Leitung.
Dann eine Männerstimme. Alt. Mit einem keuchenden Unterton. Schwer zu verstehen. Nur ein einziges Wort erklang. Immer wieder. In Gwens Bewusstsein schälte sich

nur nach und nach heraus, dass der Mann sie mit Vornamen ansprach.

»Gwendolyn? – Gwendolyn?«

»Wer ist da?«

Der Mann lachte leise. »Kennst du mich nicht mehr? Kennst du mich wirklich nicht mehr?«

Eine große eiserne Zwinge schien ihr die Luft zu nehmen. Angestrengt sog Gwen die staubige Luft ein, immer wieder und wieder. Ihre Lungen schienen aus Eisen zu sein, und sie hatte keine Kraft zum Atmen. Panik machte sich in ihr breit.

Warum habe ich solche Angst? Niemand tut dir etwas …, sagte sie sich.

»Gwendolyn?«

Ihre Beine wurden schwach, und irgendetwas zog sie zu Boden. Sie hielt sich am Schreibtisch fest und sank in den großen Chefsessel ihres Vaters. Die geringelte Schnur des Telefonhörers spannte sich.

Diese Stimme …

Sie traf sie im Innersten, löste etwas in ihr aus.

»Bist du noch dran, Gwendolyn?«

Leg einfach auf. Das ist nur ein Verrückter. Leg einfach auf.

Ein Verrückter, der mich kennt.

»Wer sind Sie?«

»Du kennst mich nicht mehr?«

Sie kannte die Stimme. Sie kannte die Stimme genau.

Die Stimme des Ungeheuers. Das Klavier ist ein Ungeheuer.

»Ich brauche deine Hilfe, Gwen.«

Gwen versuchte aufzustehen, vor Anstrengung und Kälte schlotternd. Es ging nicht.

»Hör mir zu, Gwen. Hör mir genau zu.«

Wie gelähmt ließ sie alles über sich ergehen. Sie hörte die Worte, doch sie verstand sie nicht.

Sie war zu sehr damit beschäftigt, nach Luft zu ringen. Vor die Stimme des Mannes schob sich immer wieder eine diffuse Erinnerung.

Das Klavier ist ein Ungeheuer. Das Kaninchen vor der Schlange. Ich bin das Kaninchen, das Klavier ist die Schlange … Löse dich aus der Erstarrung. Löse dich. Das Klavier ist die Schlange. Ich bin das Kaninchen …

Die Stimme besaß einen weichen Akzent. Der Mann kam offenbar aus Bayern oder aus Österreich. Und er klang alt, mindestens so alt, wie ihr Vater gewesen war. Doch je mehr Fakten sie sich ins Bewusstsein holen wollte, desto vernagelter schien die Erinnerung zu sein.

Sie befahl ihrem rechten Arm, den Hörer vom Ohr zu nehmen und aufzulegen. Als sie das Telefon endlich losließ, war der Schock immer noch nicht vorbei.

Ihr Herz raste, als hätte sie einen Marathon hinter sich. Schweiß stand ihr auf der Stirn. Die Regale, die Notenzeichen auf der dunkelgrünen Tafel, die Papierstapel – alles war hinter einem milchigen Schleier. Ein seltsamer Bewegungsdrang erfasste Gwen, ihre Hände schoben die Ärmel ihres Mantels und ihres Pullovers hoch. Als hätten sie ein gespenstisches Eigenleben entwickelt, suchten ihre Fingerkuppen die Haut ihrer Unterarme – und dann begannen die Nägel zu schaben und zu schaben. Immer schneller fuhren ihre Fingernägel auf und ab, hin und her, und sie hinterließen ein rotes Dickicht aus blutenden Linien. Gwen begriff, was geschah, und sprang auf.

Sie zog die Ärmel nach unten und lief voller Panik die Treppe hinab. Mit letzter Kraft zwang sie sich, ordentlich die Tür abzuschließen, dann rannte sie hinaus in die kalte Luft und die Straße entlang. Irgendwann fiel ihr ein, dass sie die Visitenkarte des Arztes vergessen hatte. Sie hielt schwer atmend an.

»Dr. Glawitz«, murmelte sie vor sich hin. »Dr. Glawitz. Erich-Köhn-Straße …«

Die junge Frau verließ das Haus und entfernte sich so schnell, als wäre sie vor etwas auf der Flucht. Nervös tippte Volpone auf die Kurzwahl.
»Padre. Sie verlässt das Haus.«
»Ich habe mit ihr gesprochen, Volpone. Sie hat mir ruhig zugehört.«
Der Padre klang nicht angespannt wie in den letzten Telefonaten, sondern heiter und ausgeglichen. Volpone sah immer noch der Frau hinterher, die sich rasch entfernte.
»Ich habe ihr erklärt, was wir haben wollen. Ich bin sicher, dass sie uns helfen wird.«
Jetzt war die Frau aus dem Blickfeld verschwunden.
»Padre. Sie entwischt uns. Soll ich sie verfolgen?«
»Wenn du möchtest, Volpone. Aber sie ist jetzt auf unserer Seite, glaub mir …«
So hatte Volpone den Padre noch nie erlebt. Er wirkte geradezu euphorisch, als sei ihm die heilige Maria persönlich begegnet.
»Padre, was hat sie gesagt?«
»Wenig. Aber das wird sich noch ändern, glaub mir.«
»Und wenn sie nicht wiederkommt, Padre? Sie wohnt nicht in Leipzig. Ich muss hinter ihr her.«
Der Padre schien zu sich zu kommen. »Du hast recht«, sagte er und klang ein wenig ernüchtert. »Finde heraus, wo sie wohnt und was sie tut.«
Volpone unterbrach die Verbindung, warf das Handy auf den Beifahrersitz und gab Gas. Nach ein paar Sekunden hatte er die Frau wieder im Blick. Sie war an der Straße stehen geblieben. Er trat auf die Bremse.
Die Frau telefonierte. Der Padre hatte recht.

Sie besitzt tatsächlich ein Madonnengesicht …
Kurze Zeit später kam ein Taxi, und sie stieg ein. Im selben Moment, als das Taxi losfuhr, gab auch Volpone Gas.

11

Dr. Glawitz kam persönlich in das Wartezimmer, in dem Gwen ein paar Minuten zwischen den Patienten Platz genommen hatte. Sein offener weißer Kittel wehte wie eine weiße Fahne hinter ihm her.

»Frau Fischer, es ist mir eine Ehre«, rief er überschwänglich, und die rosa Lippen in seinem kurzen eisgrauen Bart wölbten sich zu einem Lächeln. Gwen stand auf und reichte ihm die Hand. Ein unbehagliches Gefühl von Peinlichkeit überfiel sie, als der Arzt, ein groß gewachsener und schlanker Mann, den Oberkörper senkte und ihr einen Kuss auf den Handrücken drückte.

»Kommen Sie bitte«, sagte er, drehte sich um und ging am Empfang vorbei auf eine Tür zu, hinter der Gwen einen dunkelbraunen Schreibtisch und Regale erkannte. Vor dem Tisch erwartete sie ein Besucherstuhl. Er schloss die Tür, bat Gwen, sich zu setzen, und nahm hinter seinem Tisch Platz.

»Ich freue mich sehr, Sie kennenzulernen.« Seine hellen Augen funkelten hinter randlosen Brillengläsern. »Ich bin ein großer Bewunderer von Ihnen.« In diesem Moment bemerkte Gwen, dass in den Regalen an der Wand hinter dem Arzt kein einziges Buch stand. Die Bretter waren vollgestopft mit CDs. Einzelne, ganze Boxen, und an den Aufschriften erkannte sie, dass der Mann ein besonderes Faible für Opern hatte. Auf Anhieb sah sie zwei Aufnahmen, in denen sie selbst mitwirkte.

»Wissen Sie, ich habe auch Gesang studiert. Parallel zum Medizinstudium. Lange war ich unentschlossen, ob ich Arzt oder Sänger werden soll. Schließlich habe ich dann doch die Praxis meines Vaters übernommen. Aber ein-, zweimal im Jahr gebe ich im kleinen Kreis Konzerte. Lieder, ein paar Arien – alles natürlich nur mit Klavierbegleitung. Aber ein Kritiker der *Morgenpost* hat mir versichert, dass er selten so ein ausdrucksvolles ›Lied an den Abendstern‹ gehört habe. Und wissen Sie, was mich am meisten davon abgehalten hat, eine professionelle Karriere einzuschlagen?«

In diesem Moment machte Dr. Glawitz eine Pause, als erwarte er, dass Gwen bei diesem Ratespiel mitmachte. Sie nutzte die Gelegenheit, ihr Anliegen loszuwerden. Sie kannte diese Sorte von Musikliebhabern schon, die angeblich aus freiem Willen auf eine Karriere verzichtet hatten und einem ständig mit ihren angeblichen Leistungen in den Ohren lagen. Wie alle professionellen Sänger hatte sie eine Aversion dagegen entwickelt und mied solche Gespräche, wo es ging.

»Herr Dr. Glawitz, ich bin eigentlich …«, begann sie, aber der Arzt unterbrach sie.

»Wegen der Regie!«, rief er aufgebracht. »Was einem heute als Sänger abverlangt wird, ist ja unbeschreiblich! Man muss in einer Naziuniform den Don Giovanni spielen, oder wenn es dazu nicht kommt, zwingen einen die Regisseure, nackt auf der Bühne herumzulaufen und dazu obszöne Gesten zu machen. Oder man wird in einen Swimmingpool geworfen. Ich frage mich, wie Sie das alles aushalten.« Er tat wirklich so, als habe er tagtäglich mit solchen Problemen zu tun.

»Entschuldigen Sie«, sagte Gwen. »Ich bin wegen meines Vaters hier. Und ich muss heute noch nach Berlin.«

Er sah sie an und schien zur Besinnung zu kommen. »Oh, entschuldigen Sie«, rief er, und in seiner Stimme lag eine ähnliche Entrüstung wie eben, als er über das moderne Regietheater gesprochen hatte. »Wie unhöflich von mir! Mein herzliches Beileid. Es tut mir wirklich leid. Ihr Herr

Vater war so ein kenntnisreicher und interessanter Gesprächspartner.«
»Sie kannten ihn also näher?«
»Wir haben uns nicht privat getroffen, wenn Sie das meinen. Aber wenn er hier in der Praxis war, haben wir uns viel über Musik unterhalten. Übrigens auch über Sie. Er hat mir Ihre CDs empfohlen.«
Er drehte sich auf seinem Stuhl um und deutete auf das Regal. »Schauen Sie. Wenn ich über meinen Abrechnungen sitze, höre ich sehr oft Ihre Stimme.«
»Ich wüsste gerne mehr über seine Krankheit. Glauben Sie, er hat deswegen Selbstmord begangen? Wissen Sie, ich kann mir das gar nicht vorstellen, dass er wirklich von einer Brücke gesprungen ist…«
Dr. Glawitz nahm die Brille ab und senkte den Blick. »Es ist immer schwer für die Hinterbliebenen. Schwer und unverständlich. Sie glauben nicht, wie oft ich so etwas schon erlebt habe.«
»Was hatte mein Vater genau? Der Notar sagte, er litt an Leukämie.«
»Akute myeloische Leukämie, um genau zu sein. Eine Form, an der vor allem ältere Menschen erkranken.«
»Führt diese Krankheit zum Tode? Ich meine, war er unheilbar krank?«
»Allerdings. Er hätte nur noch wenige Monate zu leben gehabt.«
»Aber warum hat er sich umgebracht? Ich habe den Eindruck, dass er in der letzten Zeit seines Lebens ziemlich religiös war. Das passt für mich nicht zusammen.«
»Ich kann Ihnen versichern, dass eine solche Diagnose Menschen zu ganz ungewöhnlichen Entscheidungen treibt.«
»Er hat mit Ihnen nicht über eine Selbstmordabsicht gesprochen?«

»Nein. Ich hatte sogar eher den Eindruck, dass er das alles sehr gefasst aufnahm.«
»Wie lange ist es her, dass er die Diagnose erfuhr?« Dr. Glawitz sah zur Decke. »Lassen Sie mich überlegen. Sechs Wochen etwa. Höchstens zwei Monate.«
Gwen presste nachdenklich die Lippen zusammen. Wie war das, wenn man erfuhr, dass man zum Tode verurteilt war? Wenn einem ein Siechtum bevorstand? War ihr Vater wirklich der Mensch, der lieber mit einem Schlag Schluss machte, bevor er auf einer Intensivstation dahinvegetierte? *Warum hat er mich nicht angerufen? Warum hat er nicht versucht, mich noch einmal zu sehen, wenn ihm so viel an mir lag?*
Gwen wischte sich über die Unterarme und schob einen Ärmel ihres Pullis nach oben.
»Was haben Sie da?«, fragte Glawitz plötzlich.
Gwen verstand erst nicht, was er meinte. Dann fiel ihr das blutige Gitternetz auf ihrer Haut ins Auge, und sie schob den Ärmel nach unten.
»Nichts … ich habe mich gekratzt.«
»Das sieht aber böse aus.«
»Im Keller. Im Haus meines Vaters. Ich habe mich dort umgesehen. Da waren alte Möbel … Dabei passiert so was leicht.«
»Sind Sie gegen Tetanus geimpft?«
»Natürlich, keine Sorge.« Sie erkannte am Blick des Arztes, dass er ihr die Geschichte nicht abnahm.
»Das sieht mir eher nach einer nervösen Kratzerei aus. Sie haben viel Stress, oder?«
»Ich habe einige wichtige Projekte vor mir«, sagte Gwen und gab damit zu, dass sie ihn angeschwindelt hatte.
»Die Uraufführung in Berlin?« Die Augen des Arztes leuchteten wieder. »Mit Christopher Leonard? Ich habe darüber gelesen. Wissen Sie, eigentlich mag ich gar keine moderne Musik. Aber dieser Leonard versteht es, wahre

Leidenschaften mit seinen Werken darzustellen. Und das Publikum mitzureißen. Mal sehen. Wenn ich Zeit habe, komme ich vielleicht.«

»Das würde mich freuen«, sagte Gwen mechanisch. »Deswegen muss ich jetzt leider auch gehen. Wir sind mitten in den Proben.«

»Immer auf Achse. Das ist das Künstlerlos. Wissen Sie, das war auch so ein Grund, warum ich entschieden habe, doch lieber Arzt zu werden. Diese Reiserei. Aus dem Koffer leben. In jeder Situation, nach einer Nacht im Zug, im Flugzeug oder auf harten Hotelbetten künstlerische Höchstleistungen zu bringen – das liegt mir nicht. Wenn ich in Leipzig leben könnte und das Publikum würde zu mir kommen, wäre das in Ordnung. Aber dass man um die Welt reisen muss, um all die Menschen zu treffen, die einen singen hören wollen – welch eine Zumutung …«

Dr. Glawitz redete noch immer, als sie schon draußen vor der Tür der Praxis standen. Gwen hörte gar nicht mehr zu. Sie nahm noch wahr, wie ihr der Arzt abermals einen Handkuss verabreichte, dann konnte sie endlich gehen. Hinaus auf die stille Straße.

Sie lief ein Stück in die Richtung, wo sie die Innenstadt vermutete.

Sie musste sich mit dem Selbstmord ihres Vaters wohl einfach abfinden. In der Beziehung hatte sie keinen Grund, an den Worten des Arztes zu zweifeln.

Sie dachte zurück an ihren Besuch in der Villa. Der Eindruck des muffigen Geruchs und das Furcht einflößende Telefonat mit dem Unbekannten waren dahingeschmolzen wie Erinnerungen an einen bösen Traum.

Sie würde später wiederkommen und versuchen, mehr über ihren Vater herauszufinden. Schließlich musste sie sich um das Erbe kümmern.

Jetzt würde sie ins Hotel zurückfahren, ihr Gepäck holen und sich auf den Weg nach Berlin machen. Zu Christopher.
Sie lief weiter, fand einen Taxistand und stieg in den ersten Wagen.
Sie versuchte, sich abzulenken, indem sie sich auf ihre neue Aufgabe in Berlin konzentrierte, aber zwei Fragen nagten weiter in ihrem Unterbewusstsein.
Wer war der Unbekannte, der sie angerufen hatte?
Und warum hatte sie solche Angst vor ihm?
Was hatte er eigentlich von ihr gewollt? Immer wieder versuchte sie, die Satzfetzen in einen sinnvollen Zusammenhang zu bringen, aber sie war so sehr in ihrer Panik gefangen gewesen, dass es ihr nicht gelingen wollte. Doch an eines konnte sich Gwen genau erinnern. Er hatte etwas von einer Partitur gesagt, die ihr Vater besessen habe.
Es musste ein Antiquar oder ein Sammler sein. Oder ein Professorenkollege, der es auf ein Dokument aus dem Nachlass ihres Vaters abgesehen hatte. Jetzt, wo ihr Vater tot war, kamen eben die Neider aus den Löchern. So etwas war sicher normal.
Das Seltsamste war, dass der Anrufer sie geduzt hatte. Er hatte sie Gwen genannt. Als würde er sie seit Jahren kennen. Und er hatte sie gefragt, ob sie sich nicht an ihn erinnerte …
Und tief im Innern wusste Gwen auch, dass die Stimme zu jemandem gehörte, der sie kannte. Und den sie kannte. Gekannt hatte.
Nur zu wem?
Das Taxi stoppte vor dem Hotel. Gleich werde ich Leipzig verlassen haben, sagte sie sich. Es wird nicht mehr lange dauern, und ich bin auf dem Weg nach Berlin. Christopher wird mir helfen, und es wird alles wieder gut. Ich

werde singen, und ich muss keine Angst haben. Vor gar nichts. Ich mache eine große Karriere. Ich mache Weltkarriere. Und dann kann ich vielleicht auch endlich ein wenig Schlaf nachholen. Als sie auf die Rezeption zuging, spürte sie bei jedem Schritt, dass sie seit halb fünf auf den Beinen war.

»Frau Fischer?«

Ein schmuddeliger, nach Tabak riechender Mann hatte sie angesprochen.

»Mein Name ist Brandt. Hauptkommissar Brandt. Kripo Leipzig.«

Jetzt hielt ihr der Mann einen Ausweis entgegen. In der Plastikhülle hatte sich brauner Schmutz gesammelt.

»Ja bitte?«, sagte Gwen.

»Ich würde Ihnen gerne ein paar Fragen stellen. Es geht um Ihren Vater.«

»Er ist heute Morgen beerdigt worden.«

»Das wissen wir.« Brandt wandte sich an die Angestellte hinter dem Tresen. »Wo könnte ich mich mit Frau Fischer ungestört unterhalten?«

Die Frau sah unsicher in die Runde. »Nebenan ist unsere Cocktailbar«, sagte sie. »Dort ist kein Betrieb im Moment. Frau Fischer hat aber auch noch ihr Tageszimmer.«

»Hätten Sie etwas dagegen, wenn wir auf das Zimmer gehen?«, fragte der Hauptkommissar Gwen, und in diesem Moment fielen ihr seine ausdrucksvollen dunklen Augen auf. In anderer Kleidung und ordentlich rasiert wäre Brandt ein recht gut aussehender Mann gewesen.

»Ich muss dringend nach Berlin. Ich werde dort zu Proben erwartet.«

»Ich werde Sie nur so kurz wie möglich aufhalten«, sagte Brandt und wies in Richtung Aufzug. »Also bitte.«

Ein leises Glockensignal zeigte an, dass die Kabine ankam. Als sie eingestiegen waren, drang Gwen wieder der Geruch nach kaltem Rauch in die Nase, die den Polizisten umgab. Sie bemerkte silberglänzende Ketten, die unter seiner Lederjacke hervorsahen.

Die Kabine hielt und öffnete sich. Sie gingen die paar Schritte zum Zimmer, in dem sich Gwen am Morgen noch ausgeruht hatte.

Brandt schloss die Tür. Gwen setzte sich auf das Bett. Der Hauptkommissar blieb stehen.

»Worum geht es denn eigentlich?«, fragte sie.

»Ihr Vater war nicht alleine auf der Brücke. Jemand anders wurde dort zum entsprechenden Zeitpunkt gesehen. Wir fragen uns, wer das gewesen sein könnte.«

»Sie meinen, jemand hat bei seinem Selbstmord … geholfen?«

Die braunen Augen blickten ernst. »Oder es war gar kein Selbstmord«, sagte Brandt.

Gwen schüttelte den Kopf und rieb ihre Handflächen auf ihren Oberschenkeln. Sie atmete tief durch.

»Das ist ein Schock für Sie«, fuhr er fort. »Ich weiß. Aber wir müssen ermitteln, und wenn wir etwas herausfinden wollen, müssen wir uns beeilen. Uns läuft die Zeit davon.«

»Ich hatte mir so etwas gedacht«, sagte Gwen.

»Wie meinen Sie das?«

»Ich habe beim Notar einen Brief meines Vaters bekommen. Darin geht es um unser Verhältnis und so weiter, also eher etwas Privates. Aber der Brief zeigt auch, dass mein Vater in der letzten Zeit sehr religiös war. Und wirklich religiöse Menschen bringen sich nicht um.«

»Wer könnte sich mit ihm getroffen haben? Wen kennen Sie aus dem Umfeld Ihres Vaters?«

»Niemanden. Ich habe meinen Vater sehr lange nicht gesehen. Wir … verstanden uns nicht sehr gut.«

»Hat er noch andere Verwandte?«

»Nein.«

»Was ist mit Ihrer Mutter?«
»Sie hat sich von meinem Vater getrennt, als ich noch ein Kind war. Vier, fünf Jahre. Sie war Amerikanerin. Sie ist in die USA zurückgegangen und an Krebs gestorben.«
»Meine Theorie ist«, fuhr Brandt fort, »dass Ihr Vater ermordet wurde, und der Täter die Leiche, ich meine Ihren Vater, dann zu der Autobahnbrücke gebracht hat, um einen Selbstmord vorzutäuschen.«
Er fingerte plötzlich in seinen Taschen herum und förderte eine zerknautschte Plastikpackung zutage. Tabak.
»Entschuldigung, aber ich schätze es nicht, wenn in meiner Nähe geraucht wird«, sagte Gwen. »Außerdem ist das ein Nichtraucherzimmer.«
»Entschuldigung.« Brandt packte den Beutel weg. »Wir müssen diesen unbekannten Mann identifizieren … Ich habe noch etwas.« Diesmal griff er in die Innentasche seiner Jacke und zog ein Blatt hervor, das er auseinanderfaltete. »Kennen Sie diese Person?«
Gwen nahm den Bogen. Es war die Zeichnung eines Mannes. Forschend wirkte er. Oder auch ein wenig lauernd. Sie erkannte das Gesicht sofort.
»Er ähnelt jemandem, den ich auf der Beerdigung gesehen habe.«
»Tatsächlich?«
»Ich bin mir aber nicht sicher.«
»Können Sie mir trotzdem sagen, wer er ist?«
Sie schüttelte den Kopf und reichte Brandt das Blatt. »Er war nicht direkt bei der Beisetzung. Als wir am Grab standen, habe ich ihn in einiger Entfernung auf dem Friedhof stehen sehen. Er hat die Zeremonie nur beobachtet. Kurz darauf war er weg.«
»Wo hat die Beerdigung stattgefunden?«
»Auf dem Südfriedhof.«

»Wir werden uns dort noch einmal umhören und auch den Priester befragen. Wer war noch anwesend?«
»Nur Herr Johansen, der Priester und ich. Es war ziemlich seltsam. Immerhin war mein Vater Professor.«
»An welcher Universität?«
»Ich weiß es nicht.«
»Das wissen Sie nicht?«
»Eine Zeit lang war er in Köln. Als er vor zehn Jahren nach Leipzig zog, dachte ich, er wäre an der hiesigen Uni. Oder an einem Forschungsinstitut. Keine Ahnung.«
»Wo sind Sie aufgewachsen, Frau Fischer?«
»Ist das wichtig? Ich meine …«
»Ich möchte nur wissen, welche Beziehung Sie zu Ihrem Vater hatten, bevor Sie ihn … aus den Augen verloren haben.«
»Ich lebte bei ihm. Bis ich aufs Gymnasium kam.«
»Er hat nicht wieder geheiratet?«
»Nein. Er war ganz und gar mit seinen musikwissenschaftlichen Studien beschäftigt.«
»Wie hat er denn den Alltag bewältigt? Das ist doch gar nicht so einfach mit einem kleinen Kind.«
»Er hat eine Hauswirtschafterin eingestellt.« Gwen erinnerte sich gut an sie. Frau Piepenbrink. Eine unglaublich dicke, herzliche Frau. Was wohl aus ihr geworden war? »Als ich elf wurde, kam ich ins Internat. Und dann kündigte sich auch schon bald das Musikstudium an.«
»Und der Kontakt zu Ihrem Vater brach ab«, sagte Brandt.
»Ein paar Jahre später.«
»Darf man wissen, warum?«
Gwen überlegte. Wie sollte sie das erklären?
»Ich musste mich um meine Karriere kümmern.«
»Aber darin hat Sie Ihr Vater als Musikexperte doch sicher unterstützt? Wenn ein Kind Musik studieren will, kann es doch froh sein, so jemanden zum Vater zu haben.«

»Ja, natürlich. Aber er hatte so eine verschrobene Ansicht von Musik. Ich kam damit nicht zurecht und schottete mich ab.«

Meine Güte, wie muss das klingen, dachte Gwen. Andere Kinder kehren ihren Eltern den Rücken zu, weil sie sich von ihnen nicht anerkannt fühlen, ihnen vielleicht nicht erlauben, einen künstlerischen Beruf zu ergreifen. Ich tat es, weil mein Vater einen verschrobenen Musikgeschmack hatte.

Brandt sah sie ein, zwei Sekunden lang forschend an.

»Sie können das nicht verstehen, oder?«, fragte Gwen.

»Ich weiß es nicht so genau. Mir ist vor allem eines nicht klar. Obwohl Sie, wie Sie sagen, Ihren Vater so lange nicht gesehen haben, sind Sie zur Beerdigung gekommen. Warum?«

»Der Notar hatte mich darum gebeten. Offenbar war es Teil des letzten Willens meines Vaters. Zum Glück habe ich es einrichten können. Aber das war auch alles, was ich tun konnte. Ich muss jetzt weiter nach Berlin. Dort wartet eine Uraufführung auf mich.«

Mit einem Schlag sehnte sich alles in Gwen nach Christopher. Sie hielt es hier nicht mehr aus. Sie musste weg. Sie musste all das hinter sich lassen und in ihre Welt zurück. Sofort.

»Sind wir denn nun fertig? Ich kann Ihnen nicht helfen. Ich denke, das verstehen Sie.«

»Da wäre noch eine Sache, Frau Fischer.«

Musik ertönte. Gwens Gesang, ihre Handymelodie. Sie wühlte in ihrer Tasche. Die Phrase aus Mozarts *Zauberflöte* wiederholte sich mehrmals, bevor Gwen das Telefon fand.

»Entschuldigung«, sagte sie.

Brandt nickte. »Kein Problem.«

»Fischer?«, meldete sie sich.

»Guten Tag, Frau Fischer. Hier ist Bredow.«

Eine Frauenstimme. Bredow, den Namen kannte sie. Aber woher?
»Worum geht es?«
»Ich arbeite im Sekretariat von Christopher Leonard. Er hat mich gebeten, Sie anzurufen. Sie wollten sich ja heute Abend mit ihm in Berlin treffen…«
»Ist etwas passiert?« Gwen war selbst überrascht, wie erschreckt ihre Stimme klang. Brandt sah überrascht auf.
»Es gibt Schwierigkeiten mit dem neuen Stück. Herr Leonard hat heute lange mit dem Orchester geprobt, und er ist zu dem Ergebnis gekommen, dass er einige Passagen noch einmal umschreiben muss. Er muss bis zur nächsten Probe morgen fertig sein und wird daher die Nacht durcharbeiten. Er bittet Sie, heute nicht nach Berlin zu kommen, weil er heute Abend ohnehin beschäftigt ist. Er sagt, er möchte lieber erst den Orchesterpart fertig machen und dann mit Ihnen intensiv den Gesangspart proben.«
Gwen atmete laut aus. Und das kann er mir nicht selber sagen, tönte es in ihr. Dafür schickt er seine Sekretärin vor? Enttäuschung keimte in ihrem Bauch.
»Ich soll Ihnen ausdrücklich ausrichten, wie leid es ihm tut.«
»Wann werden wir uns dann treffen? Ich meine, wegen der Probe.«
»Er wird sich mit Ihnen in Verbindung setzen.«
»Kann ich nicht selbst mit ihm sprechen?«
»Er hat sich in sein Hotelzimmer zurückgezogen. Wir können ihn auch nicht erreichen.«
»Danke sehr für den Anruf«, brachte sie hervor. »Grüßen Sie ihn bitte von mir.«
»Das wird leider nicht möglich sein. Auch ich darf ihn nicht stören.«
Dann eben nicht, dachte sie, verabschiedete sich und brach die Verbindung ab. Tränen füllten ihre Augen.

Jetzt fange ich vor dem Polizisten auch noch an zu heulen, dachte sie. Aber die Enttäuschung brach sich ungehindert Bahn. Und sie schmerzte mit jedem Herzschlag mehr.

»Entschuldigen Sie bitte«, murmelte Gwen, stand auf und ging ins Bad hinüber.

Sie spritzte sich etwas Wasser ins Gesicht und betupfte sich mit einem Kleenex-Tuch. Im Spiegel sah sie, dass sich ihre Augen leicht zu röten begannen.

Sie hatte das Handy mit ins Bad genommen und neben dem Waschbecken abgelegt. Einem plötzlichen Impuls folgend, nahm sie es und suchte Christophers Mobilnummer aus dem Speicher.

Es wäre ja schon schön, nur seine Stimme zu hören … Nur ganz kurz …

Der Anschluss war nicht zu erreichen.

Wütend drückte Gwen den roten Knopf. Sie hätte Frau Bredow fragen sollen, in welchem Hotel Christopher übernachtete. Ob sie versuchen sollte, es von ihr zu erfahren? Und da fiel ihr ein, dass sie noch nicht einmal die Nummer von der Sekretärin hatte.

»Ist alles in Ordnung, Frau Fischer?«

Brandt stand in der Tür.

»Ja, ja, schon gut.«

»Ist etwas passiert?«

»Nein. Außer es interessiert Sie, dass mein Berliner Probentermin geplatzt ist. Der Komponist, mit dem ich mich treffen wollte, ist leider immer noch mit seiner neuen Komposition beschäftigt und hat sich von der Außenwelt abgeschottet, um sein Werk umzuschreiben.«

»Sie fahren also nicht nach Berlin? Das ist gut. Ich wollte Sie sowieso darum bitten.«

»Warum? Wenn ich heute nicht mehr fahre, dann morgen. Was macht das für einen Unterschied?«

»Kommen Sie bitte wieder ins Zimmer. Ich erkläre es Ihnen.«
Gwen kam aus dem Bad und nahm wieder auf der Bettkante Platz.
»Da wir den dringenden Verdacht auf einen Mord haben, müssen wir herausfinden, was bei Ihrem Vater die genaue Todesursache war. Bisher gehen wir davon aus, dass er ums Leben kam, als er von der Brücke fiel und auf der Autobahn von einem Lastwagen erfasst wurde. Es kann aber sein, dass er daran gar nicht starb.«
»Was bedeutet das?«, fragte Gwen ungeduldig und ärgerte sich gleich darüber. Der Polizist konnte nichts dafür, dass Christopher sie versetzt hatte. Brandt war sogar ausgesprochen zuvorkommend – auch wenn man ihm das bei seinem Outfit nicht zugetraut hätte.
»Wir müssen den Leichnam Ihres Vaters untersuchen.«
»Aber er ist beerdigt. Es ist zu spät.«
»Es gibt eine Möglichkeit, das rückgängig zu machen.«
»Sie meinen, Sie wollen ihn exhumieren?«
Brandt nickte.
»Und wenn ich das nicht möchte?«
»Wir respektieren Ihre Gefühle als Angehörige. Aber Sie können das nicht entscheiden. Es wird einen richterlichen Beschluss geben. Sie haben nur das Recht, von dieser Maßnahme zu erfahren. Ich informiere Sie hiermit.«
Gwen spürte, wie ihr Mund trocken wurde. Sie schluckte.
»Muss ich dabei sein?«
»Nur wenn Sie möchten.«
Sie schüttelte den Kopf.
»Ich versichere Ihnen, dass Sie sich um nichts zu kümmern brauchen. Eine Exhumierung findet sehr diskret statt. Wir wählen eine Zeit, in der der Friedhof geschlossen ist. Spätabends oder frühmorgens. Der Gerichtsmediziner führt die Untersuchung durch, und die Bestattung wird danach

wieder vorgenommen. Je nachdem, was bei der Untersuchung herauskommt, wird es noch ein paar Fragen an Sie geben. Das ist alles.«

»Ich verstehe.«

»Und nun noch eine Sache.«

»Was denn noch?«, fragte Gwen.

»Ich möchte Sie bitten, einen Blick in das Haus Ihres Vaters werfen zu dürfen.«

»Eine Durchsuchung?«

Brandt lächelte. »Nein. Ich möchte mich nur umschauen.«

»Ich bin heute in dem Haus gewesen. Schließlich ist es ja mein Erbe. Da herrscht ein schönes Durcheinander. Mein Vater war der typische zerstreute Professor.«

»Es wäre gut, wenn Sie mich begleiten könnten.«

»Heute noch?«

»Wenn es geht.«

Gwen stand auf. »Ich habe ohnehin nichts mehr vor.«

Brandt ging zu dem kleinen Schreibtisch, der unter dem an der Wand angebrachten Fernseher stand, und nahm einen Prospekt zur Hand.

»Das Hotel wird Ihnen das Zimmer sicher bis morgen überlassen. Schauen Sie mal, hier gibt es eine wunderbare Wellnessabteilung. Das müsste Ihnen doch gefallen. Entspannen Sie sich ein bisschen. Erholen Sie sich. Ich bin sicher, am Ende wird Ihnen der Aufenthalt sogar noch guttun. Und Sie tanken für Berlin neue Kräfte.«

Gwen konnte nicht anders – sie musste lächeln. Die Fürsorglichkeit dieses Beamten war wirklich reizend.

Sie nickte Brandt zu, ging zum Telefon auf dem Nachtschränkchen und drückte die Nummer der Rezeption.

Hilf mir, dachte der Padre.

Was soll ich tun?

Bitte gib mir irgendeine Idee.

Die Musik begann mit einem einzelnen Ton. Er kam durch den Raum geschwebt wie ein suchender Lichtstrahl. Eine helle Bahn in der Finsternis. Eine lange ausgehaltene Note, die sich nach einem Moment der Verzögerung in ein kleines Motiv auflöste. Ein paar kurze Töne, nur so dahingeworfen.

Dann eine Wiederholung. Ein neuer Anlauf: Das kleine Motiv ertönte in einer helleren Klangfarbe wie mit goldener Aura überzogen. Weich und geschmeidig floss es dahin und schuf eine zweite, unsichtbare Hülle. Der Strom aus Tönen nahm immer neue Wendungen. Viele andere Stimmen setzten nach und nach ein, das Gespinst der Klänge schwoll an, wuchs, wurde kraftvoller und kraftvoller.

Der Padre war überwältigt von so viel musikalischer Schönheit. Nach und nach entstand aus dem Mosaik der harmonierenden Lichter eine Figur – eine weibliche Gestalt, die immer klarer wurde, bis er alle Details ihres Gewands und ihres lächelnden Gesichts erkennen konnte. Das Blau ihres Umhangs stand in passendem Kontrast zu ihrem rötlichen Haar. Sanftes, überirdisches Licht hüllte die Gestalt ein, deren Gesicht dem von Gwendolyn Fischer verblüffend ähnelte.

Es geht um sie, dachte der Padre. Das weiß ich bereits.

Aber was kann ich tun?

Sie wird das Geheimnis kennenlernen. Aber es kann Tage, Wochen, Monate oder Jahre dauern.

Können wir es uns leisten, so lange zu warten?

O Herr, gib mir ein Zeichen.

Gib mir irgendeinen Hinweis darauf, was ich tun soll.

Das Spiel der Töne, das immer weiter und mächtiger anwuchs, begleitete seine Gedanken und schien ihnen Kraft zu verleihen.

Plötzlich schob sich eine Störung dazwischen. Laut und penetrant brachte sie das Gleichgewicht der Töne zum

Kippen. Das Bild der von Licht umschwebten Frau wurde unscharf und verblasste. Die Kontur hinterließ einen schwarzen schattigen Fleck, der in einzelne Punkte zerstob. Wie ein Tintenklecks, der auf eine Glasfläche fiel. Das muss Volpone sein, dachte der Padre. Was hat der unselige Wicht jetzt wieder falsch gemacht?
Die Musik versank in Stille. Das Wohlgefühl, das den Padre erfasst hatte, fiel in sich zusammen.
Als er nach dem Telefon getastet und sich gemeldet hatte, wurde ihm sofort klar, dass er sich irrte.
Es war nicht Volpone.
Es war Kardinal Trazzini.
O Herr, warum muss er sich gerade melden? Das ist nicht das Zeichen, das ich erwartet habe!
»Was ist mit dem Ergebnis?« Die knorrige alte Stimme des Kardinals fegte auch die allerletzten Reste der himmlischen Vision hinweg.
»Es hat eine kleine Verzögerung gegeben«, sagte der Padre. »Aber es wird nicht mehr lange dauern.«
»Wie oft haben Sie bereits die Frist verstreichen lassen? Und die Zeit drängt!«
»Wir stehen kurz vor dem Ziel, Eure Eminenz.«
»Gerede. Haben Sie nicht selbst gesagt, dass Satan kurz vor dem Ziel steht, dass seine Macht von Sekunde zu Sekunde wächst? Tropfen für Tropfen kommt neues Böses in die Welt, und genau diese Welt ist es, die nach einer Botschaft lechzt, die alle Verblendeten endlich aufrichtet.«
Der Padre versuchte verzweifelt, den zunehmenden Zorn des Kardinals durch Gehorsam zu besänftigen. Doch wie lange würde das noch funktionieren?
»Wir werden diese Botschaft bekommen, Eminenz. Wir werden erfolgreich sein. Und Sie haben doch schon meine Theorie darüber gelesen. Sie ist stimmig.«

»Theorie, Theorie«, äffte der Kardinal ihn nach. »In den zweitausend Jahren der heiligen Kirche hat es viele Theorien gegeben. Das wissen Sie so gut wie ich. Viele Theorien und keinen einzigen Beweis. Wenn es uns nicht gelingt, diesen Beweis zu liefern, landet auch Ihre Theorie auf dem Müllhaufen der Geschichte. Wo sie wahrscheinlich auch hingehört.«

Im Innern des Padre regte sich Empörung. Das ging zu weit. Nur weil Trazzini Kardinal war, konnte er seine jahrzehntelangen Forschungen noch lange nicht für Müll erklären!

»Entschuldigen Sie, Eminenz, aber …«

»Schon gut, schon gut. Beweisen Sie mir das Gegenteil. Es liegt an Ihnen.«

Damit er ihn dann als sein Verdienst dem Heiligen Vater vorlegen kann, dachte der Padre. Aber das spielte dann keine Rolle mehr. Sollte Trazzini seine Eitelkeit pflegen.

»Das werde ich, Eminenz. Das werde ich. Wenn Sie mir dabei helfen.«

»Haben Sie nicht schon Hilfe genug erhalten? Der Vatikan hat Ihnen das ganze Projekt finanziert. Dabei gäbe es ganz andere schöne Dinge auf dem Gebiet der Musik, die förderungswürdig wären.«

Der Padre rümpfte die Nase. Er wusste, was Trazzini meinte. Der Kardinal besuchte regelmäßig in Rom und Mailand die Oper – diesen falschen Tempel der Musikverhunzung.

Die Oper!

Die Erkenntnis traf den Padre wie ein Stromschlag. Der Anruf des Kardinals war keine Störung. Sie war das Zeichen, das er so lange erwartet hatte.

Trazzini konnte den Plänen des Padre nützlich sein. Und der Kardinal würde endlich verstehen, was auf dem Spiel stand.

Ein, zwei Minuten lang erklärte der Padre, worum es ging. Ein Wunder, dachte er. Trazzini lässt mich zum ersten Mal im Leben ausreden.
»Gut«, sagte der Kardinal schließlich. »Ich werde sehen, was ich tun kann. Aber glauben Sie, dass das wirklich nötig ist?«
Typisch, dachte der Padre. Trazzini ist tatsächlich auf der Seite der Opernleute. Und er hat immer noch nicht verstanden, worum es wirklich geht.
»Bedenken Sie, was wir erreichen wollen.«
Der Kardinal schwieg einen Moment. Offenbar dachte er nach.
»Also gut«, sagte er dann. »Ich werde sehen, was möglich ist.«

12

Nach einer Fahrt in Brandts Cabrio, in dem es unerträglich nach Rauch gestunken hatte, erreichten sie die Villa von Gwens Vater. Der Abend war hereingebrochen. In vielen Häusern brannte Licht. Das Haus ihres Vaters jedoch war stockdunkel. Im Schein der Straßenlaterne wirkten die Spitzen des rostigen Zaunes wie bräunliche Zahnstummel. Der Hauptkommissar schaltete den Motor aus.
Sie gingen zur Haustür, und Gwen hatte in der Dunkelheit zuerst Schwierigkeiten, das Schlüsselloch zu finden. Endlich gelang es ihr, die Tür zu öffnen, und nachdem sie an der inneren Wand ein wenig herumgetastet hatte, fand sie auch einen Lichtschalter. Eine runde Deckenlampe ging an. Sofort packte Gwen so etwas wie ein Nachhall des Schreckens, den sie beim Anruf des Unbekannten empfunden hatte.
Ob dieser Mann etwas mit dem Tod ihres Vaters zu tun hatte?
Ich sollte Herrn Brandt davon erzählen, dachte sie. Aber was sollte sie sagen? Der Anruf selbst war nur noch so vage in ihrem Gedächtnis, dass sie sich an kein Wort erinnern konnte. Nur das Gefühl, das sie empfunden hatte. Dieser Eindruck einer eiskalten Berührung auf ihrer Seele war noch lebendig.
Brandt stand auf den schwarz-weißen Fliesen und sah sie besorgt an.
»Sie sehen ängstlich aus«, sagte er. »Meine Nachricht hat Sie erschreckt, oder?«
»Ein bisschen.«
»Und Sie halten sich hier nicht gerne auf.«

Gwen musste lächeln. »Gut erkannt. Nicht wirklich.«
»Keine Sorge, ich brauche nicht lange.«
»Wonach suchen Sie überhaupt?«
»Haben Sie sich schon mal die Unterlagen Ihres Vaters angesehen? Ich meine, private Papiere und so weiter?«
»Ein wenig. Heute Mittag. Aber ich habe dann damit aufgehört.«
Weil mich jemand anrief und mich zu Tode erschreckt hat.
»Zeigen Sie mir die einzelnen Räume?«
Sie absolvierten dieselbe Runde, die sie selbst bei ihrem ersten Besuch auch abgegangen war. Sie sahen sich zuerst die Räume im Erdgeschoss an. Gwen bemerkte, dass der Flügel in dem großen Raum noch offen stand. In dem künstlichen Licht wirkte seine Tastatur noch mehr wie ein Gebiss. Gwen schloss die Klappe.
»An dem Instrument habe ich selbst Klavier spielen gelernt.« Sie erwähnte es eigentlich nur, um ihre Nervosität zu überspielen. Brandts Augen suchten den Raum ab. Er war so beschäftigt, dass er nicht einmal eine Höflichkeitsantwort hinbekam. Sie gingen die Treppe hinauf, und am Ende betraten sie das große Arbeitszimmer.
Der Hauptkommissar blieb am Eingang stehen und sah sich um. »So stelle ich mir die Klause eines Gelehrten vor«, sagte er. »Entweder man findet sofort, was man sucht, oder nie.«
»Hier ist mir bei meinem ersten Besuch etwas aufgefallen«, sagte Gwen. »Sie werden es nicht glauben, aber diese Unordnung ist eher untypisch für meinen Vater.«
»Was meinen Sie damit?«
»Es sieht aus, als hätte er etwas gesucht.«
»In seinen eigenen Sachen? Wenn er sonst so ordentlich war? Könnte es nicht eher sein, dass jemand anders den Raum auf den Kopf gestellt hat?«

»Auf den Kopf gestellt ist zu viel gesagt. Aber jemand anders könnte natürlich die Regale ausgeräumt haben. Oder mein Vater war gerade in einem Umräumprozess. Keine Ahnung.«

»Lassen wir die Spekulationen«, sagte Brandt, nachdem er alle vier Richtungen ins Auge gefasst hatte und an der grünen Tafel hängen geblieben war. Er ging auf den Schreibtisch zu, wo immer noch die aufgeschlagene Partitur lag. Er nahm die linke Seite des Buchs in die Hand und schloss sie. »Matthäuspassion«, las er.

»Mein Vater befasste sich hauptsächlich mit dem Werk von Johann Sebastian Bach«, erklärte Gwen.

Brandt nickte. »Verstehe. Darf ich nach ein paar persönlichen Kontakten suchen? Nach einem Adressbuch oder so?«

»Kein Problem. Wenn Sie die Unordnung nicht noch vergrößern.«

Er lächelte Gwen an. »Das kriege ich schon hin … Hoppla, was ist das denn?«

Er wandte sich dem Schreibtisch zu und zeigte auf den Blumentopf voller Asche.

»Das habe ich heute Mittag auch schon gesehen.«

»Hier hat Ihr Vater etwas verbrannt. Es ist keine Zigarren- oder Zigarettenasche. Das sieht nach Resten von Papier aus.«

Er nahm das Gefäß und besah sich die Asche genau. Dann blickte er unter den Tisch. »Er musste Papier nicht verbrennen. Schließlich besaß er einen Papierkorb. Schauen Sie. Hier.«

Seelenruhig und konzentriert begann der Hauptkommissar einzelne Papiere herauszuholen, auf der winzigen freien Schreibtischfläche glatt zu streichen und zu begutachten.

»Zerrissene Kopien von irgendwelchen wissenschaftlichen Aufsätzen. Ein paar unleserliche Notizen.«
Er schob alles in den Papierkorb zurück und sah sich um. Offensichtlich suchte er einen neuen Ansatzpunkt.
Gwen war dem Pfad durch das Arbeitszimmer gefolgt und hatte dabei die große Tafel passiert, auf der ihr Vater eine lange Kette von Noten aufgeschrieben hatte. An der gegenüberliegenden Wand stand ein kleiner Sekretär, der wohl einstmals als Schreibtisch genutzt, dann aber nach hoffnungsloser Überfüllung aufgegeben worden war.
Während Brandt im Hintergrund hier und da stumm Papiere von einem Stapel hob, sie kurz studierte, wieder zurücklegte und dabei missmutig in seinen Bart grummelte, ließ Gwen den Blick über die Dinge auf diesem kleinen Sekretär schweifen, bis er an etwas haften blieb, das eine Erinnerung aus ihrer Kindheit weckte. Der gläserne Briefbeschwerer mit der eingeschlossenen Blume! Gwen überkam ein wehmütiges Gefühl der Erinnerung. Sie selbst hatte ihn dem Vater zum Geburtstag geschenkt. Wie alt mochte sie gewesen sein? Zehn? Oder elf? Einige Tage zuvor hatten sie und ihr Vater vor dem Schaufenster gestanden, und ihr Vater mochte irgendeine Bemerkung über den Briefbeschwerer gemacht haben …
Sie konnte sich noch genau daran erinnern, wie sie mit dem vielen Kleingeld aus ihrem Sparschwein in das Geschäft gegangen war, und die vielen kleinen Münzen, die sie auf der Glasplatte der Theke ausgebreitet hatte. Die Geduld der Ladeninhaberin, als sie gemeinsam das Geld zählten. Gwen glaubte sich zu erinnern, dass es gar nicht gereicht hatte, dass ein paar Groschen fehlten. Aber die Inhaberin hatte mit sich handeln lassen.
Ob ihr Vater den Briefbeschwerer überhaupt gemocht hatte? Wenn einem Kinder etwas schenken, zählt gar nicht

unbedingt, was es ist, dachte sie. Und außerdem – er hat ihn ja wohl noch benutzt.
Sie nahm das Glasding in die Hand. Es war geformt wie ein kleines kantiges Gebirge, ungefähr so hoch wie ein Gartenzwerg. Darunter kam ein Stapel Papier zum Vorschein. Zusammengefaltetes Zeitungspapier. Gwen nahm die Zettel auseinander und las.
Es traf sie wie ein Schwall von heißem Wasser.
Ihre wichtigsten Kritiken der letzten Jahre. Alles, was über ihre Auftritte in den großen Zeitungen gestanden hatte.
Gwen sah sich jeden einzelnen Ausschnitt an. Nach einer Weile stieß sie auf ein handgeschriebenes Blatt. Sie faltete es auseinander. Es war eine Liste – schlicht und sorgfältig geschrieben. Aber der Inhalt sorgte dafür, dass Gwen die Tränen in die Augen schossen.
Ihr Vater hatte eine Tabelle ihrer Auftritte angelegt. In der Mitte hatte er einen senkrechten Strich gezogen, der das Blatt in zwei Teile trennte wie bei einem Vokabelheft. Jede Zeile fasste zwei Termine, und das DIN-A4-Blatt war fast vollständig gefüllt. Es waren alle Engagements dieses Jahres vermerkt – jeweils mit Ort und Datum versehen.
Gwens Hand begann zu zittern.
Das nagende Schuldgefühl, das sie unterschwellig quälte, seit sie den Brief ihres Vaters im Café gelesen hatte, verstärkte sich und wurde fast unerträglich.
Eine elektronische Melodie erklang. Brandt machte eine Bewegung, meldete sich und wechselte ein paar kurze Worte.
Gwen nahm das alles wie unter einer Glasglocke wahr. Dort draußen, hinter dem Glas war der Hauptkommissar, der sich um seinen Fall kümmerte, und hier drinnen war sie. Und sie war in ihrem Herzen ihrem Vater nahe. So nahe wie seit Jahren nicht mehr. Sie vermisste ihn. Und

das quälte sie. Und was sie noch stärker quälte, war ein Gedanke, der jetzt in ihrem Bewusstsein konkrete Formen annahm. Der Gedanke, dass ihr Vater ihr mit all diesen seltsamen Geschehnissen etwas sagen wollte. Etwas, das mit den merkwürdigen Worten aus seinem Brief zu tun hatte.

Wenn sie nur verstehen würde, was es war.

Es war wie ein Wort, das einem auf der Zunge liegt, und man weiß, dass man jeden Moment darauf kommen muss, wie es lautet, aber es will einem einfach nicht gelingen.

Die Wände der Glasglocke wurden dünner und zerplatzten wie eine Seifenblase, als Brandt sein Telefonat beendet hatte und Gwen ansprach.

»Leider kann ich hier nichts weiter ausrichten. Ich denke, wir müssten zur weiteren Ermittlung dieses Material hier sichten, aber das ist einfach zu aufwendig. Wir versuchen erst einmal herauszufinden, wie Ihr Vater genau umkam. Ich habe gerade die Nachricht erhalten, dass die Exhumierung morgen in aller Frühe stattfindet. Ich muss jetzt leider weg. Kann ich Sie irgendwo absetzen?«

Gwen legte den Stapel zurück. Oder sollte sie ihn mitnehmen? Nein, sie würde sich später systematisch um all das kümmern.

»Es kann sein, dass die Staatsanwaltschaft einen Durchsuchungsbeschluss beantragt«, sagte Brandt. »Das ist allerdings nicht so schlimm, wie Sie vielleicht befürchten. Ich kümmere mich darum, dass hier nicht noch mehr Unordnung hineinkommt.«

»Vielen Dank«, sagte Gwen. »Ja, es wäre nett, wenn Sie mich in die Innenstadt mitnehmen könnten.«

Ihr Blick fiel auf das Foto, das sie mit ihrer Mutter zeigte. Ein warmes Rinnen auf ihren Wangen. Die Tränen liefen. Brandt berührte sie an der Schulter.

»Ist alles in Ordnung?«

Sie suchte ein Taschentuch heraus. »Ja, es geht schon.«

Sie verließen das Haus, und Gwen schloss sorgfältig ab. Nur wenige Sekunden an der frischen Luft waren ihr vergönnt. Dann saß sie wieder in Brandts verräuchertem Wagen.

Im Hotelzimmer machte sie kein Licht, sondern legte sich gleich auf das Bett. Zum Glück hatte sie die Buchung verlängern können.

Mit einem Schlag spürte sie die Müdigkeit, die sie so lange unterdrückt hatte. Der Wecker zeigte erst kurz nach halb acht Uhr abends. Noch lange keine Zeit, um schlafen zu gehen. Aber um ein Bad zu nehmen. Und eine Kleinigkeit zu essen. Ob es hier im Haus ein Restaurant mit Zimmerservice gab?

Gwen schreckte auf, als die Königin der Nacht ihre Rachegelüste heraussang.

Die Handtasche. Sie musste irgendwo neben ihr auf dem Bett stehen. Gwen ertastete das Handy. Das Display erzeugte ein bläuliches Licht.

Christopher!

»Hallo?« Ihre Stimme klang müde.

»Hallo Gwen, endlich. Wie geht es dir?«

»Erschöpft. Ich übernachte hier in Leipzig. Leider wurde es ja nichts mit der Probe.«

»Es tut mir so leid. Bist du böse? Aber ich habe so sehr mit der Orchesterinstrumentation gekämpft, weißt du. Wir haben eine Probe gehabt, und es klang nicht so, wie ich wollte. Und deine Stimme muss von dem Orchester getragen werden, wie … wie von einer Sänfte. Das Orchester muss deinen Sopran umrahmen. Wie ein goldener Rahmen ein herrliches Bild. Verstehst du? Deine Stimme verdient das einfach …«

»Ich verstehe«, sagte Gwen matt. Sie war nicht mehr böse. Nicht im Geringsten. Christopher mühte sich ab, um ihr ein herrliches Stück Musik auf den Leib zu schreiben. Wie konnte sie da böse sein?

»Ich habe mir etwas überlegt«, sagte er.

»Ich bin ganz Ohr.«

»Morgen haben wir wieder eine Orchesterprobe. Leider geht es erst am späten Nachmittag. Der Dienstplan des Orchesters lässt es nicht anders zu. Aber danach…«

»Was ist danach?«

»Ich dachte, ich fahre in mein Haus bei Torgau. Um noch etwas Ruhe zu haben.«

Gwen wusste, dass Christopher dort ein Haus gemietet hatte, in dem er kreative Pausen verbrachte und Partituren studierte. Was sollte das jetzt bedeuten? Wurde es wieder nichts mit der Probe? Wollte er dort erst in Ruhe weiterkomponieren?

»Hättest du Lust, ein, zwei Tage dorthin zu kommen? Wir hätten wunderbare Möglichkeiten, die Rilke-Gesänge intensiv zu proben.«

Gwens Herz begann heftig zu klopfen. Vierundzwanzig oder sogar mehr Stunden alleine mit Christopher in einem einsamen Haus. Ob sie da überhaupt zum Proben kamen? Gwen ertappte sich dabei, wie ihr rechter Zeigefinger in ihrem Haar, das auf dem Kissen ausgebreitet war, Locken drehte.

»Das wäre wunderbar«, brachte sie hervor – für ihren Geschmack klang es fast zu enthusiastisch. »Wir könnten wirklich intensiv das Stück erkunden«, fügte sie sicherheitshalber hinzu.

»Ich denke, der Aufenthalt würde dir auch seelisch guttun. Der Tod deines Vaters, die Beerdigung und all das … Es muss dich doch sehr mitgenommen haben. Du klingst müde.«

»Das bin ich auch«, sagte sie. »Der Tag war anstrengend.« Und dann erzählte sie in knappen Worten von dem Mordverdacht, den die Polizei hegte. Und von der bevorstehenden Exhumierung.
»Wie schrecklich«, sagte Christopher. »Lass es nicht zu nahe an dich herankommen, hörst du? Das wird sich bestimmt klären. Wer sollte deinen Vater umgebracht haben?«
»Kanntest du ihn eigentlich?«
»Deinen Vater? Nicht persönlich. Aber ich habe manches von ihm gelesen, als ich noch studierte. Er hat einige seltsame Ideen zu Bachs Werken vertreten. Aber das haben ja viele Gelehrte getan.«
Gwen war zu erschöpft, um Christopher zu fragen, was er damit meinte. Nach einer musikwissenschaftlichen Vorlesung stand ihr wirklich nicht der Sinn. Sie konnte es nachholen, wenn sie sich trafen.
»Ich werde mich jetzt ein wenig pflegen«, sagte sie. »Ein Bad nehmen und so.«
»Natürlich. Ruh dich aus. Ich wünsche dir einen schönen Abend. Ich muss noch komponieren.«
»Viel Erfolg.«
Ihre Verabschiedung zog sich noch ein wenig hin, und Gwen spürte deutlich, dass sie beide nicht voneinander lassen konnten. Dann schaltete sie ihr Handy ab. Niemand sollte sie heute Abend mehr stören. Maria konnte sie auch morgen noch anrufen.
Sie ließ sich ein Bad ein, in dem sie sich fast eine Stunde aalte. Man brachte ihr einen Salat und Weißbrot, und den Rest des Abends verbrachte Gwen mit ihrem iPod, auf dem sie alle Musik gespeichert hatte, die sie liebte. Zuletzt, bevor sie sich schlafen legte, lauschte sie noch einmal dem herrlichen Trinklied aus *La Traviata*, und es gelang ihr sogar, einige der Emotionen von der Operngala in Köln

heraufzubeschwören. Das Konzert war gerade mal einen Tag her, und Gwen hatte das Gefühl, es sei mindestens eine Woche vergangen.

Ihre letzten Gedanken vor dem Einschlafen galten Christopher. Irgendwann kam ihr noch einmal fern ins Bewusstsein, dass sie weder ihm noch Hauptkommissar Brandt gegenüber den seltsamen Anruf erwähnt hatte.

13

Hauptkommissar Brandt gähnte und sah erst auf die Armbanduhr und dann auf die graue Tür, die zu den Obduktionsräumen des gerichtsmedizinischen Instituts führte. Es war halb sieben.
Seit drei Stunden war er auf den Beinen. Um kurz nach fünf hatten sie sich mit dem Friedhofspersonal auf dem dunklen Friedhof eingefunden und im Licht von drei Tausend-Watt-Strahlern mit Baggern Fischers Sarg freigelegt und hierhergeschafft.
Der Hauptkommissar lehnte sich an eine Fensterbank. Hinter dem Glas erwachte langsam der Tag. Wieder gähnte er. Das war nun wirklich nicht seine Zeit.
Aus den Obduktionsräumen drangen Stimmen. Brandt konnte aber nicht verstehen, was gesagt wurde. Er wusste jedoch, was geschah. Im Beisein von Staatsanwalt und Nagel wurde Fischers Leiche untersucht.
Die Strafprozessordnung sah vor, dass bei einer Obduktion zwei Ärzte und der Staatsanwalt anwesend sein mussten. Das hieß natürlich nicht, dass Kripobeamte ausgeschlossen wurden. Nagel hatte sich wie bei allem, was der Staatsanwalt unternahm, sofort darum gerissen, dabei zu sein. Und er hatte Brandt befohlen mitzukommen.
»Sie haben die Sache angeleiert, jetzt sind Sie auch bis zum Schluss dabei«, hatte Nagel ihm zugezischt, und Brandt war klar, dass der Vorgesetzte die Anwesenheit am frühen Morgen als eine Art Strafe für Nagels Blamage in dem italienischen Restaurant ansah.
Um kurz nach sechs waren sie mit der Totenfracht hier eingetroffen. Brandt fragte sich, wie lange das da drin noch

dauern würde. Wenigstens war es ihm erspart geblieben, bei den Vorgängen im Obduktionsraum anwesend zu sein. Er hasste diesen Ort, seit er vor zwölf Jahren in einem solchen Raum seine jüngere Schwester hatte identifizieren müssen.
Sie war auf dem Weg zu Brandts Feier zum fünfunddreißigsten Geburtstag gewesen, aber dort nicht angekommen. Stattdessen waren irgendwann Brandts Kollegen aufgetaucht und hatten ihn gebeten mitzukommen. Lisa war auf der Autobahn bei Frankfurt frontal mit einem Geisterfahrer kollidiert. Sie war sofort tot gewesen. Der Unfallverursacher ebenso. Hätte er noch gelebt – Brandt hätte ihn wahrscheinlich umgebracht.
Nagel hatte mit dem Hauptkommissar nicht lange darüber herumdiskutiert, dass er auf dem Gang bleiben wollte. Im Beisein des Staatsanwalts konnte er keine Diskussionen gebrauchen.
»Warten Sie wenigstens hier und bleiben Sie zu unserer Verfügung«, sagte er, bevor sich die Tür hinter ihm schloss. Der Hauptkommissar fragte sich, was das sollte. Er hätte genauso gut nach Hause gehen können. Oder wenigstens in irgendeiner Bäckerei anständig frühstücken. Was sollte er hier? Vielleicht verhindern, dass der tote Professor über den Gang zurück zum Friedhof floh? Es gab wirklich angenehmere Orte als diesen Flur. Brandt griff unwillkürlich in seine Tasche. Ob man hier rauchen durfte? Sicher nicht. Man durfte nirgendwo mehr rauchen. Selbst in der eigenen Wohnung nicht. Wahrscheinlich war das bald ein Kündigungsgrund. Und Raucher fanden gar keine Bleibe mehr.
Er versuchte sich abzulenken, indem er an die Opernsängerin dachte. Gwendolyn Fischer.
Brandt hatte im Internet recherchiert und erfahren, dass die Frau eine echte Hoffnungsträgerin der Musikszene war.

In der Nacht, in der ihr Vater starb, hatte sie sich offiziell in Köln aufgehalten, wo sich auch ihr Wohnsitz befand. Sie hatte am Vormittag vor dem Mord für eine Operngala geprobt, die dann vorgestern über die Bühne gegangen war.
Die Stimmen aus dem Raum hinter der Tür wurden lauter. Diesmal war es keine fachliche Unterhaltung. Es waren Ausrufe, die da an Brandts Ohr drangen. Schritte näherten sich, und die Tür ging auf. Der Staatsanwalt trat auf den Gang.
»Herr Brandt, bitte kommen Sie doch mal eben.« Er drehte sich um und ging zurück. Der Hauptkommissar konnte durch die Öffnung den weiß gekachelten Raum erkennen. Er folgte Dr. Schneider und bog in den Raum hinein, der so groß wie ein Klassenzimmer war, und in dem sich der Geruch nach Desinfektionsmitteln, der in allen Ecken des Gebäudes hing, schlagartig verstärkte.
Auf einem Untersuchungstisch lag ausgestreckt der Tote. Von dem Körper waren nur der Kopf und die Hände zu sehen. Der Rest steckte in einem schwarzen Anzug. Sie hatten ihn also noch nicht ausgezogen. Einen Mann, der von einem Laster überfahren worden war, so zurechtzumachen, war sicher nicht leicht. Brandt dachte an die Fotos, die er in der Akte gesehen hatte. Er versuchte, den Gedanken zu verdrängen, dass unter dem Stoff des Anzugs eine völlig zermalmte Leiche steckte. Wahrscheinlich hatte man etwas zugestopft – und das mit Erfolg. Von der unnatürlich hellen und gelblichen Gesichtsfarbe abgesehen, wirkte Fischer fast wie ein Schlafender.
Der Gerichtsmediziner Dr. Albrecht und sein junger Kollege standen daneben und blickten auf etwas, das auf der Brust des toten Professors lag.
»Was halten Sie davon?«, fragte Dr. Schneider, und Brandt näherte sich Fischers Gesicht, was ihn etwas Überwindung kostete. Der Blick des Hauptkommissars wanderte über

die Brust des Toten. Aus dem Revers des Anzugs ragte etwas heraus. Etwas Braunes aus Papier.

»Was ist das?«, fragte Brandt.

Dr. Albrecht zog den flachen Gegenstand heraus. Es war ein simpler brauner Briefumschlag, etwas größer als DIN-A4.

»Brandt, das ist eine schöne Preisfrage für engagierte Ermittler«, sagte Nagel, und seine Stimme war schneidend vor Ironie.

Der Staatsanwalt sah den Hauptkommissar an. »Hier ergeben sich einige Fragen.«

»Wie der Umschlag in den Sarg kommt? Sicher auf Wunsch des Toten. Sind wir berechtigt, das Kuvert zu öffnen? Offiziell gehört er ja der Erbin, Frau Fischer.«

»Was würden Sie vorschlagen?«, fragte Nagel. Brandt kam sich vor wie auf der Polizeischule.

»Ich denke, die Obduktion sollte weitergehen. Den Rest kläre ich ab.« Brandt verließ den Raum und zog sein Handy hervor. Als er auf dem Gang war, wählte er die Nummer von Gwendolyn Fischers Hotel.

Die Stimme des Mannes drang in Gwens Träume und ließ sie nicht zur Ruhe kommen, obwohl sie sich am frühen Abend todmüde hingelegt hatte. »Gwen?«, fragte der Mann immer wieder. »Bist du das, Gwen?«

Ihr schien ein zentnerschweres Gewicht auf der Brust zu lasten, und sie schrie immer wieder: Ja, ich bin es. Ich bin es. Ich bin Gwen. Aber wer sind Sie?

»Kennst du mich denn gar nicht mehr, Gwen? Kennst du mich wirklich nicht mehr?«

Die Stimme besaß keinen Körper, sie schien durch Raum und Zeit an ihr gequältes Ohr zu dringen. Und sie konnte sich nicht wehren.

Dann war da plötzlich ein anderes Geräusch. Ein seltsames elektronisches Dudeln, das die Stimme zum Verstummen brachte.
Gwen schlug die Augen auf. Trübes Licht kam durch das Fenster des Hotelzimmers. Das Dudeln kam von dem Telefon, das neben ihr auf dem Nachttisch stand. Sie meldete sich verschlafen.
»Guten Morgen, Frau Fischer«, ertönte eine Stimme, die hellwach klang.
»Wer ist da?« Sie räusperte sich.
»Oh, Entschuldigung, habe ich Sie geweckt? Hier ist Hauptkommissar Brandt.«
»Guten Morgen.«
»Frau Fischer, ich möchte Sie bitten, zu uns in die Polizeidirektion zu kommen. Ich habe noch ein paar Fragen an Sie.«
Gwen setzte sich auf. Sie wurde erst jetzt richtig wach. Die Exhumierung. Sollte Sie nicht heute Morgen stattfinden?
»Sind Sie … schon auf dem Friedhof gewesen?«, fragte sie.
»Die Exhumierung hat stattgefunden.«
»Haben Sie etwas herausgefunden?«
»Nein, noch nicht. Aber es gibt etwas anderes, das ich gerne mit Ihnen besprechen würde.«
Gwen sah auf die Uhr. Es war noch nicht einmal acht.
»Ich bin noch gar nicht aufgestanden …«
»Ich schicke Ihnen gegen halb zehn einen Streifenwagen, der Sie abholt. Er bringt Sie dann zu uns. Ist das in Ordnung?«
»Ja, das geht.«
Brandt verabschiedete sich und legte auf.
Die Exhumierung hatte stattgefunden!

Sie schauderte bei dem Gedanken, dass man sie unter Umständen mit der Leiche ihres Vaters konfrontieren würde, doch dann wischte sie die Befürchtung beiseite. Hauptkommissar Brandt hatte versprochen, dass sie damit nichts zu tun haben würde.
Sie stand auf, ging unter die Dusche und genoss das Prickeln des heißen Wassers auf ihrer Haut. Sie hatte eine schlechte Nacht hinter sich. Kein Wunder bei der Aufregung. Da hatte auch die Musik vor dem Einschlafen nichts genützt. Dabei hatte sie sich durchaus entspannt gefühlt. Sie hatte so lange Musik gehört, bis sie das Gefühl hatte, dass die Klänge, die aus den kleinen Kopfhörern drangen, jede Faser ihres Körpers erreicht hatten. Ihr iPod besaß eine Menge Speicherplatz, und sie hatte sich von einem versierten Mitarbeiter in Marias Büro ganze Opern auf das Gerät überspielen lassen – nicht nur ihre eigenen Aufnahmen, sondern auch die großer Kolleginnen und Kollegen wie Maria Callas, Cheryl Studer, Angela Gheorghiu oder Anna Netrebko. Mit dem Player lernte Gwen ihre Rollen auswendig. Er gehörte zu ihrer Ausstattung wie die Noten bei anderen Sängern.
Als sie, in ein weißes Handtuch gewickelt, aus der Dusche kam, überlegte sie, ob sie Maria anrufen sollte. Ein weiterer Blick zur Uhr sagte ihr, dass das sinnlos war. Vor neun war ihre Agentin nicht im Büro. Die Geschichte mit der Exhumierung konnte sie auch schlecht dem Anrufbeantworter erzählen. Schließlich rang sie sich durch, rief an und sprach kurz auf Band, dass sie heute noch in Leipzig war, um einige Sachen zu regeln.

Die beiden uniformierten Polizisten, die Gwen abgeholt hatten, begleiteten sie in ein Büro, wo ein Mann im dunklen Anzug aufstand und ihr überschwänglich die Hand schüttelte. Auch er gehörte zu der Sorte, die ihr am liebsten einen Handkuss gegeben hätte, weil sie das in den Kreisen der höheren Kultur für angebracht hielt. Im Gegensatz zu Dr. Glawitz ließ er es aber.

»Guten Tag, Frau Fischer«, sagte der Mann. »Es ist mir eine ganz besondere Ehre … Schön, dass Sie gekommen sind. Nehmen Sie doch bitte Platz.«

Der Mann wies auf einen Stuhl vor dem Schreibtisch, gab den beiden Uniformierten einen Wink, und die beiden Polizisten verschwanden. Erst als sie saß, nahm er selbst hinter dem Schreibtisch Platz.

»Wie unhöflich von mir … Ich habe mich noch gar nicht vorgestellt. Mein Name ist Nagel. Ich bin hier der Dezernatsleiter.« Er veränderte seinen Gesichtsausdruck in Richtung Bestürzung. »Es tut mir sehr leid, was mit Ihrem Vater passiert ist. Ich hoffe, wir können alles ohne noch größeres Leid für Sie ermitteln und erlangen rasch Ergebnisse. Ich habe eigens meine besten Leute auf den Fall angesetzt.«

Er sah Gwen an, als erwarte er dafür irgendwelches Lob von ihr. Als sie nichts erwiderte, nahm er eine Akte in Augenschein, die vor ihm auf dem Tisch lag, und fuhr sich durch sein aschblondes Haar. »Ich weiß, dass es gerade für Sie als sensible Künstlerin eine furchtbare Erfahrung sein muss, mit so etwas konfrontiert zu werden. Es wäre schrecklich, wenn von dieser Geschichte auch nur die geringste Einbuße Ihrer Kunst ausginge.« Er sah sie an. »Wir alle sehen ja Ihren nächsten großartigen Auftritten entgegen, Frau Fischer. Und es wäre wirklich ein Jammer, wenn Sie dies alles so mitnehmen würde, dass …«

Er verstummte und suchte nach Worten. Wahrscheinlich will er sagen, dass alles den Bach runterginge und ich vor lauter Nervenflattern schlechte Vorstellungen gebe, dachte

sie. Aber er traut sich nicht, es auf diese Weise klipp und klar auszusprechen. Sie half ihm nicht, und er sah sie nur mit seinem verkrampften Gesichtsausdruck an.
»Weshalb bin ich denn nun hier?«, fragte sie.
»Darf ich Ihnen etwas anbieten? Einen Kaffee?«
»Nein, danke. Herr Brandt sagte, er wolle etwas mit mir besprechen.«
»Zunächst wollte ich Ihnen noch versichern, dass ich ein großer Bewunderer Ihrer Kunst bin. Es ist geradezu eine Ehre, dass ich …«
»Wo ist eigentlich Hauptkommissar Brandt?« Der ungepflegte Beamte in Lederkluft war ihr tausendmal lieber als dieser verkrampfte Schmalzdackel hier.
»Er hat noch in der Gerichtsmedizin zu tun. Aber er wird gleich hier sein.«
»Haben Sie also meinen Vater untersucht? Was haben Sie herausgefunden?«
»Die Obduktion ist noch nicht abgeschlossen. Und sie ist auch nicht der Grund, warum wir Sie sprechen wollten.«
Nagel sah an Gwen vorbei zur Tür, wo sich Schritte näherten. Sie drehte sich um, und da kam Brandt. Die Ketten an seiner Jeans rasselten. Er schob eine Wolke von Tabakgeruch vor sich her. Er lächelte Gwen erwartungsvoll an und gab ihr die Hand.
»Ich hoffe, es geht Ihnen besser, und Sie haben noch einen angenehmen Abend verbracht.«
»Ich habe Ihren Rat befolgt und mich etwas erholt.«
Er zog einen Stuhl vom Nachbartisch heran und setzte sich.
»Die Untersuchung ist leider noch nicht zu Ende.«
»Darüber haben wir bereits gesprochen«, meldete sich Nagel von der anderen Seite des Tisches.
»Und die andere Geschichte?«, fragte Brandt ihn. »Weiß Frau Fischer es schon?«

Der Dezernatsleiter lehnte sich in seinem Stuhl zurück. »Nein. So weit waren wir noch nicht.«

»Was meinen Sie denn damit?«, fragte Gwen.

Brandt stand auf. »Einen Moment.« Er ging in einen anderen Raum und schien etwas zu holen. Gwen wurde unruhig. Sie sah Nagel an. »Was ist denn los?«

»Etwas Seltsames, Frau Fischer. Oder auch nicht. Wir wissen es noch nicht.«

Der macht es spannend, dachte Gwen. Brandts rasselnde Schritte kamen zurück. Der Hauptkommissar hielt einen Umschlag in der Hand und legte ihn auf den Tisch.

»Das hier befand sich im Grab Ihres Vaters.«

»Im Sarg?«, fragte Gwen.

»Es steckte hinter dem Revers seines Anzugs. Wir haben bereits mit dem Bestatter und dem Notar, der die Beerdigung organisierte, gesprochen.«

»Mit Herrn Dr. Johansen?«

»Es war der Wille Ihres Vaters, diesen Umschlag, den er vor einiger Zeit bei dem Notar hinterlegte, mit ins Grab zu nehmen. Niemand weiß, was er enthält. Auch der Notar nicht.«

»Haben Sie ihn nicht geöffnet?«

»So einfach ist das nicht, Frau Fischer«, sagte Nagel. »Der Inhalt des Umschlags gehört nicht zur Obduktion. Es geht uns ja um die Todesursache. Das Kuvert gehört offiziell Ihnen, und nur Sie können bestimmen, was damit passiert. Sie können es uns in Verwahrung geben, und wir werden es wieder in dem Sarg deponieren. Sie können uns auch erlauben, es zu öffnen. Es könnte ja sein, dass ein Hinweis darin ist, der uns weiterhilft. Ein Brief von einem Bekannten zum Beispiel. Oder von einer Frau, die als Zeugin für den Tod Ihres Vaters infrage kommt. Spekulationen sind hier allerdings fehl am Platz. Und ehe wir uns entschließen, einen Richter entscheiden zu lassen, dass der Um-

schlag auf behördliche Anordnung geöffnet wird, fragen wir lieber erst einmal Sie.«
Gwen starrte auf das braune Papier. »Ich frage mich wirklich, was da drin sein könnte.«
»Sie können es erfahren, wenn Sie wollen. Und dann können Sie entscheiden, ob der Inhalt wieder ins Grab kommt.«
»Würde es Ihnen denn wirklich nützen zu wissen, was in dem Umschlag ist?« Sie sah Brandt an.
»Schaden würde es uns sicher nicht.«
Gwen blickte in die Runde, dann wieder auf den Umschlag. Ich breche Vaters letzten Willen, wenn er geöffnet wird, dachte sie. Andererseits … er ist vielleicht ermordet worden.
»Öffnen Sie ihn«, sagte sie.
»Also gut«, sagte Nagel, zog eine Schere aus einer Schublade und hielt sie Gwen hin.
»Vielleicht wollen Sie es lieber selbst tun?«
Sie nickte, nahm die Schere und setzte sie an der zugeklebten Lasche an. Sie riss einen Schlitz in die Stirnseite des Kuverts und griff hinein. Ihre Finger ertasteten Papier und zogen es hervor.
»Noch ein Umschlag«, sagte Gwen. Er war über und über beschriftet. Gwen las dicke, mit einem schwarzen Filzstift geschriebene Blockbuchstaben.

NICHT VOR DEM JÜNGSTEN TAGE ÖFFNEN!

»Seltsam«, sagte Nagel. »Nicht vor dem Weltuntergang? Danach hätte es ja wohl keinen Sinn mehr, oder?« Er zeigte ein ordinäres Grinsen.
»Er hat es nicht nur auf Deutsch geschrieben«, sagte Brandt.

»Französisch, Italienisch, Spanisch«, sagte Gwen und wies auf die vielen Zeilen, die den Umschlag bedeckten. »Sogar Latein. Und die hebräischen, russischen, arabischen und asiatischen Schriftzeichen werden sicher dasselbe bedeuten.«

Als ob er internationales Publikum an seinem Grab erwartet hätte. Oder dort, wo der Umschlag vorher war.

Sie drehte das Paket um. Auf der Rückseite stand alles noch einmal. Sie zählte insgesamt fünfzehn Zeilen. Und genauso viele Sprachen.

»Er meinte es wohl sehr ernst«, sagte Brandt.

Gwen nickte. »Als wollte er ganz sicher sein, dass man sich auch danach richtet.«

»Können Sie sich vorstellen, was das bedeuten soll?«, fragte Nagel. »Hat er einmal eine Andeutung über etwas gemacht, das er mit ins Grab nehmen wollte?«

Gwen seufzte. »Nein. Ich habe lange nicht mehr mit meinem Vater gesprochen. Der Notar händigte mir einen Brief aus, den er an mich gerichtet hat. Ich habe mit Ihnen, Herr Brandt, nicht darüber gesprochen, weil er Ihnen nichts nützt. Mein Vater bringt darin keinen Hinweis auf seinen Selbstmord, und er nennt auch keine Namen von Bekannten. Es war ein reiner Aufruf an mich, wie ich meinen Weg als Künstlerin weitergehen sollte. Und in diesem Brief machte mein Vater bereits allerlei religiöse Andeutungen. Ich glaube, er ist in der letzten Zeit sehr gläubig geworden.«

»War er das früher nicht?«, fragte Brandt.

»Ich hatte nicht den Eindruck. Natürlich beschäftigte er sich sehr mit der Musik von Johann Sebastian Bach. Und das ist ja ein Komponist, der vor allem sehr bedeutende

Kirchenmusik schrieb. Vielleicht hat dies auf ihn abgefärbt. Oder es lag an seiner Krankheit … keine Ahnung.«
»Darf ich den Brief mal sehen?«, fragte der Hauptkommissar.
Gwen nahm ihn aus ihrer Tasche, und Brandt überflog ihn.
»Was ist das für ein Gedicht am Schluss?«
»Das weiß ich leider auch nicht. Aber es könnte ein Text aus einer Bach-Kantate sein. Er hat diese Zeilen vielleicht als religiösen Leitspruch angesehen.«
Brandt gab ihr das Blatt zurück.
»Wie gehen wir nun weiter vor?«, fragte Nagel. »Frau Fischer, dürfen wir erfahren, was in dem Umschlag ist? Auch wenn wir damit den Willen Ihres Vaters nicht respektieren?«
Gwen überlegte. Die Aufforderung auf dem Umschlag wirkte absurd. Nicht vor dem Jüngsten Tag – das hieß nie. Aber warum nicht? Was konnte sich denn schon darin verbergen, dass man es unter Verschluss halten musste?
Gwen befühlte den Umschlag. Er war zwar dick, aber durchaus biegsam. Wahrscheinlich war Papier darin. Wenn ihr Vater verhindern wollte, dass man diesen Umschlag öffnete, warum hatte er ihn nicht einfach verbrannt? Und überhaupt: Wieso rechnete er überhaupt damit, dass jemals jemand dieses Kuvert aus dem Grab holen und öffnen würde? Hatte er gewusst, dass jemand seinen Sarg noch einmal öffnete?
»Wir öffnen den Umschlag«, sagte Gwen. »Notfalls versiegeln wir später wieder alles, und was immer darin ist, wird wieder genauso in sein Grab gegeben, wie es war. Ich möchte wissen, wie er umgekommen ist.«
Nagel hielt ihr erneut die Schere hin, und wieder öffnete Gwen die Seitenlasche. Diesmal trafen ihre Finger auf einen kleinen Papierstapel fast vom selben Format wie der

Umschlag selbst. Es fühlte sich rau an, fast wie dünne Pappe. Als sie die Blätter herausnahm, bemerkte sie sofort die typische Linierung einer Partitur.

»Noten«, sagte Nagel. »Na, das hätte man sich denken können.«

Gwen zog alles ganz heraus. Zuoberst lag ein Deckblatt, auf dem in die Notenlinien in schwungvoller Schrift ein Titel geschrieben war.

PASSIO

Das italienische Wort für »Passion«. Darunter der Name des Komponisten. Ein schwungvoller Schriftzug, den Gwen kannte, denn ihr Vater hatte ihn ihr sehr oft gezeigt.

J. S. BACH

Sie nahm das erste Blatt ab. Erst auf dem nächsten begann das eigentliche Werk. Die Notenköpfe waren akkurat und fein mit Tinte geschrieben.

»Die Handschrift stammt von Johann Sebastian Bach«, sagte sie. »Sie muss ungeheuer wertvoll sein.«

Gwen? Erinnerst du dich denn gar nicht an mich?

Die Erinnerung an den Unbekannten, der sie angerufen hatte, überfiel sie schlagartig. Dieses Gemurmel des unbekannten alten Mannes.

Woher weiß ich, dass es ein alter Mann war?

Er hatte etwas von einer Bach-Partitur gesagt.

Nagel blickte sie an. »Frau Fischer, was haben Sie? Geht es Ihnen nicht gut? Brandt, bringen Sie ihr doch ein Glas Wasser.«

»Nein, danke, es geht schon wieder.« Sie atmete tief durch. »Hat das jetzt etwas mit Ihren Untersuchungen zu tun, oder nicht?«

Vorsichtig hob sie jedes einzelne Blatt des Stapels ab. Es war nichts anderes dabei. Keine Notiz oder gar ein Brief. Nur diese alte Partitur.

»Es ist doch seltsam, dass Ihr Vater so etwas Wertvolles der Zerstörung in seinem Grab aussetzte«, sagte Brandt.

»Es muss eine Art religiöser Überschwang gewesen sein«, sagte Gwen. »Sehen Sie, das hier ist der Teil einer Passion von Bach. Diese Werke schildern die Leidensgeschichte Christi. Und wenn Sie die letzten Zeilen des Briefs lesen, hat mein Vater ja eine Andeutung zur Wiederauferstehung gemacht. Und wenn er wirklich so gläubig war, dann glaubte er auch daran …«

Nagel stützte die Ellbogen auf den Tisch und legte die Handflächen aufeinander. Es sah aus, als würde er beten.

»Wir werden noch eine Weile brauchen, um wirklich zu verstehen, was im Kopf Ihres Vaters vorging. Wenn wir es überhaupt jemals verstehen. Wenn Ihnen also noch irgendetwas einfällt … Es kann Ihnen noch so unbedeutend vorkommen. Alles, was mit Ihrem Vater zu tun hat, ist uns nützlich.«

Gwen? Erinnerst du dich denn gar nicht an mich?

Ich muss es ihnen sagen, dachte sie. Jetzt ist der richtige Zeitpunkt. Wenn du dich jetzt nicht traust, tust du es nie.

Gwen sammelte kurz ihre Kräfte, bevor sie sprach. »Jemand hat gestern angerufen. Als ich in der Villa war. Ein Unbekannter.«

Nagel zog die Augenbrauen hoch.

»Er sprach mich auf eine Bach-Partitur an, die mein Vater hinterlassen habe und an der er interessiert sei.«

»Ein Antiquar?«, fragte Brandt. »Es gibt sicher einen großen Markt für solche Handschriften.«

»Er hat seinen Namen nicht genannt. Ein Antiquar hätte das doch sicher getan.«

»Hat er Ihre Handynummer benutzt?«, fragte Brandt.
»Nein, er hat direkt den Anschluss meines Vaters angerufen.«
»Und Sie kennen den Mann nicht?«
»Nein. Das heißt, seine Stimme kam mir entfernt bekannt vor. Aber vielleicht täusche ich mich auch.«
»Wie hätten Sie ihm denn die Partitur geben sollen, wenn er seinen Namen nicht sagt?«, fragte Nagel.
»Eine gute Frage.«
Er wird sich wieder melden, schoss es Gwen durch den Kopf. Er wusste, dass ich die Partitur, um die es geht, noch gar nicht habe. Aber dass ich sie bekommen würde. Wusste er etwa von der bevorstehenden Exhumierung? Das war unmöglich! Aber er wusste von der Partitur. Und dass ich sie bekommen würde …
»Wahrscheinlich ruft er mich demnächst wieder an. Es könnte ja sogar sein, dass noch mehr solche Anfragen kommen. Ich muss erst einmal den Nachlass meines Vaters sichten. Vielleicht besaß er ja noch mehr Handschriften.«
»Versuchen Sie bitte herauszufinden, wer er ist«, sagte Brandt.
Gwen schob die Blätter der Noten zusammen und steckte sie wieder in das Kuvert, auf dem die Beschriftungen davor warnten, es zu öffnen. Die aufgerissene Seite wirkte wie eine offene Wunde. »Was passiert nun damit?«
»Das Material gehört rechtlich Ihnen«, sagte Nagel. »Sie müssen sich auch jetzt nicht entscheiden. Wir sagen Ihnen Bescheid, wenn wir Ihren Vater wieder bestatten. Dann können Sie uns mitteilen, wie Sie mit den Noten verfahren wollen.«
Die Bürotür wurde aufgerissen. Eine kleine dicke Frau mit rotem Gesicht stürmte herein und sah aufgeregt in die Runde.

»Frau Stauer«, rief Nagel scharf. »Wir sind hier mitten in einer Besprechung.«
»Ist was passiert, Marlene?«, fragte Brandt.
»Sie bringen es im Lokalradio. Das müsst ihr hören.« Sie sah Gwen an. »Entschuldigung.«
»Was soll das heißen?«, rief Nagel.
Sie verließ den Raum, und die beiden Beamten standen auf.
»Kommen Sie mit«, sagte Brandt zu Gwen.
Sie folgte ihnen über den Gang in ein anderes Büro, wo Brandts Kollegin gerade ein Radio lauter stellte. Popmusik klang durch den Raum. »Da ist was durchgesickert. Vielleicht war es jemand aus der Gerichtsmedizin.«
Das Lied wurde ausgeblendet, und noch bevor es zu Ende war, begann ein alerter Moderator zu sprechen.
»Johann Sebastian Bach gehört zu Leipzig wie die Leipziger Lerchen oder die Thomaskirche, und eine wahre Bach-Sensation hat sich heute Nacht ereignet. Die Polizei exhumierte die Leiche eines erst kürzlich beerdigten Leipziger Musikprofessors auf dem Südfriedhof. Der Professor ist wahrscheinlich einem Gewaltverbrechen zum Opfer gefallen, und man wollte die Todesursache feststellen. Dabei machten die Beamten eine sensationelle Entdeckung. Der Tote hielt einen geheimnisvollen Umschlag in den Händen. Der Inhalt ist bisher ein Rätsel. Besonders brisant: Der Tote war der Vater der renommierten Opernsängerin Gwendolyn Fischer, die sich auch gerade in Leipzig aufhalten soll. Näheres berichten wir in unserer Sendung Mittagstalk …«
»Er hat das Päckchen nicht in den Händen gehalten«, rief Nagel. »So ein Quatsch.«
»Das darf nicht wahr sein«, murmelte Gwen. Ihr brach der Schweiß aus.

Brandt nickte ihr zu. »Entschuldigen Sie, aber das hätte nicht passieren dürfen.«
»Frau Fischer«, rief Nagel, »es tut mir schrecklich leid, aber da ist etwas gründlich schiefgegangen. Selbstverständlich halten wir solche Dinge normalerweise geheim.«
Irgendwo dudelte ein Telefon. »Einen Moment«, rief Nagel. »Das kommt aus meinem Büro. Ich bin gleich wieder da.«
»Bestimmt der Staatsanwalt«, sagte Marlene Stauer.
Brandt sah Gwen in die Augen. »Ich hoffe, Sie haben nicht allzu viele Unannehmlichkeiten deswegen. Sollen wir Sie ins Hotel zurückfahren?«
Sie schüttelte den Kopf. »Nein, es ist besser, ich nehme ein Taxi. Das ist unauffälliger.«

Viele Hundert Kilometer entfernt nahm Gwens Agentin Maria einen Schluck aus ihrer Kaffeetasse und startete mit einem Doppelklick der Computermaus das Mailprogramm. Befriedigt beobachtete sie, wie die Nachrichten eintrafen. Gwens Erfolg hatte auch Marias Firma zum Durchbruch verholfen. Fast täglich klopften Künstler bei ihr an, die von ihr vertreten werden wollten – und nicht nur junge, unbekannte, sondern durchaus arrivierte Namen der Klassik-Szene. Unter den Mailabsendern waren auch einige Konzertveranstalter, die sicher Anfragen an Maria richteten.
Sie hatte selbst als Musikerin begonnen. Drei Jahre, die ihr wie eine Ewigkeit vorkamen, hatte sie sich mit dem Fach Klavier an der Musikhochschule herumgeplagt. Als die Mitglieder ihrer Klasse schon die ersten Konzerte gaben, während sie immer noch Tag für Tag in den Übungsräumen zubrachte, weil ihre Professorin nicht zufrieden war, fasste sie einen Entschluss. Sie gab sich selbst noch ein hal-

bes Jahr Zeit, um zu entscheiden, ob sie wirklich weitermachen wollte.
Seit ihrer Schulzeit war die Musik eine fixe Idee gewesen. Und sie hatte auch die Aufnahmeprüfung mit Bravour hingelegt.
Aber jetzt, umgeben von großen und größten Hoffnungsträgern, wurde ihr klar, dass ihr Ausnahmetalent doch keine so große Ausnahme war, wie man nach ihren kleinen Auftritten an ihrer Schule oder im Rahmen des Wettbewerbs »Jugend musiziert« immer in der Zeitung schrieb.
Sie musste sich eingestehen, dass es besser war, einen Beruf auszuüben, in dem man an Können die anderen wirklich überragte, als an einem Traum festzuhalten, der sich einfach nicht verwirklichen ließ.
Die sechs Monate des Nachdenkens verbrachte sie viel in Konzerten, sie erlebte Auftritte ihrer Studienkollegen, aber auch von berühmten Künstlern, und bei dieser Gelegenheit lernte sie einen Mann kennen, der ihr in der Konzertpause eröffnete, dass er in Ostdeutschland ein Schloss besaß.
Maria hatte erst gedacht, er hätte einen Witz gemacht, aber dann wurde klar: Er besaß nicht nur das Schloss, sondern er suchte auch Künstler, die aus diesem altehrwürdigen Gemäuer einen Kulturtempel machten. Junge Musiker, denen er in erlesenem Ambiente eine Chance geben wollte.
Noch während des Gesprächs hatte Maria eine Reihe von Kandidaten im Kopf, die sie ihm vorschlagen konnte. Zu Hause schrieb sie noch in der Nacht eine Liste, und am nächsten Tag setzte sie sich ans Telefon und bereitete alles vor. Drei Monate später, in einem herrlich warmen Sommer, gab es vor einem kleinen Publikum die ersten Schlosskonzerte, und kurz darauf war Marias eigene Musikerkarriere vergessen.

Nach einem weiteren halben Jahr hatte sie bereits einen wirklich bekannten Pianisten unter Vertrag. Er war ihre Eintrittskarte zu den Managern größter Konzerthäuser in Wien, Zürich, New York. Nicht als Pianistin, sondern als Agentin.
Den Flügel hatte sie seitdem nicht mehr angerührt.
Es reichte ihr, Künstlern zu Erfolg zu verhelfen und sich selbst eine schöne finanzielle Scheibe von diesem Erfolg abzuschneiden. Fünfzehn Prozent, um genau zu sein.
Kein Wunder, dass eingehende Mails von Konzertveranstaltern immer einen ordentlichen Schwall Glückshormone in ihr freisetzten.
Vierundachtzig neue Nachrichten zeigte das Mailprogramm an, als Nadine das Büro betrat. Sie war ein schmächtiges, blasses Mädchen mit dünnem Haar, das seit einer Woche in Marias Agentur als Praktikantin beschäftigt war. Nadine hatte schon nach den ersten vier Tagen so viel Intelligenz bewiesen, dass Maria ihr tageweise das Büro überließ, wenn sie selbst auswärts beschäftigt war.
»Dieses Fax ist vor anderthalb Stunden gekommen«, sagte sie, legte ein Blatt Papier auf Marias Schreibtisch und ging wieder. Sie wusste, dass ihre Chefin sich bei der Ankunft nach längerer Abwesenheit am liebsten ungestört mit ihren Mails beschäftigte.
Maria wandte den Blick von dem Bildschirm ab, stellte die dampfende Tasse hin und studierte die Nachricht.
Den pompösen Briefkopf erkannte sie sofort. Das Schreiben kam vom künstlerischen Betriebsbüro der Mailänder Oper.
Sicher die Aufforderung, Gwens Konfektionsgrößen mitzuteilen, dachte sie. Das war üblich, damit die Kostümbildner die Maße bei ihrer Arbeit berücksichtigen konnten. Aber dafür war es eigentlich noch zu früh.

Der Text des Schreibens war kurz. Unten prangte die riesige, eitle Unterschrift des Intendanten.
Die Zeilen waren auf Italienisch abgefasst – eine Sprache, die Maria ohne größere Probleme beherrschte.
Trotzdem konnte sie kaum glauben, was sie da las. Es war einfach zu ungeheuerlich. Sie studierte den Text immer wieder, aber die Aussage war unmissverständlich.
Schließlich legte sie das Papier hin. Gleichzeitig wuchs in ihr das Gefühl von ohnmächtiger Wut.
Das konnten sie mit ihr nicht machen. Und mit Gwen erst recht nicht.
Ihre Finger zitterten, als sie mit der rechten Hand die Maus packte und das Adressprogramm öffnete. Es schien Ewigkeiten zu dauern, bis sie den richtigen Eintrag fand. Dann griff sie zum Telefon und wählte.

14

Kaum hatte Gwen die Polizeidirektion verlassen, da hörte sie schon, wie jemand ihren Namen rief. Ein Pulk von Personen kam auf sie zu – einige mit Diktiergeräten, andere mit Notizblocks.

»Warum wurde Ihr Vater exhumiert?«, fragte eine schwarzhaarige Frau und hielt ihr ein Mikrofon vor die Nase. Gwen blickte in ihre harten, teilnahmslosen Gesichtszüge, schüttelte den Kopf und ging weiter.

»Stimmt es, dass er ermordet wurde?«, ertönte eine Männerstimme. »Was hat es mit dem Dokument aus dem Grab auf sich?«

»Ich weiß es nicht«, rief Gwen.

Ein Mann mit einer Kamera überholte sie, stellte sich vor ihr auf und drückte auf den Auslöser.

Gwen blieb stehen. Der Pulk holte sie ein. Wieder schob sich ein Mikrofon vor ihr Gesicht.

»Welche Ergebnisse hat die Obduktion Ihres Vaters gebracht?«

Der Mann mit der Kamera kam ganz nah, und für einen Moment blickte Gwen in die große dunkle Linse; sie spiegelte sich in dem Glas und erahnte, was für eine unglückliche Figur sie abgab. Hätte sie nur Brandts Angebot angenommen und sich im Polizeiwagen fahren lassen!

Ein Taxi hielt vor einer roten Ampel. Gwen drängte die Journalisten zur Seite und rannte los. Sie klopfte an die Scheibe. »Sind Sie frei?«

Der Fahrer sah erst sie an, dann blickte er an ihr vorbei in Richtung ihrer Verfolger und deutete auf die hintere Tür. Gwen riss sie auf und nickte.

Fast im selben Moment schaltete die Ampel auf Grün und das Taxi fuhr los.
»Das war aber knapp, junge Dame«, sagte der Fahrer. »Wohin möchten wir denn?«
Das ist der Preis dafür, dass du prominent bist, dachte sie. Aber eigentlich hast du dir das doch ein bisschen anders vorgestellt. Gwen nannte den Namen des Hotels.
Sie fragte sich, wie die Journalisten sie so schnell bei der Polizei gefunden hatten. Wahrscheinlich klapperten sie alle Hotels ab, bis sie das richtige gefunden hatten. Und dort war sie für alle sichtbar heute Morgen mit einem Streifenwagen abgeholt worden. Dass die Polizisten sie nicht ins Konzert gebracht hatten, konnte man sich an den fünf Fingern abzählen.
»Sie sind die berühmte Opernsängerin, oder?«, fragte der Taxifahrer. »Gwendolyn Fischer. Das Radio bringt die ganze Zeit nichts anderes als die Geschichte mit dem Briefumschlag aus dem Grab. Ich glaube, die wollen Sie nicht so ohne Weiteres ziehen lassen. Schauen Sie mal nach hinten.«
Gwen drehte sich um und blickte genau auf die Front eines kleinen Transporters, auf dem das Logo eines privaten Fernsehsenders zu sehen war.
Die Panik, die sie einigermaßen niedergekämpft hatte, drohte wieder in ihr hochzusteigen.
Sie hatte schon viele Erlebnisse mit der Presse gehabt. Doch gewöhnlich beschränkten sie sich auf zivilisierte Treffen nach oder vor Konzerten. Man setzte sich mit den Kritikern der führenden Zeitungen oder Musikzeitschriften in gehobenen Restaurants zusammen und wurde fast immer von den Promotionleuten der Schallplattenfirma begleitet, die alle Journalisten vorher kannte und genau aussuchte.

So eine Verfolgung durch Paparazzi hatte Gwen noch nie erlebt, und sie wusste auch nicht, wie sie damit umgehen sollte. Konnte ihr vielleicht Maria helfen? Kaum. Die saß in ihrem Kölner Büro. Und die Managerin von der Plattenfirma, die sie bei Presseterminen betreute, war auch weit weg. Sie hatte ihr Büro in Berlin.
Das Taxi fegte rasant auf die Hotelauffahrt, und der weiße Transporter folgte ungeniert. Gwen griff in die Geldbörse, drückte dem Fahrer ein paar Scheine in die Hand, stieg aus und stürmte durch die Glastür.
»Bitte schnell meinen Schlüssel«, rief Gwen der Dame an der Rezeption zu. »Und befreien Sie mich bitte von dieser Plage. Ich bin für niemanden zu sprechen.«
»Da ist auch noch eine Nachricht für Sie.« Sie gab Gwen einen weißen Umschlag.
Die Glastür öffnete sich, und einige der Journalisten strömten in die Lobby.
»Ich bin für niemanden zu sprechen«, wiederholte Gwen. Sie sah noch, wie die Empfangsdame nickte und zum Telefon griff. Wahrscheinlich benachrichtigte sie einen Sicherheitsdienst. Gwen verzichtete darauf, auf den Aufzug zu warten, und lief gleich die weit geschwungene Treppe hinauf.
Mit rasendem Herzen erreichte sie ihr Zimmer, schloss hinter sich ab und warf die Tasche und den weißen Umschlag auf das Bett. Sie hängte ihren Mantel in die Garderobe und lauschte, ob jemand auf dem Flur war.
Nein, keine Angst, sagte sie sich. Hier bist du sicher. Die Leute vom Hotel werden dafür sorgen, dass du nicht belästigt wirst.
Sie lief ein paarmal im Zimmer auf und ab. Ihre Unruhe wollte nicht weichen. Durch das Fenster konnte sie auf die Straße hinuntersehen. Der weiße Transporter stand immer

noch da. Ein paar der Journalisten standen herum. Manche sahen auf die Uhr. Andere telefonierten mit Handys.
Gebt es auf, dachte Gwen. Es hat doch keinen Sinn.
Sie setzte sich in den kleinen Sessel neben dem Schreibtisch, und da fiel ihr Blick auf den weißen Umschlag, den ihr die Dame am Empfang gegeben hatte.
Sie stand auf, nahm ihn, setzte sich wieder und riss das Papier auf.
Es war ein gefalteter weißer Zettel darin. Darauf standen einige Worte in Druckbuchstaben.

GWEN. WIR WOLLEN DIE PARTITUR. DU WIRST ERFAHREN, WELCHE MACHT WIR HABEN. RUF MW AN.

Gwen ließ das Blatt sinken. Was sollte das sein? Eine Erpressung? MW … Das konnte nur Maria sein, ihre Agentin. Sie hieß mit Nachnamen Winkler. Aber was hatte sie damit zu tun? Unmöglich …
Gwen stand auf und blickte erneut aus dem Fenster. Der Transporter war verschwunden. Einige der Leute standen immer noch da.
Sie griff zum Telefon und rief die Rezeption an.
»Fischer hier. Sind noch Journalisten unten?«
»Wir haben ihnen Hausverbot erteilt, Frau Fischer. Ich glaube, sie haben eingesehen, dass sie nicht an Sie herankommen. Es tut mir leid wegen der Umstände. Aber wir konnten ja nicht ahnen …«
»Schon gut. Ich hätte noch eine Frage. Wer hat den Briefumschlag für mich abgegeben?«
»Ich war noch nicht im Dienst. Ich nehme an, es war mein Kollege von der Morgenschicht.«
»Ist er noch da?«

»Nein, tut mir leid. Stimmt etwas nicht?«
»Nein, nein … kein Problem. Vielen Dank.«
Gwen legte auf. Dann rief sie Maria an. Sie war so nervös, dass sie sich zwei Mal verwählte. Schließlich meldete sich Marias Mitarbeiterin Nadine.
»Hallo Frau Fischer. Schön, von Ihnen zu hören. Mein herzliches Beileid noch wegen Ihres Vaters.«
»Ist Maria zu sprechen?«
»Sie telefoniert schon den ganzen Morgen. Warten Sie, ich schau mal, ob sie sich freimachen kann.«
Einen Moment lang erklang klassische Musik in der Leitung. Nicht die elektronische Primitivversion, die man oft in Warteschleifen zu hören bekam, sondern richtige Musik. Gwen erkannte eine ihrer eigenen Aufnahmen. Eine Passage aus Mozarts *Don Giovanni*. Sie hätte gerne noch ein wenig weiter zugehört, aber da meldete sich Maria.
»Hallo Gwen. Wo bist du?«
»Immer noch in Leipzig. Hier ist die Hölle los.«
»Was meinst du damit?«
Gwen berichtete, was geschehen war. Die Exhumierung. Der Fund des Umschlags. Die Verfolgung durch die Presse. Nur den Anruf des Unbekannten und die seltsame Nachricht ließ sie aus. Offenbar war die Meldung über den Fund in dem Grab noch nicht bis Köln durchgedrungen, oder – was wahrscheinlicher war – Maria hatte noch keine Nachrichten gehört, denn sie reagierte vollkommen überrascht. Und sie hatte sofort einen Plan parat.
»Mach dir darüber keine Sorgen. Ich rufe die Plattenfirma an, und wir geben eine offizielle Pressemitteilung heraus. Ich denke, es ist nicht günstig, wenn wir verraten, was in dem Umschlag war.«
»Das denke ich auch. Die Partitur wird sehr wertvoll sein, und wer weiß, was passiert, wenn das herauskommt …«

»Wir sagen einfach, dein Vater habe einen persönlichen Brief oder so was mit ins Grab nehmen wollen. Eine rein private Sache. Das ist bei Weitem nicht so spektakulär, und dann werden sie Ruhe geben.«
»Na, hoffentlich.«
»Nun muss ich dir auch etwas berichten«, sagte Maria. »Ich habe schon versucht, dich auf dem Handy zu erreichen, aber ich brauchte auch die Zeit, um herumzutelefonieren …«
»Was ist passiert?«
»Eine schlechte Nachricht. Es fällt mir wirklich schwer, es zu sagen. Aber du musst es natürlich wissen.«
»Nun sag schon, was los ist.«
»Das Mailänder Engagement ist geplatzt.«
»Was heißt geplatzt?«
»Du bist raus. Du singst die *Traviata* nicht.«
»Ist die Produktion gestrichen?«
»Nicht die Produktion. Dein Engagement.«
Gwen brauchte einen Moment, um zu begreifen, was Maria sagte. »Aber ich dachte, es sei alles unter Dach und Fach. Es gibt doch einen Vertrag.«
Maria gab ein seltsames Geräusch von sich. Es war ein tiefes Seufzen aus voller Seele.
»Vergiss den Vertrag. Du bist draußen.«
»Aber warum? Sie waren begeistert von mir. Sie wollten mich haben. Der Intendant persönlich wollte mich haben.«
»Ich weiß auch nicht, woran es liegt. Heute Morgen kam die Nachricht, und seitdem versuche ich herauszufinden, was da passiert ist. Aber in diesem Operngeschäft ist natürlich alles möglich. Intrigen. Irgendwelche Schachzüge anderer Agenturen …«
»Aber es war der Intendant persönlich«, beharrte Gwen. »Er war begeistert. Ich habe mit ihm gesprochen …«

»Und er hat die Absage unterschrieben. Das heißt alles nichts, Gwen. Es kann sein, dass sie einen anderen Dirigenten haben werden, der wieder andere Sänger haben will. Es kann sein, dass der Regisseur Einspruch erhoben hat. Es kann sogar sein, dass ein Sponsor dahintersteckt. Nur eines ist im Moment sicher: Ich weiß es nicht. Und es tut mir schrecklich leid.«

»Aber der Vertrag? Wir haben eine Unterschrift …«

»Na und? Das bedeutet, dass du vielleicht Ausfallhonorar bekommst. Aber was nützt uns das? Schreibt jemand darüber, wie gut du gewesen *wärst*? Auftreten musst du. Du sollst doch Karriere machen. Und Mailand ist ein wichtiger Schritt.«

»Kann man mit dem Intendanten reden? Kann ich mit ihm reden? Ich könnte sofort nach Mailand fliegen und …«

»Ich versuche es ja. Ich werde sehen, was ich tun kann. Aber Hoffnung machen kann ich dir nicht. Die haben sich das schon genau überlegt.«

Gwen schwieg. Sie wusste nicht, was sie sagen sollte.

»Ich habe auch noch nie erlebt, dass ein Opernhaus so etwas tut«, sagte Maria.

»Aber wer soll nun die Hauptrolle übernehmen, wenn nicht ich?«, brachte Gwen kläglich hervor.

»Ich habe nicht die geringste Ahnung.«

»Warum bist du denn nicht so eine einflussreiche Agentin, dass du das herausbekommst? Maria, das ist meine große Chance. Wie lange haben wir darauf hingearbeitet …«

»Ich weiß es doch. Ich kann verstehen, wie du dich fühlst.«

In Gwen brandete Ärger auf. Verstehen! Was konnte Maria schon verstehen?

Plötzlich überkam sie ein Déjà-vu-Erlebnis. So wie jetzt hatte sie sich schon einmal gefühlt. Damals, als sie noch studierte und sehr oft in die Kölner, Bonner oder auch Düsseldorfer Oper gegangen war. Manchmal war es ihr sogar gelungen, an Karten für die großen Staatsopern in Wien und München zu kommen. Und obwohl sie diese Abende mit allen Fasern ihres Körpers genossen hatte, hatte sich immer auch ein Wermutstropfen mit hineingemischt.

Der Gedanke, es vielleicht nicht zu schaffen.

Der Gedanke zu versagen.

Der Gedanke, am Ende doch nicht dazuzugehören und den Gesang aufgeben zu müssen, weil sie es nicht ertragen hätte, nur in irgendwelchen Vorstadtkonzerten auszuhelfen. Nicht zu den Besten zu gehören.

Sie hatte diese Angst schon fast vergessen. Jetzt stand sie wieder in ihrer ganzen Grausamkeit vor ihr.

Jahre um Jahre hatte sie ihre Partien studiert, Jahre um Jahre hatte sie gearbeitet. Zehn, zwölf Stunden am Tag studiert, gelernt, gesungen.

Und jetzt …

»War denn alles umsonst?«, brachte sie leise hervor.

Maria seufzte wieder. »Sei froh, dass du den Auftritt in Berlin hast. Ich werde versuchen, ein paar wichtige Leute zu mobilisieren, damit sie dort ins Konzert kommen. Vielleicht ist noch nicht alles verloren.«

»Soll das heißen, vielleicht aber doch?«

Maria machte eine Pause, bevor sie antwortete. »Wenn ich ehrlich sein soll … Genauso sieht es aus. Zumindest was Mailand betrifft.«

Du wirst erfahren, welche Macht wir haben …

Gwen hatte aufgelegt, und sie las die Worte auf dem Zettel.

Gwen, kennst du mich nicht mehr?

Die Erinnerung an die Stimme des Unbekannten erzeugte eine eiskalte Angst, die in ihr Innerstes kroch und sich dort unauslöschlich einnistete.

Der Unbekannte hatte etwas mit der Intrige von Mailand zu tun. Es konnte nicht anders sein.
Sie hatte natürlich keinen Beweis, aber sie wusste es trotzdem.
Was hatte Maria gesagt? *Es könnte auch ein Sponsor dahinterstecken …*
Wem gelang es, eine Opernintendanz innerhalb eines Tages davon zu überzeugen, einen vielversprechenden Vertrag zu kündigen?
Sie stand auf, ging zum Bett und nahm ihre Tasche, die sie dort abgelegt hatte. Der Umschlag mit der Partitur war darin. Eigentlich war doch alles ganz einfach. Wenn er die Partitur haben wollte, sollte er sie eben bekommen. Wenn sie dafür ihre Karriere machen konnte.
Wenn ihre Karriere auf dem Spiel stand, war der letzte Wille ihres Vaters wohl nicht mehr wichtig. Ihr Vater war tot.
Und wenn er leben würde – was würde er ihr raten? Dass sie auf ihren Erfolg verzichtete, um eine Partitur in einem Grab verfaulen zu lassen? Ihm war doch auch an ihrer Karriere gelegen.
Der Unbekannte hatte gewonnen. Vielleicht konnte er die Mailänder Geschichte ja sogar wieder einrenken, wenn sie ihm die Partitur gab. Alles wäre wieder in Ordnung.
Sosehr sie der Anruf des seltsamen Mannes mit Angst erfüllt hatte, sosehr wünschte sie sich jetzt, dass er sich melden würde. Sie hätte die Partitur am liebsten sofort herausgerückt. Aber wie sollte sie ihn erreichen?
Das Handy einschalten. Das war das Wichtigste. Und in der Zwischenzeit konnte sie noch ein paar Nachforschungen anstellen.

15

»Rezeption«, meldete sich wieder die Empfangsdame.
»Hier ist noch mal Fischer. Ich hätte eine Bitte. Ich möchte nicht so gerne hinausgehen, falls mir doch noch Journalisten auflauern.«
»Sollen wir Ihnen etwas besorgen? Das wäre kein Problem, Frau Fischer.«
»Ich würde gerne einige Mails schreiben und muss etwas im Internet recherchieren.«
»Wir haben hier unten ein Terminal. Das können Sie gerne benutzen.«
»Es wäre mir lieber, wenn ich auf meinem Zimmer arbeiten könnte. Wäre es möglich, ein Notebook zu leihen?«
»Hm … da müsste ich erst nachfragen. Wir haben hier unten eines, aber …«
Gwen beschloss, erst gar keine Diskussion aufkommen zu lassen.
»Sehr gut. Außerdem würde ich gerne etwas in Ihrem Safe verwahren, und ein paar Fotokopien brauche ich auch noch. Sie haben doch sicher einen Kopierer?«
»Hier steht einer im Büro, und ich denke, dass es möglich ist, dass …«
»Ich komme jetzt hinunter und mache Kopien. Dann können wir auch gleich die Safemiete klären. Das Notebook würde ich dann gleich mitnehmen. Ich habe leider nicht viel Zeit. Bitte kümmern Sie sich darum, dass keine ungebetenen Gäste in der Lobby sind, wenn ich komme. Sie wissen schon.«

Wenige Minuten später stand Gwen unten am Tresen. »Wo ist der Kopierer?«, fragte sie.

»Wir können das gerne für Sie übernehmen und Ihnen die Kopien wieder hinaufbringen«, sagte die Empfangsdame.

»Nicht nötig.«

Gwen wurde in einen kleinen, fensterlosen Nebenraum geführt, wo zwischen Regalen mit Kartons der Kopierer stand. Sie holte den Umschlag mit der rätselhaften verschiedensprachigen Warnung hervor.

Die Dame vom Empfang stand immer noch in der Tür.

»Ich komme schon zurecht, vielen Dank.«

Gwen hatte irgendwo einmal gelesen, dass es alten Partituren nicht besonders guttat, wenn man sie dem Licht und der Wärme eines Kopierers aussetzte. Das konnte sie nun leider nicht verhindern. Wie alt mochte diese Handschrift sein? Bach hatte in der ersten Hälfte des 18. Jahrhunderts gelebt. Wenn sie wirklich echt war, hatte sie also über zweihundertfünfzig Jahre auf dem Buckel.

Die Noten passten gerade so auf das A4-Format. Gwen arbeitete zügig, aber sorgfältig. Als sie fertig war, packte sie alles wieder zusammen und ging zur Rezeption. Sie ließ den Umschlag mit der Originalpartitur im Safe einschließen.

»Wo haben Sie das Notebook?«

Sie bekam eine schwarze Tasche ausgehändigt und bedankte sich.

Oben in ihrem Zimmer stellte sie das Gerät auf den kleinen Schreibtisch, öffnete die Klappe und schaltete es ein. Die Kopien der Noten lagen neben ihr. Sie blickte nachdenklich hinaus auf die Straße, wo ab und zu ein Wagen vorbeifuhr.

Der Computer zeigte an, dass er eine drahtlose Internetverbindung gefunden hatte. Gwen öffnete das Suchprogramm, tippte langsam »Adrian Fischer« in das Feld und drückte die Entertaste.

Das Programm gab Tausende von Ergebnissen aus. Auf den ersten Blick fand Gwen keinen Link, der etwas mit ihrem Vater zu tun hatte.
Sie musste die Suche eingrenzen.

Adrian Fischer Musikwissenschaft.

Das klappte schon besser. Gwen wurde auf Webseiten von musikwissenschaftlichen Fachverlagen geführt, wo ihr Vater Aufsätze, Bücher und Notenausgaben herausgegeben hatte. Sie durchsuchte alle Links, die sie bekam. Da fehlte eine Information. Eine entscheidende.
Wieder ging sie in die Suchmaske.

Adrian Fischer Musikwissenschaft Universität.

Sie stieß auf eine Kurzbiografie ihres Vaters, die Teil einer wissenschaftlichen Internetdatenbank über Wissenschaftler war. Dort stand, was Gwen bereits wusste: 1932 in Weimar geboren. Studium an der Universität Köln. 1956 Promotion über das Thema »Johann Sebastian Bach und das pythagoräische Weltbild«. Gwen erinnerte sich dunkel, diese Arbeit früher in einem der Regale des Arbeitszimmers ihres Vaters gesehen zu haben. Es war ein schwarz eingebundenes Buch mit dünner weißer Schrift auf dem Umschlag. Was sich hinter dem Titel verbarg, hatte sie nie verstanden.
War Pythagoras nicht einer der alten griechischen Mathematiker gewesen? Der mit dem berühmten Satz, mit dem man irgendetwas in einem Dreieck berechnete? Geometrie …
Gwen erfuhr in der Kurzbiografie die weiteren Stationen der Laufbahn ihres Vaters. Wieder regte sich das Schuldgefühl, als ihr klar wurde, wie wenig sie das bisher interessiert hatte.

Mein Vater ist tot, und ich muss aus dem Internet zusammensuchen, wer er war und wofür er sich interessierte. Ist das nicht eine Schande?
Doktorand an der Uni in Köln. Danach verfasste er eine Habilitationsschrift über das Thema »Kompositionstheorie in der Bach-Zeit«. 1965 wurde er Professor. Forschungen über viele Themen, die mit der Musik Johann Sebastian Bachs zusammenhingen.
Emeritiert 1999.
Gwen wusste, was das hieß.
Pensionierung. Ende der Laufbahn.
Wann war ihr Vater nach Leipzig gezogen? Es musste 2001 oder 2002 gewesen sein. Sie war einem Irrtum unterlegen, als sie glaubte, ihr Vater habe hier eine Anstellung in einem Forschungsinstitut erhalten.
Er war einfach nur als Pensionär nach Leipzig gekommen und hatte seine Bach-Forschungen weiterverfolgt. Und das vielleicht sogar abseits der Forschungseinrichtungen, die es hier in Leipzig sicher gab. Das Leipziger Bach-Archiv …
Sie suchte die Internetseite dieser Institution. Die Informationen waren sehr transparent aufbereitet. Auch der Mitarbeiterstab wurde vorgestellt. Ihr Vater war nicht dabei.
Sie sah wieder nachdenklich aus dem Fenster. Trübes Grau lag über der Stadt. Auf der gegenüberliegenden Straßenseite gab es eine Lücke zwischen den Häusern. Eingerahmt von schmutzigen Mauern lag dort eine Fläche, die Gwen für Brachland gehalten hatte. Als sie jetzt aufmerksamer hinsah, erkannte sie rostige Metallgerüste. Eine alte Rutsche. In einer Ecke eine dunkelbraune Bank. Ob dort jemals Kinder spielten? Vielleicht, wenn besseres Wetter war. Aber das änderte nichts an der Trostlosigkeit des Ortes.
Gwen klickte noch ein wenig durch die gefundenen Links. Die biografischen Stichpunkte zum Leben ihres Vaters waren auch auf den Seiten einiger wissenschaftlicher Fachverlage vermerkt. Aber neue Informationen fand sie nicht.

Es musste einen anderen Weg geben. Sie tippte »Bach« und »Passion«. Das Suchprogramm lieferte eine Menge Verweise auf Online-CD-Geschäfte. Erst weiter hinten entdeckte Gwen Details zu den Kompositionen.
Ein Online-Musiklexikon lieferte ihr das Wissen, das sie noch aus ihrer Hochschulzeit vage im Kopf gehabt hatte. Eine Passion war eine musikalische Darstellung der Leidensgeschichte Christi nach den Evangelien. Wie in einer Oper wurden die Personen – Christus, Pontius Pilatus, aber auch der Evangelist selbst und andere – von verschiedenen Sängern verkörpert. Dazu kam ein Chor, der manchmal das tobende Volk darstellte, das Jesus mit seinen aufgebrachten Rufen »Kreuzigt ihn« auslieferte, aber auch besinnliche Choräle einstreute, um die religiöse Botschaft zu unterstreichen. Das Ganze wurde natürlich von einem Orchester begleitet.
Man kannte von Bach zwei Passionen, in beiden hatte Gwen während ihrer Studienzeit sogar schon mitgesungen: die Johannespassion und die Matthäuspassion.
Auf den Noten aus dem Grab ihres Vaters stand das Wort »Passio«. Es handelte sich also um Noten, die zu einer Passion gehörten. Aber zu welcher? Und waren die Noten wirklich von Bach? Sie hatte keine Ahnung. Sie war nicht in der Lage zu lesen, was da fein geschrieben auf den Notenlinien geschrieben stand. Und eine weitere Angabe war auch nicht dabei. Sie blätterte die Kopien durch.
Natürlich waren diese paar Blätter keine ganze Passion. Es war bestenfalls ein kleiner Teil daraus.
Und in dieser Partitur waren gar keine Sänger vorgesehen. Dass sie das jetzt erst bemerkte!
Was hier vor ihr lag, war ein reines Instrumentalstück.
Wie passte das zusammen? Eine Passion ohne Text war unvollständig.

Gwen wandte sich wieder von dem Computer und den Noten ab und rückte mit dem Stuhl ein Stück nach hinten. Sie spürte schon, wie ihre Konzentration nachließ. Sie war für diese Art von Forschungen einfach nicht geschaffen. Ihr Vater hatte damit ganze Tage und Wochen zubringen können. Sie spürte bei Schreibtischarbeit immer eine seltsame Beklemmung.
Gwen wandte den Kopf und sah nach draußen. Sie ließ die Gedanken schweifen, und nur nach und nach wurde ihr bewusst, dass sich dort drüben auf dem Spielplatz etwas verändert hatte.
Dort stand jemand.
Gwen kannte ihn. Der Mann vom Friedhof. Der Mann auf dem Phantombild.
Er starrte sie genauso unverhohlen an wie auf der Beerdigung. Es war, als habe jemand diese schwarze Figur vom Südfriedhof hier auf diesen trostlosen Spielplatz verfrachtet. Als sei das gar kein Mensch, der da stand, sondern nur eine leblose, lächelnde Puppe.
Eine Puppe, die ihr direkt ins Herz starrte.
Er ist gekommen, weil er die Partitur haben will, dachte sie. Er verzichtet auf einen dieser beängstigenden Anrufe und kommt einfach. Er weiß, dass ich gleich hinausgehen werde, um ihm zu geben, was er will.
Gwen hatte das Gefühl, dass sich ihr Blick mit dem des Mannes lange traf. Autos fuhren vorbei, auf dem Gehweg, der den Spielplatz auf der Vorderseite begrenzte, hasteten Menschen. Niemand schien den seltsamen Mann mit dem schwarzen Haar zu bemerken. Nur Gwen.
Ich hatte ihn mir älter vorgestellt, dachte sie. Die Stimme klang älter.
Kennst du mich denn gar nicht mehr, Gwen?

Nein, ich kenne dich nicht. Du kommst mir kein bisschen bekannt vor. Am Telefon habe ich mich vor dir gefürchtet, aber nun habe ich nicht die geringste Angst vor dir. Seltsam.
Sie wandte sich ab, stand auf und griff nach ihrem Mantel.

Der Verkehr auf der Straße war so stark, dass Gwen ein paar Minuten brauchte, bis sie die Fahrbahn überqueren konnte. Die schwarze Figur blieb reglos und geduldig auf dem Spielplatz stehen, und als Gwen endlich auf der anderen Seite angekommen war, spürte sie, wie ihr Herzschlag zunahm. Sie war auf drei Schritte an den Mann herangekommen, da öffnete er den Mund und sagte etwas. Seine Stimme klang sanft, geradezu einfühlsam. Und sein Lächeln ließ keine Sekunde nach.
»Frau Fischer, ich grüße Sie. Haben Sie bitte keine Angst.«
Das ist bestimmt nicht der Mann, der mich angerufen hat. Er hat keinen österreichischen Akzent, und die Stimme klingt ganz anders.
Wie alt war dieser Mann? Es fiel Gwen schwer, das abzuschätzen. Seine Haare waren dicht und sehr schwarz, aber sie sahen nicht gefärbt aus. Sein Gesicht besaß einen leicht dunklen Teint und wies bereits einige Falten auf – an der Mundpartie, den Wangenknochen und auf der Stirn. Fünfzig, sechzig, hätte Gwen ohne Rücksicht auf das Haar getippt, aber dieses Gesicht wirkte gleichzeitig wie das eines Dreißigjährigen. Er könnte eine dieser Krankheiten haben, die einen vorzeitig altern lässt, dachte Gwen. Oder gab es auch das Umgekehrte? Eine Krankheit, die den Menschen jung erscheinen ließ, obwohl er innerlich doch seinem Tode entgegenging? Falten und dichtes Haar ohne eine einzige graue Strähne. Lebhafte Augen. Und eine Aura, als sei das kein Mensch vor ihr, sondern ein starker Magnet, dessen Kraft sie mit der Seele spürte.

»Ich hoffe, ich habe Sie nicht erschreckt.«
Hatte er überhaupt etwas mit dem Erpresser zu tun? Wenn er doch selbst nicht der Anrufer war?
Du wirst erfahren, welche Macht wir haben …
Da war die Rede von mehreren. Sicher gehörte er dazu.
»Was wollen Sie?«, fragte Gwen.
»Was glauben Sie, was ich will?«
»Die Partitur.«
»Nur wenn Sie sie mir freiwillig geben.«
»Was heißt schon freiwillig? Sie setzen mich unter Druck. Da kann man ja wohl kaum von freiem Willen sprechen.«
»Sie haben Angst.«
»Das ist ja wohl kein Wunder.« Gwen spürte, wie sie zornig wurde. Da wurde hinter ihrem Rücken ein wichtiges Engagement kaputt gemacht, damit sie diese Partitur herausgab, und da machte sich der Erpresser auch noch über sie lustig.
»Hören Sie, ich habe keine Lust, mit Ihnen darüber zu sprechen, ob ich Angst habe oder nicht. Ich gebe Ihnen die Partitur, und Sie renken bitte mein Mailänder Engagement wieder ein.«
»Ihr Mailänder Engagement?«
Gwen musterte das Gesicht und fand nur Arglosigkeit darin – vermischt mit ein wenig Verwirrung.
»Sind Sie nicht der Mann, der mich angerufen hat? Oder gehören Sie nicht zu ihm?«
»Ich weiß nicht, wovon Sie reden. Haben Sie bitte keine Angst. Ich tue Ihnen nichts.«
»Woher soll ich das wissen? Sie lauern mir auf, Sie verfolgen mich.« Sie dringen in meine Gedanken ein, und das nur mit Ihrem Blick, dachte Gwen.
»Ich habe Sie nicht angerufen. Ich kann mir aber denken, dass Sie angerufen wurden. Wegen der Partitur, die Ihnen Ihr Vater hinterlassen hat.«

»Er hat sie mir nicht hinterlassen, er …« Sie brach ab. Was ging das alles diesen fremden Mann an? Wenn er die Wahrheit sagte, gehörte er nicht zu dem seltsamen Österreicher. Gut, das konnte sein. Aber das machte ihre Situation keinesfalls besser. Dass es mehrere Parteien gab, die sich eine originale Bach-Handschrift aneignen wollten, war klar. Aber sie musste unbedingt Kontakt zu der Partei aufnehmen, die ihr Engagement wieder einrenken konnte, sonst hatte sie nichts davon.

Sie musterte den Mann, und plötzlich fiel ihr etwas ein.

»Sie werden von der Polizei gesucht«, sagte sie.

»Das mag sein.«

»Ich müsste eigentlich den Hauptkommissar verständigen, der sich um den Fall kümmert.«

»Welchen Fall?«

Stellte sich der Mann dumm? Oder war er wirklich so unwissend? Oder war er vielleicht sogar verrückt?

»Man weiß nicht genau, wie mein Vater umkam. Die Polizei hat Hinweise gesammelt, und eine Zeugin hat gesehen, dass Sie meinen Vater am Vorabend seines Todes besucht haben.«

»Das ist auch richtig.«

»Haben Sie etwas mit dem Tod meines Vaters zu tun?«

»Nein.«

»Aber Sie haben ihn besucht?«

»Ja.«

»Warum?«

»Ich war ein Schüler Ihres Vaters.«

»Sind Sie Student?« Dafür war er eindeutig zu alt.

»Wenn Sie so wollen, ja.«

»Sie meinen, Sie *waren* Student meines Vaters. Wie alt sind Sie?«

»Spielt es eine Rolle, wie alt man ist, wenn man etwas studieren will? Ihr Vater hat Dinge herausgefunden, die einem

Menschen in jedem Alter sehr viel sagen. Wussten Sie das nicht?«

Gwen schüttelte langsam den Kopf.

»Ich denke, Sie sollten etwas darüber erfahren, bevor Sie entscheiden, was Sie mit der Partitur tun.«

»Woher wissen Sie eigentlich davon?«

»Das ist eine lange Geschichte.«

Bevor Gwen genauer darüber nachdenken konnte, was sie sagte, forderte sie den Mann auf: »Sie haben recht. Erzählen Sie mir davon. Ich will mehr über meinen Vater erfahren.«

Sollte ich nicht die Polizei verständigen? Ich unterhalte mich vielleicht gerade mit einem Mörder …

»Darum bin ich hier. Ich hoffe, ich bin rechtzeitig gekommen.«

Seine Stimme hatte die beruhigende Wirkung wie die einer Mutter auf ihr Kind. Etwas absolut Gütiges war darin. Ein Kern, der über jeden Zweifel erhaben war. Ein Kraftfeld. Wärme, die Gwen umhüllte wie ein weiter Mantel. Es gab nicht den geringsten Grund, an seinen Worten zu zweifeln. Und an seiner Aussage, dass er ihr nichts tun würde. Die Erkenntnis traf sie wie ein Schwall warmer Luft.

»Sind Sie der Mann, der mich angerufen hat?«, fragte Gwen, weil ihr Verstand es aus seinem Munde hören wollte. Dabei wusste sie, dass er es nicht war.

»Ich bin es nicht. Wir haben noch nie miteinander gesprochen.«

Der Mann ist kein Mörder. Er mag seltsam sein, aber ein Mörder ist er nicht …

»Kennen Sie ihn?«

»Vielleicht.«

»Wo können wir miteinander reden?«

»Wir reden ja schon.«

»Ich denke nicht, dass diese Umgebung angenehm ist.«

»Da haben Sie recht.«

»Vielleicht finden wir im Hotel eine Möglichkeit.«
»Mit Sicherheit.«
Eine Frage wollte sie noch klären. »Haben Sie wirklich nichts mit dem Tod meines Vaters zu tun?«
»Nein.«
»Wurde er ermordet?«
»Vielleicht.«
»Woher soll ich wissen, dass Sie nicht schuld an seinem Tod sind?«
»Mord ist eine Sünde. *Du sollst nicht töten.*«
Sie musste unwillkürlich lächeln. Das war direkt entwaffnend. Aber ihr Verstand ließ nicht locker. Er wusste, dass sich täglich Millionen Menschen über das Gebot, nicht zu töten, hinwegsetzten.
»Aber das heißt doch gar nichts«, sagte sie.
»Doch, Frau Fischer, das heißt etwas. Ich kann es nicht.«
»Nicht töten?«
»Nein.« Er sah sie ernst an. »Ich kann nicht sündigen.«
Gwen runzelte die Stirn. Was sollte das nun heißen? Sie dachte einen Moment nach, während der unbekannte Mann sie ohne die geringste Ungeduld ansah. Sie sprach nun etwa zehn Minuten mit ihm, und seine Antworten auf ihre Fragen waren ihr immer so seltsam erschienen, ohne dass sie wirklich verstanden hatte, was genau daran seltsam war. Jetzt wusste sie es. Der Mann sagte immer die Wahrheit. Jedes Mal. Er stritt nichts ab, was er offenbar wusste. Er gab zu, eventuell die Hintermänner zu kennen, die für den Tod ihres Vaters verantwortlich waren. Er zeigte Interesse an der Partitur, aber er würde sie nur nehmen, wenn sie sie ihm freiwillig geben würde. Das hatte er selbst gesagt. Er sprach nicht die geringste Drohung aus, und er verbreitete auch keine Angst. Oder steckte etwas anderes dahinter? Eine besonders raffinierte Strategie, um sie in Sicherheit zu wiegen? Aber welchen Sinn hätte das?

Wenn er einer der Erpresser wäre, würde er anders vorgehen, dachte sie. Ich würde sofort ins Hotel gehen, die Partitur aus dem Safe holen und sie ihm geben.
Sie nickte dem Mann zu. »Kommen Sie«, sagte sie. »Gehen wir hinüber.«

Volpone, der seinen Beobachtungsposten in die Nähe des Hotels verlegt hatte, beobachtete, wie Gwendolyn Fischer mit dem Mann in Schwarz sprach. Die Sache gefiel ihm überhaupt nicht. Hatte sie sich Hilfe geholt? Der Typ sah durchaus wie ein Bodyguard oder ein Detektiv aus. Aber so einer traf sich nicht mit seiner Kundin auf so einem heruntergekommenen Spielplatz.
Die beiden hatten ihr Gespräch beendet, und die Sängerin ging jetzt mit langen Schritten auf den Gehsteig zu. Dort blieb sie stehen, und der schwarze Mann folgte ihr. Gemeinsam überquerten sie die Straße. Offenbar wollten sie ihre Unterhaltung in dem Hotel fortsetzen.
Volpone wollte gerade aussteigen, da geschah etwas Seltsames. Gwendolyn Fischer war schon durch die Glastür im Inneren des Gebäudes verschwunden, da blieb der Mann noch einmal stehen. Wie ein Roboter, der sich auf eine bestimmte Richtung einstellt, drehte er sich in Volpones Richtung, verharrte, und schickte einen bohrenden Blick hinüber.
Ein Gefühl von Hitze schoss durch Volpones Körper.
Er wusste, dass er Gwen beschattete!
Der Mann verharrte exakt so lange, dass die Botschaft für Volpone unmissverständlich war. Dann drehte er sich auf seine seltsam ungelenke Art wieder um und ging in das Hotel.

16

Gwen erkundigte sich an der Rezeption nach einem Ort, wo sie ungestört mit dem schwarzen Mann sprechen konnte. In ihr Hotelzimmer wollte sie nicht mit ihm gehen. Obwohl sie keine Angst vor ihm hatte, wäre ihr das dann doch zu weit gegangen.
»Die Bar ist immer noch leer«, sagte die Empfangsdame. »Und dahinter gibt es das Kaminzimmer. Ich werde dafür sorgen, dass Sie niemand behelligt.« Sie warf Gwen einen genervten Blick zu. Kein Wunder. Erst wollte die Sängerin nicht ausgehen und verlangte Kopien und ein Notebook. Dann verließ sie plötzlich das Haus. Gwen kümmerte sich nicht darum.
Sie gingen durch die Bar. Ein roter Konzertflügel beherrschte den Raum. Der Pianist kam wahrscheinlich erst am Abend.
Das Kaminzimmer war eine kleine Bibliothek. Eine Wand des Raums bedeckten Regale mit Büchern. An der Stirnseite öffnete sich der Kamin, vor dem ein Korb mit Holz bereitstand. Es brannte jedoch kein Feuer. Stilvolle braune Ledersessel an kleinen Tischen erwarteten den Besucher.
»Sie haben mir noch nicht Ihren Namen verraten«, sagte Gwen.
Der Mann zögerte einen Moment. »Nennen Sie mich Lenau. Matthias Lenau«, sagte er schließlich.
»Heißen Sie nicht so? Das verstehe ich nicht.«
»Viele kennen mich unter anderem Namen.«
»Warum?«
»Es hat viele Gründe. Einer davon hängt damit zusammen, warum ich mich öfter mit Ihrem Vater unterhalten

habe. Ich schreibe Bücher, die unter verschiedenen Namen erscheinen.«
»Ich verstehe. Sie benutzen Pseudonyme.«
»Genau.«
»Was für Bücher sind das denn?«
»Sachbücher. Über dies und das. Vor allem über ungelöste Rätsel der Weltgeschichte. Pyramiden. Alchemie. Geheimnisvolle Symbole. Das ist sehr populär im Moment.«
»Und dazu konnte Ihnen mein Vater etwas verraten? Ich dachte, er wäre Musikwissenschaftler.«
Lenau lehnte sich in seinem Sessel zurück. »Ich sehe schon, Sie wissen tatsächlich wenig darüber, womit Ihr Vater sich beschäftigte.«
»Bitte klären Sie mich auf.«
»Sie sind auch Musikerin. Sie müssten die Tragweite von all dem eigentlich zumindest erahnen.«
»Ich mache Musik, das stimmt. Aber wenn ich ehrlich bin, weiß ich wenig darüber. Das ist ein Unterschied. Musiktheorie, Analyse und all diese Dinge interessieren mich nicht.« Dass sie keine Noten lesen konnte, musste sie diesem Lenau ja nicht gerade auf die Nase binden. »Mein Vater hat sein ganzes Leben damit verbracht, Partituren auseinanderzunehmen. Sie zu analysieren. Er hat bestimmte Melodien, Themen, Motive, einzelne Tonschritte in einem Werk verglichen, gezählt und daraus irgendwelche Statistiken erstellt. Aber was ist diese ganze trockene Theorie schon gegen die Musik selbst? Gegen die emotionale Kraft, die sie verbreitet? Ich hatte immer das Gefühl, dass er mich mit seinen Analysen erstickt und die Musik eher zerstört.«
Ein Lächeln flog über Lenaus Lippen. »Was lieben Sie genau an Musik?«, fragte er.
»Es ist jedenfalls nicht irgendeine statistische Größe von Noten in einer Partitur, sondern es ist der Klang, der ent-

steht, wenn man die abstrakten Zeichen in Musik umsetzt.« Sie suchte nach weiteren Worten. Es war gar nicht so einfach auszudrücken. »Wenn ich singe, habe ich das Gefühl, der Klang verbindet mich mit allem. Mit der Welt.«
»Was ist mit den Emotionen der Figuren, die Sie verkörpern? Was ist mit den Rachegefühlen der Königin der Nacht? Oder der Sinnlichkeit von *La Traviata*?«
War dieser seltsame Mann gekommen, um mit ihr über Musik zu philosophieren? Ob er nicht vielleicht doch Journalist war und sich einfach nur auf die ganz raffinierte Tour an Gwen herangemacht hatte? Immerhin stellte er intelligente Fragen und war nicht unangenehm. Im Gegenteil …
»Darüber habe ich noch nie nachgedacht, aber wenn Sie mich jetzt fragen … Ich glaube, diese Dinge sind sekundär.«
»Sie meinen, die Emotionen der Figuren, die Sie darstellen, sind nicht wichtig?«
»Doch, natürlich sind sie wichtig. Aber ich beziehe diese Emotionen auch aus diesem Urgrund des Klangs. Ich habe den Eindruck, meine Stimme verbindet sich, wenn ich singe, mit einem Reservoir an Möglichkeiten, und es liegt nur an mir, diese Möglichkeiten zu finden und umzusetzen …«
Meine Güte, was redete sie da? Seit sie hier saßen, ruhten Lenaus schwarze Augen auf ihr, und es kam ihr vor, als verdanke sie die Fähigkeit, sich so über Musik auszudrücken, diesem geheimnisvollen Blick. Er war wie Strom. Wie eine Batterie, die sie mit Energie versorgte. Sie hatte eine ähnliche Empfindung bei Christopher und auch schon bei anderen kreativen, charismatischen Menschen gehabt. Aber bei Weitem nicht so stark.
»Das haben Sie sehr gut gesagt.« Lenau nickte und schwieg. Er wirkte wie ein Lehrer, dessen Schüler eine Lektion besonders gut gelungen ist.

»Könnten Sie mir jetzt nicht ein wenig von meinem Vater erzählen?«, bat sie.
»Sie werden Ihren Vater am besten kennenlernen, wenn Sie sich auf seine Gedanken einlassen. Keine Sorge – ich helfe Ihnen dabei. Geben Sie mir bitte die Partitur.«
Er warf ihr einen Blick zu, dem schwer zu widerstehen war. Trotzdem blieb Gwen vorsichtig.
»Ich habe sie nicht bei mir. Sie befindet sich in einem Safe.«
»Also gut.«
Gwen war sicher, Enttäuschung auf Lenaus Gesicht zu erkennen. Oder sogar Ärger. Plötzlich stand er auf und verließ den Raum.
Was ist jetzt los, dachte Gwen. Will er nicht mehr mit mir sprechen, weil ich die Partitur in Sicherheit gebracht habe? Es war ihr gutes Recht, dieses Dokument geheim zu halten. Sie war immer noch in ihre Gedanken vertieft, als er auch schon zurückkam.
»Ich glaube, das wird uns helfen, Klarheit zu bekommen«, sagte er und hielt ihr hin, was er mitgebracht hatte. Gwen sah es sich an und schüttelte den Kopf.
Er muss tatsächlich verrückt sein, dachte sie.

Volpone umrundete das Hotel und versuchte hinter den breiten Fenstern etwas zu erkennen. Auf der Rückseite führte eine Straßenabzweigung in eine Tiefgarage. Daneben hatte man so etwas wie einen kleinen Platz angelegt, den die Fußgänger als Abkürzung zwischen zwei Straßen verwenden konnten und von dem aus es auch einen Hintereingang in das Gebäude gab.
Volpone entdeckte bald, dass in einem der Räume, die zur Hotelbar gehören mussten, zwei Leute saßen und sich unterhielten. Gwendolyn Fischer und der schwarzgekleidete Mann.

Er betrat den Hof und näherte sich beherzt dem Fenster. Er ging schnell weiter, um auf keinen Fall von innen erkannt zu werden, und fingerte sein Telefon hervor.

Es war ein bunter Prospekt, den Lenau Gwen reichte. Eine Ankündigung verschiedener Kirchenkonzerte in Leipzig. Ein einfaches Faltblatt, wie man es in Mengen unter anderem in Hotels fand. Etwas vollkommen Banales.

»Was wollen Sie damit?«, fragte Gwen.

»Wie gesagt. Ich möchte Ihnen die Perspektive Ihres Vaters vorführen. Ihnen zeigen, wie er Musik empfand.«

»Indem Sie mit mir ins Konzert gehen?«

»Das wäre vielleicht auch eine Möglichkeit. Aber es geht mir jetzt um etwas anderes. Sehen Sie sich die Vorderseite an. Was erkennen Sie?«

Gwen drehte den Prospekt um. Wie auf vielen Dingen in dieser Stadt war auch hier das Porträt eines ihrer bedeutendsten historischen Bürger zu sehen. Der strenge Barockmensch mit der Perücke und den dunklen Augen. Sein Bild war so allgegenwärtig, dass man gar nicht mehr hinsah.

»Das ist Bach«, sagte Gwen und legte einen gelangweilten Ton in ihre Stimme.

»Haben Sie sich dieses Gemälde schon einmal genau angesehen?«

»Was ist daran Besonderes?«

»Es ist wahrscheinlich das einzige authentische Bach-Porträt, das es gibt. Also das einzige Bild, das uns zeigt, wie der Thomaskantor wirklich aussah. Ist Ihnen schon mal aufgefallen, dass der Mann auf dem Bild etwas in der Hand hält?«

Das war ja nun wirklich nicht zu übersehen. Bach hatte seine linke Hand vor seinen Bauch geschoben und hielt

zwischen Daumen und Zeigefinger ein Notenblatt. »Der Maler wollte eben darauf aufmerksam machen, dass er einen Musiker abgebildet hatte.«
»Glauben Sie, das ist alles? Schauen Sie sich bitte die Noten, die Bach in der Hand hält, einmal genauer an.«
Lenau benahm sich wie ein Schulmeister. Immer diese Fragerei, mit der sie auch schon ihr Vater auf die Palme gebracht hatte.
»Beachten Sie, dass Bach das Blatt so hält, dass nicht er, sondern der Bildbetrachter lesen kann, was auf dem Zettel steht. Es ist eine Aufforderung an Sie, das Notenblatt zu lesen.«
Das musste sie sich nicht antun. Sie legte den Prospekt auf den kleinen runden Tisch und schob ihn Lenau zu. »Ich kann diese Art von Befragung nicht leiden. Bitte erklären Sie mir einfach, worum es geht.«
»Entschuldigen Sie«, sagte Lenau. »Also gut, ich zeige es Ihnen. Vielleicht können Sie dabei trotzdem auf dem Blatt beobachten, dass stimmt, was ich Ihnen sage. Diese Noten auf dem Bild sind nämlich keineswegs, wie man vielleicht annehmen könnte, nur Dekoration. Dafür sind die Angaben viel zu genau zu erkennen. Auf dem Blatt steht ein reales Musikstück. Es hat einen Titel, den man sogar auf der kleinen Reproduktion hier ganz gut lesen kann. In Wirklichkeit ist das Bild ja viel größer. Es ist ein sogenannter Canon triplex. Dann folgt der Vermerk ›à 6 V‹ – was heißen soll: à 6 voci, also ein Kanon zu sechs Stimmen. Bach hält somit einen sechsstimmigen Kanon in der Hand. Wie Sie natürlich wissen, ist der Kanon eine der strengsten Formen der Komposition. Eine einzige Melodie ist Melodie und ihre Begleitung zugleich. Einen Kanon zu komponieren, erfordert sehr viel Kombinationsgabe – eine Kombinationsgabe, für die gerade Bach berühmt war.«

»Ich weiß, was ein Kanon ist«, sagte Gwen leicht mürrisch, »und mir ist auch bekannt, dass Bach sehr gut in diesen Dingen war. Die Musikwissenschaft nennt diese Technik, mehrere ähnliche Stimmen nebeneinander herlaufen zu lassen, Kontrapunkt.«

»Und auf diesem Bild beweist Bach seine kontrapunktischen Fähigkeiten so extrem, wie man es sich kaum vorstellen kann.« In Lenaus Stimme erwachte Begeisterung.

»Wirklich?«, wunderte sich Gwen. »Aber es sind nur ganz wenige Noten auf dem Bild. Das soll ein hochkomplexes Stück sein?« Sie hatte schon andere Partituren von Bach gesehen. Riesige Gebilde mit vielen, vielen Stimmen, die ineinandergeflochten waren wie ein gewaltiges Mosaik.

»Die wenigen Noten bilden nicht einfach einen Kanon, sondern einen ›Canon triplex‹, einen dreifachen Kanon also. Das bedeutet: Nicht einer, sondern gleich drei Kanons laufen parallel nebeneinander her und harmonieren miteinander. Und es sind insgesamt sechs Stimmen – was sehr viel ist. Die Kanons, die man zum Beispiel aus der Schule aus dem Musikunterricht kennt, haben höchstens drei oder vier. Hinzu kommt, dass Bach nur drei der sechs Stimmen notiert hat.«

Gwen nickte. Sie konnte zwar die Notenzeichen nicht genau erkennen, denn dafür war das Bild auf dem Prospekt zu klein gedruckt, aber sie sah immerhin, dass es nur drei Notensysteme waren.

»Bach hatte wohl die Absicht, auch die Fähigkeiten des Betrachters zu testen. Ihm ein Rätsel aufzugeben. Man muss die fehlenden drei Stimmen selbst hinzuerfinden – und das natürlich nach den strengen kontrapunktischen Regeln. So etwas nennt man dann einen Rätselkanon. Übrigens haben sich viele Forscher daran versucht, die Lösung zu finden. Erst Mitte des 19. Jahrhunderts, also etwa hundert Jahre nach Bachs Tod, fanden die Gelehrten die Lösung für dieses Rätsel. Und die Lösung war ziemlich einfach. Sie besteht nämlich aus ähnlichen Noten wie die drei Melodien hier, allerdings in umgekehrter Bewegung; man muss die Noten auf den Kopf stellen – also gewissermaßen Bachs Perspektive einnehmen. Als wenn man den Kanon in einem Spiegel betrachten würde. Man kann das ganze Musikstück mit seinem Spiegelbild kombinieren, und es wird immer noch reicher und reicher.«

Gwen seufzte. Ihr Ärger war einer bleiernen Unlust gewichen, die sie an ihre ersten Semester an der Musikhochschule erinnerte. Damals hatte sie einige Kurse in allgemeiner Musiklehre absolvieren müssen – das Langweiligste, was ihr je widerfahren war.

»Und jetzt wollen Sie mir sagen, dass mein Vater sich mit diesem Kanon beschäftigt hat? Dass er eine neue Lösung gefunden hat? Und auf den Noten aus seinem Grab steht diese Lösung? Die Lösung eines musikalischen Gesellschaftsspiels?«

»Ich will Ihnen erst einmal klarmachen, dass wir es hier mit dem äußeren sichtbaren Zipfel eines unglaublich komplexen musikalischen Phänomens zu tun haben. Dieser Kanon ist ein perfektes Gebilde. Wie ein Kristall. Man kann seine Struktur von allen Seiten betrachten, und seine Perfektion ist immer da. Wo hat man schon einmal etwas von einem so komplexen Stück gehört, dessen Noten man sogar auf den Kopf stellen kann – und sie ergeben immer noch einen Sinn? Verstehen Sie nun, dass es auch musikalische Qualitäten gibt, die jenseits des reinen Klangs liegen?«

»Aber kann denn solche Musik Emotionen wecken? Ich kenne ja nun diesen Kanon nicht, aber wahrscheinlich klingt er wie ein gut geöltes Uhrwerk.« Noch so eine Assoziation, an die sie Bachs Musik manchmal erinnerte. Alles griff ineinander wie eine Maschine, ausgelöst von einem geheimen Mechanismus. Oder einer Formel. Mathematik spielte immer eine Rolle, und dabei konnte Gwen durchaus frösteln, wenn sie Bachs Musik hörte.

»Was sagt uns diese Musik?«, fragte sie. »Wissen Sie, ich brauche so etwas wie eine emotionale Botschaft, sonst kann ich mit Musik nichts anfangen …«

Lenau sah sie eine Weile an. »Eine Botschaft? Mit einer Botschaft kann ich Ihnen dienen. Und damit kommen wir den Forschungen Ihres Vaters wieder ein wenig näher.«

»Padre? Volpone hier.«

»Was gibt es?«

Volpone berichtete, was er gesehen hatte. Er beschrieb den Mann, mit dem Gwendolyn Fischer in der Hotelbar saß.

»Wenn sie ihm die Partitur übergibt, haben wir verloren, Padre.«

»Bist du sicher, dass das noch nicht geschehen ist?«

»Ich kann nicht sicher sein. Aber immerhin reden sie im Moment noch miteinander. Soll ich dazwischengehen und ihr das Dokument abnehmen?«

»Woher willst du wissen, ob sie es überhaupt dabeihat? Ob es nicht noch bei der Polizei ist? Niemand weiß das.«

»Was sollen wir tun?«

»Behalte sie im Auge. Wenn sie sich trennen, verfolge ihn. Finde heraus, wer er ist. Melde dich dann wieder. Ich leite alles Weitere ein.«

Der Padre legte auf. Groll hatte ihn gepackt. Sie war im Hotel, sie hatte also die Nachricht erhalten. Und sie ignorierte sie einfach. Und sie traf sich mit jemandem, womöglich einem Experten vom Bacharchiv oder einer anderen Institution. Hatte sie nicht begriffen, wie ernst die

Lage war? Sah sie nicht, dass ihre Karriere auf der Kippe stand? Konnte sie denn gar nichts auf den rechten Weg bringen?
Gott konnte ihn nicht im Stich lassen. Nicht jetzt, wo er so nahe am Ziel war. Sein Gefühl sagte ihm, dass es noch nicht zu spät sein konnte.

Lenaus Blick ruhte auf Gwen, und sie spürte, wie schwer es war, ihm auszuweichen. »Ich werde Ihnen zeigen, auf welche Weise eine Botschaft in einem Musikwerk stecken kann«, sagte er. »Wissen Sie, was ein Zahlenalphabet ist?«
»Sie meinen eine Zuordnung von Zahlen zu Buchstaben?«
»Es ist eine ziemlich einfache Form der Verschlüsselung. Man schreibt das Alphabet auf und setzt A für die Zahl 1, B für die Zahl 2, C für die Zahl 3 und so weiter. Man nennt diese Form der Verschlüsselung Gematrie. Wenn Sie den Namen Bach gematrisch verschlüsseln, erhalten Sie die Zahlen 2, 1, 3 und 8. In der Quersumme ergibt das 14. Die Buchstabenkombination JSBACH, mit der Bach seine Partituren oft unterschrieb, ergibt gematrisch die Zahl 41 – also 14 rückwärts. Beide Zahlen ergeben als Quersumme die 5, eine in der Musik extrem wichtige Zahl, denn wie Sie als Musikerin sicher wissen, definiert die Quinte, also der Abstand von fünf Tönen, die Tonalität und die Tonartbeziehungen zueinander. Sicher haben Sie schon einmal etwas vom Quintenzirkel gehört …«
Gwen runzelte die Stirn. Jetzt ging das mit der Schulmeisterei wieder los. Der Quintenzirkel war wieder eine unangenehme Erinnerung aus ihrer Studienzeit. Es war ein großer Kreis, aus dessen Zentrum insgesamt zwölf Linien wie die Strahlen der Sonne nach außen führten und das runde Gebilde in Felder einteilten. Auf jede Linie kam im Quintabstand der Name einer Note; war man einmal

um den Kreis herum, waren alle zwölf Noten innerhalb einer Oktave vertreten. Alle zwölf Grundtöne von zwölf Dur- und Molltonarten. Der Kreis war wie ein kleines Universum, aber andererseits so streng und geometrisch, dass Gwen Engegefühle in der Kehle verspürte, wenn sie so etwas sah. Warum musste man Musik in solche abstrakten Gebilde sperren?

»Sagen Sie jetzt nicht, der Kanon von Bach enthalte den Quintenzirkel.«

»Nein«, sagte Lenau. »Es ist viel interessanter. Er enthält Bachs Namen. Man kann das auf der kleinen Wiedergabe des Gemäldes nicht so gut erkennen, aber was ich Ihnen jetzt sage, gehört zum Allgemeinwissen der Bach-Forschung und ist auch leicht zu überprüfen. Der Kanon enthält in dem Bereich, in dem alle Stimmen gemeinsam eingesetzt haben, in der unaufgelösten Version, wie sie hier auf dem Bild zu sehen ist, vierzehn Noten. Schreibt man die sechsstimmige Version aus, löst also das Rätsel, kommen ja drei Stimmen hinzu, und in dieser Version erklingen an den Stellen, an denen alle sechs Stimmen gleichzeitig beteiligt sind, einundvierzig Noten. Bach hat also nicht nur einen perfekten klingenden Edelstein geschaffen, eine kleine Formel mit großer klanglicher Wirkung, sondern er hat auch noch seinen eigenen Namen eingearbeitet.«

Gwen war verblüfft. Sie versuchte sofort, auf dem Blatt etwas zu zählen, aber es gelang ihr nicht recht. Die Wiedergabe des Bach-Gemäldes war tatsächlich nicht gut genug.

»Wenn Sie wollen, kann ich Ihnen auch das Bild in besserer Darstellung zeigen. Es ist tausendfach in Büchern zu sehen. Und natürlich auf Plakaten und auf Souvenirs – auf Tassen, Notizblöcken und sogar Zuckerwürfeln. Kaum jemand von den Touristen, die tagtäglich diese Dinge kaufen, wird wissen, was in diesem Bild schlummert.

Übrigens sind die Zahlen 14 und 41 bei Weitem nicht die einzigen, die in dem Kanon stecken. Es gibt Forscher, die auch noch weitere Botschaften in dem Stück aufgespürt haben. So zum Beispiel eine Jahreszahl. 1747. Ein besonders wichtiges Jahr in Bachs Leben.«

»Was ist in diesem Jahr passiert?«

»Bach trat in eine Gesellschaft ein, die ein Schüler von ihm gegründet hatte. Er hieß Lorenz Christoph Mizler und war wahrscheinlich einer der ersten Musikwissenschaftler im modernen Sinne. Der erste, der nach Wahrheiten in der Musik jenseits des Klangs suchte. Viele Komponisten waren Mitglied dieser Gesellschaft. Georg Friedrich Händel zum Beispiel. Oder der Barockkomponist Georg Philipp Telemann, der übrigens der Taufpate von Bachs Sohn Carl Philipp Emanuel war.« Lenau tippte auf den Prospekt. »Ach ja … Ich vergaß zu erwähnen, dass dieses Gemälde eigens zum Eintritt Bachs in diese gelehrte Gesellschaft entstanden ist. Und Bach schrieb für sie einige seiner Spätwerke. Zum Beispiel *Die Kunst der Fuge* – eine Sammlung von Stücken, gegen die dieser Kanon nur eine kleine Fingerübung darstellt.«

Von der *Kunst der Fuge* hatte Gwen ebenfalls gehört.

»Noch mehr perfekte Edelsteine?«, sagte sie.

»So ist es. Ich denke, ich überrasche Sie nicht, wenn ich sage, dass der Zyklus *Die Kunst der Fuge* aus vierzehn Stücken besteht. Leider ist die letzte Fuge unvollendet. Die Handschrift bricht genau an der Stelle ab, wo Bach seinen eigenen Namen in die Musik hineinarbeitet.«

»Anhand der Zahl 14?«

»Nein, viel einfacher. Anhand der Noten B, A, C und H. Bach, der ja aus einem alten, sehr weitverzweigten Musikergeschlecht stammte, besaß nicht nur immenses kompositorisches Genie und eine bemerkenswerte Kombinationsgabe, sondern auch den musikalischsten Namen, den es gibt. Es ist, als bringe seine Musik ein uraltes Wissen mit. Seit Menschengedenken war die Musik die Kunst, die Gesetze der Harmonie widerzuspiegeln. Die kosmische Ordnung hörbar zu machen. Den Menschen klingend vorzuführen, nach welchen Gesetzen Gott die Welt erschaffen hat. Wer kontrapunktisch komplexe Werke schreiben konnte, war in der Lage zu verstehen, was die Welt im Innersten zusammenhält. Im Mittelalter war die Musik gar keine Kunst.«

Gwen runzelte verwundert die Stirn. »Nein?«

»Sie war eine Wissenschaft. Sie stand gleichberechtigt neben den Fächern Mathematik, Geometrie oder Astronomie – Disziplinen, in denen es ebenfalls darum ging, das Prinzip des Göttlichen zu erkennen und ihm in den irdischen Dingen gerecht zu werden.«

»Aber es wird den Musikern doch trotzdem darum gegangen sein, Emotionen in die Musik hineinzulegen?«

»Sicher«, sagte Lenau. »Aber das ist nur die eine, die menschliche Seite. Es gibt aber auch die andere. Zwei Seiten einer Medaille. Und viele Werke warten darauf, dass man sozusagen die zweite Stimme dazu findet, deren Code in der ersten schon enthalten ist. Wie die Lösung dieses Rätselkanons. Auf mathematischer Ebene ist die Lösung in der Vorgabe enthalten, verstehen Sie? Es ist so ähnlich wie mit den Vexierbildern. Wissen Sie, was ich meine?«

»Die Bilder, die plötzlich umkippen, wenn man genau hinschaut? Zeichnungen, auf denen man eine alte und eine junge Frau sehen kann?«

»So ähnlich.« Lenau fügte etwas hinzu. Einen Satz aus einer fremden Sprache, die Gwen nicht verstand. »Was haben Sie da gesagt?«, fragte sie.

»Oh, nichts weiter. Nur ein biblisches Zitat auf Altgriechisch. Es stammt aus der Weisheit Salomonis. *Gott hat alles nach Maß, Zahl und Gewicht geordnet und also die Welt geschaffen.* Vergessen Sie nicht: Ein Komponist wie Bach sah sich selbst eher als Handwerker und weniger als Künstler. Oder er sah sich als Diener. Er diente mit seiner Musik Gott. Er diente ihm, indem er den Menschen, die seine Musik hörten, die göttlichen Prinzipien erlebbar machte. Und Bach war ein sehr gewissenhafter und handwerklich geschulter Diener. Er war der Spross einer der größten Musikerfamilien, die es jemals gegeben hat. Er war in der Lage, musikalische Komplexität zu entwickeln wie kein anderer. Das ist ja auch kein Wunder: Er war auf der einen Seite extrem begabt, auf der anderen hat er die Grundlagen seines musikalischen Handwerks schon mit der Muttermilch eingesogen. Ich denke, wozu er fähig war, wissen Sie selbst. Denken Sie an die großen Werke von Bach – die Passionen, die Kantaten, die gewaltige h-Moll-Messe. Oder eben an diesen kleinen Kanon, der sich bei näherer Betrachtung gar nicht als so klein entpuppt. Auch in diesem kleinen Stück spiegelt Bach die strenge Ordnung des Universums. Und er tut dies in fast allen seinen Werken, die ja zum allergrößten Teil Kirchenwerke sind. Und alle folgen kosmischen Gesetzen, sie sind ein Spiegelbild dessen, was die Welt zusammenhält. Bach legt in seinen Werken die kosmische Ordnung Gottes aus. Schon der griechische Philosoph Pythagoras war der Ansicht, alles sei Zahl.«

Pythagoras, dachte Gwen. Sie hatte den Namen im Internet im Zusammenhang mit ihrem Vater gelesen. Er hatte sich mit dem antiken Mathematiker beschäftigt.

»Wer die richtigen Zahlen, die richtigen Proportionen kenne, der kenne auch die Formel, nach der die Welt funktioniert. Und es gibt große Autoren, die Bach mit der Schöpfung selbst in Verbindung bringen: ›Bei Bachs Musik ist uns zumute, als ob wir dabei wären, wie Gott die Welt erschuf‹, sagte Friedrich Nietzsche. ›Es ist, als ob die ewige Harmonie sich mit sich selbst unterhielte, wie sich's etwa in Gottes Busen kurz vor der Weltschöpfung möchte zugetragen haben.‹ Das schrieb Goethe. Verstehen Sie? Bach gilt als fünfter Evangelist, als Vermittler zwischen dem Göttlichen und dem Irdischen.« Lenau hielt inne und räusperte sich. »Viele Bach-Forscher, die diese Musik analysiert haben, sind der Ansicht, dass in Bachs Werk ein riesiges Geheimnis schlummert.«

Musik ist das, was die Welt im Innersten zusammenhält. Sie ist ein Abbild der Harmonie des Universums, und wie im Universum selbst sind in ihr Geheimnisse verborgen, die wir Menschen nur mit viel Mühe zu erkennen vermögen. Genau wie geheimnisvolle Kräfte hinter der für uns wahrnehmbaren Natur wirken, so gibt es auch hinter der Musik eine verborgene Macht.

Die Worte aus dem Brief von Gwens Vater legten sich wie eine passende Folie über das, was Lenau gesagt hatte. »Ein Geheimnis?«, fragte sie. »Was soll das für ein Geheimnis sein?«

Lenau beugte sich vor.

»Ein theologisches Geheimnis. Ein Geheimnis, dessen Lösung von großer Tragweite ist.«

»Sie meinen, es ist auf ähnliche Weise in der Partitur verschlüsselt wie die Zahlen in diesem Kanon?«

»Wollen Sie das Geheimnis nicht ergründen?«

»Damit Sie darüber einen Bestseller schreiben können?«

Lenau zuckte zusammen, als habe ihn ein seltsamer Schmerz getroffen. »Sie sollten mich nicht als reinen Materialisten betrachten.«

»Hat mein Vater die Deutung des Gemäldes erforscht, die Sie mir gerade vorgetragen haben?«

»Nein, diese Theorie stammt von einem Bach-Forscher namens Friedrich Smend. Er hat sie 1947 zum ersten Mal veröffentlicht. Sie können den Aufsatz in jeder vernünftigen Bibliothek finden. Es ist nichts Geheimes oder gar Esoterisches darin. Aber ausgehend von dieser Theorie haben eine ganze Menge von Forschern Bachs Gesamtwerk auf mehr oder weniger verborgene Bezüge hin analysiert. Allerdings mit keinen umfassenden Ergebnissen bisher. Dies hatte aber wohl nur einen einzigen Grund.«

Gwen sah auf. »Welchen?«

»Sie besaßen nicht alle Partituren. Noch immer sind Teile von Bachs Werk verschollen.«

»Sie glauben also tatsächlich, die Partitur, die mein Vater mit ins Grab genommen hat, enthalte ein Geheimnis? Etwas Verschlüsseltes wie in diesem Kanon? Einen Namen, ein Datum oder sonst etwas? Und sie ist vielleicht ein bisher unbekanntes Werk von Bach?«

»Ich bin sicher, dass Ihr Vater eine Botschaft von großer Tragweite darin entdeckt hat. Er muss über diese Botschaft sehr entsetzt gewesen sein. Warum hätte er die Originalpartitur sonst mit ins Grab genommen?«

Ich hätte ihm nicht verraten sollen, dass die Partitur in dem Grab war, dachte sie. In der Presse war nur von einem Umschlag die Rede. Ein Umschlag, der klare Anweisungen enthielt.

Nicht vor dem Jüngsten Tage öffnen …

»Wenn man Bachs Werk entschlüsselt, wird man darin lesen können wie in einem riesigen Buch. Man muss nur den Schlüssel haben. Ich glaube, dass Ihr Vater diesen Schlüssel gefunden hat. Man wird mit ihm das Buch öffnen können wie das berühmte Buch mit den sieben Siegeln… Ich würde gerne einen Blick auf die Partitur werfen, Frau Fischer.«

»Das heißt, Sie haben sie nicht gesehen? Obwohl Sie meinen Vater kannten?«

Was soll ich tun, dachte Gwen. Jemand anders will die Partitur haben. Und ich will meine Karriere zurück. Es ist ja alles sehr interessant, was dieser Lenau erzählt, aber ich werde die Partitur herausgeben müssen. Meine Laufbahn ist mir zu wichtig.

»Ich wusste nur, dass solche Materialien existieren«, fuhr Lenau fort. »Er hat sie mir nie zeigen wollen.«

Er wird seine Gründe gehabt haben, dachte sie. Lass dich nicht verführen, etwas herauszugeben, was deine Laufbahn retten kann.

Plötzlich fiel ihr etwas ein. Sie hatte ja noch die Kopie. Sie lag oben in ihrem Zimmer. Anhand der Kopie würden sie auch alle Geheimnisse analysieren können, wenn es nur auf die Noten ankam. Trotzdem musste sie vorsichtig sein.

»Ich muss es mir überlegen«, sagte sie.

»Ich verstehe nicht, warum Sie mir das Dokument nicht zeigen wollen. Ich werde es Ihnen nicht stehlen.«

»Ich denke, dass mein Vater seine Gründe hatte, als er es geheim halten wollte. Lassen Sie mich eine Nacht darüber schlafen.«

Morgen bin ich in Christophers Haus, dachte sie. Ihm werde ich die Partitur sofort zeigen. Er wird mir einen Rat geben, was zu tun ist.

»Aber Sie verlieren Zeit«, sagte Lenau. »Wertvolle Zeit.«

»Spielt ein Tag mehr oder weniger eine Rolle? Mein Vater hätte die Noten bis in alle Ewigkeit im Grab gehabt. Und sie hätten sich dort in ihre Bestandteile aufgelöst.«

»Nicht bis in alle Ewigkeit«, sagte Lenau, und seine Stimme klang bitter. »Bis zum Jüngsten Tag.«

»Lassen Sie uns später weiterreden. Wie kann ich Sie erreichen?«

Lenau verkrampfte sich plötzlich und sah an Gwen vorbei. Sie wandte den Kopf. Jemand betrat das Kaminzimmer.

Wenn er das Hotel verlässt, wird er mir nicht entkommen.

Volpone stand am Hinterausgang. Von hier aus hatte man auch gut das Nebenzimmer der Bar im Auge. Wenn der

Mann das Hotel verließ, kam er entweder an Volpone vorbei, oder er nahm die Tür auf der Vorderseite. In diesem Fall würde ihn Volpone ebenfalls gut verfolgen können. Das einzige Problem war, dass sein Wagen vorn stand. Wenn der Mann hier auf dem Hof in ein Auto stieg und wegfuhr, hatte Volpone keine Chance.

Dazu durfte es eben nicht kommen.

Er griff in die Hosentasche und befühlte die hölzernen Perlen seines Rosenkranzes – eine Geste, die ihm immer wieder Hoffnung machte.

Ein Mann kam in die Lobby und sprach mit der Frau an der Rezeption. Eine Weile diskutierten die beiden, und Volpone unterdrückte einen Fluch. Er kannte den Mann. Den konnte er nun wirklich nicht gebrauchen!

Er schickte ein Stoßgebet zum Himmel.

Herr, warum legst du uns eine solche Prüfung auf? Uns, die wir am Ende der Zeiten Deine Kirche retten wollen vor den Einflüssen des Bösen?

Vor innerer Erregung zitternd, beobachtete er weiter, was in dem Hotel geschah.

17

Hauptkommissar Brandt beachtete Gwen nicht, sondern fixierte Lenau, der aufsprang und sich hektisch im Zimmer umsah. Aus dem distanzierten Mann war schlagartig ein furchtsames Tier geworden. Er versuchte an Brandt vorbeizukommen, aber der Hauptkommissar stellte sich ihm in den Weg.

»Polizei«, sagte er. »Ihre Papiere bitte.«

Lenau blieb stehen und fasste in die Innentasche seiner Anzugjacke. Er brachte auch so etwas wie eine kleine Mappe zum Vorschein und suchte etwas darin. Als hätte er Schwierigkeiten, das Richtige zu finden, drehte er sich etwas ins Licht und rannte schlagartig los. Brandt packte ihn am Ärmel, doch Lenau konnte sich losreißen und verschwand in Richtung Rezeption. Der Hauptkommissar folgte ihm.

»Bleiben Sie stehen«, hörte Gwen Brandt rufen, dann ertönten noch laute Schritte, die sich schnell verflüchtigten, und Gwen war in dem Kaminzimmer allein.

Der schwarzhaarige Mann rannte aus dem Hotel, rempelte ein paar Passanten an und hatte schon einen gewaltigen Vorsprung, als der Kripomann endlich an der Hintertür auftauchte, sich kurz orientierte und weiterlief.

Volpone erkannte eine gescheiterte Festnahme, wenn er eine sah. Oft genug war er selbst in Rom vor der Polizei geflohen.

Als der Polizist den Rand des kleinen Hofs erreicht hatte, gab er bereits auf. Der Mann war sportlich wohl alles andere als fit. Der Kripomann schüttelte den Kopf, zog sein Handy heraus und wählte. Volpone spazierte langsam an ihm vorbei, der Polizist beachtete ihn nicht.

Als Volpone um die Ecke kam, sah er den Schwarzhaarigen etwa hundert Meter entfernt. Ein Stück weiter lag der Hauptbahnhof. Wenn der Flüchtige einigermaßen clever war, würde er sich hier nicht herumtreiben. An Bahnhöfen und Flugplätzen wimmelte es von Überwachungskameras und Polizei.

Aber dann wurde Volpone klar, dass der Mann gar nicht wirklich floh. Es schien, als *wollte* er verfolgt werden.

Lockt er mich etwa irgendwohin, dachte Volpone.

Er musste dieses Spiel beenden. Die Gegend war günstig. Eine Straße mit heruntergekommenen Fassaden, einige davon geschwärzt wie von einem Brand. Volpone passierte ein Haus, dessen Eingang mit Brettern vernagelt war, die Fenster in der ersten Etage starrten wie tote Augenhöhlen. Die Scheiben waren zerbrochen. Auf den Simsen wuchs Gras.

Der Mann sah sich um und lief weiter wie ein lebendig gewordener Schatten. Er verschwand um die nächste Ecke, wo es wohl in eine Seitenstraße ging.

Volpone blieb stehen und sah sich um. In dieser Straße gab es noch nicht einmal Autoverkehr. Keine Passanten. Nur jede Menge parkender Fahrzeuge links und rechts.

Volpone griff unter seine Jacke und zog seine Pistole heraus. Vorsichtig näherte er sich der Häuserkante, hinter der der Unbekannte verschwunden war.

Sie ging rechts herum. Volpone vergrößerte sein Blickfeld, indem er nach links auf die Straße trat und sich der Ecke in großem Bogen näherte.

Es war keine Straßenmündung, sondern eine Einfahrt. Ein gepflasterter Innenhof, in dessen Ecken sich Autoreifen und rostige Metallteile türmten. Die ganze Rückseite bestand aus einem verwitterten grünlichen Tor, hinter dem eine alte Werkstatt oder eine Lagerhalle lag – groß genug, um einen Lkw hineinzulassen.

Und dort stand der Schatten. Der Mann lächelte Volpone an, als habe er einen Zweikampf bestanden. Dabei saß er hier selbst in der Falle. Und er war allein.
Die Pistole in der Hand, ging Volpone langsam weiter.
»Du willst wissen, wer ich bin?«, sagte der Mann.
Er spricht italienisch, dachte Volpone. Woher weiß er, dass das meine Muttersprache ist? Kennt er mich? Er ließ sich nicht beirren.
»Das wäre ein Anfang.«
»Viele wollen wissen, wer ich bin.«
»Vor allem will ich wissen, was du von Frau Fischer wolltest.«
»Ich habe ihr etwas erklärt.«
Volpone war jetzt bis auf wenige Meter herangekommen.
»Ich glaube nicht, dass du mich töten willst«, sagte der Unbekannte und lächelte.
Er schien die Ruhe selbst zu sein. Warum nur, dachte Volpone. Ich habe ihn in der Hand. Wenn er die geringste Bewegung macht, schieße ich.
Doch die Sicherheit machte einem leisen Gefühl der Bedrängnis Platz. Hier stimmte etwas nicht!
Der Blick des Mannes ruhte auf ihm wie ein Gewicht. Wie ein Druck auf seiner Seele. Ein Schmerz, den Volpone schon immer gefühlt hatte, der aber jetzt mit einem Mal viel stärker wurde. Als wenn ein Arzt die Muskeln abtastet und genau die Stelle erwischt, wo die Verspannung sitzt. Volpone spürte, wie sein Herz heftig zu schlagen begann.
Er legt den Finger in meine größte Wunde, dachte er. Und diese Wunde schmerzt.
Sie schmerzt so sehr …
Es war, als pumpe jeder Schlag seines Herzens noch mehr quälende Pein durch seinen Körper. Und in diesem Moment hörte er die Stimme. Sie kam von ferne und

arbeitete sich langsam durch das Rauschen seines Blutes in seinen Ohren. Einzelne Satzfetzen erreichten Volpone, obwohl der Mann die Lippen nicht bewegte und ihn immer weiter anlächelte.

»... ewige Strafe... Gericht Gottes ...«

Das Bild der Toreinfahrt wurde blass und verschwand hinter einem blutigen Schleier. Der Mann, ohnehin nur noch eine finstere Silhouette, löste sich hinter Schlieren auf und machte der Vision von Gesichtern und Fratzen Platz, die sich wie in einer schleimigen Schicht bewegten und darum kämpften, aus ihrem Gefängnis herauszukommen. Es war der Padre, der Volpone mit seinen Erzählungen immer wieder solche Bilder vor Augen geführt hatte. Sie waren in Volpones Kopf dabei immer lebendiger geworden, doch nie so lebendig wie jetzt.

Der Schmerz in Volpones Brust wurde unerträglich. Es fühlte sich an, als habe ihn ein weiß glühendes Eisen gepfählt.

»Schau hin ... lass nicht nach ... schau hin und siehe, was dich erwartet ...«

Nässe sammelte sich in Volpones Augen. Doch die Tränen beeinträchtigten die schrecklichen Visionen nicht. Jetzt verschwanden die Fratzen und gaben den Blick auf eine schwarze Masse frei – ein Gewimmel wie von dunklen Würmern in einer Welt aus Lava und Feuer. Überall glühte es wie in Volpones Brust. Er flog über die Würmer hinweg. In großer Höhe. Und da sah er, dass das Gewimmel dort unten Massen von Menschen waren. Oder das, was von ihnen übrig war.

»Wer bist du?«, jammerte Volpone und riss die Augen auf, um den furchtbaren Visionen zu entkommen, doch er war sicher, er hätte sich die Augen ausreißen können, und die furchtbaren Bilder wären nicht verschwunden.

Der blutrote Vorhang löste sich ganz langsam auf.

Volpone lag auf dem kalten Pflaster. Vor ihm glänzte das Metall der Pistole.
Als es ihm endlich gelang, sich zu bewegen, stellte er fest, dass er alleine auf dem Hof war.

18

Brandts Schritte näherten sich, und dann erschien der Kripomann in dem Kaminzimmer, wo Gwen immer noch in dem Sessel saß.

»Er ist uns entwischt«, sagte der Hauptkommissar. »Aber wir fahnden nach ihm.«

Gwen nickte nur. Sie sah Brandt an, dass er verärgert war. Nicht nur verärgert, sondern stocksauer. Und das nicht auf den Unbekannten, sondern auf sie.

»Warum haben Sie uns nicht angerufen? Es war der Mann auf dem Phantombild. Haben Sie ihn nicht erkannt?«

Gwen überlegte, ob sie Brandt anlügen und genau das behaupten sollte.

»Ich dachte, es wäre besser, erst einmal mit ihm zu reden.«

Brandt setzte sich und nahm Gwen ins Visier seiner grauen Augen. »Bitte berichten Sie mir genau, wie er an Sie herangetreten ist. Ich muss jede Kleinigkeit wissen. Zunächst mal: Hat er einen Namen genannt?«

»Matthias Lenau. So hat er sich vorgestellt.«

Brandt zog sein Handy heraus und gab den Namen an seine Kollegen durch. »Er ist dreißig bis vierzig Jahre alt, hat dunkles Haar. Bitte alles nach dem Namen abchecken. Einwohnermeldeämter, Strafregister und so weiter.«

Ohne sich zu verabschieden legte er auf und wandte sich wieder Gwen zu.

Sollte sie ihm erzählen, dass sie ihn auf der Straße gesehen hatte und dann hinuntergegangen war? Dann würde sie dem Hauptkommissar auch berichten müssen, dass sie erpresst wurde.

»Ich war gerade hier unten…«, begann sie, und dann fiel ihr ein, dass Brandt vielleicht auch das Hotelpersonal be-

fragte. Sicher hatte man sie mit Lenau auf dem Spielplatz gegenüber stehen sehen.
»Ich wollte einen kleinen Spaziergang machen«, fing sie noch mal an. »Und da stand der Mann auf der gegenüberliegenden Straßenseite und sprach mich an. So kamen wir ins Gespräch.«
»Er hat Sie also erwartet?«
»Ich denke, schon.«
»Was haben Sie denn gedacht, wer er ist?«
»Wie meinen Sie das?«
»Sie sind heute Morgen noch von einem Pulk Journalisten verfolgt worden. Und da lassen Sie sich vor dem Hotel einfach von jemandem ansprechen?«
»Er sagte, er habe meinen Vater gekannt. Und ich möchte ja etwas über meinen Vater erfahren. Ich hatte nicht das Gefühl, dass er mich gleich entführt oder umbringt, Herr Brandt. Außerdem war er allein. Und er verhielt sich nicht wie ein Journalist. Ich sagte ihm dann, es wäre sicher besser, sich hier im Hotel zu unterhalten als auf der Straße.«
»Was wollte er von Ihnen?«
»Mir kam es so vor, als wolle er mir nur etwas über meinen Vater berichten. Als wolle er mir einen Gefallen tun.«
»Hat er die Partitur erwähnt?«
»Die Partitur?«
Gwen spürte sofort, dass sie mit ihrer Unschuldshaltung zu weit gegangen war.
»Frau Fischer! Heute Morgen haben wir eine Partitur sichergestellt, die sich im Grab Ihres Vaters befand. Sie haben uns erzählt, dass Sie einen anonymen Anruf erhalten haben. Dass irgendjemand diese Partitur haben will. Und nun taucht ein Mann auf, der Ihren Vater kannte, Sie reden mit ihm, und jetzt wundern Sie sich, warum ich frage, ob er die Partitur erwähnt hat?«

Gwen spürte Hitze auf ihrem Gesicht. Wurde sie etwa rot?
»Entschuldigung. Ich hatte den Zusammenhang jetzt nicht verstanden.«
»Und?«
»Ich glaube nicht, dass er die Partitur wollte.«
Natürlich wollte er sie, fiel ihr plötzlich ein. Und seltsamerweise wusste er auch von ihrer Existenz. Und dass sie in dem Grab gewesen war.
»Er hat mir sehr ausführlich erklärt, womit sich mein Vater wissenschaftlich beschäftigt hat.«
»Hat er erwähnt, was er beruflich macht? Irgendein anderes wichtiges Detail?«
»Er hat gesagt, er schreibt Bücher. Sachbücher über kulturelle Themen. Dadurch hat er wohl auch meinen Vater kennengelernt. Bei Recherchen.«
»Wie lange kannte er Ihren Vater schon?«
»Ich weiß es nicht.«
»Als Sie ihn erkannt haben – haben Sie ihn mit den seltsamen Umständen konfrontiert, unter denen Ihr Vater ums Leben kam?«
»Das habe ich mich nicht getraut.«
»Sie haben ihn nicht gefragt, wann er Ihren Vater zum letzten Mal gesehen hat?«
»Nein. Und mehr fällt mir jetzt auch nicht ein, Herr Brandt. Es tut mir leid.«
Der Hauptkommissar stützte die Ellbogen auf die Oberschenkel. »Leider haben wir kein brauchbares Ergebnis bei der Obduktion erhalten«, sagte er. »Das ist auch der Grund, warum ich Sie aufgesucht habe.«
»Was meinen Sie damit?«
Er sah Gwen an. »Der Gerichtsmediziner sagt, es sei ein Herzinfarkt gewesen. Ihr Vater hatte vor seiner Leukämiediagnose wohl schon mal einen.«

»Das ist ja nichts Ungewöhnliches. Ist die Exhumierung dann vergeblich gewesen?«
Brandt schüttelte den Kopf. »Nein, auf keinen Fall. Überlegen Sie doch. Selbst wenn Ihr Vater nicht durch Fremdeinwirkung umkam, bleiben viele Fragen offen. Wenn er bereits tot war, muss ihn jemand von der Brücke geworfen haben. Wer war der Mann, der dort gesehen wurde?«
»Hat er denn Ähnlichkeit mit Herrn Lenau?«
»Nein. Aber das zeigt ja nur, dass wir es mit mehreren Tätern zu tun haben. Und vergessen Sie den anonymen Anrufer nicht. Ich bin sicher, das hat alles etwas mit der Partitur zu tun. Lenau, der Mann auf der Brücke, der Anrufer. Vielleicht arbeiten alle drei zusammen.«
Gwens Gedanken wirbelten durcheinander. Es klang alles so logisch, was der Hauptkommissar sagte. Und trotzdem passte es nicht zu dem, was sie erlebt hatte. Wenn das stimmte, was er sagte, hätte Lenau sie doch viel stärker unter Druck gesetzt. Auf der einen Seite wurde ihr toter Vater von einer Brücke geworfen … Auf der anderen kam Lenau ganz sachlich und bescheiden auf sie zu und versicherte ihr auf eine völlig naive Art, dass er nicht sündigen könne. Eine seltsame Formulierung, an die er sich, soweit sie es beurteilen konnte, exakt gehalten hatte. So ging doch kein Verbrecher, kein Dieb vor.
»Sie können getrost davon ausgehen, dass dieser Lenau Sie nur in Sicherheit wiegen wollte«, sagte Brandt. »Dass er alles, was er Ihnen über die Forschungen Ihres Vaters erzählt hat, nur vorbrachte, um den Experten zu spielen. Um letztlich an die wertvolle Partitur zu kommen. Und er wusste, dass er gesucht wird. Sonst wäre er nicht sofort geflohen, als ich ihn ansprach.«
»Er war jedenfalls nicht der Mann, der mich gestern angerufen hat. Da bin ich ganz sicher. Der Mann am Tele-

fon hatte einen deutlichen österreichischen Akzent. Und er kam mir älter vor.«
»Wie gesagt. Das heißt nichts.« Brandt richtete sich auf. Seine Ketten klirrten leise. »Ich frage mich, wie Ihr Vater an diese Noten gekommen ist. So wertvolle Partituren kauft man ja nicht einfach. Es gibt keinen Hinweis, dass sich Ihr Vater diese Noten unrechtmäßig angeeignet hat. Ich gehöre zwar zur Mordkommission und habe andere Aufgaben, aber ich habe trotzdem bei den entsprechenden Stellen nachgefragt. Niemand hat die Polizei alarmiert, weil irgendwo eine alte Bach-Partitur gestohlen wurde. Und nun gehören die Noten Ihnen. Wer weiß, vielleicht sind Sie ja eine schwerreiche Frau und wissen es gar nicht?«
Zum ersten Mal, seit Brandt von Lenaus Verfolgung zurückgekehrt war, lächelte er wieder.
»Das ist für mich nicht wichtig«, sagte Gwen. »Mir ist nur daran gelegen, dass ich mich auf meine Engagements vorbereiten kann.« Und dass ich wieder welche bekomme, fügte sie innerlich hinzu.
»Ich würde Ihnen jedenfalls raten, die Noten nicht wieder auf dem Südfriedhof begraben zu lassen. Dafür sind sie eindeutig zu schade.«
Gwen nickte. Dazu würde es nicht kommen.
Plötzlich ertönte ein Jaulen, und erst als der Kommissar zu seinem Handy griff, wurde Gwen klar, dass das seltsame Geräusch ein Klingelton war. Es klang wie ein Fetzen E-Gitarrenmusik.
»Ja«, rief Brandt. Am anderen Ende der Leitung wurde gesprochen. »Verstehe.« Er nickte und runzelte die Stirn. »Alles klar.« Er drückte einen Knopf und steckte das Telefon weg.
»Es gibt keinen Matthias Lenau«, sagte er. »Absolute Fehlanzeige.«

»Sie meinen, in Leipzig ist niemand mit dem Namen gemeldet?«
»Nicht in Leipzig und nicht in ganz Deutschland. In Österreich und der Schweiz auch nicht. Jedenfalls niemand zwischen zwanzig und siebzig Jahren. Es gibt auch keinen Buchautor mit diesem Namen.«
»Seltsam«, sagte Gwen. »Matthias Lenau klingt wie ein ganz einfacher Name.«
Brandt nickte. »So einfach, so geheimnisvoll.«

»Ich habe in den Schlund der Hölle geblickt«, jammerte Volpone. Er stand an der Straßenecke, das Handy am Ohr und sah sich unsicher um. Er zitterte vor Angst.
»Was sagst du da?«
»Wirklich. Sie müssen es mir glauben ... Es war das Schrecklichste, was ich bisher erlebt habe. Padre ... bitte helfen Sie mir.«
»Volpone ... mein Freund.«
Mein Freund.
Volpone kamen die Tränen vor Freude und vor Angst zugleich. So hatte ihn der Padre noch nie genannt.
»Du darfst jetzt nicht die Nerven verlieren. Große Dinge stehen uns bevor. Und in einer solchen Situation ist man den schlimmsten Anfechtungen ausgesetzt. Bedenke – es sind Prüfungen. Und Prüfungen muss man bestehen. Und du wirst sie bestehen, weil du an das Richtige glaubst.«
»Es war so eigenartig. Ich hatte das Gefühl, all diese Bilder, diese schreckliche Welt von gequälten Kreaturen, kamen aus mir selbst. Verstehen Sie das, Padre? Ich selbst führte meine Seele in diese furchtbare Hölle ... Und ich fand keinen Ausgang mehr, war völlig verloren.«
»*Ego te absolvo*«, sagte der Padre langsam. »Wappne dich mit dem Gebet des Rosenkranzes, dann wirst du vor einer

solchen Welt, wie du sie gesehen hast, gefeit sein. Stärke dich und sei tapfer. Dann kann dir nichts geschehen. Wir beide haben nur deine Kraft, um unser Ziel zu erreichen. Und wir sind kurz davor. Umso größer werden die Anfechtungen, aber deine Kraft wird jetzt mehr gebraucht denn je.«

Die Stimme des Padre hatte eine beruhigende Wirkung auf Volpone. Die bedächtige Redeweise wirkte fast wie eine Meditation. Volpone atmete tief die kühle, feuchte Novemberluft ein. Dann kam ihm ein Gedanke, der ihn noch einmal mit dem öden Gefühl von Beklemmung erfüllte.

»Glauben Sie, dass der Mann ein Mensch ist? Dass ich ihn mit meiner Waffe töten kann?«

»Das glaube ich. Selbst wenn er der Leibhaftige persönlich wäre …«

Der Leibhaftige persönlich.

Volpone zuckte innerlich zusammen. Der Padre sprach aus, was ihm die ganze Zeit durch den Kopf gegangen war, was er aber nicht wahrhaben wollte.

»Selbst Jesus Christus ist als Mensch auf die Erde gekommen, und die Menschen haben ihn getötet. Glaubst du, dass Satan es auf andere Weise gelingt, auf Erden zu wandeln? So wie die Menschen das Gute nicht töten konnten, als sie Jesus umbrachten, wirst du das Böse nicht tilgen, wenn du diese Inkarnation des Bösen tötest. Aber du wirst dich wehren können.«

»Gegen den Mann wehre ich mich mit meiner Waffe, gegen das Böse mit meinem Glauben und meinem Gebet.«

»Du hast es verstanden, mein Freund. Nun gehe hin und tue deine Pflicht. Ich werde die meine tun. Heute Nacht entscheidet sich, ob wir das Geheimnis in unsere Hände bekommen oder nicht.«

Gwen hatte sich wieder auf ihr Zimmer zurückgezogen. Das Handy war eingeschaltet und lag mit voller Netzanzeige neben dem Notebook, das Gwen weiter nutzte, um Informationen über das Internet zu beschaffen. Der Unbekannte würde sich melden. Er musste es einfach tun. Der Albtraum musste ein Ende haben.
Immer wieder wandte sie den Blick von dem Computerbildschirm und starrte sekundenlang das Handy an.
Ich habe die Partitur.
Ich gebe sie dir.
Lass uns den Handel machen.
Ruf mich an.
Aber das Telefon schwieg.
Im Internet fand Gwen sehr schnell einschlägige Seiten, in denen es um Bachs Kanon auf dem Gemälde ging. Lenau hatte die Wahrheit gesagt. Die komplizierten Bezüge in dem scheinbar so kleinen Stück waren musikwissenschaftliches Gemeingut. Sie fand sogar einen Link, der zu einer Klangdatei führte, und sie konnte sich den Kanon vorspielen lassen. Er dauerte nur wenige Sekunden, wurde aber viele Male wiederholt. Gwen konnte den Vergleich mit einem Edelstein oder einem kleinen Abbild des Universums sofort nachvollziehen. Das Stück klang tatsächlich perfekt und in sich geschlossen. Es war stimmig wie eine perfekte Gedichtzeile oder eine glasklare mathematische Formel. Aber es sprach zu Gwen nicht wie andere Musik. Das Stück hatte so wenig emotionale Aussagekraft wie eine technische Zeichnung. Aber sie wusste jetzt, dass es auf andere Weise sprechen konnte. Eine Weise, die sie seelisch kalt ließ, die aber – das musste sie zugeben – tatsächlich faszinierend war.
Es gab noch mehr solcher Werke, in denen eine auf den ersten Blick unscheinbare Melodielinie ein kleines Universum von Harmonien und weiteren Melodien erzeugte. Sie

erinnerte sich an eines ihrer ersten Konzerte, in denen auch ein Schulorchester mitgewirkt und ein Stück gespielt hatte, das nach einem ähnlichen Prinzip aufgebaut war.

Es war ebenfalls ein Kanon, und zwar aus der Feder von Johann Pachelbel. Gwen googelte den Namen und fand heraus, dass Pachelbel einer der großen Orgelkomponisten vor Johann Sebastian Bach gewesen war. Auch dazu fand sie einen Link, über den sie sich das Stück anhören konnte. Es war zuerst nichts als eine einsame, in sich kreisende Basslinie. Eine Stimme nach der anderen fügte sich an, bis sich über dem ständig wie ein langsamer Zirkelschlag wiederholten Fundament ein wahrer Kosmos aus Tönen aufbaute, in immer schnelleren Noten und immer weiter verschachtelt.

Nicht nur Bach, auch andere Komponisten hatten diese Kunst beherrscht und aus ihren Stücken regelrechte kleine Welten gezaubert. Welträume, in denen nach geheimen mathematischen Prinzipien die Planeten kreisten.

In einem kleinen Text, den ein Bewunderer dieser Musik geschrieben hatte, fand Gwen einen interessanten Gedanken: »Muss man sich nicht fragen«, hieß es da, »ob nicht die gesamten Verästelungen, die sich über der ständig wiederholten Basslinie entfalten, schon als Idee in dieser Basslinie enthalten sind? Wie die Blume im Keim? Ist die Basslinie nicht letztlich die Formel, auf der das ganze Stück basiert? Und will uns Pachelbel nicht mit dem Stück sogar zeigen, dass die ganze Musik und die ganze Welt auf einer Formel, auf einem Urgrund steht? Auf einem von Gott geschaffenen Prinzip? Führt uns die Musik nicht auf ihre Weise zu einer Art Weltformel?«

Große Töne waren das, fand Gwen, aber was da geschrieben stand, passte genau zu dem, was ihr Vater in seinem Brief an sie formuliert hatte.

Sie klickte sich weiter durch die Links. Nach und nach verließ sie das Terrain der Musikwissenschaft und landete auf dem Gebiet der Mathematik und der Geometrie. Eben war sie noch auf einer Seite gewesen, wo die mathematischen Verhältnisse der Töne zueinander erklärt wurden, und wieder klingelte etwas in Gwens Kopf, auch das hatte sie notgedrungen in der Musikhochschule lernen müssen. Es begann alles mit einem Experiment, das Pythagoras durchgeführt hatte. Eine gespannte Saite, auf dem Griffbrett einer Geige oder einer Gitarre etwa, gehorchte ganz bestimmten Gesetzen: Teilte man sie genau in der Mitte ab und spielte dann diesen Ton, erklang derselbe Ton, in dem die Saite gestimmt war, eine Oktave höher. Legte man den Finger auf eine andere Stelle der Saite und zupfte oder strich sie, entstanden andere Töne, die aber auch immer ganzen Tonverhältnissen mit ganzen Zahlen folgten.
Gwen musste sich konzentrieren, um das zu verstehen. Sie war in der Schule nie gut in Mathematik gewesen.
Das Verhältnis 1 zu 2 ergab die Oktave. Das war einfach. Betrugen die Längenverhältnisse der Saite jenseits des Punktes, wo man den Finger daraufgelegt hatte, 2 zu 3, erklang eine Quinte, beim Verhältnis 3 zu 4 eine Quarte, bei 4 zu 5 eine Terz und so weiter. Diese Zahlenverhältnisse besaßen eine enge Verbindung zu einer mathematischen Proportion, die in der Natur in vielen Details zu beobachten war: dem Goldenen Schnitt. In Spiralen von Schneckenhäusern, in der Anordnung der Samenkörner in Sonnenblumen, sogar in den Spiralen der Galaxien war der Goldene Schnitt präsent – und natürlich in vielen Kunstwerken der Architektur, der Malerei und auch der Musik. Gwen erfuhr, dass klassische Sonaten nach den Proportionen des Goldenen Schnitts aufgebaut waren und selbst der menschliche Körper diesem Prinzip gehorchte. Sie stieß auf eine Darstellung des Menschen, die sie schon so oft

in Büchern, auf Plakaten und sogar in Logos von Drogerien und Wellnesshotels gesehen hatte, dass sie ihr kaum noch auffiel. Es war der sogenannte vitruvsche Mensch von Leonardo da Vinci. Ein männlicher Körper, dessen verschiedene Bewegungsstadien der Armdrehungen in ein Quadrat gebannt waren. Da Vinci bewies damit, dass alle Proportionen in der Natur auf dem einfachen Verhältnis von 1 zu 2 basierten und sich dann in den Proportionsverhältnissen durch weitere ganze Zahlen fortsetzten.

»Die Harmonie der Welt«, las Gwen. Lateinisch hieß das »harmonia mundi«. Sie war nicht überrascht, als ihr einfiel, dass es ein Schallplattenlabel mit diesem Namen gab und dass es ein Schneckenhaus im Logo trug.

Selbst vor der Geografie machten die Untersuchungen zu diesen mathematischen Phänomenen nicht halt. Es gab Forscher, die der Ansicht waren, dass sich die Größenverhältnisse dieser grundlegenden Weltharmonie sogar auch in Orten auf der Erde widerspiegelten. Und das war noch nicht alles: Gwen fand Landkarten, in denen die gotischen Kathedralen in Chartres, Bayeux, Rouen, Amiens, Laon, Reims, Paris und Evreux eingetragen waren. Sie befanden sich in derselben Lage zueinander wie die Sterne im Sternbild der Jungfrau. Alle diese Kathedralen waren der Jungfrau Maria geweiht. Angeblich war die gesamte Erde in unsichtbare fünfeckige Flächen unterteilt, deren Knotenpunkte für Orte der Kraft sorgten. Die Forscher nannten solche Linien »Leylines«, sie stritten aber noch darum, wo sie genau verliefen. Gwen erinnerte die Einteilung an die Waben der Handynetze. Wahrscheinlich hätten die Forscher, die sich mit so etwas beschäftigten, den Vergleich entrüstet zurückgewiesen.

Müde von den vielen naturwissenschaftlichen Details betrachtete Gwen die Kopie der Partitur, deren Deckblatt mit dem schwungvollen Wort »Passio« so unschuldig wirk-

te. Natürlich, man empfand eine gewisse Ehrfurcht vor einer solchen alten Handschrift, aber letztlich war es auch nur Musik.
Gwen musste lächeln.
Nur Musik.
Vor dem Hintergrund dessen, was sie gerade herausgefunden hatte, klang das fast blasphemisch.
Es ist ja nur Gott, der da spricht. Sag ihm, ich bin nicht da.
Sie war sich nicht sicher, ob sie das alles glauben sollte. Die ersten Dinge, die sie herausgefunden hatte, die Verhältnisse der Zahlen, der Goldene Schnitt, schienen noch plausibel zu sein. Aber die Erde als Ansammlung von Sternbildern und geheimnisvollen Fünfecken? Der Übergang zu unwissenschaftlicher Esoterik war offenbar fließend.
Gwen wollte sich gerade weiter durch das Internet klicken, da ertönte ihr Gesang aus der *Zauberflöte*. Einen Herzschlag später hatte sie sich schon gemeldet.
»Gwen. Es tut mir leid.«
Im Hintergrund war Lärm zu hören. Instrumente spielten durcheinander. Es war ein Orchester, das gerade stimmte.
»Christopher, was ist los?«
»Die Probe kann leider jetzt erst anfangen.«
Gwen blickte auf die Uhr. Es war kurz nach fünf. Vor ihrem Fenster setzte bereits die Dämmerung ein. Der Spielplatz auf der anderen Straßenseite war nur noch ein dunkles Quadrat.
»Es wird wahrscheinlich spät. Ich hole dich morgen früh aus Leipzig ab. Und dann fahren wir zwei Tage zu mir und proben. Versprochen. Dann ist auch endlich alles mit der Orchesterbegleitung in Ordnung.«
Gwen wurde klar, dass sie in den letzten Stunden kein einziges Mal an Christopher gedacht hatte.
»Es ist schon in Ordnung.«

»Das klingt etwas matt. Du bist nicht böse?«

»Ich habe eine Menge zu tun«, behauptete sie einfach. Es war ihr ganz recht, dass Christopher sie heute Abend nicht abholte.

»Ich komme morgen so früh wie möglich«, versprach er.

»Aber nicht zu früh«, sagte sie. »Bis neun schlafe ich bestimmt.«

»Ich wecke dich, keine Sorge.«

»Wage es ja nicht.«

»Du wirst begeistert sein, wenn du das Stück hörst.«

»Ich freu mich.«

»Ich mich auch.«

Im Hintergrund entstand ein gleichmäßiges elektronisches Pulsieren. Ein anderer Anruf erreichte Gwens Handy. Jemand klopfte an.

»Da ist jemand in der Leitung«, sagte sie. »Ich muss Schluss machen.«

»Was?«, rief Christopher in gespielter Entrüstung. »Wer könnte wichtiger sein als ich?«

»Vielleicht meine Agentin?«, sagte Gwen, obwohl sie wusste, dass es nicht Maria war, die da anrief. Sie warf einen Blick auf das Display. Die Nummer des Anrufers war unterdrückt.

»Sag mir noch was Nettes.«

»Ich wunsche dir Glück für die Probe. Ich bin sicher, dass du ein tolles Stück geschrieben hast. Meine Stimme freut sich darauf, sich in deine Orchesterpartitur zu betten.«

Nicht nur meine Stimme, dachte sie. Mein ganzes Wesen, mein ganzes Ich. Ganz und gar will ich in deiner Musik aufgehen.

Leise hört ich dich rufen / in jedem Flüstern und Wehn. Auf lauter weißen Stufen, die meine Wünsche sich schufen, hör ich dein Zu-mir-Gehn.

Es klopfte weiter. Sie riss sich los. »Du, ich muss jetzt Schluss machen. Melde dich, ja?«
Sie verabschiedeten sich, und sofort war der andere Anrufer an Gwens Ohr. Der Kontrast zu Christopher erschreckte sie.
»Gwen … Ich dachte, du hättest meinen Anruf erwartet?«
Der alte Mann. Der Akzent. Gwens Seele schien zu Eis zu erstarren.
»Ich habe auch noch andere Verpflichtungen. Sie stecken hinter der Sache in Mailand, oder?«
Ein knirschendes Lachen.
»Sagen Sie mir, was Sie wollen.«
»Ich denke, das weißt du.«
»Bekomme ich mein Engagement zurück?«
Das Eis in ihrem Inneren explodierte und hinterließ ein beißendes Prickeln, das über ihre Haut wanderte wie ein rasender Ameisenzug. Instinktiv rieb Gwen den Unterarm.
»Du wirst es nicht mehr brauchen.«
»Was meinen Sie damit? Bitte, ich muss mein Engagement wiederhaben.«
»Bring uns, was wir haben wollen.«
»Wohin soll ich es bringen?«
Der Anrufer murmelte in wenigen Worten die Anweisungen.
»Und komm zu Fuß. Niemand außer dir darf dabei sein.«
Gwen vergewisserte sich, dass sie alles richtig verstanden hatte. »Ich werde kommen.«
Ein Tuten drang aus dem Hörer. Der Mann hatte aufgelegt.

Sie klappte das Notebook zu, und als das Licht des Monitors nicht mehr brannte, war es fast dunkel im Raum. Lange saß sie da, starrte die Wand an.

Bald war es so weit. Sie hatte auf dem Stadtplan, der zwischen den Prospekten auf dem Hotelschreibtisch steckte, die Strecke überprüft, die sie zu gehen hatte. Es würde ein langer Spaziergang werden. Auf dem Rückweg konnte sie vielleicht ein Taxi nehmen. Sie sah auf die Uhr. In einer Viertelstunde musste sie aufbrechen.

Wie zum Hohn ertönte wieder ihre eigene Stimme aus Mozarts Koloraturarie, und zum ersten Mal hasste sich Gwen dafür, dass sie ihre eigene Aufnahme als Klingelton mit sich herumtrug. Was für eine Eitelkeit war das doch!

Wieder ein Anruf, erneut ohne Nummernanzeige.

»Hallo?«, sagte sie nur.

»Frau Fischer?«

Die Männerstimme klang verzerrt und schien ebenfalls von einem Handy zu kommen. Es wirkte, als befände sich der Anrufer in einem Funkloch oder zumindest nahe daran.

»Wer ist da?«

»Matthias Lenau.«

Woher hatte er ihre Handynummer?

»Lassen Sie mich bitte in Ruhe.«

»Bitte hören Sie mich an, Frau Fischer.«

»Ich wüsste nicht, warum ich das tun sollte. Wo sind Sie? Wissen Sie, dass die Polizei Sie gleich verhaftet?«

»Ich bin unschuldig. Sie wissen das genau.«

»Gar nichts weiß ich. Warum sind Sie geflohen, wenn Sie unschuldig sind?«

»Ich wollte nicht verhaftet werden. Aber man hätte mich mitgenommen, und das wäre schlecht gewesen. Wir haben ein Geheimnis zu lüften, Frau Fischer.«

»Sie sind bei meinem Vater gewesen – am Abend, bevor er starb. Was haben Sie dort getan?«

»Ich habe mit ihm gesprochen. Das wissen Sie doch. Ich habe ihn nicht umgebracht.«

»Wie ist Ihr richtiger Name?«
»Was meinen Sie damit?«
»Sie heißen nicht Matthias Lenau. Es gibt keinen Matthias Lenau in Deutschland in Ihrem Alter. Das hat die Polizei herausgefunden.«
»Und doch bin ich da. Wer sagt denn, dass ich Deutscher bin?«
»In der Schweiz und in Österreich gibt es auch keinen.«
»Die Welt ist größer als diese drei Länder, Frau Fischer.«
Auf der anderen Seite der Leitung entstand Hektik. Etwas rauschte. Lenau schien zu rennen. Gwen glaubte, Schritte auf Asphalt zu hören.
»Herr Lenau, ich lege jetzt auf. Und ich verständige die Polizei und sage, dass Sie hier angerufen haben.«
Bestimmt können sie das Handy orten oder so etwas, dachte sie.
»Warten Sie!«, rief er. »Ich bitte Sie!«
Die Schritte verstummten, und Lenau atmete schwer.
»Frau Fischer, Sie sind in großer Gefahr. Das wollte ich Ihnen noch sagen. Diejenigen, die Ihren Vater getötet haben, werden auch Sie umbringen, wenn Sie ihnen die Partitur nicht geben. Wo sind Sie gerade? Ich hoffe, in Sicherheit.«
»Mein Vater ist nicht getötet worden. Er hatte einen Herzinfarkt.«
»Und warum hat er ihn erlitten? Weil man ihm Angst gemacht hat. Weil man ihm etwas angedroht hat. Folter.«
»Ich denke, wir sollten das Gespräch jetzt beenden.«
»Warum hat Ihr Vater die Noten mit ins Grab genommen? Hätte er als Bach-Forscher nicht eigentlich alles daransetzen müssen, dass die Noten an die Öffentlichkeit kommen? Welches Geheimnis steckt in dieser Partitur?«
»Ich weiß es nicht. Mein Vater wollte auch nicht, dass es ans Licht kommt. Er wird seine Gründe gehabt haben. Ich

denke, ich werde veranlassen, dass die Noten wieder in das Grab zurückkommen.«

»Lassen Sie mich die Noten wenigstens einmal kurz sehen. Ich bitte Sie. Ich bin der Einzige, der beurteilen kann, was die Partitur mit den Forschungen Ihres Vaters zu tun hat. Zeigen Sie sie mir. Nur ein paar Minuten. Verstehen Sie denn nicht, dass es sich um etwas handeln könnte, was viel, viel größere Bedeutung hat als die Schuldgefühle, die Sie Ihrem Vater gegenüber haben?«

Gwen schluckte. Er will dich nur provozieren, dachte sie. Bleib ganz ruhig. Er kann dir nichts tun. Warum telefonierte sie eigentlich noch mit ihm? Warum legte sie nicht einfach auf?

Weil du im tiefsten Inneren selbst wissen willst, was es mit der Partitur auf sich hat. Weil du vor der Übergabe doch noch so viel wie möglich von der Wahrheit erhaschen willst. Weil du deinen Vater verstehen willst. Jetzt, wo du nicht mehr mit ihm sprechen kannst, willst du wenigstens wissen, was ihn vor seinem Tod bewegt hat. Und Lenau ist die einzige Verbindung, die du zu dieser Wahrheit hast. Andererseits willst du keinen Ärger mit der Polizei haben. Du willst endlich wieder auf der Bühne stehen und singen.

Lenau sprach immer noch auf sie ein. »Glauben Sie etwa, die Leute, die hinter der Partitur her sind, wollen sie nur wegen des materiellen Werts haben? Ich dachte, ich hätte Ihnen erklärt, was in einer Partitur von Bach stecken kann.«

»Namen von Komponisten. Na und? Was sind das schon für Geheimnisse?«

»Ich gebe zu, die Verschlüsselungen in dem Kanon auf dem Gemälde sind inhaltlich nicht besonders brisant. Aber das ist ja auch ein Gemälde, das jeder sehen kann. Dort hat Bach denjenigen, die das Rätsel lösen können,

gezeigt, wozu er fähig ist. Die wirklich verborgenen Dinge stecken natürlich in seinem eigentlichen Werk. Und da geht es nicht nur um Namen, sondern um ganz andere Dinge.« Lenau unterbrach sich und atmete ein paarmal tief durch. »Ich mache Ihnen einen Vorschlag. Wir brauchen uns nicht zu treffen. Holen Sie die Noten. Wir telefonieren später noch einmal, und Sie beschreiben mir die Partitur. In Ordnung?«
Gwen überlegte. Warum sollte sie darauf nicht eingehen? Sie würde vielleicht etwas erfahren. Und sie hatte ja die Kopie, die sie auch nach der Übergabe behalten würde … Sie konnte immer noch vor die Presse treten und einen sensationellen Bach-Fund verkünden. Morgen würde sie darüber mit Christopher sprechen. Und mit Maria. Die beiden konnten ihr sicher raten, wie sie das am besten anfing …
»Ich bin einverstanden«, sagte sie. »Ich habe die Noten hier. Wir können zehn Minuten sprechen.«
»Warum nur so kurz?«
»Ich habe noch etwas vor, Herr Lenau. Und ich wüsste nicht, was Sie das angeht.«
»Ich verstehe. Und Sie sind an einem Ort, an dem Sie in Ruhe das Dokument inspizieren können?«
»Ich denke schon.«
Sie legte das erste Blatt zur Seite, und ihr Blick fiel auf die handgeschriebenen Noten – ein faszinierendes, aber für ihre Augen fast unlesbares Gewirr aus runden Notenköpfen, Strichen, Punkten und einer Menge anderer Zeichen.
»Erkennen Sie das Stück?«, fragte Lenau. »Wir müssen herausfinden, ob das Stück bereits bekannt ist. Ist es Ihnen schon mal begegnet?«
»Ich weiß nicht.«
»Ist es ein Instrumentalwerk oder ein Gesangsstück? Für welche Instrumente ist die Partitur geschrieben? Ich neh-

me an, Chor und Orchester. Eine Passion beginnt normalerweise mit einem Chor.«

»Über den Noten steht ›Sinfonia‹.« Sie zählte die Notensysteme, die auf der linken Seite durch eine große geschweifte Klammer verbunden waren. »Es sind vier Stimmen. Von Gesangsstimmen steht da nichts.«

»Ist es ein Streichersatz?«

»Ich glaube schon.«

»Also eine instrumentale Einleitungsmusik zu einer Passion. Ist die Partitur dick?«

»Nicht besonders.«

»Wie viele Seiten hat sie?«

Gwen zählte. »Vierzehn Blätter.« Wieder diese Zahl, dachte sie. Lenau ging diesmal nicht darauf ein. Offenbar beeilte er sich.

»In welcher Tonart steht das Stück?«

Gwen konzentrierte sich auf den Anfang der Systeme, wo die Schlüssel und die Versetzungszeichen standen. Wie war das noch? Ein B-Vorzeichen hieß … B-Dur? Nein, F-Dur … Oder war es Moll?

»Ich weiß nicht.«

»Aber das müssen Sie doch sehen. Welche Vorzeichen gibt es denn?«

»Ein b.«

»F-Dur oder d-moll also. Mit welchen Noten beginnt das Stück?«

Gwen spürte, wie sich in ihr etwas verhärtete. Diese Fragen hatte ihr Vater ihr immer gestellt, als sie Musiktheorie üben musste. Sie hatte sich dabei nach wenigen Minuten innerlich zurückgezogen und gar nicht mehr zugehört. Es war wieder genau diese trockene Betrachtung von Musikstücken, die sie so hasste. Und sie konnte doch keine Noten lesen …

»Mit nur einigen wenigen …«

»Fangen alle Instrumente zugleich an?«
Gwen zitterte. »Ich habe keine Ahnung. Ich kann das nicht so gut erkennen.«
»Die alten Partituren wirken manchmal etwas unübersichtlich. Aber wenn man sich erst einmal daran gewöhnt hat, geht es. Sehen Sie sich jede einzelne Stimme an. Was spielt die erste?«
»Nur Pausen. Zumindest zu Beginn. Die zweite und die dritte Stimme auch.«
»Das heißt, der Bass setzt alleine ein?«
»Ich glaube, ja …«
»Was geschieht dann?«
Gwen zählte und verglich. »Im sechsten Takt setzt die dritte Stimme ein. Nach weiteren sechs Takten die zweite und wieder nach sechs Takten die dritte.«
»Es ist also eine Fuge?«
Gwen versuchte, sich zu erinnern. In einer Fuge setzte jede Stimme nacheinander mit demselben Thema, mit derselben Melodiewendung an, ähnlich wie bei einem Kanon.
»Das kann sein.«
»Singen Sie mir doch bitte das Thema vor.«
»Wie bitte?«
»Sie sind Sängerin. Lesen Sie das Thema und singen Sie es mir vor. Ich kenne ziemlich viele Bach-Themen. Vielleicht ist das Stück ja bekannt.«
Sie konzentrierte sich auf den ersten Einsatz des Themas im Bass. Die Note befand sich genau auf der Mittellinie. Die nächste Note auf der oberen Linie des Systems. Gwen zählte die Stufen. Der Abstand der beiden Noten betrug fünf Töne. Eine Quinte. Wie klang eine Quinte? Gab es eine ihrer Arien, die mit einer Quinte begann? Krampfhaft dachte sie nach.
»Sind Sie noch dran? Was ist los, Frau Fischer?«

»Ich versuche, das hier zu entziffern.« Ich mache es wie die Analphabeten, die immer behaupten, ihre Brille gerade nicht dabeizuhaben, dachte sie.
»Ich habe meine Kontaktlinsen nicht auf«, behauptete sie einfach. »Die habe ich heute Morgen vergessen. Und außerdem ist hier das Licht so schlecht.«
»Wenn Sie erkannt haben, welches Vorzeichen das Stück hat, werden Sie doch auch die Noten selbst erkennen.«
»Die erste Note im Bass steht auf der Mittellinie.«
»Welcher Notenwert?«
»Ein unausgefüllter Notenkopf mit Hals. Danach kommt ein Taktstrich. Ach ja, und vor der Note ist noch eine Pause. Das Stück geht mit einer Pause los. Und im nächsten Takt …« Sie versuchte, sich zu orientieren, aber es war hoffnungslos.
»Frau Fischer, kann es sein, dass Sie keine Noten lesen können?«
Gwen seufzte. »Ich studiere meine Partien lieber auf andere Weise.«
»Verstehe«, sagte Lenau nur, und Gwen war angesichts dieser Antwort erleichtert. Sie hatte sich immer vorgestellt, dass jeder, der dieses Geständnis zu hören bekam, sofort in Gelächter ausbrechen würde.
»Diktieren Sie einfach, was Sie sehen. Sagen Sie es mit Ihren Worten.«
Gwen arbeitete sich weiter durch das Thema. Es besaß insgesamt sieben Noten. Am Anfang sprang es mit einer entschlossenen Quinte nach oben und füllte dieses Intervall mit einigen Schritten abwärts ein wenig aus, um dann wieder nach oben zu wandern und wieder im Intervall einer Quinte zum ersten Ton zurückzukehren. Wenn man die Noten des Themas mit Linien verband, hatte man ein großes M vor sich. Eine interessante Symmetrie.

»Unglaublich«, sagte Lenau plötzlich.
»Was meinen Sie?«
»Bitte blättern Sie einmal durch das Manuskript. Ist es vollständig vorhanden? Oder ist es nur ein Fragment? Ich meine, bricht es irgendwo einfach ab?«
Gwen sah die ineinandergelegten Bogen durch, bis sie am Schluss angekommen war. Im letzten Takt mündeten alle Stimmen nach einem langen Geflecht aus ineinander verwobenen Bewegungen in einen Akkord aus ganzen Noten, die wie liegende Eier in die Systeme gemalt waren.
»Soweit ich sehen kann, ist es vollständig.« Ihr Blick fiel auf die Uhr. Wenn sie pünktlich sein wollte, musste sie jetzt gehen. Natürlich konnte sie immer noch mit dem Taxi fahren. Aber der Anrufer hatte es ihr verboten.
»Steht irgendetwas auf dem Deckblatt?«, fragte Lenau. »Gibt es noch ein Wort außer ›Sinfonia‹? Schauen Sie die ganze Partitur durch. Irgendwo könnte es eine handschriftliche Textnotiz geben, die wichtig sein könnte.«
»Herr Lenau, ich muss jetzt los«, sagte sie, aber sie tat, was er wollte, und blätterte. Da waren nur Noten, Noten, Noten. Sie liefen auf und ab, wanden sich durch kleine und große Notenwerte wie mäandernde Flüsse.
»Gibt es einen Stempel? Oder einen Hinweis, aus welcher Bibliothek das Dokument stammt?«
Gwen war wieder auf dem Deckblatt angekommen.
»Nein. Können wir vielleicht später telefonieren? Es ist jetzt wirklich dringend.«
»Frau Fischer, ich weiß jetzt, was das für ein Stück ist. Sie sind wirklich in großer Gefahr. Wo sind Sie? Sind Sie allein?«
»Ich bin allein.« Was soll's, dachte sie. »Ich bin im Hotel und in Sicherheit.« Gleich werde ich nicht mehr da sein, und du wirst mich nicht finden.

Plötzlich fiel ihr ein, dass sie noch die Originalnoten aus dem Safe holen musste. Sie würde etwas unterschreiben müssen. Papierkram. Es würde noch mehr Zeitverlust geben.
»Ich gehe jetzt«, sagte sie. »Auf Wiederhören, Herr Lenau.«
Sie drückte den roten Knopf. Lenau hatte noch irgendetwas gerufen, aber Gwen hatte es nicht verstanden.
Eine Minute später verließ sie das Zimmer.

19

Gwen hatte etwa sechs Kilometer zu gehen, bei zügigem Schritt also etwa anderthalb Stunden. Sie war zwar nicht besonders sportlich, aber sie war durchaus gut zu Fuß. Nur ihre Schuhe, die eigentlich nicht für einen solchen Marsch gedacht waren, begannen nach zehn Minuten zu drücken. Ein sanfter Nieselregen setzte ein. Sie hatte keinen Schirm dabei, und wenn der Regen stärker wurde, bekam sie ein Problem.

Nicht über Probleme nachdenken. Weitergehen. Weiter, weiter.

Sie umrundete die Altstadt und folgte breiten Straßen, auf denen der Verkehr vorbeirauschte. Die Nässe auf dem Asphalt verlieh den Geräuschen der vorüberfahrenden Fahrzeuge einen schmatzenden Grundton. Die Lichter spiegelten sich im Asphalt, von den Alleebäumen tropfte es.

Seltsamerweise fiel Gwen in diesem Moment ein, dass sie noch niemals in Leipzig aufgetreten war. Angeblich hatte die Stadt ja viel zu bieten. Sie musste mit Maria sprechen, dass sie sich um ein Engagement an der Oper oder im Gewandhaus kümmerte …

Vielleicht war es reizvoll, einmal im Sommer nach Leipzig zurückzukehren. Wenn die Bäume, von denen jetzt das Wasser herablief und deren Stämme im fahlen Licht der Neonbeleuchtung glänzten, grünes Laub trugen. Wenn es jetzt, gegen neun Uhr am Abend, noch hell war. Wenn sie sich keine Sorgen mehr um ihre Karriere machen musste. Vielleicht konnte sie ja sogar mit Christopher hier konzertieren. Wenn die Aufführung in Berlin so erfolgreich war, dass man eine Tournee daraus machen konnte.

Gwen versank in Gedanken an Christopher und seine Rilke-Lieder. Sie versuchte, sich zu vergegenwärtigen, wie das

Stück klang, das sie ab morgen proben würde. Bisher hatte er ihr nur einen Teil davon am Klavier vorgespielt, aber Gwens Musikgedächtnis hatte alles gespeichert. Insgesamt waren es vielleicht nur gut fünf Minuten gewesen, aber sie erinnerte sich sehr gut daran und holte diese Musik jetzt aus ihrem Gedächtnis hervor. Die Erinnerung barg sie wie ein schützender Mantel, während sie durch den Regen lief. Weiche, fließende Akkorde in der Mittellage würden ihre Stimme umspülen. Gwen wusste nicht, wie das als Orchesterstück klingen würde, aber sie konnte sich vorstellen, dass Christopher eine Mischung aus mittellagigen Holzbläsern und Harfe daraus machte, vielleicht vermischt mit tieferen Streichern, wie sie es von Ravels Partituren kannte. Hin und wieder würde ein Triangelton aufblitzen, vielleicht vereint mit der Piccoloflöte – nicht zu dominant natürlich. Sie riss sich los und blieb stehen. Und da erkannte sie, dass sie nicht mehr wusste, wo sie war.

Hatte sie in ihren Gedanken den Weg verfehlt?

Nervös zog sie den Stadtplan aus der Tasche. Überall diese Nässe, das Wasser rann ihr über das Gesicht, und ihre Haare sahen wahrscheinlich aus, als sei sie ohne Badekappe getaucht. Ihr kam der Gedanke, dass sie drauf und dran war, sich die gefährlichste Krankheit einzufangen, die es für Sängerinnen und Sänger gab: eine Erkältung.

Sie stand zu sehr im Dunkeln, als dass sie den Stadtplan hätte lesen können. Als sie die nächste Straßenlaterne erreicht hatte, dann noch ein Stück zur nächsten Abzweigung zurücklegte und sie mit dem Plan verglich, wurde ihr klar, dass sie genau richtig war. Sie traf hier auf die breite Prager Straße, die sie in gerader Linie zu ihrem Ziel führen würde. Es war genau dieselbe Strecke, die sie am Tag zuvor mit Johansen gefahren war.

Sie sah auf die Uhr. Sie hatte ihren Zeitplan leicht überschritten und marschierte forsch voran. Als sie den Blick

hob, bemerkte sie über den Häusern das, was am Vortag wie ein ferner spitzer Berg gewirkt hatte. Jetzt war es großartig angestrahlt und leuchtete in grünlichem Weiß.
Sie ging schneller. Dass sie das Ziel vor Augen hatte, motivierte sie, dies alles bald hinter sich zu bringen.
Rechts neben ihr erstreckte sich nun ein dunkles Areal, das auf der Karte als Grünfläche eingetragen war, und dann kam die Straßenabzweigung, die Gwen zeigte, dass sie fast am Ziel war: an der Tabaksmühle.
Und dann stand sie Auge in Auge dem Völkerschlachtdenkmal gegenüber.
Der hell beleuchtete riesige Gesteinsblock wirkte wie ein Riese, der alles und jeden in seinen Bann zog, der sich ihm näherte. Ein Orakel, eine geheimnisvolle ruhende Festung, ein seltsamer Tempel, den eine rätselhafte uralte Zivilisation hier zurückgelassen hatte. In der Mitte des Bauwerks, das sich in mehreren Stufen nach unten hin verbreiterte, riss ein stilisiertes, rundes Tor sein Maul auf, darunter war eine riesige Figur in die Fassade eingelassen. Es war so etwas wie ein steinerner Engel – mit einer Rüstung geschützt und mit einem Schwert in der Hand. Die Scheinwerfer schufen in dem Standbild scharfe Kontraste, sodass Gwen zumute war, als würde die Figur des Engels, der wahrscheinlich der Erzengel Michael war, sie direkt anblicken.
Vor dem eigentlichen Denkmal erstreckte sich eine weite Fläche: Ein rechteckiger See sorgte für ein Spiegelbild des gleißend grünen Berges. Links und rechts führten breite Kieswege zu dem Denkmal.
Das Denkmal war nicht Gwens eigentliches Ziel. Sie hatte die Worte des Unbekannten noch genau im Ohr. Hier vorn, am Eingang des Denkmalgeländes, duckten sich links und rechts je zwei im Schatten gelegene stilisierte

Wachgebäude mit rechteckigen Türlöchern, die Gwen schwarz entgegenblickten. An einem dieser seltsamen Häuschen, die wie antike Grabmäler wirkten, sollte sie den Umschlag mit der Partitur hinterlegen.

Sie betrat das Areal. Das Knirschen unter ihren Schuhsohlen erschreckte sie, aber sie ging tapfer weiter. Die Häuser lagen im Schatten, die gleißende Beleuchtung des Denkmals war weit entfernt, und Gwen musste aufpassen, wo sie hintrat.

Es hatte aufgehört zu regnen, und der Verkehr der Prager Straße war kaum mehr zu vernehmen.

Das Blut sang ihr in den Ohren, und mit einem Mal war ihr, als hörte sie ein Echo ihrer eigenen Schritte. Das leise Knirschen von Kies.

Wurde sie verfolgt?

Natürlich werde ich das, dachte sie. Schließlich will ich die Partitur übergeben. Und die Erpresser haben sicher kein Interesse daran, dass das kostbare Papier lange in der Nässe liegt.

Sie ging weiter und erreichte das erste Häuschen. Sie tastete sich an der rauen, kalten Wand entlang zum Eingang.

Wieder blieb sie stehen – irritiert von dem Knirschen, das sich zwischen ihre eigenen Schritte drängte.

Ich will nicht wissen, wer da ist, sagte sie sich. Ich will nur tun, was man von mir verlangt.

Sie zerrte den Umschlag aus ihrer Tasche und legte die Partitur in den Eingang. Sie verzichtete darauf, den Untergrund auf Trockenheit zu überprüfen. Die dunkle Öffnung, neben der sie stand, flößte ihr Angst ein.

Kamen die Schritte vielleicht gar nicht aus der Richtung der Prager Straße, sondern aus dem Inneren des Häuschens? Oder aus dem Zwischengang?

Es war jemand darin. Gwen spürte dies mit jeder Faser ihres Körpers. Es war, als würde sie am ganzen Körper ein eisiger Hauch treffen.
Sie betrachtete den Umschlag noch mal kurz und richtete sich auf.
Du hast es geschafft. Geh jetzt weg.
Sie drehte sich um, zur Straße hin. In erstaunlich weiter Ferne wanderten die Lichter von Autos.
Geh jetzt. Schau nicht zurück.
Sie spürte tausend Blicke im Rücken. Als sei da nicht nur der Unbekannte, der ihr mit Sicherheit nachsah, wie sie über den breiten Kiesplatz zur Straße zurückging, sondern als sei auch der Erzengel, das Denkmal mit seinem offenen Maul selbst und alles darum, lebendig und blicke ihr nach. Es war wie beim Abgang von einer Bühne. Wenn man bei seinem Abgang beobachtet wird, kann man plötzlich die einfachsten Dinge nicht mehr.
Doch dann war es endlich vorbei. Sie kam an der Straße an und schlug sofort den Rückweg ein.
Sie wusste, dass der grünweiße leuchtende Riese noch immer über den Dächern aufragte und sie weiter verfolgte.

Christopher Leonard hatte die Berliner Stadtgrenze längst hinter sich gelassen und folgte mit seinem Wagen der nächtlichen Landstraße.
Während die Scheinwerfer in abgehacktem Rhythmus die Alleebäume links und rechts aus der Dunkelheit rissen, der Mittelstreifen wie vom Fließband auf ihn zuschoss, lagen ihm noch die Orchesterklänge seines neuen Werks im Ohr. Bis zum frühen Abend hatte er in seinem Zimmer gesessen und seine Komposition umgeschrieben. Dann war es ihm zum Glück gelungen, noch eine Probe mit dem Orchester anzusetzen und alles in der neuen Fassung durchzugehen. Und jetzt erlebte er das, was er an sei-

nem Komponistenberuf so liebte: die tiefe Befriedigung darüber, einen wahren Kosmos aus Klängen geschaffen zu haben – einen Kosmos, in dessen Mitte ein herrlicher Fixstern strahlen würde.

Gwendolyns Stimme.

Es war einzig und allein diese Stimme gewesen, die ihn zu einer neuen Bearbeitung der ganzen Komposition gezwungen hatte. Der Orchestersatz, in den er sie in seiner ersten Fassung eingebettet hatte, wurde ihr nicht gerecht. Es galt, ein größeres, herrlicheres Podium für diesen wundervollen Sopran zu schaffen. Einen Sockel aus Orchesterklängen, der ihn ganz und gar und absolut perfekt zur Geltung brachte. Das vibrierende Gefühl, das ihn beim Notenschreiben angetrieben hatte und das ihm die unglaublichsten Inspirationen verlieh, ging weit über normale künstlerische Ambitionen hinaus. Gwen und er waren intensiver als auf rein künstlerischer Ebene miteinander verbunden. Sie hatte ein Auge auf ihn geworfen, und er genoss es, denn er erwiderte diese Gefühle voll und ganz.

Er spürte Erregung bei dem Gedanken, dass er bald mit ihr in seinem Landhaus alleine sein würde. Um das neue Werk zu proben, aber auch, um das wahr werden zu lassen, was seine Fantasien ihm versprachen.

Schade, dass er Gwen nach der Probe nicht mehr erreicht hatte. Vielleicht war sie früh schlafen gegangen. Oder sie hatte die Kopfhörer ihres iPods in den Ohren und hörte das Telefon nicht.

Leonard versuchte erneut, den Klang von Gwens Stimme in seinem Ohr lebendig werden zu lassen, und er war gerade in eine Stelle aus seiner Komposition versunken, als er etwas Seltsames bemerkte.

Er war mehrmals auf kleinere Straßen abgebogen und befand sich nun auf der direkten Zufahrt zu seinem

Haus, das etwas abseits eines kleinen Dorfes lag. Das schwarze Band aus Asphalt, das im Scheinwerferlicht vor ihm lag, war gerade so breit, dass sich zwei Fahrzeuge begegnen konnten.
Leonard trat auf die Bremse und brachte seinen Wagen vor einem Gegenstand zum Stehen, der mitten auf der Straße lag.
Was ist das denn, fragte er sich.
Mein Gott, ein Kinderwagen.
Er stellte die Automatik auf Leerlauf, zog die Handbremse und stieg aus.
Was war hier passiert?
Ein nasskalter Wind umfing ihn, als er auf den bunten Gegenstand zuschritt, der weiß beleuchtet vor ihm lag.
Der Kinderwagen war umgestürzt, doch es schien kein Baby darin zu sein.
Die Szenerie erschien unwirklich, und plötzlich hatte Leonard das Gefühl, sich mitten im Szenario eines Horrorfilms zu befinden.
Was macht das Ding nachts hier auf der Straße?
Wo ist das Baby?
Ist ihm etwas passiert?
Er sah sich um, doch abseits des Scheinwerferkegels gab es nichts als Schwärze. Ein schwacher Wind sang in seinen Ohren.
Die Gegend war gottverlassen – der Hauptgrund dafür, warum er sich hierhin so gerne zurückzog. Das Einzige, was er hörte, war der tief schnurrende Motor seines Wagens.
Leonard starrte mit zusammengekniffenen Augen in die Dunkelheit. Weit hinten, sicher mindestens dreißig Meter entfernt, glänzte etwas in der Finsternis. Die Ahnung eines Rückscheinwerfers.

Das ist ein Wagen, durchfuhr es Leonard. Er steht genau am Rand des Scheinwerferkegels.
Ohne zu zögern, schritt er auf die Stelle zu, wo er das Auto vermutete. Was sollte er tun, wenn der Wagen einen Unfall gehabt hatte und gegen einen Baum geprallt war? Vielleicht war ein Verletzter in dem Auto.
Leonard begann zu rennen, und gleichzeitig griff er in seine Tasche, um das Handy hervorzuholen. Doch seine Hand ging ins Leere.
Er hatte es im Wagen gelassen.
Egal. Zuerst nachsehen.
Er rannte weiter. Die Umrisse eines Fahrzeugs schälten sich aus dem Dunkel.
Leonard tastete nach der Tür. Der Wagen schien unversehrt zu sein. Er parkte einfach am Wegesrand.
»Hallo?«, rief Leonard. »Ist hier jemand?«
Er drehte sich um, und sein Herz blieb beinahe stehen, als er in das Scheinwerferlicht seines eigenen Wagens zurückblickte. Da stand eine schwarze Figur im hellen Licht. Ein Mensch, der von hinten angestrahlt wurde. Er wirkte wie ein Außerirdischer in einem Science-Fiction-Film.
Leonard verdrängte den Schreck und ging auf die Person zu.
»Was ist hier los?«, fragte er. »Kann ich Ihnen helfen?« Die Figur in dem gleißenden Strahlen bewegte sich und kam langsam näher.
Er braucht tatsächlich Hilfe, dachte Leonard. Wie gut, dass ich vorbeigekommen bin.
Bevor er etwas sagen konnte, machte der Mann vor ihm eine schnelle Bewegung mit der Hand. Ein trockener Knall. Leonard spürte den Schmerz in seiner linken Brustseite kaum. Er wunderte sich eher, dass ihn etwas berührt hatte.

Die Silhouette des Mannes bewegte sich.
Seltsam, dachte Leonard. Er kniete nieder. Als wenn er in einer Kirche wäre.
Das Letzte, was er sah, war, wie sein Mörder eine Kette aus der Tasche holte und sich bekreuzigte.
Das Letzte, was er hörte, war das Gebet des Mannes.
»*In nomine Patris, et Filii, et Spiritu Sancti. Amen.*«

20

Das Telefon im Hotelzimmer riss Gwen aus beängstigenden Träumen. Sie hatte vor ihrem Vater, der im Sarg lag, gestanden, und er hatte ihr schlimme Vorwürfe gemacht – wie damals, als sie ihre Lektionen in Musiktheorie nicht lernen wollte.

»Ich habe dir die Partitur nicht gegeben, damit du sie einfach in fremde Hände gibst«, hatte er immer wieder gesagt. »Wenn wir uns wiedersehen, wird es dir nichts nützen, wenn du es bereust.«

Die grauen Augen ihres Vaters hatten zornige Blitze ausgesandt. Die plötzliche Bosheit des alten Mannes war für Gwen erschütternd gewesen. Warum verstand er sie nicht?

Warum war es falsch, die Noten jemandem zu geben, der sie wirklich haben wollte?

Und was sollte das überhaupt heißen: »Wenn wir uns wiedersehen?«

Und was war mit Mailand?

Sag es mir, Vater? Was soll aus mir werden, wenn sie mir meine Engagements kaputt machen?

»Was ist dein lächerliches Singen vor der Ewigkeit?«, hatte ihr Vater gesagt, aber seine Stimme war die des unbekannten Anrufers gewesen.

Sie wollte antworten, öffnete den Mund und schloss ihn wieder. Wie ein Fisch, der auf dem Trockenen um sein Leben kämpft. Ihre Stimme war verschwunden!

In immer schnelleren Bildern überlagerten sich Eindrücke von der Operngala in Köln, von ihrem bevorstehenden

Auftritt mit Christopher, den sie sich eigentlich als künstlerischen Triumph vorgestellt hatte, und natürlich vom Engagement an der Mailänder Scala – aber wieder stand sie da, wollte singen, das Publikum blickte ihr erwartungsfroh entgegen, aber sie hatte keine Stimme.
Als sie das Telefon erlöste, begriff sie, dass alles nur ein Traum gewesen war.
Sie schrak auf, räusperte sich und sagte laut und deutlich ins Telefon »Hallo?«, wobei sie sich Mühe gab, nicht verschlafen zu wirken. Sicher war es Leonard, der sie abholen wollte. Vielleicht stand er ja schon unten in der Lobby und wartete auf sie.
»Hallo Gwen! Habe ich dich geweckt?«
Es war Maria. Etwas an ihrer Stimme war anders als sonst.
»Gwen, es ist etwas Furchtbares passiert. Christopher ist tot.«
Gwen legte den Kopf zurück, noch etwas benommen vom Schlaf und den wilden Träumen. Sie verstand die Nachricht, aber sie prallte an ihrem Bewusstsein ab wie ein Werbespruch, den man ohnehin nicht ernst nimmt.
»Quatsch, Maria. Das kann nicht sein. Wieso …«
»Ich meine es ernst, Gwen. Er ist heute Nacht nach der Probe zu seinem Haus bei Torgau gefahren. Heute Morgen wurde er an der Straße gefunden.«
»Ein Unfall?«
»Nein. Wohl ein Überfall. Er wurde erschossen. Schau in die Nachrichten. Sie bringen es auf dem Nachrichtensender.«
Ein Gefühl der Taubheit kroch über Gwens Körper. Es war, als würde ihre alleräußerste Hautschicht vereisen. Mechanisch verließ sie das Bett, schaltete den Fernseher ein und zappte durch die Kanäle, streifte Talkshows und alte Filme, einen Western …

Mit der Fernbedienung in der Hand eilte sie zurück zum Bett.

»Ich finde nichts«, sagte sie in den Hörer, während sie nervös weiterdrückte.

Es kann auch nicht sein. Ich finde nichts, also stimmt es nicht. Maria irrt sich.

»Versuch es auf n-tv oder so.«

Gwen spürte, wie ein Schwächegefühl sie erfasste. Es schien unaufhaltsam auf sie zuzurollen und sie erst wie ein furchterregender Schatten zu überfallen, bevor es sie in seine Klauen bekam. Sie zwang sich, ruhig zu atmen, und hatte endlich den Nachrichtenkanal gefunden, aber es ging gerade um internationale Politik. Sie drückte den Ton auf stumm.

»Bist du ganz sicher, dass das stimmt, Maria?«

»Meinst du, ich mache über so was Witze? Ich hab es von seinem englischen Management erfahren. Sie haben in seinen Unterlagen wohl dessen Visitenkarte gefunden. Die Polizei hat dort angerufen, und so hat es schnell die Runde gemacht.«

Ein drückendes Gefühl entstand hinter Gwens Schädelknochen, irgendwo zwischen Nase und Augen drängte es nach draußen und entlud sich in einem plötzlichen Schluchzen. Das Weinen überfiel sie wie ein Krampf.

»Es tut mir so leid, Gwen«, sagte Maria.

Christophers Gesicht erschien auf dem Bildschirm. Ein Foto. Darunter stand sein Name. Gwen stellte lauter. Ein Polizist wurde interviewt.

»… müssen wir davon ausgehen, dass ein Tötungsdelikt vorliegt. Die Obduktion hat ergeben …«

»Er ist wirklich ermordet worden«, sagte Gwen fassungslos. Ungläubig starrte sie auf die Bilder. Jetzt blendeten sie Fotos von Christopher ein. Er stand am Dirigentenpult, an seiner Seite erkannte Gwen sich selbst. Die Gala in Köln. Der Abend schien Jahre her zu sein. Dabei waren es nur drei Tage. Dann war der Beitrag vorbei, und im Fernsehen erschien ein Nachrichtensprecher. Gwen schaltete erneut auf stumm.

»Mit wem soll ich jetzt die Lieder proben?«, entfuhr es ihr.

»Mit niemandem.« Marias Stimme klang finster.

»Natürlich …?« Was für ein Unsinn, sich jetzt über das Konzert Gedanken zu machen …

»Gwen, es ist jetzt vielleicht nicht der richtige Zeitpunkt, aber ich muss dich darüber informieren, dass dein Berliner Engagement wahrscheinlich ebenfalls geplatzt ist.«

»Aber das geht doch nicht. Kann denn kein anderer Dirigent einspringen?«

»Christopher hat vertraglich festgelegt, dass nur er selbst die Uraufführung seiner Werke dirigieren darf. Vielleicht kann ich ein Ausfallhonorar für dich rausschlagen. Obwohl das, was geschehen ist, als höhere Gewalt zu betrachten wäre. Außerdem hilft uns das auch nicht weiter.«

»Maria, musst du jetzt schon wieder über Geld reden? Darum geht es doch gar nicht …«

»Nein, darum geht es nicht, Gwen. Du hast recht. Glaub mir, ich bin genauso verzweifelt und schockiert wie du. Aber es geht darum, dass deine Laufbahn bald keinen Pfifferling mehr wert ist.«

»Keinen Pfifferling mehr? Übertreibst du da nicht etwas?«

»Du bist draußen, Gwen. Berlin und Mailand waren deine wichtigsten Engagements bis zum Frühjahr. Sie sollten die Eintrittskarten für die ganze Welt sein. Ein Sprungbrett. Wenn ich nicht wüsste, dass das unmöglich ist, und wenn ich an Verschwörungstheorien glauben würde – ich würde glatt glauben, dass die seltsame Vertragsänderung in Mailand und der Mord an Christopher zusammenhängen.

Dass dir jemand ganz gezielt schaden möchte. Er hätte es nicht besser einfädeln können. Schon der Mailänder Ausfall sorgt ja für große Schwierigkeiten, woanders Verträge zu bekommen. Und jetzt das.«

Gwen trafen Marias Worte wie Ohrfeigen.

Steckte auch hinter Christophers Tod der Unbekannte? Aber warum? Sie hatte doch alles richtig gemacht. Sie hatte die Anweisungen haargenau befolgt. Sie hatte die Partitur abgeliefert. Sie hatte gehorcht.

Gehorche mir, Gwen, und es wird alles gut.

Die Stimme des Unbekannten. In ihrem Kopf.

Das konnte nicht sein. Sie wollte nicht darüber nachdenken.

»Dir ist schon klar, dass du jetzt eine Weile frei hast?«, sagte Maria. »Du könntest Urlaub machen. Fahr doch einfach mal zwei Wochen nach Gran Canaria oder so … Und wenn du Hilfe brauchst, meldest du dich, ja?«

»Wie kannst du so was sagen? Christopher ist tot … da fahre ich sicher nicht nach …«

»Vorerst bist du ja in einem schönen Hotel untergebracht. Das ist ja auch schon was.«

Plötzlich konnte Gwen nicht mehr. Das Gespräch mit Maria quälte sie.

»Lass uns später weiterreden, ja? Ich melde mich … Ich muss jetzt allein sein.«

Gwen legte auf. Der Fernseher war immer noch eingeschaltet. Sie blickte auf die Nachrichtenbilder, ohne sie zu verstehen. Ein rumpelndes Geräusch brachte sie in die Wirklichkeit zurück. Erst als es sich wiederholte, begriff sie, dass jemand an die Tür klopfte.

Rasch zog sie sich den weißen Bademantel über, der in der Garderobe für Hotelgäste bereithing. Draußen stand ein Hotelangestellter, der ihr ein Kuvert übergab.

»Das ist vorhin für Sie abgegeben worden.«
Gwen nickte nur, nahm es entgegen und öffnete es.
Und als sie las, was da mit dickem Filzstift geschrieben stand, kam mit einem Schlag das ganze Grauen der vergangenen Nacht zurück.

ÜBERGABE GESCHEITERT.
DEINE SCHULD.
KONSEQUENZEN.
NACHRICHT BALD.
KEINE POLIZEI.
HANDY EINSCHALTEN.

Was sollte das bedeuten? Übergabe gescheitert?
Sie hatte sich an die Abmachungen gehalten.
Wer auch immer hinter dieser Partitur her war – er konnte es nicht Gwen in die Schuhe schieben, wenn er sie nicht erhalten hatte.
DEINE SCHULD

Nein, es ist nicht meine Schuld! Wirklich nicht!

KEINE POLIZEI

Gwens Panik wich einem Gefühl der Erleichterung. Wie kamen sie auf die Idee, dass sie sich daran halten würde? Sie hatten doch gar kein Druckmittel mehr in der Hand. Was sollte Gwen daran hindern, die Polizei zu verständigen? Man musste sie schützen. Sie wurde erpresst und bedroht!
Sie wühlte in ihrer Handtasche und förderte die Visitenkarte zutage, die ihr Hauptkommissar Brandt gegeben hatte. Er würde ihr sofort helfen, wenn sie ihn darum bat.

Sie legte sich auf das Bett und griff zum Hoteltelefon.
Gwen wählte, und während es im Hörer tutete, fiel ihr Blick auf den leise gestellten Fernseher. Die Nachrichten wurden in einer Schleife gezeigt.
Gerade brachten sie wieder die Meldung über Christopher. Sie zeigten kurz den Polizisten, der das Ergebnis der Obduktion bekannt gab. Der Ton war nicht zu hören, doch in Gwens Ohren klang noch nach, was gesagt wurde.
… müssen wir davon ausgehen, dass ein Tötungsdelikt vorliegt …
Christophers Tod war eine Warnung. Eine Warnung für Gwen, sich nicht an die Polizei zu wenden.
»Hallo?«, fragte Brandt in den Hörer. »Frau Fischer? Sind Sie das? Ich erkenne die Nummer des Hotels auf dem Display.«
Sie räusperte sich. »Guten Morgen, Herr Hauptkommissar.«
Ihr Blick fiel auf das Blatt mit der Nachricht.

KEINE POLIZEI

»Sie rufen sicher wegen des Mordes an Herrn Leonard an. Wenn ich richtig informiert bin, haben Sie zusammengearbeitet. Es tut mir sehr leid.«
»Ja«, sagte Gwen. »Wir hatten ein Engagement zusammen in Berlin. Wir wollten gerade mit den Proben beginnen. Glauben Sie, seine Ermordung hat etwas mit dem Tod meines Vaters zu tun?«
»Der Gedanke liegt nahe. Aber man darf keine voreiligen Schlüsse ziehen. Und soweit ich weiß, gibt es noch keine heiße Spur. Darf ich Ihnen ein paar Fragen zu Herrn Leonard stellen?«
Gwen hätte am liebsten sofort aufgelegt. »Selbstverständlich«, sagte sie.

Der Hauptkommissar erkundigte sich nach persönlichen Bekannten Christophers, wollte wissen, ob er Feinde hatte, und Gwen konnte ihm gleich eine ganze Reihe von Personen aufzählen, die auf den Dirigenten nicht gut zu sprechen waren. Schließlich war der Konkurrenzkampf im Musikgeschäft legendär.

Der Hauptkommissar liegt falsch, rumorte es in Gwen. Sie meinen mich. Nur mich allein. Sie wollen mich warnen.

Aus irgendwelchen Gründen haben sie die Partitur nicht bekommen. Sie haben sie nicht gefunden. Ich habe sie an der falschen Stelle abgelegt oder sonst etwas ist passiert.

KEINE POLIZEI

»Aber ich glaube natürlich nicht ernsthaft, dass einer dieser Leute Christopher auf dem Gewissen hat«, sagte Gwen in mühsam gespieltem Plauderton.

KONSEQUENZEN

Sie wusste, welche Konsequenzen das sein mussten. Beim nächsten Mal war es nicht mehr ein Dirigent, der einem Mord zum Opfer fallen würde.

Es war sie selbst.

Was hatte Lenau gesagt? Ihr Vater war an einem Herzinfarkt gestorben, aber man hatte ihm vielleicht Folter angedroht ….

Und plötzlich setzte sich das Handy in Betrieb. Gwens Stimme sang die Königin der Nacht, als wenn nichts wäre. Es begann so plötzlich, dass Gwen zusammenzuckte.

NACHRICHT BALD

Es war so weit. Sie musste den Erpressern erklären, dass sie ihnen nicht helfen konnte. Hoffentlich glaubten sie ihr. Es kam jetzt ganz allein auf sie an.

»Entschuldigung, Herr Brandt.« Ihre Stimme brach vor Aufregung. »Ich muss Schluss machen. Mein Handy klingelt. Das ist sicher meine Agentin. Wir haben jetzt viel neu zu organisieren.«

»Wir sind fertig, Frau Fischer. Vielen Dank. Das heißt, eine Sache hätte ich noch …«

Das Handy sang und sang. *Der Hölle Rache kocht in meinem Herzen.*

»Ja?«

»Wir werden eine Hausdurchsuchung in der Villa Ihres Vaters durchführen müssen. Wir müssen herausfinden, ob Ihr Vater Herrn Lenau kannte. Ich nehme an, Sie haben nichts dagegen. Verstehen Sie mich nicht falsch, aber wenn wir den richterlichen Beschluss haben, können Sie ohnehin nichts dagegen machen.«

»Es ist in Ordnung.«

»Ach ja, und noch etwas.«

»Ich muss an das andere Telefon, Herr Brandt.«

Hölle, Rache …

»Wir werden Ihren Vater wieder bestatten. Möchten Sie, dass der Umschlag mit den Noten wieder in den Sarg kommt?«

»Nein. Ich habe mich entschieden. Die Partitur ist zu wertvoll. Ich behalte sie.«

»Dann will ich Sie nicht weiter stören. Auf Wiederhören.«

Gwen brachte mit zitternden Händen den Hörer auf der Gabel unter. Ihre Stimme wiederholte unablässig die paar Noten aus Mozarts *Zauberflöte*, und Gwen wurde endgültig klar, dass sie diesen Klingelton hasste.

Sie atmete tief durch, drückte auf den Knopf mit dem grünen Hörer und meldete sich.
»Gwen.«
Eine Pause. Gwen konnte nichts als atmen. Ihr Herz raste.
»Gwen, du lernst nichts dazu ...«
Eine Erinnerung entstand in Gwen. Ein leiser Keim. Der Körper, der zu der Stimme gehörte, manifestierte sich. Ein schwarzer Schatten.
Alles schwarz, schwarz, schwarz.
Lenau, ein schwarz gekleideter Mann.
Die schwarzen Löcher in den geduckten Gebäuden da draußen an dem Denkmal.
Gwens Blut, wie von großer Angst getrieben, pulste in schweren Stößen durch ihre Adern. Ihr Herz schlug plötzlich so heftig, als wollte es ihre Brust sprengen. Gwen schnappte nach Luft, und durch das Hämmern in ihrem Körper hörte sie die Stimme. Der Mann sprach langsam und eindringlich. Wie ein Lehrer, der einem kleinen Kind etwas erklärt.
»Ich glaube, du solltest mir endlich gehorchen. Hast du denn gar nichts begriffen? Sieh, in welcher Lage du bist.«
Gwen schloss die Augen. Sie war auf das Bett gesunken. Ihr ganzer Körper kribbelte, als hätte sie jemand unter Strom gesetzt.
»Schau, ich bin gütig zu dir. Aber du solltest mir gehorchen. Das wäre das mindeste.«
Schweißnass schnappte Gwen nach Luft. Das hektische Schlagen ihres Herzens schien ihr die Kraft zum Atmen zu rauben.
Mein Gott, ich sterbe, dachte sie. Ich erleide einen Herzinfarkt und sterbe. Und das mit nicht mal dreißig Jahren.
»Gehorche mir.«

Der Schatten überwältigte sie, hüllte sie ganz und gar ein, wurde zu einer Nacht, die nicht zu enden schien. Sie war nur noch ein hilfloses Etwas, das da auf dem Bett lag und nach Luft rang. Gwen nahm kaum wahr, wie ihr der Telefonhörer aus der Hand fiel. Sie riss die Augen auf, sie wollte diesen Schatten nicht mehr sehen, diesen schrecklichen Mann, aber da war nicht mehr das Hotelzimmer, sondern nur ein milchiger Nebel, hinter dem alles versunken war und aus dem noch immer die Worte des Mannes nachhallten.

»Heute Abend erhältst du eine neue Nachricht …«

Und plötzlich war Gwen nicht mehr siebenundzwanzig Jahre alt. Die Zeit war fünfzehn Jahre zurückgegangen, und sie sah sich als kleines Mädchen in einem großen, sonnendurchfluteten Zimmer.

Die Schwärze raubte die goldene Helle der Sonne. Die Idylle des Sommers war plötzlich ganz fern, und irgendwo erklang aus einem Radio eine wunderschöne Musik, die immer noch so etwas wie Sommer in diese ewige, abgrundtiefe Nacht brachte.

Als sie sich wieder rühren konnte, fiel ihr Blick auf ein Netz aus blutigen Striemen, das ihre weiße Haut bedeckte. Denk nach, befahl sie sich. Du musst noch eine Chance haben.

Die Kopie!

Sie konnte dem Unbekannten bei der nächsten Übergabe die Partitur geben – wenn er sich mit der Fotokopie zufrieden gab. Und das würde er tun. Er musste es einfach! Die Kopie war keine echte Bach-Partitur, aber die wissenschaftliche Sensation blieb.

Gwen stand vom Bett auf und war mit zwei Schritten bei dem kleinen Schreibtisch. Dort stand ordentlich das zugeklappte Notebook.

Wo hatte sie den Notenstapel hingetan?
In ihre Tasche?
Sie suchte.
Nein, sie hatte die kopierten Noten ja nicht mit zum Völkerschlachtdenkmal genommen …
Sie hatte sie auf dem Schreibtisch liegen lassen, da war sie ganz sicher.
Sie sah sich um und spürte, wie Panik sie erfasste.
Sie sind nicht mehr da! Sie sind einfach nicht mehr da!
Sie hatte den Umschlag mit der Originalpartitur aus dem Safe geholt. Und vielleicht die Kopie hineingelegt? Sicher nicht. Aber Kontrolle war besser.
Sie griff zum Telefon und drückte die Nummer der Rezeption.
»Fischer hier. Eine Frage.« Sie werden mich für verrückt halten, aber egal. »Habe ich noch etwas bei Ihnen im Safe hinterlegt?«
»Einen Moment bitte.«
Anstatt Gwen zu sagen, dass sie das doch selber am besten wissen musste, blätterte die Frau geräuschvoll in irgendwelchen Unterlagen.
»Nein, Frau Fischer. Ihr Safefach haben Sie gestern Abend selbst geräumt. Vermissen Sie etwas?«
»Nein, nein, ist schon in Ordnung.«
Sie legte auf und suchte weiter. Im Schrank, im Bad, unter dem Bett. Sogar ihren Koffer räumte sie aus, und je mehr sie suchte, desto deutlicher wusste sie, was geschehen war. Jemand war in ihrem Zimmer gewesen und hatte die Kopie gestohlen. Gestern Abend, als sie unterwegs war.
Oder heute Nacht.
Während sie schlief.

21

Am Tag sah das Völkerschlachtdenkmal zwar immer noch imposant, aber bei Weitem nicht so furchterregend aus wie in der Nacht. Vor dem grauen Himmel wirkte das düstere Bauwerk wie ein gewaltiger Luftschutzbunker oder der Rest einer alten Burg. Die Assoziationen zu Krieg und Zerstörung wurde es jedenfalls nicht los – egal, wann man es betrachtete.

Auf den weitläufigen Zugängen links und rechts des rechteckigen Sees strebten Menschen auf das Denkmal zu. Sie wirkten im Vergleich zu dem dunklen Berg winzig. Gwen kniff die Augen zusammen und erkannte kleine rote, weiße und blaue Flecken an der Brüstung über der Figur des Erzengels. Es waren ebenfalls Besucher; wahrscheinlich befand sich dort hinten der Eingang. Gwen hatte gelesen, dass man das Denkmal besichtigen und sogar besteigen konnte.

Sie beschleunigte ihre Schritte in Richtung der geduckten Häuschen. Die zehn Minuten Taxifahrt über hatte sie ein winziger Hoffungsschimmer beschäftigt. Hatten die Erpresser die Partitur vielleicht nicht abgeholt? Lag der Umschlag wie durch ein Wunder immer noch dort, wo sie ihn in der Nacht abgelegt hatte?

Wie in der Nacht knirschten ihre Schritte auf dem Kies, die gedrungenen düsteren Gebäude, die die Aura antiker Grabmäler ausstrahlten, kamen näher. Gwen erreichte die Öffnung, wo sie am Abend zuvor gewesen sein musste. Etwas Müll lag auf dem Boden herum. Zerknickte Getränkebecher, Zigarettenkippen.

Gwen lehnte sich an die kalte Mauer und sah sich um. Es gab noch mehr von diesen Häuschen. Obwohl sie wusste, dass es sinnlos war, suchte sie das ganze Gelände ab. Vielleicht lag das Päckchen wie durch ein Wunder irgendwo. Vielleicht hatte es jemand aufgehoben, woanders abgelegt …

Irgendwann hielt sie inne und blieb stehen. Ihr war warm geworden, und der Schweiß stand ihr auf der Stirn. Es war sinnlos.

Die letzte Hoffnung war dahin …

Sie zwang sich nachzudenken.

Die Erpresser hatten die Partitur nicht bekommen.

Jemand hatte die Kopie aus ihrem Hotel gestohlen.

Das waren offensichtlich nicht die Erpresser gewesen, sonst hätten sie ja Ruhe gegeben.

Aber wer hätte es sonst sein können?

Steckte Lenau dahinter?

Hatte er die Kopie gestohlen? Und sie in der Nacht verfolgt und die Partitur ebenfalls an sich genommen?

Warum hätte er beides tun sollen? Sicher, er wollte die Partitur sehen, aber genügte es da nicht, das Original *oder* die Kopie zu stehlen?

Ein neuer Gedanke ging ihr durch den Kopf.

Jemand will, dass die ganze Partitur vom Erdboden verschwindet.

Es geht darum, das Dokument zu zerstören. Weil es Unheil anrichten kann.

Was für ein Unheil?

Ein Unheil, das in den Noten verschlüsselt sein soll.

»Frau Fischer?«

Gwen drehte sich um. Da stand Lenau. Reglos, starr. Seltsam, dass sie seine Schritte auf dem Kies nicht gehört hatte.

»Was machen Sie hier?«, fragte sie.

»Ich wollte das Gespräch fortsetzen, das Sie gestern Abend so schnell abgebrochen haben.«

»Woher wissen Sie überhaupt, dass ich hier bin?«
»Ich habe mir erlaubt, Ihnen zu folgen. Sie wirken sehr erschöpft.«
Machte er Witze? Natürlich wirkte sie erschöpft. Sie sah seinen Augen an, dass er genau wusste, was sie hier umtrieb, dass er *alles* wusste. Wie konnte er dann so eine dumme Frage stellen?
»Haben Sie mich auch heute Nacht verfolgt? Haben Sie die Partitur?«
»Das war also der Termin, von dem Sie sprachen. Ein Treffen mit jemandem, der die Partitur haben wollte?«
»Sie wissen ja sowieso alles.«
»Das Terrain ist gut gewählt. Hier wurde eine der blutigsten Schlachten der Neuzeit geschlagen. Und gleich nebenan liegt der Südfriedhof. Übrigens einer der größten Friedhöfe Europas. Tod, Zerstörung und Elend, wohin man blickt. Auch wenn alles im Moment eine dünne neuzeitliche Fassade trägt, die Zivilisation vortäuscht. Bald wird diese Fassade reißen, und die bösen Mächte zeigen wieder ihr wahres Gesicht, glauben Sie mir.«
»Ich sollte das alles hinter mir lassen«, sagte sie. »Ich sollte zum Hotel fahren, mein Gepäck holen und nach Köln zurückkehren.«
»Um was zu tun? Man wird Sie finden. Sie brauchen Hilfe. Und ich bin der Einzige, der Ihnen helfen kann.«
»Es ist zu spät«, rief Gwen, und Tränen schossen ihr in die Augen. »Heute Nacht hat man mir ein Ultimatum gestellt. Ich sollte die Partitur übergeben. Ich habe alles richtig gemacht, aber irgendwas ist schiefgegangen. Sie haben die Noten nicht, und sie erpressen mich weiter.«
Gwen zog ein Papiertaschentuch aus der Manteltasche, wischte sich über die Augen und sah Lenau an. Sie wusste, dass die Polizei unrecht hatte. Er war kein Mörder.

Sie hätte nicht sagen können, woher sie es wusste, es war einfach eine Gewissheit, von der sie felsenfest überzeugt war. Es war eine unterschwellige, aber sehr wirkungsvolle Autorität, die von ihm ausging. Gwen dachte an amerikanische Filme, die sie gesehen hatte – Geschichten, in denen es darum ging, dass Engel in Menschengestalt auf die Erde kamen und irgendeine Aufgabe zu lösen hatten. Eine verblüffende Assoziation, zumal Lenau tatsächlich so aussah, als sei er ein Fremder oder als habe er ausländische Vorfahren. Seine Haut besaß den dunklen Teint der Menschen aus Indien. Dazu passte sein tiefschwarzes, fast bläulich schimmerndes Haar.

»Ich habe Sie gewarnt«, sagte er.

»Aber was können wir tun?«, fragte sie. »Sie werden mich weiter erpressen, und ich kann ihnen nicht geben, was sie haben wollen.«

»Wenn Sie alleine in Köln sitzen, sind Sie genauso machtlos.«

»Aber dort bin ich in meiner Wohnung.« In Sicherheit, wollte sie hinzufügen, aber im selben Moment wurde ihr klar, dass das Unsinn war.

Lenau ging näher auf sie zu. »Sie sollten sich anhören, was ich über die Partitur herausgefunden habe. Sie haben sie mir am Telefon hervorragend beschrieben.« Er sah sich um. »Aber das sollten wir nicht hier tun. Kommen Sie mit. Vertrauen Sie mir.«

Gwen sah ihn an und versuchte, irgendeinen Grund zu finden, warum sie das nicht tun sollte. Sie fand keinen. Lenau hatte recht. Sie hatte keine andere Wahl.

Sie gingen die paar Schritte zum Eingang des Denkmalgeländes, wo ein großer Parkplatz darauf wartete, mit Touristenbussen gefüllt zu werden. Jetzt war die Fläche fast leer. Lenau blieb vor einem alten VW-Bus stehen. Die Farbe des Fahrzeugs, das an allen Ecken und Enden zu rosten begann, war undefinierbar. Der Besitzer hatte an einigen Stellen versucht, die schlimmsten Schäden mit Lack zu überpinseln, wobei er jedoch zu wenig Material für einen Farbton gehabt hatte – und so war nach und nach auf dem Bus ein geschecktes Muster aus Gelb, Rot, Grün, Blau, Violett, Schwarz und vielen anderen Farben entstanden.

Es war kein Besitzer, sondern eine Besitzerin, korrigierte sich Gwen, denn auf dem Sammelsurium von Farbflächen stand in weißen Buchstaben, wo der Wagen hingehörte: »Cordelia Blaus Esoterikladen – Antiquariat«.

»Steigen Sie ein«, sagte Lenau.

»Ist das etwa Ihr Wagen? Sind Sie auch Antiquar?«

»Ich habe mir das Fahrzeug bei einer Bekannten geliehen. Wie Sie wissen, sucht mich die Polizei. Gerade weil der Bus so auffällig ist, könnte er eine gute Tarnung sein.«

Er öffnete die Tür und war mit einem Satz auf dem Fahrersitz.

»Kommen Sie.«

Wenn er mich jetzt entführt, dachte Gwen. Unsinn. Er hätte mich schon dreimal entführen können. Und warum überhaupt? Um aus mir den Ort herauszupressen, wo die Partitur ist? Wo er doch genau weiß, dass ich sie nicht habe? Der Gedanke war lächerlich.

Sie kletterte auf der anderen Seite hinein. Innen roch es nach alten Plastiksitzen und feuchtem Papier.

Lenau startete den Motor, der ein prasselndes Geräusch von sich gab, und Lenau fädelte sich in den Verkehr ein. Sie folgten der Prager Straße stadteinwärts.

»Haben Sie eine Nachricht erhalten, was Sie als Nächstes unternehmen sollen?«, fragte Lenau.

»Sie haben für heute Abend neue Anweisungen angekündigt.«
»Können Sie sich vorstellen, wer die Leute sind, die Sie erpressen?«
»Sie wissen doch so gut Bescheid. Warum wissen Sie dann nicht auch etwas über die Leute?«
»Die Sache mit Christopher Leonard tut mir sehr leid«, sagte Lenau. »Ich weiß, dass Sie ihn geliebt haben.«
Das weiß er auch?
»Ihnen ist schon klar, dass man damit nicht ihn treffen wollte, sondern Sie? Wie bei dem geplatzten Engagement in Mailand. Man zerstört das, was Ihnen am wichtigsten ist. Das Einzige, was Sie haben. Ihre Karriere.«
Gwen nickte. »Ich glaube, dieser Unbekannte ist jemand, der meinen Vater schon lange kannte. Und ich bin sicher, dass ich diesem Mann schon mal begegnet bin.«
»Wie kommen Sie darauf?«
»Er hat mich geduzt. Und ich habe vage Erinnerungen an seine Stimme.«
»Aus welcher Zeit stammen diese Erinnerungen?«
»Ich denke, aus meiner Kindheit.«
»Sie wissen nicht, wie er aussieht? Wie er heißt?«
»Mir fällt nichts ein. Da ist nur ein schwarzer Schatten.«
»Schwarz? War er vielleicht schwarz gekleidet? Ein Geistlicher?«
»Kann sein. Kann nicht sein. Ich weiß es nicht.«
Lenau bog in eine engere Straße ab.
»Wo fahren wir überhaupt hin?«, fragte Gwen.
»An den Ort, wo ich arbeite.«
Gwen kam eine Idee. »Wäre es nicht besser, noch einmal im Haus meines Vaters unser Glück zu versuchen? Vielleicht finden wir ja einen Hinweis. Oder eine Kopie der Partitur.«

»Glauben Sie, er hätte die Sachen dann mit ins Grab genommen, wenn er so etwas gehabt hätte? Wenn er nicht die Absicht gehabt hätte, dass die Noten niemand zu Gesicht bekommt? Bei mir sind wir erst einmal sicherer. Und ich möchte Ihnen etwas zeigen.«
Der VW-Bus rollte jetzt durch eine Seitenstraße. Lenau stoppte genau vor einer Hofeinfahrt.
»Dürfen Sie hier parken?«, fragte Gwen.
»Keine Sorge. Hier fährt keiner rein und keiner raus. Wir sind da.«

22

Ein dunkles Gebäude drängte sich in einer Ecke des Hofs – beäugt von den schwarzen Fensterhöhlen der Blocks ringsum.
Lenau ging auf eine dunkle Metalltür zu und schloss auf.
»Wohnen Sie hier?«, fragte sie.
Die Tür quietschte, als Lenau sie öffnete. Gwen überfiel ein banges Gefühl. Das hier wirkte nicht wie ein Zuhause, sondern eher wie ein Verlies, in das verrückte Serienkiller ahnungslose Frauen lockten.
»Das Haus war mal eine Werkstatt«, sagte Lenau und griff auf der Innenseite nach einem Lichtschalter. »Jedenfalls brauche ich kaum Miete zu bezahlen, und das ist die Hauptsache.«
Sie gelangten in einen hohen und sehr großen Raum – hell erleuchtet von Neonröhren. Mehrere dunkle Stahlträger reichten an eine Decke, die sich mindestens fünf Meter über ihnen befand. Von außen hätte Gwen nie gedacht, dass das Hinterhaus so hoch war.
An den weiß gestrichenen Wänden kletterten Regale in die Höhe – über und über angefüllt mit Büchern. Mehrere große Schreibtische, so groß, als wolle man sie zum Tapezieren benutzen, standen übereck. Darauf lagen aufgeschlagene dicke Bände, vollgeschriebene Notizblätter, aber auch Landkarten und Lineale. An einem der Tische stand ein Computer mit großem Bildschirm. An einigen Stellen, wo keine Regale die Wände bedeckten, hatte Lenau Plakate aufgehängt. Eine Karte des Sternenhimmels. Eine menschliche Figur, die Gwen schon einmal gesehen hatte. Das Modell des Menschen von Leonardo da Vinci.

Auf der anderen Seite führte eine Wendeltreppe aus Metall auf eine Galerie, von der weitere Türen abgingen. Wahrscheinlich gelangte selbst im Hochsommer am Mittag nicht viel Tageslicht hierher. Die einzigen Fenster waren ein paar Oberlichter.

»Oben sind noch ein paar Räume, in denen es sich aushalten lässt«, sagte Lenau. Er deutete auf ein Regal. »Sehen Sie diese Bücher hier?«

Gwen legte den Kopf schief und las reißerische Titel. Sie betrafen die verschiedensten esoterischen Themen.

War Jesus ein Außerirdischer? Gespensterschlösser in England. Sie zog einen der Bände heraus. Das Buch war dick und schwer. Das Bild auf dem Cover zeigte einen romantischen Sonnenuntergang bei den Pyramiden von Giseh. *Das Geheimnis der Pharaonen,* las Gwen.

Auch wenn sie sich mit ihrem Vater nicht verstanden hatte, war Gwen gebildet genug, um zu erkennen, dass es sich bei diesen Büchern nicht gerade um wissenschaftliche Literatur handelte. Ihr Vater hatte so etwas immer »Pseudowissenschaft« genannt. Solche Bücher lagen stapelweise in Supermärkten herum – zwischen Babywindeln und Konserven. Und man konnte sie sogar an Tankstellen kaufen.

»Was ist mit diesen Büchern?« Gwen steckte den Band wieder in das Regal zurück – gleich neben das Buch mit dem Titel *Die Templer – Mythos aus dem Mittelalter.*

»Ich habe sie geschrieben.«

Jetzt erst verstand Gwen. Sie hatte geglaubt, Lenau habe die Bände zur Recherche oder als Anregung für Themen genutzt.

»Das wundert Sie?«, sagte er. »Ich weiß, ich weiß. Das ist nicht gerade das Gelbe vom Ei – wissenschaftlich gesehen. Aber wissen Sie, ich habe von meiner Mutter ein Antiquariat in Ostberlin geerbt, und damit hatte ich nicht viel

Glück. Als meine Eltern starben, habe ich verkauft, was ich noch verkaufen konnte, und wurde Lektor in einem der Verlage, die diese Bücher hier verlegen. Irgendwann begann ich dann selbst zu schreiben. Hier ist übrigens ein Buch über Bach, das ich geschrieben habe.«

Bach – das geheimnisvolle Genie, las Gwen. »Ohne das Wort ›geheimnisvoll‹ geht es bei Ihnen nicht, oder?«

Lenau ging nicht darauf ein. »Es war Mitte der Neunzigerjahre. Die Verlage und die Musikindustrie, die Medien – alle bereiteten sich auf den zweihundertfünfzigsten Todestag von Johann Sebastian Bach vor, der wie durch eine seltsame Fügung in das Jahr 2000 fiel. Der größte und geheimnisvollste Komponist, der je gelebt hat – und ein Gedenkjahr am Beginn des Millenniums, das war schon was. Ich habe in diesem Fall die Recherchen sehr genau betrieben, und dabei bin ich auf diese Forschungen über die Botschaften in Bachs Werken gestoßen – und auf Ihren Vater, der sich ja damit bestens auskannte.«

Gwen schüttelte den Kopf. »Sie haben eben selbst gesagt, Bach sei der größte und geheimnisvollste Komponist, der je gelebt hat. Das habe ich schon oft gelesen. Aber warum gerade er? Es gibt doch noch andere. Mozart zum Beispiel. Wir hatten ja gerade das Mozart-Jahr. Oder Verdi, Puccini, Wagner …«

»Sie sind Opernsängerin.«

»Was hat das damit zu tun?«

»Alle Komponisten, die Sie gerade aufgezählt haben, waren Opernkomponisten. Bach hat aber keine Opern geschrieben.«

»Aber das kann es doch nicht sein.«

»In gewissem Sinn schon. Bachs Musik steht jenseits von Massenattraktion. Sie ist … sagen wir mal … heilig.«

Lenau ging in eine andere Ecke des Raums, bückte sich und schien etwas zu suchen. Gwens Blick schweifte ab und blieb an ein paar Arbeitsmaterialien hängen, die auf dem Schreibtisch lagen. Es war eine sehr große Fotografie eines seltsamen Gegenstands. Eine grüne Scheibe mit gelben Flecken darauf – einige davon klein wie Münzen, andere sehr groß und in verschiedenen Formen. Eine große runde Fläche, ein Sichelmond und zwei, die wie gebogene Stäbe wirkten. Lenau hatte offensichtlich viele Notizen gemacht. Neben dem Bild lag ein aufgeschlagener Atlas.

Gwen schob einen der Zettel zur Seite, und auf der Reproduktion wurde ein Schriftzug sichtbar: Die Himmelsscheibe von Nebra.

Lenau kam mit einem dicken Buch zurück, legte es auf den Tisch, wandte sich dann aber der Fotografie zu, die Gwen betrachtete. »Das ist das Projekt, an dem ich gerade arbeite. Sagt Ihnen das etwas?«

»Leider nicht.«

»Die Himmelsscheibe von Nebra ist die älteste Darstellung des Sternenhimmels, die wir kennen. Sie ist wahrscheinlich dreitausendsechshundert Jahre alt. 1999 wurde sie bei Nebra gefunden. Die Darstellung der Sternzeichen ist so genau, dass die Menschen der Bronzezeit die Scheibe als Kalender benutzen konnten. Die Fundstelle liegt auf einem Berg, der wohl eine Art prähistorisches Observatorium war.«

Gwen betrachtete den Atlas. Lenau hatte auf einer Europakarte mehrere Punkte mit einem Stift markiert und mit Linien verbunden.

»Wo liegt denn dieses Nebra?«, fragte Gwen. »Doch bestimmt nicht in England?«

»In Sachsen-Anhalt. Die Stelle, die ich dort markiert habe, ist Stonehenge. Auch ein uralter Ort, an dem die Menschen das Universum erforschten.«
»Und wozu sind die Linien?«
Gwen erinnerte sich plötzlich an das, was sie im Internet erfahren hatte. Leylines, dachte sie. Lenau hat besondere Punkte miteinander verbunden …
Er klappte den Atlas zu. »Das würde jetzt zu weit führen.« Er blätterte in dem Buch, das er mitgebracht hatte, und schlug eine Seite auf, wo mehrere Faksimiles alter Partituren abgebildet waren.
»Ähnelte die Handschrift, die Ihr Vater besaß, dieser hier?«
Gwen vertiefte sich stirnrunzelnd in das Gewirr aus Tintenzeichen über den fünfzeiligen Notensystemen.
»Sie haben gesagt, Sie hätten den Namenszug Bach erkannt. Den gibt es hier auch. Sah er so ähnlich aus wie dieser hier? Das hier ist ein anderes Werk von Bach. Es geht mir nur um den Vergleich.«
»Ich denke schon«, sagte Gwen.
»Das heißt, Sie haben tatsächlich Bachs Handschrift vor sich gehabt. Ein herrliches Privileg. Schon dafür würden manche töten, glauben Sie mir. Machen wir weiter.«
Er ließ das Buch liegen und ging an ein CD-Regal. Die flachen Plastikgehäuse standen nicht nur nebeneinander, sondern sie waren gestapelt und getürmt. Trotzdem gelang es Lenau, mit einem einzigen Griff die richtige Scheibe herauszufischen.
»Ich möchte Ihnen ein Musikstück vorspielen.«
»Ich dachte, Sie erzählen mir etwas über die Partitur.«
»Wir sind schon mittendrin.«
Die Musik begann. Ein tiefes Streichinstrument setzte mit langen Noten ein.
»Kennen Sie das?«

Gwen schüttelte den Kopf.
»Ein Quintsprung, der ein Stück weit ausgefüllt wird. Dann kehrt die Melodie zur Quinte zurück und fällt wieder ab in den Grundton. Alle sechs Takte setzt eine weitere Stimme ein. So haben Sie es selbst beschrieben.«
Kaum hatte Lenau die Worte ausgesprochen, begann wie in einem Kanon das zweite Instrument und kontrapunktierte das erste. Nach und nach vervollständigte sich ein vierstimmiger Satz. Ein Geflecht von Melodien, die sich gegenseitig umschmeichelten, umkreisten, manchmal in reibenden Dissonanzen aufeinandertrafen, sich wieder trennten. Langsam und würdevoll. Heilig, dachte Gwen. Lenau hatte die Musik heilig genannt. Da war wirklich etwas dran. Sakrale Erhabenheit. »Warum spielen Sie mir das vor? Wenn es das Werk von der Partitur ist, haben wir ja nicht gerade einen aufregenden Fund vor uns.«
»Warten Sie ab.«
Gwen war durchaus in der Lage, die großartige Kunst zu schätzen, mit der Stimmen ineinandergriffen. Eng verzahnt wie ein großes, perfektes Räderwerk. Ohne Zweifel war das faszinierende Musik. Aber Gwen störte, dass sie vollkommen unemotional war. Sie war unmenschlich. Nein, das war es nicht.
Übermenschlich passte eher.
Und sie verleitete den Hörer zur Meditation. Aber es war kein rauschhafter Zustand, in den die Musik versetzte, sondern man erlangte eher so etwas wie geistige Klarheit. Man vergaß sich nicht, sondern man konzentrierte sich.
Mehrmals setzte das Stück an, als würde es ganz neu beginnen. Dann füllten sich wie nach einem großen Atemholen wieder und wieder die vier Stimmen auf. Aber die Abschnitte wurden immer reicher und dichter. Sie steigerten sich.
Gwen war ganz versunken in den klingenden Mechanismus, da brach das Stück plötzlich ab. Nicht auf einen

Schlag wie ein Stromausfall, sondern als habe einer der Musiker den Faden verloren. Die vier Instrumente stiegen kurz hintereinander aus. Es wirkte wie ein lapidares Missgeschick. Bestürzend. Als hätte die Musiker ein plötzlicher Tod ereilt.

»Was ist passiert?«, fragte Gwen.

»Das Stück ist unvollendet. Bach ist während der Niederschrift gestorben. Da man nicht weiß, wie es weitergeht, spielt man es fragmentarisch.«

In Gwens Kopf regte sich eine Erinnerung. »Das letzte Stück aus der *Kunst der Fuge* …«

Dieses Werk hatte im Zentrum der Forschungen ihres Vaters gestanden. So oft hatte er ihr davon erzählt, dass sie es nicht mehr hören konnte – das Stück selbst nicht und auch nicht die komplizierten Erläuterungen dazu. Später hatte sie sich dann an der Musikhochschule noch einmal in einem Semester damit befassen müssen. In den Vorlesungen zur Musikgeschichte widmete der Dozent Bachs *Kunst der Fuge* sehr viel Raum. Damals war es Gwen fast ein bisschen hämisch vorgekommen. Als wolle sich der trockene Theoretiker dafür rächen, dass er lauter angehende Opernsänger vor sich hatte, die niemals in ihrem Leben etwas mit Bachs *Kunst der Fuge* zu tun haben würden.

»Sie wissen, welche Bedeutung dieses Werk hat?«, fragte Lenau. »Es ist Bachs letzte Komposition. Eine Reihe von komplizierten Fugen. Ich hatte Ihnen das bei unserem Treffen im Hotel schon erklärt. Es sind genau vierzehn Stück. Und Sie wissen, was ich Ihnen über die Zahl 14 bei Bach erklärt habe. Bachs Name kommt außerdem noch an einer anderen Stelle in der Komposition vor. Die letzte, unvollendete Fuge, die wir gerade gehört haben, besteht aus mehreren Teilen, die später in dem Abschnitt, den Bach nicht mehr niederschreiben konnte, zusammengeführt werden sollten. Genau an der Stelle, in der Bach die verschiedenen Themen sehr kunstvoll übereinanderzuschichten beginnt, bricht die Handschrift ab. Und es ist genau die Stelle, wo Bach seinen eigenen Namen, die Noten B, A, C und H, als neues Fugenthema in das Geflecht einzubauen beginnt. Also wenn man so will – ein erster Höhepunkt.«

»Und genau an dieser Stelle ist er gestorben?«

»Wahrscheinlich. Man nimmt an, dass er das Werk einem seiner Söhne, die auch berühmte Komponisten waren, diktiert hat, denn Bach war in der letzten Phase seines Lebens blind und konnte selbst nicht mehr schreiben … Andererseits rätselt man schon lange daran herum, ob Bach das Stück nicht doch vollendet hat. Man glaubt, die fragmentarische Partitur, die man heute kennt, sei nur die saubere Abschrift des Werkes gewesen, und es gäbe irgendwo noch einen Entwurf, eine erste Ausarbeitung. Außerdem weiß man bis heute nicht, für welche Instrumente die *Kunst der Fuge* eigentlich gedacht ist.«

»Steht das nicht in der Partitur?«

»Nein. Bach hat sich wohl die reine, perfekte Musik vorgestellt – unabhängig von einer bestimmten Klangfarbe. Die kontrapunktischen Gesetze betreffen ja nur das Geflecht der Tonhöhen. Es ist die reine Mathematik der Töne. Die Mathematik der Musik … Bach wollte zeigen, dass hinter Musik, die den Namen wirklich verdient, ein universales Prinzip steckt. Etwas, das die Welt zusammenhält.«

Er ging an den Tisch und hielt das Bild der grüngoldenen Himmelsscheibe hoch.

»Noten können wie Sterne sein. Und Sterne wie Noten. Sie drehen sich und wandern wie auf den seltsamen Bahnen, auf denen sich die Planeten bewegen. Sie entwickeln Anziehungskraft und stoßen sich wieder ab. Je nachdem, auf welche Noten sie im Gespinst des Kontrapunkts treffen, entsteht Gravitation oder neue Bewegungsenergie. Haben Sie das nicht so empfunden, als Sie diese Fuge eben hörten?«

Gwen musste zugeben, dass sie einen solchen Eindruck gehabt hatte. Und sie bewunderte Lenau dafür, dass er ihn so gut in Worte fassen konnte.

»Jetzt verstehen Sie, warum alle Welt hinter der Partitur Ihres Vaters her ist. Das vollendete Schlussstück aus der *Kunst der Fuge* in Originalhandschrift – eine der größten Sensationen, die man sich vorstellen kann.«

»Wie können Sie da anhand meiner kleinen Beschreibung so sicher sein?«

»Es war dasselbe Thema«, rief Lenau, als müsse er ein Auditorium von Professoren überzeugen. »Dasselbe symbolträchtige Thema, das so einfach und gleichzeitig so universell ist. Es besteht aus sieben Noten. Sieben – eine heilige Zahl! Die Zahl der ewigen Vollendung. In sieben Tagen vollzog Gott die Schöpfung, sieben Tage hat noch heute die Woche. Augustinus sagte, die Sieben symbolisiere die Ruhe, die man in Gott findet. Und die sieben Noten gaben Bach die Kraft, sein letztes Werk zu vollenden. Die Sieben ist die Hälfte von vierzehn, also hat sie auch dazu einen Bezug. Die Noten schwingen sich bis zur Quinte hinauf, also bis zur fünften Note der Tonleiter. Das Intervall der Quinte ist das reinste Intervall nach der Oktave. Der melodische Quintsprung ist die reinste melodische Bewegung, die überhaupt möglich ist. Sie steckt eine Grenze ab. Viele Komponisten – Bruckner zum Beispiel, aber auch Beethoven in seiner Neunten Sinfonie – begannen ihre Werke mit einer reinen Quinte, ließen sie sozusagen daraus entstehen wie aus einer Urzelle … Und ist Ihnen aufgefallen, dass Bach auch diese Zahl in seinem Namen trägt? Ich habe es Ihnen schon einmal erklärt. BACH ergibt gematrisch vierzehn, die Quersumme davon ist fünf – übrigens auch eine sehr menschliche Zahl, die Sündiges und Göttliches in sich vereint. Wie der Mensch selbst. Denken Sie an das Pentagramm, den Stern mit fünf Spitzen …«

»Hören Sie bitte auf«, sagte Gwen. Ihr wurde es zu viel.

»Aber in solchen Zusammenhängen müssen Sie denken, wenn Sie Bachs Musik verstehen wollen. Wenn Sie Musik überhaupt verstehen wollen. Frau Fischer, Sie hatten zweifellos das letzte Stück der Kunst der Fuge in den Händen. Eine Sensation! Aber das ist noch nicht alles.«

»Wie meinen Sie das?«

»Erinnern Sie sich bitte: Auf der Partitur standen noch die Worte ›Passio‹ und ›Sinfonia‹. Das heißt, Bach hat das Stück in einer früheren Phase seiner Laufbahn einer Passion vorangestellt. Es muss in seinem Werk noch eine andere Rolle spielen. In einer Passion, die ebenfalls verschollen ist. Und auf die es Ihren Erpressern wahrscheinlich in Wirklichkeit ankommt. Denn dort verbirgt sich das Geheimnis, um das es ihnen wirklich geht.«

»Das verstehe ich nicht. Eben behaupteten Sie, mein Vater habe das letzte Stück der *Kunst der Fuge* entdeckt, und jetzt sagen Sie, es ginge um eine verschollene Passion. Wie können Sie das alles wissen? Sie haben das Stück doch selbst gar nicht in der Hand gehabt. Haben Sie nicht gesagt, Sie könnten mir helfen? Das ist keine Hilfe, das sind wilde Spekulationen. Und wem nützen sie?«

Sie hätte es wissen müssen.

Ich bin in Gefahr, dachte sie. Sie werden dich umbringen, wie sie Christopher umgebracht haben. Und du sitzt hier herum und redest mit diesem seltsamen Menschen über alte Partituren und aberwitzige Theorien. Es war wie bei ihrem Vater. Sie brauchte Hilfe, keine komplizierten Belehrungen.

Lenau machte eine beschwichtigende Geste. »Langsam. Das gehört dazu. Man muss erst einmal Theorien aufstellen, bevor man die Wahrheit herausfindet. Und ich bin sicher – das, was wir bis jetzt herausgefunden haben, wird uns in die Lage versetzen, im Haus Ihres Vaters nach den richtigen Hinweisen zu suchen.«
Gwen verlor die Geduld. »Aber das ist doch alles Unsinn. Ich kann das alles nicht mehr hören. Musik und Universum. Diese Zahlenspiele. Im Grunde sind da ganz ordinäre Verbrecher am Werk, die sich eine alte Partitur angeeignet haben. Das ist alles.« Sie blickte resigniert auf den grauen Boden. Ihr Kopf schmerzte, und das grelle Licht der Neonröhren verstärkte diesen Schmerz noch. Als sie den Blick wieder hob, war Lenau dicht an sie herangekommen. Er beugte sich zu ihr herunter.
»Ich weiß, dass das alles nicht so leicht zu verstehen ist. Und dass man leicht die Geduld darüber verliert. Aber es ist unsere einzige Chance. Glauben Sie mir. Lassen Sie uns jetzt zum Haus Ihres Vaters aufbrechen.«
Glasklar standen ihr wieder die Zeilen aus dem Brief ihres Vaters vor Augen.
Musik ist das, was die Welt im Innersten zusammenhält. Sie ist ein Abbild der Harmonie des Universums, und wie im Universum selbst sind in ihr Geheimnisse verborgen, die wir Menschen nur mit viel Mühe zu erkennen vermögen. Genau wie geheimnisvolle Kräfte hinter der für uns wahrnehmbaren Natur wirken, so gibt es auch hinter der Musik eine verborgene Macht. Und wie wir mit den Erkenntnissen der Naturwissenschaft große Gefahren über die Menschheit gebracht haben und noch immer bringen, so stecken auch hinter den geistigen Grundlagen des Universums Gefahren für uns alle.
Wie lange war es her, dass sie in dem Café an der Thomaskirche gesessen und ihn gelesen hatte? Gwen kam es wie Monate oder Jahre vor.

»Ich sehe, Sie wollen vorher noch mehr darüber wissen«, sagte Lenau. »Also gut. Das Wichtigste habe ich Ihnen auch noch gar nicht gesagt. Es begann in den Zwanzigerjahren«, sagte Lenau. »Gut hundertsiebzig Jahre nach Bachs Tod hat der Musikwissenschaftler Wilhelm Werker mathematische Regelmäßigkeiten in Bachs Partituren entdeckt und herausgefunden, dass bestimmte Zahlen bei Bach eine große Rolle spielen. Die Zahl 14 zum Beispiel, aber auch die Zahlen 10 und 7. Er konnte sich die Gründe dafür nicht erklären, und seine Kollegen feindeten ihn deswegen auch an. Gut zehn Jahre später fand sein Kollege Martin Jansen heraus, dass Bach in vielen seiner Werke bestimmte Zahlen dafür verwendete, um den Ausdrucksgehalt des Textes zu verdeutlichen.«
»Was meinen Sie nun damit?«, fragte Gwen. »Was haben Zahlen mit dem Ausdrucksgehalt von Texten zu tun?«
»Die Worte der Bibel, die in Bachs Kantaten und in den Passionen eine wichtige Rolle spielen, bestehen zum großen Teil aus Zahlen. Ist Ihnen das noch nicht aufgefallen? Zwölf Jünger. Zehn Gebote. Die Dreieinigkeit. Außerdem vergeht zwischen den einzelnen Ereignissen des Kirchenjahres immer eine bestimmte Anzahl von Tagen. Vierzig Tage zwischen Aschermittwoch und Ostern zum Beispiel. Die Psalmen haben Nummern. Jeder einzelne Bibelvers ist nach Kapitel und Vers nummeriert.«
»Und all das hat Bach in seinen Werken bedacht und eingearbeitet?«
»Sie kennen doch sicher die Johannespassion und die Matthäuspassion?«
»Natürlich.«
»Wahrscheinlich sind Ihnen die vielen mathematischen Bezüge darin entgangen, weil Sie viel zu sehr damit beschäftigt waren, Ihre Partie gut zu singen.«

»Ist das ein Fehler?«
»Natürlich nicht. Aber unter der Schicht der klingenden Musik gibt es eine andere Schicht von tieferer Bedeutung, die bis heute nicht einmal ansatzweise erforscht ist. Man weiß nur, dass diese Schicht irgendwo verborgen liegt und dass Bach bestimmte Botschaften in die Musik eingearbeitet hat.«
»Zum Beispiel?«
»Beispiel Johannespassion. Der Chor singt ›Wir haben ein Gesetz‹, und bringt das Thema dieser Zeile genau zehn Mal. Das verweist auf die Zehn Gebote. Dasselbe Phänomen gibt es in einer seiner Kantaten. Im Choral ›Dies sind die heilgen Zehn Gebot‹ erscheint ein markanter Trompeteneinsatz ebenfalls genau zehn Mal. Ein anderes Beispiel aus der Johannespassion: Im Chor ›Wir dürfen niemand töten‹ wird ein hervorstechendes Motiv ausgebreitet, das fünf Töne enthält. Das fünfte Gebot lautet ›Du sollst nicht töten‹. Oder nehmen wir die Matthäuspassion. Die dramatische Passage mit dem Erdbeben. Sie wissen, wovon ich spreche?«
Gwen nickte. So wenig sie insgesamt mit Bach anfangen konnte – die Erdbebenpassage in der Matthäuspassion hatte sie schon immer fasziniert. Bach schilderte hier den Moment, in dem Jesus stirbt und ein gewaltiges Erdbeben Jerusalem erschüttert. Der Bass ahmte das Beben der Erde mit gehämmerten, schnellen Noten nach.
Lenau blätterte in dem Buch, in dem Gwen vorhin Bachs Handschrift erkannt hatte.
»Bach ordnet diese rasenden Basstöne in bestimmten Gruppen«, sagte er. »Sie müssen die Noten nicht zählen. Das hat Martin Jansen schon getan. Und er ist zu dem Ergebnis gekommen, dass es drei Gruppen zu je achtzehn, achtundsechzig und hundertneun Tönen sind.«

»Und was hat das wieder zu bedeuten?«
»Es sind Nummern von Psalmen. Und in den Psalmen mit diesen drei Nummern werden Bilder von Erdbeben heraufbeschworen. Wenn Sie möchten, kann ich Ihnen die Stellen zitieren.«
»Nein, nicht nötig. Ich glaube es Ihnen ja.«
»Und die Forschungen auf diesem Gebiet gingen weiter. 1947 entschlüsselte ein Forscher namens Friedrich Smend den geheimnisvollen Kanon auf dem Bach-Gemälde, und in den Jahrzehnten nach dem Zweiten Weltkrieg gab es immer wieder vereinzelte Auswertungen über die Zahlenverhältnisse und deren Bedeutungen in Bachs Werk. Der Musikwissenschaftler Harry Hahn zum Beispiel hat die Matthäuspassion einer großen Untersuchung unterzogen und herausgefunden, dass sogar die Gesamtstruktur des Werkes – immerhin eine Komposition, die drei Stunden dauert – symbolische Bedeutung besitzt. Die Matthäuspassion umfasst genau 2.800 Takte. In dieser Zahl steckt gleich eine ganze Reihe von Bezügen. Zum einen die Zahl 28. Das Matthäus-Evangelium, auf dem das Stück basiert, besteht aus 28 Kapiteln. 28 ist wiederum das Produkt aus den heiligen Zahlen 7 und 4. Hundertfach überhöht, also sozusagen in seiner göttlichen Potenz, ergibt sich 2.800. Nimmt man die gematrische Summe des Wortes Jesus, dann erhält man die Zahl 70, was für sich gesehen schon interessant ist, denn es zeigt, dass auch die heilige Zahl 7 in dem Namen Jesus vorhanden ist. Hundertfach überhöht, erhält man 700. Nun ist ja eine Passion die Leidensgeschichte Christi, und das zentrale Symbol dieser Leidensgeschichte ist das Kreuz. Für das Kreuz steht die Zahl 4. Und das Produkt von 4 und 700 ist wieder 2.800 – die Taktzahl der Matthäuspassion. Das gesamte Werk ist ein perfekter Kosmos von verschiedensten Bezügen. Und das

ist bei Weitem nicht alles. Immer wieder haben Forscher versucht, den letzten Grund aus Bachs Zahlengeheimnissen herauszulesen.«

»Den letzten Grund? Was meinen Sie damit?«

»So wie bei Bach eine hoch komplizierte Fuge auf einem einzigen Thema basiert, das manchmal nur wenige Noten umfasst, so nimmt man an, dass es eine einzige Grundaussage, einen einzigen musikalischen Kern, für das gesamte Bach-Werk gibt. Vielleicht sogar eine Art Urlinie, auf der sich alles gründet und aus der man durch gematrische Analyse eine Grundaussage herauslesen könnte. Die Ergebnisse des letzten großen Versuchs, das gesamte Œuvre Bachs zu entschlüsseln und so etwas auf die Spur zu kommen, erschienen 1985. Damals war, wie im Jahr 2000, auch ein Bach-Jahr. Der dreihundertste Geburtstag. Übrigens nicht nur von Bach, sondern auch von Händel. Deshalb nannte man dieses Jahr das ›Europäische Jahr der Musik‹. Das Buch stammt von zwei Autoren – Kees van Houten und Marinus Kapsbergen.«

Lenau holte ein anderes Buch und legte es vor Gwen hin.

Bach en het getal, las sie.

»Das Buch ist in Holland erschienen«, erklärte Lenau.

Sie schlug den Band auf und stieß als Erstes wieder auf das berühmte Gemälde, das den Komponisten mit dem Notenblatt in der Hand zeigte, und der Inhalt war ein Sammelsurium aus klein gedrucktem Text, Tabellen und Zahlenreihen. Man hätte das Buch für ein mathematisches Lehrwerk halten können, wären da nicht immer wieder eingeschobene Notenbeispiele gewesen, zum Teil Reproduktionen aus Bachs Handschrift oder Ausschnitte aus Partituren.

»Sind die Autoren dem letzten Geheimnis auf die Spur gekommen?«, fragte sie.

»Ich persönlich bin der Ansicht, dass sie es übertrieben haben. Die seriöse Bach-Forschung hat das Buch auch stark kritisiert. Sie haben zum Beispiel in Bachs Werk Zahlenkombinationen gefunden, die etwas mit dem Geheimbund der Rosenkreuzer zu tun haben, und schließen daraus, dass Bach dazugehörte, obwohl es dafür kein anderes Indiz gibt. Außerdem soll er sogar ein Datum in seinem Werk verschlüsselt haben – sein eigenes Todesdatum.«
»Wie sollte er das denn kennen?«
»Wissen Sie, viele halten Bach für eine Art wieder auf die Welt gekommenen Messias. Und es ist ja auch wirklich erstaunlich, wie er diese immense Komplexität in seine Musik gebracht hat. Bach war ein extrem fleißiger, überlasteter Mann, der seinen Dienst als Kantor in Leipzig zu erfüllen hatte, seine große Familie ernähren musste und zudem in der an die Thomaskirche angeschlossenen Thomasschule zu unterrichten hatte. Und zu seiner Arbeit gehörte natürlich auch das Komponieren: Praktisch jede Woche eine neue Kantate oder ein anderes Stück, das ja nicht nur niedergeschrieben, sondern auch für die Aufführung vorbereitet werden musste ... Man kann sich seine Fähigkeiten nur so erklären, dass Bach aus einer alten Musikerfamilie kam. In ihm konzentrierte sich irgendwie das Wissen und das Talent eines ganzen Musik-Clans. Und erstaunlich ist, dass er von seinem Vater kaum etwas lernen konnte.«
»Warum nicht?«
»Bach wurde mit zehn Jahren Vollwaise. Er lebte dann bei einem Bruder, der auch Musiker war, und besuchte Schulen in Ohrdruf und Lüneburg, bevor er seine erste Stelle in Weimar bekam. Wer Bachs wirklicher Lehrer war, ist bis heute ein großes Geheimnis. So unglaublich es klingen mag: Wahrscheinlich hat er sich seine Kunst selbst angeeignet. Oder er hat sie geerbt.«

Gwen schüttelte den Kopf. Wie konnte man eine so komplizierte Kompositionstechnik aus sich selbst heraus entwickeln? Oder durch irgendwelche DNA-Strukturen erben? Nachdenklich blätterte sie in dem holländischen Buch. Sie verstand praktisch nichts, sie erahnte mehr, was manches heißen sollte.

»Signalen vanuit de naam Bach«, hieß das erste Kapitel. Darin wurde wohl untersucht, auf welche Weise Bach seinen Namen, die Noten B, A, C und H, in seiner Musik verarbeitet hatte. Erst im zweiten Kapitel kamen die Autoren auf das Thema der Rosenkreuzer zu sprechen: »Bach en de Rosenkruisers«.

»Hört man diese Bezüge denn aus der Musik heraus?«, fragte sie.

»Genauso wenig, wie man die mathematischen Naturgesetze unmittelbar aus der Natur herausliest. Und trotzdem sind wir davon fasziniert. Nehmen die Regelmäßigkeiten wahr und empfinden sie auch als eine Art Harmonie. Etwas, worauf man sich verlassen kann. Der letzte Grund. Alle Künstler und Philosophen vom Mittelalter bis zur Barockzeit kannten diese Weisheit und versuchten, sie in ihrer Kunst umzusetzen. Musik sollte ein Spiegelbild der perfekten Harmonie in Gottes perfekter Natur sein. Nicht nur Musik, auch die Gebäude, in denen die Musik erklang. Die gotischen Kathedralen sind nach den Gesetzen der göttlichen Harmonie gebaut. In ihr spiegeln sich viele Proportionen wider, die wir aus der Natur kennen. Der Goldene Schnitt und die mit ihm verwandte Fibonacci-Reihe, die sich den Windungen von Muscheln, der Anordnung der Samenkörner in Sonnenblumen, aber auch in der Anzahl von Blütenblättern und den Proportionen des menschlichen Körpers widerspiegelt. Schauen Sie sich diese Darstellung des menschlichen Körpers an.«

Lenau ging zur Wand, wo das Bild von Leonardo da Vinci hing, das Gwen schon aufgefallen war.

»Der antike Ingenieur und Architekt Vitruv hat diese Zusammenhänge erkannt und die Proportionen des menschlichen Körpers so genau beschrieben, dass Leonardo da Vinci diese berühmte Zeichnung anfertigen konnte. Sie gilt heute als Ikone der Gesundheit und der körperlich-seelischen Harmonie schlechthin. Unzählige Pharmafirmen und Wellnesseinrichtungen führen dieses Bild im Logo. Es findet sich sogar auf dem Logo einer Krankenkasse und auf der italienischen Euromünze. Und das Wissen um die Gesetze der Harmonie ist uralt. Im Mittelalter war man davon überzeugt, dass Musik gar keine Kunst war, sondern eine Wissenschaft. Man sprach von der *harmonia mundi*, der ›Musik der Welt‹. Die Gesetze der Musik, so war man überzeugt, waren die Gesetze, nach denen die Welt aufgebaut war. Der antike Philosoph Platon formulierte die Idee der Sphärenmusik. Nach seiner Vorstellung kreisten die Planeten in denselben Proportionen um die Erde, nach denen auch die musikalischen Intervalle aufgebaut sind. Die Erforschung der Intervalle wiederum geht auf Pythagoras zurück, von dem man heute in der Schule nur noch wegen seines berühmten ›Satzes‹ hört. In Wirklichkeit war er eines der ersten Universalgenies der Weltgeschichte. Astronomen wie Johannes Kepler verfeinerten Platons Weltbild. Und auch, wenn sie falsch lagen und die Planetenbahnen viel komplizierteren Gesetzen gehorchen, so prägte dieses Weltbild trotzdem die Zeit, in der Bach lebte.«

»Trotzdem muss man keine Zahlen hören, wenn man Musik hört.«

»Nein. Aber alles, was Sie beim Hören von Musik empfinden, wird durch Zahlen geformt. ›Die Musik ist die Freude, die der menschliche Geist erfährt, wenn er zählt, ohne sich des Zählens bewusst zu sein‹, sagte der Mathematiker Gottfried Wilhelm Leibniz. Und an einer anderen Stelle: ›Wenn die Seele auch nicht merkt, dass sie rechnet, so fühlt sie doch die Wirkung dieser unbewussten Rechnung, sei es als Freude am Zusammenklang, sei es als Bedrückung am Missstand.‹ Leibniz war übrigens nur vierzig Jahre älter als Bach, und er starb, als Bach einundreißig Jahre alt war.« Lenau hielt inne und ließ die Worte wirken. »Sie denken jetzt vielleicht, dass Musik, wenn sie auf Zahlen beruht, einfach rechnerisch zu erzeugen ist – mit dem Computer zum Beispiel. Hören Sie sich die moderne Popmusik an. Dort geschieht dies ja auch, aber entsprechend ist das Ergebnis. Ein wahres Genie dringt viel weiter in die Gesetze der Harmonie vor – und kann trotz dieser Gesetze seine Originalität wahren.«

Lenau schwieg. Er sah Gwen an und ließ die Worte wirken.

»Ich glaube, ich habe jetzt einiges verstanden«, sagte sie.

»Gut. Wir sollten uns im Haus Ihres Vaters umsehen. Irgendetwas müssen wir dort einfach finden. Etwas, das alles erklärt …«

Gwen streifte der Schrecken, den sie in der Villa erlebt hatte. Das Grauen, das sie erfasst hatte, als der Mann mit dem österreichischen Akzent anrief.

Sie brauchte nichts zu sagen. Wieder war es, als lese Lenau ihre Gedanken.

»Sie brauchen keine Angst zu haben. Kommen Sie.«

Lenau wandte sich der Wendeltreppe zu und ging hinauf.

»Ist der Ausgang nicht hier unten?«, fragte Gwen.

»Man weiß nie, ob einem jemand gefolgt ist. Wir nehmen einen anderen Weg.«

Der Weg führte durch ein dunkles Zimmer. Im Lichtschein erkannte Gwen ein Bett mit zerwühlter Decke, daneben eine schmale Tür, die in ein Bad mit Dusche und Toilettenschüssel führte.
Sie fragte sich, wo es von hier aus hingehen sollte. Doch dann sah sie in der Wand ein Schlüsselloch, in dem ein Schlüssel steckte. Lenau drehte ihn herum, und eine Tür öffnete sich.
»Das Bad ist nachträglich eingebaut worden«, erklärte er. »Der Mann, dem die Werkstatt gehörte, wohnte hier im Haus und konnte so direkt von seinem Flur aus an seinen Arbeitsplatz gelangen.«
Kurz darauf befanden sie sich in einer Art Diele. Einen Moment lang standen sie im Dunkeln, dann öffnete Lenau eine weitere Tür, und sie gelangten in einen Hausflur. Gwen erkannte Wohnungstüren. Durch ein Fenster drang das graue Licht des Tages herein.
Lenau ging in Richtung der Treppe. »Das ist das Nachbarhaus«, sagte er. »Von hier geht's auf die Straße.«
Er rannte hinunter, und Gwen folgte ihm. Eine Etage tiefer lag das Parterre. Die Haustür bestand aus geriffeltem Glas. Lenau stoppte, öffnete sie vorsichtig und sah sich um. Gwen schob sich ebenfalls nach draußen. Ihr Blick fiel auf die lange Reihe parkender Autos. Kein Mensch war unterwegs.
Lenau hastete den Gehweg entlang, stoppte an einer Ecke und lugte nach vorn.
»Alles klar. Niemand da. Da hinten steht der Bus. Kommen Sie.«

23

Ich habe getötet!
Volpone strich mit den Fingern über den Rosenkranz.
Herr, verzeih mir. Ich habe mich nur Deinem Willen gefügt.
Ein Unschuldiger war durch seine Hand gestorben. Nachdem er, Volpone, dem Opfer vorsätzlich aufgelauert hatte. Das war Grund genug, Stoßgebete um Vergebung zum Himmel zu schicken, wie er es nach seiner Bekehrung durch den Padre schon oft getan hatte.
In seinem Inneren herrschte Gefühlschaos. Einerseits wusste er genau, dass er eine Todsünde begangen hatte. Zum ersten Mal in seinem Leben, das voll von kriminellen Taten war, hatte er einen Menschen umgebracht. Andererseits sagte ihm sein Gefühl, dass er keine Schuld zu tragen hatte. Der Mord musste sein. Er diente der Sache. Der Padre hatte es ihm immer wieder erklärt. Es war ein Mord, der ihm seinen Platz im Himmelreich nicht verwehren, sondern ihn ermöglichen würde.
Der Herr sagt dir, dass du das Richtige getan hast, dachte er.
Er verzeiht dir nicht.
Weil es nichts zu verzeihen gibt.
Er war Gwendolyn Fischer bis zum Völkerschlachtdenkmal gefolgt. Einen Moment hatte er gedacht, dass sie wirklich unschuldig war. Dass sie die Partitur in der Nacht abgeliefert, aber dabei einen menschlichen Fehler gemacht hatte und nun hilflos danach suchte, um den Anforderungen des Padre gerecht zu werden.
Doch dann war der schwarze Mann wieder aufgetaucht, und Volpone war klar, dass sie unter einer Decke steckten.

Eine Welle der Angst hatte Volpone erfasst, als die beiden in den VW-Bus stiegen. Er hatte sich überwinden müssen, um ihnen zu folgen.

Wenn er ein Mensch ist, kann er auch sterben wie ein Mensch, hatte Volpone immer wieder vor sich hin gemurmelt.

Selbst der Heiland konnte durch Menschenhand sterben, also würde es auch der Leibhaftige können. Volpone musste nur vorsichtig sein.

Er hatte die Bedenken hin und her gewälzt, hatte überlegt, ob er den beiden in den Hof folgen sollte, da waren sie wieder herausgekommen und zu Fischers Villa gefahren.

Die innere Erregung Volpones wich Erleichterung. Es gab also doch noch etwas in der Villa zu finden.

Umso besser.

Seine Geduld hatte sich gelohnt.

Der Padre hatte wie immer recht gehabt.

Volpone parkte den Wagen an derselben Stelle, von der aus er zwei Tage zuvor die Villa überwacht hatte.

Der Unbekannte betrat mit Gwendolyn Fischer das Haus.

Volpone sah auf die Uhr.

Eine halbe Stunde würde er ihnen geben.

Und ihnen dann einen Besuch abstatten.

Mattes Licht fiel auf die schwarz-weißen Fliesen.

»Die Treppe hinauf«, sagte Gwen. Sie zog die Tür zu, und sofort war es wieder dunkel im Flur.

»Machen Sie kein Licht«, sagte Lenau. »Es ist besser, wenn man von außen nicht sehen kann, dass jemand da ist.«

Damit haben Sie ja Erfahrung, dachte Gwen.

Sie folgten den Stufen in das obere Stockwerk und gelangten in das Arbeitszimmer. Angesichts des Durcheinanders sank Gwen der Mut, hier irgendetwas Hilfreiches zu fin-

den. »Es wird Monate dauern, das alles durchzusehen«, sagte sie.
»Was ist das hier?«, fragte Lenau und deutete auf die Aschenreste in dem Untersetzer. »Das hier war am Abend meines Besuchs noch nicht da. Offensichtlich hat Ihr Vater etwas vernichtet.«
»Wahrscheinlich die wichtigen Hinweise, die wir suchen.«
Lenau folgte dem kleinen Pfad, der durch das Chaos führte, inspizierte im Vorbeigehen ein paar Bücher und hob hier und da einen Aktendeckel hoch. Schließlich blieb er stehen und betrachtete eingehend den Schreibtisch. »Schauen Sie sich diese aufgeschlagene Partitur an.« Er sah auf den Einband. »Das ist die Matthäuspassion. Offensichtlich hat sich Ihr Vater mit diesem Werk kurz vor seinem Tod noch beschäftigt. Das hat hier auch noch nicht gelegen, als ich hier war.«
»Worüber haben Sie eigentlich mit meinem Vater an diesem Abend gesprochen?«
»Das habe ich Ihnen doch schon gesagt. Ich wollte wissen, welche Ergebnisse Ihr Vater über Bachs Zahlengeheimnisse zusammengetragen hat. Aber er wollte mir nichts sagen.« Er unterbrach sich, studierte eingehend die Noten. »Die aufgeschlagene Stelle in der Passion ist ein Chorsatz.«
Gwen beugte sich ebenfalls über den Tisch. »Oh, Mensch, bewein dein' Sünde groß«, las sie.
»Eine zentrale Passage«, sagte Lenau. »Immerhin geht es um die Kreuzigung Christi. Die gewaltige Sünde, die die Menschheit auf sich geladen hat … Haben Sie eigentlich das hier gesehen?«
Er schob die Partitur zur Seite. Darunter lag ein DIN-A4-Blatt. Eine Fotokopie. Lenau nahm sie und studierte sie eingehend.
»Das ist auch eine Bach-Handschrift. Das Original stammt aus dem Vatikan. Man sieht es hier an dem Stempel.«

Er hielt Gwen das Blatt hin und zeigte ihr den kreisrunden Abdruck. Es standen Worte entlang der Kreislinie, die allerdings schlecht zu lesen waren. Nur eines war zu erkennen: VATICANA.

»Noch eine Bach-Handschrift?«, fragte Gwen.

»Ihr Vater hat sich die Kopie offenbar aus Rom schicken lassen. Das ist ein ganz merkwürdiges Stück Musik. Schauen Sie sich das doch bitte mal genauer an. Es ist eine einstimmige Melodielinie. Es steht kein Text darunter. Es ist also keine Gesangsstimme. Und es ist kein Instrument angegeben.«

»Wie in der *Kunst der Fuge*«, sagte Gwen. »Abstrakte Musik.«

»Sehr richtig.«

»Vielleicht so etwas wie der Kanon auf dem Gemälde?«

»Ich habe eher den Eindruck, das Fragment hat etwas mit der Matthäuspassion zu tun. Aber was? Hatte Ihr Vater eine Art Kladde oder ein Notizbuch oder so etwas, in das er seine Ergebnisse eintrug?« Er blickte zu dem Computer, der in der Ecke stand. »Wir müssen den PC einschalten. Sicher finden wir darin etwas.« Lenau drückte den Knopf, und der Bildschirm erwachte zum Leben. Das Logo des Betriebssystems erschien.

Gwen deutete auf die Tafel, die über und über mit Noten bedeckt war. »Wenn mein Vater arbeitete, schrieb er immer alles dorthin«, sagte Gwen. »Schauen Sie doch mal. Es ist alles mit Notizen bedeckt.«

»Tatsächlich«, rief Lenau. »Dass ich das nicht gesehen habe! Schauen Sie an die Tafel … Es ist wirklich unglaublich …«

Lenau machte ein Gesicht, als habe er eine Erleuchtung. Es war, als träfe ihn ein Sonnenstrahl.

»In der ersten Zeile steht genau diese Melodielinie.«

»Das mag sein«, sagte Gwen kühl.

»Ich weiß, dass Sie nicht so gut Noten lesen können, deshalb erkläre ich es Ihnen ja. Die erste Zeile an der Tafel ist die Melodie von der Fotokopie. Darunter hat Ihr Vater den Chorsatz aus der Passion skizziert.«

»Er hat oft Abschnitte aus Partituren an die Tafel geschrieben, wenn er sie analysieren wollte.«

Sehr viele Noten waren auf wenig Raum zusammengequetscht, sodass ein fürchterliches Gewirr entstand.

»Er hat gerade genug Platz gehabt und sein Experiment nur beginnen können«, fuhr Lenau fort. »Aber ich bin sicher, dass er das Ganze auch bis zum Schluss hätte fortsetzen können.«

»Was für ein Experiment meinen Sie?«

»Er hat untersucht, ob die Linie von der vatikanischen Handschrift zu dem Choral passt. Er hat sogar herausgefunden, dass sie dazu passt. Sie ist sozusagen eine Ergänzung, die aber in der Originalpartitur nicht vorkommt. Eine weitere Stimme eben. Damit hat er herausgefunden, welchen musikalischen Sinn sie hat. Als er keinen Platz mehr hatte, schrieb er nur noch ein paar Zahlen und Buchstaben an das Ende. Schauen Sie hier.«

Lenau deutete nach links unten, wo die komplizierte Notenniederschrift abbrach. Sie las die Zahl »99« und die Worte »Weimarer P.«.

»Was soll das bedeuten?«

»Schauen wir uns die Partitur an.«

Lenau ging zum Schreibtisch und blätterte.

»Alles klar. Der Chorsatz hat genau 99 Takte. Das hat Ihr Vater gemeint. Kein Wunder …« Lenau schüttelte den Kopf. »Bach war wirklich so ein Genie … Es geht in diesem Chor um die Sünde der Menschen. Um die Erlösung durch den Tod Christi. Jesus starb im dreiunddreißigsten Lebensjahr. Multipliziert mit der heiligen Zahl 3 ergibt das

99. Es waren in seiner Todesstunde, der neunten Stunde, elf Jünger um ihn. Elf mal neun ergibt wieder 99. Darüber hinaus versinnbildlicht die Zahl die Unzulänglichkeit des Menschengeschlechts, denn sie bleibt knapp unter der Zahl 100, die das Perfekte, Glanzvolle symbolisiert. Und das ist mal wieder nicht alles.« Lenau blätterte weiter. »Zudem besteht der Choral aus vierzehn Abschnitten. Bach hat also auch hier wieder seinen eigenen Namen mit hineingebracht und die Sünde, von der hier die Rede ist, auch auf sich selbst bezogen … Und da gibt es tatsächlich Musikwissenschaftler, die glauben, dass das alles ein Zufall ist …«

»Das ist sehr interessant, Herr Lenau. Aber was hat das mit der Partitur aus dem Grab zu tun?«

»Aber Frau Fischer, verstehen Sie denn nicht? Wir haben hier den Ansatzpunkt des gesamten Themas vor uns, das Ihren Vater beschäftigt hat.«

»Trotzdem. Wo ist der direkte Zusammenhang?«

»Wir sollten noch etwas in die Tiefe gehen.«

»In die Tiefe?«

»Ja! Ich habe es Ihnen doch erklärt. Man kann Musik gematrisch deuten. In den Noten stecken Zahlen, und diese Zahlen ergeben nach dem Alphabet Buchstaben. Vielleicht finden wir dann auch heraus, warum Bach diese zusätzliche Stimme aus dem Choral in der Passion weggelassen hat … Es ist vielleicht eine Botschaft, die unbekannt bleiben soll. Ich denke, dass Bach diese Stimme komponiert, sie aber später weggelassen hat. Und das einzelne Notenblatt blieb erhalten und wanderte später in die Bibliothek des Vatikans. Das gibt es oft, dass Partituren von Musikwerken auseinandergerissen werden und sich die einzelnen Blätter in den verschiedensten Ecken der Welt wiederfinden …«

»Warum das denn? Das verstehe ich nicht.«
»Die Komponisten sterben. Die Partituren werden nach ihrem Tod verkauft. Manchmal in einzelnen Teilen. Altwarenhändler, die keine Noten lesen können, erkennen nicht den wahren Wert des Materials, das sie vor sich haben. Es gibt Kriege, Fluchten, Umzüge. Dinge werden gestohlen …«
Lenau lächelte und klopfte auf die Tafel. »Finden wir mal heraus, was dieses Fragment zu erzählen hat. Dann sehen wir weiter.«
Er stellte sich vor die Tafel und deutete auf die Zeile, in der Gwens Vater die Linie aufgeschrieben hatte.
»Man sieht deutlich, dass er die Noten zu Gruppen zusammengefasst hat. Das ergibt sich auch aus der Handschrift. Sehen Sie die Lücken zwischen den Noten? Außerdem müssen wir auch die Pausenzeichen beachten.«
Er zählte Abschnitte. »Es sind vierzehn Notengruppen, jeweils durch relativ lange Pausen getrennt.« Lenau machte wieder ein triumphierendes Gesicht. »Sie sehen, die Zahlen lügen nicht. Bach ist überall in seinem Werk.«
Gwen schwieg und sah Lenau zu, wie er die Noten der einzelnen Gruppen zählte. Er wandte sich zu ihr um. »Es geht einfacher, wenn Sie aufschreiben würden, was ich Ihnen sage.«
Gwen suchte sich auf dem Schreibtisch ein Blatt und einen Stift. »Was soll ich schreiben?«
»Ich zähle die Anzahl der Noten in den einzelnen Gruppen und die Anzahl der Pausenzeichen. Schreiben Sie einfach die Zahlen auf. Es geht los.«

Als die halbe Stunde vergangen war, folgte Volpone dem gefliesten Fußweg bis zur Haustür und sah sich um. Niemand war auf der Straße.
Er schlich an der Hauswand entlang und drückte sich zwischen Garage und Haus in den verwilderten Garten. Wuchernde Brombeerranken rissen an seiner Jacke.

Ein paar Schritte, und Volpone war an zwei kleinen Fenstern angekommen, die in den Keller führten. Er sah sich noch einmal um. Er war hier gut versteckt. Mit einer einzigen Ellbogenbewegung schlug er das Glas des Fensters ein. Die Glassplitter flogen in den Keller, und es gab nur ein leises Klirren.

Lenau diktierte so schnell, dass Gwen kaum mitkam: »4, 1, 9, 15, 5, 14, 24, 10, 1, 1, 8, 11, 4, 11, 5, 17, 23, 19, 15, 1, 18, 7, 5, 5. Haben Sie es?«

»Ja. Und was soll das jetzt bedeuten?«

»Ich werde das gematrische Alphabet aufschreiben. Und dann übersetzen wir.«

Lenau nahm ihr das Blatt aus der Hand, beugte sich über den Tisch und schrieb:

A = 1
B = 2
C = 3
D = 4
E = 5
F = 6
G = 7
H = 8
I, J = 9
K = 10
L = 11
M = 12
N = 13
O = 14
P = 15
Q = 16
R = 17
S = 18
T = 19

U, V = 20
W = 21
X = 22
Y = 23
Z = 24

»Mit diesem Alphabet haben alle Bach-Forscher gearbeitet, die Bachs gematrischen Geheimnissen auf der Spur waren. In der lateinischen Schrift ähneln sich I und J, außerdem U und V, deswegen gibt es dafür jeweils nur eine Zahl. Außerdem ergibt sich so eine Gesamtzahl von 24. Das ist auch eine wichtige Zahl. Zwei mal zwölf. Die Stunden des Tages.«

Gwen spürte, wie sie Nervosität packte. Waren sie wirklich nur einen winzigen Schritt davon entfernt, eine interessante Entdeckung zu machen? Oder würden sie feststellen, dass alle Theorien, die Lenau vor ihr ausgebreitet hatte, blanker Unsinn waren? Vertat sie ihre Zeit mit einem Verrückten?

»Nehmen wir jetzt die Zahlen und übersetzen wir. Ich nenne Ihnen die Buchstaben.«

Lenau diktierte zügig. Er brauchte nicht auf das Alphabet zu sehen, und Gwen wurde klar, dass er es nur für sie zur Erklärung aufgeschrieben hatte.

Als sie fertig waren, stand eine nichtssagende Buchstabenkombination auf dem Papier.

DAIPEOZKAAHLDLERYTPASGEE

Enttäuschung machte sich in Gwen breit. Sie hatte tatsächlich erwartet, dass die Noten eine Botschaft bereithielten, und jetzt …

»Das ist reines Kauderwelsch«, rief sie. »Purer Unsinn.«

»Sind Sie sicher?«

»Natürlich!«
»Nun haben wir es ja mit zweierlei Zahlen zu tun. Zahlen für die Notengruppen. Und Zahlen für die Pausengruppen. Was geschieht, wenn wir diese Zahlen und die dazugehörigen Buchstaben trennen? Schauen Sie – hier.« Lenau nahm das Blatt und schrieb etwas unter Gwens Notizen.
»Es ergeben sich zwei ineinander verschachtelte Botschaften. Wie Sie vielleicht gemerkt haben, ist es Bachs Art, etwas raffiniert miteinander zu verweben. Das hört man schon seiner Musik an. Hier sind die Buchstaben, die sich aus den Notengruppen ergeben.«

DIEZAHLDERTAGE

»Die Zahl der Tage«, las Gwen. »Tatsächlich. Das ergibt in gewisser Weise einen Sinn. Aber welchen?«
Lenau betrachtete die Worte, und sein Gesichtsausdruck veränderte sich. Es war, als würde eine große Anspannung von ihm abfallen, und plötzlich murmelte er etwas, was Gwen nicht verstand. Es musste wieder eine fremde Sprache sein. Dabei starrte er weiter wie hypnotisiert auf das Blatt. Etwas glitzerte in seinen dunklen Augen. Waren das etwa Tränen?
»Welche Zahl von Tagen ist es denn, die für die Menschheit so wichtig ist? Die so eng mit der Passion Christi verbunden ist? Und mit der Sünde der Menschheit? Versetzen Sie sich in den christlichen Glauben hinein.«
»Vielleicht die Zahl der Tage der Leiden Christi. Oder die Zahl der Tage, die Jesus lebte. Dreiunddreißig Jahre mal dreihundertfünfundsechzig«, sagte Gwen. »Und natürlich noch die Tage von seinem Geburtstag bis zu seiner Kreuzigung.«

»Wer hätte etwas davon, die Zahl dieser Tage zu wissen?« Zum ersten Mal wirkte Lenau wirklich ungehalten. »Worum es geht und was in dieser Musik dargestellt wird, verschlüsselt oder nicht, ist der Glaube. Die Essenz des Glaubens. Und die liegt sicher nicht in der Anzahl der Tage, die Jesus auf Erden wandelte.«

»Sie wissen es«, sagte Gwen. »Sie wissen es, aber Sie sagen es nicht. So war mein Vater auch. Immer diese schulmeisterliche Art! Warum können Sie mir nicht einfach erklären, worum es geht? Und was meinen Sie überhaupt damit: In diesen Zahlen und den seltsamen Worten steckt der Glaube?«

Lenau warf ihr einen Blick zu, der sie erschreckte. Er wirkte verärgert, fast böse. Als habe sie seine Geduld über Gebühr strapaziert. Dabei war es doch umgekehrt …

»Was erwarten Sie denn? Dass der leibhaftige Jesus aus den Noten wiederaufersteht? Betrachten wir die Buchstaben, die sich aus den Pausen ergeben. Ich denke, dann wissen Sie, was gemeint ist. Bach hat sich wahrscheinlich gedacht, dass er es mit Zweiflern zu tun haben würde … Oder mit Menschen, die nichts verstehen …«

Gwen spürte Wut im Bauch, aber sie riss sich zusammen. Es gab eine Spur. Ihr war klar, dass Lenau mit seinen Theorien recht hatte.

Er schrieb wieder.

APOKALYPSE

»Apokalypse?«, fragte Gwen.

»Dieses Wort ergibt sich aus den Pausen zwischen den Noten. Das erschreckt Sie, oder?«

»Nein, das nicht, aber …«

»Sie wissen, was das Wort bedeutet?«

»Natürlich, es steht für den Weltuntergang.«
»Seit ein Mensch namens Johannes seine große Vision vom Ende der Welten niederschrieb, die wir heute als ›Apokalypse des Johannes‹ kennen.«
»Was hat Bach damit zu tun? Wollte er die Menschen vor der Apokalypse warnen?« Seltsame Bilder gingen Gwen durch den Kopf. Bilder aus bunten Zeitschriften, die sie immer wieder in ihrem Briefkasten fand. Mit Schlagzeilen wie: »Wann wird das Ende kommen?« oder: »Sind unsere Tage gezählt?«.
»Viele Menschen vergessen heute, dass vielen Religionen nicht nur der Glaube an ein höheres Wesen zugrunde liegt, sondern auch der Glaube an ein Weltende. An die Ankunft eines Messias. Die Christen glauben, dass dieser Messias Jesus Christus ist und dass er eines Tages wiederkehrt. Viele Menschen auf der ganzen Welt bewegt die Frage, wann das geschehen wird. Bach war ein gläubiger Mensch. Er wird darüber sicher auch nachgedacht haben …«
»Und Sie meinen, er hat sich damit beschäftigt, wann der Weltuntergang stattfindet?«
»Ich möchte nicht in religiöse Schwärmerei verfallen. Ich möchte, dass Sie klipp und klar verstehen, was Ihren Vater umtrieb. Fassen wir zusammen. Ihr Vater war im Besitz einer Kopie dieses seltsamen Fragments, das musikalisch zu einem der Chöre aus der Matthäuspassion passt und das aus dem Vatikan stammt. Er hat sich zur Aufgabe gemacht, die Bedeutung dieses Fragments zu erforschen, und es ist ihm gelungen. Die Worte, die in diesem Fragment verschlüsselt sind, geben dem Chor einen geheimen Sinn. Nun muss man wissen, dass gerade dieser Chor bereits in einer früheren Passion von Bach vorkommt. Wie viele Passionen hat Bach komponiert? Wissen Sie das? Wie oft hat er die Leidensgeschichte Christi, die Ereignisse von Grün-

donnerstag und Karfreitag, dem höchsten Feiertag der evangelischen Christen, in Musik gesetzt?«

»Zwei Mal«, sagte Gwen. »Er hat die Johannespassion und die Matthäuspassion geschrieben.«

Lenau schüttelte den Kopf. »Da liegen Sie falsch. Als Bach gestorben war, erschien in einer Zeitschrift ein Nachruf, den unter anderem sein Sohn Carl Philipp Emanuel Bach verfasst hatte. Darin war ausdrücklich die Rede davon, dass Johann Sebastian Bach fünf Passionen hinterlassen hat.«

»Fünf?« Gwen war überrascht.

Lenau nickte. »Seit etwa hundert Jahren arbeitet die Bach-Forschung daran, die drei übrigen Passionen zu finden. Und nun hat man ein Ergebnis erzielt. Man weiß mittlerweile, dass Bach noch eine Passion nach dem Evangelisten Markus komponiert hat, deren Musik leider verloren gegangen ist. Nur das Textbuch ist erhalten. Außerdem gibt es noch eine Lukaspassion, die aber wahrscheinlich nur die Bearbeitung eines fremden Werkes ist. Bleibt die Frage nach der Nummer 5.«

Lenau hielt inne und sah Gwen aufmerksam an.

»Was ist mit der Nummer 5?«, fragte sie.

»Es ist eine andere Matthäuspassion. Aus Bachs Frühzeit. Man nimmt an, aus dem Jahre 1717. Bach war damals noch nicht in Leipzig, sondern als Musiker in Weimar angestellt. Für den Hof in Gotha soll er damals diese erste Passion komponiert haben – ein Werk, das komplett verschollen ist. Allerdings hat Bach später aus dieser Komposition immer wieder Teile verwendet und in andere Werke einfließen lassen. Er muss sie also sehr geschätzt haben. Auch diesen Choralsatz ›Oh, Mensch, bewein dein' Sünde groß‹, der später in die bekannte Matthäuspassion einfloss. Schauen Sie, was Ihr Vater unten links auf der Tafel notiert hat. ›Weimarer P.‹ steht da. Er erforschte gar nicht einen Satz aus der Matthäuspassion, sondern er setzte sein ganzes Streben daran, die wahrscheinlich erste Passion aus Bachs Feder zu rekonstruieren.«

»Sie meinen, diese Notenstimme, die die Wörter DIE ZAHL DER TAGE enthält, war Teil davon?«

»Nicht nur das. Auch die Partitur, die ihr Vater mit ins Grab genommen hat. Auf dem Deckblatt stand ›Passio‹, was für ›Passion‹ steht. In den Noten stand ›Sinfonia‹. Die Fuge war nichts anderes als das Instrumentalvorspiel zu dieser Passion.«

»Aber das kann nicht stimmen«, rief Gwen. »Es ist doch das unvollendete letzte Werk von Bach. Das letzte Stück aus der *Kunst der Fuge*. Das haben Sie selbst gesagt.«

»Es ist beides. Bach muss schon in seiner frühen Weimarer Zeit diese großartige Fuge geschrieben haben, und dann kam es ihm darauf an, sein gesamtes Lebenswerk damit einzurahmen. Verstehen Sie? In Bachs Werk ist nichts zufällig. Er folgte von Anfang an einem großen, umfassenden Plan. Diese Fuge steht vor dem ersten großen Werk Bachs und am Ende des letzten. Alpha und Omega. Anfang und Ende. Ich habe Ihnen von dem Urgrund erzählt, einem musikalischen Motiv, das alles umschließt, in allem vorhanden ist und auf das alles gründet.« Er deutete an die Tafel. »Und hier steht die Botschaft klar und deutlich.«

»Welche Botschaft?«

»Die Zahl der Tage. Die Zahl der Tage, die die Menschheit warten muss, bis der Messias wiederkehrt.« Lenau zeigte auf das Wort, das er aus den Pausen entschlüsselt hatte.

»Wann wird er wiederkehren?«, fragte Lenau, und er klang wieder wie ein Lehrer.

»Am Jüngsten Tag?«

»Am Tag der Apokalypse. Wie viele Tage werden es noch bis zur Apokalypse sein? Wie viele Tage vergehen zwischen Christi Himmelfahrt und seiner Wiederkehr? Wann wird er kommen? Wie lautet die Zahl der Tage? Die Zahl der Tage, bis ER wiederkehrt, der gesagt hat: Siehe, ich mache alles neu? Bis die Menschheit endlich ihre Erlösung findet?« Er machte eine Pause und atmete schwer. Er hatte sich in Rage geredet, und Gwen wurde klar, dass er gerade zum ersten Mal, seit sie ihn kannte, seine Selbstbeherrschung verlor.

»Das ist mit der Zahl der Tage gemeint. Die Antwort auf diese Fragen. Und die Antwort findet sich in der fünften Passion, der Ihr Vater auf der Spur war. Anders gesagt: Sie enthält ein Datum. Das Datum des Jüngsten Tages.«

24

Maria Winkler legte den Telefonhörer auf, schob den Bürostuhl nach hinten und blickte hinauf zur Decke ihres Büros. Es war zum Verzweifeln.

Sie hatte einmal rund um die Welt telefoniert – zunächst nach Mailand, um mehr über die Vorgänge an der dortigen Oper zu erfahren. Maria hätte natürlich am liebsten mit dem Intendanten persönlich gesprochen, doch es war nicht möglich, ihn zu erreichen – weder den derzeitig amtierenden noch den neuen.

Immerhin hatte ihr eine Angestellte des Betriebsbüros sagen können, wer anstelle von Gwen in der *Traviata* singen würde. Es war Melinda Cortez, eine Sopranistin aus Argentinien – etwas jünger als Gwen und nach allem, was Maria gehört hatte, bei Weitem nicht so gut.

Man kann sich aber denken, was dahintersteckt, dachte Maria.

Melinda Cortez war bei einer der großen amerikanischen Agenturen. Sie gehörte William T. Morgan, einem der großen Strippenzieher des Musikgeschäfts. Maria hatte ihn vor ein, zwei Jahren auf einem Empfang kennengelernt. Er war so einflussreich, dass er jeden seiner Sänger unterbringen konnte, wo er wollte. Seine Agentur hatte die allergrößten Dirigenten, Pianisten, Sänger und Violinvirtuosen unter Vertrag, und wenn er ein junges Talent durchdrücken wollte, setzte er den Veranstaltern einfach die Pistole auf die Brust. Nach dem Prinzip: Wenn du meinen Nachwuchskünstler nicht nimmst, kriegst du meinen Star auch nicht.

Maria seufzte. Das war wieder einmal der Moment in ihrem Berufsleben, wo sie von der Tatsache eingeholt wur-

de, dass das Musikgeschäft keine kuschelige Großfamilie aus lieben Klassikliebhabern war, sondern eine Schlangengrube.
Schade, dachte sie. Gwen hat mich eine Weile dazu gebracht, es zu vergessen.
Sie beugte sich vor und blickte auf ihren Monitor.
In den letzten zwei Stunden waren sechzehn Mails eingegangen. Fast jedes davon würde intensive Arbeit erfordern. Es ging um Probentermine, Verträge, Konzertprogramme der anderen Künstler, die bei Maria noch unter Vertrag waren.
So ein Mist, dachte sie. Diese Sache mit Gwen hat uns auch noch in unserer Tagesarbeit zurückgeworfen. Egal, es half nichts. Einfach weitermachen.
Maria schickte Nadine eine elektronische Notiz nach nebenan – mit der Bitte, sich um vier der Mails gleich zu kümmern. Dann öffnete sie eine der Nachrichten, die sie selbst beantworten musste.
Während sie lostippte, gab der Computer das Glockensignal von sich, dass eine weitere Mail eingegangen war.
Maria war so mit der Arbeit beschäftigt, dass sie eine Dreiviertelstunde lang gar nicht mitbekam, worum es bei der Mail ging.
Sie war ganz und gar in ihre Arbeit vertieft, als Nadine herübergestürmt kam.
»Was ist los?«, fragte Maria etwas ungehalten, denn angesichts der Niederlagen in den letzten Stunden war ihre Laune nicht die beste.
»Haben Sie die Mail aus Paris gesehen?«
»Was? Nein.«
»Ich dachte, wo das Engagement von Frau Fischer doch ausgefallen ist …«, sagte Nadine schüchtern.
Maria runzelte die Stirn und klickte auf den Posteingangsordner. Mittlerweile waren noch weitere Mails

eingegangen, und sie brauchte einen Moment, um das richtige Schreiben in der Liste zu finden.
Die Mail war auf Französisch. Die Leute in Paris oder anderswo in Frankreich machten sich selten die Mühe, englisch zu schreiben, geschweige denn deutsch.
Nach und nach begriff Maria, worum es in dem Schreiben ging. Und gleichzeitig entpuppte sich das Potenzial der Nachricht. Es war eine Chance. Eine reelle Chance für Gwen. Vorausgesetzt, sie waren schnell genug. Ein Blick auf das Eingangsdatum sagte Maria, dass sie schon fast fünfzig Minuten verloren hatte.
»Habe ich das richtig verstanden?«, fragte Nadine.
»O ja, das hast du«, sagte Maria, die plötzlich beinahe euphorisch war. Wir müssen schnell sein, dachte sie. *Wir müssen die Ersten sein!*
Sie klickte auf »Antworten« und tippte wie besessen in das Computerfenster. Ihr Französisch war nicht gerade perfekt, aber für diese Nachricht würde es reichen. Ein Klick auf »Senden«.
Es wäre besser, es nicht dabei zu belassen, sondern gleich anzurufen, dachte sie.
Sie griff zum Telefon, und dabei fiel ihr ein, dass es angebracht wäre, Nadine ein Lob zukommen zu lassen.
Sie drehte sich zur Tür, aber die Praktikantin war bereits in ihrem Büro verschwunden.

Volpone setzte vorsichtig einen Fuß vor den anderen. Er hatte die Pistole gezogen und sicherte den Raum vor sich.
Der Moment des Sieges war nah!
Oben waren Gwendolyn Fischer und der Unbekannte. Er hörte sie leise sprechen.
Noch wenige Minuten und Gwendolyn würde ihm bereitwillig sagen, was sie wusste. Angesichts eines er-

schossenen Mannes kamen die meisten Frauen ins Reden, da war er sicher. Vielleicht hatte sie das Dokument sogar dabei.
All seine Fehler der Vergangenheit waren vergessen, sein Platz im Himmelreich sicher.
Langsam bewegte er sich durch den Flur. Er hatte den Aufstieg fast geräuschlos hinter sich gebracht. Nur vorhin auf der Treppe hatte die erste Stufe geknarrt.
Er näherte sich der Stirnseite des schmalen Gangs, wo es in das große Arbeitszimmer ging. Die Türen links und rechts von ihm waren geschlossen. Dort befanden sich, wie Volpone wusste, ein Schlafzimmer und ein Bad. Die Situation erinnerte ihn an den Abend, als er hier den Professor getroffen hatte. Und er war davon überzeugt, dass es kein Zufall war, dass sich die Chance auf diese Weise wiederholte.
Der Herr hat dir verziehen und schenkt dir eine Möglichkeit, alles wiedergutzumachen. Du solltest ihm dankbar sein.
Ich bin dankbar, dachte Volpone. Ich bin der Dankbarste unter Deiner riesigen Herde. Er nahm sich vor, noch an diesem Abend eine Kirche zu besuchen und dem Herrn ein langes Dankgebet zu widmen.
Jetzt blieb Volpone stehen und lauschte. Gwendolyn Fischer und der Unbekannte sprachen immer noch. Volpone hatte gut genug Deutsch gelernt, um sie zu verstehen.
»… das Datum des Jüngsten Tages«, sagte der Fremde gerade.
Er wusste es also!
Er war nicht einfach nur ein Experte für alte Partituren, den Gwendolyn Fischer zu Rate gezogen hatte.
Er war ein Interessent.
Natürlich weiß er es, du Dummkopf, dachte Volpone.

Was glaubst du denn, wer er ist? Er kann Visionen der Hölle heraufbeschwören. Er kann und weiß mehr, als dir lieb sein kann.
Volpone drängte sich an den Rand des Flurs. Hinter ihm lag die Schlafzimmertür. Vorsichtig drückte er sie auf. Er schob seinen kleinen massigen Körper in das Zimmer und ließ die Tür einen Spaltbreit auf. Die Pistole hatte er immer noch schussbereit in der rechten Hand.
Du hast Angst, hämmerte ihm eine schadenfrohe Stimme ein. Du machst dir vor Angst in die Hosen. Dabei wäre es das Beste, wenn du jetzt da reinstürmst und den schwarzen Mann einfach umlegst.
Eine andere Stimme in ihm befahl ihm zu warten.
Geduld.
Vielleicht gab es noch etwas Wichtiges für Volpone zu erfahren. Vielleicht ließ Gwendolyn Fischer eine Bemerkung darüber fallen, wo die Partitur war. Wenn sie sie im Hotel aufbewahrt hatte, konnte Volpone sie stehlen, während die beiden noch hier herumstanden.
Jetzt sprach Gwendolyn wieder, dann der Mann, und schließlich hörte Volpone Geräusche. Sie suchten etwas.
Offenbar wissen sie auch nicht alles.
Er hörte konzentriert zu, und nach weiteren zwanzig Minuten war ihm klar, dass sich das Warten gelohnt hatte.

25

»Der Jüngste Tag?« Gwen schüttelte ungläubig den Kopf. »Sie glauben, aus der verschollenen Passion könnte man tatsächlich herauslesen, wann die Welt untergeht?«

»Man kann es zumindest theoretisch, wenn man die Zahl kennt.«

»Es muss eine sehr hohe Zahl sein.«

»Zwischen sieben- und achthunderttausend«, sagte Lenau wie aus der Pistole geschossen. Er hatte sich offenbar intensiv mit diesem Thema beschäftigt. »Wobei sich die Historiker ja streiten, ob die Kreuzigung überhaupt stattgefunden hat. Und wenn ja, wann genau. Man müsste nach den Glaubensinhalten der Bach-Zeit davon ausgehen, dass Jesus Christus im April des Jahres 33 nach Christus hingerichtet wurde und 42 Tage später in den Himmel aufgefahren ist.«

»Aber kann man das denn so genau sagen?«

»Sie müssen sich immer vor Augen halten, dass es dabei nicht darum geht, was wir glauben, sondern was man zu Bachs Zeit geglaubt hat. Und damals war das, was in der Bibel steht, noch wörtlich zu verstehen. Die Menschen zweifelten nicht. Sie glaubten.«

»Was wäre, wenn man herauslesen würde, dass die Apokalypse übermorgen stattfindet? Ich meine, das ist doch alles nur ein Gedankenspiel …«

»Sie glauben das nicht, oder?«

»Eigentlich nicht.«

»Sehen Sie nicht, dass die Menschheit am Abgrund ihrer Existenz steht? Ich denke, man muss nicht besonders religiös sein, um auf die Idee zu kommen, dass wir vor einer großen Veränderung stehen.«

Gwen erinnerte sich daran, was sie schon alles in Zeitungen und Zeitschriften darüber gelesen hatte – auch ohne sich wirklich wissenschaftlich mit dem Thema zu befassen. Natürlich – es gab Umweltkatastrophen und Massenvernichtungswaffen. Angeblich war es auch wahrscheinlich, dass die Erde von einem Meteoriten getroffen wurde. Aber das ließ Gwen noch lange nicht annehmen, dass im Falle einer großen Vernichtung der Messias am Himmel erschien.

»Sie nehmen das alles wirklich sehr ernst«, sagte Gwen. Ihr kam es wieder so vor, als wüsste Lenau bereits alles, was damit zu tun hatte. Als habe er auch gewusst, woran ihr Vater arbeitete. Als seien seine Erkundungen hier nur eine Farce, die er ihr vorspielte.

Er will gar nichts selbst herausfinden. Er will mich von diesen Dingen überzeugen. Darauf kommt es ihm an. Aber warum? Ist er ein religiöser Fanatiker?

Ein seltsamer Gedanke ließ sie frösteln. Handelte Lenau vielleicht im Auftrag ihres Vaters? Sollte er sie nach dessen Tod in irgendeiner Weise anleiten? Ihr beibringen, wie er gedacht hatte? Ihr zeigen, was die Musik ihm sagte?

Lenau sprach weiter. »Wenn wir wirklich herausfinden, dass in der Partitur das Datum des Jüngsten Tages steckt, dann wäre das eine weitere Theorie neben vielen anderen in Bezug auf die Apokalypse, die es bereits gibt. Und warum sollte man das nicht ernst nehmen? Es gibt so viele Theorien über die Bibel und das Christentum. Die meisten beschäftigen sich damit, ob Jesus wirklich gelebt hat. Ob er vielleicht verheiratet war. Oder ob er sogar Kinder hatte. Aber das ist alles Vergangenheit. Die wenigsten beschäftigen sich mit dem, was aus kirchlicher Sicht vor uns liegt. Was aus der Welt wird. Die Wiederkehr des Messias oder überhaupt seine Ankunft, auf die nicht nur die Christen, sondern auch die Juden hoffen. Auch der Islam lehrt, dass es einen Jüngsten Tag gibt, an dem die Menschen zur Rechenschaft gezogen werden.«

»Existieren denn andere Daten, auf die man sich vorbereiten soll? Damit man auf jeden Fall richtigliegt?« Gwen hatte versucht, ironisch zu klingen, aber es war ihr nicht gelungen. Die Ironie prallte an Lenau ab.

»Die Menschen haben immer wieder die Apokalypse erwartet. Bereits kurz nach dem Tod Jesu lebten seine Anhänger in dem Glauben, dass es bis zu seiner Wiederkunft nicht lange dauern würde.«

»Dann ist es aber doch anders gekommen.«

»Immer wieder haben selbst ernannte Seher und Propheten das Weltende vorausgesagt, das dann aber doch nicht eintrat. Vor allem symbolische Jahreszahlen haben dabei eine Rolle gespielt. Das erste Millennium im Jahre 1000. Als die Apokalypse am 1. Januar des Jahres 1000 ausgeblieben war, kam ein findiger Mönch namens Radolf zum ersten Mal auf die Idee, dass nicht die Zeit von Christi Geburt, sondern von seinem Tod gerechnet eine symbolische Rolle spielen könnte. Er sagte daraufhin den Jüngsten Tag für das Jahr 1033 voraus. Bis ins 20. Jahrhundert hinein gab es dann immer wieder solche Prophezeiungen. Sie stammten von Zahlenmystikern, Propheten, aber auch von Reformatoren, die eigentlich gar nicht als Propheten auftraten – zum Beispiel von Martin Luther. Ab dem 19. Jahrhundert kamen dann nach und nach Wahrsager ins Spiel, außerdem diverse Sekten wie die Zeugen Jehovas, die schon mehrere Prognosen abgaben. Manche moderne Sekten glauben, am Jüngsten Tag würde die Erde zerstört, aber ein Teil der Menschheit werde durch Ufos gerettet. Die Sekte ›Fiat Lux‹ zum Beispiel hat schon mehrmals das Weltende vorausgesagt … Insgesamt gibt es sicher mindestens hundert oder zweihundert Theorien, die ich Ihnen hier gar nicht alle aufzählen kann.«

»Und nun wollen Sie noch eine weitere hinzufügen?«
»In erster Linie möchte ich Ihnen helfen. Und natürlich möchte ich auch meine Unschuld beweisen. Und eine weitere Theorie wäre auch nicht schlecht. Das war ja auch der Grund, warum ich Kontakt zu Ihrem Vater hatte. Ich wollte wissen, was es mit Bachs Zahlenmystik auf sich hat. Dass es dabei um die Apokalypse geht, wusste ich nicht. Dabei ist doch alles so offensichtlich. Es erklärt sogar, warum Ihr Vater die Partitur vor der Weltöffentlichkeit verbergen wollte.«
»Wie meinen Sie das denn?«
»Ich glaube, Ihr Vater suchte schon lange nach der Partitur dieser verschollenen Passion. Wie ich schon sagte, im Laufe der Geschichte werden Partituren oft auseinandergerissen. Die Teile werden getrennt. Das hat etwas damit zu tun, dass Bachs Erben natürlich zusehen mussten, wie sie über die Runden kommen. Bachs Witwe drohte die Verarmung. Bei Mozart, der ja sehr früh starb, war es genauso. Also wurde der Nachlass eines Komponisten in möglichst kleinen Stücken verkauft, damit man viel Geld herausschlug. Das führte dann dazu, dass er sich in alle Winde zerstreute.«
»Das heißt, man findet so eine Partitur heute nicht mehr unbedingt an einem einzigen Ort?«
»Genau das. Es wird Ihren Vater Jahre gekostet haben, die fünfte Passion zu suchen. Und vielleicht hat er ja die gesamte Partitur sogar gefunden. Und die Sinfonia der Passion war sozusagen der letzte Mosaikstein, der ihm noch fehlte, den er aber wieder nur verstand, weil er dieses Fragment aufspürte, das nach Bachs Tod irgendwann in die Vatikanische Musikbibliothek geriet. Übrigens sicher nicht zufällig. Sie können sich vorstellen, dass man in Rom ein ganz besonderes Interesse an diesem Thema hegt.«

»Auf welche Weise soll denn nun diese Zahl in der Partitur verschlüsselt sein?«
»Das kann man nur beurteilen, wenn man das gesamte Werk vor sich hat. Es ist die Anzahl irgendeines Elements in der Partitur. In vielen Werken von Bach spielt die Anzahl der Takte eine große Rolle.«
»Vorhin haben Sie gesagt, die Matthäuspassion, die wir kennen, habe zweitausendachthundert Takte. Das sind ein bisschen wenig Tage von der Himmelfahrt bis zur Wiederkunft, finden Sie nicht?«
»Dann muss es etwas anderes sein. Wie gesagt – man müsste das Gesamtwerk vor sich haben.«
Gwen nickte. »Ist das nicht alles ziemlich abstrakt? Die Wiederkunft des Messias ist christlicher Glaube. Aber steht denn irgendwo in der Bibel, wann das geschehen wird? Also wie die Zahl lautet?«
»Das ist es ja! Niemand weiß, wann Jesus Christus zurückkehren wird. Seit fast zweitausend Jahren warten die Christen darauf. Ihre ganze Hoffnung ist auf dieses Ereignis hin ausgerichtet.«
Gwen erinnerte sich wieder an Broschüren der Zeugen Jehovas, die hin und wieder in ihrem Briefkasten in Köln steckten und in denen die »Ankunft des Herrn«, wie es dort hieß, in bunten Farben dargestellt wurde. Fast wie in einem Fantasycomic.
»Eine Menge Leute würden wer weiß was dafür geben zu erfahren, wann dieses Ereignis stattfindet. Andererseits darf sich ein strenggläubiger Christ gar nicht damit beschäftigen.«
»Er darf darauf hoffen und daran glauben, sich aber nicht damit beschäftigen?«
»Es ist eine Sünde, Theorien über den Weltuntergang aufzustellen. Ich habe darüber selbst ein Buch geschrieben. Es

steht nach kirchlicher Meinung dem Menschen nicht zu, Aussagen über den Zeitpunkt des Jüngsten Gerichts zu machen. In der katholischen Kirche wurde sogar mehrfach festgelegt, dass Priester, die dem entgegenhandeln, streng bestraft werden. Man beruft sich dabei auf ein Wort von Jesus aus dem Markus-Evangelium: ›Doch jenen Tag und jene Stunde kennt niemand, auch nicht die Engel im Himmel, nicht einmal der Sohn, sondern nur der Vater.‹ Dreizehntes Kapitel, Vers 32.«
»Und Sie glauben, Bach habe dieses Datum trotzdem gekannt und unter die Menschen bringen wollen?« Gwen musste unwillkürlich lachen. Das war alles einfach zu fantastisch. »Sie glauben, er hat gewusst, wann das alles passiert, was in manchen Horrorfilmen vorkommt? All diese seltsamen Dinge – blutige Flüsse, die Auferstehung eines wilden Tieres, der letzte Kampf gegen den Antichrist?«
»Er hat es gewusst. Und er hat gewusst, dass es eine Sünde war. Hier.« Er deutete auf den Choral in der Partitur. »›*Oh, Mensch, bewein dein' Sünde groß*‹. Es ist kein Zufall, dass er die Botschaft von der Zahl der Tage gerade in diesen Choral einbaute. Und Ihr Vater wusste auch, dass es eine Sünde ist, sich damit zu beschäftigen. Das ist der Grund, warum er die Partitur mit ins Grab nahm.«
Und warum er auf den Umschlag schrieb, dass man ihn nicht vor dem Jüngsten Tage öffnen durfte, fügte Gwen innerlich hinzu. Die Warnungen waren ja unübersehbar.
»Er wollte bei der Auferstehung von den Toten vor seinem Richter stehen und sagen können: Schau her, ich habe alles richtig gemacht. Ich habe mich zwar mit dem Geheimnis deiner Wiederkunft beschäftigt, aber ich habe dafür gesorgt, dass niemand sonst das Geheimnis erfährt.«
Er hatte tatsächlich daran geglaubt …

»Und wissen Sie, was das noch bedeutet? Irgendwo besitzt jemand den Rest der Partitur. Und es fehlt ihm nur noch dieses Stück, das nun verschwunden ist. Der Anfang.«

»Den sich wahrscheinlich längst Gott weiß wer unter den Nagel gerissen hat«, sagte Gwen. »Der Vatikan oder sonst wer.«

»Wie auch immer. Ich bin sicher, dass Ihr Vater die Leute kannte, die den Rest der Partitur haben. Und wenn wir uns hier etwas genauer umsehen, werden wir einen Hinweis finden.«

Gwen zog Ordner für Ordner aus dem Regal und durchsuchte sie. Lenau hatte auf der anderen Seite des Raums angefangen. Er trug Papierstapel ab und blätterte sie so rasch durch, dass Gwen zu dem Schluss kam, dass er Routine in so etwas haben musste.

Sie konzentrierte sich auf den Ordner, den sie vor sich hatte. Er enthielt nichts als wissenschaftliche Aufsätze. Skeptisch betrachtete sie den nächsten. Dieser war beschriftet. »ZfM« war dort zu lesen, was wahrscheinlich »Zeitschrift für Musikwissenschaft« hieß. Im nächsten fand Gwen nur handschriftliche Notizen, die ziemlich alt sein mussten, denn das Papier war bereits vergilbt.

Während Lenau weiter hinten raschelnd blätterte und mit dumpfem Poltern seine Stapel umschichtete, las sich Gwen in dem Manuskript ihres Vaters fest.

»… müssen wir davon ausgehen, dass Musik nicht nur ein tönendes Genussmittel darstellt, wie uns die moderne Unterhaltungsindustrie glauben machen will, sondern in tieferen Schichten Eigenheiten besitzt, die zwar direkt Einfluss auf das klingende Ergebnis haben, aber anders als mit dem Ohr wahrgenommen werden müssen, weil sie den Verstand, sozusagen das philosophische Organ des Menschen ansprechen und ihm auf dieser Ebene Erkenntnisse vermitteln, für deren Ausdruck die Sprache allein nicht fähig wäre …«

Gwen versuchte, die Worte zu verstehen. Es war im Grunde dasselbe, was auch Lenau ihr dargelegt hatte. Musik war also mehr als Klang. Mehr als Genuss. Mehr als hübsch harmonisierte Rhythmen, in denen sich Teenager auf Tanzpodien wiegten. Und sie war natürlich auch mehr als das stundenlange maschinelle Abspulen von winzigen rhythmischen Partikeln, die man heute in den Klubs geboten bekam.

Letztendlich wusste Gwen, dass das stimmte. Sie hatte sich nur dieser Ebene der Musik immer verschlossen. Sie hatte sich immer am liebsten voll und ganz dem Klang hingegeben.

Im Grunde war es wie immer im Leben. Sinnlichkeit und Gefühl standen gegen Verstand. Dabei hatte ein lebendiges Ganzes doch immer beide Seiten. Und ein Kunstwerk erst recht …

Aber irgendwie ist es doch so, dass man an diese Dinge glauben muss, dachte Gwen. Letztlich gibt es nur seltsame, mehr oder weniger einleuchtende Übereinstimmungen. Aber es gibt keinen zwingenden Beweis, dass das alles wahr ist.

Es ist wie in allen Dingen des Glaubens.

Wie bei Jesus Christus. Wie beim Jüngsten Gericht.

Als Gwen wieder daran dachte, spürte sie eine leise Angst wie eine plötzliche Übelkeit aufsteigen.

Sie war kein gläubiger Mensch, jedenfalls nicht im engen Sinne. Sie glaubte zu wissen, dass es Dinge zwischen Himmel und Erde gab, die der Mensch mit seinem engen Verstand nicht erklären konnte. Sie glaubte in einer Weise, die ihr selbst nicht klar war, dass es etwas Großes und Ganzes gab, das sie selbst überstieg. Und sie hatte auch noch aus ihrer Kinderzeit den Gedanken verinnerlicht, dass jenseits der Grenze des Todes irgendetwas anderes geschah. Aber was – darüber wollte sie nicht nachdenken. Und nun wurde sie mit einem Glauben konfrontiert, der stark und klar war – so klar wie ein kräftiger Holzschnitt. Eine Madonna auf einer Ikone. Naiv, aber von klaren Vorstellungen bestimmt. Von der Vorstellung, dass Jesus Christus wiederkehren würde.

Dass es ein Jüngstes Gericht gab, einen Jüngsten Tag.

Dass die Apokalypse eines Tages eintreten würde – und zwar nicht auf die Weise, die so oft in Hollywoodfilmen heraufbeschworen wurde. Nicht durch einen Meteoriten, durch die Klimakatastrophe oder durch Atombomben.

Durch die Wiederkehr des Herrn Jesus Christus, wie es immer in der Kirche hieß.

Was nicht heißen musste, dass diese Dinge voneinander getrennt sein mussten. Es gab genügend Menschen, die davon überzeugt waren, dass beides zusammenhing. Dass die Häufung der vielen Möglichkeiten, mit denen die Menschheit an ihrem eigenen Untergang arbeitete, gerade darauf hinwies, dass es bald so weit war. Dass Erdbeben, Tornados, Überschwemmungen und vieles andere genau dafür Zeichen waren.

Dass der Jüngste Tag vielleicht sogar unmittelbar bevorstand.

Sie blätterte weiter in dem Ordner herum. Jemand hatte die Notizen ihres Vaters kommentiert. Jemand mit einer anderen Handschrift.

»Bravo«, stand an einer Stelle. An einer anderen: *»Pythagoras hättest du auch hier schon erwähnen können.«*

Stammte das von einem Lehrer? Oder einem Freund? Die Schrift war verblasst, die Anmerkung uralt.

»Schauen Sie mal hier«, sagte sie zu Lenau, der gerade einen Papierstapel ablegte. Er kam herüber und studierte die Blätter, die Gwen gefunden hatte. »Wenn wir nur einen Namen hätten«, sagte er.

»Ich kümmere mich um den Computer. Suchen Sie in den Unterlagen weiter.«
Er ging zum Schreibtisch, und Gwen nahm sich weiter die Ordner vor. Plötzlich fiel ihr etwas ein.
»Als ich vorgestern zum ersten Mal herkam, hatte ich den Eindruck, dass schon einmal jemand hier etwas gesucht hat«, sagte sie.
Lenau, der bereits vor dem Computer saß, drehte sich um.
»Das kann ich mir denken.«
Lenau tippte. »Er hat das Gerät noch nicht einmal mit einem Passwort gesichert«, sagte er.
Er nahm die Maus und öffnete verschiedene Dateien.
»Ihr Vater hat den PC nur als intelligente Schreibmaschine benutzt. Es gibt keinen Internetanschluss, und auf der Festplatte sind nur Texte. Eingetippte Aufsätze.« Fenster öffneten sich. »Die meisten sind noch nicht mal besonders neu. Der neueste ist drei Jahre alt.«
»Er war nicht der Typ, der mit einem PC gearbeitet hätte«, sagte Gwen.
»Nicht der Typ? Jemand, der sich mit Zahlenanalysen beschäftigt? Und außerdem – ohne Computer können Sie als Wissenschaftler heutzutage kaum mehr etwas auf die Beine stellen. Er hat etwas verborgen. Er hat etwas verbrannt. Aber es muss noch eine Spur geben. Es muss einfach …«
Lenau bückte sich und zog die Schubladen des großen Schreibtischs auf. Darin waren Büroutensilien, Papier, Karteikarten. Er stand auf und ging nervös auf und ab. Schließlich verharrte er vor dem Stehpult.
»Das ist ein schönes Stück«, sagte er. »Hat Ihr Vater daran auch gearbeitet?«
»Ja. Die meiste Zeit sogar. Er hat im Stehen geschrieben. Wie die alten Gelehrten. Manchmal ist er zwischen-

durch zur Tafel gegangen und dann wieder zurück an das Pult.«

Lenau tastete das Möbelstück ab. Es bestand aus einem massiven Holzsockel mit einer schrägen Platte, die mit dunklem Leder bezogen war.

»Die Platte kann man hochklappen«, sagte Gwen.

Lenau versuchte, die Fläche anzuheben. Es ging nicht.

»Verschlossen«, sagte er. »Normalerweise müsste hier vorn auch ein Schlüssel stecken.«

Gwen kam näher und nahm das Pult in Augenschein.

»Soweit ich mich erinnern kann, gab es diesen Schlüssel auch.«

Lenau wandte sich wieder dem Schreibtisch zu, zog erneut die Schubladen auf und wühlte. »Ist es vielleicht dieser hier?«, fragte er.

Gwen nahm ihn und schloss auf. Der Hohlraum unter der Schreibfläche war so groß, dass zwei Aktenordner hineingepasst hätten. Sie brachte Papier zum Vorschein. Sofort begann sie zu lesen. »Ein Brief«, sagte sie. »Und dazu ein Blatt mit Zahlen.«

»Wir scheinen der Sache immer näher zu kommen.«

»Nein, es geht nicht um Musik. Das Anschreiben ist von seinem Hausarzt. Es hat was mit seiner Krankheit zu tun.« Sie blätterte weiter. »Und was ist das hier?« Sie las aufmerksam. »Das ist Italienisch. Und der Briefkopf deutet auf etwas Kirchliches hin.«

»Darf ich mal sehen?«, fragte Lenau, und Gwen gab ihm das Blatt.

»Das stammt aus dem Vatikan«, sagte er. »Es ist eine Vollmacht, die besagt, dass Ihr Vater berechtigt war, für die päpstlichen Bibliotheken alte Handschriften zu kaufen.«

Lenau zog hörbar Luft durch die Zähne. »Ich habe mich schon die ganze Zeit gefragt, wie Ihr Vater in den Besitz dieser echten Bach-Partitur kam. Einer Bach-Partitur wohlgemerkt, die der Forschung bis heute entgangen ist. Natürlich ist es möglich, so etwas in einem Archiv zu finden, aber damit besitzt man das Dokument noch nicht. Und die berühmten Dachbodenfunde sind nur Legenden. So etwas ist höchst unwahrscheinlich. Dieses Schreiben gab Ihrem Vater genug Mittel in die Hand, so ein Dokument doch zu bekommen – ohne dass jemand davon erfährt.«

»Aber warum sollte sich jemand von so etwas Wertvollem trennen?«

»Jeder Mensch ist käuflich. Es kommt nur auf die Summe an. Und die hier« – Lenau tippte auf den Briefkopf – »haben sicher genug Geld, um jeden zum Verkauf zu bringen. Hier steht, dass er vom Vatikan jede Summe erhält, die er für den Erwerb benötigt. Jede Summe, verstehen Sie? Er hatte einen Freibrief. Was ist noch in dem Fach?«

Gwen förderte einen Klarsichtordner zutage. Einige Blätter Papier und etwas Dickes steckten darin. Das Dicke waren zwei Schlüssel.

»Was ist das?«, fragte Lenau.

»Es sieht aus wie ein Mietvertrag. Mein Vater hatte irgendwo noch eine Wohnung.«

»Wie lautet die Adresse? Lassen Sie mal sehen … Keine Wohnung. Hier steht, es ist ein Lagerraum.«

»Was könnte da verborgen sein? Wofür brauchte mein Vater so etwas?«

Lenau sah sie an. »Ich denke, wir sollten nachsehen.«

Volpone drückte sich an die Wand, als Gwendolyn Fischer und Lenau über den Gang liefen.

Der Professor hatte noch ein Versteck!

Die Schritte verloren sich in Richtung Erdgeschoss, und kurz darauf fiel unten die Tür ins Schloss. Ein Knirschen zeigte an, dass Gwendolyn Fischer den Schlüssel herumdrehte.
Sofort kam Leben in Volpone. Er folgte der Treppe in den unteren Flur. Im selben Moment wurde draußen ein Auto angelassen.
Sollten sie ihren Vorsprung haben. Volpone hatte die Adresse genau verstanden.
Er lief hinunter in den Keller und verließ das Haus durch das zerbrochene Fenster. Draußen vergewisserte er sich, dass ihn niemand beobachtete. Sekunden später erreichte er seinen Wagen und fuhr los.

26

Gwen las ein Straßenschild: Zschochersche Straße. Lenau sah sich nach Hausnummern um.
»Wir sind zu weit«, sagte er. »Die Adresse liegt weiter nördlich.«
Er nutzte eine Einfahrt, um zurückzusetzen, und gab wieder Gas.
»Hier ist es.«
Er hielt an einem Eckhaus, das Gwen wie die leibhaftige Verkörperung von Verrottung und Vernachlässigung vorkam. Die Fassade besaß die Farbe von getrocknetem Schlamm. Im unteren Bereich hatten Graffiti-Sprayer die Fläche genutzt, was dem Ganzen aber einen noch trostloseren Eindruck verlieh. Die Fenster in der unteren Etage waren allesamt zugenagelt; die Bretter boten Gelegenheit für Plakatierer, ihre schrillen Ankündigungen von Konzerten und anderen Veranstaltungen unterzubringen. In der Mitte der Hausfront gähnte ein Loch. Es war eine große Toreinfahrt, die auf ein Stück Brachland führte; dahinter war sofort wieder der schmutzig graue Novemberhimmel zu sehen. Auf dem Gelände erstreckte sich schlammiges Gras. An einigen Stellen glänzten Pfützen.
Sie stiegen aus, und Gwen folgte Lenau, der dem Gebäude zustrebte. Über dem Tor stand eine alte Firmenbezeichnung: Gebrüder Weber. Es war nicht mehr ersichtlich, was auf diesem Gelände einst produziert worden war. Ganz sicher wohnte hier aber niemand. Der ganze Bau sah aus wie ein Fall für die Abrissbirne.
Sie durchquerten die Hofeinfahrt. Auf dem rückwärtigen Teil erkannte Gwen einen Sandkasten und ein paar Bäu-

me. Es war ein Spielplatz – ähnlich trostlos wie der gegenüber dem Hotel. Ein Stück weiter fiel das Gelände ab, und unten glänzte bräunliches Wasser. Ein Kanal.
»Ich frage mich, wo hier eine Tür sein soll, zu der der Schlüssel passen könnte«, sagte Lenau.
»Wir müssen den ganzen hinteren Bereich absuchen.«
Der rückwärtige Teil des Hauses bestand aus zerbrochenen Fenstern, weiteren Graffiti und einem Gewirr aus Erkern und teilweise diagonal verlaufenden Regenrinnen und Abflussrohren. An einigen Stellen war der Putz abgeplatzt, dunkle Flecken zeigten an, dass Wasser ins Mauerwerk gedrungen war. Schmale gemauerte Kamine stachen von dem Dach in den Himmel.
Gwen entdeckte eine schmale Treppe, die parallel zur Mauer in die Tiefe führte. Unten gelangte man an eine überraschend modern wirkende Metalltür.
»Kommen Sie«, rief Gwen.
Grünschwarzes Moos bedeckte die Stufen. Als Gwen unten war, steckte sie den Schlüssel in das Schloss. Er passte. Sie öffnete die Tür.
Vor ihnen lag ein Gang mit hell getünchten trockenen Wänden. Der Weg führte über nackten Betonboden. Links und rechts gab es jeweils eine lange Reihe von Türen – einzelne Kellereinheiten der verschiedenen Mieter. Jede Tür war nummeriert. Nach einer langen Strecke teilte sich der Gang.
»Links oder rechts?«, fragte Gwen. »Welchen Keller hat mein Vater überhaupt gemietet? In dem Vertrag war keine Nummer angegeben, und an dem Schlüssel stand auch nichts.«
Hier hinten standen einige der Räume offen. Diese Einheiten waren wohl nicht vermietet.
Lenau blieb stehen.
»Hier ist es.«
»Woher wissen Sie das so genau?«

»Sehen Sie auf die Nummer.«
»Einundvierzig«, las Gwen.
»Sie wissen, was das bedeutet. JSBACH.«
»Meinen Sie wirklich, mein Vater hat das Spiel so weit getrieben?« Kopfschüttelnd probierte sie den anderen Schlüssel. Die Tür schwang auf. Sie tastete die Wand ab und fand einen Lichtschalter.
Im aufflackernden Neonlicht starrte sie ein Mann an. Sie wusste, wer es war, denn sie kannte das Bild. Es war Johann Sebastian Bach.
Eine riesige Reproduktion des Gemäldes, auf dem der Komponist den Kanon in der Hand hielt, lehnte auf einem Regalbrett auf der Rückseite des Kellers. Das Bild war mindestens anderthalb Meter hoch. An den beiden Seitenteilen links und rechts befanden sich Regale. Ordner standen auf den Brettern – sauber und ordentlich aneinandergereiht. Ganz anders als in dem Chaos, das Gwen von dem Haus ihres Vaters kannte.
Es sieht aus, als würde der streng dreinblickende Komponist den Inhalt der Regale bewachen. Und gleichzeitig ist die Wahrheit, die darin steckt, eingesperrt, dachte Gwen. Und die Wahrheit wartet darauf, dass jemand sie befreit. Bildete sie sich das ein, oder hatte sich ihr Sinn für Symbole geschärft?
Obwohl das Szenario nur aus Regalen und der Reproduktion des Bildes bestand, wirkte die Anordnung fast sakral. Drei Teile, dachte Gwen. Wie ein großes Triptychon. Zwei Regalwände. Ein Bild. Die heilige Zahl 3.
Lächerlich, dachte sie. Ich versteige mich da in etwas. Aber eine andere Stimme sagte ihr, dass das so gar nicht zu ihrem Vater passte. Es wirkte wirklich, als habe dieser abgelegene Keller nur auf sie gewartet.
Sie konzentrierte sich auf die weißen Ordner. Sie sahen neu aus und waren unbeschriftet. Als wäre das gar kein

Aktenregal, sondern ein Verkaufsraum in einem Schreibwarengeschäft.
Unschuldig wie neu gefallener Schnee, dachte Gwen. Ihr Vater musste die Ordner eigens für diesen Keller gekauft haben. Wieder etwas, was sie sich nicht vorstellen konnte. Es fehlte eigentlich nur noch ein Altar, den man unter das Bach-Bild hätte stellen können, und eine Kerze. So konnte man mit einem Gemälde und ein paar Regalen einen Kellerraum in eine kleine Kapelle verwandeln.
»Worauf warten Sie?«, fragte Lenau hinter ihr.
»Ich weiß auch nicht. Es sieht so inszeniert aus. Als würde etwas Schreckliches passieren, wenn man einen der Ordner herausnimmt.«
»Ihr Vater hat dem Ganzen eine Art Weihe gegeben. Es hat etwas Sakrales. Dabei sind wir nur in einem Keller am Rande eines Leipziger Industriegebiets. Ein weiteres Zeichen dafür, dass es bis zur Lösung des Geheimnisses nur noch ein kleiner Schritt ist. Was wir wissen wollen, steckt in diesen Ordnern, da bin ich mir sicher.«
Er drängte sich an Gwen vorbei und stand nun mitten in dem Szenario. Er drehte sich nach links und streckte den Arm aus.
Gwen raffte sich auf und kam ihm zuvor.
»Nein, bitte lassen Sie mich«, sagte sie.
Wenn schon jemand die perfekte Harmonie dieser Inszenierung zerstören musste, dann wollte sie es sein. Harmonie, dachte sie. Das ist genau das richtige Wort für diese Installation hier.
Ein Abbild der *harmonia mundi* …
Sie nahm den ersten Ordner im oberen Regal und zog ihn heraus. Er war überraschenderweise sehr leicht. Es konnte nicht viel Papier darin sein. Sie schlug ihn auf.
»Er ist leer!«, rief sie.

»Das kann nicht sein.«
Lenau zog die anderen Ordner heraus. Schon an der Leichtigkeit, mit der er das bewerkstelligte, erkannte Gwen, dass in den anderen ebenfalls nichts abgeheftet war.
»Es sind einfach neue Ordner«, rief Lenau. »Als hätte er hier nur Büromaterial gelagert.« Nervös tastete er sich durch die Regale. Gwen machte mit. Nirgendwo fand sich auch nur ein Blatt Papier.
Plötzlich kam ihr eine Idee.
»Hören Sie auf«, rief sie. »Stopp!«
Lenau hielt inne und sah sie an. Die Ordner lagen auf dem Boden und auf den Regalbrettern. Die Harmonie war komplett zerstört.
»Zählen Sie die Ordner«, sagte Gwen.
Lenau verstand und begann sofort.
»Es sind genau vierzig«, sagte er. »Zehn in jedem Regalbrett, zwanzig in jedem Regal, zwei Regale, also vierzig.«
»Diese Zahlen bedeuten doch etwas, oder nicht? Wie war das noch mal?« Gwen dachte nach, und ihr wurde klar, dass das gar nicht so schwierig war mit der Zahlenmystik.
»Vierzig Tage verbrachte Jesus in der Wüste.«
Lenau nickte. »Vierzig Tage hungern und dürsten, um ans Ziel zu kommen. Vierzigmal Leere. Leere Ordner. Nicht schlecht. Aber die 10 steht doch für die Zehn Gebote. Viermal die Mahnung, die Gesetze einzuhalten. Die Zahl 4 steht für die Erde, für die Welt: vier Elemente, vier Himmelsrichtungen. Vier Dimensionen ...«
»Und das bedeutet ...« Gwen sah sich um und fasste schließlich das Bild von Johann Sebastian Bach ins Auge. »Damit es ganz perfekt wird, muss es einen einundvierzigsten Ordner geben, der sich in diesem Raum befindet.«
Sie machte einen Schritt nach vorn und nahm das Bild,

das einfach nur auf einem Regalbrett lehnte, ab. Es war schwer, und Lenau half ihr.
»Sie haben recht«, rief er. »Sie haben es wirklich verstanden. Bravo.«
Ein einzelner, dicker, mit Papieren gefüllter Ordner stand an der Stelle, wo das Brett gelehnt hatte.
Lenau, etwas größer als Gwen, stellte sich auf die Zehenspitzen und wuchtete das Material nach unten.
»Möchten Sie den ersten Blick hineinwagen?«, sagte er.
Gwen schüttelte den Kopf. »Schauen Sie den Ordner durch. Sie haben den richtigen Blick dafür.«
Die Partitur, hoffte sie. Vielleicht doch eine Kopie der Partitur. Damit dieser Albtraum ein Ende hat.
Lenau kauerte im Schneidersitz, den Ordner auf dem Schoß, und seine Finger blätterten hektisch die Seiten um. Gwen hatte noch nie gesehen, wie jemand in einer solchen Geschwindigkeit einen Ordner durchgehen konnte.
»Können Sie dabei auch noch lesen?«, fragte sie.
»Ich dachte, ich verschaffe mir erst mal einen Überblick. Wenn sich Noten unter dem Material befinden, werden wir es auf diese Weise am schnellsten sehen.«
Gwen beobachtete ihn. Die Seiten enthielten nichts als Text. Fotokopien aus Büchern, einige Blätter waren auch mit Handschrift bedeckt, andere Computerausdrucke.
An einigen Stellen blieb Lenau hängen, überflog in Windeseile die Zeilen.
»Jemand hat Ihrem Vater Briefe geschrieben«, sagte er. »Offenbar ein Freund, der im Vatikan arbeitete.«
»Wie hieß er?«
»Es steht kein Name dabei. Nur ein Buchstabe. L. Sagt Ihnen das etwas?«
»L…« Eine Erinnerung regte sich in Gwen. Eine Ahnung, die zu demselben seltsamen Komplex gehörte wie die An-

rufe. Die Stimme. Wien. Der dunkle Mann. Ein stechender Schmerz meldete sich irgendwo in ihrem Bauch, und plötzlich wurde ihr kalt.
Nein, ich will das jetzt nicht. Nicht jetzt. Ich muss die Fassung bewahren. Ich muss mich beruhigen.
Sie spürte Nässe auf ihrer Brust und auf ihrem Rücken. Kalter Schweiß.
L wie Lenau? Nein, das war unmöglich …
»Ich glaube, das sagt mir nichts.« Ihre Stimme klang belegt.
Er sah sie erstaunt an, sagte aber nichts und fuhr fort.
»Hier hinten wird es jetzt richtig interessant. Theorien von Prophezeiungen. Ah, da hätte ich selbst draufkommen können. Die Feldpostbriefe von Andreas Rill.«
»Feldpostbriefe? Was meinen Sie damit?«, fragte Gwen mechanisch. Sie schluckte schwer. Sie hatte plötzlich Schwierigkeiten, sich zu konzentrieren.
»Ihr Vater hat sich eingehend Gedanken darüber gemacht, wann es so weit ist. Und was man darüber wissen kann. Und wer es wissen könnte.«
Vor Gwens Augen schwebten schwarze Punkte. Es kam ihr vor, als sei das kalte Neonlicht einen Tick dunkler geworden. »Es so weit ist …?«
»Die Apokalypse. Sie glauben noch immer nicht, dass es wirklich darum geht, oder?«
Es war, als würden die Kellerwände Stück für Stück enger zusammenrücken. Wenn sie einatmete, glaubte sie das Kratzen von altem Staub in ihrer Kehle zu spüren. Sie räusperte sich.
»Es geht darum, das kann ich Ihnen versichern. Es geht nur darum.«
Erst jetzt blickte Lenau auf und bemerkte Gwens aufkommende Panik.

»Was ist mit Ihnen?«
Gwen schüttelte den Kopf. Wieder dieser kalte Schweiß auf ihrem Körper.
L.
Es ließ sie nicht los.
L. L. L.
Die Erinnerung war eine klemmende Schublade irgendwo in ihrem Hirn.
Reiß dich zusammen. Nein, nicht dieser Schmerz …
»Ich weiß nicht«, flüsterte sie. »Ich habe plötzlich solche Angst.«
Lenk dich ab. Denk an was anderes. Was hat dir Lenau eben erklärt?
»Wollen wir woanders hingehen?«
Reiß dich zusammen!
»Sind Noten in dem Ordner? Bitte schauen Sie nach.«
Lenau wandte sich wieder dem Packen zu und blätterte weiter. Es waren nur noch wenige Seiten.
»Nein. Keine einzige Note. Nur Material über Prophezeiungen und der Brief von diesem L.«
»Zeigen Sie mir diesen Brief.«
Nein, du willst ihn nicht sehen. Du willst damit gar nichts zu tun haben. Eigentlich willst du weit, weit weg sein …
Lenau schlug den vorderen Bereich auf, blätterte ein paar Seiten um und drehte den Ordner so, dass Gwen das Blatt lesen konnte.
»Dieses Blatt ist es.«
Gwen neigte den Kopf.
Tu dir das nicht an …
Eine steile, ordentliche Handschrift.
Es wird dir eine Menge Schmerz bereiten.
Ich lese das jetzt, dachte Gwen. Und niemand wird mich daran hindern. Auch meine Angst nicht. Solange ich nicht weiß, wovor ich Angst habe, habe ich nur Angst vor der Angst.

Lieder Adrian, heute ist es geschehen. Ich habe ein Geheimnis entschlüsselt, das all unsere Forschungen zu dem einen großen Ziel führen wird, das wir schon immer erreichen wollen. Bs. Werk enthält eine Botschaft, die mit der Wiederkunft des Herrn zu tun hat. Anbei ein Manuskript als Kopie, das ich in der Biblioteca Vaticana entdeckt habe. So klein und unscheinbar diese Noten wirken – sie sind der riesige Schlüssel, der alles aufschließt. Ich habe Gott gedankt für diese Erkenntnis. Und dafür, dass wir es sind, die mit dieser Mahnung die Menschheit zur Umkehr bewegen werden.
L.

In Gwens Kopf hämmerte es.
Angst vor der Angst.
Angst vor der Angst.
Angst vor der Angst.
L. L. L.
Stell eine Frage!
»Ein Manuskript?«, fragte Gwen.
»Die Kopie, die Sie gesehen haben. Die Melodielinie. Der Schlüssel, der alles aufschließt. Besser kann man es nicht ausdrücken.«
»Und die anderen Sachen in diesem Ordner?«
»Ihr Vater ist als Wissenschaftler hypothetisch davon ausgegangen, dass die Theorie stimmt. Bach hat das Datum des Weltuntergangs gekannt. Nun musste sich Ihr Vater aber fragen, woher er es kannte. Also überprüfte er alle möglichen Prophezeiungen, von denen die Weltgeschichte ja bekanntlich voll ist.«
»Und die hat er in diesem Ordner zusammengefasst?«
»Das wäre unmöglich. Die Theorien darüber füllen Bibliotheken. Ich habe selbst ein Buch über die wichtigsten Vorstellungen über den Jüngsten Tag geschrieben. Glauben Sie mir, das ist alles nicht zu überblicken. Aber offenbar hat Ihr Vater in diesem Ordner nur die Hinweise zu-

sammengefasst, die wirklich etwas mit Bach zu tun haben. Und einer davon ist dieser berühmte Andreas Rill.«

Gwen zwang sich, tief durchzuatmen. Ihr Herz raste, aber sie glaubte, es besänftigen zu können. Es ist dir gelungen, diesen Brief zu lesen, dachte sie. So schlimm kann es also gar nicht sein.

»Wer ist dieser Rill?«, fragte sie.

»Jemand, der Zeuge einer Prophezeiung geworden ist. Rill war deutscher Soldat im Ersten Weltkrieg. Er kämpfte an der französischen Front in den Vogesen. Im August 1914 berichtete er in seinen Briefen an seine Familie, dass seine Einheit einen Zivilisten festgenommen hätte. Angeblich soll der Mann Franzose gewesen sein und Angehöriger einer Freimaurerloge. So genau weiß man das nicht. Er tauchte jedenfalls urplötzlich im Kampfgeschehen auf. Der Leutnant von Rills Kompanie unterhielt sich mit diesem Mann, und Rill war Zeuge dieser Gespräche. Der Mann machte dabei Prophezeiungen, die Rill seltsam vorkamen.«

»Was meinen Sie mit seltsam?«

Lass ihn reden! Es wirkt beruhigend, wenn er redet.

»Bedenken Sie: Rill berichtete 1914. Und in seinen Briefen steht, dass der geheimnisvolle Unbekannte Folgendes vorhersagte: Der Krieg wird fünf Jahre dauern, und er ist für Deutschland verloren. Dabei ging man damals, im ersten Jahr des Krieges, noch von einem raschen Sieg aus. Und es geht weiter: Nach dem Krieg, so sagte der Unbekannte, kommt eine Revolution, und bald darauf wird jeder Millionär sein.«

»Das ist nun aber nicht Wirklichkeit geworden, oder?«

»In gewisser Weise schon. Es ist ein Hinweis auf die bevorstehende Weltwirtschaftskrise. Die Inflation. Und es kommt noch besser. Warten Sie, ich lese es Ihnen im Original vor: ›*Vor dem kommt ein Mann aus der niederen Stufe, und der macht alles gleich in Deutschland, und die Leute haben nichts mehr zu reden, und zwar mit einer Strenge, dass es uns das Wasser bei allen Fugen raustreibt.*‹ Und er sagt auch, wann das passiert: ›*Die Zeit beginnt zirka 32 und dauert neun Jahre, alles geht auf eines Mannes Diktat; sagt er, dann kommt die Zeit 38, werden überfallen und zum Kriege gearbeitet.*‹ Und hier: ›*Deutschland wird zerrissen, und ein neuer Mann tritt zutage, der das neue Deutschland leitet und aufrichtet.*‹ Später schreibt er dann: ›*Im Jahre 48 geht die Strafe Gottes zu Ende, und die Menschen werden sein wie die Lämmer und zufrieden wie noch nie. Und von Siegesträumen hört es auf, und es ist wie ausgestorben in den Ländern.*‹«

Lenau sah Gwen an. »Das ist eine der ganz wenigen Prophezeiungen, die wirklich seriös sind. Es war richtig von Ihrem Vater, darauf aufzubauen.«

»Aber ich verstehe das nicht.« Die aufkommende Diskussion gab Gwen Kraft, sich gegen die Panik zu wehren, die sie vorhin fast wieder überwältigt hatte.

»Zunächst mal … Sind diese Briefe wirklich echt?«

»Das sind sie. Sie sind schon mehrfach von Wissenschaftlern untersucht worden. Und man weiß auch, wer Andreas Rill war. Er stammte aus Oberbayern und lebte von 1881 bis 1952. Er hat also die Prophezeiungen, deren Zeuge er geworden war, noch selbst erlebt.«

»Aber wer war dieser Mann? Dieser Zivilist. Wahrscheinlich ein Franzose …«

»Rill schreibt, dass er Franzose war. Mehr weiß man nicht.«

»Und was hat das alles mit Bach zu tun? Rill lebte zweihundert Jahre nach ihm.«

»Ich glaube, Ihr Vater ist einer Theorie auf die Spur gekommen, die Aufzeichnungen von Andreas Rill in einen größeren Zusammenhang stellt. Ihr Vater hat die Quellen der Weltgeschichte nach ähnlichen Ereignissen abgesucht. Schauen Sie sich das hier mal an.«

Gwen nahm den Ordner. Die aufgeschlagene Seite enthielt Kopien aus einem Buch, in dem es um die Briefe von Andreas Rill ging. Der Text war sogar mit einem Foto des Soldaten illustriert. Rill stand in Uniform vor dunklen Bäumen, in der rechten Hand eine Zigarette, und blickte aus kleinen schwarzen Augen den Betrachter an. Seine untere Gesichtshälfte war von einem schwarzen Bart bedeckt. Auf der nächsten Seite fand Gwen die Reproduktion eines Briefbogens, der mit Sütterlin beschrieben war. Gwen konnte die engen Zeilen nicht lesen, aber sie überflog den Text des Buches.

»… Ein sonderbarer Heiliger, denn es ist nicht zu glauben, was der alles gesagt hat. Wenn wir wüssten, was alles bevorsteht, würden wir heute noch die Gewehre wegwerfen …«

Ein dicker Registerbogen trennte das Material mit den Feldpostbriefen von den übrigen Schriftstücken. Gwen erkannte die Handschrift ihres Vaters auf der gelben Pappe. Er hatte mit schwarzem Filzstift Zahlen untereinandergeschrieben. Gwen kamen sie wie Jahreszahlen vor.

1525, 1618–1648, 1683, 1701–1713

Einige der Daten kamen ihr bekannt vor.

»1618 bis 1648 sind die Eckdaten des Dreißigjährigen Krieges«, sagte sie.

Sie schlug die Pappseite um und stieß wieder auf Textmaterial. Kopien alter Handschriften, wegen der alten Schrift kaum lesbar und geheimnisvoll. Dazwischen einige Aufsätze aus Fachbüchern. Gwen überflog ein paar Zeilen. Die Texte erinnerten an Augenzeugenberichte.

Dreißigjähriger Krieg. Der große Bauernkrieg. Spanischer Erbfolgekrieg.

In Gwen nahm ein Gedanke nach und nach Gestalt an. Er formte sich in ihrem Kopf wie ein Bild, das langsam schärfer wird.
Vater hat den unbekannten Mann gesucht, dachte sie. Aber anders, als man es normalerweise tun würde.
Plötzlich stand alles klar vor ihr. Und es war so unglaublich, dass es ihr fast einen Schock versetzte.
»Mein Vater hat in allen Kriegen, die vor oder während Bachs Lebzeiten stattfanden, nach Hinweisen auf eine solche Begegnung gesucht, wie sie dieser Rill im Ersten Weltkrieg hatte.« Sie schluckte schwer und sah Lenau an. »Habe ich das richtig verstanden? Er ging davon aus, dass es in vielen Kriegen, inmitten von menschlichem Leid, in politischen Extremsituationen einen solchen Seher gab, der plötzlich auftauchte und die Menschen warnte …«
Wie kann ich mich nur jemals wieder davon befreien?, dachte Gwen. Welcher Weg führt aus diesem Furcht einflößenden Gespinst aus Esoterik und Horror heraus?
»Und er hat in diesen Kriegen auch ähnliche Begegnungen gefunden …«
Ihre Gedanken begannen zu rasen. Sie verstand nun alles, aber mit jeder Erkenntnis wurde ihr die Ungeheuerlichkeit der Gedankengänge mehr und mehr bewusst.
Stell dir vor, du hättest diese Entdeckungen gemacht. Und du wärst nur von einem Wunsch beseelt gewesen: herauszufinden, ob es wirklich wahr ist. Ob es wirklich wahr sein kann. Natürlich hättest du dich auf eine der ganz wenigen wahrscheinlich echten Prophezeiungen gestürzt, die es in der Geschichte gibt. Die Feldpostbriefe von Andreas Rill. Gehen wir davon aus, es stimmt, was Matthias Lenau sagt, und es sind wirklich Dokumente, die man ernst nehmen muss, die man nicht einfach als Schwachsinn abtun kann wie all diese sogenannten Voraussagen von verrückten Sektenanführern.

Du hättest auch damit weitergearbeitet.
Und du hättest dich gefragt, wie es kommt, dass eine deutsche Kompanie mitten im Krieg in Frankreich auf dem Land einen Zivilisten festnimmt, dem es gelingt, nicht sofort erschossen zu werden, sondern der den Leutnant der Kompanie in Gespräche über die Zukunft verwickelt. Geschichten über die Zukunft erzählt.
Keine spannenden Geschichten wie Scheherazade, die ihren Kopf rettet, indem sie Nacht für Nacht dem Sultan Geschichten erzählt und jeweils im Morgengrauen an einer spannenden Stelle abbricht.
Geschichten über die Zukunft, mit denen der geheimnisvolle Prophet Gefahr läuft, ausgelacht zu werden. Und die er trotzdem unter die Soldaten bringt, als sei das seine Aufgabe.
Als wolle er die Soldaten warnen. Oder sie mit den Aussichten auf die Zukunft verführen.
Als wolle er sie darauf aufmerksam machen, dass die Zukunft, das ganze folgende Weltgeschehen schon festgeschrieben ist in einem geheimen göttlichen Buch …
Sie riss sich von den Gedanken los und sah Lenau an. Sie spürte, wie Angst in ihr aufstieg. Aber diese Angst fühlte sich anders an als die Panik, an der sie in ihrer Kindheit gelitten hatte und an der sie wieder litt, seit sie die Stimme des Fremden gehört hatte. Diese Angst hier kam schleichend wie eine seltsame Ermattung, wie eine Lähmung, gegen die Gwen sich gar nicht wehren wollte. Stattdessen beobachtete sie, wie die Angst ihr Inneres in Besitz nahm, durch ihre Adern floss und sie seelisch zu versteinern drohte.
Reiß dich los, dachte sie. Denk den Gedanken zu Ende. Sei ehrlich mit dir selbst. Wenn du schon die Theorien deines Vaters nachvollziehen willst, dann sei auch konsequent.

Sie blätterte durch den Ordner, und Lenau sah ihr stumm dabei zu. Ein handschriftliches Blatt fiel ihr auf, das nur wenige Zeilen enthielt. Im oberen Bereich eine unterstrichene Überschrift: »Wanderer durch die Zeiten«.
Darunter hatte ihr Vater notiert: »Es gibt nur zwei Möglichkeiten. 1. Satan. 2. Ahasverus.«
Das Blatt schien eine Zusammenfassung langwieriger Überlegungen zu sein, deren Grundlagen sich auf den folgenden Seiten fanden. Lexikonartikel und Aufsätze über Teufelserscheinungen und Teufelsglaube. Ein längerer Text über Ahasverus, den sogenannten »Ewigen Juden« – eine Legende über einen Schuster in Jerusalem, der als Erster das Volk zur Kreuzigung aufgestachelt haben soll. Als Jesus später auf dem Weg zu seiner Hinrichtung vor Ahasvers Haus eine Rast einlegen wollte, verspottete der Schuhmacher ihn, woraufhin Christus die Worte sprach: »Ich will stehen und ruhen, du aber sollst gehen.« Seit diesem Moment war Ahasver verflucht, bis zum Jüngsten Tag auf Erden zu wandeln – unsterblich und durch die ganze Welt wandernd …
Sie sah auf. Lenaus schwarze Augen ruhten auf ihr. Er hatte sie beim Lesen beobachtet.
»Manche glauben, Satan und Ahasverus seien dieselbe Person«, sagte er.
»Aber das ist doch nicht die Wirklichkeit! Mein Vater kann doch das nicht geglaubt haben?«
»In jeder Legende steckt ein Körnchen Wahrheit. Andere sagen, dass Jesus ihn nicht nur bestraft, sondern ihm als Trost das Datum des Jüngsten Gerichts verraten habe. Die Zahl der Tage. Und auch noch einige Dinge über die Zukunft.«
»Hat denn Bach einen Krieg miterlebt? Konnte er zu dieser Person Kontakt gehabt haben?«

Lenau nahm den Ordner.
»1525 war der große Bauernkrieg. Sicher – für Bach zu früh, aber Ihr Vater hat wahrscheinlich mit diesem Krieg seine Recherche begonnen, weil er zu Zeiten von Martin Luther stattfand. Da fällt mir ein – angeblich soll Martin Luther auf der Wartburg ja auch eine Begegnung mit unserem Propheten gehabt haben. Er hat ein Tintenfass nach ihm geworfen, und man kann die Spur heute noch besichtigen. Soviel ich weiß, wird sie für die Touristen sorgsam immer wieder hergerichtet … 1618 bis 1648 fand wie gesagt der Dreißigjährige Krieg statt. Theoretisch ist es möglich, dass Bach noch Veteranen aus diesem Krieg kennengelernt hat. Er kam 1685 zur Welt. Also könnte jemand, der in diesem Krieg eine entsprechende Begegnung hatte, Bach das Geheimnis weitergegeben haben. Das nächste Datum ist die Zahl 1683. Damals standen die Türken vor Wien. Die Schlacht war ein entscheidender Moment in der Weltgeschichte. Es stand auf der Kippe, ob große Teile Europas unter die Herrschaft der Osmanen fallen. Ein Soldat, der damals, sagen wir, zwanzig Jahre alt war, kam 1663 zur Welt. Als Bach das Geheimnis der Zahl der Tage in seiner Passion chiffrierte, schrieb man das Jahr 1717. Der Soldat aus Wien wäre fünfundfünfzig gewesen. Ein Austausch war also möglich. Und dann dieses Datum: 1701 bis 1713. Der Spanische Erbfolgekrieg. Sagt Ihnen dieses Ereignis etwas?«
Gwen konnte nur den Kopf schütteln.
»Seltsam. Die meisten kennen den Dreißigjährigen Krieg oder die Schlacht vor Wien. Dabei war der Spanische Erbfolgekrieg der erste wirkliche Weltkrieg. Mit Schauplätzen in Spanien, Italien, Deutschland, in den Niederlanden und auf den Weltmeeren. Dass ein Zeitzeuge dieser Schlachten Bach persönlich getroffen hat, ist absolut wahrscheinlich.«

Gwen schlug den Ordner zu. »Aber warum das alles? Was steckt dahinter? Warum tut er das?«
»Er ist der große Verführer. Seit den Tagen des Paradieses. Wussten Sie das nicht? Und welche größere Verführung gibt es, als den Menschen zu sagen, wann ihre Tage gezählt sind? Der Sinn des Lebens kommt jedem abhanden, der genau den Tag und die Stunde seines Todes wüsste. Sekten und Ideologen glauben, sie könnten die Menschen mit solchen Aussagen mahnen, sie zur Umkehr bewegen. Sie in ihre Arme treiben, wenn sie ihnen sagen: Übermorgen geht die Welt unter. Aber wie würde denn die Reaktion in Wirklichkeit aussehen – vorausgesetzt, jeder würde ganz fest daran glauben? Das Leben hätte keinen Sinn mehr. Es gäbe einen Tanz auf dem Vulkan. Niemand hätte einen Grund, sich an moralische Vorschriften zu halten.«
»Aber wenn man wüsste, dass ein Strafgericht kommt? Wenn man wüsste, dass man wirklich von Gott für seine Taten gerichtet wird?«
»Dafür wäre es dann zu spät. Denn dass ein solches Gericht kommt, sollte ein wahrer Christ ohnehin als Glaubenssatz verinnerlicht haben. Wenn er umkehrt, weil er weiß, wann genau dieses Gericht stattfindet, dann ist das schon eine Sünde – und er hat vor dem Strafgericht verloren, bevor es überhaupt stattgefunden hat. Wenn Sie so wollen, kann diese Botschaft also die ganze menschliche Gesellschaft aus den Fugen bringen. Heute vielleicht nicht mehr, zu Bachs Zeiten schon. Deswegen war sich Bach auch darüber im Klaren, dass seine Botschaft eine Sünde war. Und daher auch der Bezug zu dem Choral ›Oh, Mensch, bewein dein' Sünde groß‹.«
Gwen nickte. Seltsame Gedanken waren das. Aber sie hatte sie verstanden. Sie waren sonnenklar und logisch. Wenn man davon ausging, dass es Gott, Satan, Jesus und diesen

seltsamen ewigen Wanderer gab. »Es bleibt uns nichts anderes übrig, als das hier genau zu untersuchen. Und in der Zwischenzeit bin ich Freiwild für meine Verfolger, weil wir die Partitur nicht gefunden haben.«

»Wir werden sie auch nicht finden. Dass Ihr Vater sie mit ins Grab nahm, hatte einen einzigen Grund. Er wollte am Jüngsten Tag schuldlos vor seinen Richter treten. Bei der Auferstehung der Toten wollte er den Beweis gleich in der Hand halten. Er wollte sagen können: Schau, ich habe das Geheimnis mit ins Grab genommen. Ich habe es selbst zwar erforscht und das Datum erfahren, aber ich habe dafür gesorgt, dass es vor der Menschheit verborgen bleibt.«

Gwen stand auf. In ihren Beinen kribbelte es. Sie waren vom langen Sitzen auf dem Fußboden eingeschlafen.

»Lassen Sie uns bitte von hier fortgehen«, sagte sie, und gleichzeitig formte sich in ihrem Kopf die Frage: *Wohin?* Wohin soll ich gehen? Sie sollte zurück nach Köln fahren, mit Maria sprechen. Ein neues Engagement finden. Hoffen, dass die Erpresser von ihr abließen. Vielleicht ließen sie sie in Ruhe, wenn sie ihnen diesen Ordner brachte. Das letzte Erbe ihres Vaters.

Die Partitur würde sie wohl kaum wiederfinden.

Ihr kam ein absurder Gedanke. Absurd, weil ihr das erst jetzt einfiel.

Vielleicht hatte jemand den Umschlag entdeckt, und er lag ganz banal auf dem Fundbüro. Was ein zufälliger Finder des Kuverts wohl dachte, wenn er die Warnungen sah?

Oder ein Journalist war hinter ihr her gewesen. Sie brauchte nur die Zeitung aufzuschlagen, und schon konnte sie die Meldung lesen: *Bach-Partitur im Park entdeckt.*

Aber ihr war klar, dass das nicht stimmte.

In der Nacht hatte sie jemand verfolgt, der genau wusste, was sie vorhatte.

Gwens Bein war immer noch taub, und beim plötzlichen Aufstehen hatte sie leichter Schwindel erfasst. Das Blut in ihren Ohren rauschte, und nur langsam klang das Geräusch ab. Und in diesem Moment wurde ihr bewusst, dass sich etwas verändert hatte.
Lenau wollte etwas sagen, doch Gwen legte den linken Zeigefinger an den Mund.
Es war jetzt ganz still um sie herum, aber irgendwo hinter dieser Stille drang etwas an ihre feinen Ohren.
Leise Schritte.

Lenau verstand sofort. Er sprang auf und drückte auf den Lichtschalter. Schlagartig wurde es dunkel in dem kleinen Raum. Die Tür war nur noch ein graues Rechteck, in dem plötzlich eine Silhouette sichtbar wurde.
Ein Ächzen war zu hören, als Lenau versuchte, die Tür zuzuschlagen.
Es war zu spät. Der Mann war im Raum.
Gwen drängte sich an das rechte Regal mit den Aktenordnern und versuchte, die Tür zu erreichen, während Lenau mit dem Unbekannten rang. Sie drückte auf den Lichtschalter, und im Flackern der Neonlampen sah sie, wie Lenau dem Mann einen so heftigen Faustschlag ins Gesicht versetzte, dass er nach hinten geschleudert wurde und das Regal, auf dem das Bach-Bild gestanden hatte, zusammenbrach.
»Kommen Sie«, zischte er und packte Gwen am Arm, die gerade noch nach ihrer Tasche greifen konnte.
Der Unbekannte rappelte sich bereits wieder auf und war schon auf den Beinen, als sie auf den Gang liefen. Lenau drückte die Tür zu. »Wo ist der Schlüssel?«
»Ich weiß es nicht.«
»Ich glaube, er ist drinnen.«

»Dann weg hier.«
Lenau ließ die Tür los, und sie rannten. Der Gang war dunkel. Beinahe wäre Gwen an der Abzweigung vorbeigelaufen.
Als sie um die Ecke bog, hörte sie schon die Schritte des Verfolgers.
Der Weg durch die Dunkelheit schien kein Ende zu nehmen. Dann tauchte ein schmaler Lichtstreifen auf. Die angelehnte Tür nach draußen. Das Ende des Gangs. Sie erreichten die Tür gleichzeitig und drückten sie auf. Im selben Moment war der Verfolger da und riss Lenau nach hinten.
Gwen ahnte mehr, als sie sah. Irgendwo im Gang kämpften die beiden Männer. Sie musste Licht haben. Sie tastete sich zur Tür, die nach draußen auf die Treppe führte, und öffnete sie. Dann wandte sie sich zum Gang um und erstarrte vor Schreck. Der kleine Mann hatte eine Pistole in der Hand und hielt Lenau in Schach, der etwa drei Schritte von ihm entfernt stand. Gwen überlegte nicht lange, sondern warf sich gegen den Mann. Im selben Moment betäubte ein Knall ihre Ohren, und für eine Sekunde war ihr, als explodierte vor ihren Augen ein Feuerwerk. Zum Glück war Lenau wieder da. Er schrie etwas, das Gwen zuerst nicht verstand, doch dann verzog sich der akustische Nebel des Schusses, und sie wusste, was er meinte. »Gehen Sie. Wir treffen uns. Schnell. Zum Wagen.«
Gwen tastete sich rückwärts zum Ausgang, und als sie an der Treppe war, lief sie los. Unterwegs zog sie ihr Handy heraus.
Wir dürfen uns nicht verlieren, dachte sie, und während sie unter dem alten Fabrikeingang hindurch auf die Straße lief, überlegte sie, ob sie nicht doch die Polizei holen sollte. Aber Lenau hatte so sicher geklungen, voller Zuversicht …
Gwen blieb auf der Straße stehen und behielt durch das Tor den Treppenabgang im Auge.

Da vibrierte ihr Handy. Eine SMS.
Die Nachricht war von Maria. Gwen drückte sie weg.
Einen Moment stand sie schwer atmend da, wartete.
Ein Schuss.
Und noch einer.
Gwen war wie versteinert. Sekunden später kam der kleine Mann aus dem Keller und machte eine Bewegung, als stecke er seine Waffe ein. Er sah sich suchend um.
Und Gwen begann zu laufen.

Lenau versuchte, den Mann niederzuringen. Er spürte, dass es die unzerstörbare Macht des Glaubens war, die seinem Gegner diese Kraft verlieh.
Und hinter dieser Kraft stand eine tief verwurzelte Angst.
Die Angst vor den unendlichen Qualen der Hölle.
Die Angst, keine Gnade zu finden vor dem Allmächtigen.
Die Angst, die so manchen dazu brachte, grausamste Morde zu begehen.
Die Angst, die ganze Völker in Kriege und massenhaftes Sterben geführt hatte.
Lenau gelang es, den Hals des kompakten Mannes zu umfassen und seinen Kopf nach unten zu drücken.
»Wer ist dein Auftraggeber?«, zischte Lenau. »Sag es mir.«
Der Mann lächelte nur.
Ich habe ihm einmal Angst eingejagt, dachte er. Nun ist er davor gefeit. Als hätte er Antikörper gebildet.
So war es immer …
Mit einem Schlag befreite sich der Kleine, rollte sich zur Seite und sah Lenau an wie ein wildes Tier. Einen Moment blieben sie so – erstarrt und lauernd.
Lenau konnte in dem Gesicht des Mannes lesen wie in einem offenen Buch.
Er weiß, wer ich bin, dachte Lenau. Jemand muss es ihm gesagt haben. Ich habe keine Macht mehr über ihn. Er weiß

jetzt, dass ich auch nur ein Mensch bin. Und er will mich töten.
Eine Bewegung – und etwas Metallisches blitzte wieder in der Hand des Unbekannten auf. Die Pistole. Und diesmal war Gwendolyn nicht da, um ihn zu retten.

27

Gwen rannte und rannte. Irgendwann war der Schmerz in ihrer Seite so stechend, dass sie anhalten musste. Ängstlich sah sie sich um, aber der Unbekannte war nicht zu sehen. Wahrscheinlich hatte er ihre Spur verloren.

Gesang. Zauberflöte. Das Handy.

»Herr Lenau?«, schrie Gwen in den Hörer. »Wo sind Sie?«

»Gwen, endlich. Du hattest dein Handy nicht eingeschaltet. Du klingst, als wärst du außer Atem …«

»Oh, Maria. Ja, ich musste gerade schnell über eine Straße laufen …«

»Wer ist Herr Lenau?«

»Kennst du nicht. Maria, ich habe gerade gar keine Zeit.«

»Ist alles in Ordnung?«

»Ja, das schon, aber …«

»Keine Sorge, ich habe diesmal keine schlechten Nachrichten.«

Gwen sah sich um. Sie war jetzt in einer Wohngegend. Ein Stück weit entfernt waren Passanten auf der Straße. Gleich am nächsten Haus putzte eine Frau die Fenster und sah Gwen misstrauisch an.

»Wie schnell kannst du am Flughafen sein?«

»Was soll das heißen?«

»Sitzt du?«

»Nein … Warum?«

»Ich will ja nicht, dass du vor Freude in Ohnmacht fällst. Ich habe ein neues Engagement für dich. Einen Einspringer. Wenn du zusagst, bist du aus dem Schneider. Und hast eine neue Chance.«

»Wo?«

»In Paris. Aber es muss alles ganz schnell gehen.«
»Wie schnell?«
»Übermorgen ist die Aufführung. Du steigst in eine laufende Produktion ein.«
Gwen glaubte, sich verhört zu haben.
Sie ging mechanisch weiter, ließ die putzende Frau hinter sich. Weit vor ihr wurde eine Querstraße sichtbar, wo dichter Verkehr in beide Richtungen floss. Sie versuchte sich auf das zu konzentrieren, was Maria gesagt hatte.
»Ein Tag, um mit dem Regisseur und dem Dirigenten die Inszenierung zu lernen?«
»Du hast die Inszenierung schon mal gemacht. Im Frühjahr in Madrid. Margarethe in Gounods *Faust.*«
Gwen überkam ein Gefühl der Schwäche. Sie hätte sich gerne irgendwo hingesetzt, aber es gab keine Gelegenheit.
»Eine der schwersten Partien in meinem Fach. Und ich habe gerade mal gut achtundvierzig Stunden Zeit bis zur Aufführung?«
»Aber du hast es doch drauf. Ich weiß es. Damit könntest du den Verlust in Mailand mehr als wettmachen …«
»Wie lange habe ich Zeit, mich zu entscheiden?«
»Gar keine. Das heißt, ich könnte eine Stunde für dich rausholen, damit du noch mal nachdenken kannst. Aber warum solltest du nachdenken? Du musst zusagen. Ein solcher Einspringer in so kurzer Zeit. Wenn das gelingt – glaub mir, daraus werden Karrieren gemacht.«
»Ich ruf dich in einer halben Stunde an, in Ordnung?« Sie musste zur Ruhe kommen. Was war mit Lenau? Was war mit ihrem Verfolger?
»Sag zu, Gwen. Du kriegst auch jede Hilfe, die du brauchst.«
»Ich brauche in erster Linie eine Aufnahme der Oper, um die Rolle noch mal durchzugehen.«

»Das habe ich schon veranlasst. Ich habe dir über einen Elektronikhändler in Leipzig einen iPod mit der Gesamtaufnahme ins Hotel bringen lassen. Du kannst sofort anfangen. Ein Flug nach Paris ist auch schon gebucht. In vier Stunden.«
Gwen blieb stehen und atmete schwer.
»Komm schon«, sagte Maria. »Du brauchst die halbe Stunde nicht. Entscheide dich bitte. Sag Ja. Jetzt.«

Ein trockener Knall.
Ein schreiender Schmerz in Lenaus Unterleib, während in den Augen des Mannes über ihm die Mordlust flackerte.
Ein zweiter Knall.
Rache für die Visionen, die er in ihm ausgelöst hatte.
Rache für alles, was ihm Angst machte.
O Herr, warum hast du uns diese Angst gegeben? Ist auch das Teil der Erbsünde? Wir haben das Paradies verloren und dafür die tiefe Angst vor der Welt bekommen.
Lenau tastete mit letzter Kraft nach seiner Tasche. Vor seinen Augen senkte sich ein roter Vorhang. Mit größter Anstrengung gelang es ihm, sein Handy zu nehmen.
Ein dumpfer Schlag, die Kellertür hatte sich geschlossen. Er riss in der Dunkelheit die Augen auf und nahm das matte helle Licht wahr, das vom Display des Handys kam.
Nicht aufgeben, nicht aufgeben, nicht …
Ihm blieben noch wenige Minuten.
Als hätte jemand ein dunkles Tuch über ihn geworfen, versank plötzlich das kalte Licht. Lenau hob die Hand und schlug sich selbst das Telefon gegen die Stirn.
Aufwachen! Bleib wach!
Seine Finger tasteten und tippten. Zahl für Zahl. Buchstabe für Buchstabe.

Es gelang ihm noch, die Sendetaste zu drücken, dann sank er zurück – mit einem Gefühl, als würde er schweben. Der Schmerz wurde zu einem dumpfen Rumoren, das Lenau schließlich abstreifen konnte wie eine widerspenstige Klette.

Er war nicht mehr in seinem Körper.

Die Schwärze um ihn her war wie ein dunkler Fluss, der ihn sanft in unbekannte Gefilde trug.

Am Ende der ruhigen Reise durch die Dunkelheit wartete etwas auf ihn. Das Ende des Tunnels.

Lenau wunderte sich darüber nicht. Er hatte in seinen Büchern eine Menge über Nahtoderfahrungen geschrieben. Er kannte das, was er jetzt erlebte, sehr genau. Auch das Gefühl der Zuversicht und Gnade, vermischt mit ein wenig Trauer darüber, doch nicht alles auf Erden erledigt zu haben, was man erledigen wollte, kannte er. Dort hinten, am Ende der Reise wartete etwas auf ihn. Etwas Lebendiges. Etwas Unfassbares. Etwas Tröstendes.

Lenau wollte rufen, wollte auf sich aufmerksam machen, und da ertönte eine Stimme, sprach zu ihm. Sie löste sich aus dem Rauschen seines Blutes. Ein Flüstern, nah an seinem Ohr, aber von Echos verzerrt.

»Nicht für dich«, sagte die Stimme, und die Konsonanten zitterten, als würden sie von Felswänden tausendfach zurückgeworfen.

»Nicht für dich.«

So gütig die Stimme klang, so bestimmt war sie.

Ein glühender Schmerz erfasste Lenau. Nicht der Schmerz seiner Verletzungen, sondern seelischer Schmerz. Der Schmerz, abgelehnt worden zu sein. Nicht dazuzugehören.

»Nicht für dich.«

Lenau schlug die Augen auf.

Dunkelheit.

28

Gwen lief durch die Halle des Leipziger Flughafens. Sie hatte ihr Handy eingeschaltet und rechnete jeden Moment damit, etwas von Lenau oder ihrem Verfolger zu hören, aber das Telefon blieb stumm.
Lenau wird dich nicht anrufen. Er ist tot …
Immer wieder erschien vor ihrem geistigen Auge der kleine Mann, der aus dem Keller kam, mit einer lässigen Geste seine Waffe wegsteckte und sich umsah.
Sollte sie nicht doch lieber die Polizei benachrichtigen? Mit Herrn Brandt sprechen?
Alles in ihr schrie danach, Hilfe zu holen. Aber wenn Lenau tot war, hatte es sowieso keinen Sinn mehr.
Und sie musste nach Paris. Unbedingt.
Sie hatte eingecheckt und hätte durch die Kontrolle gehen und sich ruhig auf einen der Warteplätze setzen können, bis der Flug aufgerufen wurde. Aber sie war zu unruhig dazu. Nachdenklich zog sie den kleinen Trolley hinter sich her, der schmal genug war, um als Handgepäck durchzugehen. Inmitten der ultramodernen Abflughalle kamen ihr die Erlebnisse der letzten Tage grotesk vor.
Wie ein böser Traum …
Wer hat die Partitur, fragte sich Gwen zum x-ten Mal. Lenau nicht. Der unbekannte Mann, zu dem der Mann mit der Pistole gehört, nicht.
Es muss eine dritte Partei geben.
Eine Partei, die sich noch nicht zu erkennen gegeben hat.
Unwillkürlich sah sich Gwen um. Doch niemand in der Halle wirkte wie ein Verfolger.
Kein Wunder, dachte sie. Wenn es ihnen bisher gelungen ist, unsichtbar zu bleiben, dann schaffen sie das auch hier.

Ich muss nach vorn blicken.
Ich muss meine Chance nutzen.
Paris könnte meine letzte Chance sein.
Das Handy brummte. Gwen blieb stehen und zog es heraus. Eine Kurznachricht. Lenau?
Ihre Hände zitterten, als sie klickte, um die SMS zu öffnen.
Sie bestand nur aus wenigen Buchstaben.
Als wäre es dem Absender nicht gelungen, mehr zu schreiben.
Sie zu Ende zu schreiben.

ICH LEBE. ML

Weil er verfolgt wurde. Weil ein Killer hinter ihm her war.
Die Nachricht musste von Lenau sein. Die Verfolger waren sicher nicht so dumm, eine Kurznachricht zu schreiben, die die Absendernummer gleich mitlieferte.
Gwen drückte auf Antworten. Das Handy des Absenders klingelte, aber es meldete sich niemand.
Sie war sicher, dass Lenau die Nachricht geschrieben hatte. Wer hätte es sonst sein sollen? Vielleicht lag er irgendwo und war verletzt …
Aber warum hatte er dann nicht die Möglichkeit genutzt, um Hilfe zu holen? Einen Krankenwagen zum Beispiel?
Warum hatte er Zeit damit vergeudet, sie zu warnen?
Er war noch am Leben! Das war die Hauptsache.
Und er würde sich bei ihr melden!
Sie musste sich auf etwas anderes konzentrieren.
So gut es ging, machte sie es sich auf einem der Plastikstühle bequem und zog den iPod aus der Tasche.
Schon übermorgen Abend musste sie nicht nur ihre Partie beherrschen, sondern auch die ganze Regie gelernt haben. Jede Bewegung auf der Bühne, jede Anweisung, wohin sie

gehen und auf welcher Seite sie in jeder Szene die Bühne verlassen musste. Sie kannte zwar die Inszenierung, doch es war schon eine Weile her, dass sie damit aufgetreten war. Sie unterdrückte die ängstliche Erregung, die sie bei diesem Gedanken packte, steckte sich die weißen Stöpsel in die Ohren und versuchte, sich zu entspannen. Es war wichtig, sich innerlich zu öffnen, wie bei einer Meditation. Nur dann würde der überwältigende Klangeindruck der Musik irgendwo in ihr einen Widerhall finden, und nicht ihr Kopf, sondern ihre Seele würde sich an die Musik erinnern, wenn es nötig war.

Sie stellte sich vor, sich in ein einziges riesiges Ohr zu verwandeln, während die Klänge den Weg durch ihre Adern fanden, ihr in Fleisch und Blut übergingen, ein Teil von ihr wurden. Als würden die Töne irgendeinen Botenstoff bilden, der dafür sorgte, dass ihr Kehlkopf und ihre Stimme mit allem versorgt wurden, was sie brauchten, um diese Musik zu lernen.

Es war Gwens ganz eigene Art, sich einer Rolle anzunähern – belächelt von vielen ihrer Professoren, aber äußerst effektiv.

Mein Vater hat sich Musik mit dem Gehirn gemerkt, dachte sie.

Ich merke sie mir mit der Seele.

Das Orchester setzte ein. Die Ouvertüre. Ein reines Orchesterstück. Gut geeignet, um sich ein wenig einzuhören. Dann die erste Szene. Sie stellte sich vor, was auf der Bühne geschah.

Der Vorhang öffnete sich, und das Publikum sah die Studierstube von Dr. Faustus – dem an der Welt und an sich selbst verzweifelnden Wissenschaftler, dem im Alter klar wird, dass er niemals die Wahrheit, die hinter den Dingen liegt, verstehen wird. Faust begann zu singen.

Rien!
En vain j'interroge, en mon ardente veille,
La nature et le Créateur;
Pas une voix ne glisse à mon oreille
Un mot consolateur!

Gwen hatte sich im Laufe ihrer Ausbildung so viel Französisch angeeignet, dass sie den Text ohne Weiteres übersetzen konnte.

Nichts!
Umsonst befrag ich der lichten Sterne Chor,
Dem Sinn ist stumm das Weltenall,
Und keine Stimme flüstert in mein Ohr
Des Trostes sanften Schall!

Faust will sich voller Verzweiflung über sein missglücktes Forscherleben umbringen, mehrmals führt er den Giftbecher an die Lippen, doch vor dem letzten Schritt überkommt ihn die Versuchung, sich nicht Gott, sondern Satan anzuvertrauen.
Sein Wunsch wird erhört: Mephistopheles betritt in Gestalt eines jungen Edelmanns die Bühne. Laut Regieanweisung soll der leibhaftige Satan kein bisschen erschreckend, sondern eher sympathisch wirken. Wie ein junger Adliger. Ein Prinz aus dem Märchen …
Gwen öffnete die Augen. In den Kopfhörern lief der Dialog zwischen Faust und Mephisto weiter. Eigentlich hätte sie diesen Anfang auch überspringen können, denn ihr Part begann erst später – in der Szene, wo Faust mit Mephisto handelseinig geworden war.
Aber ihr war etwas aufgefallen. Die Oper weckte Assoziationen in ihr. Die Bilder überlagerten sich …
Satan, der Versucher.

Satan, der den Menschen erscheint und ihnen Versprechungen über die Zukunft macht …
Satan, der als Helfer, als netter, gut erzogener junger Mann erscheint.
Gwens Vater kam ihr plötzlich wie eine Kopie des alten Dr. Faustus vor. Auch er hatte ein Studierzimmer. Auch er hatte sich …
… mit Mephisto eingelassen. Sag es ruhig. Sprich es aus. Du wolltest doch die Wahrheit erfahren.
Nein, ich will nicht.
Ich will meine Opernrolle gut spielen und sonst nichts.
Das Spiel ist noch lange nicht zu Ende, Gwen.
Kennst du mich nicht mehr, Gwen? Kennst du mich wirklich nicht mehr?
Und einen netten jungen Mann gab es auch. Einen Mann, der so viel wusste …
Ein junger Mann. Kein Edelmann, aber ein junger Mann, der Vater besuchte.
Lenau.
Erschrocken riss sie sich die Stöpsel aus den Ohren, stellte den iPod ab und stopfte ihn in die Tasche ihres Mantels. Wie kam sie auf solche absurden Gedanken?
Ich werde verrückt.
Bitte nicht. Ich will doch nur meine Rolle in Paris gut spielen.
Ich will doch nur mein Leben zurück …
Sie stand auf, von plötzlichem Bewegungsdrang getrieben.
Ihre Gedanken schienen überzuschäumen, als sie nervös um eine Ecke bog und jemanden anrempelte.
»Entschuldigung«, murmelte sie.
»Gwen?«, rief eine dröhnende Männerstimme. »Bist du das, Gwen?«
Sie zuckte zusammen.

Es vergingen ein paar Sekunden, bevor sie wagte, dem Mann ins Gesicht zu sehen.

Die Töne schwebten langsam wie Seifenblasen, die ein unsichtbarer Windhauch durch den Raum trieb. Manchmal berührten sie sich, dann schienen sie neue Energie zu erhalten, wechselten die Richtung und trieben weiter, um wieder aneinanderzustoßen. Der ganze Schwarm schien einem unbekannten mathematischen Muster zu folgen und Bahnen nach bestimmten Formeln zu beschreiben. Konzentrierte man sich auf einen einzelnen Ton, so erlebte man die Schönheit seines Weges, doch man verlor die Sicht auf das Gesamtbild. Versuchte man, das große Ganze zu betrachten, verwandelte sich die Musik in ein Gemälde aus Tausenden und Abertausenden von Punkten, in denen der Geist vergeblich ein Gesamtbild suchte – bis er wieder eine einzelne Bahn verfolgte, sich an ihrer Schönheit labte und den Blick für das ganze Universum aus Tönen verlor.

Der Padre genoss die sanften Reibungen der Dissonanzen, wenn sich die Töne auf ihrer Reise trafen und sich in beglückender Auflösung in eine Konsonanz entfernten, um einen neuen Weg zu gehen. Er erlebte den Kampf um die ewige Harmonie. Um das ewig Göttliche, das sich hinter den vielen Klangpunkten zu verbergen schien – und sich irgendwann zeigen musste. Als Ahnung des Paradieses.

Oft hatte sich ein Bild vor seinem geistigen Auge gezeigt. Ein verblüffend reales, geradezu naturalistisches Bild. Jeden Moment würde es wieder erscheinen – die Frauengestalt, auf die er immer wieder wartete. Dort – hinter den kreisenden Kugeln der Töne … Wurde da nicht bereits ein Umriss sichtbar? Ein Gesicht?

Ein lautes Geräusch ließ alles in sich zusammenfallen.

Das Telefon. Wieder einmal.
Der Padre drückte auf einen Knopf. Die Musik erstarb, was dem Padre einen fast körperlichen Schmerz zufügte.
»Volpone?«
»Trazzini.«
»Eure Eminenz.«
»Ganz recht.«
Der Padre wusste, was der Kardinal wollte. »Wir sind kurz vor dem Ziel, Eminenz, ich bin sicher …«
Trazzini ließ ihn nicht ausreden. »Ich will ganz offen sein. Ich verstehe nicht, was diese ganze Sache in Mailand für einen Sinn haben sollte.«
Nein, das verstehst du nicht, dachte der Padre. Du verstehst nicht, dass es mir ein Anliegen ist, eine Seele zu retten, die vom Weg abgekommen ist und die Heiligkeit der Musik missachtet, obwohl sie so nahe daran ist, deren Heiligkeit zu respektieren. Und ich werde es dir auch nicht erklären. Du bist zwar Kardinal, aber du bist vom Verständnis für den Inhalt der wahren Heilsbotschaft so weit entfernt wie eine Kakerlake.
»Wie meinen Sie das?«, fragte der Padre scheinbar naiv.
»Es ist uns gelungen, Gwendolyn Fischer aus dem Engagement in Mailand hinauszudrängen. Aber was sollte das alles? Welchen Zweck haben Sie verfolgt? Was hat diese Geschichte mit unserer Sache zu tun? Gut, Sie wollen die Frau unter Druck setzen. Weil sie etwas besitzt, was wir haben wollen. Aber ist das der richtige Weg?«
Der Padre schwieg. Was wollte Trazzini damit sagen?
»Ich vertraue Ihnen, und ich setze große Hoffnung in Ihre Forschungen. Aber wenn es Ihre Absicht gewesen sein sollte, Frau Fischer ihrer Karrierechancen zu berauben, um sie unter Druck zu setzen, muss ich Sie enttäuschen.«
»Was heißt das?«

»Sie hat ein neues Engagement.«
Der Padre glaubte, nicht recht zu hören.
»Ein neues? So schnell?«
»Sie wird in Paris Fausts Margarethe singen. Sie ist für eine erkrankte Kollegin eingesprungen. Solche Gelegenheiten können über Nacht zum Weltruhm führen. Vor allem, wenn es sich um eine extrem schwere Partie handelt. Und das ist hier der Fall.«
Der Padre wusste nicht, was er sagen sollte. Gwen war tatsächlich irgendwo untergekommen. Ach was, nicht irgendwo, sondern an einem der bedeutendsten Opernhäuser der Welt! Und dass sie dort auftrat, war kaum noch zu verhindern!
Was hatte der Kardinal gesagt? In welcher Oper sang Gwen mit? Faust. Ausgerechnet! Es war grotesk.
»Sagen Sie mir eines«, fing der Kardinal wieder an. »Sagen Sie mir, ob die Tatsache, dass Frau Fischer dieses Engagement hat, unseren Plan gefährdet.«
Der Padre überlegte. Volpone hatte sich noch nicht gemeldet. Jeden Moment musste es doch so weit sein, dass er anrief und mitteilte, dass sie erfolgreich waren.
»Nein. Das wird unseren Plan nicht gefährden«, sagte er, und er hoffte, dass Trazzini ihm die Lüge abnahm. »Sie hat sich in das Pariser Engagement geflüchtet, nachdem wir bekommen haben, was wir wollten.«
»Das heißt, Sie haben es?«
»Mein Helfer ist auf dem Weg zu mir.«
»Wann werden die Ergebnisse vorliegen?«
»Sobald ich das Dokument habe, werde ich es analysieren.«
»Wie lange wird das dauern?«
»Das kann ich nicht sagen, Eminenz. Ich weiß nicht, wie gut die Partitur erhalten ist.«
»Ich kann Ihnen nur raten, sich zu beeilen.«

»Ich verspreche es.«
»Ich stelle mir oft vor, wie es sein wird, wenn der Heilige Vater die Nachricht erhält.«
»Haben Sie ihm gegenüber eine Andeutung gemacht?«
»Natürlich nicht. Und ich bin auch sicher, dass er gar nichts von unserem Projekt weiß. Es ist ja offiziell ein Forschungsgebiet der Vatikanischen Musikbibliothek.
Der Kardinal machte eine Pause. Dann sagte er: »Mal sehen – vielleicht werde ich mir die Gelegenheit nicht entgehen lassen und die Pariser Premiere auch besuchen. Frau Fischer soll ja der kommende Stern am Opernhimmel sein.«
Himmel und Hölle, dachte der Padre. Die Wut, die ihn erfasste, steigerte sich innerhalb von Sekunden in heißen Hass. War denn neben der ganzen Welt auch die ganze heilige katholische Kirche so verderbt, dass sie nur noch ihr Vergnügen sah? Konnte man nicht von den alten Päpsten, von Papst Innozenz XI. lernen, der die Opernhäuser verboten hatte? Oper und Hurerei – all das musste in den Flammen der Hölle vernichtet werden. Der Kardinal verabschiedete sich und legte auf.
Mühsam versuchte der Padre, seine innere Ruhe wiederzufinden, von der er vor dem Telefongespräch erfüllt gewesen war.
Stattdessen spielten sich apokalyptische Szenen vor seinem inneren Auge ab. Die Vergeltung wird kommen. Der Tag des Gerichts ist nahe.
Faustus, Mephisto – und dazwischen Gwen.
Er sah das Opernhaus – dieses eitle Gebäude mit den goldenen Figuren auf dem Dach, die in der Sonne glänzten. Er hörte Klänge dieser parfümierten, selbstgerechten Musik, und in dem Gemisch aus Tönen ragten artistische Soprankoloraturen hervor, herausgestoßen aus geschminkten

Mündern, grellen, verzerrten Masken, die teuflisch grinsten und allem Heiligen spotteten.
Der Padre schloss die Augen, aber er sah kein Dunkel, sondern gleißendes Licht. Alles ging in Flammen auf. Eine grell orangefarbene Wand aus Feuer raste zum tiefblauen Himmel, wo einsam und groß die runde Scheibe des Mondes stand. Die goldenen Figuren zerschmolzen in Windeseile zu schwarzen unförmigen Skeletten, und über dem ganzen Szenario, weit oben, erschien eine schwebende Figur. Gwen. Und in diesem Moment wusste der Padre, was er zu tun hatte.
Ich bin ein Werkzeug, dachte er. Der Herr hat mich zum Werkzeug gemacht.
Alles steht unmittelbar bevor, und ich bin der Erste, der es erfährt. Und der Erste, der danach handelt.
Herr, Dein Wille geschehe.

Der Mann wirkte auf den ersten Blick wie eine Mischung aus Mensch und Bär. Er überragte Gwen mindestens um zwei Köpfe, sein mächtiges Haupt war von dichten schwarzen Locken bedeckt. Und als er Gwen packte, fühlte sie sich plötzlich an den mächtigen Bauch gedrückt, der sie an einen weichen Sack erinnerte. Mit dem Unterschied, dass er nach Schweiß und den Resten eines billigen Deodorants roch.
»Piotr«, stieß Gwen mühsam hervor, als der Mann sie wieder losgelassen hatte. »Was machst du hier?«
Der Mann lachte dröhnend und schwenkte eine Aktentasche in der Hand, deren Ausmaße Gwen an eine Schaufel erinnerte.
Ihr Herzrasen, das sie erfasst hatte, legte sich langsam. Trotzdem machte sie wohl einen sehr verstörten Eindruck.
»Was freue ich mich, dich zu sehen«, rief der Mann, wobei er jedes »ch« kehlig aussprach – wie in dem Wort »Rachen«.

Seine Stimme hatte Gwen schon oft erstaunt. Piotr Kabakow besaß den schwärzesten aller Bässe, dessen finstere Aura die Kritiker weltweit zu Begeisterungsstürmen hinriss. Seine Paraderollen waren Mussorgskis Boris Godunow und der Komtur aus Mozarts *Don Giovanni*. Wenn er den gespenstischen Auftritt dieses Geistes hinlegte, herrschte atemlose Stille im Theater. Man konnte das Grauen, das plötzlich hereingebrochen war, buchstäblich mit den Händen greifen. Leider besaßen Bässe, egal wie erfolgreich sie waren, nicht den Glamour von berühmten Sopranistinnen oder Tenören, weshalb Piotr niemals den Bekanntheitsgrad einer Anna Netrebko oder eines Rolando Villazón erreichen würde.

»Ich fliege nach Paris«, sagte Gwen. »Ich springe im *Faust* im Palais Garnier ein.«

Piotr schlug sich mit der linken Pranke an den Kopf. »Natürlich!«, dröhnte er. »Ich habe davon gehört. Du hattest ja das Pech mit Mailand. Und so ein Glück jetzt … Glückwunsch, Gwen. Glückwunsch. Und so ein Zufall: Ich fliege auch nach Paris.«

Das hat sich ja schnell herumgesprochen, dachte Gwen. Aber das hätte sie sich denken können. In der Branche konnte man nichts geheim halten. Am allerwenigsten Misserfolge.

»Fliegst du auch zum *Faust*?« Sie hätte sich gefreut, einen Kollegen dabeizuhaben, den sie kannte. Aber sie wusste, dass das nicht sein konnte. Die Mitwirkenden der Aufführung übermorgen Abend flogen nicht in der Weltgeschichte herum, sondern ruhten sich aus.

»Nein, ich habe Liederabend«, sagte Piotr. »Bis gestern hatte ich *Don Giovanni* in Leipzig. Zeig mir dein Ticket.«

Gwen kramte in der Innentasche ihres Mantels und reichte es Piotr.

»Noch ein Glück!«, rief er fröhlich. »Du sitzt in gleicher Reihe wie ich. Wenn die Leute einverstanden sind, können wir tauschen, und du sitzt neben mir. Lass uns zum Gate gehen. Du musst mir alles erzählen. Wie kam es, dass Mailand geplatzt ist?«

Gwen nahm den Griff ihres Trolleys, und sie setzten sich in Bewegung, während Piotr auf sie einredete.

»Sind doch alles Halunken in den Opernhäusern«, rief er entrüstet. »Vertrag ist doch Vertrag … Und was ist da eigentlich geschehen mit Christopher …?«

Langsam gingen sie den langen Gang entlang. Es ist ein gutes Zeichen, dass ich Piotr getroffen habe, dachte sie. Unermüdlich redete der Kollege auf sie ein, und Gwen war es recht. Es tat ihr gut, einfach nur zuzuhören. Nur einmal, als Piotr gerade über die Tücken der *Don Giovanni*-Inszenierung in Leipzig schwadronierte, streifte sie die Erinnerung an Lenau.

Wie würde sie reagieren, wenn er sich doch wieder meldete?

Sie würde ihm mitteilen, dass sie das Interesse verloren hatte. Ihr ganzes Erwachsenenleben lang hatte sie nichts anderes getan, als sich um ihre Karriere zu kümmern, zu kämpfen, zu üben, zu proben. Warum sollte es jetzt anders sein?

Sie erwachte aus ihren Gedanken, als der Flug aufgerufen wurde.

»Komm, lass uns fliegen«, sagte Piotr neben ihr. »Für dich wird es ein Flug in einen neuen Erfolg werden. Niemand singt die Margarethe besser als du.«

29

Singen.
Endlich wieder singen.
Endlich ist wieder alles richtig.
Endlich ist alles so, wie es sein sollte.

Gwen saß in ihrer Garderobe in der Pariser Oper, wartete auf ihren Auftritt für die eigens für sie anberaumte Klavierprobe und betrachtete sich im Spiegel. Sie trug das Kostüm von Margarethe – Fausts mädchenhafter, unschuldiger Geliebter. Der Kostümbildner hatte sich für ein schlichtes Leinenkleid entschieden, die Maskenbildnerin hatte Gwens rotes Haar zu einem Zopf geflochten.

Die Erregung vibrierte in ihren Adern. Und trotzdem fühlte sie sich ein wenig erschöpft. Unglaublich, dass sie erst gestern Abend in Paris angekommen war. Unglaublich, dass sie sich nur einen Tag mit ihrer Partie und der Inszenierung beschäftigt hatte. Es kam ihr vor, als seien Wochen vergangen.

Sie stellte sich vor, wie sie diesen Moment morgen bei der Aufführung erleben würde. Aus den Lautsprechern würde leise Musik dringen. Das Orchester spielte die Ouvertüre. Gwen kannte jede Note, konnte innerlich das ganze Stück mitsummen – genau wie die ganze Oper, die immerhin knapp drei Stunden dauerte. Sie hatte auf dem Flug bei Piotr um Verständnis gebeten, dass sie die wichtigsten Teile, in denen sie als Margarethe auf der Bühne stand, noch einmal über den iPod hören musste. Nach der Ankunft hatte sich ihr Kollege stürmisch von ihr verabschiedet und ihr Glück gewünscht, und sie war in ihre Künstlerwohnung in der Rue Taitbout aufgebrochen, wo sie gerade Zeit genug

hatte, um ihr Gepäck unterzubringen und den kurzen Weg zur Oper hinunterzugehen. Auf dem kleinen Fußmarsch hatte sie noch einmal die wichtigsten Stellen im Kopf rekapituliert. Sie hatte aufgehört, darüber nachzugrübeln, warum ihr Musik so schnell in Fleisch und Blut überging. Als würden sich all die kleinen Muskeln des Mundes, des Kehlkopfs und der Lunge in einem seltsamen Eigenleben an die Musik erinnern. Oder als bräuchten diese Organe nur irgendeinen geheimen Kern anzuzapfen, in dem sich alles Nötige gesammelt hatte. Und auch wenn sie Musik hörte, die sie noch gar nicht kannte, war ihr, als müsste sie gar nichts dazulernen, sondern sich nur erinnern. Als gäbe es all die Musik schon irgendwo – abrufbereit und fertig, wenn man nur den Weg zu ihr fand. Und irgendwann in ihrer Jugend hatte sie diesen Weg plötzlich gefunden. Warum und wie, wusste sie nicht mehr …
Sie erinnerte sich, wie sie durch das Getümmel des Pariser Straßenlebens gefahren war. Jedes Mal, wenn sie die französische Hauptstadt besuchte, wunderte sie sich wieder über die Hektik, die hier herrschte. Die Menschen redeten unaufhörlich in ihre Handys, während sie, scheinbar ohne auf den Verkehr zu achten, die Boulevards überquerten. Rote Ampeln wurden kaum zur Kenntnis genommen, und Motorrad- und Rollerfahrer legten Slaloms hin, als wären die Fußgänger Felsen in einem tosenden Sturzbach. Es wurde gehupt und geschrien, gerempelt und gestoßen. Sie erwachte aus ihren Gedanken, als sie auf die Place de l'Opéra einbog und das reich verzierte historische Gebäude vor sich sah.
Eine breite Treppe, die die gesamte Front einnahm, führte hinauf zu sieben Torbögen. Säulen und detailreich ausgeführte Simse schmückten die hohen Fenster im Obergeschoss. Vom Dach grüßten goldene Figuren, in denen

sich das letzte Tageslicht brach. Das Gebäude, das sich an den Rand des Platzes drängte, sah wie ein gewaltiges Monument auf fotografierende Touristen, dahineilende Menschen und den stetig rauschenden Autoverkehr herab. Das Palais Garnier, wie es nach seinem Erbauer Charles Garnier genannt wurde, war nach wie vor in Quadratmetern gemessen das größte Opernhaus der Welt. Zu seiner Reputation als eine der bedeutendsten Bühnen überhaupt kamen viele Legenden, die sich um die Oper rankten. Eine der berühmtesten handelte vom »Phantom der Oper«, das in den tiefsten Kellern des Gebäudes, wo alte Tunnelsysteme vom Grundwasser überflutet worden waren, hausen sollte.

Gwen war einen Moment im Gewimmel stehen geblieben und hatte auf die Oper geblickt, auf deren Treppe sich bereits Gruppen von Schülern, wahrscheinlich auf Klassenfahrt, niedergelassen hatten. Vor Jahren war dieses Haus noch das Ziel ihrer geheimsten Träume gewesen, sie hätte kaum gewagt zuzugeben, dass ein Auftritt hier in Paris einer ihrer größten Wünsche war. Und jetzt war ihr das Engagement einfach in den Schoß gefallen, nachdem so viele schreckliche Dinge geschehen waren.

Wie schade, dass Christopher es nicht erleben konnte. Christopher.

Bevor der Schmerz sich zu sehr in ihr ausbreitete, war sie weitergegangen, hatte das Palais umrundet, um an den etwas versteckt seitlich hinter einem großen schmiedeeisernen Tor gelegenen Künstlereingang zu gelangen und sich zu melden.

Der Pförtner im blauen Hemd erklärte ihr, dass man sie bereits erwarte. Und Minuten später nahm sie der Regieassistent in Empfang, um mit ihr die Inszenierung durchzugehen.

»Gehen Sie erst zur Kostümprobe«, hatte er gesagt. »Ich hole Sie dann in der Garderobe ab.«
Und hier saß sie nun und stellte sich die Oper vor, in der sie eine der Hauptrollen übernehmen würde.
In Gwens Kopf war die Ouvertüre zu Ende. Die erste Szene begann.
Gwen kannte die Inszenierung genau. Die Studierstube von Dr. Faustus war ein wundersamer Raum voller Messinstrumente – Sextanten, überdimensionierte Geodreiecke und Lineale. Es gab einen Globus und Modelle von Planetenbahnen.
Der einsame Gelehrte, der so viel studiert hatte, aber nichts *wusste*, zweifelte an der Wissenschaft und an Gott, und dann trat Mephisto auf den Plan, um mit Faust den berühmten Pakt zu schließen: neue Jugend und Kraft gegen Fausts Seele.
In diesem Moment der Verführung projizierte der Teufel ein Bild der jungen und schönen Margarethe an die Wand. Das Mädchen saß züchtig und fleißig an einem Spinnrad und weckte Fausts Begehren.
Gwen musste für diese kurze Sequenz, in der sie noch nichts zu singen hatte, hinter der Bühne auf ein Gerüst steigen und sich neben ein stilisiertes Spinnrad setzen. Das Gerät war so verfremdet, dass es den maschinenartigen Planetenbahnen in Fausts Studierstube ähnelte – eine Idee des Regisseurs.
Gwen war solche mutwilligen Eingriffe in die bildnerischen Ideen der eigentlichen Autoren einer Oper gewöhnt. Als Königin der Nacht zum Beispiel hatte sie ihre Rachearie schon am Präsidentenpult eines imaginären Parlaments singen müssen, ein andermal mutete man ihr zu, dabei wie Christus am Kreuz zu hängen, was einen kleinen Skandal verursachte, der wiederum Gwens Bekanntheit nicht ab-

träglich war. Viele Kritiker beschäftigten sich daraufhin gar nicht mehr mit Gwens künstlerischer Leistung, sondern nahmen sie einfach nur in Schutz. Der Mitleidseffekt hatte ihr vor Jahren tatsächlich sehr geholfen.

In Gwens Kopf zog der Part des Dr. Faustus vorbei, bis jemand an die Tür klopfte. Die Bilder und Klänge verschwanden. Der Regieassistent erschien und bat sie auf die Bühne.

Auf dem altertümlichen Flur vor den Garderoben roch es nach Bohnerwachs und alten Mauern. Gwen wurde bewusst, wer schon über das Parkett geschritten war, auf dem gerade ihre Schritte klapperten. Verdi, Puccini, auch Charles Gounod selbst – sie alle waren hinter den Kulissen dieses Hauses gewesen. Und natürlich auch die großen Sängerinnen, Sänger und Dirigenten: Maria Callas, Herbert von Karajan …

Sie atmete den leicht muffigen Geruch ein, und es war ihr, als würde sie damit etwas von den großen Geistern der klassischen Musik in sich aufnehmen und damit Kraft für ihren Auftritt schöpfen.

Jemand näherte sich – es war der Regisseur, den Gwen schon damals in Madrid kennengelernt hatte. Er begrüßte Gwen stürmisch, und in seinen Augen erkannte sie wie damals eine Zuversicht, die sie alle Ängste vergessen ließ.

Von der Bühne blickte sie in den leeren Zuschauerraum, der sich aber sofort in eine schwarze Fläche verwandelte, als das Licht eingeschaltet wurde.

Wieder zogen an Gwen Fetzen der Oper vorbei, wobei sie sich die Texte automatisch übersetzte.

Faust: Was vermagst du für mich?

Mephisto: Alles! Doch sag mir zuvor, was wünschest du? Ist Gold dein Begehr?

Faust: Was soll mir Gold, was sollen mir Schätze?

Mephisto: Gut, ich sehe, wo der Schuh dich drückt: Dich lockt des Ruhmes Glanz!
Faust: Weit gefehlt!
Mephisto: Die Gewalt?
Faust: Nein! Ein Wunsch mich beseelt, der alles vereint. So höre: Die Jugend!

Singen, dachte sie.
Endlich wieder singen.
Und dann wurde ihr bewusst, dass alles, was sie in Leipzig erlebt hatte, in weiter Ferne lag.

Volpone saß am Steuer eines unauffälligen weißen Lieferwagens. Der Motor tuckerte im Leerlauf. Seit dem Aufbruch am Flughafen Charles de Gaulle, wo er das Auto besorgt hatte, waren anderthalb Stunden vergangen. Davon hatte er sich mindestens eine Stunde im Stau befunden, und nun kämpfte er wieder mit seiner Geduld.
Du hast Zeit, sagte er sich. Alles ist genau geplant. Du kannst noch drei Stunden im Stau stehen, wenn es sein muss, und du kommst trotzdem rechtzeitig.
Er fragte sich, ob er den Padre anrufen sollte, um ihm einen Zwischenbericht zu geben. Nein, dachte er. Störe ihn nicht in seinen Kreisen. Er bereitet sich auf das große Ereignis vor. Und du solltest dich darauf konzentrieren, ihn nicht weiter zu enttäuschen.
Der Verkehr schlich voran. Volpone konnte den ersten Gang einlegen und wieder zwanzig Meter fahren, bevor er erneut anhalten musste.
Teilnahmslos beobachtete er das Gewimmel auf der Straße. Es war ein unablässiges Geschiebe und Gerenne. Wenn man es nicht besser wusste, hätte man glauben können, die Menschen befänden sich in permanenter Panik. Sie überquerten die Fahrbahn, wenn Volpone endlich wieder Gas

geben konnte, und sie schienen gar nicht wahrzunehmen, dass sie beinahe überfahren worden wären. Vielen steckte ein Headset im Ohr, und sie sprachen unaufhörlich vor sich hin – das Handy in der Hand. Manchmal rasten auch Motorräder oder Roller nur Millimeter an Volpone vorbei. Sie stoppten dramatisch vor einem Pulk Fußgänger oder wenn die Durchfahrt zwischen den Autos doch zu eng wurde, um dann ihren Weg fortzusetzen und mit allerlei halsbrecherischen Manövern in dem Gewühl zu verschwinden.
Die Fahrerkabine wirkte wie eine Glasglocke, aus der man in dieses Getriebe eintauchte wie in eine fremde Welt auf dem Grund des Ozeans.
Vielleicht ist es ja auch so, dachte Volpone. Vielleicht sind die Menschen ja panisch und wissen es gar nicht. Sie spüren, dass sie sich gegen etwas zur Wehr setzen müssen, aber sie wollen nicht wahrhaben, was es ist. Dass es den großen Feind, den großen Verführer wirklich gibt …
Wieder rollte er ein Stück weiter, doch er musste abrupt auf die Bremse treten, weil ihm eine telefonierende Frau vor den Kühler lief. Volpone konnte ihren Gesichtsausdruck nicht erkennen, weil sie eine sehr dunkle Sonnenbrille trug, aber es kam ihm vor, als hätte sie ihm einen bösen Blick zugeworfen. Sie verschwand in der Menge.
Volpone brach der Schweiß aus. Einen Unfall konnte er jetzt wirklich nicht gebrauchen.
Er tastete in seine Tasche und befühlte die Perlen des Rosenkranzes.
Langsam beruhigte er sich wieder.
Keine Sorge, sagte er sich.
Die Aufgabe, die ihm heute bevorstand, war eine seiner leichtesten Übungen. Er rief sich die Adresse in Erinnerung.
Sie befand sich ganz in der Nähe der Oper.
Rue Taitbout.

30

Gwen verließ die Garderobe und folgte den verzweigten Gängen des Opernhauses in Richtung Ausgang.
Sie fühlte sich, als sei die Welt um sie herum hinter einer dicken Schicht Watte verborgen. Noch immer spukten einige Musikpassagen durch ihren Kopf. Vor allem der erhabene Moment, in dem Margarethe am Schluss dem Einfluss des Teufels entrissen wird und langsam, umgeben von einer Gloriole aus Engelsgesang, zum Himmel aufsteigt, hallte in ihr nach.
Einiges war schiefgegangen. Genau die Stellen, bei denen Gwen geglaubt hatte, sie seit den Aufführungen in Madrid immer noch präsent zu haben, und auf die sie bei den Vorbereitungen mit dem iPod nicht geachtet hatte, hatten sie plötzlich durcheinandergebracht, sodass sie manchmal zwei, drei Anläufe brauchte – immer nervöser werdend unter dem Blick des Regisseurs und des wartenden Korrepetitors am Klavier.
Sie nahm den Aufzug nach unten und ließ die heiklen Passagen noch einmal Revue passieren. Zum Glück war niemand auf dem Gang, den sie kannte.
Vierundzwanzig Stunden blieben ihr, um alles noch einmal zu rekapitulieren. Dann würde sich der Vorhang öffnen, und die Welt würde auf sie blicken. Auf sie ganz alleine. Auf die junge deutsche Einspringerin, die die Produktion gerettet hatte.
Gwen wusste, dass viele sehr berühmte Opernstars ihren entscheidenden Durchbruch der Krankheit eines Kollegen verdankten. Die Presse schien bei solchen Einspringern geradezu darauf zu warten, ob der- oder diejenige etwas

Außergewöhnliches leistete. Wenn ja, hatten die Journalisten eine Sensation zu berichten. Wenn nicht, krähte kein Hahn danach.
Gwen dämpfte ihre Nervosität, indem sie daran dachte, dass sie sich am nächsten Tag noch einmal mit dem Regisseur und dem Dirigenten treffen konnte, wenn sie wollte. Ansonsten lag nichts als Ruhe vor ihr. Sie konnte ausschlafen und den Tag über ihre Stimme schonen. Am frühen Abend würde sie ins Opernhaus gehen und sich einsingen. Um acht Uhr würde sich der Vorhang heben.
Sie trat hinaus auf den kleinen Innenhof, der durch ein Eisengitter von der Straße abgetrennt war. Der Himmel hatte sich längst verdunkelt, doch die Stadt verdrängte die Nacht durch ein Meer aus Lichtern. Autos, Leuchtreklamen, Schaufensterbeleuchtungen, Straßenlaternen.
Gwen spürte die frische Luft auf ihrem Gesicht. Sie war vermischt mit dem Aroma von Abgasen und dem typischen Geruch nach Staub, Asphalt und Schmutz, der in einer Stadt wie Paris herrschte. Gwen machte es nichts aus. Im Moment roch alles für sie nach Erfolg.
Hatte sie überhaupt Lust, sofort in ihre kleine Wohnung zu gehen? Es war halb elf am Abend, und am nächsten Morgen konnte sie so lange schlafen, wie sie wollte.
Sie spazierte zur Vorderseite der Oper und ließ den Blick über den auch am Abend belebten Platz schweifen. Unten an der Ecke lag das berühmte Café de la Paix, daneben gab es mehrere Bistros. Gwen konnte durch die Scheiben erkennen, dass die meisten Tische besetzt waren. Oder sollte sie einfach noch eine Weile durch die Stadt spazieren? Sich treiben lassen? Wie wäre es mit etwas Romantik? Ein Spaziergang an der Seine? An Notre-Dame vorbei? Es fiel kein Regen. Sie trug einen Mantel und einen Schal. Somit lief sie nicht Gefahr, sich zu erkälten.

Plötzlich fiel ihr etwas ein. Sie hatte Maria noch nicht angerufen. Das musste sie unbedingt nachholen. Sie wollte sicher wissen, wie es gelaufen war.
Auch für Maria ist mein Pariser Auftritt die letzte Chance, dachte Gwen. Wenn ich keinen Erfolg habe, geht es auch mit ihrer Agentur bergab …
Sie stellte sich etwas abseits, kramte ihr Handy hervor und suchte aus dem Speicher Marias Nummer heraus. In der Agentur meldete sich nur der Anrufbeantworter. Natürlich hatte Gwen auch Marias Privatnummer, aber dort hob niemand ab.
Gwen hinterließ im Büro eine Nachricht und berichtete, dass die Probe ein voller Erfolg gewesen war – auch wenn das nicht ganz der Wahrheit entsprach. Maria sollte sich keine Sorgen machen. Dann hörte sie ihre eigene Mailbox ab.
Eine Nachricht. Marias Stimme.
»Hallo, Gwen. Hier hat sich heute ein Herr Brandt von der Polizei in Leipzig gemeldet. Er hat sich erkundigt, wo du steckst. Offenbar hat er noch ein paar Fragen an dich. Wahrscheinlich wird er dich anrufen.«
Die Worte trafen Gwen wie ein Schock.
Es war ihr tatsächlich gelungen zu glauben, die Episode in Leipzig sei vorbei und ginge sie nichts mehr an.
Ich bewundere deine Einbildungskraft, Gwendolyn Fischer, sagte sie zu sich selbst. Und diese unglaubliche Fähigkeit, alles Schlechte zu verdrängen.
Immerhin wurdest du von einem Killer verfolgt. Er hat Lenau angegriffen.
Vielleicht hat er ihn doch ermordet!
Vielleicht haben sie seine Leiche gefunden!
Und kaum bekommst du die Chance auf einen neuen Auftritt, lässt du alles stehen und liegen und fliegst nach Paris, um in einer Oper aufzutreten.

Du hast noch nicht einmal einen Krankenwagen geholt!
Gwen schüttelte den Kopf. Was ist mit mir los, fragte sie sich.
Wenn du singen kannst, dann hält dich nichts mehr. Dann kann die Welt untergehen, du bist durch nichts aufzuhalten!
Wer hatte das gesagt? Sie hatte die Stimme genau im Ohr. Es musste einer ihrer Lehrer an der Kölner Musikhochschule gewesen sein.
Man könnte glauben, der Gesang ist dein Schneckenhaus, in das du dich zurückziehst. Wo du ganz bei dir selbst bist. Als hätte dir die Welt einmal einen ganz, ganz großen Schrecken eingejagt, den du mit Gesang betäuben musst.
Sie ging weiter, alleine zwischen den vielen Passanten, die es viel eiliger hatten als sie. Aber sie wurde ihre Gedanken nicht los.
Wenn Lenau tatsächlich tot war und sie ihn gefunden hatten, dann würde die Polizei das nicht auf sich beruhen lassen. Was geschah, wenn sie jemand gesehen hatte? Wenn sie Lenau nur anrufen könnte …
Sie blieb stehen und drängte sich an ein Schaufenster. Fast unbewusst nahm sie wahr, dass sie vor einem Parfümladen stand. Die bunten Packungen aus Pappe waren zu Pyramiden aufgetürmt. Ein Werbeplakat zeigte ein großes Schwarz-Weiß-Foto mit einer Szene am Strand. Ein Frauenkörper wurde von einer schäumenden Welle umspült. Durch die Körnung sah der Sand fast schmutzig aus.
Gwen rief die deutsche Auskunft an und erkundigte sich nach der Nummer von Matthias Lenau in Leipzig.
»Tut mir leid«, sagte die Dame am Telefon. »Ein Matthias Lenau ist nicht eingetragen. Auch in den Nachbarorten nicht.«
Hatte Brandt nicht berichtet, dass sie keinen Matthias Lenau hatten finden können? In ganz Deutschland nicht?

Jedenfalls keine Person in dem Alter, in dem Lenau offensichtlich war – zwischen dreißig und sechzig?
Aber sie hatte noch die Nummer von der Kurznachricht! Sie befand sich noch im Wiederwahlspeicher. Gwen zögerte nicht lange und rief an.
Es klingelte dreimal, viermal, fünfmal. Gwen wollte es schon aufgeben, da meldete sich jemand.
»Hallo?« Eine Frauenstimme, ohne Zweifel.
»Kann ich Herrn Lenau erreichen?«, rief Gwen.
»Wer ist da?«
»Bitte – kann ich Herrn Lenau erreichen?«
Es tutete in der Leitung. Die Frau hatte die Verbindung unterbrochen.
Die Euphorie über die Erfolge des Tages war plötzlich wie weggeblasen. Die Ungewissheit über Lenau und die Aussicht, dass die Polizei sie noch einmal sprechen wollte, nagte an ihr. Und wenn sie nicht achtgab, konnte dieses nagende Gefühl zur echten Sorge werden.
Plötzlich lag die Zeit bis zur Aufführung vor ihr wie ein riesiges Loch. Was in diesen fast vierundzwanzig Stunden alles passieren konnte …
Plötzlich wäre es ihr am liebsten gewesen, die Aufführung wäre jetzt gleich. Sofort. Sie wollte die Margarethe singen und ihren Erfolg einheimsen. Niemand würde ihr etwas tun können.
Und wenn sie diesen Hauptkommissar Brandt jetzt gleich anrief?
Ausgeschlossen. Es war fast elf. Er war mit Sicherheit nicht mehr im Büro.
Gwen ging weiter, ziellos, und sie bemerkte die Lichter hinter den Scheiben der Bistros und Restaurants. Gut gelaunte Gäste saßen an Tischen mit weißen Tischdecken. Sie beschlich das Gefühl, davon abgetrennt zu sein. Die

Welt um sie herum trat zurück, ging auf Distanz. Die Menschen auf dem Opernplatz, der Verkehr unten auf dem Boulevard …
Sie stoppte. So ging das nicht. Sie hielt es nicht mehr aus. Sie musste weg von der Straße. Sie las ein Straßenschild: Boulevard des Capucines. Die Oper lag um die Ecke und dahinter die kleine Straße, wo sie wohnte. Sie spürte Müdigkeit. Ihre Vermieterin hatte ihr ein paar Flaschen Wein hingestellt. Sie würde ein Glas trinken und dann einfach schlafen gehen. Das war sicher das Beste. Sie musste Ruhe bewahren.
Sie überquerte den Platz vor dem prächtig beleuchteten Opernhaus, folgte ein Stück dem Boulevard Haussmann und bog dann in die breite Rue de La Fayette ein, die breite Ausfallstraße, die nach ein, zwei Kilometern auf den Gare du Nord traf. Schon nach hundert Metern bog Gwen jedoch ab und folgte der schmalen Straße ein Stück bergauf. Weiter unten, zur Rue de La Fayette hin, gab es noch ein, zwei Bistros an den Ecken, doch weiter oben wurde es nach und nach stiller. Hier befand sich eine reine Wohngegend, in der das Getöse aus der Stadt nur noch von ferne zu hören war. Auch hier reihte sich ein parkendes Auto an das andere.
Das Haus, in dem ihre Wohnung lag, befand sich ganz weit hinten, nur ein kurzes Stück vor der Stelle, wo die Rue Taitbout auf eine Querstraße stieß. Gwen erkannte die große, blau lackierte Holztür, die vom Schein einer Straßenlaterne angestrahlt wurde.
Sie blieb stehen und suchte in ihrer Tasche nach dem Schlüssel.
Das Klimpern des Metalls verhinderte, dass sie hörte, wie sich sehr schnell jemand von hinten näherte. Als sie es doch bemerkte, war es zu spät.

Gwen war so überrascht, dass sie noch nicht einmal schrie, als ihr plötzlich etwas aus Stoff über den Kopf gezogen wurde. Kräftige Arme packten sie und stießen sie irgendwohin. Ein Gefühl heißer Panik durchzuckte sie, als sie sich unvermittelt im freien Fall befand. Unwillkürlich wollte sie die Arme ausstrecken, doch dann knallte sie schon auf einen harten, stinkenden Boden. Ein schleifendes Geräusch und ein Krachen.
Jemand fesselte ihr die Hände auf dem Rücken zusammen. Jemand schob eine Wagentür zu.
Kaum war ihr das klar geworden, sprang ein Motor an, und alles um sie herum begann zu vibrieren.

Sie schrie, aber das Getöse des Motors war so laut, dass sie nicht dagegen ankam.
Die Vibration des Motors erfasste ihren Körper. Als sie versuchte, ihre Beine zu bewegen, war jedes Gefühl daraus verschwunden. Ein eisiges Kribbeln rann über ihre Knie, als sie versuchte, sich in eine andere Position zu drehen.
Der Sack, den man ihr über den Kopf gezogen hatte, stank widerlich nach Muff und Öl. Schweiß rann ihr über das Gesicht und brannte in den Augen. Sie hätte sich gerne über das Gesicht gewischt, aber sie konnte ihre Hände nicht bewegen.
Trotz ihrer Angst schien sich ihr Verstand irgendwo außerhalb ihres gequälten Körpers zu befinden, und er sagte ihr haarklein, was hier los war.
Der Unbekannte wollte die Partitur. Er hatte sie bei dem Treffen in Leipzig nicht erhalten, und nun versuchte er mit Gewalt, an das Dokument zu kommen.
Wie hatte sie so naiv sein und glauben können, sie würde ihm entkommen?
Sie denken immer noch, dass ich diese Partitur habe.

Lenau ist sicher tot.
Werden sie mich auch töten?
Nicht, solange sie den Ort, an dem sich die Partitur befand, nicht aus ihr herausbekamen.
Und das wird ihnen nicht gelingen, weil ich ja nun einmal nicht weiß, wo sie sich befindet.
Aber was werden sie tun, um mich zum Sprechen zu bringen?
Die ölige Nässe ihres eigenen Schweißes schien ihr den Atem zu nehmen. Sie hustete, spuckte Schleim in den schmutzigen Sack, und das machte alles nur noch schlimmer.
Panik erfasste sie.
Ruhig atmen, sagte sie sich. Ganz ruhig atmen.
Der Stoff war nur Millimeter vor ihren Lippen. Mit jedem Atemzug zog sie ihn heran, und sie war gezwungen, die Luft aus dem vibrierenden Laderaum durch das schmutzige Gespinst zu filtern.
Hauptsache, du bekommst Luft. Langsam atmen.
Es gelang ihr nach und nach, aus der tobenden Panik herauszutreten wie aus einem Wirbelsturm. Aber sie konnte nicht verhindern, dass ihr die Tränen aus den Augen liefen.
Ich muss mit ihnen reden, dachte sie. Sie müssen mir einfach glauben, dass ich das Dokument nicht habe.
Sie müssen es einfach …
Sie schmeckte Salz auf ihren Lippen, und während sie immer wieder Weinkrämpfe packten, vibrierte der Motor des Wagens weiter und weiter. Manchmal stoppte der Fahrer, und die Vibrationen der Maschine wurden mächtiger und tiefer. Dann gab er wieder Gas, ließ einen niedrigen Gang einrasten und peitschte das Fahrzeug durch die Nacht – als könne er es gar nicht erwarten, Gwen dorthin zu bringen, wo er das Geheimnis aus ihr herausholen würde. Mit welchen Methoden auch immer.

31

Gwen hatte völlig das Zeitgefühl verloren, als es ihr endlich gelang, sich auf den Rücken zu drehen.
Die Gedanken, die sie die ganze Zeit immer wieder gewälzt hatte, waren ins Stocken geraten und erstarrt wie ein eisiger Fluss.
Es hatte keinen Zweck zu denken.
Es hatte keinen Zweck, sich irgendetwas vorzustellen. Sie musste nur noch eines tun: Atmen. Langsam und bedächtig.
Sie war so in ihrer eigenen Resignation gefangen, dass es ihr nur mit Verzögerung auffiel, dass sich etwas verändert hatte.
Der Wagen war wieder stehen geblieben. Er tuckerte im Leerlauf, dann erstarb der Motor. Es wurde still, aber in Gwens Kopf hallte das Geräusch der Maschine immer noch nach.
Der Fahrer stieg aus. Die Schiebetür schleifte in ihrer Führung. Kälte drang herein.
Kräftige Hände packten Gwen, und ein stechender Schmerz fuhr durch ihren Unterkörper. Von den Hüften abwärts war alles eingeschlafen.
Jemand versuchte, sie auf die Beine zu stellen, aber sie besaß keine Beine mehr und knickte ein. Die Pranke des Unbekannten war wie ein eiserner Haken, an dem er sie mit sich zog. Der Boden fühlte sich uneben an. Das musste Pflaster sein. Sie waren im Freien. Ein kalter, feuchter Wind drang durch den Stoff vor ihrem Gesicht.
Eine Stufe.
Und noch eine.

Die Schritte des Unbekannten hallten.
Sie waren in einem großen Raum angekommen. Es war hier nicht wärmer als draußen, aber der Wind fehlte. Gwen spürte harte, unregelmäßige Steine unter den Schuhen.
»Stopp«, sagte jemand und ließ Gwen los.
Ihre Beine schienen mit einem Schlag aufzutauen und gewannen Kraft. Gwen konnte sich halten und stand ohne sich anzulehnen inmitten des Raums, in den man sie geführt hatte. Sie riss die Augen auf. Wenn es hell um sie herum gewesen wäre, hätte sie durch den Stoff zumindest einen Lichtschein wahrgenommen. Aber es war alles schwarz. Der Raum musste finster sein.
So fühlt sich jemand, der blind ist, dachte sie. Er nimmt anhand der Geräusche, des Halls, wahr, dass er sich in einem riesigen Raum befinden muss. Wenn er auf der Straße an einer Einfahrt vorbeikommt, spürt er, dass sich da neben ihm der Raum öffnet. Er weiß, ob Türen offen oder geschlossen sind, und er spürt Wände, die sich vor ihm befinden, ohne sie zu sehen. Vorausgesetzt, er hat feine Ohren. Gwen hatte schon während ihres Studiums etwas darüber gelesen, diese Erkenntnisse machten unter Musikstudenten immer wieder die Runde. Die Bedeutung der Ohren für den Menschen ist größer als die Bedeutung der Augen, hatte sogar ein Professor der Musikhochschule immer behauptet. Die Ohren sind älter, archaischer. Der Gehörsinn reicht weiter zurück in der Evolution. Sehr, sehr weit sogar. Das Klopfen des Mutterherzens ist der erste Reiz des ungeborenen Kindes. Es teilt die Ewigkeit der Zeit in kleine Abschnitte, in einen Grundrhythmus, der den Menschen sein Leben lang begleiten wird und der ihn zu einem musikalischen Lebewesen macht. Was ist die Musik anderes als die Einteilung der so schrecklich langen und nicht unterteilten Zeit? Was ist Rhythmus anderes als die Definition

von erlebbaren musikalischen Momenten? Und die Freude an deren Wiederkehr? Rhythmus, Takt – Dreivierteltakt, eins-zwei-drei, eins-zwei-drei, selig im ewigen Jetzt, das bewirkt der Rhythmus, nichts anderes. Oder der Bolero von Ravel – eindringlich und unerbittlich schreitet der Rhythmus dahin, in einer der mächtigsten Steigerungen, die die Musikgeschichte kennt, und am Ende bricht der Rhythmus auf, etwas Neues ist da, etwas im wahrsten Sinne des Wortes Unerhörtes, dessen Ankunft man ahnt, fürchtet, aber auch herbeisehnt. Ist es etwas Schreckliches? Ist es eine Verheißung? Ist es …

… *das Jüngste Gericht?*

Nicht den Verstand verlieren, dachte Gwen.

Es ist gut, dass du dich ablenkst. Aber verlier um Gottes willen nicht den Verstand.

Um sie herum herrschte Stille. Wo war der Unbekannte, der sie hergebracht hatte? War sie allein?

Nicht das Geringste war zu hören. Kein Laut. Nur die Gegenwärtigkeit des großen Raums um sie herum.

Sie machte einen Schritt nach vorn, blieb unbehelligt.

Machte noch einen Schritt.

War sie in einem riesigen Gefängnis?

»Gwen.«

Sie blieb stehen und drehte unwillkürlich den Kopf in die Richtung, aus der die Stimme gekommen war.

»Gwen, kannst du mich hören?«

Ein Pfeil stach in ihren Körper und erzeugte flammenden Schmerz. Die Stimme war nicht besonders laut. Sie hallte von irgendwoher. Aber Gwen hatte sie sofort erkannt.

Gwen? Kennst du mich gar nicht mehr, Gwen?

O doch, ich kenne dich …

»Gib Antwort.« Der Mann war wahrscheinlich näher gekommen, denn er klang jetzt etwas lauter. Die Stimme klang sanft, aber verschlagen. Nein, nicht sanft, sondern

irgendwie gedämpft. So war es auch beim letzten Mal gewesen, als Gwen mit ihm telefoniert hatte.
»Hörst du mich?«
Keine Angst zeigen. Von Anfang an den Gedanken im Keim ersticken, dass sie die Partitur hatte.
»Ich höre Sie«, rief sie und musste sich sofort räuspern. »Ich höre Sie. Aber ich will zurück, verstehen Sie? Ich habe das nicht, was Sie wollen. Lassen Sie mich, bitte.«
Ihre Stimme gewann an Kraft, und sie hallte ebenfalls. Und plötzlich wurde Gwen klar, was für eine Art Raum das war, wo sie sich hier befanden. Sie kannte diese Art von Hall, sie hatte schon oft in Kirchen gesungen.
Ich sollte ihm sagen, dass ich es weiß, dachte sie. Dass ich nicht so einfach einzuschüchtern bin.
»In welche Kirche haben Sie mich gebracht?«, fragte sie. »Hätten Sie mich nicht einfach wieder anrufen können? Dann hätte ich Ihnen gleich sagen können, dass ich die Partitur nicht habe. Lassen Sie mich gehen.«
Ihre Stimme huschte noch eine gute Sekunde wie ein Schatten durch den Raum.
»Ich kann Ihnen nicht sagen, wo die Partitur ist.«
»Du *willst* es mir nicht sagen.«
»Ich würde es. Mein Gott, ich würde es Ihnen sofort sagen …«
»Spürst du nicht die Kraft, die von diesem Ort ausgeht?«
Was sollte das jetzt heißen?
»Spürst du nichts?«
Spürst du nichts?
Da war etwas. Diesen Satz hatte die Stimme schon einmal zu ihr gesagt. Diese drei Worte waren jahrelang durch ihre Albträume gegeistert, hatten sie nachts geweckt, waren eng verbunden, ja geradezu verschränkt gewesen mit Visionen von schrecklichen Gestalten …
Spürst du nichts?

»Nein, ich spüre nichts. Nur Angst. Lassen Sie mich.«
Warum klang ihre Stimme plötzlich so seltsam? So hoch?
Du hörst dich an wie ein kleines Mädchen …
Weil ich damals ein kleines Mädchen war. Weil es so lange her ist. Und es ist doch immer noch lebendig.
Spürst du nichts?
Die Mauer, die vor ihrer Erinnerung gestanden hatte, brach langsam auf, und dahinter lagen Bilder, an die Gwen seit …
Ich will das nicht! Nein!
»Spürst du nichts? Sag es mir!«
Gwens Gleichgewichtssinn schlug Kapriolen. Sie taumelte, und dann hielt sie es nicht mehr aus. Sie sank auf den harten, kalten Steinboden. Niemand kam, der sie nach oben riss.
»Es sollte dich stark machen, Gwen. Denn das ist es, was du brauchen wirst. Stärke. Nicht Schwäche.«
Gwen atmete schwer. Der Riss in der Mauer vor ihrer Erinnerung wurde größer. Der Flügel …
Der Flügel, der heute im Erdgeschoss der Villa in Leipzig stand. Sie saß an diesem Flügel. Klein. Wie alt? Zwölf. Vielleicht dreizehn.
Spürst du nichts?
Der Mann neben ihr.
Etwas riss sie aus ihren Gedanken. Ein Geräusch, das gar nicht herpasste. Es war etwas Technisches, wie eine Rückkopplung. Ein elektronisches Quietschen.
Und dann erfasste sie eine feine Vibration. Sie erregte die Härchen auf ihrem Körper und jagte ihr einen Schauer über den Rücken.
Etwas kam von weit her, brach durch den Raum wie ein Sonnenstrahl, traf auf Gwen und …
Es war ein Orgelton. Er war fast zu schwach, um den gesamten riesigen Raum auszufüllen, der Gwen umgab. Und

doch füllte er ihn – wie ein noch so kleines Licht eine große Finsternis zu durchdringen vermochte.
Der Ton schwoll leicht an, unterbrochen von dem seltsamen elektronischen Geräusch. Gwen hatte das Gefühl, dass die Orgel gar nicht hier im Raum stand, sondern dass der Ton von irgendwoher übertragen wurde.
»Ein Ton«, sagte der Mann. »Hörst du ihn?« Seine Stimme war deutlich lauter als die Orgel.
Sollte sie darauf ernsthaft antworten?
»Hörst du ihn, Gwen?« Ungeduld mischte sich in die Stimme. »Antworte mir.«
»Ja«, sagte sie. »Ich höre ihn.«
Ich liege hier auf dem kalten Boden und höre den Ton. Was will der Mann von mir? Soll ich mit akustischen Signalen gefoltert werden? Sie hatte gehört, dass so etwas möglich war.
Kaum hatte dieser Gedanke in ihrem Kopf Gestalt angenommen, da begann sie der einzelne Ton immer deutlicher zu quälen. Er war nicht hoch und nicht tief. Er lag irgendwo in der Mitte des Spektrums. Gwen vermutete, um das eingestrichene C herum, aber trotzdem beunruhigte sie diese Dauerbeschallung. Wenn der Ton lauter wurde, konnte sie sich nicht schützen. Niemand konnte das. Augen konnte man einfach verschließen. Die Haut konnte man mit Kleidung bedecken.
Die Ohren blieben immer offen. Wenn man die Hände nicht bewegen konnte, um sie zuzuhalten, war man einer Geräuschkulisse schutzlos ausgeliefert. Ein lauter Ton konnte ihr Trommelfell in Sekunden platzen lassen.
Der Schweiß rann ihr wieder über das Gesicht, und ihr Puls raste.
Wenn der Mann vorhatte, ihr Gehör zu zerstören, ließ er sich Zeit damit.

»Sieh diesen Ton als Grundlage allen Seins an«, sagte er. »Er ist der Seinsgrund. Der letzte Grund. Das erste Maß, das Gott nahm, bevor er die Welt erschuf. Der erste Gedanke vor der eigentlichen Genesis.«

Was redet er da, dachte Gwen.

Abrupt änderte sich der Ton. Er sprang nach oben und verharrte nun auf der oberen Stufe.

Gwen wusste, welches Intervall das war, das zwischen dem ersten Ton und diesem lag.

»Das ist die Oktave«, sagte der Mann. »Exakt die doppelte Schwingung des ersten Tons. Sie steckt das Universum ab, schafft klare, unveränderliche Sphären des Jenseits und Diesseits, von Gut und Böse. Die Töne stehen im mathematischen Verhältnis eins zu zwei. Mit der Zwei kommt das Böse in die Welt, wird die Einheit des allmächtigen einzigen Gottes infrage gestellt. Jetzt gibt es von allem auch das Gegenteil: ein Oben, ein Unten. Ein Gut, ein Böse. Ein Schwarz, ein Weiß …«

Der Ton blieb stehen, und er veränderte sich. Die Orgel spielte nun beide Töne zugleich. Den ersten und den zweiten. Das Ergebnis war eine Verstärkung. War der Klang lauter geworden? Ja, das war er. Und das war sicher nur der Anfang …

»Und nun die Schöpfung des Universums. Aus dem Geist der Musik.«

Ein neuer Ton. Zwischen den beiden ersten. Ein Hornruf, der dem Ganzen einen musikalischen Sinn verlieh.

»Die Quinte. Schwingungsverhältnis zwei zu drei. Geometrisch betrachtet ergibt dieses Verhältnis ein Dreieck – Symbol der Dreieinigkeit. Spürst du es, Gwen? Fühlst du, was ich meine?«

Spürst du es?

Ja, Gwen spürte es. Ihr Körper vibrierte mit den Orgeltönen um sie herum, und eine furchtbare Kälte erfasste sie. Es kam ihr vor, als würde sie mit eisigem Wasser übergossen, als würde der Schweißfilm auf ihrem Gesicht gefrieren. Der Unbekannte schlug nun alle drei Töne gleichzeitig an, die Orgel nahm an Lautstärke weiter zu. Gwen erinnerte sich vage an den Theorieunterricht an der Musikhochschule. Oktave, Quinte, Quarte, Terz – diese Töne, die insgesamt den Durdreiklang bildeten und damit den harmonischen Grundstein der abendländischen Musik, brachten sich auf geheimnisvolle Weise gegenseitig zum Schwingen. Jeder Ton war im Grunde ein Tongemisch aus verschiedenen Teiltönen, in denen dieser perfekte Dreiklang fundamentaler Bestandteil war, und die Töne nahmen auf geheimnisvolle Weise in einem Raum Kontakt miteinander auf, verstärkten sich, verschmolzen, bildeten Klangfarben und Resonanz. Fünf dieser Teiltöne reichten, um einen Dreiklang zu erschaffen – ein Akkord, der die absolute Grundlage der Musik war und hell erglänzte. Der ganze Raum, die ganze Kirche strahlte im Klang.

»Die Quarte«, rief der Mann in das nun deutlich lauter gewordene Tongemisch hinein. »Die Erde, die diesseitige Welt. Vier Himmelsrichtungen. Vier Elemente. Doch eines fehlt noch …«

Das Klanggebäude wurde immer stärker, fester, mächtiger, und Gwen riss vergeblich an ihren Fesseln, um sich die Ohren zuzuhalten. Es war zu laut, zu mächtig, und schließlich fügte der Mann, der ohne Zweifel an einer großen Orgel saß, den Schlussstein in das brausende Klanggebilde.

»Die Terz. Schwingungsverhältnis vier zu fünf.« Es war wie ein Kreis, der sich schloss, der Mann änderte die Register der brausenden Orgel, und der Dreiklang stand da wie eine gotische Kathedrale im hellen Sonnenlicht. Das Charisma des Akkords umgab Gwens Körper wie die

Atmosphäre eines fremden Planeten. Sie wand sich und rang nach Luft. Die Stimme des Mannes, die in den Orgelklang hineinrief, drang nur noch von weiter Ferne an ihr Ohr.

»Die Terz steht für die geometrische Form des Fünfecks, die Zahl der Wunden Christi, die Zahl der Passion, die Zahl des fünften Weltalters, in dem Jesus Christus auf die Erde zurückkehren wird, zu richten die Lebendigen und die Toten.«

»Spürst du es, Gwen?«

Spürst du es?

Ja, ich spüre es, sagte das kleine Mädchen in ihrem Kopf, das sie nun wieder geworden war. Und das eisige Gefühl wich einem unkontrollierbaren Zittern. In das Brausen der Orgel mischte sich das dumpfe Pulsieren ihres Herzens, unter dem reibenden Stoff flossen ungehemmt Schweiß und Tränen, und Gwen konnte nicht einmal mehr auf dem Fußboden sitzen, sie legte sich auf den Rücken, schutzlos, und das Gefühl, allem ausgeliefert zu sein in dieser seltsamen, von terrorisierendem Klang durchtosten Leere, riss den Vorhang endgültig zur Seite.

Das kleine Mädchen, zwölf oder dreizehn Jahre alt, sitzt am Klavier. An dem Flügel, der heute in Vaters Villa steht.

Sonnenlicht drang herein, und hinter den Fenstern lag eine grüne hügelige Landschaft. Es war Sommer. Der Vater besuchte die Salzburger Festspiele. Es gab Ausflüge zum nahe gelegenen See. Baden. Tretbootfahren. Manchmal gemeinsame Opernbesuche.

Die Mutter war schon gestorben. Der Vater ging tagsüber seinen Studien nach, er wollte in seinem Arbeitszimmer auf keinen Fall gestört werden, das Mädchen langweilte sich manchmal.

Es spielte ein bisschen Klavier. Es liebte die Musik. Es freute sich, dass das Radio zur Festspielzeit Opernmusik sendete.
Spürst du es, Gwen?
Manchmal ging der Vater in die Stadt, um andere Forscher oder Archive zu besuchen. Die Bibliothek des Mozarteums zum Beispiel.
Das Mädchen blieb allein im Ferienhaus. Umgeben von einer Wiese.
Schmetterlinge.
Bunte Blumen.
Bienengesumm.
Manchmal kam der Vater später nach Hause, als er es angekündigt hatte. Das Mädchen wartete dann darauf, dass sich endlich das Brummen des schweren Wagens näherte und die Reifen auf dem Kies knirschten.
Und der Vater verabredete sich manchmal mit Kollegen. Mit anderen Forschern.
Nein, ich will das nicht. Nein.
Ich tue dir nicht weh, Gwen. Spürst du es?
Der Mann, der eines Tages vor der Tür stand und nach dem Vater des Mädchens fragte, trug ein schwarzes Kleid. Sein Körper war vollkommen unsichtbar, nur sein Kopf und seine Hände waren zu sehen. Gwen ekelte sich sofort vor dem stechenden Schweißgeruch. Seine rosige Gesichtshaut wirkte unnatürlich. Genauso wie die starrenden hellen Augen.
Der Mann kam wie selbstverständlich in das Haus. Er legte seine Aktentasche im Wohnzimmer ab und setzte sich einfach. Wollte auf den Vater warten.
Du brauchst keine Angst zu haben, Gwen. Ich bin kein Fremder. Ich kenne deinen Vater, und ich kenne dich. Woher wüsste ich sonst deinen Namen?

Dem Mädchen ist es unangenehm, dass der Mann da ist. Es wollte eigentlich ein wenig Klavier üben, aber wenn Fremde dabei zuhören, ist es befangen. Es setzt sich ans Klavier, spürt den Blick des schwarzen Mannes hinter sich und probiert die Tasten. Ein Rauschen von schwerer Kleidung lässt sie herumfahren. Der Mann ist aufgestanden. Die hellen Augen starren sie an.
Du willst Musik machen?
Die Stimme des Mannes ist sanft, und er spricht wie die Leute in Salzburg mit diesem fremdartigen, weichen Akzent.
Das Mädchen fühlt sich ertappt. Es hat Angst vor dem Mann, er ist ihr unangenehm, aber das darf man dem Mann nicht sagen. Man muss höflich sein, wie der Vater es ihr aufgetragen hat.
Und jetzt kommt er noch näher, den stechenden Geruch vor sich herschiebend, setzt sich neben sie auf die Klavierbank.
Er schlägt langsam die Noten auf.
Kannst du das spielen?
Es ist das Menuett, das sie schon geübt hat. Wenn sie langsam spielt, könnte es gehen. Jetzt sind plötzlich ihre Hände kalt. Das Mädchen nickt. Aber ihm ist nicht wohl zumute.
Spiel!
Sie will das alles hinter sich bringen und fängt an. Sie gibt sich wirklich Mühe, denn es will, dass der Mann von ihr weggeht, wenn er versteht, dass sie schon ganz gut Klavier spielen kann, und sie dann nicht weiterspielen muss. Vielleicht lässt er sie dann in Ruhe.
Aber sie ist plötzlich so nervös, dass sie sich verspielt. Sie hat an dieser Stelle immer Probleme mit dem Fingersatz gehabt, und schon reagiert der Mann, indem er mit seinen langen Fingern ihre Hand anfasst und ihr etwas dazu er-

klärt, wie sie die Hand halten soll und welche Finger welche Noten greifen.

Spürst du es nicht? So ist es richtig. Spürst du es nicht? So schöne kleine Hände. Was für ein schönes Mädchen du bist.

Völlig unvermittelt ist der Mann nicht mehr nur bei ihren Händen. Er streift ihren Oberkörper, lässt die Finger in der Knopfleiste ihrer Bluse verschwinden. Irgendetwas geht mit ihm vor, der helle Blick in dem rosigen Gesicht verändert sich, das Lächeln wird starr, und das Mädchen sitzt wie gelähmt da und tut nichts, aber es spürt, dass etwas vorgeht, etwas Böses, und als der Mann aufsteht, weiß sie, dass bald etwas über sie hereinbrechen wird.

Komm her zu mir.

Der Mann hat sich auf das Sofa gesetzt und klopft neben sich auf die Couch.

Der Blick. Sie folgt.

Hab keine Angst. Ich tue dir nichts.

Und als sie die kühle Lederoberfläche der Couch berührt, befällt sie Panik. Sie will weglaufen, aber es ist zu spät. Der Mann hält sie fest, und seine langen Finger, die sich erstaunlich warm anfühlen, schieben sich unter ihren Rock. Sie erstarrt und schaut weg, sie kann diesen hellen Blick nicht mehr ertragen. Hitze schießt ihr in den Kopf, sie wird rot, und das ist ihr peinlich. Sie fühlt sich plötzlich, als würde die ganze Schule über sie lachen. Sie würde am liebsten im Boden versinken. Oder verschwinden. Oder wegrennen.

Spürst du es? Spürst du es, Gwen?

Das ist Liebe. Du wirst es auch noch erfahren.

Und als der Mann sie ganz einhüllt mit seiner Schwärze, sie ganz umhüllt mit seinem Körper, seinem schwarzen Kleid und dem lähmenden Geruch, setzt ein bohrender Schmerz ein, von dem sie niemals gedacht hätte, dass es so etwas gibt. Da erinnert sie sich an etwas Seltsames. Gerade jetzt fällt ihr ein, dass sie am Tag zuvor im Radio eine Aufführung von Mozarts *Zauberflöte* gehört hat und wie hingerissen sie von den rasenden Kaskaden der Rachearie war. Die spitzen Sopranpassagen werden immer lauter in ihr und überlagern sich mit dem Rhythmus der Schmerzen, die der Mann ihr zufügt. Und als sie nach Luft ringt, wird die Stimme in ihrem Kopf lauter und lauter, und jedes Detail der Radioübertragung wird in ihr lebendig. Nur fort, nur fort von ihr, und wenn sie es schon nicht körperlich kann, dann mit ihrem Geist.

Spürst du es, Gwen?

Ja, ich spüre es.

Der Hölle Rache.

Die spüre ich.

Und als mit einem Schlag der Orgelton verstummt und in einer Wolke aus Nachhall in dem riesigen Raum zusammenbricht, weiß Gwen, wer der Mann ist und wie er heißt. Auch wenn die Erinnerung noch immer unter einem lärmenden Wasserfall aus Panik und Angst verborgen liegt, so formt sich in ihr nur ein Gedanke.

Ich kenne deinen Namen.

Und der Mann, dessen Namen sie nun kennt, sagt: »Du weißt, worauf es ankommt, Gwen. Es liegt nur an dir. Du hast die Partitur. Gib sie uns.«

Gwen erinnert sich daran, dass sie reden wollte. Widerstand leisten. Den Mann überzeugen.

»Ich habe sie nicht«, bringt sie hervor. Es klingt nicht überzeugend.

»Du hast sie.« Und mit einem Mal ist die Stimme des Mannes ganz nah an ihrem Ohr.

Mein Gott, er ist hier. Er ist ganz nah bei mir.

Nein, ich will das nicht.

»Du wirst die Premiere nicht überleben, wenn du sie uns nicht gibst. Das Strafgericht hat bereits begonnen. Für dich und die Menschen, die diese unselige Oper besuchen. Sie wird einstürzen wie die Mauern von Jericho.«

Das Vibrieren der Luft um sie her. Das Motorengeräusch betäubte sie, und manchmal fand sich Gwen in surrealistischen Szenarien seltsamer Träume wieder.

Sie sah sich als Mädchen in dem Ferienhaus in Salzburg, aber sie saß nicht an einem Flügel, sondern an einer Orgel mit riesigen Pfeifen, die in den Himmel stachen wie eine Reihe silberfarbener Schornsteine. Ihre kleinen Hände spielten virtuos und schnell, und sie schenkte der erwachsenen Gwen, die in das Haus gekommen war und das Mädchen beobachtete, ein überlegenes Lächeln. Dann wieder brach die Orgelmusik ab, und es herrschte Stille und Dunkelheit. Eine andere Musik begann. Eine tiefe Instrumentalstimme, langsame Töne, die wie Planeten kreisten.

In einem klaren Intervall reckte sich die Musik nach oben, und Gwen wiederholte innerlich, was sie gelernt hatte.

Eine Quinte, dachte sie.

Die Bassstimme steckt das Intervall einer Quinte ab.

Symbol des Dreiecks, der Dreieinigkeit. Seltsamerweise erstand jetzt aus der Dunkelheit das Gebilde einer Pyramide. Ein Foto, das sie in Lenaus Wohnung gesehen hatte. Die Pyramide strahlte ockerfarben im frühen Morgenlicht vor einem tintenfarbenen Himmel. Dann änderte sich das Bild. Ein Auge schwebte vor dem dreieckigen Gebäude, das auf einmal eine grüne Farbe annahm. Die Pyramidenzeichnung auf der Dollarnote. Sie hatte sie betrachtet, als sie in Amerika gewesen war. Das Auge vor der Pyramide… Es hatte eine bestimmte Bedeutung, aber sie hatte vergessen, welche.

Die Melodie sank herab auf die Terz.
Das Leiden Christi, die Passion …
Sie kletterte in entschieden langen Noten, als wenn der Komponist das Ganze hatte auskosten wollen, zwei Stufen nach oben und schloss wie eine in Stein gemauerte Formel, indem sie zum Grundton zurücksprang. Sofort setzte die zweite Stimme ein, und die Musik fächerte sich zu einer Fuge auf.
Wo hatte sie das Stück schon einmal gehört?
Sie wusste es nicht mehr.
Spürst du es, Gwen? Ja, spürst du es denn nicht?
Und die Musik war wie eine schwebende Reise durch Sonnensysteme und Milchstraßen. Die abgezirkelten Bahnen der Töne überlagerten sich, verschoben sich und erstanden neu – getrieben von einer geheimnisvollen und unsichtbaren Energie.
Wenn sie aufschreckte, nahm sie langsam Helligkeit hinter dem Stoff wahr, der sie immer noch von der Außenwelt trennte. Und als der Wagen endlich hielt, der Mann sie aus dem Wagen holte, sie in eine Toreinfahrt stieß und ihr den Sack abstreifte, spürte sie die Kühle des Morgens auf dem Gesicht.
Sie atmete tief durch, als habe man ihr für Stunden die Luft abgeschnitten. Ihre Hände waren frei. Sie konnte sich über das Gesicht wischen. Als sie sich umdrehte, lag die Straße verlassen da. Kein Mensch war zu sehen. Nur die Autos parkten nach wie vor in einer ununterbrochenen Reihe am Bordstein. Irgendwo in einer Parallelstraße hallte der Motor des Wagens nach, in dem sie entführt worden war.

32

Vor den Fenstern hing die Lärmglocke der Großstadt: Über einen tiefen Akkord aus dumpfem Brummen legte sich einzelnes Gehupe, hin und wieder der knatternde Motor eines frisierten Motorrads und Geschrei.
Gwen hatte das Gefühl, ihr Körper sei vollkommen taub, als sie in die Dusche wankte und das heiße Wasser aufdrehte.
Bald darauf stand sie in der kleinen Küche, um sich einen Kaffee zu machen.
Man hatte ihr nichts getan, hatte ihr nur einen schlimmen Schrecken versetzt. Und man hatte ihr gedroht. Wenn sie nicht innerhalb von kürzester Zeit die Partitur auftrieb, würde es diesem Mann gelingen, ihr Pariser Engagement auch noch zunichtezumachen. Und das war fast schlimmer, als wenn sie ihr etwas angetan hätten.
Es würde diesem Mann gelingen.
Warum nennst du ihn nicht beim Namen, Gwen?
Sein Name war Haas. Leopold Haas. Und dieser kleine gedrungene Mann, der sie verfolgte, arbeitete für ihn.
Gwen versuchte, sich an den Wortlaut von Haas' letzten Sätzen zu erinnern. Sie konnte ihn nicht mehr zusammenbringen, aber es hatte etwas mit Tod und Zerstörung zu tun.
Die Trompeten von Jericho.
Einstürzende Mauern. Die Oper …
Wollten sie etwa die Oper zerstören, damit sie nicht darin singen konnte? Planten sie einen Anschlag?
Anders war das, was geschehen war, kaum zu verstehen. Und dieses Gerede von Zahlen und Intervallen passte zu den Dingen, die Lenau ihr erklärt hatte.

Oder hatten sie es metaphorisch gemeint? Als Gleichnis? Wie man es aus der Bibel kannte?
Wie auch immer – sie hatten sie, was zu erwarten gewesen war, in Paris aufgespürt und wollten das, von dem sie glaubten, dass Gwen es vor ihnen verbarg.
Aber selbst wenn sie die Partitur hätte und wenn sie sie auftreiben könnte – was sollte sie tun?
Hatten sie ihr auch gesagt, was sie mit dem Dokument machen sollte?
Diese Nachricht kommt noch, dachte sie. Sie werden sich wieder an dich wenden. Du wirst schon sehen. Du wirst eine Mitteilung erhalten. Es wird wieder einen Übergabetermin geben.
Was konnte sie tun?
Die Polizei anrufen? Was sollte sie ihnen erzählen?
Was war aus Lenau geworden?
Wer war die Frau an dem Handy gewesen?
Er war der Einzige, der ihr helfen konnte. Aber wahrscheinlich wusste er gar nicht, dass sie in Paris war. Vielleicht suchte er sie.
Oder er war doch tot.
Hauptkommissar Brandt hatte versucht, sie anzurufen. Er hatte sicher neue Nachrichten für sie. Hatten sie Lenaus Leiche gefunden?
Sie musste mit irgendwem sprechen. Sie hielt es nicht mehr aus.
Sie nahm das Handy und wählte Marias Nummer. Zwei Sekunden später war ihr klar, dass sie mit ihrer Agentin nicht würde sprechen können. Es war kurz nach halb vier am Morgen.
Konnte man Haas nicht irgendwie ausfindig machen?
Wo lebte er? Sie hatte keine Ahnung. Damals war er, wenn sie sich richtig entsann, aus Italien gekommen. Warum

nicht aus Wien? Sie stand am Fenster, sah hinaus auf die gegenüberliegende Fassade, wo alle Fenster dunkel waren, und dachte angestrengt nach. Nein, er kam vom Vatikan. Das wusste sie noch von ihrem Vater. Haas forschte in den Vatikanischen Archiven.

Wie sollte sie ihn dort finden? Aber offensichtlich war er ja jetzt in Frankreich …

Sie wandte sich vom Fenster ab. Es führte kein Weg an Lenau vorbei. Warum hatte eine Frau sein Handy?

Sie wusste, wo er wohnte. Sie konnte Nachbarn fragen, ob sie ihn gesehen hatten.

Dafür musste sie nach Leipzig.

Theoretisch war das sogar möglich. Die Premiere war erst abends.

Die Sache hatte einen gewaltigen Haken. Sie würde gegen ihren Vertrag verstoßen.

Es war ihr klipp und klar verboten, Paris zu verlassen. Und anstrengend wäre das Ganze auch. Zu anstrengend, um danach eine solche Aufführung zu überstehen.

Wer könnte dir helfen, Lenau zu finden?

Niemand, dachte sie. Du weißt nichts über seine Kontakte, Freunde. Die Verlage, für die er Bücher schrieb?

Welche Verlage waren das?

Sie versuchte, sich das Bild seines Arbeitszimmers vor Augen zu führen. Die vielen Bücher, die sie angesehen hatte. Auf den Covern hatte es doch Verlagsnamen gegeben.

Sie schloss die Augen und ließ die Szenerie Revue passieren. Sie waren in das seltsame Hinterhaus gegangen. Er hatte ihr allerlei erklärt. Über die Zahlenbedeutungen der Musik. Sie hatten Bachs *Kunst der Fuge* gehört …

Sie riss sich aus ihren Grübeleien, nahm das Handy und wählte Lenaus Nummer.

Beim siebten Mal meldete sich die Frau.

»Kann ich Lenau sprechen?«
»Wer sind Sie?«
»Bitte, es ist wichtig.«
Wieder legte die Frau auf.
Gwen dachte nach. Was wusste sie über Lenau?
Das Antiquariat. Der VW-Bus. Cordelia Blau.
Sie rief die deutsche Auskunft an. Gwen ließ sich auch die Adresse geben und probierte die Nummer.
»Hallo?«
Dieselbe Frau. Gwens Gehör trog nie. Diesmal legte Gwen auf, starrte eine Weile auf den Zettel, dann sah sie auf die Uhr.
Fünf vor vier. Früher Morgen.
Um achtzehn Uhr dreißig musste sie in der Oper sein. Vierzehneinhalb Stunden.
Reichte das, um nach Leipzig zu fliegen, Lenau zu suchen und mit ihm oder mit der Frau zusammen das Geheimnis zu lösen?
Die Alternative war hierzubleiben. Den Kopf in den Sand zu stecken. Sich die letzte kleine Chance auf ihre Karriere nehmen zu lassen und dabei auch noch zuzusehen.
Aber selbst wenn die Sache gut ausging, wenn sie wie durch ein Wunder die Partitur fand, die Erpresser zufriedenstellte und rechtzeitig zur Aufführung zurück war: Sie würde so schlecht singen wie nie zuvor in ihrem Leben. Normalerweise brauchte sie vor dem Tag der Aufführung vierundzwanzig Stunden Ruhe.
Von einem solchen Luxus war sie bereits jetzt Lichtjahre entfernt.
Ein, zwei Herzschläge lang wollte sie aufgeben. Es war ein Gefühl von Aussichtslosigkeit und Ödnis, das sich in ihr regte. Sie war wieder das kleine Mädchen, das alles

Böse verdrängte und nicht wahrhaben wollte. Ein leichtes Schwindelgefühl erfasste Gwen, und für eine Sekunde schien sich ihre Umgebung in ihren Perspektiven zu verschieben, als spiegelte sich ihr Zimmer mitsamt dem dunklen Holzschrank, dem Bett und dem von Gardinen verdeckten hohen Fenster in einem Zerrspiegel. Ein Anflug von Müdigkeit versprach ihr, dass sie nun schlafen würde, wenn sie sich nur hinlegte. Und irgendetwas flüsterte ihr ein, dass alles nur ein böser Traum war, aus dem sie dann ganz sicher erwachen würde. So schlimm konnte es ja nicht werden. Sie würde zur Polizei gehen, wenn ihr jemand etwas antun wollte. Wie sollte man denn verhindern, dass sie ihre Vorstellung antrat, wie es sich für eine gute Sängerin gehörte?

Sie konnte sich ja sogar am Morgen schon zur Oper begeben und sich in ihrer Garderobe einschließen. Sich verbarrikadieren. Gut – so mancher von den Kollegen oder vom Bühnenpersonal würde das etwas exzentrisch finden, aber Exzentrik war man bei Opernsängern ja gewohnt.

Und dann fiel die ganze Selbsttäuschung von Gwen ab wie eine alte, marode gewordene Maske.

Du kannst machen, was du willst, sie werden dich finden.

Und sie werden vor nichts, aber auch vor gar nichts zurückschrecken, um die Partitur zu bekommen.

Sie haben Christopher umgebracht. Sie haben vielleicht Lenau umgebracht. Sie werden auch bei dir vor grausamen Methoden nicht zurückschrecken. Der einzige Bonus, der dir bleibt, ist die Tatsache, dass sie glauben, du hättest die Partitur. Es ist deine einzige Chance, sie in dem Glauben zu lassen. Wenn sie erst einmal erfahren, dass du das Dokument nicht hast, werden sie dich auch töten.

Gwen stand auf. Entschlossen begann sie, ihre Tasche zu packen. Es dauerte nur wenige Minuten. Sie nahm nur das Allernötigste mit.

Dann verließ sie die Wohnung.
Volpone saß im Wagen und beobachtete die Tür des Hauses, in dem Gwendolyn Fischer wohnte. Er hatte sich bereits daran gewöhnt, die Zeit im Auto zu verbringen. Zum Glück bot der Lieferwagen, den er in Paris organisiert hatte, etwas mehr Platz.
»Sie wird die Drohung verstehen«, hatte der Padre gesagt. »Sie wird uns geben, was wir wollen. Beobachte sie, aber folge ihr nicht. Wir müssen ihr die Möglichkeit geben, die Partitur zu besorgen.«
Ursprünglich hatte Volpone noch gehofft, das Dokument in Gwens Wohnung zu finden. Während sie in der Dunkelheit der Befragung durch den Padre ausgesetzt gewesen war, hatte er die Zimmer durchsucht. Allerdings ohne Ergebnis.
»Wundere dich über nichts, was sie unternimmt.« Die Stimme des Padre hatte klar und deutlich geklungen, und sie war von einem Optimismus geprägt, den Volpone schon lange nicht mehr an dem Padre bemerkt hatte.
Volpone sah auf, als sich an der Haustür etwas regte. Eine Frau trat auf den Gehsteig. Es war Gwendolyn.
Er sah auf die Uhr. Es war kurz nach vier.
Der Plan des Padre war wieder einmal aufgegangen. Sie hatte tatsächlich begriffen. Was unternahm sie sonst um diese Zeit auf der Straße?
Mit zügigen Schritten ging Gwendolyn Fischer hinunter in Richtung Rue da La Fayette. Sie wirkte nicht wie jemand, der wegen Schlaflosigkeit einen nächtlichen Spaziergang unternahm. Sie hatte etwas vor. Der Padre hatte sie bekehrt.
Volpone beschloss, zum Dank einen Rosenkranz zu beten. Er kramte in seiner Tasche, während er der Silhouette der Frau hinterhersah, die langsam zwischen den Lichtern der Straßenlaternen verschwand.

Wieder klangen ihm die Worte des Padre in den Ohren.
Sie wird uns geben, was wir verlangen.
Und auch wenn sie es uns gegeben hat: Sie wird nie mehr eine Oper singen.

33

»Welchen Flug müssen Sie erreichen, Madame?«, fragte der Taxifahrer in gebrochenem Französisch. Der Mann war vermutlich Algerier oder Türke.
»Ich muss nach Leipzig«, sagte Gwen.
»Welche Fluggesellschaft?«
»Ich weiß es nicht.«
Sie musste einen Hin- und Rückflug buchen, und das praktisch mitten in der Nacht. Sie hatte keine Ahnung, wann der erste Flug nach Leipzig ging und ob überhaupt noch Plätze frei waren. Was passierte, wenn sie in Leipzig festsaß und nicht mehr zurückkam?
Nicht mehr *rechtzeitig* zurückkam …
»Schauen Sie in Ihr Ticket«, sagte der Mann. Zum Glück waren die Straßen einigermaßen frei, obwohl man den Eindruck hatte, Paris schlafe nicht. In der Innenstadt liefen immer noch oder schon wieder Pulks von Menschen durch die Straßen, alles war hell erleuchtet.
»Ich habe noch kein Ticket«, erwiderte Gwen. »Ich muss es noch buchen. Beeilen Sie sich bitte einfach, ja?«
Der Fahrer schüttelte den Kopf und fuhr. Gwen lehnte sich zurück und rechnete. Wie lange flog man von hier nach Leipzig? Wahrscheinlich etwa anderthalb Stunden. Wenn sie dort einen passenden Flug bekam, würde sie am frühen Nachmittag wieder einchecken müssen …
Das Taxi näherte sich einer Autobahnauffahrt. Der Fahrer hatte offensichtlich verstanden, worum es ging, und gab noch mehr Gas. Nach wenigen Minuten tauchte eine Flughafenbeschilderung auf.
»Sind wir schon da?«, fragte Gwen.

»Das ist Le Bourget«, sagte der Fahrer. »Sie wollen doch nach Charles de Gaulle. Das ist etwas weiter.«
Gwen nickte nur. Soweit sie wusste, gingen die Flüge nach Deutschland von diesem nordöstlich gelegenen Flughafen ab. Hoffentlich hatte sie sich nicht getäuscht.
Als das Taxi vor der Empfangshalle für die Abflüge anhielt, war es Viertel vor fünf. Sie hatten gerade einmal gut zwanzig Minuten gebraucht. Für Pariser Verhältnisse geradezu ein Wunder. Gwen drückte dem Fahrer ein paar Scheine in die Hand, verließ den Wagen und hörte gerade noch, wie ihr der Mann etwas hinterherrief, das sie nicht verstand. Vielleicht war es arabisch oder türkisch. Vielleicht wünschte er ihr Glück. Sie hoffte es.
Gwen betrat die Halle, in der kaum etwas daran erinnerte, dass erst früher Morgen war. Fluggäste schoben Gepäckwagen voller Koffer vor sich her. In einer Ecke stand ein Pulk Japaner, alle in dunkle Anzüge gekleidet. Gwen sah sich nach der Abflugtafel um und schob sich an einer Großfamilie vorbei.
Leipzig!
Ein Flug war angegeben, er ging in gut drei Stunden. In einer halben Stunde würde bereits das Check-in beginnen. Gwen wusste aus der Erfahrung von früheren Flügen, dass die großen Fluggesellschaften mit Tagesanbruch Schalter öffneten, an denen man Tickets kaufen konnte – auch für Flüge, die unmittelbar bevorstanden. Im Notfall hatte man die Möglichkeit, eine Hotline anzurufen und den Flug telefonisch zu buchen – immer vorausgesetzt, es gab überhaupt noch einen Platz.
Sie erkundigte sich nach dem Schalter von Air France und eilte in die Richtung, die man ihr zeigte. Schließlich erreichte sie ihr Ziel – und stand vor einem Rollgitter. Es war geschlossen. Was nun?

Die Hotline! Sie hätte sich gleich danach erkundigen sollen. Sie sah sich um. In einer Wartezone saßen Fluggäste, und einige von ihnen hatten Laptops auf dem Schoß.
Vielleicht konnte sie den Flug noch online buchen. Wenn sie einen öffentlich zugänglichen Computer fand.
Gab es hier am Flughafen vielleicht ein Internetcafé?
»Gwen?«
Erschrocken wirbelte sie herum. Das durfte nicht wahr sein: Piotr! Wie am Tag zuvor hielt der russische Bär seine Aktentasche in der Hand.
Gwen spürte, dass sie errötete. So ein Mist. Piotr durfte sie hier nicht sehen. Sie brach ihren Vertrag, wenn sie Paris verließ, und auch wenn sie ihrem russischen Kollegen keine bösen Absichten unterstellte – er würde mit Sicherheit irgendjemandem von ihrer Begegnung erzählen.
»Was machst du hier?«, dröhnte seine Stimme. »Hast du nicht gesagt, du singst in der Oper?«
»Das tue ich auch«, sagte Gwen.
»Hast du nicht heute Abend Vorstellung?«
»Ich kann nicht schlafen …« Sie beschloss, von dem Thema abzulenken. »Wie war dein Liederabend?«
»Gut, gut – danke der Nachfrage. Mussorgsky und ein bisschen Schostakowitsch. Längst nicht so umjubelt und erfolgreich, wie dein *Faust* sein wird … Du kannst nicht schlafen? Und da gehst du zum Flughafen?«
»Ich liebe Flughäfen«, behauptete Gwen. »Und ich kann schon mal meine weiteren Reisen organisieren …«
»Du bist rätselhaft, Gwen. Wirklich rätselhaft. Aber ich verstehe dich. Ich kann auch nicht schlafen. Bin immer früh auf. Manchmal denke ich, ich brauche gar keinen Schlaf …«
»Wohin fliegst du?«, fragte sie. Nicht nach Leipzig zurück, dachte sie. Bitte nicht nach Leipzig …

»Lissabon«, sagte Piotr. »Ich treffe da Angelo.«
»Angelo?«
»Meinen Freund.«
Gwen fiel ein, dass Piotr homosexuell war.
»Singst du auch da?«
»Nein. Etwas Urlaub. Entspannen. Ich habe noch ein wenig Zeit bis zum Abflug … Genau gesagt, vier Stunden. Ich kann dir was zeigen … Willst du?«
»Zeigen? Was denn?«
Gwen blickte an Piotr vorbei zum Schalter der Fluggesellschaft. Eine Frau in einer Stewardessenuniform öffnete gerade das Gitter.
»Ein Video«, dröhnte Piotr. »Ein Freund hat es gestern beim Konzert aufgenommen. Ich habe es auf dem Computer.« Er wandte sich der Wartezone zu. »Lass uns da hinsetzen. Ich kann es dir zeigen und dir davon erzählen. Vielleicht kannst du mir einen Tipp geben.«
»Einen Tipp?«
»Wie ich mich besser auf der Bühne bewege. Die Leute sagen immer, ich stehe da wie ein festgemauerter Berg. Ohne Ausdruck, verstehst du?«
Die Frau an dem Schalter hatte sich jetzt hinter dem Tresen aufgestellt.
»Geh schon mal vor, Piotr. Dahinten öffnet gerade der Schalter von Air France. Ich möchte da etwas fragen.«
Piotr sah sie ungläubig an. »Jetzt? Du hast doch Zeit …«
»Wir haben beide Zeit. Ich komme gleich.«
Ehe ihr Kollege noch etwas sagen konnte, marschierte sie auf den Schalter zu. Piotr folgte ihr zum Glück nicht. Er nahm auf einem der Stühle Platz, öffnete seine Aktentasche und nahm ein Notebook heraus. Jetzt wusste Gwen auch, was er darin verbarg. Sie hatte es sich schon immer gefragt.

Die Dame am Tresen setzte ihr Servicelächeln auf. Gwen erklärte auf Französisch, dass sie den Flug nach Leipzig um acht Uhr fünfunddreißig nehmen wollte.
Es schien eine Ewigkeit zu dauern, als die Frau im Computer nachsah.
»Sie haben Glück«, sagte sie. »Ich kann Ihnen ein Ticket anbieten. So kurz vor Abflug ist es jedoch sehr teuer. Eintausendzweihundert Euro.« Gwen zog ihre Kreditkarte heraus. Geld war im Moment nicht das Problem.
Der Hinflug war schon mal geschafft. Sie wartete, bis sie ihre Karte bekam, und drehte sich zu Piotr um, der ihr fröhlich zuwinkte und mit seinen Wurstfingern auf der Tastatur herumdrückte. Neben ihm sah das Notebook aus, als sei es für Zwerge gemacht.
»Du hast eine Karte gekauft, ich habe es gesehen«, rief er Gwen zu, als sie sich neben ihn setzte.
»Ich habe gedacht, wenn ich schon mal hier bin …«
»Wo fliegst du als Nächstes hin?«, wollte er wissen.
»Erst mal nach Köln«, log sie.
»Schau hier.« Piotr hatte ein Videoprogramm geöffnet, und man sah die typische Szenerie eines Liederabends: der russische Sänger im Frack und blendend weißem Hemd, ein schwarz glänzender Flügel. Aus den Lautsprechern des Computers drang schwach und blechern Piotrs Gesang.
»Die Tonqualität ist miserabel«, brummte er. »Aber wie findest du meinen Auftritt?«
»Für einen Liederabend völlig in Ordnung«, sagte Gwen, der eine Idee gekommen war. »Entschuldige, aber hat dein Computer Internet?«
»Natürlich, dafür habe ich ihn ja … Aber schau doch hier …«
Gwen sah auf die Uhr. Sie hatte noch Zeit. Geschlagene zwanzig Minuten konzentrierte sie sich auf Piotrs Lieder-

abend, saugte sich verschiedene Tipps für seinen Auftritt aus den Fingern, dabei brannte sie darauf, sein Notebook für etwas anderes zu benutzen.

»Ich finde, du machst das alles richtig«, erklärte sie. »Ein Liederabend ist kein Opernauftritt. Es geht nicht um Dramatik, es geht um Poesie.«

»Poesie, genau«, rief Piotr. »Da hast du recht. Lassen wir das alles.« Er klappte das Notebook zu. »Erzähl mir von dir. Wie war die Probe?«

»Ich würde gerne nach meinem Flug schauen.« Sie deutete auf den Computer. »Darf ich?«

»Bist du sicher, dass du am Flughafen bist, weil du nicht schlafen kannst?«

»Warum sonst?« Sie nahm ihm den Computer vom Schoß.

»Weil du irgendwohin fliegen willst und weil es verboten ist. Aber keine Angst.« Er legte den Zeigefinger an die Lippen. »Ich verrate dich nicht. Habe das auch schon gemacht.«

»Piotr, du spinnst. Erzähl mir, was du als Nächstes vorhast.«

»Als Erstes Lissabon. Zu Angelo.«

»Wie gesagt. Aber wann gibt es wieder Auftritte?«

»In Hamburg. *Boris Godunow*. In einer Woche. Dieselbe Produktion wie vor einem Jahr.«

»Wie ist die Regie?«

Piotr begann zu erzählen und Gwen tippte dabei auf dem Notebook herum. Als Piotr erläuterte, dass er zum x-ten Mal als Zar Boris Godunow eine Naziuniform tragen musste, weil der Regisseur das für eine besonders gelungene Idee hielt, obwohl die Oper in der Renaissancezeit spielte, war sie mit dem Laptop online gegangen und hatte sich den Leipziger Flugplan angesehen.

Die einzige Maschine von Leipzig nach Paris ging um zehn nach sechs am Abend. Das war viel zu spät.
Gwen suchte fieberhaft nach einer anderen Lösung. Piotr war mittlerweile bei der Beschreibung der Musik angelangt. »Die Abschiedsarie im vierten Akt – Proshcháy, moy sin… Viel zu schnell … Die haben wirklich keine Ahnung.«
Sie musste ja nicht von Leipzig aus fliegen. Welche Flughäfen gab es in der Nähe? Berlin … Zwei Stunden Autofahrt.
»Ich buche meinen Rückflug online«, sagte Gwen. »Darf ich das von deinem Notebook aus?«
»Natürlich, natürlich.« Piotr schien gar nicht mehr richtig zuzuhören. »Und weißt du, was er sich für den Schluss einfallen ließ …?«
Berlin-Schönefeld. Abflug zehn nach vier, Ankunft achtzehn Uhr. Länger als eine halbe Stunde würde sie hoffentlich vom Flughafen zur Oper nicht brauchen. Notfalls kam sie eine Viertelstunde später, das war aber immer noch im Rahmen.
Sie zog wieder ihre Kreditkarte heraus, gab alle Daten ein und merkte sich die Buchungsnummer.
Sie loggte aus und schob Piotr den Laptop hin.
»Danke«, sagte sie.
»Wir erleben schon komische Sachen«, erklärte er. »Was ist das für ein Leben? Um diese Zeit an einem Flughafen sitzen und über Opern reden … Und du machst das auch noch freiwillig. Dabei solltest du in deiner Unterkunft sein und dich ausruhen.«
»Aber das ist meine Art, mich auszuruhen«, sagte Gwen, dabei wusste sie genau, wie lächerlich das klang.
»Und es ist auch deine Art, einen Rückflug von Berlin nach Paris für heute Abend zu buchen, wo du doch zu singen hast?«
Gwen sagte nichts und blickte Piotr ins Gesicht, der sie wie ein Waschbär angrinste.

Wieder legte er den Finger an den Mund. »Wie ich schon sagte. Von mir erfährt niemand etwas. Ich habe dich hier nicht gesehen.«
Gwen sah sich um und blickte zur Anzeigetafel der Abflüge.
»Das Check-in hat begonnen. Geh jetzt lieber. Damit du dein Flugzeug nicht noch verpasst. Wir sehen uns. Und grüß ihn von mir«, sagte Piotr.
»Wen meinst du? Wen soll ich grüßen?«
Piotr drohte ihr spielerisch mit dem Finger. »Den Mann, wegen dem du das alles auf dich nimmst. Etwas anderes kann ja wohl nicht dahinterstecken!«

34

Der Mann, der Hauptkommissar Brandt die Tür öffnete, war höchstens zwanzig Jahre alt. Er trug einen blonden Kinnbart, sein Haar war von derselben Farbe und fiel in einem fransigen Pony über die Stirn. Aus dem Hintergrund drang schnelle elektronische Musik.

»Sind Sie Herr Schwarz?«, fragte Brandt. Er musste laut sprechen, um die Musik zu übertönen.

»Richtig. Was gibt's?«

»Haben Sie bei uns angerufen wegen des Mieters, der dem Phantombild in der Zeitung ähnlich sehen soll?«

»Exakt.«

Brandt erklärte, wer er war.

»Kommen Sie rein«, sagte Schwarz und führte den Hauptkommissar durch einen schmalen Gang mit knarrenden Holzdielen und hoher Decke. Es ging an mehreren Räumen vorbei. Eine große Küche, eine Art Wohnzimmer mit Bücherregalen und alten Sesseln. In einigen Räumen brannten Kerzen. Überall lagen Haufen und Stapel herum. Verpackungskartons von elektronischen Geräten, Bücher, Zeitschriften und Berge von Kleidung.

Sie entfernten sich von der Schallquelle der Musik und gelangten schließlich am Ende des Gangs in einen großen Raum mit Stockbett und einem Schreibtisch darunter. Ein eingeschalteter Computerbildschirm zeigte eine Grafik mit einem stilisierten Totenkopf. An der Wand dahinter bewegte sich der Sekundenzeiger einer tellergroßen Uhr. Es war kurz vor neun am Morgen.

Schwarz ließ sich auf einen Sitzsack fallen. Brandt fiel auf, dass er barfuß war. An seinem Knöchel war ein Tattoo zu sehen. Es wirkte wie ein schwarzes Netz.

Brandt ließ sich auf einem Stuhl nieder.
»Wohnt der Mann, um den es geht, hier im Haus?«
»Eine Straße weiter.«
»Haben Sie dort noch eine Wohnung?«
»Mir gehört der ganze Block.« Schwarz sagte es ohne Angeberei. »Dieses Haus hier gehört mir auch. Sie wundern sich wahrscheinlich darüber, oder? Einundzwanzig und schon Hausbesitzer. Ich hab das alles geerbt.«
»Beneidenswert.«
»Glauben Sie. Es ist auch eine Last. Die Gebäude sind ziemlich marode. Ich habe kein Geld für eine Modernisierung, und es ist gar nicht so leicht, Mieter zu finden. Da war ich froh, dass Herr Kofsky das Hinterhaus genommen hat.«
»Kofsky?«
»Der Mann, der dem Phantombild ähnlich sieht.«
»Sind Sie sicher, dass es der Mann ist?«
»Klar, aber täuschen kann sich jeder, oder?«
Mist, dachte Brandt. Ich hätte es wissen müssen. So eine Zeichnung reicht eben doch nicht.
»Was wollen Sie denn eigentlich von ihm?«, fragte Schwarz. »Hat er was verbrochen?«
»Wir suchen ihn als Zeugen. Könnte ich mal bitte den Mietvertrag sehen?«
»Klar.«
Schwarz stand auf, verließ kurz das Zimmer und kam dann mit einigen zusammengetackerten Papierblättern zurück.
»Hier.«
Brandt blätterte durch das Dokument. Die Unterschrift. Matthias Kofsky. Der Vorname stimmte überein, aber das hieß natürlich nichts.
»Ich muss das überprüfen«, sagte Brandt. »Gibt es eine Möglichkeit, in die Wohnung zu kommen?«

»Gehen Sie rüber und klingeln Sie.«
»Haben Sie einen Schlüssel?«
»Natürlich, aber den darf ich Ihnen nicht geben. Oder haben Sie einen Durchsuchungsbefehl?«
»Es heißt Durchsuchungsbeschluss. Nein, habe ich nicht.«
»Besorgen Sie sich so ein Ding und kommen Sie dann wieder. Bis dahin kann ich Ihnen leider nur mit der Adresse aushelfen. Und die steht ja oben auf dem Vertrag.«

Als Gwen den Leipziger Flughafen verließ, war es neun Uhr dreißig. Der Himmel war so trübe, als herrschte schon später Nachmittag.
Wenn sie eine Stunde vor dem Abflug einchecken wollte, musste sie um kurz nach eins in Leipzig losfahren. Um ganz sicherzugehen, noch früher. Ihr blieben also höchstens drei Stunden.
Der Plan war der reine Wahnsinn. Das hatte sie sich x-mal im Flugzeug gesagt. Aber Wahnsinn wäre es auch gewesen, untätig in Paris herumzusitzen.
Immerhin hatte sie die Zeit für ihre Rolle genutzt und immer wieder mit dem iPod Gounods *Faust* gehört. Sie würde ihre Rolle perfekt beherrschen, wenn sie auf der Bühne stand. So viel war sicher. Die Frage war nur, ob sie das Ganze körperlich überstand. Ob ihre Stimme mitmachte.
Ein eisiger Novemberwind pfiff ihr um die Ohren, als sie in Richtung der Taxistände ging.
Wenn ich mich erkälte, ist die Premiere sowieso gelaufen, dachte sie. Sie zog den Mantel fester um sich und beschleunigte ihre Schritte.
»Wohin soll's denn gehen?«, fragte der Fahrer und legte die Zeitung weg, in der er gelesen hatte.
»Prager Straße«, sagte Gwen.
»Keine genaue Adresse?«

»Fahren Sie zum Völkerschlachtdenkmal. Von da aus weiß ich den Weg.«
Abgesehen von der Oper und ihren allgemeinen Bedenken hatte sich Gwen auf der Fahrt mit der Frage beschäftigt, ob sie in der Lage war, Lenaus Adresse wiederzufinden. Sie hatte noch immer den kleinen Stadtplan aus dem Hotel dabei, und damit hatte sie die Fahrt mit Lenau zu seiner Wohnung rekapituliert, so gut es ging.
Sie waren am Völkerschlachtdenkmal losgefahren und dann der Prager Straße gefolgt. Irgendwann war Lenau ein paarmal in kleine Straßen abgebogen …
Sie verfolgte auf dem Stadtplan, wie das Taxi fuhr. Der Flughafen befand sich im Norden, und der Fahrer schickte sich an, die Innenstadt zu durchqueren, um auf die Prager Straße zu kommen, die eine Ausfallstraße in südöstlicher Richtung war.
»Sind Sie nicht die Sängerin Gwendolyn Fischer?«, fragte der Mann unvermittelt.
Gwen wurde plötzlich ganz heiß.
Ich darf nicht in Leipzig sein, dachte sie. Wenn der Mann mich erkennt, dann erfährt es vielleicht die Presse …
»Nein, aber ich höre oft, dass ich ihr ähnlich sehe.«
»Ich bin ein großer Opernfan, wissen Sie.«
»Ich verstehe nichts davon.«
Der Fahrer verstummte, und Gwen vertiefte sich wieder in ihren Plan.
Auf der linken Seite erschien der Hauptbahnhof, und das Taxi geriet in einen kleinen Stau.
»Viel Verkehr«, sagte der Fahrer, der es anscheinend gewöhnt war, dass man sich mit ihm unterhielt. Gwen tat ihm den Gefallen nicht.
Die Fahrt ging weiter, und jetzt erinnerte Gwen das Stadtbild an den Morgen, an dem sie von ihrem Hotel aus zur

Beerdigung gefahren war. Weit hinten im dunstigen Grau zeichnete sich der steinerne Umriss des Völkerschlachtdenkmals ab.
»Jetzt wären wir auf der Prager Straße«, sagte der Fahrer und gab Gas.
Gwen sah sich nervös um. War sie hier mit Lenau vorbeigekommen?
Sie waren schon zu weit.
»Bitte wenden Sie noch mal«, rief sie.
»Haben Sie keine genaue Adresse?«
»Ich muss in eine Seitenstraße. Da ist eine Hofeinfahrt. Ein etwas heruntergekommenes Haus. Graffiti an den Wänden. Und Unkraut wächst aus den Mauern.«
»So etwas gibt's hier ja selten. Aber versuchen wir's mal.« Er wendete. »Linke oder rechte Seite von der Prager?«
»Die linke.« Gwen war ganz sicher.
An der ersten Möglichkeit bog der Wagen ab. Gwen versuchte, etwas zu erkennen.
»Ich glaube, es ist hoffnungslos«, sagte sie.
»Keine Sorge, wir machen das systematisch.« Wieder bog der Fahrer ab.
»Aber so viel sind wir hier nicht herumgekurvt«, sagte sie. »Wir sind von der Prager abgebogen und waren da.«
»War es eine Einbahnstraße?«
Gwen versuchte, sich zu erinnern. Die Autos standen sehr dicht auf beiden Seiten. In der Mitte wären keine zwei Wagen aneinander vorbeigekommen. Der Fahrer hatte recht. Es musste eine Einbahnstraße gewesen sein.
»Es war eine«, rief sie. »Ich erinnere mich.«
»Dann ist alles klar.«
Das Taxi stoppte, der Fahrer legte den Rückwärtsgang ein, setzte zurück und bog noch zweimal ab. Dann hielten sie genau vor dem Tor, wo Lenau geparkt hatte. Gwen bezahlte den Fahrer und legte noch ein ordentliches Trinkgeld drauf.

»Sie könnten wirklich als Gwendolyn Fischers Doppelgängerin durchgehen«, sagte er zum Abschied.
Gwen wartete, bis der Wagen sich entfernt hatte. Dann betrat sie den Hof hinter der Einfahrt und näherte sich Lenaus Hinterhaus. Eine schmutzige Lampe hing an der Mauer. Ihr milchiges Licht spiegelte sich in den nass glänzenden Pflastersteinen.
Die Klingel neben der Metalltür löste irgendwo drinnen ein elektronisches Brummen aus.
Nichts geschah.
Natürlich hätte sie damit rechnen müssen.
Was nun?
Wenn sie in die Wohnung käme …
Dort konnte ein Hinweis verborgen sein. Ein Hinweis darauf, wo er sich aufhielt. Ein Kontakt. Irgendetwas.
Sie musste in die Wohnung. Und sie musste sich beeilen.
Gwen erinnerte sich, dass sie innen keine Fenster gesehen hatte – nur Oberlichter, die man aufklappen konnte. Jetzt erkannte sie eine Scheibe neben der Tür – groß genug, um sich hindurchzuquetschen. Das Glas war geriffelt, und dahinter herrschte Dunkelheit. Ein Einbrecher hätte hier hervorragend einsteigen können. Auch Gwen. Leider war das Fenster durch ein geschwungenes Gitter geschützt.
Nachdenklich legte Gwen die Hand um das rostige Eisen, dessen Farbe einmal weiß gewesen sein musste. An einigen Stellen war noch ein wenig Lackierung übrig geblieben. Trotzdem konnte das Ding einen neuen Anstrich vertragen, so viel war sicher.
Gwen stutzte, als sie die Hand bewegte.
Das Gitter war locker.
Die Dübel, mit denen es im Mauerwerk verankert war, bewegten sich. Der ganze Mörtel war marode, und als Gwen nach oben sah, wusste sie auch, woran das lag. Ein Fallrohr vom Dach zielte genau auf die Stelle, wo das Gitter

in der Wand verschwand. Jahrelange regelmäßige Regenfälle hatten dazu geführt, dass der vermeintliche Schutz vor Einbrechern nur noch eine Farce war. Gwen ruckelte ordentlich hin und her, und plötzlich fiel ihr das ganze Gestänge entgegen. Mit Getöse landete es auf dem Boden. Gwen drängte sich instinktiv an die Mauer und sah nach oben. Hatte sie jemand gesehen? Jede Menge Fenster gingen auf den Hof hinaus, auch einige Balkons. Aber da oben schien sich nichts zu rühren.

Also los jetzt, sagte sich Gwen. Du bist zwar keine gewohnheitsmäßige Einbrecherin, aber das wirst du ja noch schaffen.

Sie hatte es oft genug im Fernsehen gesehen. Man musste den Ellbogen mit etwas umwickeln, mit einer Decke oder einem Mantel, und dann fest in die Scheibe stoßen. Fertig. Gwen sah sich auf dem Boden um. In einer Ecke an der Mauer lagerten ein paar vergessene brüchige Dachziegel. Die waren ihr als Werkzeug lieber.

Sie nahm einen davon, zögerte kurz und stieß die Ecke des Ziegels mit aller Kraft gegen die Scheibe. Das Splittern war ohrenbetäubend.

Sie hatte das Gefühl, einer anderen Gwen zuzusehen, als sie in die gezackte Lücke fasste, den Griff suchte und das Fenster öffnete. Es dauerte keine drei Atemzüge, und sie stand in einem winzigen Zimmer, das wohl als Abstellraum gedacht war. Mit wenigen Schritten war sie an einer Tür, und dahinter war alles düster. Gwen wusste aber, dass sie dort angekommen war, wo sie hinwollte. In dem großen Raum, der den größten Teil des Hinterhauses ausmachte. Die Oberlichter spendeten nur spärliches Licht.

Plötzlich überfiel sie wieder das Gefühl des Ausgeliefertseins, der Schutzlosigkeit – dasselbe Gefühl, das sie in der Kirche empfunden hatte, als sie in der Hand von Haas und seinem Helfer war.

Sie brauchte Licht. Auch wenn das draußen zu sehen sein würde. Es ging nicht anders.
Sie tastete nach einem Schalter. Ihre Finger erreichten die Wand, doch sie fühlte nur den rohen Putz. Endlich fand sie eine Erhöhung aus Kunststoff.
Ein Kippschalter.
Nach und nach sprang die Neonbeleuchtung an und sorgte in Lenaus großem Arbeitszimmer für so grelles weißes Licht, dass Gwen die Hand vor die Augen legte.
Der von Stahlträgern unterbrochene riesige Raum. Die Bücher. Die langen Schreibtische. Der Computer. Die Plakate. Die Abbildung des Sternenhimmels. Das Menschenmodell von Leonardo da Vinci.
Die Fülle der Dinge, mit denen sich Lenau umgab, sorgte für Mutlosigkeit.
Wo sollte sie anfangen zu suchen? Hatte es Sinn, all diese Papiere durchzublättern? Nach Notizbüchern zu fahnden und sie zu lesen?
Der Computer.
Damit kenne ich mich überhaupt nicht aus, dachte Gwen.
Egal. Schalte ihn ein, und du wirst weitersehen. Vielleicht findest du eine Adressdatei mit Kontakten oder so was.
Sie ging an den Tischen entlang auf das Gerät zu, drückte die Knöpfe am Monitor und am Hauptgerät.
Der PC sprang mit einem Surren an und schickte Logos von irgendwelchen Softwarefirmen auf den Bildschirm. Es dauerte und dauerte. Nervös sah Gwen sich um. Vielleicht fand sie in der Zwischenzeit noch etwas anderes …
Wie bei ihrem ersten Besuch fielen ihr die Arbeitsmaterialien auf, die auf einem der Tische lagen.
Die Fotografie dieser seltsamen Scheibe, über die Lenau gerade ein Buch schrieb. Die Himmelsscheibe.
Auch der aufgeschlagene Atlas lag noch da. Lenau hatte auf der Karte etwas eingezeichnet.

Sie beachtete den Computer vorerst nicht weiter, sondern nahm die Markierungen auf der Karte in Augenschein. Lenau hatte im rechten unteren Zipfel von England ein Kreuz gemacht, ein weiteres westlich von Paris und ein drittes irgendwo zwischen Erfurt und Leipzig. Stonehenge, Chartres und an dem Ort, wo die bronzezeitliche Scheibe gefunden worden war.
Gwen runzelte die Stirn, als sie auf der Karte weitere Markierungen fand. Lenau hatte die Fundstelle in der Nähe der Stadt Nebra mit weiteren kleinen Kreuzen eingekreist. Es waren Städte, die Lenau markiert hatte: Mühlhausen, Leipzig, Weimar …
Der Computer hatte seine Ladetätigkeit beendet und zeigte nun einen blauen Bildschirm. Gwen wurde aufgefordert, ein Passwort einzugeben.
Sie tippte ein, was ihr in den Sinn kam.

LENAU
Falsches Kennwort. Bitte versuchen Sie es noch einmal.
FISCHER
Falsches Kennwort. Bitte versuchen Sie es noch einmal.
BACH
Falsches Kennwort. Bitte versuchen Sie es noch einmal.

Es gab mit Sicherheit Möglichkeiten, das System auszutricksen, aber Gwen hatte von so etwas keine Ahnung.
Sie suchte den Schreibtisch ab. Vielleicht hatte Lenau ja irgendeine Notiz gemacht, damit er selbst das Passwort nicht vergaß. Sie blickte sogar unter die Tastatur, weil sie wusste, dass manche Leute dort das Passwort auf einem aufgeklebten Zettel versteckten. Ohne Erfolg.
Langsam dehnte sie ihre Suche auf Bereiche aus, die weiter von dem PC entfernt waren. Sie streifte wieder das Ma-

terial über die Himmelsscheibe, öffnete hier und da einen Ordner oder eine Mappe. Schob Papier zur Seite.
Ich bin nicht dafür gemacht, Wohnungen nach Passwörtern zu durchsuchen, dachte sie. Ich wäre eine schlechte Privatdetektivin …
Plötzlich stutzte sie. Sie hatte einen dunklen Aktendeckel geöffnet, der voll mit Papieren war. Auf dem ersten Blatt fanden sich Noten. Kopien einer gedruckten Ausgabe.
Gwen konnte sie nicht lesen, aber die Überschrift sagte alles.

Contrapunctus – fuga à 3 soggetti

Es war der letzte, der unvollendete Teil aus der *Kunst der Fuge* von Bach.
Natürlich – nachdem sie Lenau angerufen und ihm die Noten auf der Partitur ihres Vaters beschrieben hatte, war er wahrscheinlich losgezogen und hatte sich die Noten besorgt, um die Angaben zu vergleichen.
Gwen blätterte nach hinten und stieß auf das berühmte abgebrochene Ende. Die Partitur wirkte an dieser Stelle wie ein Fehldruck. Die Stimmen verzweigten sich im Nichts ohne anschließenden Taktstrich, und eine kursive Schrift erklärte dem Leser: *Über dieser Fuge, wo der Name BACH im Contrasubject angebracht worden, ist der Verfasser gestorben.*
Lenau hatte den Einsatz der Noten B-A-C-H mit einem orangefarbenen Marker angestrichen. Gwen vermutete zumindest, dass es sich um diese vier Noten handelte.
Er hatte sich auf den Vortrag, den er ihr gehalten hatte, gut vorbereitet, keine Frage. Kein Wunder, ihn beschäftigte dieses Thema ja schon seit Jahren.
Vielleicht hängt das Passwort für den Computer irgendwie mit Bach zusammen, dachte sie. Die vier Buchstaben sind

es ja nicht; es könnten auch die Zahlen sein, die gematrisch für diese Buchstaben stehen.
Gwen wollte gerade an den PC-Tisch zurückkehren, da fiel ihr etwas anderes in der Mappe auf. Die Noten mit der Bach-Fuge waren verrutscht; darunter kamen einige Blätter zum Vorschein. Auf einem davon waren handschriftlich Zahlen und Buchstaben notiert. Die anderen Bögen bestanden aus beschriebenem Notenpapier. Es waren keine alten Partituren, sondern mit Kugelschreiber geschriebene Blätter.
Gwen zog die Seiten heraus und versuchte, sich einen Reim darauf zu machen.
»Die Zahl der Tage«, las sie.
Darunter eine komplizierte gematrische Analyse.
Alle einzelnen Zahlen der Buchstaben und Wörter, die Zahl 120, darunter ein Zitat, das mit »Psalm 120« überschrieben war.

Ich rief zu Jahwe in meiner Bedrängnis, und er hat mich erhört.
Rette meine Seele, Jahwe, vor der gottlosen Lippe, rette mich vor der tückischen Zunge.
Die gottlose, tückische Zunge.
Das musste man doch so verstehen, dass jemand ein Geheimnis verraten hat. Gottlos, tückisch. Ein Geheimnis, das niemand kennen darf.
Satan verrät das Datum des Jüngsten Tages.
Die Zahl der Tage.
Sie war dabei gewesen, als Lenau das alles entschlüsselt hatte. In ihrer Gegenwart, in der Villa ihres Vaters, war er auf die verschlüsselten Wörter »Die Zahl der Tage« gekommen. Dass es einen Zusammenhang mit einem Psalm gab, war ihr neu, das musste er später herausgefunden haben. Also war er noch einmal zurückgekommen und hatte seine Studien weitergetrieben.

Wie kam die Zahl 120 in das Bild?
Sie überflog die Notizen, und dann wurde es ihr klar. Die Buchstaben DIEZAHLDERTAGE ergaben gematrisch in der Summe genau diese Zahl.
Es schienen also noch mehr Geheimnisse in dieser Notenzeile zu stecken.
Sie nahm die handgeschriebenen Notenblätter und hielt sie neben die gedruckte Partitur des letzten Stückes aus der *Kunst der Fuge*. Es war dasselbe Stück. Lenau schien es noch einmal abgeschrieben zu haben. Allerdings nicht vollständig, sondern nur einzelne Passagen – Notizen für eine Analyse.
Gwen fiel auf, dass die handschriftliche Version Details enthielt, die in der gedruckten Fassung fehlten. Zahlen. In fast jedem Takt. Gwen blätterte bis zum Schluss, und am Ende hatte Lenau eine Art Summe gezogen. Die Zahl, die da stand, war ziemlich hoch. Höher als die Summe der Takte.
Es ist die Summe der Noten, dachte Gwen.
Und dann wurde ihr klar, dass hier etwas ganz und gar nicht passte.
Lenau hatte sie hereingelegt!
Die vollendete Version des Stückes, die sie hier vor sich sah, hätte Lenau eigentlich nie in der Hand haben dürfen. Gwen hatte ihm die Noten umständlich am Telefon beschrieben, danach waren sie bei der gescheiterten Übergabe verloren gegangen. Als sie am nächsten Tag zum Völkerschlachtdenkmal zurückgekehrt war, hatte sie Lenau getroffen. Sie waren hier zu seiner Wohnung gefahren, dann zum Haus ihres Vaters und schließlich zu dem geheimnisvollen Keller, wo der Unbekannte sie angegriffen hatte.
Wie kam eine moderne Abschrift der vollendeten *Fuge* hierher?

Gwen glaubte, sich zu täuschen, und verglich Lenaus Manuskript mit der gedruckten Version. Sie fand die Nahtstelle, wo Bachs berühmtes Werk plötzlich abbrach. In der Handschrift ging das Stück weiter.

Welches Spiel hatte Lenau mit ihr gespielt?

Wenn sie doch nur den Computer in Gang bekäme …

Sie ging zurück an den Tisch und versuchte andere Passwörter – Musica, Musik, Gesang, Partitur, Passion –, aber es funktionierte nicht.

Plötzlich ertönte ein Geräusch, das sie zusammenzucken ließ. Ein Schnarren. Erst als es sich wiederholte, wurde Gwen klar, dass das die Haustürklingel war.

Sie blickte zur Tür.

»Aufmachen, Polizei«, rief jemand. Die Stimme kam nur dumpf ins Innere. Jemand klopfte. Dann klirrte etwas. Der Beamte war wohl gegen einen Splitter auf dem Boden gestoßen. Gwen erstarrte. Sie kam hier nicht heraus. Oder doch – der Hinterausgang!

Sie wandte sich ab, rannte die Wendeltreppe hinauf und versuchte die verschiedenen Türen, während es unten abermals klirrte. Der Polizist untersuchte wohl gerade das Fenster.

Sie gelangte in das Zimmer, wo Lenaus Bett stand – immer noch so zerwühlt wie bei ihrem letzten Besuch.

Die Tür.

Gwen näherte sich und hoffte inständig, dass sie nicht verschlossen war.

»Hallo?«, rief jemand. »Ist da jemand? Kommen Sie heraus, ich habe Sie gehört.« Der Beamte hatte den großen Raum entdeckt.

Gwen fasste das kühle Metall an, drückte die Klinke nach unten und zog. Es war offen! Das Treppenhaus lag vor ihr.

Warum hatte Lenau seine Wohnung nicht verschlossen? Als sie die andere Seite der Tür sah, erkannte sie, warum. Dort war nur ein Knauf. Man konnte die Tür einfach zuziehen wie eine Haustür.
Gwen trat auf den Flur.
Sie atmete tief durch. Jetzt würde es einen Knall geben. Sie biss die Zähne zusammen, als sie fest zog und der Lärm durch das Treppenhaus hallte.
Sie rannte hinunter, voller Angst, einem Beamten zu begegnen. Dann hätte sie verloren.
Vorsichtig betrat sie die enge Straße und blickte nach links und rechts.
Kein Mensch zu sehen. Gwen rannte bis zur nächsten Abzweigung und bog um die Ecke. Sie sah auf die Uhr. Es war halb elf.
Gut zwei Stunden hatte sie noch.

»Sie war es. Ich bin ganz sicher.« Brandt tastete nach seinem Tabaksbeutel, zog dann aber wieder die Hand aus der Tasche.
»Sie haben sich da in etwas verrannt«, sagte Nagel und schüttelte den Kopf. »Frau Fischer ist in Paris. Wer sich mit Opern auskennt, weiß das. Sie wird dort heute Abend in Gounods *Faust* singen. Ich habe mich erkundigt. Sie ist kurzfristig eingesprungen. Können Sie sich vorstellen, was es für eine Künstlerin bedeutet, so etwas vor sich zu haben? Da nimmt man doch eine solche Reise nicht in Kauf.«
»Ich verlasse mich ja nicht nur auf meine eigene Beobachtung«, sagte Brandt und legte dem Dezernatsleiter ein Blatt Papier auf den Tisch.
»Was ist das?«
»Die Passagierliste eines Fluges von Paris nach Leipzig von heute Morgen.«

»Sie wollen doch nicht etwa sagen, dass Frau Fischer auf der Liste steht?«

»Doch, das will ich.«

»Fischer ist ein Name, der häufig vorkommt.«

Brandt konnte es nicht fassen. Er hatte ja immer an Nagels Intelligenz gezweifelt, aber dass es *so* schlimm war …

»Der Name Fischer schon. Aber eine Gwendolyn Fischer wird es nicht so häufig geben, finden Sie nicht?«

»Wissen Sie eigentlich, dass es Opernsängern untersagt ist, die Stadt, in der sie auftreten, zu verlassen? So ein Risiko kann sich eine Opernintendanz nicht leisten. Deswegen steht es in jedem Vertrag.«

»Die Fakten sagen aber nun mal, dass sie es getan hat. Sie ist nach Leipzig geflogen …«

»Und Sie sind ganz sicher, dass sie in der Wohnung des Mannes war, der dem Phantombild dieses geheimnisvollen Lenau ähnlich sieht, der die Wohnung aber unter dem Namen Kofsky gemietet hat? Und der – das sollten wir nicht vergessen – nicht der Mann ist, der auf der Autobahnbrücke gesehen wurde, also auch eigentlich gar nicht verdächtig ist. Der aber jemandem ähnlich sieht, den Fischers Nachbarin am Fenster gesehen hat. Und das mitten in der Nacht.« Nagel sah Brandt spöttisch an. »Habe ich etwas vergessen? Ach ja – auch, wenn Opernsängern laut Vertrag das Reisen während eines Engagements untersagt ist. Strafbar ist es nicht. Frau Fischer kann also hinreisen, wo sie will. Und ich rate Ihnen dringend, ihr nicht weiter nachzuspionieren. Ist das klar? Wenn Sie jetzt auf die Idee kommen, weitere Fluglisten zu überprüfen und ich das herausbekomme, hat das Konsequenzen. Ich hoffe, wir verstehen uns.«

Der Hauptkommissar wusste, wann es sinnlos war weiterzudiskutieren. Er machte kehrt, ging in sein Büro zurück

und starrte ein paar Minuten aus dem Fenster. Dann rief er die Leipziger Oper an. Kurz darauf wusste er, dass Nagel recht hatte. Es war Opernsängern tatsächlich untersagt, die Stadt zu verlassen, in der sie arbeiteten. Das Risiko, dass sie zu einer Probe oder zu einer Veranstaltung zu spät kamen, war zu groß. Es gab allerdings Ausnahmegenehmigungen. Zum Beispiel, wenn man private Dinge zu regeln hatte …
Frau Fischer hatte vielleicht eine solche Genehmigung gehabt. Und wenn nicht – sie machte sich natürlich nicht wirklich strafbar, wenn sie gegen die Auflagen ihres Vertrags verstieß. Nur, wenn ihr etwas passierte …
Sie war in Lenaus Wohnung gewesen. Er wusste es einfach. Die Person war ins obere Stockwerk geflohen, wo es einen Ausgang gab, wie Brandt kurz darauf festgestellt hatte. Und in der Luft hatte ein feiner Duft gelegen, den er automatisch mit Gwendolyn Fischer in Verbindung brachte. Jede Frau hatte so ihre Düfte, ihre Parfüms, ihre Aura. Und es war nicht nur das gewesen. Auch die Geräusche, die sie machte. Das Klappern ihrer Schuhe …
Gesehen hast du natürlich gar nichts, dachte Brandt. Du wirst damit keinen Richter überzeugen. Du hast ja gerade erlebt, wie Nagel reagiert hat.
Dass es Lenaus Wohnung war, konnte als sicher angenommen werden. Gwendolyn Fischers Anwesenheit hatte es geradezu bewiesen! Aber das würde ihm niemand abnehmen. Zwei vage Indizien, die sich gegenseitig stützen mussten. Ein reines Luftschloss …
Was hatte sie in der Wohnung gewollt?
Vielleicht wollte sie Lenau um Hilfe bitten, was den Nachlass ihres Vaters betraf. All diese Bücher und Handschriften.
Die Bach-Partitur. Das war nichts Verbotenes. Aber wie es aussah, war sie eingebrochen.

Er zündete sich eine Zigarette an und verfolgte die dünnen blauen Rauchfäden.
Ein weiteres Mal griff er zum Telefon.
Ich sollte noch mal am Flughafen anrufen, dachte er. Irgendwie muss sie ja auch zurück nach Paris kommen.
Aber Nagel hatte recht. Wenn sie wirklich hergekommen war und heute wieder zurückwollte, war das eine echte Ochsentour. So was tat sich wirklich keiner an, der heute Abend auf der Bühne stehen musste.
Was steckt dahinter? Es ist etwas oberfaul, aber du kommst nicht drauf, was es ist.
Man musste die Sache andersherum aufziehen. Gehen wir mal davon aus, dass sie heute Abend wieder in Paris ist und singt, dachte er. Dann haben wir einen Anhaltspunkt, wo wir sie finden. Und sie befragen können.
Offiziell würde das eine komplizierte Sache werden. Amtshilfe durch die französische Polizei. Papierkrieg. Begründungen, die genauso demontiert wurden wie Brandts Beobachtungen vorhin von Nagel.
Blieb nur eins: der kurze Dienstweg.
Er zog ein abgegriffenes schmales Adressbuch aus der Tasche und blätterte darin, entzifferte eine lange Telefonnummer und tippte sie sorgfältig ein. Es tutete viele Male. Dann meldete sich eine verschlafene Frauenstimme.
»Oui?«

35

Es schien ewig zu dauern, bis Gwen die Adresse des Antiquariats von Cordelia Blau herausgefunden hatte. Der Name stand in keinem Telefonbuch, auch nicht im Branchenbuch. Schließlich war sie dazu übergegangen, in anderen Antiquariaten herumzufragen, aber niemand konnte ihr eine Auskunft geben, und manche Antiquare lächelten sie mitleidig an, als wenn sie eine Verrückte wäre.
Ein älterer Herr in Strickjacke, dem ein Laden in der Altstadt gehörte, schenkte ihr über die Ränder seiner Lesebrille hinweg einen strengen Blick und gab zu bedenken, dass nicht alle Antiquariate ein Ladengeschäft betrieben. »Manche haben einfach nur ein Buchlager und machen ihre Geschäfte postalisch oder über das Internet.« Das letzte Wort sprach er mit einer gewissen Verachtung aus, als handele es sich dabei um etwas Unanständiges.
Gwen zog die einzige Konsequenz aus dieser Information und machte sich auf die Suche nach einem Internetcafé. Um kurz vor halb zwölf wurde sie fündig – ganz in der Nähe der Thomaskirche, in deren Schatten sie in einem Café den Brief ihres Vaters gelesen hatte. Wie lange war das her? Monate? Jahre?
Sie ließ sich einen Computerplatz anweisen und rief sofort das Suchprogramm auf.
Cordelia.
Cordelia Blau.
Sekunden später hatte sie die Adresse. Sie knallte einen Zehneuroschein auf den Tresen, verließ das Lokal und suchte nach einem Taxi.

Um viertel vor zwölf hielt der Wagen irgendwo in der südlichen Vorstadt.
»Da sind wir«, sagte der Fahrer.
»Ist das wirklich die richtige Adresse?«
»Ganz sicher, Fräulein.«
Es gab kein Schaufenster und keinen Ladenzugang. Man musste klingeln, als ob man jemanden in seiner Privatwohnung besuchen wollte.
Blau stand auf einem Klingelschild.
Gwen spürte Erleichterung. Ihre letzte Chance. In einer Dreiviertelstunde musste sie wieder in einen Wagen steigen, um rechtzeitig in Berlin zu sein.
In der Gegensprechanlage meldete sich eine Stimme. Dieselbe, die Gwen auch schon vom Telefon kannte.
»Wer ist da?«
»Frau Blau? Hier ist Gwendolyn Fischer.«
»Was wollen Sie?«
»Ich habe Fragen. Es geht um Herrn Lenau.«
»Lenau?«
»Sie kennen ihn doch. Bitte – darf ich hereinkommen?«
Gwen starrte auf die Blechlamellen des Lautsprechers. Was konnte sie tun, wenn Cordelia Blau nicht mit ihr sprechen wollte?
»Hören Sie, es ist sehr wichtig…« Plötzlich kam ihr eine Idee. »Die Polizei ist hinter mir her … und hinter Herrn Lenau auch. Bitte helfen Sie mir.«
Wieder vergingen endlose Sekunden.
Es knackte, und dann ertönte ein Summen. Gwen konnte die Tür öffnen. Sie führte nicht direkt in die Wohnung, sondern erst in einen Hausflur. Es war dunkel. Nur hinten kam etwas Licht aus einer Wohnungstür. Gwen konnte Frau Blau nur als schwarzen Umriss erkennen.
»Sind Sie allein?«, fragte der schwarze Umriss.

»Ja.«
Die Person an der Tür wandte sich um und ging in Richtung der offen stehenden Wohnung. Gwen hörte Stoff rascheln. Ein süßlicher Duft drang aus der Wohnung. Ein Aroma wie von Duftlampen oder Räucherkerzen.
»Ziehen Sie die Tür bitte hinter sich zu.« Die Stimme war bereits irgendwo hinter den Bücherregalen verschwunden, die den ganzen Raum ausfüllten. Sie ragten wie in einer Bibliothek in den Raum hinein.
»Wo sind Sie?«, rief Gwen.
»Kommen Sie einfach durch. Hier hinten gibt es ein kleines Büro. Dort können wir uns unterhalten.«
Gwen folgte der Stimme und bewegte sich durch die Regalgänge. Pappschilder trennten einzelne Fachgebiete voneinander. Gwen wurde klar, dass sich hier vieles von dem versammelte, womit sich auch Lenau beschäftigte und womit sie sich seit einigen Tagen beschäftigen musste. Zahlenmystik, Hexen, keltische Magie …
Gwen fand eine offen stehende Tür und dann ein kleines Hinterzimmer mit einem altmodischen Schreibtisch. Auf der Fläche drängte sich eine Menge Papierkram, der sich das bisschen Platz auch noch mit einem Computer und einem Faxgerät teilen musste.
Die Antiquarin wies auf einen antik aussehenden Holzstuhl mit runder Armlehne, der vor dem Schreibtisch stand. Gwen nickte und ließ sich nieder. Als sie den Blick wieder hob, sah sie Cordelia Blau zum ersten Mal an.
Sie war die hässlichste Frau, die sie je gesehen hatte.
Eine spitze Hakennase ragte aus ihrem Gesicht, die Wangen hingen sackartig nach unten, und dazwischen stach unvermittelt ein kantiges Kinn nach vorn. Der Mund, eine rote dünne Sichel, gab ein paar weiße Zähne frei, deren Makellosigkeit paradoxerweise Cordelia Blaus Hässlich-

keit noch unterstrich. Sie blickte Gwen mit wasserblauen Augen an und lächelte dabei, als habe sie die Gedanken ihres Gegenübers gelesen und als wollte sie sagen: Ja, es gibt auch Menschen, die so aussehen wie ich. Nicht nur geschminkte Schönheiten und den Durchschnitt, der sich danach sehnt, etwas besser auszusehen. Kandidaten, bei denen Hopfen und Malz verloren ist. Sie strich sich ihr dunkelbraunes Haar aus dem Gesicht, als wolle sie Gwen unbedingt jeden Zentimeter davon präsentieren.
Sie sieht wirklich aus wie die böse Hexe im Märchen, dachte Gwen. Aber sie ist nicht alt. Wahrscheinlich kaum älter als ich.
Die hellen Augen bohrten sich beinahe in Gwen. »Ich frage mich, was Sie von mir wollen.« Die Stimme war noch das attraktivste an ihr. Warm und golden. Wie die Mittellage einer Klarinette.
Sie kniff die Augen zusammen, und Gwen bemühte sich, den stechenden Blick ein paar Sekunden zu ertragen.
»Dass Sie Hilfe brauchen, ist jedoch unverkennbar.«
»Vielleicht können Sie mir ja sagen, wo …«
»Strecken Sie bitte die Hand aus.«
»Wie bitte?«
Cordelia Blau zog eine Schublade ihres Schreibtisches auf und holte etwas hervor. Es sah aus wie ein Schmuckstück, das an einer goldenen Kette hing.
»Die Hand ausstrecken. Die linke bitte.«
Was sollte das jetzt?
Gwen schob zögernd ihren Arm über die Papiere, die auf dem Schreibtisch lagen, und Cordelia Blau ließ das, was sie aus der Schublade geholt hatte, ein paar Zentimeter über Gwens Handfläche hängen. Was an der Kette hing, war gar kein Schmuckstück, sondern ein kleiner Kegel aus Metall. Die untere Spitze hing nur ein paar Millimeter

über Gwens Hand; sie schwang hin und her und schien die Linien der Handfläche nachzuzeichnen.
Die Spitze des Pendels beschrieb einen Kreis. Gwen kam es so vor, als würde der Kegel etwas beschleunigen; dabei hielt Cordelia Blau die Kette fest und unbeweglich zwischen Daumen und Zeigefinger.
»Sie sind voller Energie«, sagte Cordelia Blau und zog die Kette weg. »Als ich Sie sah, hätte ich gedacht, Sie seien erschöpft, aber das stimmt nicht.«
»Hören Sie, ich will nur eine einzige Information von Ihnen, und ich habe es eilig. Wo ist Matthias Lenau?«
Die Antiquarin ging nicht darauf ein. »Es ist nicht die Art Energie, die aus Ihnen selbst kommt. Es ist etwas … von außen. Als ob Sie sich in einem Kernkraftwerk verstrahlt hätten, verstehen Sie?«
Gwen wurde ärgerlich. »Nein, das verstehe ich nicht, und ich finde, dass das jetzt auch nicht wichtig ist.« Sie hatte keine Lust, über Pendeln oder andere esoterische Praktiken zu sprechen.
»Sie sind an einem Ort der Kraft gewesen«, sagte Cordelia Blau. »Da bin ich ganz sicher.«
»Ich weiß, dass Sie sich mit diesen Dingen beschäftigen. Ich habe die Bücher gesehen. Aber ich muss unbedingt herausfinden, wo Herr Lenau ist. Hat er sich bei Ihnen gemeldet? Kennen Sie vielleicht Namen von Bekannten von Herrn Lenau? Andere Leute, die ich nach ihm fragen kann?«
»Warum wollen Sie das alles wissen?«
Konnte Gwen Cordelia Blau gegenüber offen sein? Blieb ihr überhaupt etwas anderes übrig?
»Ich glaube nicht, dass er Bekannte hatte. Außer mir, meine ich. Worum geht es Ihnen wirklich? Oder besser: Warum geben Sie denn nicht zu, worum es Ihnen wirklich

geht? Sie wollen die Partitur, die sich im Grab Ihres Vaters befand, oder nicht? Sie wollen sie unbedingt haben, weil Sie sie zu Geld machen wollen.«

Sie wusste also alles. Auch wenn sie die falschen Schlüsse zog.

»Es geht nicht um Geld. Hat Herr Lenau das behauptet?«

»Heutzutage geht es nur darum. Wo man hinsieht. Man könnte glauben, die Macht des Geldes sei die geheime Formel, die die Welt zusammenhält.«

»Haben Sie mir zugehört? Ich brauche die Partitur. Ich …«

»Haben Sie musikalisches Interesse daran? Das würde ich Ihnen sogar abnehmen.«

»Ja natürlich. Ich bin Musikerin. Die Partitur hat etwas mit meinem Vater zu tun. Herr Lenau hat mir erklärt, dass sie einen ganz besonderen Wert für die Musikgeschichte hat, weil sie ein Teil eines verschollenen Werkes ist. Das ist der Grund, warum ich die Partitur unbedingt haben muss.«

»Und was genau ist eigentlich passiert? Warum haben Sie die Noten nicht mehr? Es ist doch nicht nur musikalisches Interesse, oder? Sagen Sie mir, was geschehen ist. Ich kann Ihnen vielleicht helfen. Vielleicht auf eine Weise, die Sie selbst überrascht. Ich vermag viel. Aber ich muss erst mehr über Sie wissen.«

»Ich werde erpresst.«

Die wasserblauen Augen kamen näher und schienen so etwas wie hypnotische Kraft auszustrahlen. »Sagen Sie mir, wie es dazu gekommen ist.«

Gwen war nahe dran, die Geduld zu verlieren. »Wir haben kaum mehr Zeit. Ich muss in einer guten halben Stunde wieder aufbrechen, um rechtzeitig in Paris zu sein. Ach … ich hätte das alles gar nicht auf mich nehmen

sollen.« Gwen senkte den Kopf und blickte auf die dunkle Holzplatte des Schreibtisches.
Cordelia Blau machte eine Bewegung, und plötzlich spürte Gwen ihre Hand auf ihrer Schulter.
»Beruhigen Sie sich. Es wird Ihnen nützen, mir alles zu erzählen, glauben Sie mir. Und das sollten Sie tun.«
»Sagen Sie mir dann, wo Lenau ist?«
»Glauben Sie, dass ich das kann?«
»Wissen Sie es, ja oder nein?«
»Ja, ich weiß es.«
»Und wo ist er?«
»Nicht weit von hier. Erzählen Sie. Dann sage ich es Ihnen. Vielleicht.«
Gwen sah in die blauen Augen. Was soll's, dachte sie. Ich habe wahrscheinlich verloren. Der Ausflug nach Leipzig hat nichts gebracht außer Aufregung und Erschöpfung.
Dann begann sie zu berichten.

Dominique Michel legte den Hörer auf und blickte nachdenklich aus dem Fenster ihres Büros. Draußen, vor dem Hauptquartier der Pariser Kripo am Quai des Orfèvres, floss träge die Seine vorbei, aber Dominique sah den Fluss kaum noch mit Bewusstsein, so vertraut war er ihr.
Wie lange hatte sie nichts mehr von Tobias Brandt gehört? Fünf Jahre? Acht Jahre?
Sie fuhr sich durch das kurze blonde Haar. Mancher hätte sie von Weitem oder von hinten für einen Mann gehalten – und diese Art von Verwechslung begleitete Dominique schon ihr ganzes Leben, denn sie trug einen Vornamen, der sowohl männlich als auch weiblich war.
Schon in der Schule hatte es angefangen. Der Lehrer hatte die Namen der Erstklässler aufgerufen, und als er sich langsam zum Buchstaben M vortastete und bei Dominique

Michel angekommen war, suchte er nervös die Klasse ab, sah sie, doch er konnte angesichts der kurzen Haare, die sie schon damals trug, nicht recht entscheiden, welches Geschlecht sie besaß. Er stockte ein paar Sekunden und fragte dann in die Runde. »Junge oder Mädchen?«
Schallendes Gelächter der ganzen Klasse war die Folge.
Nach und nach lernte Dominique, damit umzugehen. Irgendwann stellte sie ihre Eltern zur Rede, warum sie ihr diesen Namen gegeben hatten, und schließlich gab ihr Vater zu, dass er sich eigentlich einen Sohn gewünscht hatte.
Nun ja, das war alles fast vierzig Jahre her.
Hauptsache, sie wusste, dass sie eine Frau war. Und es gab eine Menge Männer, die sich davon überzeugt hatten.
Zum Beispiel Tobias Brandt.
Es war Mitte der Neunzigerjahre gewesen. Ja, so lange war es her. Über ein Jahrzehnt.
Ihre Affäre hatte damals nur einen Urlaub gedauert. Sie hatten sich auf einer Motorradtour kennengelernt, irgendwo in Spanien – zwischen Barcelona und Madrid. Der gut aussehende Mann aus Deutschland war genau der Typ, von dem sie immer geträumt hatte: raue Schale, aber weicher Kern. Nachdem sie sich nähergekommen waren, stellte sich heraus, dass er an irgendeiner schlimmen seelischen Belastung litt. Seine Schwester war durch einen Geisterfahrer getötet worden. Damals waren seit dem Unfall gerade zwei Jahre vergangen, und es war das erste Mal nach dem schrecklichen Ereignis, dass er in Urlaub fuhr.
Sie hatte erfahren, dass er Polizist war wie sie. Ihr war klar geworden, dass der Tod seiner Schwester ihm die Energie verliehen hatte, Ungerechtigkeit zu bekämpfen, wo immer es ging.

Und das war so geblieben, wie sie erfahren hatte. Sie konzentrierte sich auf die Geschichte, die Tobias ihr erzählt hatte, und überflog ihre Notizen.
Für Dominique Michel war sonnenklar, dass diese Gwendolyn Fischer etwas zu verbergen hatte.
Wenn sie auf der Passagierliste nach Leipzig stand, dann war sie auch dort gewesen – Vertragsbestimmungen hin oder her.
Wo war sie in der Nacht, als dieser Dirigent Christopher Leonard ermordet wurde? Tobias hatte immerhin etwas herausgefunden. Sie hatte nachts das Hotel verlassen und war erst spät wieder zurückgekehrt. Aber was hatte sie mitten in der Nacht unternommen?
Und dann dieser seltsame Konflikt mit dem Vater, der ja offensichtlich auch Musiker war.
Da waren viele Fragen offen, und die galt es zu beantworten.
Natürlich glaubte Dominique nicht, dass Gwen selbst ihren Vater von der Brücke geworfen oder Christopher Leonard erschossen hatte. Aber diese Frau Fischer wusste über den mysteriösen Matthias Lenau mehr als die Polizei, und allein das war schon verdächtig.
Sie tippte mit dem Kugelschreiber auf die Stelle, wo sie sich biografische Notizen zu Gwendolyn Fischer gemacht hatte.
Sie war Opernsängerin. Mit anderen Worten eine reiche, verwöhnte Frau, die von den Steuergeldern hart arbeitender Bürger lebte. Von Bürgern, die eigentlich kein Interesse daran hatten, so einen teuren Luxus wie Opernaufführungen zu finanzieren. Das war zumindest Dominiques Meinung.
Sie fragte sich, was diese Gwendolyn Fischer wohl an einem Abend für einen Auftritt bekam. Zehntausend Euro? Fünfzigtausend?

Hauptsache, der romantische Kern von Paris blieb die heile Welt, die man aus unzähligen Filmen und Romanen kannte und die man in Reiseprospekten zeigen konnte.
Da konnten die wesentlich größeren Stadtteile jenseits der Periphérique im Elend versinken, es konnte Wohnungsnot geben, Mangel an Kindergartenplätzen und Arbeitslosigkeit. Die Menschen konnten betteln gehen, und ganze Familien konnten generationenweise zu Sozialhilfeempfängern werden, wobei die Regierung nicht müde wurde zu betonen, dass auch auf diesem Feld natürlich gespart werden musste. Schließlich hätten alle ihr Teil beizutragen …
Das alles konnte geschehen, solange eine Gwendolyn Fischer auf Staatskosten Opern singen durfte.
Dominique kämpfte ihren aufkeimenden Zorn nieder.
Tobias hatte falschgelegen. Für ihn war die Rollenverteilung klar: die junge Opernsängerin, verfolgt von finsteren Gesellen, die ihr die Partitur streitig machen wollten, die sich im Grab ihres Vaters befunden hatte.
Er war auf seinen Beschützerinstinkt hereingefallen.
Dominique war sicher, dass umgekehrt ein Schuh daraus wurde. Vielleicht hatte jemand die letztlich völlig nutzlose Exhumierung provozieren wollen, um an das Geheimnis im Grab zu kommen?
Vielleicht stimmte es gar nicht, dass Gwendolyn Fischer ihren Vater seit Jahren nicht gesehen hatte?
Die Gleichung hatte noch eine Menge Unbekannte.
Und Dominique nahm sich vor, sie zu lösen.

36

Gwen sprach langsam und bedächtig, und Cordelia Blau hörte ihr aufmerksam zu.
Als sie von dem letzten Treffen mit Matthias Lenau, von Marias Anruf und der Reise nach Paris erzählt hatte, stockte sie.
Eigentlich wollte sie hier aufhören, aber Cordelia Blau sagte: »Und Sie haben in Paris wieder von Ihren Erpressern gehört, oder nicht?«
So berichtete Gwen auch von der nächtlichen Entführung. Von dem Erlebnis in dem riesigen Raum, den sie für eine Kirche gehalten hatte.
Als sie darauf zu sprechen kam, zog Cordelia Blau die Augenbrauen hoch, und ihr Blick wurde skeptisch.
»Sind Sie sicher, dass Sie dort eine Orgel gehört haben?«
»Ganz sicher. Aber ist das ein wichtiges Detail? Ich meine – das klingt, als wüssten Sie, wo man mich hingebracht hat.«
»Das weiß ich auch. Das heißt – ich ahne es.«
»Woher wollen Sie das wissen? Sind Sie Hellseherin?«
»Sie sollten mich schon ernst nehmen, Frau Fischer. Ich kann erkennen, was Sie bewegt. Erinnern Sie sich, dass ich vorhin sagte, Sie seien an einem Ort der Kraft gewesen?«
»Sie meinen …«
»Ganz genau. Es war dort. Sie waren nicht einfach in einer Kirche. Man hat Sie absichtlich an einen ganz besonderen Ort gebracht. Dieser Leopold Haas wollte Ihnen damit etwas beweisen.«
»Ich dachte eher, er wollte mich einschüchtern.«
»Das eine schließt das andere nicht aus. Auf jeden Fall wollte er Sie zu einer Art Einsicht bringen.«

»Mit diesem seltsamen Gerede?«
»Was hat er genau gesagt?«
»Ähnliche Dinge wie die, die mir Herr Lenau erklärt hat. Zahlenmystik. Er hat es in Zusammenhang mit dem musikalischen Dreiklang gebracht. Mit den musikalischen Intervallen.«
»Sie meinen, den Grundpfeilern der Musik? Der Tonalität?«
»Und wie gesagt – er hat das an einer Orgel demonstriert. Wie alles zusammenhängt. Oktave, Quinte, Terz – als hätte das eine mystische Bedeutung.«
»Hat es auch. Ich hoffe, das haben Sie mittlerweile erkannt.«
»Nun sagen Sie doch bitte, wo ich Ihrer Meinung nach gewesen bin.«
Cordelia Blau runzelte die Stirn. »Es gibt nur einen Ort, den ich mir vorstellen könnte und den man von Paris aus relativ schnell erreicht. Die Kathedrale von Chartres.«
Gwen hatte von der Kirche gehört. Sie war eine der berühmtesten Frankreichs. Und hatte nicht Lenau selbst Chartres erwähnt, als sie in seiner Wohnung gewesen waren?
»Aber warum gerade dorthin? Es gibt noch viele andere Kirchen im Umkreis von Paris.«
»Die anderen Kirchen sind für das, um was es diesem Leopold Haas ging, uninteressant. Man hätte Sie dann übrigens auch gar nicht in eine Kirche bringen müssen. Haas hätte auch in einem anderen Raum mit Ihnen sprechen können.«
»Und er wollte mir etwas auf einer Orgel vorspielen.«
»Es ging ihm nicht nur um den Aufbau des Dreiklangs. Ich glaube, das haben Sie immer noch nicht verstanden.«
»Ja, aber worum ging es denn dann?« Gwen verlor langsam die Geduld. Wo war Lenau? Wusste diese hässliche

Frau, wo er war? Wie bekam sie es aus ihr heraus? Warum musste sie sich nur immer so ausgeliefert fühlen?

»Ich zeige es Ihnen.«

Cordelia Blau stand auf und ging in den Raum mit den Bücherregalen. Gwen fühlte sich an das Treffen mit Lenau in dessen Wohnung erinnert, wo er ihr auch andauernd Bücher hingehalten und Dinge erklärt hatte. Sie kam mit einem großen Band zurück, legte ihn auf den Schreibtisch, schlug ihn aber noch nicht auf.

»Ich will Ihnen eine Frage stellen, Frau Fischer. Kennen Sie das Wort ›Quintessenz‹?«

Gwen hob überrascht den Kopf.

»Was verstehen Sie darunter?«

Wollte die Frau sie auf den Arm nehmen? Nein, sie hatte diese schulmeisterliche Art an sich, Wissen zu vermitteln, indem sie Fragen stellte.

»Ich denke, Quintessenz bedeutet das Wesen einer Sache. Oder eine Zusammenfassung. Der Sinn. In konzentrierter Form.«

»Gut. Ich wollte nur sichergehen, dass wir uns wirklich unterhalten können. Das Wort Quintessenz leitet sich aus einem lateinischen Begriff ab, der aus der Alchemie stammt. Aus dem Begriff ›Quinta essentia‹. Er bezeichnet ursprünglich die Einheitssubstanz. Eine feinstoffliche Substanz, die zu den Dingen hinzutritt und ihr einen geistigen Sinn, ihre geistige Energie, verleiht. Das Wort Quinta ist aus dem lateinischen Wort für die Zahl Fünf abgeleitet. Die ›Quintessenz‹ ist also so etwas wie die fünfte Substanz. Die Substanz, die über die bekannten hinausgeht und ihren geheimen Zusammenhang herstellt.«

»Aber warum gerade die fünfte?«, fragte Gwen. »Es gibt doch viel mehr Substanzen.«

»Nach den Vorstellungen der Antike und des Mittelalters gibt es vier Elemente: Feuer, Wasser, Erde, Luft. Die

Quinta essentia ist sozusagen das geheimnisvolle fünfte Element. Das, was die Elemente in ihren Verbindungen zusammenhält.«
»Ich verstehe.«
»Sie sagen das etwas abfällig. Bitte haben Sie Geduld. Was ich Ihnen hier erkläre, ist sehr wichtig für Sie. Nach den Erkenntnissen der heutigen Physik wirkt die Einteilung der Welt in vier Elemente vielleicht lächerlich. Aber bedenken Sie, dass es die fünfte Substanz auch heute noch gibt. Alle Materie wird durch etwas zusammengehalten, das wir Energie, Sinn oder Geist nennen. Es kann auch einfach eine Idee sein, die einem komplexen Gebilde zugrunde liegt. Eine Formel, wenn Sie so wollen. Viele Dinge erhalten erst durch die darin verborgene geistige Kraft ihre wahre Bedeutung. Aus Buchstaben und Wörtern werden Geschichten. Aus Farbflächen dreidimensionale Bilder. Aus Geräuschen und Tönen Musik. Es ist die Quintessenz, die tote Materie in so etwas verwandelt.«
Sie schlug das Buch auf, blätterte ein wenig und deutete auf die Seite, die vor Gwen lag. Es war das Foto einer Kathedrale zu sehen.
»Das ist die Kathedrale von Chartres. Ich will Ihnen einmal eine einfache Frage stellen. Was ist Ihrer Meinung nach die Quintessenz dieser Kirche?«
Die Frage verblüffte Gwen. Was sollte sie antworten? Wenn die Quintessenz das Wesentliche einer Sache war, etwas, das alles geistig zusammenhielt …
»Glaube? Christentum?«
»Das ist etwas Abstraktes. Und sehr Allgemeines. Fällt Ihnen nichts Konkreteres ein?«
Gwen studierte das Bild. Zwei spitze Türme reckten sich in den blauen Himmel. Die Mauer dazwischen war mit einem runden Fenster geschmückt. Die Scheiben sahen aus wie eine Rosette.

»Pracht. Oder Schönheit.«
»Wie wär's mit Harmonie?«
Irgendwo hatte Gwen einmal gelesen, dass Musik Klang gewordene Architektur sei. Warum sollte es sich bei Architektur nicht um steingeworderne Musik handeln?
»Also gut. Harmonie. Da ist etwas dran.«
»Damit haben Sie die Kathedrale von Chartres sehr genau beschrieben. Sie ist übrigens eine der ersten gotischen Kirchen überhaupt. Und ihre Quintessenz, ihre Quinta essentia, besteht darin, dass sie die göttliche allumfassende Harmonie in einer Fülle von Bezügen verkörpert. Ich bräuchte Jahre, um Ihnen all diese Bezüge zu erklären. Erstens hat man sie noch gar nicht alle erforscht, und zweitens füllen die, die man bereits kennt, ganze Bücher. Aber ich glaube, dass es genau das ist, was Ihnen der Mann nahebringen wollte. Was er Ihnen gesagt hat und was jeder, der sich mit Musik beschäftigt, weiß: Die musikalischen Intervalle beruhen auf einfachen mathematischen Proportionen. Die Oktave eines Tons besitzt genau das doppelte Schwingungsverhältnis, also das Verhältnis eins zu zwei, die Quinte das Verhältnis zwei zu drei und so weiter. Der antike Mathematiker Pythagoras hat diese Zusammenhänge erforscht. Wahrscheinlich als erster Mensch der Geschichte. Er kam darauf, dass man einfach nur eine Saite exakt in der Mitte teilen muss, um die Oktave zu erhalten. Oder im entsprechenden Verhältnis für die Quinte.«
»Moment. Was hat das mit dieser Kathedrale zu tun?«
»Sie können das auf dem Foto nicht erkennen, aber ihre Maße beruhen auf denselben Proportionen. Die Breite des Mittelschiffs zur Breite des Langhauses beträgt eins zu zwei. Im Inneren der Kirche bilden die einzelnen Elemente, die Höhe des Chors, der Gesimse, der Gewölbeansatz, der Schlussstein und so weiter sogar, die Proportionen einer mittelalterlichen Tonleiter. Pythagoras hat erkannt,

dass das Geheimnis der Schöpfung im Geheimnis der ganzzahligen Proportionen liegt. Und diese Proportionen bilden die Grundlagen der sogenannten heiligen Geometrie. Sie finden sie überall auf der Welt: in antiken Tempeln, in Pyramiden, in Kirchen.«

»Aber ist das nicht Zufall?«, fragte Gwen.

Cordelia Blau lächelte spöttisch. »Wenn ich Ihnen die gesamte Quintessenz der Kathedrale enthüllen würde, würden Sie erkennen, dass es gar keinen Zufall gibt. Aber es steht Ihnen natürlich frei, diese Erkenntnisse aufzunehmen oder nicht.«

»Was hat das alles nun mit meinem Problem zu tun?« Gwen sah auf die Uhr. Sie saß hier schon fast eine halbe Stunde. »Hören Sie, ich wüsste wirklich gerne, wo Herr Lenau ist. Und ob er mir dabei helfen kann, das Rätsel zu lösen. Etwas zu finden, was die Erpresser zufriedenstellt.«

»Ich denke, man hat gedacht, man könnte Ihnen mit der Entführung in die Kathedrale irgendeine Erkenntnis vermitteln. Die Idee ist nicht ganz von der Hand zu weisen, zumal die Kirche ja ihre Spuren bei Ihnen hinterlassen hat. Als Sie ankamen, habe ich sofort gespürt, dass Sie sich an einem besonderen Ort aufgehalten haben.«

»Sie haben das mit dem Pendel messen können?«

»Aber sicher. Und es war kein Zufall, dass man Sie dorthin gebracht hat. Schauen Sie hier.«

Sie blätterte und schlug eine Seite auf, wo nichts als Kreise zu sehen waren. Kreise, die sich überschnitten, die aber so regelmäßig angeordnet waren, dass ein harmonisches Muster entstand.

»Das Grundelement der heiligen Geometrie ist der Kreis. Er symbolisiert die Einheit Gottes. Kein Anfang und kein Ende. Diese Idee wird nun Geometrie oder Architektur oder auch Musik, indem man mit einem Zirkel einen Kreis zeichnet, die Nadel des Zirkels dann an einem beliebigen Punkt auf der Kreislinie einsticht und einen Kreis in derselben Größe zeichnet. Wenn man nun weitere Kreise anbringt, indem man die Nadel immer in die Schnittpunkte sticht und das Muster ausweitet, erhält man etwas, das man ›Blume des Lebens‹ nennt. Sie sehen es hier auf dem Blatt.«

»Ich gebe zu, es sieht schön und harmonisch aus«, sagte Gwen.

»Es liegt daran, dass die Blume des Lebens selbst wieder eine besondere Quintessenz enthält. Aus den Schnittpunkten der Kreise sind alle geometrischen Figuren ableitbar, die man zum Bau dieser Kirche braucht: das Quadrat, das Dreieck, damit auch das Sechseck und das Fünfeck. Beachten Sie, dass man dafür keinen Winkelmesser, sondern nur Zirkel und Lineal braucht, um diese Figuren zu konstruieren. Und genau mit denselben Mitteln kommt man auch auf das bedeutendste Zeichen.« Sie schlug wieder ein paar Seiten um, und dann sah Gwen ein Fünfeck, in dem die Ecken auf besondere Weise miteinander verbunden waren, sodass sich ein Stern ergab. »Dieses Zeichen kann man bei der Kathedrale von Chartres in die Vierung einzeichnen.«

»Ein Pentagramm«, sagte Gwen. »Das kenne ich. Ist das nicht etwas Satanisches?«

»Das Pentagramm wird oft als Zeichen des Teufels verunglimpft, aber es ist das Zeichen des Menschen. Und es ist das Zeichen, in dem sich alle Proportionen befinden, die die heilige Geometrie ausmachen. Nicht nur die einfachen Zahlenproportionen, sondern auch der Goldene Schnitt und die Proportionen der Fibonacci-Reihe. Wissen Sie, wovon ich spreche?«

»Herr Lenau hat mir das erklärt.«

»Hat er Ihnen auch gesagt, dass Pythagoras der Führer einer Geheimsekte war, die sich mit der göttlichen Harmonie beschäftigte? Und dass diese Pythagoräer das Fünfeck als Erkennungszeichen nutzten?«
»Das klingt fast, als hätte Pythagoras diese Kirche selbst gebaut.«
»Da haben Sie fast recht.«
Cordelia Blau schlug ein anderes Bild auf und deutete auf das Foto einer kleinen Figur aus Stein, die irgendwo in der Wand der Kirche zu sitzen schien. »Die Erbauer der Kirche haben ihn abgebildet – hier und seine Darstellung in die Architektur integriert. Sie haben damit zum Ausdruck gebracht, dass Pythagoras einer der geistigen Väter der heiligen Geometrie war. Obwohl … man ist nicht so sicher, ob das stimmt. Man glaubt, dass dieses Wissen noch viel älter ist. Wahrscheinlich kommt es aus dem alten Ägypten, und Pythagoras hat es wiederentdeckt … Sein Ursprung stammt aus der Wiege der Menschheit. Vielleicht waren es letztlich die Götter, die es die Menschen gelehrt haben.« Sie sah nachdenklich vor sich hin und blickte dann wieder Gwen an.
»Sogar zu anderen Kraftzentren der Erde ergeben sich Bezüge. Die Kathedrale von Chartres ist der heiligen Maria geweiht. Wenn man die anderen Marienkathedralen in Frankreich auf der Landkarte sucht und sie miteinander verbindet, erhält man das Sternbild der Jungfrau.«
»Leylines«, sagte Gwen.
»Sehr richtig. Sie wissen ja doch etwas.«
Gwen erinnerte sich. Sie hatte darüber im Internet gelesen, als sie versucht hatte, mehr über ihren Vater herauszufinden.
»Und das ist noch nicht alles. Ihnen sagt doch sicher Stonehenge etwas?«

»Ein alter Kultplatz in England«, sagte Gwen.
»Das, was ich Ihnen jetzt sage, hat Matthias Lenau herausgefunden. Schauen Sie.«
Sie stand wieder auf und ging in den Bereich der Bücher, kam zurück und schlug einen Atlas auf. Die Karte zeigte Westeuropa – von Spanien bis nach Polen.
»Stellen Sie sich vor, Sie stechen den Zirkel in Chartres ein und messen die Strecke bis nach Stonehenge aus. Leider habe ich keinen Zirkel; daher muss ich es mit den Fingern machen.«
Sie spreizte Daumen und Zeigefinger, maß die Strecke ab und drehte die Hand ansatzweise. »Wenn Sie nun auf der rechten Seite des entstandenen Kreises die Spitze wieder einstechen und einen weiteren Kreis in derselben Größe schlagen, dann streift der Zirkel ganz im Osten ein bestimmtes Gebiet, das Matthias seit einiger Zeit sehr stark interessiert.«
Sie deutete auf die Karte und versuchte zu erkennen, wo das Gebiet lag. Es waren einige Städte in der Nähe eingezeichnet: Leipzig, Weimar, etwas weiter westlich Erfurt.
»Das ist die Gegend von Nebra«, sagte Cordelia Blau. »Und wie Sie vielleicht wissen, hat es dort zur selben Zeit, in der Stonehenge entstand, auch einen Kultplatz gegeben, von dem aus die Menschen den Himmel beobachteten.«
Gwen erinnerte sich plötzlich. Sie hatte es in Lenaus Wohnung gesehen.
»Die Himmelsscheibe?«
Cordelia Blau deutete wieder auf die Karte. »Nebra in Sachsen-Anhalt. So weit ist das von Leipzig gar nicht entfernt. Und in Leipzig hat der Komponist gearbeitet, der die heilige Geometrie am perfektesten zum Klingen brachte. Und die Quinta essentia der Musik kannte.«

Gwen starrte auf die Landkarte, als im Nebenraum etwas rumpelnd zu Boden ging.
»Was war das?«
Cordelia Blau lächelte.
»Ist da noch jemand?«, fragte Gwen.
»Sie wollten doch wissen, wo Matthias ist.«
»Wollen Sie damit etwa sagen …?«
Gwen stand auf, und Cordelia Blau hinderte sie nicht daran. Von der Rückseite des Büros zweigte eine weitere Tür ab. Aus dem Raum dahinter musste das Geräusch gekommen sein. Sie drückte auf die Klinke und öffnete. Ein Stöhnen kam aus der Finsternis vor ihr. Hinter ihr näherten sich Schritte. Cordelia Blau war ihr gefolgt. Gwen tastete nach dem Licht.
»Ich denke, Sie sind innerlich dazu bereit, ihn zu sehen«, sagte die Antiquarin. »Aber erschrecken Sie nicht.«
»Was meinen Sie damit?«
Gwen fand den Schalter. Neonlampen flackerten auf.
An den Wänden reihten sich Regale mit Büromaterial und Akten. Der Raum war nicht größer als eine bessere Abstellkammer. Das meiste von den wenigen Quadratmetern, die er besaß, füllte eine Matratze aus, auf der Lenau lag. Sein blasses Gesicht war schweißüberströmt. Sein Jackett war offen, und seine schwarze Kleidung glänzte vor Nässe. Seine Augäpfel rollten angsterfüllt, und als er Gwen zu erkennen schien, entrang sich Lenaus Kehle wieder ein Stöhnen. Es klang so furchtbar, dass Gwen eine Gänsehaut über den Rücken lief.
»Er ist wieder aufgewacht«, stellte Cordelia Blau sachlich fest.
»Was ist mit ihm?«, fragte Gwen. »Ist er verletzt?«
»Es ist nicht so schlimm, wie es aussieht«, sagte Cordelia Blau hinter Gwen. Ihre Stimme klang vollkommen ruhig

und der Situation gegenüber völlig unangemessen. Lenau musste eine Menge Blut verloren haben. Er schien angeschossen worden zu sein. Jetzt erkannte Gwen, dass die alte Matratze geradezu von Blut durchweicht war und Lenau in einer riesigen Pfütze lag.
»Das kann doch nicht wahr sein!«, schrie Gwen und beugte sich zu Lenau hinunter. Sie berührte das schweißnasse, blasse Gesicht.
»Sie müssen einen Krankenwagen verständigen. Jemand muss ihm doch helfen. Herr Lenau, ich kümmere mich um alles. Keine Sorge …«
Hätte ich nur direkt reagiert, nachdem wir in dem Keller waren, dachte Gwen. Ich hätte sofort Hilfe holen sollen. Stattdessen bin ich einfach nach Paris aufgebrochen. Aber wie hatte sich Lenau hierhergerettet? Hatte Cordelia Blau ihn hergeholt? Er hatte ihr, Gwen, eine SMS geschrieben … Warum hatte er nicht einfach den Notruf benutzt?
Das Augenrollen verstärkte sich wieder, und plötzlich hob Lenau die Hand und packte Gwens Arm.
»Kein Krankenhaus«, stöhnte er und brach in einen Hustenanfall aus. Ein metallischer Geruch entströmte Lenaus Mund. Gwen wich instinktiv zurück.
»Da hören Sie es«, sagte Cordelia Blau.
»Warum nicht?«, rief Gwen. »Wollen Sie denn hier sterben?«
Lenau wollte etwas sagen, doch es gelang ihm nicht. Ein neuer Hustenanfall hinderte ihn daran. Ein Blutschwall schwappte auf sein Kinn.
»Er wird nicht sterben«, sagte Cordelia Blau. »Er leidet, aber er wird nicht sterben.«
»Das kann nicht Ihr Ernst sein …« Gwen sah die Antiquarin an, die entspannt am Türrahmen lehnte und zu ihr und Lenau heruntersah.

»Er hat gesündigt«, sagte sie. »Dafür muss er leiden. Aber er wird es überstehen. Er hat es immer überstanden.«
Gwen kam etwas in den Sinn, das Lenau zu ihr gesagt hatte, als sie sich das erste Mal unterhalten hatten.
Ich kann nicht sündigen.
In Gwens Kopf pochte es. Ich muss in einen surrealistischen Traum geraten sein, dachte sie. Was ist hier eigentlich los?
»Manchmal dauert es lange«, hörte sie Cordelia Blaus Stimme sagen. »Manchmal geht es schnell. Und er leidet immer. Aber er übersteht es auch immer.«
Etwas in Gwen zerriss, und sie verlor die Geduld. »Mir ist egal, was Sie sagen. Wir holen einen Krankenwagen und basta.«
»Sie verstehen nichts«, sagte Cordelia Blau. »Er darf nicht ins Krankenhaus.«
»Und warum nicht?«
»Verstehen Sie denn nicht? Es wird ihm nicht helfen.«
»Sie meinen, die Leute im Krankenhaus können keine Operationen an einem Menschen durchführen? Das wird mir jetzt zu viel.« Sie nahm ihr Handy. »Wenn Sie keine Hilfe holen, tue ich es.«
Sie wählte den Notruf. Ein harter Schlag riss ihr das Telefon aus der Hand. Es landete klappernd irgendwo auf dem Boden. Cordelia Blau drängte sie aus dem Raum hinaus. »Gehen Sie«, rief sie ungehalten, und ehe sich Gwen von dem Schrecken erholt hatte, hob Cordelia Blau das Handy auf und drückte auf den roten Knopf. »Ich kümmere mich um ihn, wie er es nötig hat. Und Sie gehen jetzt.«
Sie knallte die Tür des Raums zu, in dem Lenau lag.
»Ich will die Partitur«, rief Gwen. »Ich will mein Eigentum. Herr Lenau hat es.«

»Woher wollen Sie das wissen?«
»Ich kann es beweisen.« Gwen holte die Blätter aus der Tasche, die sie in Lenaus Wohnung gefunden hatte. »Er hat das Stück abgeschrieben. Und er kann es nur von dieser originalen Partitur kopiert haben.«
»Vielleicht geben sich die Erpresser ja mit dem Material zufrieden, das Sie bei Matthias gefunden haben? Dann haben Sie, was Sie wollten. Matthias wird sich erholen. Dann können Sie mit ihm reden.«
Cordelia Blau drängte Gwen aus der Wohnung hinaus und reichte ihr das Handy, dann fiel die Tür ins Schloss.
Gwen stand plötzlich auf der Straße, die Notizen und Noten von Lenau noch in der Hand.
Cordelia Blau musste verrückt sein! Das war die einzige Erklärung!
Lenau war im Kampf mit Haas' Helfer verletzt worden und hatte sich zu Cordelia geschleppt. Und sie ließ ihn einfach sterben.
Aber wie hatte er es zu ihr geschafft? Warum war er nicht gleich ins Krankenhaus gefahren, wenn es ihm offensichtlich noch gelungen war, den VW-Bus zu lenken?
Eine unglaubliche Leistung in diesem Zustand.
Oder war Cordelia eine echte Hexe? Eine von diesen modernen Hexen, die Experimente durchführten? Etwa mit Menschen?
Völlig von ihren Gedanken mitgerissen, war sie einfach losgelaufen. Jetzt blieb sie stehen. Wo war sie?
Sie sah auf die Uhr. Es war Viertel vor eins. Höchste Zeit, nach Berlin aufzubrechen.
Aber sie konnte Lenau nicht hierlassen. Es ging einfach nicht. Sie konnte sich diese Schuld nicht aufladen. Diesmal nicht. Sie wählte noch einmal den Notruf, gab die Adresse des Antiquariats durch und unterbrach die Verbindung.

Wenn sie länger mit dem Mann von der Einsatzzentrale sprach, musste sie vielleicht ihren vollen Namen bekannt geben. Womöglich hinderte man sie auch daran, die Stadt zu verlassen.
Sie konzentrierte sich darauf, wie es weiterging. Immerhin hatte sie Teile der Partitur in Lenaus Abschrift. Haas würde sich damit vielleicht zufriedengeben …
Sie setzte sich wieder in Bewegung.
Sie musste ein Taxi finden.
Irgendwo hinter den Häuserblocks rauschte in der Ferne Verkehrslärm. Gwen wandte sich in diese Richtung und lief, so schnell sie konnte, bis sie einen Taxistand fand.
Sie öffnete die Tür.
»Können Sie mich nach Berlin fahren?«
Der Fahrer schüttelte den Kopf. »Das ist zu weit. Ich informiere einen Kollegen.«
»Wie lange dauert es, bis er kommt?«
Gwen behielt die Uhr im Auge. Seit dem Aufbruch bei Cordelia Blau waren wieder sieben Minuten vergangen.
»Nur ein paar Minuten.«
»Ich muss um fünfzehn Uhr am Flughafen Schönefeld sein.«
Der Fahrer nickte nur und orderte einen Kollegen über Funk.
Gwen wartete und fühlte sich wie auf heißen Kohlen.
»Keine Sorge, Fräulein, der Kollege kommt gleich.«
Sie sah sich um. Die Sekunden rannen dahin.
»Frau Fischer«, sagte plötzlich jemand hinter ihr.
Sie schrak zusammen. Hatte sie jemand erkannt? Gab es wieder Probleme?
Sie wandte sich um. Cordelia Blau stand hinter ihr.
»Was machen Sie hier?«, fragte Gwen. »Was soll das?«
»Sie sehen schlecht aus.«

Das hatte sie auch gesagt, als Gwen bei ihr ankam. War das ein Tick von ihr?

»Lassen Sie mich in Ruhe. Ich habe den Krankenwagen benachrichtigt. Sie sollten zu Hause sein, wenn er kommt, und die Sanitäter hereinlassen.«

Cordelia Blau sagte nichts, sondern legte ihre Hände nur auf Gwens Handgelenke. Eine starke Wärme ging von ihnen aus.

»Beruhigen Sie sich.«

Beruhigen, dachte Gwen. Wenn das so einfach wäre. Die Antiquarin nahm ihre Hände weg und griff in einen Beutel, den sie über der Schulter trug.

Gwen starrte ungläubig auf das, was Cordelia Blau ihr hinhielt. Es war der Umschlag mit den vielsprachigen Aufschriften.

»Matthias hat mir die Partitur zur Verwahrung gegeben. Nehmen Sie sie. Sie gehört ja schließlich Ihnen.«

Es stimmte also. Lenau hatte die Partitur gehabt.

»Ich habe es selbst erst nicht verstanden«, sagte die Antiquarin. »Matthias hat mir nur gesagt, es handele sich um etwas Wertvolles, das er nicht in seiner Wohnung lassen konnte. Später war er dann mit meinem Wagen unterwegs. Und er rief mich um Hilfe. Ich habe ihn in dem Keller gefunden.«

»Er hat mir die Partitur gestohlen«, sagte Gwen. »Als ich sie übergeben sollte. Am Völkerschlachtdenkmal.«

»Das weiß ich jetzt auch.«

Gwen nahm das Kuvert und steckte es in ihre Handtasche.

»Vielen Dank«, murmelte sie.

»Ich wünsche Ihnen Glück«, sagte Cordelia Blau. »Auf Wiedersehen.«

Sie wollte sich umwenden, aber Gwen fiel noch etwas ein.

»Ich weiß nicht, wer Herr Lenau wirklich ist, aber er ist ein Lügner. Er hat gesagt, er darf nicht sündigen, aber er hat mir etwas Wertvolles gestohlen.«
»Er hat gesündigt. Und er hat seine Strafe bekommen, finden Sie nicht?«
O ja, das konnte man wirklich sagen. »Und so ist es immer«, fügte Cordelia Blau hinzu. »Retten Sie ihn«, flüsterte Gwen. »Bitte retten Sie ihn.«
Die Antiquarin ging zurück. Plötzlich bremste neben Gwen ein Wagen.
Das Taxi war da.

37

In dem Bus, der Gwen und die anderen Passagiere über das Rollfeld des Flughafens Charles de Gaulle in Paris zum Terminal fuhr, standen die Menschen dicht an dicht. Trotzdem gelang es Gwen, in ihre Tasche zu greifen und das Handy einzuschalten.
Während das Gerät hochfuhr, fiel ihr Blick auf ihre Armbanduhr. Es war zehn nach sechs.
Zum Glück musste sie auf kein Gepäck warten. Wenn der Bus endlich an dem Gebäude ankam, hatte sie nichts weiter zu tun, als in die Stadt zu fahren. Und sie würde fast pünktlich sein. Fragte sich nur noch, auf welche Weise die Erpresser die Partitur haben wollten.
Wie auf Kommando setzte die Rachearie ein.
»Um neunzehn Uhr am Künstlereingang der Oper«, sagte eine Stimme.
Gwen erschrak. Um sieben? Wie sollte sie das schaffen? Zu dieser Zeit hatte sie normalerweise die Maske hinter sich und sang sich ein. Sie würde in der Garderobe sitzen und auf ihren Auftritt warten – ihr erstes Erscheinen in der Oper, oberhalb des Studierzimmers von Dr. Faust, als Vision der Frau, in die er sich verlieben sollte …
»Aber …«, begann Gwen, aber der Anrufer hatte schon aufgelegt.
Keine Angst, das geht schon, sagte sie sich. Ich werde erst um kurz nach sieben in der Oper sein. Das wird mir zwar ein wenig Ärger einbringen, aber wenn ich dann die Aufführung gut singe, wird man es mir nachsehen.
Nur noch wenige Stunden. Bleib ruhig. Bald ist alles vorbei. Versuch Energie zu tanken! Dir kann nichts mehr geschehen. Jetzt geht alles ganz leicht.

Der Bus hielt, die Türen öffneten sich zischend. Gwen folgte dem Strom der Reisenden, und wie so oft auf Flughäfen zog sich der Weg zum Ausgang über eine weite Strecke. Mehrmals ging es lange Gänge entlang, dann Treppen hinauf und hinunter.
Endlich kam der große Raum mit dem Gepäckband, dahinter der Ausgang. Viele von den Fluggästen, die Gwen bereits in der Wartehalle in Berlin gesehen hatte, standen missmutig vor dem Band, das langsam seine Kreise drehte, aber noch keinen einzigen Koffer transportierte.
Gwen ging mit schnellen Schritten vorbei, durch den Ausgang, einem Pulk von Wartenden entgegen, die sie neugierig ansahen, bevor sich in ihren Gesichtern Enttäuschung breitmachte. Sie würden sich noch ein wenig gedulden müssen.
Der RER, dachte Gwen. Ich nehme am besten den Regionalexpress und dann die U-Bahn.
In diesem Moment sprach sie eine kurzhaarige blonde Frau an.
»Frau Fischer?«
Gwen ging einfach weiter. Die Frau blieb beharrlich.
»Dominique Michel von der Pariser Kripo. Ich muss Sie sprechen.«
Vor Gwens Nase tauchte ein Ausweis auf, den ihr die Frau hinhielt.
»Was wollen Sie?«, fragte Gwen.
»Nur ein paar Fragen. Es geht um die Vorfälle in Leipzig.«
Gwen betrachtete die Frau genauer. Es war ihr neu, dass Pariser Polizisten so gut deutsch sprachen. Die Beamtin sah nicht so freundlich aus wie Brandt. Es war eine Frau, die wusste, was sie wollte, und sie würde es auch mit allen Mitteln zu bekommen versuchen. Plötzlich erkannte Gwen, dass diese Dominique Michel nicht alleine war.

Zwei uniformierte Beamte standen ein Stück weit hinter ihr. Wie eine kleine Eskorte.
»Ich muss in die Oper«, sagte Gwen. »Können wir uns nicht später unterhalten?«
Die Frau stellte sich ihr in den Weg.
»Es dauert höchstens eine Viertelstunde.«
»Aber dann ist es schon zu spät. Hören Sie, ich habe in anderthalb Stunden eine Aufführung … Und vorher muss ich noch in die Maske und mich einsingen …«
Die Vorfälle in Leipzig, dachte Gwen. Hatte man Lenau gefunden? Hatte man sie dort gesehen? Wenn das der Fall war, würden sie sie nicht so schnell gehen lassen.
Und eigentlich bin ich jetzt schon zu spät!
Die beiden Uniformierten kamen einen Schritt auf sie zu.
»Es geht um zwei Mordfälle, Frau Fischer. Es sind einige Fragen offengeblieben. Wir können uns keine weitere Zeitverzögerung leisten. Bitte seien Sie kooperativ.«
»Aber verstehen Sie denn nicht?«, rief Gwen. »Es ist unmöglich. Ich habe keine Zeit, mit Ihnen zu sprechen.«
»Warum waren Sie heute in Leipzig, Frau Fischer? Sie sind von einem Kollegen von der Leipziger Kripo gesehen worden.«
Gwen ging weiter. Die Polizistin blieb an ihrer Seite.
»Frau Fischer, auch uns läuft die Zeit davon. Menschen wurden ermordet. Ihre Oper können Sie auch später noch singen.«
Gwen schüttelte den Kopf. So viel Ignoranz hatte sie selten erlebt. Aber das Auftreten der Kommissarin sagte ihr, dass sie es ernst meinte.
»Ich kann mich nicht mit Ihnen unterhalten«, sagte Gwen. »Ich muss in die Stadt.«
»Ich kann Sie sofort festnehmen, wenn ich will.«
»Ich habe nichts verbrochen.«

»Sie wollen sich einer wichtigen Befragung entziehen. Das reicht als Begründung.«

Sie fasste Gwen am Arm und zog ein Handy aus der Tasche. »Ich werde in der Oper anrufen und Bescheid sagen, dass Sie eben heute fehlen.«

Heute fehlen?

Mein Gott, es war kein Schulbesuch, der Gwen bevorstand. Bei dem man das Gelernte einfach irgendwann nachholen konnte. Sie musste los. Jetzt. Jetzt sofort. Die Uhr zeigte 18 Uhr 25.

Die Zeit läuft mir davon!

Dominique Michel tippte seelenruhig auf ihrem Handy herum.

In Gwen stieg in Sekundenschnelle eine heiße Welle von Hass hoch. Der Gesichtsausdruck der Polizistin vermittelte genau die Haltung, die sie früher so oft an ihren Mitschülern hatte erdulden müssen. Und deren Eltern.

Opern singen? Das ist doch kein ernsthafter Beruf.

Willst du das nicht lieber zu deinem Hobby machen und was Richtiges studieren? Medizin zum Beispiel …

Warum verstanden diese Menschen nicht, welch elementares Bedürfnis der Gesang für sie war? Sie verbot den anderen ja auch nicht das Atmen. Oder die Ausübung ihres Berufs.

Und plötzlich kehrte in Gwen eine tödliche Ruhe ein. Sie nahm das Bild auf, das sich ihr bot. Die Kommissarin, die immer noch tippte und dabei auf eine Antwort von Gwen wartete. Die beiden Polizisten, die ihrer Chefin auf die Hände sahen – mit einem Blick, der so etwas wie neidvolles Interesse an dem Handy verriet.

Dominique Michel wandte sich ab und rief den Männern etwas auf Französisch zu. Gwen nutzte ihre Unaufmerksamkeit und rannte los.

Sie hörte hinter sich einen Aufschrei, wahrscheinlich von einem der Uniformierten, aber sie kümmerte sich nicht darum und lief durch die Empfangshalle.
Wohin, hämmerte es in ihrem Kopf. Wohin?
Nach draußen?
Oder hinunter zur Bahn?
Wenn ich in die Bahn steige, haben sie mich. Ich bin gefangen wie in einer Sardinenbüchse.
Während sie weiterrannte, wandte sie sich um. Hinter einer Menschenmenge näherten sich die Polizisten. Sie sah deutlich den blonden Schopf von Dominique Michel. Jetzt zeigte sie in Gwens Richtung. Es sah so aus, als habe die Beamtin von der Flughafenpolizei noch Verstärkung bekommen. In wenigen Sekunden würden sie bei ihr sein.
Ich darf nicht aufgeben.
Sie gelangte in einen Bereich, wo Taxis und andere Autos warteten, um Gäste mit in die Stadt zu nehmen.
Lohnte es sich, in ein Taxi zu steigen? An der ersten roten Ampel wäre Schluss mit der Flucht.
Gwen blickte sich hektisch um.
Taxis. Autos. Sogar kleine Laster standen da. Wenn Sie einem Fahrer Geld gab und sich auf der Ladefläche versteckte? Wie lange würde sie brauchen, um dem Fahrer das zu erklären?
Ein tiefes Knattern neben Gwen. Ein Motorrad. Eins von der großen starken Sorte. Der Fahrer setzte gerade seinen Helm ab. Er war dunkelhäutig und schwarzhaarig. Höchstens fünfundzwanzig Jahre alt. Nur wenig jünger als sie selbst. Wahrscheinlich einer von den vielen Einwanderern, die in den Vororten von Paris lebten.
Gwen zögerte nicht lange.
Sie griff in die Tasche und brachte zwei Hunderteuroscheine hervor.

»Fährst du mich in die Stadt?«, sprach sie den Mann an. Er sah sie erstaunt an. »Ich verstehe nicht …«
»Ich muss in die Stadt. Sofort. Hier ist Geld. Ich werde verfolgt.«
Der Mann blickte an Gwen vorbei und erkannte wohl den Pulk von Polizisten, der sich näherte.
»Verstehe, du bist in Schwierigkeiten …«
Ein Ausdruck von Kampfbereitschaft und Abenteuerlust umspielte seine Lippen. Gwen hätte ihn dafür küssen können.
»Dreihundert«, sagte er.
»Wenn wir da sind. Ich muss zur Place de l'Opéra. So schnell es geht. In weniger als einer halben Stunde.«
Er stülpte sich den Helm über den Kopf. Die Maschine lief noch, und wie um den heranstürmenden Verfolgern klarzumachen, dass sie verloren hatten, gab er ein-, zweimal im Leerlauf donnernd Gas, während Gwen aufstieg. Ein gewaltiger Ruck ging durch ihren Körper, als das Motorrad anfuhr. Sie drehte sich um und sah Dominique Michel, die mit ihren Leuten zwei Sekunden später an der Bordsteinkante angekommen war und ihr nun hinterherblickte – sehr böse und mit dem Handy am Ohr.
Gwen hatte schon oft die halsbrecherischen Manöver der Pariser Motorradfahrer erlebt – aber immer nur aus einem sicheren Auto oder vom Gehweg aus. Noch nie hatte sie auf dem Sozius eines solchen Wahnsinnigen gesessen. Er schlängelte sich an den Autos vorbei, die Gwen so langsam vorkamen, dass es schien, als würden sie stehen. Als sie auf die Périphérique gelangten, schoss die Maschine nach vorn, als habe sie sich bisher nur ausgeruht und auf die Gelegenheit gewartet, ihre ganze Kraft zu entfalten. Ein kalter Wind fuhr Gwen in die Haare und über das Gesicht, und sie duckte sich hinter dem breiten Rücken des jungen Mannes, so gut sie konnte.

Sie würde sich zu Tode erkälten, ihre Stimme würde leiden …

Du kannst froh sein, wenn du überhaupt rechtzeitig am Opernhaus ankommst …

Nur ein, zwei Kilometer, und schon lag eine Reihe von roten Lichtern vor ihnen, manche blinkten auf. Bremslichter. Ein Stau. Schlagartig breitete sich in Gwens Bauch ein ödes Gefühl aus. Sie wusste, was jetzt kam.

Der Fahrer schrie etwas, was wahrscheinlich »festhalten« heißen sollte, und nun ging es im Zickzack zwischen den Fahrzeugen hindurch, manchmal nur Millimeter an den Türgriffen vorbei. Zwei-, dreimal wechselten sie vor den Kühlern der Autos die Spur der Autobahn, die hier wie auf einer Hochstraße verlief.

Gwen versuchte, ihre Übelkeit zu überwinden, indem sie den Blick in die Ferne richtete. Das Panorama bot nichts als ein weitläufiges, riesiges Häusermeer, aus dem sich hier und da hässliche Betonklötze erhoben. Endlose Reihen von schwarzen Fensterchen starrten ihr entgegen. In vielen der Mietskasernen brannte bereits Licht. Der Tag ging seinem Ende zu. Es wurde langsam dunkel.

Man sah keinen Eiffelturm, keine Seine, keine der berühmten Kirchen und auch keines der historischen Gebäude, man konnte nichts entdecken von der angeblich so romantischen Atmosphäre dieser berühmten Stadt. Die Gegend, durch die Gwen im Moment auf dem Motorrad dahinraste, war ein Moloch von gesichtslosen Vorstädten. Sie hatte von den Unruhen in den Randgebieten von Paris gehört, von den Nächten, in denen Autos in Flammen aufgegangen waren …

Der Fahrer gab noch einmal ordentlich Gas. Es ging um eine Kurve, und Gwen kam es so vor, als wolle er ihr noch einmal diese gigantische Ansammlung von Häusern präsentieren, die von Horizont zu Horizont reichte und aus

der – fast wie ein tröstendes Symbol – für einen Moment der Eiffelturm aufragte, geradezu beschaulich klein, aber immerhin flackernd beleuchtet.
Dann war die Autobahn zu Ende. Eine rote Ampel kam auf sie zu, aber der Fahrer machte nicht die geringsten Anstalten zu bremsen.
Ein Straßenschild raste an ihnen vorbei. Sie waren auf der Rue de la Chapelle, die, wie Gwen wusste, vom nördlichen Autobahnkreuz aus in die Stadt hineinstach.
Obwohl sie sich nun schon nah am Zentrum befanden, hatte das Motorrad immer noch mindestens hundertfünfzig Stundenkilometer drauf. Gwen hatte sich mittlerweile daran gewöhnt, dass sie die Autos, an denen sie vorbeifuhren, fast berührten. An einer Metrostation, an der sie vorbeirasten, konnte sie die Uhrzeit ablesen. Es war genau zehn vor sieben.
Der Motor heulte auf, und plötzlich geschah etwas, vor dem Gwen die Augen schließen musste. Sie waren auf die Seite des Gegenverkehrs gewechselt. Weiße Pfeile auf dem Asphalt kamen ihnen entgegen, und ein Stück weiter schoss ein ganzer Pulk Autos auf sie zu.
»Achtung«, schrie der junge Mann, und sie donnerten über die weiße Linie zwischen den gegenüberliegenden Fahrspuren, um dann in eine andere Straße einzubiegen. Sie rasten durch den Verkehr wie ein Raumschiff durch einen Meteoritenschwarm. Ein Schild sagte ihr, dass sie sich in der Nähe des Gare du Nord befanden, und dann ging es wieder eine gerade Straße entlang – immer weiter bergab.
»Wir sind gleich da«, rief der Mann, und tatsächlich: Gwen konnte bereits die weißen Mauern der Oper sehen. Ohne Rücksicht auf Grün- oder Rotphasen jagte das Motorrad auf das Gebäude zu, dem sie sich nicht

von vorn, sondern von der Seite näherten. Über die Rue de la Fayette.
Schließlich blieb die wirbelnde Welt um Gwen herum stehen. Die Vibration der Maschine schien auf ihren Körper übergegangen zu sein, als sie zitternd abstieg und den Boden unter den Füßen spürte, der sich sonderbar weich anfühlte.
Sie atmete tief durch und sammelte die restlichen einhundert Euro aus ihrer Geldbörse.
»Keine Sorge, Sie werden sich gleich besser fühlen«, sagte der junge Mann. »Danke und *salut.*«
Ein Knattern der Maschine, und er verschwand in Richtung Gare du Nord.
Die Armbanduhr zeigte fünf nach sieben.
Der Künstlereingang befand sich seitlich hinter einem hohen schmiedeeisernen Zaun, abseits der repräsentativen Freitreppe, die das Opernhaus auf seiner Frontseite schmückte. Man musste sich auf einem winzigen Hof an geparkten Autos der Verwaltungsangestellten vorbeiquetschen und gelangte an einen Eingang mit Glasscheibe und Pförtnerloge. Gwen warf einen Blick über die Wagendächer. Ein paar Leute lungerten am Eingang herum und rauchten. Wahrscheinlich Bühnenarbeiter. Doch hinter der Glasscheibe erkannte sie einige Uniformen. Polizei. Man wartete auf sie.
Sie suchte den Hof ab, und da sah sie den Mann, der ihr und Lenau in Leipzig in den Keller gefolgt war. Er stand etwas abseits der rauchenden Arbeiter und lehnte an der Hauswand.
Was sollte sie tun? Sie wagte es nicht, den Hof zu betreten. Die Polizei würde sie sofort ansprechen.
Jetzt hatte der Mann sie auch entdeckt. Er nickte ihr kurz zu. Was wollte er sagen? Dass alles in Ordnung war?

Gwen versuchte, mit dem Kopf in die Richtung der Pförtnerloge zu deuten, um ihn darauf aufmerksam zu machen, welche Gefahr dort drohte.
Sie wandte sich um und ging ein paar Schritte die Straße entlang. Hoffentlich hatte der Mann den Wink verstanden und folgte ihr. Wenn er erst einmal die Partitur hatte, war der Weg frei. Die Polizei würde sie dann mithilfe der Intendanz schon davon überzeugen, dass man sie nicht einfach von der Bühne fernhalten konnte.
Ein rhythmisches Brummen in ihrer Tasche. Das Handy machte sich bemerkbar. Eine Kurznachricht.
Der Mann hatte wohl verstanden und schickte sie woanders hin. Wenn das Ganze nur etwas schneller ginge … Wieder waren fünf wertvolle Minuten vergangen. Oben bei der Inspizienz war man jetzt mit Sicherheit nervös, weil Gwen noch nicht aufgetaucht war.

KOMMEN SIE IN DIE U-BAHN-STATION PLACE DE L'OPERA.

Das würde sie wieder viele Minuten kosten. Umso wichtiger war es, sich zu beeilen. Sie wandte sich in Richtung des Platzes, an dessen Ende das Palais Garnier ruhte wie eine altehrwürdige Königin. Die Front des Opernhauses blickte herunter auf den quer verlaufenden Boulevard des Capucines, der die Place de l'Opéra an der gegenüberliegenden Seite begrenzte. Und dort befand sich auch die U-Bahn-Station.
Gwen fasste ihre Handtasche fester. Diesmal würde nichts schiefgehen. Sie würde demjenigen, dem sie den Umschlag gab, ins Gesicht sehen können. Und in einer knappen Stunde würde die Vorstellung beginnen, und seltsamerweise spürte sie nichts von der Erschöpfung, die

sie eigentlich nach diesen Strapazen befallen müsste. Im Gegenteil. Ihr Kraftreservoir schien sich sogar noch aufzufüllen.
Sie wandte sich nicht um, sondern marschierte zügig auf die Metrostation zu. Als sie das Geländer erreicht hatte, das den Treppenabgang begrenzte, blieb sie kurz stehen.
Wo sollte sie genau hin?
Hinunter.
In die Station, hatte es in der Nachricht geheißen.
Sie schwamm mit dem Menschenstrom, der hinunter zu den Zügen drängte. Schließlich kam sie an die Sperre, die man nur mit Fahrkarte überwinden konnte.
Sie hatte kein Ticket.
»Drehen Sie sich nicht um.«
Jemand war hinter ihr. Ein Mann. Sie spürte Hände auf dem Rücken.
»Gehen Sie.«
War das die Stimme des Unbekannten?
Sie setzte einen Fuß vor den anderen.
»Wohin soll ich gehen? Auf den Bahnsteig?«
»Zu der Tür dort.«
Gwens Nackenhaare stellten sich auf. Es war unheimlich, von einem Unbekannten dirigiert zu werden, der sich direkt hinter ihr befand. Die Menschen, die ihr entgegenkamen, schienen nichts dabei zu finden. Sie lächelten Gwen sogar zu. Gwen fielen plötzlich Situationen ein, wie sie in Kriminalfilmen vorkamen. Jemand bedroht einen anderen mit einer Waffe, die er in der Tasche trägt. Und gemeinsam spazieren sie so durch die größten Menschenmengen. Der Mann hat ja eine Waffe, schoss es Gwen durch den Kopf. Wird er mich töten, wenn er das Dokument hat?
»Nehmen Sie die Partitur und lassen Sie mich gehen«, sagte Gwen.

Sie standen vor der Tür, etwas abseits des Passantenstroms und der Wege zu den Zügen.
»Bleiben Sie stehen!«, forderte der Mann sie auf.
Die Tür schien in die Bereiche der Metro zu führen, die nur für Metropersonal zugänglich war. Was wollten sie hier?
Hinter Gwen klirrte es. Neben ihr tauchte eine Hand mit einem Schlüssel auf und öffnete die Tür.
»Gehen Sie.«
Sie blieb stehen.
»Lassen Sie mich. Ich will zurück. Holen Sie sich, was in der Tasche ist.«
Sie sperrte sich dagegen, durch die Tür zu gehen.
»Es ist nur zu Ihrem Besten, glauben Sie mir.«
Der Mann versuchte, sie in die Öffnung zu schieben, hinter der Gwen Wände aus Beton erkannte, diffus beleuchtet, wahrscheinlich von Neonlampen.
»Warum soll ich da reingehen?«
»Die Polizei ist hinter Ihnen her. Sie werden auf normalem Wege nicht in die Oper kommen.«
Warum half ihr niemand? War denn nicht deutlich zu erkennen, dass hier eine Frau belästigt wurde?
Sie drehte sich um. Und erschrak. Vor ihr stand Lenau. Vollkommen gesund und unverletzt. Als wenn nichts gewesen wäre.
Mit einer einzigen Bewegung riss er Gwen die Tasche aus der Hand und verschwand in dem Gang hinter der Tür.

Volpone wunderte sich nicht, dass Gwendolyn Fischer erst um kurz nach sieben auftauchte. Pünktlichkeit hatte man von ihr wohl nicht zu erwarten. Immerhin war sie gekommen, und sie hatte offensichtlich die Partitur dabei.

Sie stand hinter dem schmiedeeisernen Zaun und suchte den kleinen Hof ab. Ihr Blick blieb an der Pförtnerloge hängen. Volpone hatte bemerkt, dass sich dort Polizisten aufhielten. Er hatte geglaubt, das habe etwas mit der Opernaufführung zu tun. Sicher war ein hohes Tier unter den Besuchern, das besonderen Schutz verlangte, oder man überprüfte die Sicherheitsvorschriften.
Plötzlich lag etwas wie Angst in Gwendolyn Fischers Blick. Volpone kannte diesen Ausdruck genau.
Sie hatte Angst vor der Polizei. Die Polizei war ihretwegen da.
Erst jetzt bemerkte sie ihn. Anstatt in den Hof zu kommen, blieb sie stocksteif stehen und schüttelte den Kopf. Dann wandte sie sich ab und verschwand aus seinem Blickfeld.
Volpone ging an den herumlungernden und rauchenden Leuten vorbei und näherte sich der Pförtnerloge. Er öffnete die Glastür und gelangte an eine Theke, wo man normalerweise seinen Ausweis zeigen musste, wenn man das Haus betreten wollte.
Niemand beachtete ihn. Die beiden Männer hinter dem Tresen sprachen aufgeregt mit den Polizisten und mit einer kurzhaarigen hellblonden Frau. Sie war überraschend groß, geradezu stattlich. Wenn sie nicht so laut französisch gesprochen hätte, wäre sie bei Volpone ohne Weiteres als Schwedin durchgegangen.
Er hielt sich im Hintergrund und hörte zu. Sein Französisch war ganz passabel, und nach wenigen Sekunden hatte er begriffen, dass sie tatsächlich auf Gwendolyn Fischer warteten. Die Pförtner konnten immer wieder nur beteuern, dass sie nicht im Haus war. Dass sie aber jeden Moment kommen musste. Weil sie heute Abend eine Hauptrolle zu singen hatte. Das Telefon klingelte, der zweite Mann am Tresen meldete sich, runzelte die Stirn

und sagte: »Nein, Monsieur. Tut mir leid. Sie ist noch nicht aufgetaucht. Ja. Wir sagen Bescheid …«
Volpone wusste genug. Er verließ das Gebäude, spazierte möglichst unauffällig über den Hof. Als er auf der Straße war, sah er sich um. Gwendolyn Fischer war nicht zu sehen. Er lief in die Richtung weiter, in der sie verschwunden war. Als er den freien Platz erreichte, sah er sie gerade in den U-Bahn-Abgang entschwinden.
Verdammt, sie will fliehen, dachte Volpone. Ist die Frau wahnsinnig?
Vielleicht hing sie gar nicht so sehr an ihrer Karriere, wie der Padre behauptet hatte.
Volpone rannte zu der Treppe. Als er sie erreicht hatte, war Gwendolyn Fischer bereits wieder außer Sichtweite.
Wenn sie eine Bahn genommen hat, ist alles verloren, dachte er.
Rücksichtslos drängte sich Volpone durch die Menschen nach unten, erntete einige empörte Ausrufe und gelangte in den Bereich vor der Sperre.
Da sah er sie.
Und sie war nicht allein.
Er war bei ihr.
Er ging hinter Gwen her, aber so harmlos, wie es aussah, war es nicht. Er hatte sie in seiner Gewalt, das sah Volpone sofort.
Jetzt nahm der Mann einen Schlüssel aus der Tasche und öffnete eine Tür. Sie rangelten ein wenig herum.
Plötzlich riss der Mann der Frau die Tasche aus der Hand und rannte durch die Tür davon.
Gwendolyn Fischer brauchte nur eine Sekunde, um sich zu besinnen und ihm zu folgen.
Kaum war sie in dem Gang verschwunden, ging die Tür langsam zu. Wenn sie ins Schloss fiel, hatte Volpone keine

Chance, sie zu öffnen. Auf der Seite, die die Öffentlichkeit von ihr zu sehen bekam, hatte sie keine Klinke, sondern nur einen Knauf.

Volpone rannte und stellte im letzten Moment den Fuß in die Öffnung.

Er tastete nach seiner Pistole.

Dann folgte er den beiden in den Gang.

38

Lenau war ein schwarzer Schatten, der sich schnell in dem langen, schmalen Gang entfernte. An der Decke waren in regelmäßigen Abständen Neonröhren angebracht. Auf dem Boden lagen Gitterroste. Lenaus und Gwens Schritte sorgten für ein rhythmisches metallisches Klirren.

Der Weg endete an einer weiteren Metalltür, die nicht verschlossen war. Dahinter kam ein Treppenschacht, in dem Betonstufen in die Tiefe führten.

Während Gwen rannte, schossen ihr tausend Fragen durch den Kopf.

Heute Mittag hatte Lenau noch schwer verletzt in Cordelia Blaus Hinterzimmer gelegen. Wie konnte er jetzt scheinbar vollkommen gesund in Paris sein? Wie war er überhaupt hergekommen? Wieso hatte er einen Schlüssel für die unzugänglichen Bereiche der Pariser Metro? Wie konnte er wissen, wo sie sich mit diesem Unbekannten getroffen hatte?

Wer ist er überhaupt?

Was will er?

Die Partitur will er, das war schon mal klar. Wie alle. Nur war er leider die falsche Partei. Nicht die, die ihr helfen konnte, wieder aufzutreten und ihre Karriere zu retten.

Oder stimmte das gar nicht?

Der Gedanke überraschte sie so sehr, dass sie stehen blieb. Sie war immer weiter die Treppen hinuntergelaufen, die sich über Eck wie eine kantige Wendeltreppe nach unten fortsetzte – ohne Abzweigungen auf den einzelnen Etagen und in eine so große Tiefe, dass man selbst das Niveau der Metro noch unterschritt.

Bisher hatte sie immer geglaubt, Lenau sei ein Sachbuchautor, dem es einfach nur um eine gute Geschichte ging. Der die Partitur haben wollte, um ein Buch darüber zu schreiben. Das Geheimnis des Jüngsten Tages. Deshalb hatte er sich an sie herangedrängt, hatte über sie Zugang zum Haus ihres Vaters erhalten, hatte ihr die Partitur gestohlen, als sie sie ihren Erpressern übergeben wollte.
Nein, er gehörte nicht zu ihnen. Er arbeitete auf eigene Rechnung … Oder hatte er andere Auftraggeber? War er wirklich einfach nur Autor?
Irgendetwas stimmte nicht. Diese Fähigkeiten, die er ständig bewies. Diese seltsame Heilung. Diese Gabe, scheinbar Gedanken lesen zu können.
Wenn es nicht lächerlich geklungen hätte – Gwen hätte durchaus glauben können, er sei ein übernatürliches Wesen …
Sie musste weiter!
Sie rannte die Treppen hinunter, bis es nicht mehr weiterging. Die letzte Stufe führte in einen quadratischen Raum, in den kaum noch Licht gelangte. An den Wänden waren feuchte Flecken zu erkennen, und ein muffiger Geruch hing zwischen den Mauern. Gwen überkam ein Gefühl von Enge und Klaustrophobie.
Ein Durchgang führte in einen weiteren Gang.
Sie lauschte. Schritte, irgendwo. Plötzlich ein dumpfes Rumpeln. Sehr weit entfernt. Das musste die Metro sein.
»Herr Lenau«, rief sie.
Keine Antwort. Es kam ihr vor, als entfernten sich die Schritte.
»Kommen Sie zurück. Geben Sie mir bitte meine Tasche wieder.«
Der Durchgang war nichts als ein schwarzes Loch.
Ich will da nicht hineingehen, dachte sie. Alles, nur das nicht. Ich muss hier raus. Singen.

Sie bückte sich und betrat den Gang. Absolute Finsternis herrschte vor ihr. Etwas scharrte. Das musste Lenau sein. Er war nicht weit. Wartete er etwa auf sie?
Sie ging zwei, drei Schritte und war sofort von Dunkelheit umgeben.
»Herr Lenau? Bitte, kommen Sie zurück. Ich muss die Partitur übergeben. Und ich muss auf die Bühne.«
Wieder ein Geräusch. Diesmal von der anderen Seite. Von hinten.
Jemand folgte ihr!
Sie drehte sich langsam um. Die niedrige Öffnung zu dem Treppenhaus zeichnete sich als graues Rechteck ab. Es war sehr klein. Sie war also schon weit in den Raum vorgedrungen. Jetzt wurde das Rechteck dunkel, es füllte sich langsam mit Schwärze. Etwas zwängte sich hindurch und schnitt ihr den Weg ab.
Nein, bitte nicht, dachte Gwen.
»Herr Lenau?«
Er musste irgendwo vor ihr sein. Instinktiv schritt Gwen weiter durch die Finsternis, bereit, jeden Augenblick gegen eine Mauer zu laufen oder über irgendetwas zu stolpern.
In der Nähe atmete jemand. Plötzlich wurde sie am Arm gepackt – so fest, dass es schmerzte.
Ein Mund näherte sich ihrem rechten Ohr und hauchte ihr etwas zu: »Geben Sie es mir. Geben Sie es mir sofort.«
Das war nicht Lenau, der sie festhielt. Es war der Unbekannte. Er musste ihr gefolgt sein.
»Herr Lenau?«, rief Gwen in die Finsternis hinein. »Er ist hier, Herr Lenau. Helfen Sie mir, bitte …«
Eine harte Hand auf ihrem Mund und ihrer Nase. Gwen hatte das furchtbare Gefühl, keine Luft mehr zu bekom-

men. Sie wand sich und versuchte, mit dem Unbekannten zu kämpfen. Als sie seinen Oberkörper streifte, kam es ihr vor, als habe er einen Brustkorb aus Eisen, und er hielt sie immer noch fest wie ein Schraubstock.

»Ganz ruhig«, wisperte es an ihrem Ohr. »Ganz ruhig. Du wirst es mir jetzt geben. Jetzt sofort. Und dann lasse ich dich los. Verstanden? Und kein Geschrei.«

Aber ich habe es nicht, tobte es in Gwens Kopf. Ich habe es wieder nicht.

Ich kann nichts dafür. Ich habe mein Möglichstes getan.

Plötzlich veränderte sich etwas. Schritte klapperten um sie her. Der Unbekannte stöhnte auf und lockerte den Griff. Gwen wurde mitten in das Dunkel geschleudert. Ihr Knie rieb schmerzhaft über den rauen Boden.

Dumpfe Schläge waren zu hören, nur ein, zwei Meter neben ihr.

Gwen rappelte sich auf und bewegte sich in die Richtung, wo sie den Ausgang vermutete. Mit elementarer Wucht rammte etwas ihr Bein. Sie prallte zurück.

Nichts war zu sehen. Absolut gar nichts.

Plötzlich verstummten die Geräusche bis auf ein unterdrücktes Keuchen, als würde jemand gewürgt.

Dann ein Knall, Mündungsfeuer, für einen winzigen Moment war der Raum taghell – er war größer, als Gwen gedacht hatte, und auch als es wieder dunkel war, hatte sich der optische Eindruck der Umgebung in ihren Augen festgebrannt. Es ging noch viel weiter einen gemauerten Gang entlang, an den Seitenwänden gähnten schwarze Löcher. Wie Augen von Urweltmonstern.

Gwen riss die Augen auf, als würde sie noch einmal etwas sehen. Doch dann war da wieder nur Dunkelheit.

Schnelle Schritte entfernten sich.

Dann war es still.

»Und sie ist immer noch nicht da?«, rief Dominique Michel. »Das kann doch nicht wahr sein.«
Der Pförtner schüttelte den Kopf. In den letzten zwanzig Minuten war seine Aufregung spürbar gewachsen. Immer wieder hatte es Anrufe von der Direktion gegeben, die sich allesamt darum drehten, ob Gwendolyn Fischer mittlerweile das Haus betreten habe. Nein, sie war immer noch nicht aufgetaucht, war jedes Mal die Nachricht gewesen, und nun begann im ganzen Haus eine Telefonaktion.
Man musste herausfinden, wo sie war. Frau Fischers Agentin musste kontaktiert werden, es stellte sich heraus, dass sie selbst nicht erreichbar war, weil sie in Köln im Konzert saß. Jemand wurde zu Frau Fischers Unterkunft geschickt, um nachzuschauen, ob sie ihren Auftritt vielleicht verschlafen hatte. Jede erdenkliche Telefonnummer, die man von ihr hatte, jeder Kontakt wurde ausprobiert.
Derweil herrschte hinter der Bühne Ratlosigkeit. Das Orchester stand bereit, den Orchestergraben zu betreten und die Ouvertüre zu spielen. Sollte man es darauf ankommen lassen? Immerhin war bis zu Frau Fischers Auftritt noch etwas Zeit. Wenn sie wie durch ein Wunder auftauchte, konnte man die Vorstellung gerade noch retten.
»Es tut mir leid, Madame Michel, aber wir können uns nicht um Sie kümmern«, sagte der Pförtner zu der Polizistin. Er fragte sich, was diese Leute überhaupt von Gwendolyn Fischer wollten. Hatte sie ein Verbrechen begangen? Wohl kaum. Jeder in der Branche hatte davon gehört, dass ihr Vater vor Kurzem gestorben war und dass man ihn noch einmal exhumiert hatte, um irgendetwas zu überprüfen. Die Gerüchteküche hatte dann allerlei verbreitet. Es hieß, dass er eine CD seiner Tochter mit ins Grab genommen habe, und das habe sich erst bei der Exhumierung herausgestellt. Andere behaupteten, es sei ein Bild seiner

verstorbenen Frau gewesen. Oder ein Werk von Bach, das er entdeckt habe. Ja, und dann hatte es noch den seltsamen Tod dieses englischen Dirigenten gegeben, der auch mit Gwendolyn Fischer zusammenarbeitete. Kein Wunder, dass die Polizei in diesem Zusammenhang ein paar Fragen an die Sängerin hatte. Aber damit konnte man ja wohl bis nach der Vorstellung warten. So eine Opernaufführung war kein Kindergeburtstag, sondern ein komplizierter Mechanismus, bei dem alles sekundengenau ineinandergriff. Da musste man Verständnis haben. Obwohl diese Kommissarin nicht gerade so aussah, als würde sie Verständnis aufbringen.

Der Pförtner hatte sicher zum zehnten Mal per Telefon die Frage von der Direktion nach Frau Fischer beantwortet, als das Handy der Kommissarin klingelte.

Der Pförtner setzte sich auf seinen Stuhl und beobachtete die blonde Frau, die jetzt irgendetwas in ihr Telefon bellte.

»In der Metro? Seid ihr sicher? Hier? Am Place de l'Opéra?«

Jetzt sprach das Gegenüber, und Madame Michel rief: »Alles klar, wir kommen.«

Der Pförtner hörte, wie sie ihren uniformierten Kollegen Anweisungen gab.

»In die Metro«, sagte sie nur. »Es ist schon eine Streife da.« Dann wandte sie sich um. »Wir werden Sie nicht weiter belästigen«, rief sie über den Tresen, und der ganze Pulk Polizei verließ das Gebäude durch die Glastür.

Ein Glück, dachte der Pförtner, die sind wir schon mal los.

Die Uhr zeigte zwei Minuten nach acht.

Wieder klingelte das Telefon.

Wo war nur diese Gwendolyn Fischer?

Keine Ängste mehr, dachte Volpone.

Er kann mich im Dunkeln nicht mehr ängstigen wie auf dem Leipziger Hinterhof. Ich werde gewinnen. Ich werde ihn besiegen.
Der schwarze Mann war größer als er, aber Volpone hatte die Pistole. Für einen Moment gelang es dem Gegner, ihn am Hals zu packen. Volpone spannte die Halsmuskeln an, holte zu einem Schlag aus, traf aber ins Leere. Die Wucht war ausreichend, um beide ins Taumeln zu bringen. Etwas klapperte auf dem Boden.
Der Mann ließ von ihm ab, und Volpone tastete nach seiner Waffe. Er zog sich ein paar Schritte in Richtung des grau schimmernden Ausgangs zurück und nutzte die wenigen Sekunden, um die Pistole zu entsichern.
Er drückte ab, ohne zu zögern.
Für einen winzigen Moment war der Raum taghell. Gwendolyn Fischer stand an der Seitenmauer als grauweiß schimmerndes Gespenst. Der Schwarze stand genau vor Volpone und sah ihn an.
Kann er im Dunkeln sehen, schoss es Volpone durch den Kopf.
Er griff nach der Tasche und hatte sie mit einem Ruck in der Hand. Der Umschlag. Er ergriff ihn, drehte sich noch einmal um und zielte in die Dunkelheit, während er sich dem Ausgang zuwandte.
Als er die niedrige Tür erreichte, blieb er stehen.
Schritte kamen ihm entgegen. Viele Schritte.

39

Im Treppenschacht waren Menschen. Gwen hörte Lärm. Rufe von Männern.
Ehe sie reagieren konnte, wurde sie wieder am Arm gepackt. »Kommen Sie«, rief Lenau. »Wir müssen hier weg.«
»Aber der Ausgang ist dort.«
»Und von dort kommen Polizisten. Wollen Sie denen in die Arme laufen?«
»Ich werde alles erklären. Man wird mich singen lassen.«
»Gar nichts wird man. Wahrscheinlich haben sie auch noch die Schüsse hier unten gehört …«
»Sind Sie verletzt?«
»Nein.«
Die Geräusche kamen immer näher. Jetzt sah Gwen mehrere dunkle Schatten hinter der grauen Öffnung.
»Aber wo wollen wir hin?«, fragte sie. »Vielleicht gibt es einen zweiten Ausgang …«
»Es ist sowieso zu spät. Man wird Sie nicht auftreten lassen. Es ist fast halb neun.«
Gwen wollte auf die Uhr sehen, aber sie konnte im Dunkeln nichts erkennen. Wenn Lenau recht hatte, war alles dahin. Die Aufführung war geplatzt.
»Ich kann genauso gut auf die Polizei warten. Es hat alles keinen Sinn mehr.«
»Aber wir haben immer noch eine Chance. Nun kommen Sie schon.«
»Eine Chance wofür?«
Lenau antwortete nicht und zog Gwen den dunklen Gang entlang. Sie ließ es sich gefallen, fühlte sich fast willenlos. Während sie mit Lenau durch die Dunkelheit stolperte, ver-

suchte sie sich vorzustellen, wie Maria reagieren würde, wenn sie von dem Desaster erfuhr …

Von der Treppe her ertönte wieder Geschrei, aber nach und nach wurde es leiser. Lenau stoppte.

»Wir müssen erneut durch einen Durchgang, kommen Sie.«

»Wo wollen Sie überhaupt hin?«

»Uns hier rausbringen, ohne dass wir der Polizei in die Arme laufen. Wussten Sie nicht, dass Paris im Untergrund löchrig ist wie ein Schweizer Käse? Es gibt gewissermaßen eine zweite Stadt unter der bekannten Stadt …«

Lenau machte ein paar Schritte, Gwen folgte ihm. Licht flammte auf. Er hielt ein Feuerzeug in der Hand. Die Flamme war vollkommen reglos und beleuchtete altertümliche Backsteinmauern, in die ein kleiner Rundbogen eingebaut war. Er sah aus wie ein kleines Tor.

»Da müssen wir durch«, sagte Lenau und löschte das Feuerzeug.

»Ist das Ihr Ernst?«

»Vertrauen Sie mir.«

»Ihnen vertrauen? Wo Sie schuld daran sind, dass ich meinen Auftritt verpasst habe?«

Wenn er jetzt nur drei Schritte zur Seite ging und sich irgendwo verbarg, würde sie nie mehr hinausfinden. Was blieb ihr anderes übrig, als darauf zu vertrauen, dass er sie hier hinausführte?

Sie hörte irgendwo vor sich ein Scharren. Lenau musste sich dem kleinen Tor genähert haben, und sie tastete sich vor, bis ihre Hände die raue Oberfläche der Steine berührten.

Von dort, wo sie hergekommen waren, waren Schritte und Rufe zu hören.

»Sie folgen uns immer noch«, sagte Gwen.

»Ich sagte Ihnen schon, dass wir es eilig haben.«
Gwen fand Lenaus Hand.
»Ducken Sie sich.«
Die andere Hand hielt sie über den Kopf, um nicht irgendwo anzustoßen.
»Der Durchgang ist lang. Fast wie ein Tunnel.«
»Wie lang?«
»Drei, vier Meter.«
Warum kennt er sich eigentlich so gut hier aus, fragte sich Gwen.
»Halten Sie den Kopf unten.«
Sie lief gebückt in die Dunkelheit hinein. Der Boden veränderte sich. Es war jetzt kein glatter Untergrund aus Beton mehr, auf dem sie liefen, sondern etwas Körniges. Wie Schotter oder Geröll.
»Wir haben es geschafft«, sagte Lenau. »Sie können sich wieder aufrichten.«
Gwens Rücken schmerzte, und sie war dankbar, sich wieder strecken zu können.
Die Luft hatte sich verändert. Sie roch staubig, nicht mehr nach Beton, sondern wie in einem Steinbruch. Außerdem kam es ihr vor, als sei es wärmer geworden. Oder lag das an der körperlichen Anstrengung? Sie spürte, wie ihr Schweißtropfen den Rücken herunterrannen.
»Wir müssen weiter. Nur noch ein Stück, dann zeige ich Ihnen etwas.«
Sie folgte Lenau über das Geröll. Eine Weile gingen sie schweigend. Dann blieb Lenau stehen. »Wir sind am Ziel.«
Es war immer noch schwarz um sie herum. Gwen konnte nicht das Geringste erkennen.
»Wie bitte? Was meinen Sie?«
Lenaus Feuerzeug flammte auf.
»Schauen Sie.«

Der Raum war sehr groß. Das Licht glitt über eine spiegelnde Fläche, die von Pfeilern aus Backsteinen unterbrochen war. Seltsam, dass der Boden so glatt war. Und so sauber. Er glänzte. Plötzlich wurde Gwen klar, dass das kein Boden war, sondern eine Wasserfläche.

»Wo sind wir hier?«

»Unter der Oper.«

»*Unter* der Oper? Was meinen Sie damit?«

»Sagen Sie bloß, Sie kennen die Geschichte vom Phantom der Oper nicht?«

»Natürlich kenne ich die Geschichte. Aber das ist doch eine Legende …«

»In jeder Legende steckt ein Körnchen Wahrheit …«

»Ist das der unterirdische See, an dem das Phantom der Oper leben soll?«

»So ist es.«

»Fahren wir jetzt etwa auch mit einem Boot? Und fangen Sie an zu singen?«

»Die Sache mit dem Boot hat sich Gaston Leroux nur ausgedacht. Wir gehen hier am Rande des Sees entlang.«

»Wer ist Gaston Leroux?«

»Der Mann, der den Roman über das Phantom der Oper geschrieben hat.«

»Ich wusste nicht, dass es diesen See wirklich gibt«, sagte Gwen. »Ich dachte, er sei reine Erfindung.«

Gwen hatte das Musical zwar nie gesehen, aber es hatte vor einiger Zeit einen Spielfilm nach demselben Sujet im Fernsehen gegeben. Er handelte von einem erfolglosen Komponisten, der wegen einer Entstellung die Menschen floh und sich hier im Keller der Oper ein geheimes Domizil eingerichtet hatte. Durch geheimnisvolle Gänge und Verbindungswege bekam er alles mit, was in der Oper geschah. Und er verliebte sich in ein Mädchen, eine junge Sängerin …

Und er fuhr mit einem Boot auf einem See im Keller der Oper zu seinem Versteck.

»Er ist schon beim Bau der Oper entstanden. Angeblich lag in diesem Gebiet einmal ein alter Arm der Seine. Das Wasser hat dann die Fundamente überflutet, die zum Teil übrigens eine sehr grausige Geschichte haben. Während der Pariser Kommune, als die Oper noch lange nicht fertig war, wurden die Keller bereits genutzt – aber für militärische Zwecke. Man brachte Gefangene darin unter, und es soll hier auch Folterungen und Hinrichtungen gegeben haben. Bei der Fertigstellung des Gebäudes fand man Skelette. Kommen Sie, wir müssen hier entlang.«

Lenau löschte die Flamme. Langsam marschierten sie auf dem schmalen Streifen zwischen See und Mauer entlang. Gwen spürte die Kälte, die von dem Wasser ausging.

»Der Roman von Leroux erschien 1910, also fünfunddreißig Jahre nach der offiziellen Eröffnung des Opernhauses. Leroux war ein Pariser Journalist, und er hatte herausgefunden, dass hier in der Oper tatsächlich immer wieder seltsame Dinge geschahen. Es gab unerklärliche Pannen hinter der Bühne – Feuer oder auch Stromausfälle. Die Bühnenarbeiter berichteten von einem gespenstischen Flammengesicht ohne Körper, das hinter der Bühne herumgeschwebt sein soll. Die Sänger verloren von einem Moment zum anderen ihre Stimme, und es gab sogar Selbstmorde. 1896 erschütterte dann ein Ereignis ganz Paris, das Leroux in seinen Roman übernommen hat. Der Kronleuchter über dem Parkett stürzte nach unten und erschlug eine Frau. Die Menschen glaubten sehr schnell daran, dass es in der Oper spukte. Zumal man den Grund für die seltsamen Ereignisse nicht fand. Die Untersuchung war aber auch sehr kompliziert. Das Opernhaus besitzt Gänge, die insgesamt über zehn Kilometer lang sind – und das zum Teil in einem wahren Irrgarten.«

Was war das für ein seltsamer Ort. Sie kam sich vor wie in einem Traum …

Träume ich vielleicht tatsächlich? Und wache gleich in meinem Pariser Schlafzimmer auf? Und gehe an die Oper, um zu singen?

»Wir müssen weiter«, sagte Lenau.

»Nein.« Gwen blieb stehen. »Ich denke, es ist Zeit für etwas Aufklärung.«

»Ich verstehe Sie.«

»Sie verstehen mich? Ist das alles, was Ihnen dazu einfällt?«

Wenn es nur nicht so dunkel gewesen wäre! Bei einem solchen Gespräch sollte man seinem Gegenüber ins Gesicht sehen können, dachte Gwen.

»Ich weiß, dass Ihnen einiges seltsam vorkommen muss, aber …«

»Seltsam ist noch gelinde ausgedrückt.«

»Ich erkläre es Ihnen einmal so. Ich habe ein existenzielles Bedürfnis, dem Geheimnis auf die Spur zu kommen.«

»Um ein Buch darüber zu schreiben?«

»Nein.«

»Warum dann?«

»Ich muss wissen, wann der Jüngste Tag stattfindet. Ich gehe allen Theorien nach, die ich darüber finden kann.«

»Soll das heißen, Sie glauben daran?«

»Sie etwa nicht?«

»Wenn ich ehrlich sein soll, nein.«

»Aber Sie glauben, dass ich hier bin?«

»Natürlich.«

»Obwohl ich es nicht sein kann. Obwohl ich heute Mittag noch tödlich verletzt in Leipzig lag.«

»Ich hätte ja gerne, dass Sie mir das erklären.«

»Ersparen Sie es mir bitte. Ich denke, Sie sollten lieber die Aufgaben lösen, die das Schicksal für Sie bereithält.«

»Für mich? Das Schicksal? Was sind das denn für hochtrabende Worte?«
»Sie mögen die Chance auf Ihre Oper verloren haben, Frau Fischer. Dafür haben wir die Chance auf etwas anderes.«
»Was meinen Sie?«
»Wollen Sie wirklich nicht herausfinden, welchem Geheimnis Ihr Vater auf der Spur war? Wo sich Leopold Haas aufhält?«
»Sie kennen seinen Namen? Ich habe ihn Ihnen nicht gesagt!«
Lenau ging nicht darauf ein. »Wo er ist, ist auch der Rest der Partitur. Und in ihr steckt das Geheimnis.«
»Aber sein Helfer hat jetzt den Umschlag. Und er ist auf dem Weg zu ihm. Wahrscheinlich ist er in Paris. Oder in Chartres. Jedenfalls nicht weit.«
»Das ist nicht gesagt.«
Gwen ruhrte sich nicht von der Stelle. »Wer sind Sie?«, fragte sie in die Dunkelheit hinein. »Wie haben Sie sich von dieser schrecklichen Verletzung erholt? Warum wissen Sie all diese Dinge?«
Lenau schwieg, und einige zähe Sekunden lang hatte Gwen das Gefühl, mutterseelenallein in diesem Keller zu sein. Wie ein einsames Bewusstsein in den unendlichen Weiten des Weltalls. In sich ruhend. Ohne Bezug zur Wirklichkeit. Erschreckend emotionslos.
»Ich bin der, vor dem die Welt Angst hat«, sagte Lenau mit klarer Stimme, der man aber anhörte, dass es ihn Überwindung kostete. »Weil ich die Menschen an ihr eigenes Leid erinnere. An die Qualen des Sisyphos, es immer wieder mit dem Leben aufnehmen zu müssen. Ich stehe für die Ewigkeit, aber auch für die Begrenztheit unseres Lebens. Für das Paradoxon, dass alle danach streben, ein möglichst langes Leben zu haben, und doch dieses Lebens müde werden.

Und für die größte Strafe. Als Lebensmüder nicht sterben zu können. Reicht das?«
»Die ganze Welt hat Angst vor Ihnen?«, fragte Gwen. »Muss ich auch Angst vor Ihnen haben?«
»Wenn die Welt vor mir Angst hat, heißt das nicht, dass diese Angst berechtigt ist. Und *Sie* brauchen keine Angst zu haben. Ich kann nicht sündigen. Ich kann nicht lügen. Und ich sage Ihnen noch einmal: Vertrauen Sie mir. Nur ein Einziger, der meinen Lebensweg kreuzte, hat darunter wirklich gelitten. Und dieser eine reicht.«
Volpone wartete in der Mauernische, bis die Polizisten in dem Gang verschwunden waren. Dann wandte er sich der Treppe zu. Am unteren Absatz blieb er stehen und lauschte. Nur ein fernes Grollen war zu hören. Keine Stimmen, keine Schritte.
So schnell er konnte, rannte er hinauf und bog in den Gang ein, der zu der Tür führte. Niemand begegnete ihm. Die Polizisten wussten, dass die Tür nur von innen zu öffnen war. Sie hatten niemanden als Wache zurückgelassen. Trotzdem konnte Volpone sicher sein, dass noch mehr Beamte auf dem Weg hierher waren. Sicher hatte die Kommissarin, die Gwen und den schwarzen Mann verfolgte, die Schüsse gehört.
Volpone erreichte die Tür. Er zögerte. Wenn ein Polizist auf der anderen Seite stand und ihn durch die Tür kommen sah, war es aus. Volpone konnte dann eventuell noch die Legende vom verirrten Polizisten auftischen oder einfach durch das Gedränge fliehen.
Er gab sich einen Ruck und öffnete.
Zwei Personen sahen ihn erschreckt an.
Jugendliche, die eng umschlungen in der Ecke standen und sich gerade innig geküsst hatten. Beide trugen Kopfhörer von MP3-Playern, sodass der seltsame Eindruck entstand, sie seien miteinander verkabelt.

Volpone ging an ihnen vorbei. »Pardon«, murmelte er nur. Dann wandte er sich der Treppe zu, die auf den Platz vor der Oper führte.
Niemand folgte ihm.
Wir haben gesiegt.
Endlich!
Das Verlangen, den Padre anzurufen und von seinem Triumph zu berichten, war überwältigend. Er stellte sich an das Geländer und tastete nach seinem Telefon.
Vergeblich.
Er hatte sein Handy verloren.

40

Es war, als würden Lenaus seltsame Worte in Gwens Bewusstsein widerhallen, aber sie verstand den Sinn nicht. So sagte sie einfach nichts und ergab sich in ihr Schicksal. Sie brauchte Lenau, um hier herauszufinden.

»Achtung, jetzt geht es ein paar Stufen aufwärts«, hörte sie ihn sagen, und sie wunderte sich schon gar nicht mehr darüber, dass er hier wie ein Maulwurf herumgehen konnte, ohne zu stolpern oder den Weg zu verlieren.

Es wurde etwas heller. Aus der Finsternis schälte sich ein Gang heraus. Eine Notbeleuchtung spendete einen feinen Schleier von Licht. Über dem Gang verliefen Rohre in mehreren Größen.

»Die Unterwelt von Paris ist legendär«, sagte er. »Es gibt alte Steinbrüche, die Kanalisation, die Metro und viele Versorgungsschächte. Im Zweiten Weltkrieg haben die Deutschen stillgelegte Metrostationen als geheime Bunker genutzt. Im Laufe der Zeit ist ein wahres Labyrinth entstanden, das niemand bis ins letzte Detail kennt.«

»Außer Ihnen?«, fragte Gwen.

»Ich weiß einiges darüber.«

Der Gang endete an einer Mauer aus Backsteinen, die viel älter zu sein schien als der Versorgungsschacht, durch den sie gerade gegangen waren. Als sie sich der Wand näherten, erkannte Gwen eine sehr enge Treppe, die entlang der Mauer nach unten und zu einem weiteren kleinen Durchgang führte.

»Sagen Sie nicht, dass wir dort hinuntermüssen.«

»Es tut mir leid, aber so ist es.«

Lenau ging vor.

»Es wird leider wieder sehr dunkel«, sagte er. »Seien Sie vorsichtig.«
Gwen kam nach und folgte Lenau durch das Loch. Die Notbeleuchtung reichte nicht bis hierher, und wieder befand sich Gwen vor einem riesigen Hohlraum. Sie spürte, wie Lenau ihre Hand nahm. Der Boden fühlte sich abermals so an, als würde er aus Kies bestehen.
»Ist das nicht gefährlich?«, fragte Gwen.
»Kommen Sie. Wir haben es gleich geschafft.«
Es ging seltsamerweise bergauf, und zwar ziemlich steil. Als würden sie eine Geröllhalde emporklettern. Bei jedem Schritt war es Gwen, als würde sie ein wenig zurückrutschen.
Irgendwo vor ihnen ertönte ein Grollen.
»Was ist das?«, fragte Gwen.
»Nur die Metro. Wir erreichen wieder einen U-Bahn-Schacht.«
»An der Place de l'Opéra?«
»Nein, dort wartet ja die Polizei auf uns.«
Gwen fiel etwas ein, und es erschreckte sie.
»Müssen wir über Gleise klettern?«
»Nein, keine Sorge. Achtung, hier ist eine Tür.«
Ein Quietschen ertönte. Lenau keuchte. Offenbar strengte er sich körperlich stark an. Gwen konnte immer noch nichts sehen, aber sie spürte, dass sich vor ihr ein Raum öffnete. Irgendwo platschte es leise. Offenbar tropfte Wasser.
»Wo sind wir hier überhaupt?«, fragte sie, und sie war überrascht, dass ihre Stimme hallte. Es war kälter geworden, und sie fröstelte.
»Wir nähern uns der Metrostation Chatelet«, sagte Lenau. »Dort haben die Deutschen im Zweiten Weltkrieg Bunker errichtet. Sie haben die U-Bahn beschlagnahmt und sogar

Fabriken und ein Krankenhaus gehabt. Für den Fall von Bombardierungen.«
»Aber die Bahnlinie gibt es doch wieder?«, fragte Gwen.
»Einiges ist von damals erhalten geblieben. Es liegt versteckt parallel zum heutigen Bahntunnel. Und dort bewegen wir uns jetzt.«
Der Boden war wieder glatt, wahrscheinlich aus Beton.
»Wir haben es gleich geschafft«, sagte Lenau.
Gwen überlegte. Von der Oper bis Chatelet – wie viele Kilometer mochten das sein? Zwei? Oder drei? Vielleicht auch vier. Und diesen langen Weg hatten sie unterirdisch zurückgelegt?
Immer wieder warnte Lenau Gwen davor, wenn der Gang abzweigte.
Schließlich nahm Gwen in der Ferne Lärm wahr. Immer wieder das bekannte Grollen, das wohl von der Metro kam. Plötzlich öffnete Lenau eine Tür, und da leuchteten Neonlampen auf. Die Helligkeit kam so unerwartet, dass Gwen blinzeln musste. Es war wieder ein Betongang mit Leitungen, und er sah dem, der von der Metrostation an der Oper abzweigte, zum Verwechseln ähnlich.
»Jetzt haben wir es gleich. Kommen Sie.«
Lenau beschleunigte seine Schritte, und Gwen kam kaum hinterher. Sie war immer noch leicht benommen von der unerwarteten Helligkeit, außerdem spürte sie plötzlich Schmerzen in den Beinen wegen der langen Lauferei.
Seltsam, dachte sie. Als wir durch die Dunkelheit gingen, habe ich gar nichts gespürt.
Eine Treppe. Eine Tür.
Dahinter Lärm. Stimmen von vielen Menschen.
»Versuchen Sie möglichst unauffällig zu wirken, wenn wir dort hinausgehen«, sagte Lenau. »Wenn wir Pech haben, laufen wir jemandem vom Ordnungspersonal in die Arme.

Die werden sofort misstrauisch. Die normalen Passanten werden sich nicht darum kümmern, dass wir aus einer Tür kommen, die eigentlich für das normale Publikum verboten ist.«
Gwen nickte und sah an sich herunter. Ihre Jeans hatten etwas gelitten. Bei dem Sturz hatte sie sich einen großen Schmutzfleck am Knie zugezogen. Sie klopfte darauf herum, aber es hatte keinen Sinn.
»Das ist nicht nötig«, sagte Lenau und lächelte. »Hier in Paris laufen eine Menge schmutzige oder seltsam gekleidete Leute herum. Damit fallen Sie garantiert nicht auf.«
Er öffnete die Tür, und als sie hindurchgegangen waren, schloss er sie sofort wieder.
Sie standen auf einem Metrobahnsteig – ziemlich weit am hinteren Ende, sodass sie niemand herauskommen sah. Die Menschen, die auf einen Zug warteten, blickten gelangweilt vor sich hin.
Gwen atmete tief durch, als sich jemand in Uniform von den Fahrgästen löste und auf sie zukam.
»Einfach weitergehen«, sagte Lenau, und sie setzten sich in Bewegung. Sie passierten den Uniformierten, der sich nicht um sie kümmerte, und erreichten die Treppe.
Niemand folgte ihnen.
Als sie auf der Straße mitten im Pariser Verkehrsgewühl standen, sah Gwen auf die Uhr. Es war fast halb zehn.
»Und jetzt?«, fragte sie. »Jetzt ist unsere Reise zu Ende.«
Lenau sah sie aufmerksam an. Sein schwarzer Anzug zeigte nicht die geringste Spur von Schmutz. Er hatte sogar den Kampf mit dem Angreifer in der totalen Dunkelheit sauber überstanden.
»Ich dachte, sie beginnt erst«, sagte er.
Gwen nickte. »Ich weiß. Sie wollen Haas finden. Aber wie sollen wir vorgehen? Was können wir überhaupt tun?«

Und sollen wir überhaupt noch etwas tun, fragte sie sich. Soll *ich* etwas tun? Meine Karriere ist zu Ende. Sonderbar, wie unbeteiligt sie sich dabei fühlte. Wie in der Schrecksekunde, in der man an den glühend heißen Herd fasst und der Schmerz noch nicht da ist. Aber man weiß, dass er kommt. Er wird kommen, dachte sie. Ganz bestimmt. Die Schrecksekunde dauert eben etwas länger.
Lenau griff in die Tasche und zog etwas hervor.
»Das hier könnte uns weiterhelfen.«
Gwen sah, was er in der Hand hatte. »Ein Handy?«
»Das Telefon des Mannes, der uns verfolgt hat. Haas' Helfer. Er hat es verloren.«

Volpone stand am Schalter einer Autovermietung und nahm eine Mappe mit Papieren entgegen, dazu einen Autoschlüssel. Er bedankte sich und ging zum Aufzug, der zu einem Parkdeck führte.
Nach kurzem Suchen fand er den Wagen, den er gemietet hatte.
Nur wenige Stunden würde er auf den französischen und belgischen Autobahnen verbringen und die Geschwindigkeitsbeschränkungen hinnehmen müssen. In Deutschland dann konnte er Gas geben – zumal nachts auf den Straßen wenig los war.
Trotzdem würde er an die zehn Stunden bis zu seinem Ziel brauchen. Ziemlich lange, aber er hatte keine Wahl. Ein Flug ging heute Nacht nicht mehr.
Eine Erinnerung stieg in ihm hoch. Eine Erinnerung an die Zeit seiner Jugend, als sie mit gestohlenen Autos Rennen veranstaltet hatten. Damals hatte er bei einem solchen Rennen den Padre schwer verletzt. Jetzt konnte er seine Fähigkeiten einsetzen, um dem Padre die größte Freude seines Lebens zu bereiten.

Der Herr fügt alles zum Guten, dachte Volpone.
Er legte den Umschlag mit der Partitur auf den Beifahrersitz und verließ das Parkhaus. Eine rote Ampel. Volpone mahnte sich zur Geduld und wartete, bis sie auf Grün sprang. Dann folgte er den Beschilderungen, die er sich eingeprägt hatte. Es ging Richtung Norden.
»Leider ist es ausgeschaltet«, sagte Lenau. »Wenn wir die PIN wüssten, könnten wir untersuchen, welche Nummern er angerufen hat. Oder seine letzten SMS-Nachrichten lesen.«
Lenau drückte den Knopf, der das Handy dazu brachte zu erwachen. Ein Logo erschien, und dann die Aufforderung, die vierstellige PIN einzugeben.
»Wir könnten es drauf ankommen lassen«, sagte Gwen. »Ich glaube, man hat drei Versuche, oder?«
»Wenn wir die Zahl nicht wissen, können wir das Handy gleich wegwerfen. Es gibt natürlich elektronische Möglichkeiten, die PIN zu umgehen, doch dann müsste ich das Gerät in ein Labor mitnehmen. So viel Zeit haben wir nicht.« Er drückte einige Tasten. »Ich versuche mal 1, 2, 3 und 4.«
Eine italienische Meldung erschien, die bedeuten sollte, dass die PIN falsch war. Man hatte noch zwei Versuche.
»Versuchen wir es rückwärts: 4, 3, 2, 1 … Wieder nichts. Das wäre auch zu einfach. Jetzt haben wir noch einen Versuch.«
Gwen dachte nach. Vier Zahlen. Einstellige Zahlen. In einer bestimmten Reihenfolge. Es war ein reines Glücksspiel. Warum nicht 1, 1, 1, 1 oder 2, 2, 2, 2? Vier Zahlen … Das erinnerte sie an etwas.
»Geben Sie mal her.«
Lenau reichte ihr das Telefon.
»Was wollen Sie tun?«, fragte er.
»Ich weiß die Zahlen.«

»Versuchen Sie es. Wir haben noch eine Möglichkeit. Wenn sie versagt, müssen wir dem Ding elektronisch zu Leibe rücken.«

»Und das könnten Sie auch, oder?«

»Ich denke schon. Aber es würde zu viel Zeit kosten.«

»Gibt es eigentlich etwas, das Sie nicht können?«

»Frau Fischer, ich bitte Sie, die Zahlen einzugeben. Oder sagen Sie sie mir. Dann mache ich das.«

»Ich möchte, dass wir erst eine Übereinkunft treffen.«

»Was meinen Sie damit?«

»Ich denke, dass ich dieses Handy in Gang setzen kann. Und wenn es mir gelingt, möchte ich, dass Sie mir im Gegenzug sagen, wer Sie sind und für wen Sie arbeiten.«

»Ich glaube nicht, dass Sie das interessiert.«

»Weichen Sie mir nicht aus. Das müssen Sie schon mir überlassen.«

»Ich kann es nicht.«

Sie reichte ihm das Handy. »Dann vergessen Sie alles. Wir werden nie erfahren, wo Haas ist. Sie werden nie die fünfte Passion entschlüsseln, falls es sie überhaupt gibt und falls Ihre Theorie stimmt. Und ich werde nie etwas über Sie erfahren.« Sie stockte kurz. »Was mir sehr leid täte. Denn auch wenn Sie mich bestohlen haben, glaube ich nicht, dass Sie ein schlechter Mensch sind.«

Lenau nickte und sah zu Boden. »Wenn ich es Ihnen verspreche, muss ich es halten«, sagte er. »Sonst werde ich wieder bestraft …«

»Wieder? Was meinen Sie damit?«

Er verzog den Mund zu einem Lächeln, und es wirkte spöttisch. »Glauben Sie, ich hätte diese Verletzung, die ich bei Cordelia auskuriert habe, zufällig erhalten? Nein, natürlich nicht. Es war die Strafe.«

»Die Strafe wofür?«

»Dass ich Sie bestohlen habe. Für mich bleibt nichts ungestraft. Haben Sie das immer noch nicht verstanden? Andere Menschen werden irgendwann für ihre Taten vor Gericht gestellt. Bei mir spielt sich das alles schon während des Lebens ab. Jede Sünde zieht etwas nach sich. Immer und immer wieder … Ich habe es so satt, verstehen Sie?«

Nein, Gwen verstand es nicht. Lenau musste verrückt sein. Vielleicht litt er an einer psychischen Krankheit, einer Neurose oder so etwas. Sie verstand nichts davon. Aber wenn es Leute gab, die sich einbildeten, Napoleon zu sein, dann gab es sicher auch Leute, die glaubten, für ihre Sünden ständig büßen zu müssen. Wahrscheinlich war das sogar noch mehr verbreitet.

»Immerhin sind Sie ja auf wundersame Weise wieder gesund geworden«, sagte sie. »Wer immer Sie büßen lässt, er verzeiht auch. Das sollten Sie bedenken.«

»Glauben Sie daran?«

»Woran?«

»Dass es ein Jüngstes Gericht gibt, vor dem sich einst alle Menschen verantworten müssen.«

»Glauben Sie es denn?«

»Ich bin davon überzeugt. Auch wenn das alles für mich vielleicht nicht zutrifft.«

Was für ein seltsames Gerede. Erst wollte er ihr klarmachen, dass es ein Jüngstes Gericht gab, und dann behauptete er, nichts damit zu tun zu haben?

»Sie widersprechen sich«, sagte sie. »Kommen wir auf den Handel zurück. Ich will wissen, wer Sie sind. Und für wen Sie arbeiten. Gilt unser Deal oder nicht?«

Lenau sah sie an und schien nachzudenken. »Er gilt«, sagte er dann. »Vielleicht funktioniert Ihre Zahlenkombination ja auch nicht. Dann ist alles umsonst gewesen. Und ich bin aus dem Schneider.«

Gwen nahm das Handy, gab konzentriert vier Zahlen ein und drückte auf die Bestätigungstaste.
»Es lädt hoch«, sagte Lenau, und zum ersten Mal hörte Gwen in seiner Stimme so etwas wie Staunen. »Woher wussten Sie die Kombination?«
»Sie haben mir die Zahlen selbst beigebracht.«
»Wie meinen Sie das?«
»Zwei, eins, drei und acht. Die Zahlen für B, A, C und H. Welche sollten es sonst gewesen sein?«
Wieder der Blick aus den dunklen Augen. Sie schienen Gwen Kraft zu geben.
Gwen hatte schon die Wiederwahlliste geladen. »Er hat immer nur eine einzige Nummer angerufen. Schauen Sie mal. Kennen Sie diese Vorwahl?«
Lenau las die Nummer. »Das gibt's doch nicht«, sagte er.
»Was meinen Sie?«
»Es fügt sich alles zusammen. Ich weiß, wo Haas ist.«
»Hier in der Nähe? Ist er noch in Frankreich?«
»Nein, und ich glaube, dort ist er auch nie gewesen.«
»Aber ich habe ihn doch getroffen. In der Kirche.«
»Haben Sie ihn gesehen?«
»Nein, aber gehört.«
»So wie Sie mich jetzt hören?«
»Ich glaube schon. Das heißt, manchmal klang er etwas dumpfer …«
»Es kann eine technische Manipulation gewesen sein. Diese Nummer hier ist jedenfalls nicht in Frankreich. Es ist eine Festnetznummer aus Deutschland.«
»Leipzig?«
»Nein.«
Lenau wandte sich der Treppe zu, die in die Metrostation führte.
»Wo wollen Sie denn hin?«

»Die Metro ist immer noch die schnellste Möglichkeit, in Paris irgendwo hinzukommen.«
Er rannte hinunter, und Gwen folgte ihm.
Er ist mir noch etwas schuldig, schoss es ihr durch den Kopf. Ich habe meinen Teil der Abmachung erfüllt.

Volpone lenkte den Wagen von der Autobahn und fuhr an einer langen Reihe geparkter Lkws vorbei zum Gebäude der Raststätte.
Eine knappe Stunde war er nun unterwegs, und er hatte gerade fünfzig Kilometer geschafft. So ging das nicht weiter. Er musste den Padre anrufen.
Er drängte sich durch die Gäste, die auf dem Weg zum Abendessen waren, und erstand in der Boutique am Eingang eine Telefonkarte. Die Telefonzellen waren besetzt, und Volpone musste fast eine Viertelstunde warten, bis er telefonieren konnte.
»Padre?«
»Volpone. Endlich. Warst du erfolgreich?«
»Ja, Padre. Wir haben alles, was wir brauchen.«
»Wie schnell kannst du hier sein?«
»Ich bin mit dem Wagen unterwegs. Es wird noch eine Weile dauern.«
Der Padre überlegte. »Hoffentlich schaffst du es rechtzeitig. Volpone, du musst noch einen weiteren wichtigen Auftrag übernehmen.«
»Was soll ich tun?«
»Du musst die Zahl herausfinden und sie mir mitteilen.«
»Aber Padre, ich verstehe davon nichts.«
»Ich werde es dir erklären. Hör mir gut zu …«

41

Während der Zugfahrt stellte sich immer deutlicher heraus, wo Lenau hinwollte. Zum Flughafen Orly.
»Warten Sie hier«, sagte er und ließ Gwen in der Halle stehen. Während er auf einen Informationsschalter zuging, dachte sie über die Bahnfahrt nach, die hinter ihnen lag.
»Wir haben eine Abmachung«, hatte Gwen immer wieder gesagt. »Ich habe meinen Teil eingehalten. Halten Sie Ihren Teil auch ein.«
Lenau hatte sich zwischen den Reisenden umgeblickt und zu Gwen gesagt: »Später. Vertrauen Sie mir. Bald werden Sie alles erfahren. Die Wände haben Ohren. Außerdem muss ich nachdenken.«
Was für eine Art von Schalter war das eigentlich, an den Lenau gegangen war? Gwen suchte die Beschilderung ab und begriff, dass es hier um besondere Flüge ging. Business. Reisen mit Privatmaschinen.
Lenau griff in die Tasche seines Sakkos und holte etwas heraus, wahrscheinlich einen Ausweis. Den würde ich gerne einmal sehen, dachte Gwen. Vielleicht ergab sich dazu die Gelegenheit. Und er holte noch etwas heraus. Ein Stück Plastik, das golden glänzte. Eine Kreditkarte.
Die Flughafenangestellte überreichte Lenau ein Blatt Papier. Minutenlang vertiefte er sich in das, was dort stand. Dann gab er Gwen ein Zeichen.
»Wir können aufbrechen. Ich denke, als viel gereiste Künstlerin haben Sie keine Flugangst.«
»Solange ein guter Pilot die Maschine fliegt, nicht.«
»Sie werden den besten Piloten haben, den Sie sich vorstellen können.«

Ein anderer Angestellter brachte sie durch einen Gang zu einer Tür. Dahinter ging es ins Freie. Gwen erkannte auf dem Asphalt, der im Regen glänzte, lange Reihen von Lichtern. Das musste das Rollfeld sein. Der Angestellte bat sie in einen kleinen gelben Van.

Wenige Minuten später stoppten sie neben ein paar Sportflugzeugen, die sich weiß von dem dunklen Hintergrund abhoben. Der Mann, der den Wagen gefahren hatte, reichte Lenau vom Fahrersitz aus eine Mappe. Lenau bedankte sich, und sie stiegen aus. Der Wagen fuhr davon.

»Sie haben tatsächlich ein Flugzeug gemietet.«

»Das trifft es nicht ganz«, sagte Lenau. »Es gehört mir. Ich habe nur den Flug angemeldet.«

Er hat nicht nur Geld, dachte Gwen. Er hat viel Geld. Kein Wunder, dass er so schnell von Leipzig hergekommen ist. Was aber noch nicht seine wundersame Heilung erklärt …

»Welches ist es?«

»Sie stehen direkt davor.«

Gwen verstand nicht viel von Flugzeugen, aber das hier war auf keinen Fall die Sorte, mit der sie normalerweise reiste. Tragflächen auf dem Dach, ein Propeller. Die Kabine war nicht größer als bei einem Auto.

»Das ist eine Cessna«, erklärte Lenau, der Gwens prüfenden Gesichtsausdruck bemerkt hatte.

»Verraten Sie mir auch, wohin es geht?«

»Alles zu seiner Zeit.«

Gwen blickte auf die Kabine und rührte sich nicht. Wenn sie jetzt einstieg, gab es kein Zurück. Sie war dann Lenau, dessen Pläne sie immer noch nicht genau kannte, ausgeliefert. Ein flaues Gefühl kroch in ihr hoch.

»Sie wissen, dass Sie keine Angst zu haben brauchen«, hörte sie ihn sagen. Sie nickte, doch sie wartete noch ein paar Atemzüge. Dann erklomm sie die Stufen.

Lenau nahm auf dem Sitz neben ihr Platz. Er startete den Motor und bald erfüllte ohrenbetäubender Lärm die Kabine. Das kleine Flugzeug ruckte an. Langsam rollte es auf den Platz hinaus. Regentropfen prallten gegen die Scheibe und wanderten in langen Schlieren nach unten.
Gwen nahm die Mappe, die Lenau in eine Ablage gesteckt hatte, und öffnete sie. Darin waren einige Blätter. Formulare. Es gelang ihr, in der schummrigen Beleuchtung einige Wörter zu lesen. Oben stand ein französischer Begriff, den sie nicht verstand. Weiter unten war der Name des Flughafens eingetragen: Orly. Und darunter stand der Name einer deutschen Stadt: Erfurt.
Das musste der Flugplan sein.
»Wir fliegen nach Erfurt?«, fragte sie laut. Sie musste schreien, um den Lärm zu übertönen.
Lenau schüttelte den Kopf. »Ich musste einen offiziellen Flughafen angeben, sonst hätten sie uns hier nicht starten lassen. In Wirklichkeit fliegen wir woanders hin.«
»Und wohin?«
Die Maschine bremste. »Jetzt warten wir erst mal auf die Starterlaubnis.«
Gwen blickte hinaus auf den Asphalt. Auf die Lichter. Auf die Flughafengebäude.
Noch konnte sie aussteigen und einfach weglaufen. Die Tür würde sich wahrscheinlich öffnen lassen.
Was würde dann geschehen?
Sie würde Maria anrufen und ihr zerknirscht klarmachen, was geschehen war. Wenn sie es nicht ohnehin schon wusste.
Oder sie blieb hier an Bord und ließ sich auf das Spiel ein, ins Ungewisse zu reisen mit diesem seltsamen Menschen an ihrer Seite. Was konnte sie dabei gewinnen?
Sie würde das Geheimnis ihres Vaters lüften. Sie würde vielleicht erfahren, wann angeblich die Welt unterging.

Aber das war nicht das Entscheidende.
Das Entscheidende – und das wurde ihr mit einem Mal klar – war, dass sie etwas über ihr Leben erfuhr. Seit damals, als Haas sie …
Vergewaltigte! Benutz das richtige Wort.
Kalter Schweiß trat auf ihre Stirn. Etwas in ihr sperrte sich.
Er hat dich vergewaltigt!
Seitdem war sie auf der Flucht. Und jetzt hatte sie endlich verstanden, wovor. Sie hatte sich eingebildet, dass das Singen ihr Leben war. In Wirklichkeit war es gar kein Leben, sondern eine Rettungsinsel, auf die sie sich zurückgezogen hatte.
Und was für ein Leben führte man auf so einer Insel?
Man war allein. So allein, dass man sich bald gar nicht mehr wegtraute.
Sie hatte ihre starke Hinwendung zum Gesang immer mit ihrem Talent begründet. Talent war natürlich auch vorhanden, sonst hätte sie niemals die Erfolge errungen, für die man sie gefeiert hatte. Aber der wirkliche Antrieb in ihrem tiefen Innern, in ihrer Seele, war eine Verletzung. Eine Vergewaltigung, nach der sie sich mit Operngesang getröstet hatte. Und nach der sie entschieden hatte, Opernsängerin zu werden.
Lieber die Emotionen der Opernfiguren spielen, als eigene Emotionen ausleben.
Lieber von Rache singen, als Rache nehmen.
Der Hölle »Rache kocht in meinem Herzen« …
Lass es kochen, Gwen, dachte sie. Lass es kochen und übe endlich Rache. Nur dann bist du frei. Sogar frei davon, Karriere machen zu müssen.
Er ist am Tod meines Vaters schuld, dachte sie. Auch wenn er ihn nicht wirklich ermordet hat.
»Sind Sie mit sich im Reinen?«, rief Lenau durch das Tosen des Motors. Noch immer standen sie.

»Was meinen Sie damit?«, rief Gwen.
»Sind Sie sicher, dass Sie mitkommen wollen? Noch können Sie aussteigen. Sie sehen aus, als hätten Sie Zweifel.«
Gwen staunte. Lenau hatte sie mal wieder verblüfft. Konnte er Gedanken lesen? Offenbar gab es nichts, was er nicht konnte.
Fangen wir mit dem Rachenehmen gleich mal an, dachte sie.
»Ich möchte, dass Sie mir jetzt endlich erzählen, was ich wissen will. Wer Sie sind. Wo wir hinfliegen. Alles.«
»Dann sind Sie bereit dazu mitzukommen?«
»Habe ich das nicht schon in der Stadt gesagt?«
»Es kommt nicht darauf an, was man sagt, sondern was man tut.«
»Starten Sie, wenn Sie können.«
Als hätte Lenau nur darauf gewartet, setzte sich die Maschine wieder in Bewegung, wurde schneller und schneller, und Gwen spürte im Magen den Schub, der sich immer noch weiter verstärkte. Und plötzlich sanken die vorbeifliegenden Lichter um sie herum ab, das Panorama vergrößerte sich weit nach hinten, und ein Lichtermeer erschien hinter dem Fenster, als habe sich auf der Erde ein zweiter Sternenhimmel aufgetan, der ganz eigene Sternzeichen abbildete. Leuchtende Perlenketten standen für Straßenzüge, geballte Lichtergruppen für Firmengelände, schwarze Flecken waren wohl Parks oder Waldgebiete. Und plötzlich erschien mitten in dem Universum aus Licht ein helles, breitbeiniges, hektisch funkelndes Gebilde. Es war schlank und wies in den Himmel.
»Der Eiffelturm«, rief Gwen.
Lenau drehte bei und gewann mehr Höhe, die Lichter am Boden waren nun nicht mehr zu sehen. Gebilde wie aus Rauch sausten vorbei, kurz beleuchtet von den äußeren Positionslampen der Cessna. Es waren Wolken.

Kurz darauf lag die Maschine in der Geraden. Gwen verstand nicht viel vom Fliegen, aber Lenau hatte wohl die Flughöhe erreicht und peilte nun die Luftlinie zu ihrem Ziel an.

»Also?«, fragte Gwen und beschloss, sich diesmal nicht vertrösten zu lassen.

»Haas sitzt in der Mitte. Wie die Spinne im Netz.«

»Das verstehe ich nicht.«

»Erinnern Sie sich an die Zeichnung in meinem Büro? Ich hatte auf einer Karte Orte markiert. Es sind sieben: In Eisenach wurde er geboren, in Ohrdruf wuchs er bei seinem Bruder auf und erhielt seinen ersten Unterricht, in Lüneburg ging er zur Schule, in Weimar erhielt er seine erste Anstellung, in Mühlhausen war er Organist, in Köthen Kapellmeister und in Leipzig Kantor. Wenn Sie die Orte mit Linien verbinden, kreuzen sich diese Linien an einer ganz bestimmten Stelle.«

»Hat es etwas mit den Leylines zu tun?«

»Sie sind gut informiert.«

»Ich habe nach unserem Gespräch einiges darüber gelesen.«

»Ja, es hat etwas damit zu tun. Es gibt nicht nur Orte der Kraft, sondern auch die Verbindungspunkte haben bestimmte Bedeutungen.«

»Aber ist das nicht etwas abwegig? Ich meine, ziehen Sie da nicht etwas an den Haaren herbei? Warum sollte Haas ausgerechnet dort sein?«

»Punkt eins: die Telefonnummer. Die deutsche Vorwahl, die von dem Handy aus angerufen wurde, passt genau in diese Gegend.«

»Das wussten Sie sofort?«

»Damit wären wir bei Punkt zwei. Ich bin in dieser Gegend bereits gewesen. Sie beschäftigt mich schon lange.«

»Warum?«

»Es ist eine Gegend, die in den letzten Jahren ganz große Bedeutung erlangt hat.«
»Tatsächlich?«
»Dort befand sich wahrscheinlich eines der ersten Observatorien der Welt.«
»Wie bitte?« Gwen glaubte nicht richtig gehört zu haben.
»Sie waren doch mit mir in meiner Wohnung. Erinnern Sie sich an die Himmelsscheibe? An die Himmelscheibe von Nebra?«
Natürlich erinnerte sie sich. Und jetzt wusste sie auch wieder, was es mit dem runden Metallgegenstand, der vor einigen Jahren bei Nebra gefunden worden war, auf sich hatte.
»Die älteste Darstellung des Sternenhimmels, die wir kennen«, sagte Lenau. »Ich hatte es Ihnen erklärt.«
»Was hat das nun mit uns zu tun? Und mit Haas?«
»Eine Menge. Und es beweist auch die Bedeutung der Orte, an denen Bach gelebt hat. Und den Zusammenhang mit dem Sternenhimmel.«
»Ich verstehe das nicht.«
»Ich denke, es ist Ihnen doch klar, welche Bedeutung die Musik für das uralte Verständnis des Universums besitzt.«
»Ich glaube, das habe ich mittlerweile verstanden.«
»Die Musik Bachs ist wahrscheinlich die letzte und zugleich meisterhafteste Musik, die in dieser Tradition komponiert wurde. Bach entstammte einer Familie, die tief in der Geschichte Thüringens und der angrenzenden Regionen verwurzelt ist. Und es kann doch kein Zufall sein, dass sich die Verbindungslinien seiner Wirkungsorte genau dort treffen, wo man schon in Urzeiten den Sternenhimmel erforschte.«
»Was hat Bach mit einem solchen Observatorium zu tun, das viel älter ist als seine Musik?«
»Nichts. Alles. Aber es ist ein Faktum, das die Verbindung zwischen seiner Musik und dem Universum so gut wie nichts anderes unterstreicht, oder nicht?«

Der Padre hörte aufmerksam zu, während Volpone eine Ziffer nach der anderen diktierte. Laut und deutlich sprach er die Worte in den Hörer.
»Ich habe sie dreimal überprüft«, sagte Volpone, als er fertig war.
»Ich danke dir«, sagte der Padre. »Nun beeile dich. Setze alles daran, möglichst schnell hier zu sein.« Er legte auf.
Der große Moment war gekommen.
Der Padre hatte ihn sich anders vorgestellt. Feierlicher. Vielleicht sogar im Kreise einiger Kollegen aus Rom. Er hätte nie gedacht, dass er das Geheimnis so zwischen Tür und Angel lüften würde.
Es kommt immer anders, dachte er. Die Wege des Herrn sind unerforschlich. Das Wichtigste ist, dass man immer beim Herrn ist. Und ich war nie so nah bei ihm wie jetzt.
Er ließ seine Fingerkuppen über die Computertastatur gleiten, die vor ihm auf der Tischplatte lag. Die Entertaste. Er legte Zeige- und Mittelfinger der rechten Hand auf die relativ große Fläche. Dann drückte er sie nach unten.
Fast im selben Moment ertönte ein Signal. Eine seelenlose Stimme sprach aus den Lautsprechern neben dem Monitor.
Acht Zahlen. Ein Datum.
Unglaublich, dachte der Padre. Was für ein Zufall!
Fast hätte er gedacht, dass das unmöglich war. Dass es nicht sein konnte. Aber warum nicht? Es zeigte doch gerade, dass er recht hatte. Dass der Herr alles gefügt hatte.
Zufall?
Hatte er eben Zufall gedacht? Lächerlich. So etwas gab es in der Vorsehung nicht.
Der Padre fühlte sich schwach. Er stand mühsam auf und wandte sich seinem Betstuhl zu, wo er auf die Knie sank.
Er hatte sich oft ausgemalt, mit welchen Worten er die Erkenntnis seines Lebens begrüßen würde. Aber jetzt fiel

ihm nichts ein, sodass er sich auf das Gebet der Gebete konzentrierte.

Vater unser …

Lange Zeit war vergangen, als er aus seiner Andacht erwachte.

Etwas hatte ihn gestört. Ein Geräusch. Trotz seines Alters waren seine Ohren immer noch scharf.

Er stand auf und lauschte. War das bereits Volpone? Nein, es klang nicht wie ein Auto. Eher wie ein Flugzeug.

Dieses Geräusch vernahm er hier in der Einsamkeit nicht oft. Und schon gar nicht nachts.

Trazzini fiel ihm ein.

Es war so weit. Er musste ihn anrufen.

Die ständigen Ermahnungen des Kardinals waren dem Padre zuletzt sehr lästig gewesen. Umso besser, dass er sich jetzt revanchieren konnte. Er würde Seine Exzellenz mitten in der Nacht aus dem Bett klingeln. Und der Rest der Nacht würde für den Kirchenfürsten schlaflos bleiben, da war sich der Padre sicher.

42

Gwen blickte hinaus in die Dunkelheit. Der Himmel war nicht schwarz, sondern tiefgrau wie Schiefer. Manchmal leuchtete eine wattige Masse gelblich auf. Wolkenschleier, in denen die Positionslichter reflektierten.

Sie sah Lenau an. »Sie haben mir immer noch nicht gesagt, was ich wissen will.«

Er blickte starr nach vorn. »Ich glaube, eine reine Information wird Ihnen nicht helfen«, sagte er.

»Aber warum nicht?«

»Weil es Informationen gibt, die Glauben voraussetzen. Sonst ist man nicht bereit, sie als Informationen zu akzeptieren. Wenn man es genau nimmt, ist das sogar bei allen Informationen der Fall.«

Warum machte er ein solches Geheimnis daraus? Warum antwortete er so kompliziert? Es ging doch nicht um eine philosophische oder theologische Vorlesung.

»Nehmen Sie eine Information, die Sie als Faktum sicher angenommen haben.«

»Zum Beispiel?«

»Die Erde ist eine Kugel. Davon sind Sie doch überzeugt, oder?«

»Eigentlich schon. Außer, es beweist mir jemand das Gegenteil.«

»Und wer sollte das beweisen?«

»Die Wissenschaft.«

»Dieselbe Wissenschaft, die bis jetzt bewiesen hat, dass die Erde *keine* Scheibe ist.«

»Dazu gehört nicht viel an Beweis. Es gibt Bilder aus dem Weltraum, die das belegen. Es gibt Satelliten, die die Erde

umkreisen. Man kann um die Welt reisen. Wie sollte das möglich sein, wenn die Erde eine Scheibe wäre?«
»Haben Sie einen solchen Satelliten schon mal gesehen? Waren Sie im Weltraum?«
»Nein, aber das ist ja auch nicht nötig.«
»Eben. Weil Sie an diese Informationen glauben. Und das wahrscheinlich auch zu Recht. Aber der Glaube muss da sein.«
»Wollen Sie damit etwa sagen, dass man an die Wissenschaft glauben muss wie an einen Gott, wenn man davon überzeugt sein will, dass die Erde eine Kugel ist?«
Lenau ließ sich etwas Zeit mit der Antwort.
»Manche Menschen sagen, dass es so ist. Dass die Wissenschaft die Theologie des modernen Zeitalters darstellt. Aber ich will auf etwas anderes hinaus. Wenn ich Ihnen erklären soll, wer ich bin, müssen Sie erst zu einem bestimmten Glauben bereit sein. Vorher kann ich es Ihnen nicht sagen.«
»Warum nicht?«
»Weil Sie es nicht ernst nehmen würden.«
»Warum versuchen Sie es nicht einfach?«
Er schüttelte den Kopf. »Ich muss erst selbst zu der Überzeugung gelangt sein, dass Sie bereit dazu sind. Und das bin ich noch nicht.«
Gwen wusste nicht, was sie sagen sollte. Es war Lenau tatsächlich wieder gelungen, sie zu vertrösten. Seltsam, wie er das immer wieder schaffte. Aber aus seinen Worten sprach eine so tiefe Sicherheit, dass sie dagegen nicht ankonnte. Gleichzeitig schien aber auch eine Zuversicht mitzuschwingen. Zuversicht, dass der Moment, in dem er ihr alles erklären würde, bald käme.

Licht schien in die Flugzeugkabine, und vor ihnen, fast zum Greifen nah, leuchtete die fahle Scheibe des Mondes.

Um das Rund herum strahlte ein milchiger Hof in das dunkle Grau ab, in dem hier und da kleine Punkte aufleuchteten. Lenau senkte den Steuergriff sanft nach vorn, und jetzt wurde unter ihnen eine weite Landschaft sichtbar. Ein Meer aus Baumwipfeln brodelte unter ihnen.

»Festhalten«, rief Lenau. »Es kann holprig werden.«

Gwen konnte sanfte Hügel erkennen. Einige Ansammlungen von Lichtern waren wohl Orte. Ein paar vereinzelte Punkte bewegten sich. Autos, die auf einer Landstraße unterwegs waren.

Lenau hatte ihr erklärt, dass es in der Nähe zwar einen alten russischen Militärflughafen gab, den man eventuell hätte anfliegen können. »Er ist jedoch etwa fünf Kilometer von dem Ort entfernt, wo wir hinwollen. Die Landung ist nachts illegal. Dann können wir gleich ganz woanders runtergehen. Wenn der Mond einigermaßen deutlich scheint, schaffen wir das.«

Die Maschine sank weiter. Gwen hielt die Luft an und krallte ihre Hände seitlich in den Sitz.

Die Bodenberührung kam wie ein gewaltiger Faustschlag. Irgendwo ächzte etwas, und eine Sekunde lang glaubte Gwen, dass sie zur Seite kippten. Doch als die Maschine bremste und sie nach vorn gerissen wurde, spürte sie, dass Lenau die Cessna wieder im Griff hatte.

»Geschafft«, rief er. »Halten Sie sich bitte immer noch fest. Ich weiß nicht, ob wir nicht doch noch gegen ein Hindernis fahren …«

Das Ächzen der Stoßdämpfer ging in ein Kreischen über. Die Räder kamen ins Holpern. Offenbar waren sie auf einem Acker gelandet.

Eine schwarze Wand raste auf sie zu. Der Ausläufer eines bewaldeten Hügels. Gwen spürte die Wucht der Bremsen, die Maschine kam ins Schlingern, doch dann erfolgte ein letzter Stoß. Sie standen.

Der Motor erstarb, die Umdrehungen des Propellers wurden langsamer, und als endlich Stille eintrat, tönten die Geräusche, denen sie stundenlang ausgesetzt waren, noch in Gwens Kopf nach.
»Kommen Sie«, sagte Lenau.
Sie kletterten aus dem Flugzeug. Als Gwen auf dem weichen Boden stand, spürte sie, wie ihre Beine zitterten. Es war, als setzten sich die Vibrationen der Maschine noch in ihrem Körper fort. Sie fröstelte. Hier war es deutlich kälter als in Paris.
Lenau umrundete das Flugzeug, das im Dunkeln an ein riesiges Insekt erinnerte. Dann deutete er in die Richtung, die hinter Gwen lag.
»Schauen Sie. Die andere Seite der Senke.«
Gwen drehte sich um. Vor ihnen lag die weite, sanft gewellte Fläche einer Wiese oder eines Feldes. Dahinter begrenzte etwas Dunkles das Bild, von dem aus etwas in den Himmel stach, das fast weiß war. Das Mondlicht ließ es wie mit Mehl bestäubt erscheinen. Es war ein altes Gemäuer, und was sich da so deutlich heraushob, war ein Turm. Gwen glaubte sogar, ein winziges Licht zu erkennen.
»Das ist der Ort, den ich gesucht habe«, sagte Lenau.
»Der Ort, wo sich die Orte, an denen Johann Sebastian Bach gelebt hat, schneiden?«
»Als wenn die uralte Burg diese Stelle markieren wollte. Seltsam, nicht?«
»Und dort lag die berühmte Himmelsscheibe?«
»Nicht weit davon entfernt. Nur ein paar Kilometer. Schauen Sie mehr nach rechts.«
Ein Stück von der Burg entfernt schien eine Linie aus dem Horizont zu wachsen und wurde zu einem weiteren schwarzen Hügel, der wahrscheinlich bewaldet war.

»Das ist der Ausläufer des sogenannten Mittelberges. Dort ist der Fundort.«
Gwen hörte nichts als das leise Singen in ihren Ohren. Die Landschaft strahlte eine solche Trostlosigkeit aus, dass irgendetwas in ihrem Inneren Schmerzen zu leiden schien.
»Gehen wir«, sagte Lenau. »Schnell. Ich hoffe, wir kommen nicht zu spät.«

Trazzini träumte, er sei in der Oper. Eine wunderschöne Frau übernahm die Hauptrolle. La Traviata. Wunderschön, sinnlich und den Männern zugetan. Plötzlich fand sich der Kardinal auf der Bühne wieder, ganz in der Nähe der Frau, deren Ausstrahlung er plötzlich mit allen Sinnen spürte. Ihr mächtiger Busen hob und senkte sich, während sie schwer atmete. Er selbst war Alfredo. Und er konnte sie haben, wenn er nur …
Etwas Fremdartiges mischte sich in die Szene und störte die Musik, die der Kardinal im Hintergrund wahrgenommen hatte. Plötzlich verstummte alles, das Bild verschwand, und er setzte sich in seinem Bett auf.
Das Telefon klingelte.
Trazzini machte Licht und sah auf die Uhr. Es war bereits weit nach Mitternacht. Das Display zeigte eine Nummer, die ihm bekannt vorkam.
»Hallo?«, rief er missmutig in den Hörer.
»Eure Eminenz.«
Es war dieser Haas.
»Was wollen Sie mitten in der Nacht? Gibt es schon wieder Probleme? Hören Sie …«
»Es ist vollbracht, Eminenz.«
»Was meinen Sie damit?«
»Wir haben das Datum.«

»Sie haben es?«
»Unsere Forschungen sind beendet. Das Ergebnis liegt auf dem Tisch.«
Trazzini schluckte. Seine Schläfrigkeit, die ihn noch vor Sekunden wie Watte umgeben hatte, verschwand.
Der Kardinal versuchte, seine Gedanken zu ordnen. Im tiefsten Inneren war ihm immer klar gewesen, dass Haas ein Verrückter war, der diese Forschungsaufgabe, die ihm ein längst verstorbener Papst mit Sinn für große theologische Rätsel aufgegeben hatte, nie würde lösen können. Das Geld aus dem Vatikan floss noch immer, und damit es weiterging und Trazzini nicht angesichts dieser Unterstützung das Ansehen verlor, hatte er Haas immer wieder ermahnt, Ergebnisse zu liefern. Und damit meinte er keine *abschließenden* Ergebnisse, sondern Zwischenberichte. Protokolle seiner Tätigkeit. Etwas, das man abheften und zu den Akten legen konnte.
Und jetzt rief er an und hatte ein Ergebnis.
»Der Herr hat es gefügt, Eminenz.« Haas' Stimme klang, als hätte der Padre irgendeine Droge genommen. Er wirkte euphorisch. Seltsam – so fasziniert der Kardinal von dem Projekt bisher gewesen war, jetzt meldeten sich in ihm Zweifel. Er hatte die musiktheoretischen Zusammenhänge, die ihm der Padre in der letzten Zeit immer wieder zu erklären versuchte, nie wirklich verstanden. Daran lag es wohl, dass er jetzt so skeptisch war. Vor allem war ihm immer noch schleierhaft, warum ausgerechnet Johann Sebastian Bach, noch dazu ein Protestant, dieses Datum kennen sollte.
»Sie können damit zum Heiligen Vater gehen«, sagte Haas. »Das wollten Sie doch immer.«
»Erklären Sie mir erst, was Sie herausgefunden haben.«
»Nichts lieber als das.«

Trazzini lauschte eine Weile, und je mehr Haas ihm berichtete, desto größer wurden seine Augen. Wenn das stimmte …

Doch dann meldeten sich wieder Zweifel. Es konnte nicht sein. So nicht. So würde das Ereignis niemals stattfinden. Die Bibel hatte darauf ganz andere Antworten.

»Es kann kein Zufall sein«, sagte Haas. »Dass wir jetzt gerade diese Erkenntnis gewinnen, kann einfach kein Zufall sein, verstehen Sie?«

»Aber …«, der Kardinal suchte nach Worten. »Aber die Ankunft des Herrn. Es muss doch Zeichen geben. Zeichen für das bevorstehende Ereignis. Es gab da Textquellen im Neuen Testament. Die Offenbarung des Johannes zum Beispiel …«

»Gehören Sie etwa zu denen, die glauben, das alles sei wörtlich aufzufassen? Das Buch mit den sieben Siegeln, die Posaunen, die Reiter der Apokalypse … Der Herr ist schon einmal in die Welt gekommen, und auch damals war es anders, als es sich die Menschen vorstellten. Er wurde in einer Krippe in einem Stall geboren. Seine Eltern waren auf der Reise und hatten keine Unterkunft gefunden. Hirten und ihre Tiere waren die Ersten, die den Messias anbeteten.«

Der Kardinal spürte Widerwillen. Er hatte keine Lust, sich von Haas die Weihnachtsgeschichte erzählen zu lassen.

»Und wenn es wieder so ist?«, sagte Haas. »Wenn wir wieder auf die Probe gestellt werden? Wenn sich wieder der größte Teil der Menschheit gegen ihn stellt, weil man ihn nicht erkennen will? Die Zeichen sind ja da. Schauen Sie sich die Weltnachrichten an. Vielleicht ist dies das Gericht, von dem Johannes berichtet. Und vielleicht«, fügte Haas hinzu, »ist das Buch mit den sieben Siegeln kein Buch, in dem Schrift geschrieben steht, sondern ein Buch mit Noten. Mit Musik. Mit großartiger Musik, die die Passion des Herrn beschreibt. Bachs bisher unbekannte fünfte Passion. Sie birgt das Geheimnis. Wie lange haben wir geforscht, um alle Teile dieser Passion zu finden! Und nun haben wir sie. Das letzte Teilstück, das auch noch auf wundersame Weise Bachs Werk umschließt, weil er am Ende seines Lebens darauf zurückkam … Wir sind am Ziel, Eminenz. Informieren Sie den Heiligen Vater. Es ist Ihre Pflicht.«

Trazzini überlegte. Nachts zum Heiligen Vater vorzudringen, war unmöglich. Es war selbst für die Kardinäle in den höchsten Ämtern sogar tagsüber sehr schwierig. Der Papst hatte einen engen Terminplan und einen rigiden Privatsekretär. Aber wenn es Trazzini überhaupt versuchen sollte, dann musste er einen sehr guten Grund haben.

»Erklären Sie mir das alles bitte noch einmal, Padre. Von vorn bis hinten. Damit ich es dem Heiligen Vater weitergeben kann. Dann werde ich sehen, was ich unternehme.«

43

Vor dem Hügel, auf dem die Burg thronte, verlief die Landstraße. Seit Gwen und Lenau sie erreicht hatten, war noch kein einziges Auto vorbeigekommen. Irgendwo vor ihnen rauschte Wasser.

»Da ist ein Fluss«, sagte Gwen.

»Die Unstrut«, erklärte Lenau. »Sie fließt hier durch ein Wehr.«

Auf der anderen Seite der Straße zweigte ein breiter Weg ab, der vor dem steilen Hügel eine Kurve nach rechts machte. Das Rauschen wurde stärker, und nun erkannte Gwen auch ein Geländer.

Sie näherten sich der Kurve. Der Weg führte steil am Hügel hinauf. Sie hatten gerade die halbe Höhe erklommen, da standen sie vor einem Hindernis. Ein großes Tor – von einer massiven Mauer eingefasst. Gwen griff nach der Klinke. Das Metall war eiskalt. Es war abgeschlossen.

Sie drehte sich zu Lenau um, der nur als schwarze Silhouette vor der mondhellen Landschaft zu erkennen war. Hinter ihm öffnete sich das gewaltige Tal. Nichts als das leise Rauschen des Windes war zu hören.

Und plötzlich überfielen Gwen erneut Zweifel.

Konnte es wirklich sein, dass dort oben Haas hauste – der Schrecken ihrer Kindheit, dessen Tat sie seit fünfzehn Jahren verdrängte? Reichte es wirklich, diese Leylines zwischen Orten von Bachs Wirken zu ziehen, und schon kam man dem Geheimnis auf die Spur? Ein kühler Wind strich über Gwens Gesicht, als wolle er sie daran erinnern, dass sie sich von diesen Fantasien losreißen solle – um sich darauf zu besinnen, dass sie mitten in einer einsamen Land-

schaft stand, an der Seite eines Mannes, von dem sie immer noch nicht wusste, wer er war.
Ich bin einem Geisteskranken aufgesessen, der sich aus irgendwelchen Gründen in den Kopf gesetzt hat hierherzukommen. Dabei ist noch nicht mal gesagt, dass dort überhaupt jemand wohnt. Es ist nur eine alte Burg. Und sie hat nichts mit Leipzig zu tun. Nichts mit Vater.
Sie fühlte sich plötzlich so einsam wie noch nie in ihrem Leben. Während des ganzen Fluges, wo sie nur dem Ziel hierherzukommen, entgegengefieberte, hatte sie verdrängt, wie es wirklich um sie stand. Jetzt brach die ganze Wucht der schrecklichen Wahrheit über sie herein.
Ihr Leben war zu Ende.
Ihre Karriere war zerstört. Vielleicht hatte sie sich sogar strafbar gemacht, weil sie den Vertrag nicht erfüllt hatte. Jemand wie sie bekam keine zweite Chance. Maria würde sich von ihr abwenden. Wie konnte sie noch für eine Sängerin arbeiten, die sich so sehr ins Abseits katapultiert hatte?
Und der Einzige, der ihr noch blieb, war dieser Lenau. Ein zugegebenermaßen charismatischer, aber offensichtlich wahnsinniger Mensch, der dort oben in dem finsteren Gemäuer wer weiß was mit ihr anstellen würde.
Sie musste hier weg. Aber wohin und wie? Sie hatte ja noch nicht einmal ein Auto. Und Taxis kamen hier sicher auch kaum vorbei. Was würde Lenau tun, wenn sie floh?
Ein Licht flammte auf.
Lenau hatte wieder sein Feuerzeug entzündet. Der Lichtschein flackerte, aber er ging nicht aus.
»Schauen Sie mal dort oben an dem Torbogen«, sagte er. »Ich denke, das wird Ihre Zweifel beseitigen.«
Gwen war nicht überrascht, dass er schon wieder ihre Gedanken kannte.
Sie hob den Blick. Es gab dort so etwas wie ein Feld für ein Wappen, aber es war keine Zeichnung dargestellt, sondern das Tor trug eingravierte Buchstaben.

»Können Sie das lesen?«, sagte Lenau. »Lesen Sie vor.«
Die Buchstaben ergaben kein Wort. Gwen entzifferte ein großes S, ein D, ein G und ein kleines l.
»Ist das eine Abkürzung für irgendetwas? Vielleicht für den Namen des Besitzers der Burg?«
»Es steht für ›Soli Deo Gloria‹«, sagte Lenau. »Gott allein die Ehre. Bach hat damit all seine Kantaten signiert, auch die Passionen. Sie finden es immer am Ende der letzten Notenzeile. Er wollte damit zum Ausdruck bringen, dass er sein ganzes Wissen und seine ganze schöpferische Kraft dem Allerhöchsten verdankte.«
Er behielt die Buchstaben im Lichtfeld. Es war kein Zweifel möglich, er hatte recht. Gwen glaubte sich zu erinnern, dass ihr Vater ihr einmal etwas Ähnliches erklärt hatte. Sie wäre nur nicht mehr auf den genauen Wortlaut gekommen.
»Warum schreibt jemand diese Buchstaben auf den Torbogen?«
»Weil er damit andeuten will, dass man hier einen Bereich betritt, der ganz und gar unter diesem Motto steht. Unter dem Wissen, das allein durch Gott auf die Menschen gekommen ist. Allerletztes, oder besser allerhöchstes Wissen. Wir sind hier richtig, Frau Fischer. Sie können mir vertrauen.«

Kardinal Trazzinis Schritte hallten durch die Eingangshalle, als er auf den Unteroffizier der Schweizergarde zuschritt – die erste größere Hürde auf dem Weg zum Heiligen Vater. Er unterdrückte den Geräuschpegel nicht. Sollte der Mann ruhig sofort merken, dass etwas Wichtiges bevorstand.
Der Soldat nahm Haltung an und strahlte sogar so etwas wie Autorität aus. Trazzini konnte sich auch nach den Jahrzehnten im Vatikan nicht daran gewöhnen, dass die Gardisten trotz der altmodischen Uniform, die aus der Renaissancezeit stammte, richtige Soldaten waren – mit allen

Möglichkeiten der modernen Technik ausgestattet. Neben diesem Unteroffizier lag zum Beispiel ein Funkgerät.
Der Kardinal nannte seinen Namen, obwohl der Unteroffizier ihn natürlich kannte. Dann erklärte er, wo er hinwollte, und der Soldat machte große Augen.
»Es ist außerordentlich dringend, bitte lassen Sie uns keine Zeit verlieren.«
Trazzini wusste, was nun kam. Der Wachsoldat funkte seinen Vorgesetzten an, der die Nacht in einem Büro verbrachte und zwei-, dreimal auf Streife ging, um die Wachposten zu kontrollieren.
Es dauerte keine zwei Minuten, da betrat er die Halle.
»Ich kann Sie nicht nach oben bringen«, sagte der Hauptmann.
In der obersten Etage des Palazzo Apostolico, der hinter der rechten Kolonnade des Petersplatzes lag, befanden sich die Privaträume Seiner Heiligkeit. Sie waren wie das gesamte Gebäude rund um einen Innenhof angeordnet.
»Sie müssen auf Monsignore Brown warten.«

Rechts ging es in die Tiefe, links den Berg hinauf. Sie entschieden sich dafür, den Hang zu erklimmen, um die Toreinfahrt zu umgehen.
Lenau stieg auf die Mauer, die die Straße säumte. Gebüsch raschelte, als er sich weiter nach oben arbeitete.
Um auf die Höhe der Toreinfahrt zu kommen, hatte er noch einiges vor sich. Mindestens zehn Meter Höhenunterschied, schätzte Gwen. Und dort oben gab es kaum noch etwas, um sich festzuhalten.
»Kommen Sie!«, rief er Gwen zu.
Sie kletterte ebenfalls auf die Mauer und griff nach den Ästen der Büsche, die auf dem steinigen Untergrund des Hangs ihr Auskommen gefunden hatten.

Wann bin ich das letzte Mal so geklettert, fragte sie sich. Es muss in meiner Kindheit gewesen sein. Gesangsstudentinnen kletterten nicht auf Bäume. Und als ich damals wieder in die Schule zurückkam, nach den Ferien, in denen das Schreckliche geschah, war ich ein sehr stilles Kind geworden.

Sie zog sich weiter den Hang hoch. Der Schweiß brach ihr aus. Und mit jedem Schritt, mit jeder Anstrengung kamen ihr neue Teile der Erinnerung.

Die Lehrerin hatte Vater darauf aufmerksam gemacht, dass sie so still geworden war. Sie schrieben die Veränderung der Pubertät zu. Immerhin wurde sie bald dreizehn.

Und sie erinnerte sich an einen Streit, den sie mit ihrem Vater hatte. Auch dabei ging es um Musik.

Sie wollte nicht mehr Klavier spielen.

Sie wollte nie mehr eine Taste anrühren.

Sie hatte einen neuen Wunsch.

Sie wollte singen!

Sie war jetzt auf gleicher Höhe mit der Oberkante des Torbogens und konnte Lenau erkennen, dem es gelungen war, auf die schmale Mauer zu klettern, und der sich jetzt nach einer Möglichkeit umsah, auf der anderen Seite hinunterzukommen. Bis zu ihm waren es gut zwei Meter, und auf dieser Strecke konnte sie sich nirgendwo festhalten.

»Anderthalb Meter unter Ihnen gibt es einen schmalen Felsvorsprung«, sagte Lenau.

Gwen tastete mit dem rechten Fuß nach unten. Wenn sie jetzt abrutschte, fiel sie fünf, sechs Meter tief. Das war vielleicht nicht genug, um zu sterben, aber hässliche Verletzungen konnte man sich schon zuziehen.

Ihr Fuß traf auf etwas Hartes, das aus der Wand ragte. Das musste der Vorsprung sein. Gwen legte ihr ganzes

Gewicht darauf und ließ den dicken Ast los, an dem sie sich festhielt. Ein, zwei Atemzüge tastete sie sich an dem Hang entlang, an glattem Felsen. Dann bekam sie die obere Kante des Torbogens zu fassen. Eine Hand packte ihren Unterarm. Lenau zog sie hoch. Es gelang ihr, auf die Mauer zu klettern, die überraschend breit war. Etwa einen Meter.

Erst jetzt machte sich die Anstrengung bei Gwen bemerkbar. Sie atmete schwer.

»Ich muss mich einen Moment ausruhen.«

Die Dunkelheit wich wieder den inneren Bildern.

Ihr Vater, der eine Weile nachdachte und dann nickte.

Singen. Warum nicht?

Und der sie am nächsten Tag zum Gesangsunterricht anmeldete.

Einmal die Woche erlebte Gwen fortan das Paradies. Einmal in der Woche durfte sie ihrer Seele freien Lauf lassen. Mit ihrer Stimme. Die Welt um sie herum versank in Bedeutungslosigkeit und grauem Einerlei, während die Gesangsstunden Momente voller Farbe und Pracht waren. Es gelang ihr, etwas davon in die übrige Zeit zu bringen, indem sie übte. Jeden Tag. Zwei Stunden, drei Stunden, bald waren es vier.

Sie strengte sich an, um die Schule und die Hausaufgaben möglichst schnell hinter sich zu bringen. Ihre Noten waren gut, die Lehrer schätzten sie. Manche Klassenkameraden auch, andere wandten sich von ihr ab, weil sie klassische Musik nicht mochten. Gwen erlebte diese andere Welt wie durch Watte. Wichtig war das Singen.

Es befreite sie. Es ließ sie vergessen, was in Salzburg geschehen war. Egal, was er mit ihrem Körper getan hatte, in ihrer Stimme war sie sie selbst geblieben.

In manchen Momenten kam ihr in den Sinn, dass sie nur noch Stimme war. Nicht mehr und nicht weniger. Kein

Körper, kein Geist, kein Intellekt. Kein Gehirn, das mit so schrecklichen Erinnerungen überfrachtet war. Nur Stimme.

Sie sang in ersten kleinen Konzerten. Auch in der Schule. Der Erfolg war so groß, dass so mancher Lehrer darüber hinwegsah, wenn sie sich nicht ganz so optimal auf den Unterricht vorbereitete. Sie machte Abitur, aber auch dieses Ereignis trat in den Hintergrund, denn kurz zuvor hatte sie die Aufnahmeprüfung an der Musikhochschule bestanden.

»Wir haben Glück«, sagte Lenau in den Wirbel der Gedanken hinein, der sie überfallen hatte.

Vor ihnen ragte etwas Dunkles herauf. Ein Baum. Gwen wusste, was Lenau meinte. Sie konnten an seinem Stamm hinunterklettern.

Wie kleine Kinder, dachte Gwen.

Stell dir vor, du bist wieder ein Kind …

Die Straße führte nach einer Serpentine auf einen Vorplatz zu Füßen der eigentlichen Burg. Die Mauern erhoben sich schwarz und drohend.

Als Gwen und Lenau den Vorplatz betraten, ging irgendwo Licht an. Ein Bewegungsmelder.

Sie wichen zurück und blieben im Schatten. Immerhin hatten sie jetzt einen guten Blick über das Anwesen. Ein lang gestrecktes Haus schmiegte sich an einen Turm, der alles überragte. Das Gebäude war verfallen. Die Fensterhöhlen leer und tot. Das Dach war eingestürzt. Unten im Hof häufte sich das herabgefallene Material. Dachziegel und zerbrochene Steine. Der Turm dagegen besaß an seinem Fuß eine massive Tür. Wenn jemand auf der Burg wohnte, dann hier.

»Es hat keinen Sinn zu warten, bis das Licht wieder ausgeht«, sagte Lenau. »Wenn wir es noch mal in Gang setzen, wird er vielleicht erst recht misstrauisch.«

»Was sollen wir tun?«
»Schnell über den Hof. Wir müssen in den Turm.«
»In Ordnung.«
»Dann los. Und seien Sie leise.«
Gwen versuchte zu verhindern, dass ihre Schritte auf dem Kies knirschten, aber so ganz gelang ihr das nicht. Sie drängten sich an die Tür.
Etwas klimperte. Lenau hatte etwas bei sich, das sie nur aus dem Fernsehen kannte. Es sah aus wie ein kleiner Schlüsselbund, aber es waren keine Schlüssel daran, sondern seltsame metallische Stifte. Ein Einbrecherbesteck.
»Sind Sie sicher, dass es richtig ist, was wir hier tun?«, fragte sie leise. »Wenn hier wirklich Haas wohnt, können wir trotzdem nicht einfach einbrechen. Was ist, wenn er die Polizei alarmiert?«
»Das wird er nicht tun, keine Sorge.«
»Und wenn wir hier doch ganz falsch sind? Wenn hier harmlose Menschen leben?«
»Schauen Sie über die Tür.«
Gwens Blick ging nach oben. Wieder die Buchstaben. SDGl.
In diesem Moment ging das Licht des Bewegungsmelders aus, und die Inschrift verschwand im Dunkeln.
Etwas knirschte. Lenau drückte die Klinke.
Die Tür schwang auf. Muffige Wärme schlug ihnen entgegen.
Gwen konnte Lenau nur als schwarzen Umriss erkennen, aber sie sah genau, dass er den Zeigefinger an den Mund legte.

Der Padre schreckte aus seinem Gebet auf.
Er wusste, wer dort den Berg hinaufkam.
Sie hatte ihn gefunden.
Und er hatte es nicht anders erwartet.

Schließlich gehörte Gwendolyn zu ihm. Und sie musste dabei sein, wenn es so weit war. Sie würde ihre Reinheit wiederfinden.
Der Herr hat gefügt, dass sie mit ihm zusammen das große Ereignis erlebte.
Der Herr hat sie an die Hand genommen …
Der erste Schritt war, dass sie in Paris nicht gesungen hatte. Dass sie abgelassen hatte von der Oper und ihrer entwürdigenden Art, die heilige Musik in den Schmutz zu ziehen.
Unten öffnete jemand die Tür.
Der Padre zog einen Vorhang zur Seite und tastete sich zu einem kleinen Betstuhl. Er griff nach dem Stoff und zog ihn hinter sich zu.
Im unteren Raum wurde gesprochen.
Gwendolyn war nicht allein. Wer war mit ihr gekommen? Volpone?
Nein.
Er war es.
Der Padre freute sich darüber.
Zufrieden versenkte er sich wieder ins Gebet.

44

Lenau hatte einen Lichtschalter gefunden, und plötzlich flammte eine Lampe auf, die an der Decke angebracht war. Der Raum nahm die gesamte Grundfläche des Turms ein. Er war bis auf ein paar Bilder an der Wand leer. Im hinteren Bereich führte eine Wendeltreppe nach oben.
Sie gingen hinein, und Gwen nahm die Bilder näher in Augenschein. Die meisten waren gerahmte Notenblätter und die Reproduktion eines Gemäldes, das Gwen nur allzu gut kannte. Es war das Porträt von Johann Sebastian Bach, auf dem der Komponist das kleine Notenblatt in Händen hielt.
In Gwen erstarben alle Zweifel.
Hier waren sie richtig. Bis eben hatte sie noch immer nicht wirklich daran geglaubt, obwohl sie den Zweifel, den sie an Lenaus Theorien hegte, aus reiner Ratlosigkeit zurückgeschoben hatte.
Aber es stimmte. Alles stimmte.
Sie ging auf die Wand zu und nahm die eingerahmten Notenblätter in Augenschein. Das Schriftbild wirkte so ähnlich wie das auf der Partitur, die im Grab ihres Vaters gewesen war.
Gwen ging zur Treppe und blickte hinauf, aber der obere Bereich lag im Dunkeln.
Das Tor war verschlossen gewesen. Kein Fahrzeug stand auf dem Hof. Sie waren allein. Ganz bestimmt. Sie konnten sich in Ruhe umsehen.
Vielleicht war Haas ja doch in Paris.
Die Angst, die sie gepackt hatte, machte einem Gefühl von Entschlossenheit Platz.
Die Wendeltreppe war aus Metall und nicht besonders breit. Sie quietschte und ächzte, als sie langsam hinaufstiegen.

Wenn Haas hier wäre, hätte er sich längst zu erkennen gegeben, dachte Gwen, und sie spürte, wie sie dieser Gedanke beruhigte.
Nacheinander erreichten sie den oberen Treppenabsatz und standen wieder im Dunkeln. Nur ein schwacher Rest der Beleuchtung vom unteren Raum drang herauf.
Ob Haas hier wirklich lebte? Oder war das hier nur eine Art Arbeitsraum? Eine Art Rückzugsgebiet, wo er sich seinen Forschungen widmen konnte?
Sie fröstelte. Es war kalt und zugig hier. Sie konnte sich nicht vorstellen, dass man in dem Turm wohnen konnte.
Lenau hatte sich von ihr entfernt, und nun ging auch hier oben das Licht an.
Der obere Raum war kleiner, denn das Rund war in der Mitte durch eine Zwischenwand getrennt, in der es so etwas wie eine Tür gab – allerdings hinter einem dunklen Vorhang verborgen.
Die Wände bestanden aus unverputzten Natursteinen. In der Mitte des Raums befand sich ein Tisch mit einem Computer. Der Arbeitsplatz wirkte in dieser Umgebung geradezu anachronistisch.
Die Tastatur war ordentlich vor den Flachbildschirm geschoben, die Maus lag daneben. Daneben stand etwas, das Gwen selten an einem Computer gesehen hatte. Ein Mikrofon.
Lenau schritt auf den Tisch zu und schaltete das Gerät ein.
»Einen Computer hätte ich hier nicht erwartet«, sagte Gwen.
Lenau nahm auf dem Stuhl Platz.
»Warum?«, fragte er. »Ich habe Ihnen doch gesagt, worum es geht. Es geht darum, etwas auszurechnen. Dafür sind Computer die besten Hilfsmittel.«
»Wenn das stimmt, was Sie sagen, hat Haas alle Werke von Bach, die er finden konnte, analysiert, um nach bestimm-

ten Botschaften zu suchen. Aber wo sind dann die Partituren? Ich hätte erwartet, ein großes Archiv vorzufinden.«

»Es gibt für diesen Zweck kein besseres Archiv als eine Festplatte«, erwiderte Lenau, der das Gerät nicht aus den Augen ließ.

Der Computer war gestartet. Lenau hatte kein Passwort eingeben müssen.

Plötzlich ertönte eine Stimme. »COMPUTER BEREIT«. Sie war aus den Lautsprechern gekommen, die in den Bildschirm integriert waren.

»Das Gerät verfügt über ein Spracheingabe- und -ausgabesystem«, sagte Lenau. »Sehr modern.« Er nahm die Maus und bewegte sie hin und her.

»Man braucht kein reales Notenarchiv, um die Arbeit zu tun, die Ihren Vater und Haas beschäftigt hat. Man kann die Notenblätter einscannen, die Bilder im Computer speichern und die Auswertungen gleich mit. Und genau das haben sie auch getan.«

Das Bild auf dem Monitor veränderte sich. Es erschien eine Grafik, die aussah wie ein Kreis, der aus einer dicken Linie bestand. Die Linie war jedoch nicht kompakt, sondern setzte sich aus einer riesigen Menge von kleinen schwarzen Punkten zusammen. In der Mitte zeigte das Bild eine kurze Notenzeile mit vier Noten.

»Was ist das?«, fragte Gwen.

»Die vier Noten in der Mitte müssten Sie nun kennen. B, A, C und H. Ich denke, sie haben hier die Funktion eines Logos. Dieser große Kreis drumherum ist viel interessanter.«

Lenau bewegte die Maus langsam über die winzigen Punkte. Neben dem Mauszeiger erschienen Sprechblasen, in denen etwas zu lesen war. Jedes Mal sagte die Computerstimme den Text auf.

»Kantate ›Christ lag in Todesbanden‹, Bach-Werke-Verzeichnis vier«, kam es aus dem Lautsprecher.

Lenau ließ den Zeiger weiterrutschen. »Weihnachtsoratorium, Bach-Werke-Verzeichnis zweihundertachtundvierzig.«

Gwen verstand: Jeder Punkt war ein Werk von Bach. Insgesamt waren es sicher über tausend. Die Grafik war nichts anderes als das Bach-Werke-Verzeichnis, allerdings in einer seltsamen Anordnung.

»Schauen wir, was dahintersteckt«, sagte Lenau.

Er nahm sich willkürlich einen Punkt vor und klickte zweimal. Das Bild mit dem Kreis verschwand, und nach einigen Sekunden erschien eine Art Tabelle, in die nicht nur Zahlen, sondern auch Notengruppen und Anmerkungen eingetragen waren.

»Auswertung Weihnachtsoratorium«, vermeldete die Stimme des Computers.

»Fantastisch«, entfuhr es Lenau. »Hier haben wir Untersuchungen von jedem einzelnen bekannten Bach-Werk.«

Lenau führte den Mauszeiger zu einem anderen Symbol und klickte.

Es erschienen Noten. Die Partitur des Eingangschors: *Jauchzet, frohlocket*. Auf der einen Seite die Wiedergabe von Bachs Handschrift, auf der anderen die moderne Druckausgabe.

Ein Pfeil führte Lenau zurück, und da war wieder die Tabelle.

»Hier haben wir mathematische Zusammenhänge bezüglich der Anzahl der Takte, der Noten, einzelner Themen oder anderer Notengruppen, es sind bestimmte Motive hervorgehoben und analysiert … Im Eingangschor des Weihnachtsoratoriums dreht sich zum Beispiel alles um die heilige Zahl Drei: Das Stück steht im Dreiachteltakt, die Gesamtform ist dreiteilig, und die Partitur ist so notiert, dass die Taktzahl zweihunderteins beträgt – eine Zahl, deren Quersumme wieder drei ergibt. Das ist ein wahres Lebenswerk … Und es war nur noch die fünfte Passion, die Haas gefehlt hat, um es zu vollenden und um das Geheimnis der Zahl der Tage zu lüften …«

»Ist diese Passion auch in dieser Datenbank enthalten?«

»Das habe ich mich auch gerade gefragt.«

Lenau klickte auf einen Button mit der Aufschrift »Zurück« und gelangte wieder zu der Grafik mit dem Kreis.

»Ich frage mich allerdings, wie ich in dieser Wolke das richtige Werk finden soll.«

Er ließ die Maus über die Punkte gleiten. Der Computer meldete jedes Mal eine andere Komposition, die Lenau gerade getroffen hatte.

»Kantate ›Lobe den Herrn, meine Seele‹, Bach-Werke-Verzeichnis neunundsechzig.«

»Choralbearbeitung ›Von Gott will ich nicht lassen‹, Bach-Werke-Verzeichnis sechshundertachtundfünfzig.«

»Matthäuspassion, Bach-Werke-Verzeichnis zweihundertvierundvierzig.«

»Hier haben Sie eine Passion«, sagte Gwen. »Dann kann doch die andere nicht weit entfernt sein.«

Lenau schüttelte den Kopf. »Ich glaube nicht, dass die Werke nach Gattungen angeordnet sind. Der Kreis folgt einem anderen Prinzip, ich weiß aber nicht, welchem.«

Es war, als würde man in einer Aufnahme einer Weltraumgalaxie die Erde suchen. Jeder einzelne Punkt war wie eine Sonne oder ein Sonnensystem, in dem sich wieder einzelne Planeten fanden.

Lenau ließ die Maus los, lehnte sich zurück und starrte auf den Bildschirm.

»Vielleicht sind auch wirklich nur die zweifelsfrei echten oder bekannten Werke in der Datenbank.«
»Lassen Sie mich mal«, sagte Gwen.
Sie tauschten die Plätze, und sie fuhr langsam über die Punkte.
»Wo hatten Sie die Matthäuspassion gefunden?«
»Ganz unten. Genau an der Basis des Kreises.«
»Versuchen wir, das Ganze doch mal grafisch zu sehen. Der Kreis hat sicher einen Sinn. Gehen wir mal ganz nach oben. In den Zenit.«
Gwen tastete sich mit der Maus an die richtige Stelle, und der Computer gab den Treffer aus.
»Johannespassion, Bach-Werke-Verzeichnis zweihundertfünfundvierzig.«
»Sie liegen außen, sehen Sie?«
Sie suchte weiter, immer den Rand entlang.
An der rechten oberen Seite – etwa da, wo auf der Uhr die Zwei war – wurde sie wieder fündig.
»Markuspassion, Bach-Werke-Verzeichnis zweihundertsiebenundvierzig.«
»Sehr gut«, sagte Lenau. »Gehen Sie jetzt auf die andere Seite.«
Gwen suchte in der Region weiter, wo die Zehn gewesen wäre.
»Lukaspassion, Bach-Werke-Verzeichnis zweihundertsechsundvierzig.«
»Und jetzt?« Gwen nahm die Hand von der Maus. Sie war ratlos. »Wo kann sich die fünfte Passion verbergen?«
»Ist Ihnen nicht aufgefallen, dass sich die Punkte der vier bekannten Passionen nicht gleichmäßig auf die vier Ränder des Kreises verteilen?«
»Sie meinen, es ist nicht verteilt wie bei einem Kompass: Westen, Osten, Süden, Norden …«

»Nur bei der Matthäuspassion. Sie liegt sozusagen im Süden. Die Johannespassion im Norden. Trotzdem gibt es eine gewisse Regelmäßigkeit.«
»Aber die beiden anderen Passionen liegen etwas höher.«
»Weil die imaginäre Figur ein Kreuz darstellt. Matthäus- und Johannespassion sind die Endpunkte des senkrechten Balkens, die beiden anderen Passionen die des waagerechten. Ich frage mich, ob sich diese Anordnung des Kreises aus den Berechnungen der Werke ergibt oder ob sie willkürlich geschah. Unglaublich. Die Passionen bilden ein Kreuz.«
»Aber wo ist denn nun die fünfte Passion?«, fragte Gwen.
»Dort, wo sich die Balken treffen. Wo sich auf einem Kreuz Jesu Haupt befinden würde. Etwas tiefer als die Johannespassion. Auf der Unterseite der dicken Linie.«
Gwen griff nach der Maus. Langsam schob sie den Zeiger an die richtige Stelle.
Dann klickte sie.
Die Stimme meldete sich.

»Weimarer Passion. Bach-Werke-Verzeichnis deest.«

»Was heißt *deest*?«, fragte Gwen.
»Das ist lateinisch und heißt ›nicht enthalten‹. Das Werk gibt es in der Forschungsliteratur ja nicht.«
Gwen spürte, wie ihre Handfläche feucht wurde. Dann drückte sie zweimal die linke Maustaste.
Der Computer rechnete ein paar Sekunden, und das Bild auf dem Monitor veränderte sich.

Der Padre hatte sein Gebet längst beendet und hörte zu, was nebenan gesprochen wurde.
Er kniete immer noch in dem Betstuhl – reglos und still.

Gwendolyn erwies sich tatsächlich als gelehrige Schülerin. Gleich werden sie die Entdeckung machen, dachte der Padre, und ein Gefühl der Befriedigung durchrann ihn. Und es schien, als hätten beide zum Glauben gefunden, der notwendig war, um sich auf das Ereignis, das vor ihnen lag, angemessen vorzubereiten.

45

Als Monsignore Brown erschien, erschrak Trazzini wie jedes Mal, wenn er das Gesicht des päpstlichen Sekretärs sah. Es sah aus wie eine Kraterlandschaft. Es wirkte maskenhaft und war mit vielen winzigen Narben übersät.

»Eure Eminenz«, begann Brown. »Guten Morgen. Was führt Sie zu so früher Stunde zu mir?«

Der Sekretär wirkte nicht im Mindesten müde oder übernächtigt. Im Vatikan ging das Gerücht, dass er nicht nur wenig, sondern überhaupt keinen Schlaf brauchte.

Trazzini versuchte, seine Nervosität zu unterdrücken. Er war immerhin Kardinal und dieser Brown nur ein einfacher Priester. Aber das war leichter gesagt als getan. Der Blick des Monsignore gab einem den Vorgeschmack auf das Jüngste Gericht.

Der Kardinal schluckte. Er klaubte im Kopf zusammen, was ihm Haas erklärt hatte.

»Es geht um ein Förderprojekt«, brachte er hervor.

Brown zog eine Augenbraue hoch.

»Wie bitte?«

»Der Vatikan fördert seit Jahren ein ganz bestimmtes Forschungsprogramm …«

»Der Vatikan unterstützt Tausende solcher Projekte. Ist das ein Grund, nachts vor den Privatgemächern des Heiligen Vaters aufzutauchen?«

»Das Projekt, um das es geht, hat mit den grundsätzlichen Fragen unserer heiligen katholischen Kirche zu tun. Und es hat heute Nacht entscheidende Ergebnisse gebracht.« Der Kardinal räusperte sich und fügte hinzu: »Ergebnisse, die den Heiligen Vater interessieren dürften. Und die wir ihm umgehend mitteilen sollten. Die Sache duldet keinen Aufschub.«

»Worum geht es?«

Der Kardinal sah sich um. In Hörweite stand ein Soldat der Schweizergarde.

»Könnten wir das nicht drinnen …?«

»Geben Sie mir bitte ein Stichwort.«

Der Kardinal machte dem Monsignore ein Zeichen, sich zu ihm zu beugen. Dann flüsterte er ihm ein paar Sätze ins Ohr.

Als Brown sich wieder aufrichtete, schien sich sein Gesichtsausdruck nicht verändert zu haben. Er wirkte nach wie vor wie versteinert. Den kann wohl nichts erschüttern, dachte Trazzini.

»Das muss ich überprüfen«, sagte der Monsignore.

»Überprüfen? Was meinen Sie damit? Es geht um Stunden, vielleicht Minuten. Mit dieser Nachricht werden wir die ganze Welt in unsere Arme zurückbringen. Wie eine verlorene Schafherde, die zu ihrem Schäfer zurückfindet, werden die Menschen …«

Brown legte dem Kardinal eine Hand auf die Schulter. Er ließ sich von Trazzinis plötzlichem Ausbruch nicht mitreißen. »Ich verstehe, was Sie meinen. Aber wie ich schon sagte …«

Sie näherten sich wieder der Tür.

»Warten Sie bitte hier.«

Die Tabelle bestand nur aus wenigen Zeilen, und sie enthielt auch eine Gruppe von Noten.

Gwen erkannte das vatikanische Fragment, dessen Fotokopie ihr Vater in seinem Arbeitszimmer gehabt hatte. Unter den Noten war Text vermerkt. Auf den ersten Blick hätte man denken können, dass es sich um einen

Gesangstext handelte, aber es war die Analyse, die Gwen schon kannte.

DIE ZAHL DER TAGE

APOKALYPSE

Eine Zeile tiefer hatte der Computer eine andere Zahl vermerkt, die sehr lang war.
Die Zahl der Tage: 721.537 = Anzahl der Noten in der Passion.
»Mein Gott«, entfuhr es Lenau.
»Was ist los?«
»Das ist unmöglich. Das wäre ein Riesenzufall, wenn …«
Lenau war blass geworden, und auf seiner Stirn zeigten sich Schweißtropfen. Was war mit ihm los? Sie hatte geglaubt, dass er ein Mensch war, den nichts aus der Ruhe bringen konnte. Und nun wurde er nach all diesen Abenteuern, die sie durchgestanden hatten, nervös, weil er eine Zahl sah?
Er griff in die Tasche seines Jacketts und holte etwas heraus. Ein Notizbuch, so kam es Gwen jedenfalls vor. Lenau las kurz darin, dann wandte er sich wieder dem Computer zu und rief das Rechenprogramm auf. Er tippte lange Zahlen in das Feld und rechnete etwas aus.
Er sah Gwen an, und etwas hatte sich in seinem Gesichtsausdruck verändert. Nun lag bittere Enttäuschung darin.
»Wir sind von der Theorie ausgegangen, dass in der Partitur die Zahl der Tage verborgen ist«, sagte er. »Die Zahl der Tage, die vergehen, bis Jesus Christus wiederkehrt … Haas ging wohl davon aus, dass es sich um die Anzahl der Noten in der gesamten Passion handelt. Diese Zahl sollte die Zahl der Tage sein, die vergeht, bis Jesus nach seiner

Himmelfahrt zurückkehrt. Um diese Zahl genau zu bestimmen, brauchte er die Partitur, die Ihr Vater entdeckt, aber verborgen hat. Er musste die Noten zählen und sie zu den schon gewonnenen Erkenntnissen addieren. Es sind genau 721.537.«

»Aber wir haben die Partitur in Paris übergeben. Wie kommt die Zahl hier in den Computer?«

»Vielleicht kann man das Programm auch über das Internet aktualisieren«, sagte Lenau. »Aber was viel wichtiger ist … Die Zahl kann nicht stimmen.«

»Woher wollen Sie das wissen?«

»Welches Datum haben wir heute?«

»Es ist nach Mitternacht. Wir haben den 16. November 2008.«

»Die Theologen der Barockzeit gingen davon aus, dass Jesus Christus am 7. April im Jahre 33 gekreuzigt wurde. Wenn man dieses Datum zugrunde legt, kommt man auf den 6. November. Es ist also bereits vorbei.«

»Es ist ja auch nur eine Theorie. Immerhin haben wir ein bedeutendes, neues Werk von Bach vor uns. Ist das nicht genug?«

»Nein«, murmelte Lenau. »Das ist es nicht.«

Gwen überlegte, und sie klaubte all ihr Wissen über die Passionsgeschichte zusammen. »Und was ist, wenn es gar nicht um die Zahl der Tage nach der Himmelfahrt geht, sondern um die Zahl der Tage nach der Kreuzigung?«

Lenau schüttelte den Kopf. »Es passt auch nicht, glauben Sie mir. Ich habe jahrelang Berechnungen angestellt … sehr ausführliche Berechnungen …«

Gwen sah ihn an. Worüber reden wir hier eigentlich, dachte sie. Woher will man eigentlich so genau wissen, wie viele Tage nach Christi Himmelfahrt vergangen sind? Kann man das überhaupt ausrechnen? Natürlich konnte man das … Aber nur wenn man sich auf ein konkretes historisches Datum versteifte, von dem man dann ausgehen musste. Aber war das nicht absurd? Es gab eine ganze Reihe von Wissenschaftlern, die sogar daran zweifelten, dass Jesus wirklich gelebt hatte. Und nun sollte man ausrechnen können, an welchem Tag genau er gestorben war und wann er als Messias wiederkehrte?

Es ist nur ein Gedankenspiel, sagte sich Gwen. Nur eine seltsame Theorie aus den Urzeiten der christlichen Theologie. Lenau schien es jedoch ernst zu nehmen. Er wirkte, als würde jeden Moment der auferstandene Jesus Christus zur Tür hereinspazieren …

Und nun war er enttäuscht, dass das errechnete Datum in der Vergangenheit lag, als wenn das alles wirklich passieren würde. Hatte er nicht selbst gesagt, wie viele Male solche Propheten schon gescheitert waren? Mussten sie nicht alle scheitern?

»Wir müssen Haas suchen und mit ihm sprechen«, sagte Lenau. »Ihn dingfest machen. Immerhin hat er Sie erpresst.«

In diesem Moment ertönte von der anderen Seite des Raums ein schleifendes Geräusch. Gwen drehte sich um und sah jemanden aus dem Vorhang treten. Sie erkannte ihn sofort, obwohl er mittlerweile deutlich älter geworden war.

»Ich glaube, da liegen Sie falsch, mein Herr«, war die Stimme zu vernehmen, die Gwen so oft in Angst und Schrecken versetzt hatte. Auch jetzt durchzuckte sie der Schreck, als sie Haas in die hellen Augen sah, die seltsam starr in den Raum blickten. Langsam machte Haas ein paar Schritte nach vorne. Sein schwarzes Gewand, aus dem der rosige Kopf mit dem weißen Haarflaum wie ein Fremdkörper herausragte, raschelte.

Haas blieb stehen. Offenbar fiel ihm das Laufen schwer. Mit der rechten Hand packte er den Griff eines Gehstocks, auf den er sich stützte.

»Ich denke, ich muss Ihnen da etwas erklären …«
Er sah Gwen nicht an, Lenau auch nicht. Die Augäpfel mit den hellen Pupillen rollten herum und fixierten seltsamerweise einen Punkt an der Decke.
Was ist mit ihm los, fragte sich Gwen. Dann fügte sich das Bild zusammen. Der Computer mit dem Mikrofon und der Sprachausgabe …
Erleichtert wurde ihr klar, dass von Haas keine Gefahr ausging.
Denn Haas war blind.

Volpone drosselte das Tempo, als er sich der Einfahrt an der Brücke über die Unstrut näherte. Die Scheinwerfer ließen den weißen Kies aufleuchten wie Schnee.
Als die steile Straße vor ihm nach oben knickte, gab er erneut Gas und jagte den Wagen den Berg hinauf. Das große dunkle Tor kam in Sicht. Volpone ließ den Motor laufen, holte den Schlüssel heraus und öffnete die beiden riesigen Flügel.
Als er wieder im Auto saß, überlegte er, ob er das Tor schließen sollte, aber dann entschied er sich dagegen.
Niemand würde wohl durch dieses Tor kommen. Und er und der Padre würden auch sicher nie mehr durch dieses Tor gehen.
Wie würde die Wiederkunft des Herrn vonstattengehen?
Was hatten er und der Padre zu erwarten?
Seltsam, dachte Volpone. Es gibt so viele Abbildungen und Schilderungen der Kreuzigung, der Hölle, es gibt Visionen des Jenseits und des Paradieses, aber wie die Wiederkunft des Herrn ablaufen würde – darüber hatte sich niemand ernsthaft Gedanken gemacht.
Natürlich hatte Volpone die Apokalypse des Johannes gelesen. Doch die schwerfälligen Metaphern von Reitern und von einem Blutsee, von einem Lamm, das sieben Siegel an

einem Buch öffnete, konnte man doch nur metaphorisch verstehen. Man konnte es nicht wörtlich nehmen.
Was würde wirklich geschehen?
Würde der Herr tatsächlich am Himmel erscheinen?
Wäre er plötzlich unter den Menschen, und die Menschen würden ihn auch erkennen?
Wenn sie ihn nicht erkannten, dann hatte das ganze Jüngste Gericht keinen Sinn. Was war das für ein Gericht, wenn man nicht wusste, dass man sich vor einem Richter befand?
Der Padre hatte Volpone erklärt, dass der Jüngste Tag vielleicht ähnlich verlaufen konnte wie vor rund zweitausend Jahren die Kreuzigung. Dass man den Richter verhöhnen würde, weil man ihn gerade nicht erkannte. Dass man ihn sogar wie einen Angeklagten behandelte. Nur dass es diesmal der Allmächtige nicht hinnehmen würde. Er würde nicht noch einmal seinen Sohn zu sich nehmen. Er würde nicht noch einmal zweitausend Jahre warten. Es würde eine neue Heilsgeschichte geben, ein allerneuestes Evangelium, in dem die Heilige Schrift endlich ihren Abschluss finden würde.
Siehe, ich mache alles neu.
Volpone lenkte den Wagen auf den Vorplatz vor dem Turm. In der oberen Etage brannte Licht. Natürlich. Der Padre war wach und wartete auf ihn.
Aber er braucht kein Licht.
Er verließ den Wagen und öffnete die Eingangstür.
Da hörte er die Stimmen.
Der Padre war nicht allein.
Da war etwas nicht in Ordnung. So war das nicht geplant.
Volpone schlich zur Wendeltreppe.

46

Haas' Lächeln wirkte wie gefroren.
»Deine Berechnung ist falsch«, sagte er, und Gwen dachte zuerst, er würde sie meinen, doch er schien Lenau anzusprechen.
Er duzt ihn. Kennen sich die beiden etwa?
»Sie ist nicht falsch«, sagte Lenau. »Das muss ich am besten wissen.«
»Hast du nicht mehr parat, was im Oktober 1582 geschah?«
Ich bin in eine Falle geraten, dachte Gwen mit Schrecken. Sie kannten sich. Alle kannten sich. Sie gehörten alle zusammen. Sie hatten ihren Vater gemeinsam unter Druck gesetzt und umgebracht, und sie würden sie auch töten, wenn es ihnen nützte.
Sie hatte nur eine Chance. Sie musste unbemerkt ihr Handy herausziehen und die Polizei benachrichtigen. Plötzlich fiel ihr ein, dass das unmöglich war. Sie hatte ihre Tasche im Flugzeug gelassen.
Lenau senkte den Kopf wie ein Schüler, der vor einer Prüfung versagt hat.
»Zehn Tage«, sagte Haas. »Zehn Tage sind damals übersprungen worden, als man die Zeitrechnung vom Julianischen auf den Gregorianischen Kalender umstellte. Das Datum ist deiner Rechnung zehn Tage voraus. Nach dem alten Kalender hätten wir heute den 6.11.«
Lenaus Gesichtsausdruck veränderte sich. Gwen hatte so etwas noch nie erlebt. Es war wie in diesen Computeranimationen, die man manchmal in einem Werbefilm sah. Ein Mensch wurde in sekundenschnellem Übergang zu einem

anderen oder sogar zu einem Tier. Lenaus Selbstsicherheit, die er die ganze Zeit aufrechterhalten hatte, fiel von ihm ab. In seine Gesichtszüge kam Bewegung, und jetzt wirkte er nackt. Wie von einer starren Hülle befreit. Ein Mensch wurde unter dieser Hülle sichtbar, ein Mensch, den irgendetwas sehr bewegte. Noch konnte Gwen nicht erkennen, ob es großer Schmerz oder große Freude war.
»Rechne nach«, sagte Haas. Lenau nickte – offenbar besiegt. In einem Kampf, den Gwen nun nicht mehr verstand.
»Das Datum ist heute?«, sagte er schließlich, und seine Stimme war heiser. »Ist das wirklich wahr?«
»Wankelmütiger«, rief Haas. »Es ist heute. Alles fügt sich zusammen.«
Gwen traute ihren Augen nicht, als sie Lenau plötzlich auf die Knie sinken sah. Haas schlug das Kreuzzeichen über ihm. »Die Erlösung steht unmittelbar bevor, mein Sohn. Deine Erlösung ganz besonders.« Haas ließ eine Litanei auf Lateinisch folgen. Lenau blieb in der knienden Haltung und blickte zu Boden, die Hände gefaltet.
Dann wandte sich Haas Gwen zu. »Dich scheint das nicht zu beeindrucken, Gwendolyn. Ist dir denn nicht klar, was heute noch geschieht?«
Gwen wusste es. Sie war in einen Pulk Verrückter geraten, die tatsächlich glaubten, heute ginge die Welt unter. Heute kehre der leibhaftige Jesus Christus zurück. Heute sei das Jüngste Gericht.
Ihr Vater hatte sich davon blenden lassen. Vielleicht lag es an seiner Krankheit, vielleicht daran, dass er alt geworden war. Vielleicht – Gwen musste einen heftigen Schmerz in der Brust verkraften – lag es daran, dass er seine Tochter liebte, sie sich aber nicht um ihn kümmerte.
Lenau war ein Mann, der sich für esoterische Themen interessierte. Und er war nun auch angesteckt von den Be-

rechnungen, von den Geheimnissen, von den verschlüsselten Botschaften in Bachs Werk.

»Zweifelst du etwa an dem, was du erfahren hast?«, fragte Haas, und seine Stimme besaß durchaus eine freundliche Note, auf die man unter Umständen hereinfallen konnte. Aber Gwen hörte darunter sehr genau den Fanatismus, die Verbohrtheit, die Bereitschaft, schlagartig härteste Autorität herauszukehren und auch vor körperlicher Gewalt nicht zurückzuschrecken.

»Wir sind auserwählt«, rief Haas begeistert. »Du bist auserwählt. Begib dich in die Obhut des Herrn. Gib mir deine Hand.«

Haas streckte den Arm aus, und Gwen sah, wie sich eine faltige rosa Hand mit langen Fingernägeln näherte. Instinktiv wich sie zurück. Haas' schwarzes Gewand raschelte, als er ein paar Schritte auf sie zuging.

Ein Anfall von Panik und Ekel überwältigte sie wie eine Lawine.

Sie musste hier weg. Zurück zum Flugzeug. Zu ihrem Handy. Oder einfach die Straße entlang, bis sie auf Häuser traf …

Da hörte sie hinter sich ein Geräusch.

Sie konnte nicht anders, sie musste sich umdrehen, auch wenn sie Haas, der wie ein unheimliches Gespenst vor ihr aufragte, den Rücken zuwenden musste. Auf dem Abgang der Wendeltreppe stand Haas' Helfer.

Gwen verstand, dass es zu spät war.

»Volpone, mein Freund«, sagte Haas. »Du bist es doch, oder nicht?«

»Ich bin es, Padre«, sagte Volpone. In einer Hand hielt er eine Pistole.

»Wir haben Gäste bekommen. Sie wollen mit uns das Ereignis erleben. Natürlich freut mich das außerordentlich.

Leider haben wir durch die Botschaft, die uns nach Jahrhunderten erreicht hat, nur die Zahl der Tage erfahren. Die Zahl der Stunden ist nach wie vor im Verborgenen … Aber machen wir uns bereit.«
In Gwens Kopf überschlugen sich die Gedanken. Sie hatte von Sekten gelesen, deren Mitglieder Massenselbstmord begingen, weil sie sich einbildeten, der Jüngste Tag sei gekommen. Stand ihr jetzt so etwas auch bevor?
»Wir begrüßen das Ereignis auf der oberen Plattform des Turmes«, verkündete Haas. »Gehen wir hinauf.«
Lenau kniete noch immer und brauchte ein paar Sekunden, um zu reagieren. Doch dann erhob er sich. Ein verklärter Gesichtsausdruck lag auf seinem Gesicht. Gwen war klar, dass er der Idee, der Jüngste Tag stehe bevor, vollkommen verfallen war.
»Ich denke, ich werde vorgehen«, sagte Haas. »Volpone wird die Nachhut bilden.«
Zusammen mit Lenau hätte ich es vielleicht geschafft, gegen Haas und Volpone vorzugehen, dachte Gwen. Aber jetzt …
Ihr kam eine Idee.
»Warum muss Ihr Gehilfe uns mit einer Pistole bedrohen?«, fragte sie. »Ist das nicht völlig unangemessen?«
Der Padre hatte bereits die Wendeltreppe erreicht und drehte sich um.
»Tust du das, Volpone? Ich bitte dich, steck die Waffe weg. Sie ist nun nicht mehr nötig.«
»Ja, Padre.«
Der Mann gehorchte.
Trotzdem war die Sache nicht ausgestanden, das war Gwen klar. Was würde geschehen, wenn sie auf dem Turm standen und der Jüngste Tag trat nicht ein? Hatte sie dann nicht den Zorn dieser Verrückten zu befürchten?

Über die Treppe ereichten sie einen zweiten großen Raum, der eher nach einem Arbeitszimmer aussah. Während sich der Padre weiter nach oben tastete, ließ Gwen nervös ihren Blick schweifen. Es musste doch etwas geben, womit sie sich verteidigen konnte!
Aber die Dinge, die sie auf die Schnelle in dem Raum erkannte, waren zu nichts nütze. Papiere auf einem Schreibtisch. Darunter auch wieder Faksimiles mit Noten. Andere Noten gerahmt an den Wänden. Wieder dieses Dokument, das aus der Bibliothek des Vatikans stammte und das verschlüsselt die Worte »Die Zahl der Tage« enthielt.
Kein Wunder, dass der Padre es aufgehängt hatte. Es war letztlich der entscheidende Schlüssel zu dem Geheimnis. Ohne dieses Dokument hätten sie das Datum nie berechnen können.
Sie hätte eine Schere aus der Schreibtischschublade holen können. Aber der Schreibtisch war zu weit entfernt. Volpone, der hinter ihr die Treppe heraufgekommen war, würde sie sofort daran hindern.
»Kommen Sie«, rief Haas von oben. »Ich kann Sie zwar nicht sehen, aber ich höre genau, ob mir jemand folgt oder nicht.«
Lenau ging weiter, dann folgte Gwen.
Ein zweites Turmzimmer – ausgestattet mit einem Bett. Das war wohl Haas' Schlafraum. Er wirkte wie die Unterkunft eines Mönchs.
Er lebt hier tatsächlich, dachte Gwen. Wie ein Eremit.
Die Wendeltreppe endete auf einem niedrigen Zwischenstock. Von hier aus gab es nur noch eine schmale Leiter, die durch eine Luke in der hölzernen Decke führte.
Haas tastete sich vor. Mit seinem schwarzen Gewand erinnerte er an eine riesige Fledermaus.

Kälte und Feuchtigkeit kamen Gwen entgegen. Als sie die Plattform erreichte, lag Nieseln in der Luft.
Volpone steckte seinen runden Kopf aus dem Loch, und dann standen sie alle oben. Die Nacht begann sich langsam zurückzuziehen. Ein erster Hauch von grauer Dämmerung umgab sie. Hinter der steinernen Brüstung war der dunkle Schatten eines Waldgebiets zu erahnen.
»Hier sind wir den Sternen näher – und hier sind wir Ihm näher«, sagte Haas. »Weißt du, Gwendolyn, ich denke, du hast mittlerweile viel darüber gelernt, dass die Harmonie der Welt in den Sternen liegt und dass es einen tieferen Sinn besitzt, wenn wir sagen, dass das Reich Gottes im Himmel liegt …«
Gwen ließ ihn reden. Was sollte sie auch sonst tun?
»Nur ein, zwei Kilometer von hier befand sich einst das erste Planetarium der Welt. An dem Ort, wo man die Himmelsscheibe fand. Weißt du, dein Vater und ich – wir waren unser ganzes Leben davon fasziniert, wie die Musik die Ordnung des Kosmos abbildet. Viele Menschen fragen sich, wie man die Stimme Gottes hören kann. Ob man sie überhaupt hören kann. Dabei liegt sie einfach in der Harmonie der Dinge. Nirgends zeigt sich Gott so unmittelbar wie dort. Und in der Musik verbindet sich seine Sprache mit dem Ausdruck von Gefühlen. Ich denke, du hast das immer gespürt, doch ohne es zu wissen.«
Vielleicht war es gut, Zeit zu gewinnen. Sie musste Haas mehr über ihren Vater erzählen lassen. Schließlich war sie selbst auch neugierig und wollte mehr über ihn erfahren.
»Was ist mit meinem Vater geschehen?«, fragte sie. »Warum ist er tot? Warum … steht er nicht auch hier? Bei uns? Bei mir? Hätte er das nicht verdient?«
»Ein bedauerlicher Zwischenfall«, sagte Haas. »Wir besaßen nach all den Jahren endlich den letzten Mosaikstein, der das

ganze Geheimnis lösen konnte. Das letzte Stück der von uns über Jahrzehnte so fieberhaft gesuchten *Fünften Passion*. Doch dann geschah deinem Vater ein Missgeschick, das jeden Menschen treffen kann. Er bekam Angst. Sehr große Angst. Angst davor, dass Gott ihn strafen könnte.«

Gwen wusste, was Haas meinte. Lenau hatte es ihr erklärt. Man durfte das Datum nicht verraten. Und ihr Vater war krank geworden. Er hatte geglaubt, die Leukämie sei die Strafe Gottes.

»Und er hatte recht«, sagte Gwen. »Niemand darf das Datum wissen, und niemand darf es verbreiten. In der Bibel steht, dass Jesus sagte: Niemand weiß Tag und Stunde, nur der Vater.«

»Das sagte Jesus aber vor seiner Kreuzigung, Gwendolyn. Und du vergisst etwas: Die Kirche hat das Datum immer gewusst. Jesus hat mitgeteilt, wann er zurückkommt. Nur ist das Wissen leider nach und nach verloren gegangen, und immer mehr falsche Prediger bauten sich ihre eigenen abergläubischen Theorien darüber, wann es so weit sein würde. Das reicht bis in die jüngste Zeit. Es gibt Sekten, die immer wieder neue Daten des Weltuntergangs herausgeben, die sie dann nach hinten korrigieren müssen, weil sie nicht eintreten. Dabei gibt es das Datum wirklich, und es steht allein der katholischen Kirche zu, es zu verbreiten. Aber natürlich muss man sicher sein, dass es auch das richtige ist …«

Der Padre seufzte. »Und wir waren davon überzeugt, dass Bach das richtige Datum erfahren hat.«

»Von wem?«, fragte Gwen. »Von wem erfahren? Selbst wenn Jesus Christus etwas darüber gesagt hat, wie soll ein Mensch siebzehnhundert Jahre später davon erfahren?«

»Es gibt jemanden, der es kennt. Du bist in dem Keller gewesen, in dem dein Vater die Forschungsdokumente aufbewahrt hat. Ich glaube nicht, dass man bei dieser Person von einem Menschen sprechen kann.«

Gwen dachte nach. Die vielen Theorien. Der seltsame Prophet aus dem Krieg. Der Mann, der Dinge voraussehen konnte …

»Du weißt, was am Jüngsten Tag geschieht? Du hast die Apokalypse des Johannes gelesen?«

Gwen schwieg. Sie hatte vor langer Zeit in der Schule etwas über das Thema gelernt und diesen seltsamen Text mit seinen aberwitzigen Visionen auch gelesen, aber sie erinnerte sich kaum daran.

»Der Herr besiegt den großen Gegner. Den Antichristen. Im letzten großen Gefecht. Sein Feind ist Satan. Seit der Erbsünde liegt Gott mit Satan im Streit. Und Jesu Kreuzigung, sein Tod und seine Himmelfahrt waren der Beginn einer letzten Frist. Entweder Satan gewinnt den Streit um die Menschheit, oder die Menschheit wendet sich aus freien Stücken Gott zu. Und diese Frist ist jetzt um. Siehst du nicht, wie Satan in den letzten Jahrzehnten und Jahrhunderten immer mehr an Macht gewann? Spürst du nicht, wie die ganze Weltgeschichte auf das entscheidende, letzte Ereignis zusteuert? Satan hat uns sogar dazu gebracht, unsere eigene Erde, unsere Heimat zu zerstören. Sogar viele Menschen, die nicht an Gott glauben, gehen davon aus, dass die Apokalypse allein durch die Umweltzerstörung oder durch moderne Waffen kommt. Viele bringen das Wort Apokalypse sogar mit einer Naturkatastrophe in Verbindung, anstatt mit dem, was das Wort eigentlich bedeutet: die Wiederkunft.«

»Jesus soll Satan das Datum verraten haben? Und Satan ist Bach erschienen, damit er es in ein Musikstück einbaut?«

»Wir wissen nicht genau, wie es geschehen ist. Wir wissen nur, dass Bach ein Genie war. Dass er in der Lage war, viele Botschaften in seine ohnehin sehr komplizierte Musik einzuflechten. Dein Vater und ich erforschen dieses Phänomen seit Jahrzehnten. Wir begannen damit als junge Männer, als wir uns während des Studiums kennenlernten. All die Jahre haben wir Werke von Bach analysiert, wir haben unbekannte Bach-Werke in Archiven gefunden und sie unserer großen Sammlung einverleibt. Wir waren kurz vor dem Ziel, als dein Vater plötzlich aus Angst den Rückzieher machte. Ich versuchte ihn zu überreden. Ich versuchte, ihn dazu zu bringen, uns weiterzuhelfen, doch es war vergeblich. Er teilte uns mit, dass er das Material an einem unzugänglichen, geheimen Ort versteckt hat, und er starb unglücklicherweise an einem Herzinfarkt. Als die Materialien dann nach der Exhumierung auftauchten, war uns klar, was für ein geheimer Ort das war.«

Gwen stellte sich vor, was Haas damit meinte, dass sie ihren Vater überredet hätten. Der Herzinfarkt war sicher nicht von ungefähr gekommen.

»Sie haben ihn umgebracht«, rief Gwen. »Oder Ihr Gehilfe hier, der sich Volpone nennt.«

»Er ist an Herzversagen gestorben«, beharrte Haas.

»Und warum haben Sie dann einen Selbstmord vorgetäuscht?«

Volpone musste ihren Vater irgendwie zu Tode gequält haben. Wahrscheinlich hätte man anhand des Tatorts oder der Leiche feststellen können, wie das geschehen war. Spuren mussten verwischt werden …

»Was geschehen ist, ist geschehen«, sagte Haas. »Lass uns im Angesicht des heutigen Tages versöhnlich sein. Gott hat uns ein Zeichen gegeben, als er mich vor über fünfundzwanzig Jahren das Dokument finden ließ, das die entscheidende Botschaft enthält.«

»Tatsächlich? Wie ist das denn vonstattengegangen?«, fragte Gwen, und sie konnte einen gewissen Spott in ihrer

Stimme nicht unterdrücken. »Hatten Sie plötzlich eine Eingebung? Wussten Sie mit einem Schlag die Nummer der Signatur, wo sich das Dokument befindet?«

»Es war am 13. Mai 1981. Weißt du, was für ein Tag das ist, Gwen? Der 13. Mai ist der Fatima-Tag. Der Tag, an dem der Menschheit schon einmal eine große Prophezeiung geschenkt wurde. Und an diesem 13. Mai geschah noch etwas anderes. Es gab in Rom ein Attentat auf den Heiligen Vater.«

Gwen hatte davon gehört. Bewusst miterlebt hatte sie das Ereignis nicht. Sie war damals erst drei Jahre alt gewesen.

»Wie viele andere Gläubige auf der ganzen Welt war ich in tiefster Seele erschüttert. Damals arbeitete ich in der päpstlichen Musikbibliothek in Rom, und ich beschäftigte mich seit über dreißig Jahren mit den Künsten des Kontrapunkts. Ich hatte dieses Fach früher an der Musikhochschule studiert, und ich komponierte umfangreiche Etüden. So habe ich dann auch bemerkt, dass die Melodielinie auf dem Dokument zu Bachs Chor ›Oh, Mensch, bewein dein' Sünde groß‹ passt. Wie ein Cantus firmus, verstehst du. Wie ein Grundgesang in langen Noten, der hinter dem komplizierten Gewebe des Stückes liegt. In dieser Nacht nach dem Attentat, als ich in Tränen auf meinem Lager lag, begegnete mir diese Melodie … Weißt du, Gwen, die Noten ergeben nicht nur die Zahlen, aus denen wir dann die Wörter ›Die Zahl der Tage‹ oder das Wort ›Apokalypse‹ herauslesen können, sondern es steckt noch viel mehr darin. Einzelne Noten dieser Linie kommen immer wieder in Bachs Werken vor – in einzelnen Themen und Motiven an bestimmten herausragenden Stellen. Als seien diese Noten ein Siegel, das Bach seiner Musik aufdrücken wollte. Ein Zeichen, das dem Eingeweihten sagen will: Diese Musik steht in ihrer Gesamtheit für einen ganz besonderen Zweck. Sie will die Menschheit mahnen, sie warnen. Ihr mitteilen, dass sie sterblich ist. Dass der Mensch klein ist, und Gott und das Universum sind groß. Diese Botschaft fühlen wir, wenn wir Bachs Musik hören. Aber Bach hat sie nicht nur für hörende und empfindende Menschen in seine Musik eingebaut, sondern auch als Chiffre. Selbst wenn man taub wäre, und man würde seine Musik nur lesen, anstatt sie zu hören, würde man diese Chiffre erkennen. Welch ein universaler Meister Bach doch war! Stell dir vor, jemand malt ein Bild, dessen Sinn Blinde erfassen können. Bach hat eine Musik geschrieben, dessen Sinn auch taube Menschen verstehen …«

Haas unterbrach sich in seinen Ausführungen, in denen Gwen so einiges von dem wiedererkannte, was sie auch früher von ihrem Vater über Bach gehört hatte.

»In der Nacht hatte ich eine Vision«, fuhr er fort. »Eine engelsgleiche Stimme sang mir diese Melodie vor – in reinen langsamen Tönen. Es war ein herrliches Erlebnis. Ich konnte die Person, die da sang, nicht erkennen. War es die Jungfrau Maria? Vielleicht. War es eine Ahnung von der Künstlerin, die du eines Tages werden würdest? Auch auf diese Frage kann ich nur mit vielleicht antworten. Am nächsten Morgen, nach dieser Nacht, die mit so viel Verzweiflung begann und mit so viel Glück endete, brachte ich die Linie zu Papier. Und es dauerte nur wenige Tage, da hatte ich schon so viele Geheimnisse aus ihr herausgeholt, dass mir geradezu schwindlig wurde.«

Er schien seinen Erinnerungen nachzuhängen. Hinter ihm erwachte das Bild der weiten Landschaft. Es war jetzt schon viel heller. Volpone und Lenau hingen nach wie vor voller Bewunderung an Haas' Lippen, aber Lenau hatte sich verändert. Sein verklärter Gesichtsausdruck schien verschwunden zu sein. Gwen dachte darüber nach, was Haas gesagt hatte.

»Sie haben die Noten selbst aufgeschrieben?«
»Ich konnte damals noch sehen, Gwendolyn. Ich habe mein Augenlicht erst später verloren. Bei einem Unfall.«
»Das meine ich nicht. Die Noten stammen doch aus dem Vatikan. Ich habe den Stempel selbst gesehen. Und die Handschrift sah aus wie die von Bach. Eben haben Sie gesagt, die Melodielinie sei Ihnen nachts eingefallen und Sie hätten sie aufgeschrieben. Wo kommt dann Bachs Handschrift her?«
Plötzlich erinnerte sich Gwen an ein Detail, das ihr aufgefallen war, als sie hier auf diesen Turm gestiegen waren. Die Noten, die gerahmt in einem der unteren Räume hingen. Gwen hatte geglaubt, sie zeigten die Kopie der Noten, die sie auch gesehen hatte. Die Kopien aus dem Vatikan. In Wirklichkeit waren sie verschieden groß, und das Schriftbild hatte sich unterschieden. Ihr kam ein Verdacht. Wenn er sich bewahrheitete …
Es ist nur diese eine Linie, die das ganze Gedankengebäude von der *Fünften Passion* und der darin angeblich enthaltenen Botschaft trägt, dachte sie.
Es ist nur dieses eine Dokument.
Und dieses eine Dokument ist eine Fälschung! Er hat es selbst zugegeben.
»Ich habe deinem Vater von der Entdeckung erzählt«, fuhr Haas fort, der offenbar nichts von dem bemerkte, was in Gwens Kopf vorging. »Ich habe ihm gesagt, dass wir einen entscheidenden Durchbruch in unseren Forschungen erreicht haben. Und dass es kein Zufall sein kann, dass dies genau an dem Tag geschah, als der Heilige Vater von den Mächten des Satans fast getötet worden wäre – und wie durch ein Wunder überlebte. Dass es eine Mahnung ist. Dass es eine Mahnung an uns ist, das Werk zu vollenden, durch die große Botschaft die Menschheit wieder in ihrer

Gesamtheit in den Schoß der Kirche zu bringen … Aber dein Vater hat erwartet, eine Handschrift vorgelegt zu bekommen. Er war kleingläubig. Stell dir vor: Ich erhalte in einer Vision den Schlüssel, der die Musik von Bach endlich aufschließt, und er verlangt, dass diese Noten in der Handschrift von Bach vorliegen müssen, bevor er das anerkennt.« Haas schüttelte den Kopf. »Er verlangte von mir, die Echtheit zu beweisen. Aber die Echtheit zeigt sich doch nicht darin, dass Bach diese Noten tatsächlich niedergeschrieben hat. Es geht um den Geist, der in ihnen steckt. Er wusste wie ich, dass die Regeln des Kontrapunkts sehr kompliziert sind. Und wenn nach diesen Regeln eine Stimme zur anderen passt, dann ist der Geist der einen Stimme im Geist der anderen bereits enthalten. Es kann kein Zufall sein, dass beides zusammenpasst. So wie die Idee von Weiß in Schwarz enthalten ist. Die Idee des Lichts in der Dunkelheit. Eine Farbe, die in die Welt kommt, bringt bereits die Idee für alle anderen Farben mit. Eine schwingende Saite beinhaltet das ganze Spektrum der Musik. Verstehst du, Gwen? Das ist das ganze Geheimnis. Und mir wurde als Auserwähltem ein Kontrapunkt eingegeben, der zu den komplexesten Werken der Musik noch eine Stimme hinzufügt und der darüber hinaus auch noch eine elementare theologische Botschaft enthält. Und dein Vater glaubte mir nicht … In diesem Punkt war er wirklich verstockt.«
»Was haben Sie dann getan?«, fragte nun Lenau, und Gwen war überrascht, seine Stimme zu hören.
»Ich konnte ihn überzeugen«, erwiderte Haas.
Lenau sprach weiter. »Sie konnten ihn überzeugen, indem Sie zu Feder und Papier griffen und Bachs Handschrift fälschten. Sie haben sich so lange mit Bach beschäftigt, dass Sie nicht nur in seinem Stil komponieren konnten, sondern dass Sie auch seine Handschrift beherrschten.

Trotzdem wäre der Schwindel aufgeflogen, wenn man das Originaldokument hätte sehen wollen. Echtes Papier aus dem 18. Jahrhundert ist ja schwer nachzumachen. Und die vertrocknete Tinte ebenso. Ihre Fälschung hätte Untersuchungen dazu nicht standgehalten. Sie haben daher auf Ihre Handschrift den Stempel der Vatikanischen Musikbibliothek gedrückt, zu dem Sie ja Zugang hatten, und Sie haben Herrn Fischer eine Kopie geschickt – mit dem Hinweis, dass sie das Original nicht herausgeben können. Und er war damit zufrieden.«

Haas' kalter Blick schien frostige Pfeile zu verschießen. »Er war ungläubig.«

»Immerhin haben Sie ihn dazu gebracht, mehr als fünfundzwanzig Jahre lang seine Forschungen voranzutreiben und die *Fünfte Passion* zu suchen, um ihre Botschaft zu entschlüsseln. Ausgehend von einer Fälschung. Es gibt keine Botschaft, Herr Haas. Und es gibt keinen Jüngsten Tag. Jedenfalls nicht heute. Und ich glaube manchmal, es wird ihn nie mehr geben.«

Lenaus Stimme wurde brüchig und weich, und plötzlich geschah etwas, das Gwen vollkommen überraschte. Er brach in Tränen aus.

47

Immer wieder tauchten Menschen auf dem Gang auf, wo Trazzini auf einem unbequemen Stuhl warten musste. Sie flüsterten miteinander, als hätten sie eine seltsame, unglaubliche Botschaft erfahren. Es waren Männer und Frauen, und sie waren in weite Gewänder aus grobem Stoff gekleidet und gingen barfuß.

Sie kommen von einem seltsamen, abgelegenen Orden, dachte Trazzini, und er ärgerte sich darüber, dass ihm nicht einfiel, welcher Orden das war.

Als Kardinal musste er so etwas wissen.

Dann zuckte er zusammen. Etwas hatte ihn erschreckt. Und als er sich umsah, war der Gang dunkel und leer. Er war eingenickt und hatte geträumt.

Schritte näherten sich.

Nicht vom Gang her, sondern aus den Räumen hinter der hohen Tür, die plötzlich geöffnet wurde.

Trazzini erhob sich, so schnell es sein steifer Rücken zuließ, und mit einem Mal stand da der Heilige Vater, der ihn freundlich anlächelte. Brown war neben ihm und flüsterte ihm etwas ins Ohr, was den Heiligen Vater noch mehr zum Strahlen brachte.

Trazzini setzte an zu erklären, was er zu dieser frühen Stunde hier wollte, aber der Papst winkte ab.

»Kommen Sie«, sagte er nur. »Kommen Sie mit mir. Zum Morgengebet. Begleiten Sie mich und beten Sie mit mir zusammen. Ich denke, Sie haben es nötig.«

»Haben Sie nun eine Handschrift von Bach gefunden, die diesen Cantus firmus enthält, oder nicht?«, schrie Lenau. Seine Verzweiflung war in Zorn umgeschlagen.

»Es war eine Eingebung«, sagte Haas. »Sie werden sehen, dass ich recht habe. Der Heiland wird kommen. Er wird richten die Lebendigen und die Toten. Und er wird meinem Freund Volpone seine schweren Missetaten verzeihen. Volpone hat sich darum verdient gemacht, dass wir das Geheimnis in den Händen halten, dass wir es überhaupt in die Hände bekommen haben. Er hat getötet für diese Erkenntnis. Er ist ein großes Risiko eingegangen. Sein Seelenfrieden wäre in Gefahr, und außerdem sucht ihn die Polizei. Natürlich hätte ich nicht gedacht, dass wir alles genau an dem Tag entschlüsseln, an dem es geschieht. Ich hatte gedacht, wir könnten die Menschheit vorbereiten. Sie dadurch bekehren. Und vorher das Ergebnis mit all den anderen Prophezeiungen vergleichen, die wir in den zweitausend Jahren bereits erhalten haben.«

»Sie haben diese Handschrift nicht gefunden«, sagte Gwen. »Wachen Sie doch auf. Sie gründen Ihre Theorien auf einem Hirngespinst. Wie lange sollen wir hier oben noch stehen?«

Volpone versuchte dem zu folgen, was er da hörte. Er war kein Wissenschaftler, kein Intellektueller. Aber der Padre hatte ihm seine Theorien lange genug erklärt. Wie er das Dokument gefunden hatte, das alle Rätsel lösen sollte.

Was der Jüngste Tag mit diesem deutschen Komponisten zu tun hatte.

Dass der Padre die Noten, die die Grundlage für all diese Theorien waren, selbst geschrieben hatte, hörte Volpone jedoch zum ersten Mal. Und er wusste, wann jemand einen anderen betrügen wollte. Zu seinem Entsetzen war das gerade bei dem Padre der Fall.

Was der seltsame Schwarzhaarige und Gwendolyn Fischer sagten, leuchtete ein.

Und der Padre hatte es selbst zugegeben.

Eine unausweichliche Wahrheit. Enttäuschung.
Volpone sah sich wieder in dem römischen Vorort, wo er nach dem Gefängnisaufenthalt aus dem Bus gestiegen war. Dort, wo er das Geld versteckt hatte, stand nun ein gläsernes Hochhaus.
Die Angestellten in ihren schicken dunklen Anzügen schienen ihn mit ihren Blicken zu verspotten.
Du bist ein Verlierer, Volpone. Ein armseliger Verlierer, wusstest du das nicht?
Ein tiefer, dumpfer Schmerz breitete sich in Volpone aus, begleitet von einer Lähmung. Und dem furchtbaren Gefühl der Scham. Während er zusah, wie Haas sich mit den beiden stritt, wurde ihm klar, dass gerade seine große Hoffnung starb.
Die Hoffnung, auserwählt zu sein, bei der Rettung der Kirche eine entscheidende Rolle zu spielen. Die Hoffnung, noch heute in das Himmelreich zu kommen.
Alles schwand dahin, schrumpfte zusammen, und zurück blieb ein Gefühl, das Volpone hasste. Das Gefühl, ausgenutzt worden zu sein.
Sicher, man hatte ihn übers Ohr gehauen, betrogen, ihm Geld abgenommen – so, wie er es mit anderen getan hatte. Aber diese Verwirrung der Gefühle, die er jetzt erlebte, war neu.
Hätte ich den Padre damals bei der *corsa* nur getötet, dachte er. Was wäre mir erspart geblieben.
Und in diesem Moment überwand er seine Lähmung, und wie von selbst zog sich sein Zeigefinger zurück.
Er schoss.
Es tat gut, die Explosionen in seiner Hand zu spüren.
Er schoss wieder und wieder. Und ein Gefühl der Befreiung erfasste ihn.

48

Der Padre sank langsam in sich zusammen. Es wirkte wie in einer Zeitlupenaufnahme. Das starre Lächeln noch auf den Lippen, schien er keine Ahnung davon zu haben, was nun geschehen war. Vielleicht hielt er den Schuss für die endgültige Ouvertüre des Jüngsten Gerichts, auf das er so lange gewartet hatte.

Gwen traf ein Schlag von hinten. Es war Lenau, der sie zu Boden riss. Volpone wirkte vor dem grauen Morgenhimmel plötzlich wie ein Riese, als er abwechselnd auf den Padre und Lenau schoss. Sein Gesicht war von Hass verzerrt.

Die Falltür, dachte Gwen.

Ich muss die Falltür erreichen.

Sie kroch, so schnell sie konnte, auf die Klappe zu und zog an dem eisernen Ring. Bevor sie sich hinter dem dicken Holz verbarg, wandte sich Volpone um. Offenbar hatte er erst jetzt ihren Fluchtversuch bemerkt. Er riss die Waffe hoch, wieder knallten zwei trockene Schüsse, und Gwen spürte die Wucht der Einschläge auf dem schmalen Brett.

Die Leiter hinunter!

Volpone ging ein paar Schritte, steif wie ein Roboter, und tauchte hinter dem Holz auf, die Waffe weit von sich gestreckt. Die Mündung zielte auf Gwen. Sie schwang die Beine in die Öffnung und hielt sich nicht lange damit auf, vorsichtig hinunterzuklettern. Sie rutschte einfach mitten ins Nichts.

Das Holz der Treppenholme glitt durch ihre Hände. Ein stechender Schmerz im Knöchel, als sie unten aufkam.

Sie riskierte einen Blick nach oben. Die Klappe war geschlossen. Doch sie war sicher, dass ihr Volpone jeden Moment nachkommen würde.

Weiter.
Es war fast dunkel in dem Raum, die Fenster waren zu klein, um genug von der morgendlichen Dämmerung hereinzulassen. Gwen tastete sich zum Abgang der Wendeltreppe vor. Ihr Knöchel schmerzte bei jedem Schritt, aber sie biss die Zähne zusammen. Dann hatte sie es geschafft. Sie stand im untersten Raum vor der Tür.
Sie lauschte. Nichts.
Er weiß, dass er mich erwischen wird. So oder so.
Sie öffnete die Tür.
Die Helligkeit war nun so stark, dass Gwen über den gesamten Burghof schauen konnte. Bis zu der Stelle, wo die Straße in Richtung Tal abzweigte, waren es mindestens fünfzig Meter.
Eine ziemlich weite Strecke, um sie ohne Deckung zurückzulegen. Und das mit einer Fußverletzung.
Was sollte sie tun? Zurück ins Haus gehen, ein Telefon suchen und Hilfe holen? Oder über den Vorplatz rennen wie ein Hase, der einem Jäger vor die Flinte läuft?
Wo war Lenau? Was war mit ihm geschehen?
Sie brauchte nicht lange nachzudenken.
Ein Rauschen erfüllte die Luft. Es wurde lauter und lauter und wich einem trockenen Klatschen. Ein unterdrückter Schrei. Ein Aufprall. Hektisches Kratzen auf dem Kies.
Gwen ging auf die Tür zu. Das Kratzen und Schaben wurde schneller. Jemand atmete schwer.
Sie blickte um die Ecke.
Da lag ein blutiges Bündel auf dem Platz und strampelte mit Armen und Beinen. Ein Blick aus Volpones verzweifelten Augen traf Gwen. Der Blick brach. Das Strampeln wich einem letzten Zucken. Volpone war tot.
Gwen ging zurück in den Turm, die Wendeltreppe hinauf, bis in den Raum unter der Plattform. Sie ignorierte den Schmerz in ihrem Fuß. Als sie vor dem Schreibtisch mit

den Notenstapeln stand, hörte sie etwas. Ein leises Quietschen. Es kam von oben. Jemand nestelte an dem Eisenring der Falltür.
Sie sah sich vergeblich nach einer Lampe um und bemühte sich, im Grau des Morgens die Papiere zu entziffern. So schnell sie konnte, trug sie den Stapel ab, sie arbeitete sich durch handschriftliche Berechnungen, doch dann traf sie auf eine dicke Mappe. Sie schlug sie auf und entdeckte dickes, altes Papier – sorgfältig mit einer Feder beschrieben. Sie blätterte. Es war die gesamte *Fünfte Passion.* Zuoberst lag das Fragment aus dem Grab ihres Vaters. Danach kam ein Rezitativ, ein Chor, eine Arie. Ihr Blick fiel auf einen Sopranpart. Bach hatte die Worte in alter deutscher Schrift geschrieben, aber sie erkannte den Text sofort.

Oh, meine Lieb, besieg den Tod! …

Die Melodie wiegte sanft wie eine mütterliche Tröstung. In den anderen Systemen hatte Bach Begleitstimmen notiert. Zwei Flöten umspielten schmeichelnd und dialogisierend die Gesangsstimme, und plötzlich wurde Gwen klar, dass zum ersten Mal geschriebene Noten in ihrem Kopf zu klingendem Leben erwachten. Aufblühten wie eine Blume – als Verheißung auf die Klänge, die bei einer Aufführung des Stückes entstehen würden.
Oben wurde die Falltür aufgerissen. Ein Gesicht zeigte sich in dem Viereck. Lenau. Ihre Blicke trafen sich.
»Warten Sie«, rief er.
Gwen packte das Notenbündel und strebte wieder der Wendeltreppe zu. Sie lief auf den Kiesplatz hinaus, ohne Volpones Leiche zu beachten. Dann weiter den Hang hinunter, durch das Tor, das zum Glück weit geöffnet war, vorbei an dem rauschenden Wehr und dem Wasser der

Unstrut, das im ersten Licht des Tages glänzte. Sie vergaß ihren schmerzenden Knöchel, sie lief und lief und hielt erst an, als sie an der Straße war.

Schwer atmend drehte sie sich zu der Burg um, die in den grauen Morgenhimmel ragte.

Die weite Landschaft war menschenleer. Niemand folgte ihr.

Und plötzlich fegte von hinten ein Geräusch heran, Bremsen quietschten, dazu ertönte stoßweises Hupen. Doch Gwen wurde nur wenige Sekunden von diesem ohrenbetäubenden Geräusch gequält, denn dann traf sie ein wuchtiger Schlag, und eine Wolke aus Dunkelheit umfing sie.

49

Kennst du mich noch, Gwen?

Nein, ich kenne dich nicht, ich will dich nicht kennen.

Mach die Augen auf, Gwen. Es wird dir nichts geschehen.

Und plötzlich war das Gesicht über ihr.

Sie hatte den runden Kopf von Haas erwartet, dieses gefrorene Lächeln der riesigen schwarzen Fledermaus. Aber es war jemand anders, der sich über sie beugte.

Vater?

Ja, ich bin es, Gwen. Ich freue mich, dass du mich erkennst.

Natürlich erkenne ich dich, Vater. Warum sollte ich es nicht tun? Nur, weil wir uns so lange nicht gesehen haben, heißt das nicht, dass ich dich nicht erkenne.

Ihr Vater sah jung aus. Nicht wie bei ihrem letzten Wiedersehen, sondern wie damals in Salzburg, als das Schreckliche geschah.

Ich habe damals wohl damit begonnen, mich innerlich von meinem Vater zu verabschieden, dachte sie. Dabei hatte er gar keine Schuld an dem Schrecklichen, was geschehen ist.

Vater, wo bist du, fragte sie in die Stille hinein, die sie plötzlich umgab, aber er war verschwunden. Und jetzt fragte sie sich, wo sie eigentlich war. Sie versuchte, den Kopf zu drehen, aber ein jäh aufflammender Schmerz in ihrem Nacken ließ sie zusammenzucken. Es war dunkel um sie her – seltsam, dabei hatte ihr Vater doch im Licht gestanden. Wie hätte sie ihn sonst erkennen können?

Ich freue mich, dass du mich erkennst.

Jetzt war er wieder um sie, aber es war nur seine Stimme, körperlos. Wie die Stimme eines Geistes, seltsam hallend und weit entfernt.

Und ich freue mich, dass du verstanden hast, was ich dir in meinem Brief mitteilen wollte.
Der Brief …
Es war von den Geheimnissen der Harmonie die Rede gewesen. Von den Zusammenhängen zwischen Musik und Universum. Ihr war das alles damals in dem Café seltsam vorgekommen. Mittlerweile hatte sie Fortschritte gemacht. Sie hatte verstanden. Sie wusste. Sie hätte selbst keine musikwissenschaftliche Vorlesung halten können, aber es war ihr in Fleisch und Blut übergegangen, was Lenau ihr erklärt hatte …
Bilder tauchten vor ihr auf. Sie durchbrachen das Dunkel einfach wie eine Diashow. Zuerst waren da Fetzen von Erinnerungen an das grünweißlich glühende Völkerschlachtdenkmal. Die Schwärze der dunklen Gänge in den Seitenhäuschen, wo sie versucht hatte, die Partitur zu übergeben. Ohne Übergang war sie plötzlich in der Pariser Metro. Wieder Schwärze. Wieder eine Gegenwelt zur glamourösen Wirklichkeit. Der See unter der Oper, in dem sich Lenaus Feuerzeug spiegelte, als würde die Flamme auf einer glatten Glasfläche schwimmen.
Und die Nacht im Flugzeug. Der Turm irgendwo im Niemandsland zwischen Thüringen und Sachsen-Anhalt, wo vor Jahren jemand eine Scheibe fand, auf der goldene Sterne glänzten …
Im Kraftfeld der Orte, in denen Bach seine Noten zu Papier gebracht hatte, das Konvolut der *Fünften Passion*.
Und jetzt wurden die Bilder langsamer. Gwen sah sich wieder die Noten durchblättern und bei der Sopranarie stocken.

Oh, meine Lieb, besieg den Tod!
Das war für sie komponiert. Schon beim Lesen hatten ihre Stimmbänder stumm mitgesungen, hatten Sprünge,

Phrasierung und Atmung mitprobiert, und schon allein dadurch war das ganze Stück in Gwens Geist auferstanden.

Oh, meine Lieb, besieg den Tod!

Auch die Musik muss den Tod besiegen, dachte Gwen. Immer wieder auferstehen aus Gräbern der Archive oder aus wirklichen Gräbern wie dem von dir, Vater.
Du kennst mich noch, Gwen.
Die Stimme war jetzt viel weiter weg, und sie klang, als habe ihr Vater endlich die Bestätigung erhalten, auf die er immer gehofft hatte. Er war getröstet und zufrieden.
Der Hall verwehte.
Und dann öffnete Gwen die Augen noch einmal. Die Helligkeit war so stark, dass sie schmerzhaft aufseufzte.
»Sie wird wach«, vernahm sie eine Stimme, die ihr in den Ohren schmerzte, als hätte jemand den Lautstärkeregler einer Stereoanlage zu weit aufgedreht.
Alles war weiß und stach ihr ins Bewusstsein wie ein glühender Pfeil.
»Frau Fischer?«
Nun berührte sie eine Hand an der Wange.
»Frau Fischer, werden Sie wach, Sie sind im Krankenhaus.«
Gwen versuchte, sich zurückzuziehen, noch einmal die Augen zu schließen und die Stimme ihres Vaters wiederzufinden, dessen Präsenz sie immer noch deutlich spürte.
Vater, wo bist du?
Kehr zurück.
Lass mich nicht allein.
Doch die Helligkeit und die Stimme waren unerbittlich.
Mit Gewalt kehrte Gwen ins Leben zurück.

50

Die Luft des Raums schien wie eine Saite zu schwingen, als das Orchester eine kurze Pause machte, um erneut mit der langsamen, weichen Begleitung einzusetzen. Ein, zwei Atemzüge sammelte sich der Klang wie in einer großen Kugel, in deren Zentrum Gwen stand. Genau an dem Punkt setzte die letzte Phrase ihrer Arie ein. Eine Winzigkeit lang verharrte sie bei dem Spitzenton auf dem Wort »Lieb«, bevor sie der absteigenden Melodielinie folgte, die nach Kaskaden von etwa einem Dutzend Tönen zu den Worten »besieg den Tod« gewissermaßen hinab ins Grab sank.

Der Dirigent nickte lobend, als Gwen ihren Einsatz perfekt hingelegt hatte. Jetzt druckte sein Gesicht pure Beglückung aus.

Nur wenige Takte umfasste das Nachspiel des Orchesters. Gwen schwebte über der Musik wie auf einer Wolke. Die unsichtbare Kugel aus Klang war stabil. Sie umgab alle Musizierenden wie eine fragile Hülle, eine gewaltige Seifenblase, und sie lebte noch fort, als der Schlusston erklang und sich die Kölner Philharmonie mit andächtiger Stille füllte. Lange Sekunden voller Ergriffenheit vergingen, ehe die Musiker, in Probenzivil gekleidet, begeistert gegen die Notenpulte klopften. Klappern und metallisches Klingeln vertrieben den letzten Moment der Arie endgültig.

Gwen hatte das Gefühl, aus einem Zustand der Entrückung zu erwachen. Sie genoss das nachhallende Glücksgefühl, bevor sie dem Dirigenten zunickte und hinunter in den Zuschauerraum ging.

In der ersten Reihe saß Maria und strahlte sie an.

»Du warst einfach himmlisch. Eine wirkliche Engelsstimme. Ich muss sehen, dass ich den Kritikern schon mal vorschwärme, damit sie das am Montag auch brav schreiben.«
Zu schreiben würde es ohnehin viel geben. Die moderne Uraufführung der sogenannten »Weimarer Passion« von Bach war in der Musikwelt eine Sensation. Die Umstände, unter denen die Partitur entdeckt worden war, auch.
»Ich gehe nach hinten«, sagte Gwen und wandte sich dem Gang zu, der an der Loge des Inspizienten vorbei zu den Garderoben führte.
Die Musiker probten jetzt Passagen, bei denen sie nicht dabei war – vor allem die Chöre. Gwen würde die Zeit nutzen, um sich ein wenig auszuruhen. Noch immer war sie erschöpft von den Abenteuern, die zwar lange hinter ihr lagen, aber in ihr weiterlebten. Gleichzeitig hatte sie zu einer inneren Ruhe gefunden, die ihr früher vollkommen fremd war. Es war, als hätte sich ihr Gesang stärker konzentriert. An Qualität gewonnen, aber auf Kosten der Quantität. Sie lernte keine riesigen Partien mehr, sondern sie betrachtete kleine, aber sehr tief reichende Stücke wie eine solche Arie von Bach wie durch ein Vergrößerungsglas.
Ein Mann stand vor der Garderobentür und drehte sich zu ihr um, als er ihre Schritte hörte. Es war Brandt.
»Herr Kommissar?«, rief Gwen überrascht aus. »Was machen Sie in Köln?«
Brandt wirkte wie ein Rocker, der auf dem Weg zum Konzert den falschen Saal erwischt hatte. Die Ketten, die unter seiner Lederjacke hervorsahen, glitzerten. Unter den Hosenbeinen ragten spitze Lederstiefel hervor. Gwen erkannte auch den intensiven Geruch nach Tabak wieder, der von ihm ausging. Aber all das trat zurück, als sie in sein Gesicht sah. Dieser Ausdruck in seinen braunen Augen. Er war ihr schon bei ihrem ersten Treffen aufgefallen. Wie viel Sanftheit lag darin. Ein Versprechen auf Geborgenheit …

»Ich wollte Sie singen hören«, sagte er und lächelte.
»Ich dachte, Klassik interessiert Sie nicht?«
»Das kann sich ändern. Und es heißt doch, es gäbe nur gute und schlechte Musik. Das Lied, das Sie da gesungen haben, war gut. Großartig sogar.«
Es heißt nicht Lied, sondern Arie, wollte Gwen instinktiv erwidern, aber sie hielt sich zurück. Sie hätte sich genauso schulmeisterlich aufgeführt wie ihr Vater.
Sie öffnete die Tür. Die Garderobe war dieselbe wie damals, als alles angefangen hatte. Nach der Operngala. In einem anderen Leben.
»Kommen Sie ruhig herein.« Sie deutete auf die kleine Couch, setzte sich und griff nach der bereitstehenden Wasserflasche und einem der Gläser. »Kann ich Ihnen etwas anbieten?«
Brandt schüttelte den Kopf. Er wirkte auf sympathische Weise unbeholfen. Gwen wurde klar, dass er noch nie in einem klassischen Konzertsaal gewesen war.
»Köln ist eine schöne Stadt«, sagte er. »Ich war in der Altstadt und habe den Dom besucht.«
Gwen zog die Augenbrauen hoch. Interesse an alten Kirchen hätte sie Brandt nicht zugetraut.
»Weshalb sind Sie wirklich hier, Herr Hauptkommissar?«
Seit über einem Jahr hatte sie nichts mehr von ihm gehört, und jetzt, wo er vor ihr saß, wurden die Erinnerungen wieder lebendig.
Sie war damals auf der Hauptstraße in der Nähe von Haas' Burg vor ein Auto gelaufen. Im Krankenhaus war sie aufgewacht, auf der Intensivstation. Erst nach drei Tagen hatte man Besuch zu ihr gelassen.
Maria hatte ihr eine Nachricht überbracht, die einerseits schrecklich war, aber andererseits Gwen wie eine Botschaft aus einem früheren Leben vorkam und sie dadurch nicht wirklich zu betreffen schien.

Sie hatte tatsächlich die Aufführung in der Pariser Oper geschmissen. Maria weigerte sich, den gesamten Wortlaut der Gespräche zwischen ihr und der Opernleitung wiederzugeben, aber Gwen entnahm ihren Andeutungen, dass der Name Gwendolyn Fischer dort auf der roten Liste stand. Und dass der Intendant höchstpersönlich dafür sorgen wollte, dass ihr auch andere Opernhäuser verwehrt sein würden.

»Mach dir nichts draus«, beschloss Maria ihren Bericht. »Wir werden das schon hinbiegen.«

»Wie bitte? Was willst du da hinbiegen?«, hatte Gwen gefragt.

»Du warst Opfer eines Verbrechens. Bist du nicht entführt worden? Hat man dich nicht mit Gewalt daran gehindert zu singen?«

»Ganz so war es nicht.«

»Wir werden das so aussehen lassen. Warte ab.«

Und das hatte Gwen getan. Abgewartet. Sich ausgeruht. Nachgedacht. Nach und nach das Vermächtnis ihres Vaters gesichtet.

Schließlich war es Maria gelungen, die Wiederentdeckung der *Weimarer Passion* von Johann Sebastian Bach zu einem neuen Karrierestart für Gwendolyn Fischer umzuschmieden. Und die begann schon, bevor es zu der Premiere des verschollenen Werkes kam. Gwen lernte die großen Sopranpassagen der bekannten Passionen und Kantaten. Sie wurde zur gefragten Solistin. Und sie konnte auf Opernauftritte verzichten. Ihre Welt war Bach. Seit einem halben Jahr hatte sie einen lukrativen Schallplattenvertrag in der Tasche.

Kurz nach Marias Besuch hatte sie auch der Leipziger Dezernatsleiter Nagel angerufen und sich in aller Form bei ihr entschuldigt.

»Es tut mir leid, dass Sie in Paris mit der Polizei aneinandergeraten sind. Selbstverständlich ist diese dumme Sache bereinigt worden. Es liegt mir fern, meinen Mitarbeitern Schuld zuzuweisen, aber das Ganze war auf eine unprofessionelle Intervention von Herrn Brandt zurückzuführen, der nicht den regulären Dienstweg eingehalten, sondern auf eigene Faust gehandelt hat. Am Ende gab es auch in Paris Missverständnisse. Wir haben Konsequenzen aus der Sache gezogen. Ich bitte Sie um Entschuldigung, auch im Namen von Herrn Brandt …«

Und nun tauchte Brandt plötzlich in Köln auf.

»Ich wollte Ihnen mitteilen, dass noch ermittelt wird, wer sich hinter Matthias Lenau verbirgt«, sagte er. »Dass er so nicht hieß, steht fest. Wir haben das Leipziger Hinterhaus durchsucht, das er unter dem Namen Kofsky gemietet hat. Und wir fanden das hier.«

Brandt zog etwas aus einer Mappe und zeigte es Gwen. Es waren Pässe.

»Einer ist von der Bundesrepublik Deutschland ausgestellt, der andere kommt aus Österreich. Das heißt, so wäre es, wenn sie echt wären. Es handelt sich aber um Fälschungen.«

Gwen betrachtete eines der Passfotos. Lenau sah sie an. Das Dokument – es war der deutsche Pass – war auf den Namen Matthias Lenau ausgestellt.

»Nehmen Sie den anderen.«

Das Foto war dasselbe. Der Name lautete anders: »Matthias Asverus.«

»Hat er diesen Namen Ihnen gegenüber erwähnt?«, wollte Brandt wissen.

Asverus. Der Name erinnerte sie an etwas. Lenau hatte von jemandem berichtet, der ähnlich hieß. Aber er hatte nicht sich damit gemeint.

»Ich kannte ihn nur als Lenau. Er sagte, er sei Autor von Sachbüchern über historische Themen. Viele dieser Bücher standen in seiner Wohnung. Aber das wissen Sie alles bereits.«

»Wir haben es auch überprüft. Kein einziges der Bücher hat er geschrieben. Und es gab dort keine Manuskripte, keine anderen Arbeitsunterlagen. In den Computern, die sich in der Wohnung befanden, war nichts gespeichert. Es gab noch nicht einmal einen Internetzugang.«

Gwen schüttelte ungläubig den Kopf. »Das verstehe ich nicht.«

»Die ganze Wohnung war nur nach außen hin die Unterkunft oder der Arbeitsplatz eines Autors. Als hätte man den Ort für eine Filmkulisse hergerichtet. Ich bin sicher, der Mann hat nie ein Buch geschrieben.«

»Aber warum das alles? Was hat er beruflich getan?«

»Wir haben nicht den geringsten Anhaltspunkt. Es gab nichts Privates in der Wohnung. Keine persönlichen Dokumente, keine Kontoauszüge, keine Briefe, nichts. Nur diese beiden Pässe. Er ist verschwunden, und mit ihm das Flugzeug, das Sie erwähnt haben. Alles, was wir kennen, sind Unterlagen über den Flug, der am Flughafen Orly angemeldet wurde und der offiziell nach Erfurt gehen sollte.«

»Hat er den Angriff auf dem Turm überlebt? Ist er vielleicht zum Flugzeug zurückgegangen und weitergeflogen?«

»Er hätte auf dem Feld starten können. Aber wir haben dafür keine Zeugen. Und in Erfurt oder sonst wo ist er nicht angekommen. Es klingt unglaublich, denn ein Flugzeug kann ja nicht einfach so verschwinden. Ist Ihnen noch irgendetwas aufgefallen, das eine Spur ergeben könnte? Hat er eine Bemerkung gemacht? Hat er jemanden angerufen?«

Gwen seufzte. All das hatte man sie bereits gefragt. »Ich weiß nur, dass er Kontakt zu Cordelia Blau hatte, der Frau mit dem Antiquariatsbuchhandel.«
»Und diese Frau ist ebenfalls verschwunden.«
Brandt stand auf.
»War das alles, was Sie wissen wollten?«
Er lächelte. »Ehrlich gesagt, nicht.«
»Was gibt es noch?«
»Wie lange dauert Ihre Probe noch?«
Sie sah ihm für einen Moment tief in die Augen, schien darin zu versinken. »Im Grunde bin ich fertig. Ich müsste noch ein paar Sachen mit dem Dirigenten durchsprechen, aber das kann ich auch heute Abend machen.«
Brandt sah auf die Uhr. »Es ist gleich Mittag. Ich denke, dass Sie heute Abend zurück sind.«
Gwen sah ihn erstaunt an.
»Was haben Sie vor?«

Zehn Minuten später hatte sie Maria klargemacht, dass sie einen Termin bei der Polizei wahrnehmen und für ein paar Stunden weg musste.
»Wenn du zur Generalprobe und zum Konzert zurück bist, ist mir alles recht«, hatte die Agentin gemurmelt und Brandt streng angesehen. »Sie sind mir dafür verantwortlich, klar?«
Dann hatten sie die Probe verlassen. Die Klänge des Eingangschores »Oh, Mensch, bewein dein' Sünde groß«, den das Ensemble gerade durchging, verloren sich in der Ferne, als sie den Künstlerausgang erreichten.
»Wohin gehen wir?«, fragte Gwen.
Brandt steuerte die Tiefgarage an. Kurz darauf standen sie vor dem silberfarbenen BMW-Cabrio, das Gwen schon kannte. Das schwarze Verdeck war wie damals in Leipzig

zugezogen. Im Inneren erwartete sie das bekannte Aroma aus dem Rauch von Tausenden von Zigaretten.
»Ich bringe Sie wohlbehalten zurück«, sagte er. »Keine Sorge.«
Ich mache mir keine Sorgen, ging es Gwen durch den Kopf. Allein dein Blick könnte mir alle Sorgen nehmen.
Augen sind die Fenster der Seele, dachte sie. Wo hatte sie das gelesen?
Keine Ahnung.
Die Hauptsache war, dass es stimmte.

51

Brandt lenkte den Wagen über die Zoobrücke zum Ostkreuz und bog auf die Autobahn in Richtung Frankfurt ab.
»Es tut mir übrigens leid, was da in Paris passiert ist«, sagte er nach einer langen Zeit des Schweigens.
Gwen winkte ab. »Herr Nagel hat mich schon angerufen. Es ist in Ordnung.«
»Eigentlich hatte ich Ihnen damals nur ein paar Fragen stellen wollen, aber meine französische Kollegin hat einen Verdacht abgeleitet und eine Fahndung daraus gemacht.«
»Das wusste ich nicht«, sagte Gwen.
»Ich habe es auch nicht erwartet. Es hat mir eine Menge Ärger eingebracht.«
»Ich hoffe, die Sache ist jetzt ausgestanden. Und Sie verstehen sich wieder mit Ihrem Chef.«
»Wie man's nimmt.« Brandt sah geradeaus. »Ich habe den Dienst bei der Polizei quittiert.«
Gwen hatte das Gefühl, einen dumpfen Schlag in den Magen bekommen zu haben.
»Sie sind kein Polizist mehr?«
Er gab Gas und setzte zu einem Überholmanöver an. Eine lange Reihe von Lkws, die wie eine Elefantenherde hintereinander herzockelten.
»Ich kann es mir mit ein paar Abstrichen leisten«, sagte er. »Eine Lebensversicherung wurde fällig. Die habe ich in eine Leipziger Kneipe investiert. Es war schon immer ein Traum von mir.«
Das ist nicht das, was mich im Moment interessiert, dachte Gwen. Ganz und gar nicht.

»Könnten Sie mir bitte sagen, wohin wir fahren? Hat unser Ausflug mit dem Fall zu tun?« Ihre Stimme klang schriller, als sie beabsichtigt hatte.
Brandt drehte sich zu ihr. »Keine Angst. Ja, es hat etwas mit dem Fall zu tun. Ich will Antworten, verstehen Sie? Ich habe weitergefahndet und bin auf etwas gestoßen, bei dem ich Ihre Hilfe brauche. Bitte haben Sie Geduld.«
Gwen nickte. Sie versenkte sich in Gedanken in ihren Part aus der Passion, und es gelang ihr, vor ihrem inneren Ohr die Musik auferstehen zu lassen. Sie ließ das ganze Werk vorbeiziehen, und es war noch lange nicht zu Ende, da verließ Brandt die Autobahn. Sie waren gut anderthalb Stunden gefahren und mussten irgendwo in Hessen sein. Die Straße zog sich durch eine wellige Landschaft mit Feldern und Weiden. Darüber lag der graue Dezemberhimmel wie eine milchige Decke.
»Ich habe etwas aus dem Fall gelernt«, sagte Brandt. »Ich habe erkannt, wie fanatisch man sich in eine fixe Idee verrennen kann. So stark, dass man nicht mehr herauskommt.«
Gwen nickte. Es ging ihr genauso. Einen Großteil ihrer Zeit hatte sie in den vergangenen Monaten damit verbracht, Bücher aus der Bibliothek ihres Vaters zu lesen. Sie hatte fast wahnwitzig anmutende Theorien entdeckt, mit denen sich aus Bachs Musik theologische Geheimnisse entschlüsseln ließen. Dabei war eine Sache klar: Bach hatte selbst nie einen Hinweis auf solche Geheimnisse gegeben. Es existierte nur die Musik selbst, die immer wieder Theoretiker einlud, aus Taktzahlen, aus der Anzahl von Noten oder Motiven, Themeneinsätzen, mitwirkenden Instrumenten irgendetwas abzuleiten: Bibelzitate, Daten, Bezüge zu gematrisch verschlüsselten Namen. Wer sich wie Haas sein Leben lang damit beschäftigte,

konnte nicht mehr anders, als durch und durch davon überzeugt zu sein, dass es eine Wahrheit *hinter* den Noten geben *musste.*
Auch wenn es eine eingebildete Wahrheit war …
Gwen stellte fest, dass sie durch eine größere Ortschaft fuhren. Brandt bog mehrmals ab, bis sie in eine Straße mit gründerzeitlichen Häusern gelangten. Stuck zierte die Fassaden.
Sie stiegen aus und passierten ein Tor in einem schmiedeeisernen Zaun. Ein Messingschild zeigte an, dass sich hier eine Klinik befand. Ein Krankenhaus, dachte Gwen. In einem Wohnhaus?
Eine Schwester in weißem Kittel nahm sie in Empfang. Brandt erklärte, dass er einen Termin mit einem Dr. Stoll habe. Gemeinsam erklommen sie eine geschwungene Holztreppe, die sie zu einem großen Büro führte.
Ein schwarzhaariger Mann erhob sich hinter einem altmodischen Schreibtisch und reichte Gwen die Hand.
»Frau Fischer, nehme ich an. Es ist mir eine Ehre, Ihre Bekanntschaft zu machen. Dr. Stoll mein Name. Herzlich willkommen!« Er verneigte sich leicht und begrüßte Brandt. »Wir hatten telefoniert«, sagte er. »Ich freue mich, dass Sie und Frau Fischer die Zeit gefunden haben …«
Stoll wies auf eine Sitzecke. Sie nahmen Platz. Er legte eine Akte vor sich. »Ich weiß nicht, was Hauptkommissar Brandt Ihnen mitgeteilt hat …« Er blätterte.
Hauptkommissar, dachte Gwen. Brandt gab sich immer noch als Polizist aus …
»Bitte klären Sie mich auf«, sagte sie.
»Seit einem halben Jahr haben wir hier einen Mann, über den wir nichts wissen. Keine Papiere, kein Name, keine Angaben zu seiner Herkunft. Offenbar ist er Deutscher, aber auch das ist nicht ganz klar. Wir haben gedacht, Sie

könnten uns einen Hinweis geben, ob es der Mann ist, den Sie als Matthias Lenau kennengelernt haben.«

»Sie meinen – er war ein Verrückter?« Sie schüttelte ungläubig den Kopf.

»Wir sprechen nicht von Verrückten«, sagte Stoll. »Die Menschen in unserer Klinik leiden an neurologischen oder schweren psychotischen Störungen. Der Mann ist nicht gesund, das ist klar. Sein Krankheitsbild weist Wahnvorstellungen auf, und er besitzt darüber hinaus Gewaltbereitschaft; zudem wurde er als gemeingefährlich eingestuft. Aber das ist nicht alles. Wir haben Tests gemacht, und wir haben herausgefunden, dass er gleich mehrere außergewöhnliche Dinge in sich vereint …«

»Wo haben Sie ihn gefunden?«, fragte Gwen. »Wie ist er hierhergekommen?«

Brandt schaltete sich ein. »Schauen Sie erst, ob er es wirklich ist.« Dr. Stoll, der auf dieses Stichwort gewartet zu haben schien, reichte ihr ein Blatt aus der Mappe. Es war ein großes kopiertes Foto. Gwen erkannte Lenau sofort, allerdings sah er älter aus. Krank. Gequält. Seine Gesichtszüge waren verzerrt. Ein Tier im Käfig, dachte sie.

»Ja, das ist er.« Sie gab Stoll das Blatt zurück.

»Gut. Um auf Ihre Fragen zurückzukommen … Der Mann ist nicht zum ersten Mal in einer Klinik. Wir wissen, dass er in einer Anstalt in Österreich war. Er hat dort zehn Jahre gelebt. Auch die Kollegen haben keine Anhaltspunkte, wer er ist. Er wurde eines Tages von der Polizei aufgegriffen. Vor zwei Jahren ist er von dort geflohen.«

»Wie kann er nach einer Flucht aus einer psychiatrischen Klinik überleben? Er braucht Geld …« Gwen dachte an die Episode auf dem Flughafen in Paris. »Und wieso

kann er ein Flugzeug fliegen … Wieso kann er so viel *wissen?*«
»Wie gesagt – wir haben Tests gemacht.« Stoll schien nach Worten zu suchen. »Ich erkläre es Ihnen … Wissen Sie, was eine Inselbegabung ist?«
Gwen schüttelte den Kopf.
»Einfach gesagt, ist es eine Form von Autismus, die mit außergewöhnlichen Begabungen einhergeht. Lenau – nennen wir ihn einmal so – besitzt viele davon. Erstaunlich viele sogar. Wir haben herausgefunden, dass er über ein fotografisches Gedächtnis verfügt. Außerdem hat er große mathematische Fähigkeiten und spricht eine Menge Sprachen … Es könnte auch sein, dass er an einer multiplen Persönlichkeit leidet. So etwas findet man selten in einem einzigen Menschen vereint. Das Phänomen ist mir in meiner gesamten Laufbahn noch nicht vorgekommen …«
»Kann ich ihn sehen?«, fragte Gwen.
»Ich denke, das wird möglich sein.«
»Ich wäre ebenfalls daran interessiert«, sagte Brandt. »Ich habe ihn ja auch kurz gesehen und würde ihn gegebenenfalls gerne identifizieren.«
Der Arzt stand auf. »Kommen Sie.«

Es ging die Treppe hinunter, dann durch eine Glastür auf einen langen Flur. Hinter ihnen klickte ein Schloss. Die Tür besaß von dieser Seite aus keine Klinke, nur einen Knauf. Gwen spürte eine kleine, unangenehme Anwandlung von Klaustrophobie.
Der Weg den Gang entlang war wie ein Spießrutenlaufen. Links und rechts saßen Insassen der Klinik auf Stühlen und abgewetzten Sofas. Manche blieben unbeteiligt, wirkten müde oder abwesend, andere schauten verwundert auf, als sie Dr. Stoll an sich vorbeigehen sahen.

»Herr Professor«, schnarrte die Stimme einer weißhaarigen Frau. »Herr Professor, wann ist denn Sprechstunde?« Sie trug einen Latz um den Hals, auf dem eingetrocknete Nahrungsreste zu erkennen waren. Als sie Gwen sah, streckte sie den Arm aus und wollte ihr über das Haar streichen. »Bist du schön«, sagte sie. Ein saurer Geruch ging von ihrem zahnlosen Mund aus.
Gwen lief Brandt und dem Doktor nach. Eine Schwester kam ihnen aufgeregt entgegen. Es war dieselbe, die sie am Eingang empfangen hatte.
»Patient Nr. 14«, rief sie. »Herr Dr. Stoll – Patient Nr. 14.«
»Was ist mit ihm?«
Sie folgten ihr zu einem Zimmer am Ende des Gangs. Zuerst bemerkte Gwen nur die Kälte in dem Raum, dann wurde ihr klar, dass eines der großen Fenster eingeschlagen war. Das schmiedeeiserne Gitter dahinter hing schief herunter. Jemand hatte es aus seiner Verankerung gerissen. Gwen blickte in einen winterlichen kleinen Garten voller kahler Büsche und Laub. Es waren keine fünf Meter bis zu einer hohen Mauer.
»Verdammt«, rief Stoll. »Entschuldigen Sie!«
Er griff zum Handy und verließ den Raum. Draußen hörte man ihn telefonieren.
Gwen sah sich um. Das Zimmer, in dem Lenau gelebt hatte, wirkte wie eine kleinere Version des Arbeitszimmers ihres Vaters. Die einzigen Möbel waren ein Bett, ein winziger Schreibtisch mit Stuhl und eine Reihe von übervollen Regalen an der Wand.
Gwen überflog die Buchrücken und fand Sachbücher aller möglichen Gebiete – Kunstgeschichte, Musik, ein kleines mehrbändiges Lexikon, Kirchengeschichte, die Bibel.
Auf dem Tisch türmten sich handbeschriebene Blätter, einige davon enthielten sogar hingekritzelte Noten. Hatte Lenau auch eine kompositorische Begabung?

Draußen sprach Stoll immer noch auf jemanden ein. Gwen verstand, dass er mit der Polizei sprach.
»Gleich werden Ihre Kollegen hier sein«, sagte Gwen zu Brandt. »Was wollen Sie denen erzählen?«
»Machen wir, dass wir wegkommen. Wir wissen, was wir wissen wollten.«
In diesem Moment fand Gwen den Brief.
Er lag genau in der Mitte der Schreibtischfläche. Es war ein fast unscheinbarer Umschlag, auf dem ihr Vorname stand.

Erst als sie die Stadt verlassen hatten und über die Landstraße fuhren, öffnete Gwen das Kuvert.
Liebe Gwendolyn,
ich nehme mir die Freiheit, Sie beim Vornamen zu nennen.
In Anbetracht der Ereignisse, die wir zusammen erlebt haben,
ist das sicher nicht unangemessen.
Ich weiß nicht, was Sie in der Zwischenzeit über mich erfahren haben. Vielleicht einiges, vielleicht nichts, aber ganz sicher nicht die Wahrheit, denn diese ist so unwahrscheinlich, dass ich schon lange aufgehört habe, sie anderen Menschen zu erzählen. Um genau zu sein, geschah das schon sehr bald nach dem einschneidenden Erlebnis, das mein Leben geprägt hat und dessen ganze Tragweite ich erst erkannte, als Jahrzehnte vergingen, ohne dass etwas eintrat, das jeder Mensch im Laufe seines Lebens erwartet.
Ich könnte ganze Bände füllen, indem ich Ihnen schreibe, was in so langer Zeit in mir vorging, was mich umtreibt, welche Enttäuschungen ich erlitten habe und weiter erleiden musste. Doch ich möchte mich nur mit dem Wesentlichen befassen: Ich möchte, dass Sie verstehen, dass Sie keine Angst vor mir zu haben brauchen. Und ich möchte, dass Sie verstehen, warum ich all diese Dinge getan habe, die Ihnen vielleicht verbrecherisch oder betrügerisch erscheinen.
Ich möchte endlich, dass es vorbei ist.
Ich möchte wissen, wann es so weit ist.

Sie wissen sicher genau, was ich damit meine.
Die sehr lange Lebenserfahrung, die ich mit keinem anderen Menschen teile, hat mich dazu gebracht, Menschen leicht zu beeinflussen, ihnen Ängste zu geben und zu nehmen, wie es mir gefällt. Wenn Sie so viele Menschen so vieler Sprachen und Länder gesehen und mit ihnen gelebt haben wie ich, können Sie in jedem Gesicht lesen wie in einem offenen Buch. Doch Sie bleiben immer ein Mensch – in allem, was Sie tun und in allem, was Sie unternehmen. Und wenn Sie so viel Zeit haben wie ich, können Sie eine Menge lernen – Sie können studieren, was Sie wollen, Sie können Sprachen lernen und Sie können sich allerlei Fertigkeiten aneignen. Aber irgendwann stoßen Sie an Grenzen.
Die Grenzen des Menschen kommen schnell, glauben Sie mir. Man lernt nichts dazu. Höchstens, andere Menschen zu manipulieren.
Und so brauche ich immer noch andere Menschen, um das herauszufinden, was ich unbedingt herausfinden will, herausfinden muss.
Dafür brauchte ich Sie.
Leider hat sich die Spur, die ich für so hoffnungsvoll hielt, in Nichts aufgelöst. Es war nicht das erste Mal. Und es wird nicht das letzte Mal bleiben.
Ich glaube nicht, dass wir uns jemals wiedersehen.
Höchstens dann – wenn der Zeitpunkt gekommen ist, den ich so sehr herbeisehne, der aber immer noch auf sich warten lässt.
Leben Sie wohl.
Matthias Lenau
alias
Matthias Asverus
alias
Ahasver
Sie steckte schweigend den Brief wieder ein und lehnte sich zurück.
Der Wintersonne war es gelungen, durch den Hochnebel zu brechen, und das weiße Licht verlieh der Landschaft einen silbernen Glanz.

»Was steht in dem Brief?«, fragte Brandt. »Schreibt er, wohin er geflohen ist?«
In Gwens Kopf begann sich wieder die Musik von Bach zu regen. Sie setzte genau da ein, wo Gwen bei der Hinfahrt unterbrochen worden war.
Und bald begann sie. Die Arie.
Als das Orchestervorspiel einsetzte, schien die Luft um sie herum, die Weite der hügeligen Landschaft, die ganze Welt zu vibrieren. Und in ihrem inneren Ohr erklang ihre Arie, schöner als sie in Wirklichkeit je klingen konnte.

Oh, meine Lieb, besieg den Tod!
Wenn einst mein Leib im Grabe liegt
Und Todesschauer mich erschrecken,
Wird Jesus mich am letzten Tage wecken.
Sein Trost in Ewig nicht versiegt!

Sie erwachte aus ihrem Tagtraum, und ihr fiel ein, dass sie Brandt noch eine Antwort schuldig war.
»Nein«, sagte sie. »Wohin er auch gegangen ist, man wird ihn nicht finden.«

Anmerkung des Autors

Die verborgene Seite der Musik
Dichtung und Wahrheit in der *Fünften Passion*

Musik ist Klang.
Aber nicht nur.
Ein Mensch, der von Geburt an taub ist, dem die herrlichen Erfahrungen der emotionalen Seite der Musikwelt verwehrt sind, könnte trotzdem zum Musikfan werden, wenn er nur die raffinierten Partituren der klassischen Musiker studiert. Vor allem die Werke des Komponisten Johann Sebastian Bach wären für einen solchen Menschen wahrscheinlich ein wahres Faszinosum, und er würde die Perfektion, die darin herrscht, zumindest betrachtend und denkend wahrnehmen können.
Überall bei Bach herrscht, mehr als bei jedem anderen Komponisten, die Kunst des Kontrapunkts: Die einzelnen Stimmen sind so konstruiert, dass sie in den mannigfaltigsten Kombinationen, Verschachtelungen und nach mathematischen Prinzipien veränderten Varianten miteinander harmonieren. Seine Musik erinnert an Architektur, an ein tönendes kosmisches Modell.
Viele, die über Bach geschrieben haben, sind der Meinung, dass in den Partituren gerade dieses Komponisten ein höheres Prinzip zu finden sein muss, das sogar zu einer versteckten theologischen Wahrheit stilisiert wurde, wenn nicht gar zu einer Art klingender Weltformel. So zum Beispiel bei Friedrich Nietzsche, Goethe – wie Lenau im Buch zitiert –, aber auch bei vielen anderen.
Bach gilt als einer der letzten großen Vertreter der Musikauffassung des Mittelalters, die wiederum auf dem

Denken der Antike basiert: Mit den Worten »Alles ist Zahl« soll der antike Mathematiker Pythagoras sein Weltbild zusammengefasst haben. Die Welt als Zahlensystem spielt auch beim antiken Philosophen Platon und den späteren Kirchenvätern eine Rolle. »Du hast alles geordnet nach Maß, Zahl und Gewicht« – »Sed omnia mensura et numero et pondere disposuit« – heißt es im Alten Testament, im Buch der Weisheit 11,20.
Viele haben versucht, auf dieser Grundlage Botschaften oder zumindest Verbindungen zu Textinhalten wie Bibelstellen aus Bachs Partituren herauszulesen. Begonnen hat diese Form der Analyse wahrscheinlich bei Wilhelm Werker, der in einer 1922 und 1923 erschienenen Arbeit über Bachs *Wohltemperiertes Klavier* über auffällige Zahlensymmetrien berichtete – und eine gewisse Bedeutung der symbolträchtigen Zahlen 7, 10 und 14 konstatierte. Dass Bachs Werke ein Sammelbecken für Symbole sind, hat Arnold Schering im Bach-Jahrbuch 1938 dargelegt. Weitere Zahlensymbole zeigte Martin Jansen in einer Veröffentlichung im selben Jahr. Dass der Kanon, den Bach auf dem heute so überaus berühmten Gemälde in der Hand hält, viele Bedeutungsschichten – mehr als die von Lenau im Roman zusammengefassten – besitzt, zeigte Friedrich Smend 1947.
Das Gemälde – übrigens wahrscheinlich das einzige authentische Bach-Bild überhaupt – entstand 1746 anlässlich von Bachs Aufnahme in die wissenschaftliche Gesellschaft seines Schülers Lorenz Christoph Mizler (1711–1778) ein Jahr später. Die Verbindungen zwischen Musik und Naturwissenschaft zu erforschen, war das Hauptanliegen dieser »Correspondierenden Gesellschaft der musicalischen Wissenschaften«, der neben Bach auch Georg Friedrich Händel und Georg Philipp Telemann angehörten.

Mizler schrieb eine Doktorarbeit, in der er zu beweisen versuchte, dass »Musik eine Wissenschaft sei und als solche wie jede andere Wissenschaft zur Philosophie gerechnet werden müsse«. Diesen Beweis hatte in der Antike schon Pythagoras erbracht. Viele kennen seinen Namen im Zusammenhang mit dem »Satz des Pythagoras«, aber wer sich mit Musikgeschichte beschäftigt, stößt schnell auf eine andere Entdeckung des Mathematikers. Wenn man eine klingende Saite nach ganzzahligen Proportionen teilt, entsteht daraus nach und nach der Tonvorrat unserer musikalischen Tonleiter – und mit ihm die verschiedenen Intervalle, auf denen die harmonischen Prinzipien der Musik aufgebaut sind. Für die Zeitgenossen der Antike und des Mittelalters war damit der Beweis erbracht, dass in der Musik eine Art Weltformel stecken müsse, ein direkter Weg zum Göttlichen, den man über die mathematische Seite der Tonkunst erforschen, über die emotionale Seite »erfühlen« könne.
Plato baute in seiner Schrift *Timaios* die Verbindungen zwischen Musik und Mathematik zu einem kompletten Weltbild aus, in dem seiner Meinung nach die Planeten im Verhältnis der musikalischen Intervalle um die Erde kreisen. In seiner Vorstellung, die noch bis weit in die Neuzeit aktuell blieb, war der Kosmos selbst so etwas wie Musik. Da sich die Planeten in festen Bahnen, »Sphären«, bewegen, prägte er den Begriff »Sphärenharmonie«.
Die pythagoreischen Proportionen prägten nicht nur die Musik, sondern auch die Architektur. Sie spielen eine große Rolle in den Bauwerken der Antike, aber auch der gotischen Kathedralen – etwa der in Chartres, wo sich eine Darstellung von Pythagoras findet –, aber auch im Dom von Florenz. Zu dessen Einweihung im Jahre 1463 schrieb der spätmittelalterliche Komponist Guillaume Dufay eine Motette mit dem Titel »Nuper rosarum flo-

res«. Der Musikwissenschaftler Rolf Dammann zeigte 1964, dass sich nicht nur die mittelalterlichen Modelle von Musik und Kosmos in dem Musikstück spiegeln, sondern auch die Architektur des Doms selbst. Von hier ist der Weg nicht weit zu wichtigen Proportionen der bildenden Kunst wie dem »Goldenen Schnitt« oder der damit zusammenhängenden »Fibonacci-Reihe« – Prinzipien, die sich auch in der Natur wiederfinden wie in den Bauformen von Schneckenhäusern oder der geschwungenen Anordnung von Samenkörnern in der Blüte der Sonnenblume. Ein informatives Werk über die Kathedrale von Chartes, in der es auch um die sogenannten »Leylines« geht, ist das Buch *Kathedrale des Kosmos* von Sonja Ulrike Klug, das 2005 erschien.

Die Zusammenhänge dieser »naturharmonischen« Phänomene mit Bachs Musik motivierten viele Forscher zu einer Fülle mathematischer Analysen. Weitere Beispiele sind die Arbeiten: *Vor deinen Thron tret ich hiermit – Figuren und Symbole in den letzten Werken Johann Sebastian Bachs* von Ludwig Prautzsch (1980), *Die Zahl im Kantatenwerk Johann Sebastian Bachs* von Arthur Hirsch (1980) oder *Die ›unbekannte‹ Matthäus-Passion* von Harry Hahn (1977). Der extremste Fall ist sicherlich das 1985, im Jahr von Bachs 300. Geburtstag, in niederländischer Sprache erschienene Buch *Bach en het getal* (»Bach und die Zahl«) von Kees van Houten und Marinus Kapsbergen. Hier werden aus reinen Zahlenrechnungen viele Dinge erschlossen – etwa die angebliche und unbewiesene Zugehörigkeit Bachs zu den Rosenkreuzern. Im Jahr 2000 – wieder ein Bach-Jahr, in dem man den zweihundertfünfzigsten Todestag beging – erschien *Johann Sebastian Bachs »Kunst der Fuge« – Ein pythagoreisches Werk und seine Verwirklichung* von Hans-Eberhard Dentler.

Die seriöse Bach-Forschung betrachtet viele dieser Veröffentlichungen mit Skepsis. Bach selbst hat keinen Hinweis darauf hinterlassen, dass in seinen Partituren verborgene Botschaften verschlüsselt sein könnten. Der Komponist überließ es uns, in seinen Partituren solche Zusammenhänge zu suchen. Und er ließ uns damit ganz allein. Wie auch mit der Empfindung, die der Komponist Paul Hindemith – Schöpfer der Oper *Die Harmonie der Welt* – so beschrieb: »Er ist am Ende; er steht […] vor dem Vorhang, den niemand je zur Seite zieht.«
Der Meister weiß und schweigt …
Als ich selbst auf der Suche nach Schauplätzen des Romans mit Landkarten und Leylines experimentierte, fiel mir auf, dass sich der Fundort der berühmten Himmelsscheibe in der Nähe von Nebra im Schnittpunkt der Orte befindet, an denen Bach als Musiker wirkte.
Ein Zufall? Die »fünfte« Passion ist indes keine Erfindung: Es gilt als bewiesen, dass Bach zu Ostern 1717 in Gotha eine eigene Passion aufgeführt hat, deren Partitur heute komplett verschollen ist. Man bezeichnet sie als »Weimarer Passion«, weil Bach damals in Diensten der Weimarer Herzöge stand. Sie wäre neben den beiden berühmten Passionen (*Johannespassion*, *Matthäuspassion*), der nur teilweise von Bach komponierten *Lukaspassion* und der fast verschollenen *Markuspassion* die »fünfte« – wenn auch chronologisch die erste – seiner Passionen. Der später in die *Matthäuspassion* eingegangene Chorsatz »Oh, Mensch, bewein dein' Sünde groß« war nach Stand der Forschung der Eingangschor dieser Komposition, die zudem das erste große Werk Bachs gewesen ist.
Die *Kunst der Fuge*, eines von Bachs letzten Werken, ist, wie im Roman erklärt, unvollendet geblieben – zumindest was die Reinschrift betrifft. In der Forschung hält sich

die Auffassung, das Werk sei fertig komponiert, aber nicht ordentlich aufgeschrieben worden. Somit könnte es eines Tages doch noch auftauchen. Dass diese krönende Fuge ein Vorspiel zu Bachs *Weimarer Passion* gewesen sein soll, ist reine Fiktion. Der Gedanke, dass Bachs Musik damit eine übergeordnete Klammer besitzen könnte, hat mir gefallen – zumal auch die Tonart passt. Die Passion soll in D-Dur gestanden haben, die *Kunst der Fuge* steht in d-Moll. Den Text der fiktiven Arie »Oh, meine Lieb, besieg den Tod!« habe ich mir im Stil von Bachs Passionstexten zu dichten erlaubt.

Ebenfalls keine Erfindung ist der geheimnisvolle Prophet, über dessen Existenz der Soldat Andreas Rill in Feldpostbriefen aus dem Ersten Weltkrieg berichtet – zumindest, wenn man den Darlegungen des von Karl Leopold von Lichtenfels im Jahre 2000 herausgegebenen *Lexikon der Prophezeiungen* glaubt. Hier und auch in einer Fülle weiterer Literatur und im Internet finden sich Hinweise zum »Jüngsten Tag«, der ja bekanntlich schon vielfach angekündigt wurde. Dem *Lexikon der Prophezeiungen* habe ich die Zitate aus Rills Briefen entnommen.

Die Gestalt des Ahasver ist fiktiv. Sie hat mich schon immer fasziniert – auch wenn ich weiß, dass sie ein Produkt des Antisemitismus ist oder zumindest auf übelste Art dafür benutzt wurde. Nach meinen Recherchen stammt die Sage vom jüdischen Schuhmacher, der Jesus auf dem Weg zum Kreuz verspottete beziehungsweise seine Kreuzigung vorantrieb und als Strafe bis zum Jüngsten Tag auf Erden wandeln muss, aus dem 16. Jahrhundert. Für mich ist Ahasver als »ewig« Lebender ein menschliches Gegenstück zur Heiligen Schrift: Er verkörpert die Verbindung der Zeit Christi mit dem, was dem christlichen Glauben zufolge kommen wird. Insofern lag es für mich nahe, diese Figur literarisch zu nutzen. Ich bin da bei Weitem nicht der Einzige: Viele Autoren, denen man keinen Antisemitismus vorwerfen kann, haben Ahasver literarisch verarbeitet – unter anderem Carlo Fruttero und Franco Lucentini in dem herrlichen Roman *Der Liebhaber ohne festen Wohnsitz* aus dem Jahre 1990. Die deutschen Zitate aus dem *Faust*-Libretto entstammen der Übertragung von Julia Behr (1861).

Dank

Dieses Buch gäbe es ohne eine ganze Reihe von Menschen nicht, denen ich zu großem Dank verpflichtet bin: Meiner Agentin Petra Hermanns schulde ich am meisten. Sie hat mich über Jahre motiviert, hat allen neuen Ideen zu dem Projekt geduldig zugehört, und sie hat sich mit einer Vehemenz dafür eingesetzt, die man sich als Autor nur wünschen kann. Meiner Frau Claudia danke ich für die große Unterstützung in unserem Alltag – und auch dafür, dass meine stetig wachsende schriftstellerische Arbeit darin in den letzten zehn Jahren einen immer größeren Platz einnehmen durfte. Herzlichen Dank auch an das Lektorenteam Dr. Barbara Heinzius und Gerhard Seidl vom Goldmann Verlag für die geduldige Unterstützung und die hervorragende Zusammenarbeit.
Viele Menschen haben mir bei den Recherchen geholfen: Der Tenor Christoph Prégardien öffnete mir durch seine Beziehungen die Türen zum unterirdischen Reich der Pariser Oper, durch die mich Ms. Gilles führte. Dem Bassisten Rainer Zaun verdanke ich tiefere Einblicke in die Vorgänge unmittelbar vor einer Opernaufführung. Mein ehemaliger Studienkollege Dr. Peter Wollny vom Bach-Archiv Leipzig stand bei einem Besuch zwei Stunden Rede und Antwort zu Fragen der Bach-Forschung. Birgit Filimonow versorgte mich mit Informationen über bestimmte Leipziger Schauplätze. Über Details eines nächtlichen Fluges in einer Cessna von Paris nach Deutschland informierten mich Ulrich Reinecke und Daniel Schmid. Hélène Himmelspach erklärte mir bereitwillig bei einem spontanen Anruf, wie man nachts am Flughafen schnell

an ein Ticket kommt. Ohne Nicole Dorweiler und ihre Kenntnisse der niederländischen Sprache hätte ich kaum einen Absatz aus dem Buch *Bach et het getal* verstanden, und ohne die Hilfe meiner Krimikollegin und Kommissarin Nikola Hahn nichts über den Ablauf einer Exhumierung erfahren. Pfarrer Jan Spangenberg erläuterte mir die theologische Bedeutung des Jüngsten Tages.

Lizenzausgabe
Copyright der Originalausgabe: © 2009 by Wilhelm Goldmann Verlag, München in der Verlagsgruppe Random House GmbH

Bibliografische Information der Deutschen Nationalbibliothek
Die Deutsche Nationalbibliothek verzeichnet diese Publikation in der Deutschen Nationalbibliografie; detaillierte bibliografische Daten sind im Internet unter http://dnb.d-nb.de abrufbar.

ISBN 978-3-7462-5651-1

Umschlaggestaltung: Ulrike Vetter, Leipzig
Umschlagmotiv: © stock.adobe.com/mihalec
Gesamtherstellung: Kontext, Dresden (A)